Autrice f[illegible]nienne Sarah Morgan a conquis [illegible]e à ses histoires finement tissées d'humour et d'émotion [illegible]ntemporelle. Elle a vendu plus de 18 millions de livres à travers le monde. Enfant, Sarah rêvait de devenir écrivain, et bien qu'elle ait pris des détours avant d'y parvenir, elle vit à présent son rêve.

Les vœux secrets des sœurs McBride

SARAH MORGAN

Les vœux secrets des sœurs McBride

Traduit de l'anglais (Royaume-Uni) par
JEANNE DESCHAMP

Harper
Collins
POCHE

Titre original :
THE CHRISTMAS SISTERS

Ce livre est publié avec l'aimable autorisation de HARLEQUIN BOOKS S.A.

HARPERCOLLINS FRANCE

83-85, boulevard Vincent-Auriol, 75646 PARIS CEDEX 13
Tél. : 01 42 16 63 63

www.harpercollins.fr

ISBN 979-1-0339-0773-2

À la merveilleuse Lisa Milton, avec mon affection et mes remerciements.

La vie est ainsi faite que ce qui arrive n'est jamais ce qu'on en attendait.

— Charlotte BRONTË

Chapitre 1

Suzanne

Dans la série « dates anniversaires », il y avait les bonnes et il y avait les mauvaises. Aucun doute possible : celle-ci se classait au rang des pires, et Suzanne la commémora en faisant son cauchemar rituel.

Elle était ensevelie, son corps immobilisé, bloqué sous une chape compacte comme du béton. La neige lui envahissait la bouche, le nez, les oreilles. Une force et une pression terribles l'écrasaient. À quelle profondeur se trouvait-elle ? Où était le haut ? Où était le bas ? Était-on à sa recherche ?

Elle essaya de crier, mais il n'y avait rien, rien…

— Suzanne…

La voix lui parvint à travers une nappe épaisse d'obscurité et de panique.

— C'est juste un rêve.

Quelque chose – quelqu'un – lui toucha l'épaule, et ce simple geste l'arracha de sa tombe de glace pour la ramener dans le temps présent. Elle se redressa, la main à la gorge, aspirant l'air à grandes goulées.

— Là, là, tout va bien, dit la voix.

— J'ai… j'ai fait un rêve. *Le* rêve.

Et l'impression de réalité avait été si forte qu'elle s'était attendue à trouver un univers blanc et froid autour d'elle. Pas de la literie froissée.

— Je sais.

La voix appartenait à Stewart et sa main réconfortante lui massait le dos.

— Tu as crié.

Alors, seulement, elle vit que le visage de Stewart était livide et que des plis d'anxiété se dessinaient de part et d'autre de sa bouche.

Au fil des ans, un rituel s'était instauré entre eux autour de ce cauchemar récurrent.

— C'était tellement *réel*, Stewart. Comme si j'étais encore là-dedans.

Il actionna l'interrupteur et une lumière douce se répandit dans la chambre, chassant les ombres des recoins et dissipant les derniers filaments de cauchemar qui persistaient encore.

— Tu vois ? Tu es en sécurité. Regarde autour de toi.

Suzanne obtempéra, toujours captive en imagination des tonnes de neige qui l'enserraient.

Autour d'elle, ni mur de glace ni avalanche. Juste sa confortable chambre à coucher de Glensay Lodge. Un fond de braises rougeoyait encore dans la cheminée et l'interstice entre les rideaux renvoyait le noir profond de l'interminable nuit d'hiver. Ces rideaux, elle les avait confectionnés elle-même, dans une belle étoffe en laine à motifs de tartan qu'elle avait récupérée à l'occasion de son tout premier séjour en Écosse. La mère de Stewart clamait haut et fort qu'il s'agissait du tartan traditionnel propre à leur clan, mais tout ce que Suzanne demandait à ces tentures, c'était de faire barrière contre le froid de la nuit d'hiver et de donner une atmosphère de chaleureuse intimité à la pièce. Avec ce même objectif en tête, elle avait cousu de ses mains le *quilt* aux joyeux carrés de couleur qui faisait office de dessus-de-lit.

Sur la table devant la fenêtre trônait une bouteille de whisky pur malt provenant de leur distillerie locale, flanquée du verre à dégustation vide de Stewart. Dans l'angle, son fauteuil à elle, confortablement rembourré. Son livre du moment – un roman qui n'avait pas vraiment retenu son attention – était resté ouvert à côté de son tricot. Une nouvelle commande de laine était arrivée la veille et les couleurs l'avaient enchantée. Des violets profonds et des bleu-vert réveillaient les nuances plus douces du gris-mauve et du blanc crème. Rien de tel qu'un nouveau stock de pelotes pour égayer la palette en noir et blanc du paysage hivernal de l'autre côté de la fenêtre. Les teintes de la laine lui rappelaient les étendues de bruyère qui fleurissaient en été dans les vallées d'origine glaciaire que les Écossais nomment « glen ». Penser à la belle saison remonta le moral de Suzanne. Aux premiers signes de réchauffement, elle reprendrait ses habitudes de marche matinale pour voir les soleils percer la brume et illuminer la splendeur de la lande.

Et puis dans la chambre, il n'y avait pas que les objets familiers. Il y avait aussi et surtout Stewart.

Stewart. La tendresse dans son regard. Sa patience infinie. Stewart qui continuait de répondre présent à ses côtés depuis plus de trois décennies. Oui, sa vie était enracinée ici, désormais, dans les Highlands. Loin, très loin des flancs glacés du mont Rainier. Mais, malgré la distance dans le temps et dans l'espace, le cauchemar continuait de peser sur elle, à la manière d'un brouillard givrant qui contaminait ses pensées.

— Il y a plus d'un an que je n'avais pas refait ce fichu rêve.

Son front était baigné de sueur et sa chemise de nuit lui collait au corps. Elle prit le verre que lui tendait Stewart et but à grandes gorgées.

L'eau fraîche humecta sa bouche desséchée, mais sa main tremblait tellement qu'elle mouilla légèrement les draps.

— Comment un événement qui remonte à vingt-cinq ans peut-il resurgir dans mon sommeil comme s'il se passait maintenant ?

Elle ne demandait qu'à oublier, mais son corps lui chantait une autre chanson.

Stewart lui reprit le verre et le posa sur la table de chevet avant de la prendre dans ses bras.

— L'approche de Noël a toujours été un moment difficile pour toi.

Elle abandonna sa tête contre l'épaule de son mari et absorba en elle la douce chaleur de son étreinte. Ni neige ni glace, mais de la chair et du sang.

Vivante.

— Et pourtant j'adore cette période de l'année. C'est le moment où nos filles reviennent à la maison.

Elle glissa les bras autour de la taille de Stewart. Mais quand donc son corps allait-il arrêter de trembler ?

— L'année dernière, je n'ai pas fait un seul cauchemar.

— C'est probablement l'appel de Hannah qui l'a déclenché.

— Mais c'était un coup de fil positif ! Notre fille aînée vient pour les fêtes. On ne pouvait pas recevoir meilleure nouvelle. Il n'y a vraiment pas de quoi faire des rêves d'angoisse.

Mais cela avait suffi, bien sûr, à raviver des souvenirs. Des inquiétudes. Des pensées.

Stewart avait raison : cette période de l'année n'était jamais simple à vivre pour leur famille.

— La dernière fois que nous avons eu Hannah, Beth et Posy réunies ici à Noël remonte à deux ans, fit remarquer Stewart.

— Et tu ne peux pas savoir comme je suis heureuse de les avoir enfin ici toutes les trois.

Le plaisir anticipé des retrouvailles lui rendit le sourire.

— Ce sera d'autant plus réussi cette année que Hannah n'a pas pu être des nôtres l'année dernière.

Stewart paraissait épuisé, tout à coup.

— Mais les attentes qui pèseront sur elle seront d'autant plus fortes. Ne lui mets pas trop la pression, Suzanne. Pour elle, ce n'est jamais simple de revenir ici. Et toi, tu finis chaque fois par t'en prendre plein la figure.

— Mais non, je ne m'en prends pas plein la figure !

Ils savaient l'un et l'autre qu'elle mentait. Chaque fois

que Hannah se montrait distante avec sa famille, Suzanne en était malade.

— Tout ce que je demande, c'est qu'elle soit heureuse.

— Il n'y a que Hannah qui puisse faire qu'elle soit heureuse.

— Peut-être. Mais en tant que mère, j'ai bien le droit d'essayer de lui donner un petit coup de pouce.

Elle sentit le regard de Stewart la fixer.

— Quoi ? Je suis sa mère, non ?

— Je sais. Et si tu veux mon avis, elle a une foutue chance de t'avoir.

Une chance ? Il n'y avait strictement rien eu de chanceux dans les débuts de vie de Hannah. Suzanne avait d'abord vécu dans la terreur que son aînée ne soit irrémédiablement détruite par ce qui s'était passé dans son enfance. Puis elle avait pris conscience du rôle qu'elle pouvait elle-même jouer pour éviter que cela n'arrive.

Elle s'était démenée pour essayer de compenser le passé et pour lui offrir les plus belles opportunités. Pour ses filles, elle ne voulait que le meilleur. Et cette ambition était un immense fardeau en soi. Un fardeau si lourd qu'elle ployait et vacillait sous son poids tout en attendant de Stewart qu'il porte cette charge avec elle.

La culpabilité du survivant.

— J'ai peur parfois de ne pas en avoir fait assez. Ou de m'y être mal prise.

— Tu ne crois pas que tous les parents du monde ressentent par moments ce genre d'angoisse ?

Suzanne bascula les jambes hors du lit et constata avec soulagement qu'elle tenait debout. *Marche. Respire. Regarde le soleil se lever.* Elle roula des épaules et fit la grimace. Ce matin, ses cinquante-huit ans prenaient tout leur sens. Étaient-ce les premiers assauts de l'arthrose qui endolorissaient ses articulations ? Ou juste le souvenir d'un traumatisme passé ?

— Le cauchemar était particulièrement intense cette fois-ci. Il m'a ramenée vingt-cinq ans en arrière.

À suffoquer dans une tombe de neige privée d'oxygène.

Stewart se leva à son tour et attrapa sa robe de chambre.

— Ça va se tasser dans la journée. Je ne te demande pas si tu as envie d'en parler : tu refuses systématiquement de le faire.

— C'est vrai.

Aujourd'hui encore, elle faisait le choix du silence.

Elle ne disposait d'aucun moyen pour empêcher les cauchemars de se produire. Mais elle avait le pouvoir d'empêcher les ténèbres du passé de s'insinuer dans ses pensées durant la journée. C'était sa façon de reprendre le contrôle de sa vie en main.

— Tu devrais essayer de te rendormir, Stewart.

— Tu sais bien qu'aucun de nous deux ne parvient à retrouver le sommeil quand tu fais un de tes rêves. De toute façon, le réveil aurait sonné dans une heure.

Il avait les cheveux en bataille et ses yeux étaient rougis par la fatigue.

— On attend un groupe de vingt personnes à l'Adventure Centre ce matin. La journée va être chargée. Ce n'est pas plus mal si je pars bosser de bonne heure.

— Ce sont des grimpeurs expérimentés ?

— Non. Des scolaires partis pour une semaine d'aventure en montagne.

Une vague d'angoisse serra la poitrine de Suzanne. Son réflexe premier aurait été de le supplier de ne pas y aller, mais elle refusait de céder la victoire à la peur. Tout comme elle refusait de demander à Stewart de renoncer à ce qu'il aimait. De quel droit l'aurait-elle fait ?

— Sois prudent.

— Je suis *toujours* prudent.

Stewart l'embrassa et se dirigea vers la porte.

— Je te fais un café ?

L'idée de s'attarder au lit n'avait rien d'attractif.

— Volontiers, oui. Je prends vite une petite douche, puis je commencerai à faire mes listes.

— Faire tes listes ?

Elle sourit.

— C'est très masculin de poser ce genre de question. Tu crois que Noël, ça s'improvise ?

Elle noua la ceinture de sa robe de chambre, sachant d'expérience que l'activité était le meilleur remède pour chasser les ombres qui se déchaînaient dans sa tête.

— Il ne nous reste plus que quelques semaines. Et je veux que tout soit prêt à l'avance pour pouvoir être disponible pour nos petits-enfants. J'ai pensé qu'on pourrait acheter quelques jeux de société supplémentaires au cas où le temps serait vraiment trop moche. Je ne veux pas que les petites s'ennuient. Elles sont habituées à faire tout un tas d'activités sophistiquées à Manhattan.

— Si elles s'ennuient, elles nous aideront à nous occuper des animaux. Elles peuvent nourrir les poules avec Posy, rendre visite aux moutons, monter Socks.

Socks était le vieux poney de Posy. À l'âge vénérable de dix-huit ans, il jouissait d'une retraite aussi méritée que riche en foin dans les prés autour de Glensay Lodge.

— Beth est verte d'angoisse lorsque ses filles montent en selle.

Stewart secoua la tête.

— Beth se fait un souci d'encre pour tout. Elle les surprotège et tu le sais aussi bien que moi. Un enfant, ça n'est pas en verre.

— Comme si tu n'avais pas été un père hyper protecteur, toi aussi. Surtout avec Beth.

Il lui adressa un sourire penaud.

— Posy me faisait l'effet d'être une balle toujours prête à rebondir. Alors que Beth était une petite chose délicate.

— Beth a toujours été une fille-à-son-papa. Et si elle est très angoissée pour les petites, ce n'est pas très difficile de comprendre pourquoi.

— Je ne dis pas que je ne comprends pas. Mais un enfant a besoin de s'amuser. De faire des découvertes par lui-même. De commettre des erreurs. De vivre sa vie, en gros.

— C'est plus facile à dire qu'à mettre en pratique.

Suzanne avait conscience d'être surprotectrice de son côté.

— Je parlerai à Beth et j'essaierai de la convaincre de laisser les filles monter Socks. Et si le temps vire un peu trop à l'aigre, on pourra organiser des activités en cuisine. Les petites m'aideront à faire des gâteaux.

Stewart récupéra son verre à whisky vide de la veille.

— J'ai une idée révolutionnaire à te soumettre : au lieu de te lancer dans une organisation d'enfer et de stresser comme une malade, pourquoi ne pas décider d'un Noël simple et détendu cette année ? Un Noël où tu arrêterais de trop vouloir en faire ?

Suzanne en resta un instant bouche bée.

— Tu crois que les repas surgissent comme par magie sur la table ? Que le Père Noël livre ses cadeaux déjà emballés ?

Mais cette suggestion ressemblait tellement à Stewart qu'elle ne put s'empêcher de sourire. Pour un regard extérieur, leur fonctionnement de couple pouvait paraître traditionnel jusqu'à la caricature, mais sa vie était exactement telle qu'elle la souhaitait.

— Je vais te révéler un secret, Stewart : plus tu gères à l'avance, plus tu te détends, justement. J'ai envie que ce soit un beau Noël pour nous tous.

Leur famille ne se réunissant qu'une fois par an à Noël, elle voulait tout naturellement soigner ses préparatifs. Elle se dirigea vers la fenêtre, tira les rideaux et posa le front contre la vitre froide. De leur chambre, la vue s'étendait jusqu'au fond du vallon. La blancheur lumineuse de la neige renvoyait l'éclat de la lune et faisait briller la surface immobile du loch enserré entre les forêts poudrées de blanc. À l'arrière-plan s'élevaient les montagnes des Highlands, dominant le paysage de leur beauté létale.

Même si elle avait connu de très près le danger lié aux sommets enneigés, leur attirance s'exerçait encore. Elle aurait été incapable de vivre en plaine. Mais elle avait renoncé à grimper en hiver. Avec Stewart, elle se contentait de simples marches d'approche tant qu'il y avait de la neige. Et au printemps et en été, lorsque le temps se réchauffait, ils s'aventuraient sur des parcours plus ambitieux.

— Tu crois que c'était égoïste de notre part d'être venus nous installer ici ? Il n'aurait pas été préférable pour les filles de vivre dans une grande ville ?

— Non. Et il faut que tu arrêtes de te torturer avec ces questions. C'est ce cauchemar qui t'a toute retournée. Tu le sais, que toutes tes angoisses sont liées à ton rêve.

Stewart n'avait pas tort. Elle était heureuse de vivre ici, dans ce pays de lochs et de légendes, de vallées mystérieuses et de montagnes embrumées.

— Je m'inquiète pour Hannah, admit-elle en se tournant vers lui. De l'effet que ces visites ici produisent sur elle.

— Ce qui m'inquiète encore plus, c'est l'effet que sa présence ici a sur *toi*. Peut-être que je suis hanté par les fantômes de nos Noëls passés, qui sait ?

Il reposa son verre vide et se frotta le front d'un air préoccupé.

— Laisse-la trouver ses solutions toute seule, Suzy. Tu ne peux pas réparer l'irréparable, même si je sais que tu ne renonceras jamais à essayer.

La lumière de la lampe de chevet adoucissait ses traits énergiques et le faisait paraître plus jeune que son âge. Une vie entière vouée aux activités d'extérieur lui avait permis de garder une ligne impeccable et une superbe condition physique. Il y avait des jours où on lui donnait à peine cinquante ans, alors qu'il en comptait dix de plus. Les quelques fils d'argent dans ses cheveux étaient les seuls indices visibles du passage du temps. Elle aurait eu les mêmes si elle n'avait pas choisi d'avoir recours à quelques artifices en flacon.

Stewart et elle étaient tombés amoureux alors qu'ils étaient l'un et l'autre guides de haute montagne, à une époque où l'avenir avait à leurs yeux la grimpe pour seul visage. Tout ce qui les intéressait en ce temps-là, c'était le choix du prochain sommet, le défi d'une nouvelle ascension, d'un nouveau spot d'escalade mythique. Même si beaucoup de choses avaient changé depuis, Stewart et elle étaient restés inséparables. La plupart du temps, leur vie commune se déroulait selon un rythme confortable. Un rythme qui se trouvait bousculé à cette période de l'année.

Le passé ne desserrait jamais ses griffes, songea-t-elle. Il se faisait moins présent, certes. Par moments, il se réduisait à une ombre lointaine, un fantôme. Mais il ne s'effaçait pas. Ne lâchait pas prise.

— Je veux mettre le paquet pour que la maison ait un air festif et accueillant à Noël. Hannah travaille comme une folle tout le reste de l'année.

— Toi aussi, tu travailles dur. Ta vie ne tourne pas seulement autour de tes enfants, Suzanne. Ton café-boutique marche du tonnerre. Et il y a toujours un pic d'activité au moment des fêtes.

Une nouvelle angoisse la saisit.

— Ne me parle pas de la boutique ! Ça me rappelle qu'il me reste pas moins de trente chaussettes de Noël à tricoter pour soutenir l'équipe de secouristes bénévoles en montagne… Merci d'avoir ajouté à mon stress.

Avec un sourire en coin, Stewart récupéra ses vêtements sur la chaise où il les avait laissés en pile la veille.

— Tu tricotes pour nous ? J'ai hâte de voir ça. Tous les gars de l'équipe se baladant avec de bonnes grosses chaussettes tricotées aux pieds. Ça mérite que je les prenne en photo pour notre page Facebook.

Suzanne lui jeta un regard découragé.

— Je ne les tricote pas pour que vous les portiez, idiot. Elles servent à mettre des cadeaux de Noël dedans. On les vend chaque année en faisant une belle marge. Et avant que tu te moques de moi, je te signale que les profits tirés de la vente de l'année dernière ont permis d'acquérir un nouveau détecteur de victime d'avalanche et a financé en partie la nouvelle civière sophistiquée que vous utilisez.

— Mais oui, je sais bien.

— Alors pourquoi… ?

— J'adore te faire marcher. Ne serait-ce que pour le plaisir de voir la tête que tu fais quand tu es indignée. Cette façon d'avancer les lèvres, ce charmant froncement de sourcils, et… Aïe !

Il se baissa juste à temps pour esquiver l'oreiller qui volait dans sa direction.

— Hé ! C'est toi qui viens de faire ça ? Tu as quel âge ?

— Un âge suffisant pour avoir appris à viser à la perfection.

Il balança l'oreiller sur le lit, jeta de nouveau ses vêtements sur la chaise et la fit basculer sous lui.

Elle atterrit sur le matelas avec un léger cri de surprise.

— Stewart !

— Quoi ?

— On est à la bourre. Il y a mille choses à faire !

— Exactement. Et celle-ci en fait partie.

Il pencha la tête pour l'embrasser et la dernière chose qu'elle vit avant que leurs bouches se mêlent fut son regard bleu rieur qui plongeait dans le sien.

Lorsqu'ils ressortirent une *seconde* fois du lit, les premiers rayons d'un faible soleil d'hiver se glissaient entre les rideaux.

Stewart se hâta vers la salle de bains.

— C'est malin, je suis en retard maintenant. Je considère que c'est entièrement ta faute.

— Ah oui ? Peux-tu me détailler les chefs d'inculpation ?

Mais il était déjà sous la douche, à chanter à tue-tête en éclaboussant énergiquement les parois de la cabine.

Suzanne s'accorda encore quelques instants au lit, le corps alangui, la tête agréablement floue et le cauchemar relégué au loin.

— Assez paressé, Suzanne. Il est temps de t'attaquer à tes chaussettes de Noël !

Tricoter était sa méthode anti-stress par excellence, même si cela lui avait pris des années pour le découvrir.

Jusqu'à trente ans passés, elle n'avait jamais touché à des aiguilles.

Puis elle s'y était mise par amour pour les filles. Elle avait ressenti le besoin de les envelopper – de les emmitoufler de douceur, de laine et de chaleur. Lorsqu'elle s'était attaquée à son premier ouvrage, elle avait fait plus que confectionner un pull : elle avait tricoté pour renouer les liens, réparer leur famille fracturée, mêlant les fils séparés entre eux pour créer une solide surface de mailles serrées, toutes solidaires les unes des autres.

Stewart sortit de la douche en s'essuyant les cheveux avec une serviette.

— Tu veux que je m'occupe de choisir un sapin de Noël en rentrant tout à l'heure ?

— Posy a promis qu'elle s'en chargerait. J'ai pensé que ce serait bien d'attendre encore quelques jours. Je ne veux pas que les aiguilles commencent à tomber avant Noël. Combien de sapins faut-il prévoir cette année, à ton avis ? Je pensais en mettre un dans le vestibule, un dans le living et un dans le salon-TV. Et éventuellement un quatrième dans la chambre de Hannah.

— Tu es sûre de ne pas vouloir en dresser un aussi dans le débarras ? Et un autre dans la salle de bains du bas, peut-être ?

Elle le dévisagea un instant.

— Tu sais qu'il reste des quantités de coussins ici que je pourrais t'envoyer à la figure, Stewart McBride ?

Mais il avait réussi à la distraire de son cauchemar. Elle savait bien qu'il l'avait fait à dessein et elle ressentit un profond élan d'amour pour lui.

— Tout ce que j'essaie de suggérer, c'est que tu devrais peut-être envisager de laisser quelques arbres dans la forêt.

Il jeta le drap de bain mouillé sur une chaise, croisa son regard et le récupéra pour aller le suspendre dans la salle de bains.

— Chaque année, tu t'épuises à vouloir transformer

cette maison en un genre de mix entre l'atelier du Père Noël et la maison du bonheur.

Il s'habilla rapidement, enfilant l'une sur l'autre les multiples couches nécessaires pour survivre à une journée en extérieur dans l'hiver des Highlands.

— Tu places la barre de tes attentes très haut, Suzanne. Ce n'est pas facile d'être à la hauteur.

— Je reconnais qu'il y a parfois quelques tensions lorsque les enfants sont à la maison…

— Ce sont des femmes, à présent. Plus des enfants. Et « quelques tensions » est un euphémisme.

Suzanne se leva et entreprit de retirer les draps.

— Cette année, ce sera peut-être plus paisible. Beth et Jason sont heureux et leur petite famille se porte bien. J'ai hâte d'avoir nos petites-filles à la maison. Je pensais accrocher des chaussettes de Noël au-dessus de la cheminée et mettre plein de gourmandises faites maison à l'intérieur. Ce serait sympa. Quant à Hannah, elle n'aura rien à faire, car j'ai l'intention de boucler tous les préparatifs avant son arrivée. Comme ça, j'aurais du temps à lui consacrer. J'aimerais bien qu'elle me parle un peu d'elle.

Elle serra les draps en boule contre sa poitrine.

— Si seulement Hannah pouvait rencontrer quelqu'un, elle…

Stewart secoua la tête.

— Elle quoi ? Elle le goberait tout cru en guise de petit déjeuner ? S'il te plaît, Suzy, n'aborde pas ce sujet avec elle. La vie amoureuse de Hannah ne regarde qu'elle. Et je n'ai pas l'impression que ce soit vraiment sa tasse de thé, d'ailleurs.

— Ne dis pas ça.

Elle refusait de penser que Stewart puisse avoir raison. Hannah avait besoin d'amour. D'intimité. D'une relation solide. Il lui fallait une famille pour former un cercle protecteur autour d'elle. Tout le monde avait besoin d'être entouré.

Elle-même n'avait aspiré qu'à cela depuis l'enfance. À

l'âge de six ans, déjà, elle en rêvait. Ses premières années, elle les avait passées en tête à tête avec une mère trop avinée pour s'apercevoir de son existence. Plus tard, lorsque l'abus incessant d'alcool avait eu raison de l'organisme maternel, Suzanne avait été placée en structure d'accueil. Dans chaque texte libre qu'elle avait eu l'occasion d'écrire à l'école, il avait été question de familles aimantes. Dans ses rêves, elle avait toujours un papa, une maman, une fratrie. Jusqu'à l'âge de dix ans, où elle avait compris qu'il n'y aurait jamais de parents pour elle.

Son parcours erratique avait fini par la mener en foyer. Et là, Cheryl était entrée dans sa vie. Cheryl qui était devenue pour elle la sœur qu'elle attendait. Leur amitié avait été immédiate, profonde. Tout l'amour qu'elle gardait en réserve, elle avait pu le déverser dans leur relation. Elles avaient été tellement soudées, toutes les deux, que les gens les avaient toujours cru de la même famille.

L'affection de Cheryl avait comblé les creux et les béances de son être, comme une matière liante qui aurait recollé les fragments brisés. Suzanne avait cessé de se sentir perdue et seule. Et oublié toute envie d'être adoptée puisque l'adoption l'aurait séparée de Cheryl.

Elles avaient tout partagé, à l'époque : leur chambre, leurs fous rires, leurs vêtements, tout comme leurs rêves et leurs espoirs d'avenir. Le souvenir de leur amitié était toujours resté très présent en elle. Le besoin d'entendre le rire contagieux de Cheryl se manifesta avec une telle force, soudain, que Suzanne faillit décrocher son téléphone.

Il y avait vingt-cinq ans déjà qu'elles ne se téléphonaient plus. Et pourtant le besoin de lui parler demeurait toujours aussi impérieux par moments.

La part d'elle qui avait été amputée de son amie n'avait jamais guéri.

— Suzanne ? À quoi tu penses ?

La voix de Stewart la ramena au présent. Il avait toujours considéré que Cheryl exerçait une influence négative sur elle.

L'ironie dans l'histoire, c'était que, sans Cheryl, son chemin et celui de Stewart ne se seraient jamais croisés. Sans son amie, elle ne serait jamais devenue guide de haute montagne.

— Je pensais à Hannah.

— Si tu commences à la bombarder de questions sur sa vie amoureuse, tu peux être sûre qu'elle repartira par le premier avion. Et il ne te restera plus qu'à faire une croix sur ton joyeux Noël en famille.

— Je tiendrai ma langue, promis. D'ailleurs, je peux toujours demander à Beth. C'est un soulagement de les savoir pas trop loin l'une de l'autre, à Manhattan. Pour Hannah, surtout, ça me rassure. Le couple de Beth fonctionne bien et la maternité lui réussit. Peut-être que cela donnera des idées à Hannah, de passer du temps ici avec sa sœur et sa petite famille ?

Dans quelques semaines, les trois filles seraient réunies et les McBride, cette année, vivraient un Noël d'exception.

Suzanne n'aurait su expliquer pourquoi, mais elle en avait la profonde, l'intime certitude.

Chapitre 2

Beth

La vie de mère au foyer la tuait à petit feu.

Beth bataillait en vain pour extraire ses enfants de leur magasin de jouets préféré lorsque son mobile sonna. Une bouffée de culpabilité l'envahit, comme si on la surprenait en pleine infraction.

Car elle l'avait promis solennellement à Jason : *plus de jouets*. Mais elle n'était pas douée pour dire non aux filles. Jason sous-estimait systématiquement la ténacité d'un enfant déterminé à obtenir ce qu'il voulait. Nul ne s'y entendait comme un gamin en bas âge pour entamer la détermination d'un adulte. *S'il te plaît, maman. S'il te plaaaaaît…*

Elle trouvait d'autant plus difficile d'être ferme qu'elle voulait être une bonne mère, tout en ayant la très nette impression d'échouer dans son rôle de parent. Plus le temps passait, plus l'écart semblait se creuser entre la mère qu'elle était devenue et celle qu'elle avait eu l'intention d'être.

Tout en extrayant son téléphone de son sac, elle tenta de manœuvrer Ruby pour l'éloigner d'un énorme camion de pompier doublement équipé d'un gyrophare *et* d'une sirène hurlante. Le genre de jouet catastrophe forcément conçu par un type jeune, célibataire et sans enfants.

Le numéro à l'écran ne figurait pas parmi ses contacts, mais elle prit l'appel quand même, répugnant à laisser passer l'opportunité d'une conversation avec un adulte. Depuis qu'elle était mère, non seulement les frontières de son monde s'étaient rétrécies, mais elle avait l'impression de rétrécir elle-même par la même occasion.

Dans l'état où elle se trouvait en ce moment, elle aurait été capable de se lier d'amitié avec n'importe qui, à condition qu'on lui parle d'autre chose que d'alimentation infantile, de performances du tout-petit ou de préceptes éducatifs. La semaine précédente, elle s'était surprise à faire durer une conversation avec un démarcheur en assurances automobiles, alors qu'elle n'avait même pas de voiture… Il avait fini par couper court et raccrocher, ce qui devait être une grande première dans l'univers de la prospection téléphonique.

— Oui, allô ?

Son téléphone était couvert d'une matière gluante et elle essaya de ne pas penser à la provenance de la substance visqueuse en question. Le goûter favori de Melly ? Durant sa première grossesse, Beth avait pris la ferme décision de ne *jamais* donner de sucres rapides à ses enfants, mais cette résolution, comme beaucoup d'autres, s'était évaporée dans le feu cruel de l'action.

— Je *veux* le beau camion de pompier, maman !

Ses filles continuaient de la solliciter allègrement sans se soucier du fait qu'elle parlait au téléphone. La vie de mère ne connaissait aucune pause. Pas de pause pub, pas de pause pipi et encore moins de pause papotage.

Ses besoins à elle passaient systématiquement après ceux du reste de sa famille.

Beth avait toujours su qu'elle voulait des enfants. Ce qu'elle n'avait pas vu venir, en revanche, c'était la part d'elle-même à laquelle il lui faudrait renoncer en devenant mère. Elle tourna la tête de manière à pouvoir entendre la personne à l'autre bout du fil.

— Beth McBride ?

La voix féminine était énergique et professionnelle. Une femme qui n'avait pas de temps à perdre et pour qui cet appel n'était qu'un élément parmi d'autres sur sa longue *to-do list*.

Il y avait eu un temps où Beth avait été ce genre de *working girl*, elle aussi. En phase avec Manhattan, son rythme et son clinquant. Branchée sur le pouls effréné de la ville, elle avait contribué à l'énergie vibrante qui y pulsait jour et nuit. Arriver à New York avait été comme essayer une nouvelle robe et découvrir qu'elle lui allait à la perfection. Cette robe, on n'avait plus jamais envie de l'enlever. Tout ce qu'on voulait, c'était en acheter une seconde pour en avoir une de rechange au cas où.

Et puis on se réveillait un jour pour s'apercevoir que cette robe, on ne l'avait plus. Et qu'elle nous manquait tellement que chaque fois qu'on la voyait sur quelqu'un d'autre, on avait envie de la lui arracher.

— Beth McBride, oui. C'est moi.

McBride.

Il y avait longtemps que personne ne l'appelait plus ainsi. Elle était Bethany Butler, désormais.

— Beth, ici Kelly Porter de KP Recruiting.

Beth en aurait laissé échapper son téléphone s'il n'avait pas été gluant au point de lui rester collé dans la paume.

Avant d'avoir des enfants, elle avait travaillé comme chargée de relations publiques pour plusieurs agences spécialisées dans le secteur cosmétiques. Elle était partie des premiers échelons mais s'était frayé très vite un chemin vers le haut. Kelly Porter lui avait procuré au moins deux de ses meilleurs postes.

— Ah, Kelly ! C'est sympa de t'entendre.

D'instinct, Beth se tint plus droite et se lissa les cheveux, même si ce n'était pas un appel vidéo.

— J'ai quelque chose qui pourrait t'intéresser, je crois.

L'intéresser ? *Tout* l'aurait intéressée en ce moment, à condition que ça ne couine pas, ne dégouline pas et ne laisse pas de marques sur le parquet. Cela dit, elle avait les plus grandes peines du monde à comprendre pourquoi Kelly faisait appel à *elle*.

Dans le temps, Jason et elle avaient évoqué l'idée qu'elle pourrait reprendre une activité professionnelle, une fois que les filles seraient un peu plus grandes. À présent que Ruby était entrée en maternelle, le moment était venu de remettre cette discussion sur le tapis. Mais la plupart du temps, elle était trop épuisée le soir pour se sentir en état de présenter une suite d'arguments cohérents. Et puis il y avait la part d'elle qui se sentait coupable de vouloir « abandonner » ses filles.

— Quelque chose qui pourrait m'intéresser ?

— J'ai cru comprendre que tu faisais un break dans ta carrière.

Le ton de Kelly laissait entendre qu'elle classait ce genre d'infortune au même rang que des sinistres tels que la fièvre jaune ou un accident grave de la circulation.

— J'ai pris quelques années off pour me consacrer à ma famille, oui.

Sourcils froncés, Beth fit non de la tête et détacha la tenue de princesse des mains de Melly. Sa fille aînée avait déjà un placard plein de robes du même style. Jason se taperait la tête contre les murs si elle en rachetait encore une. A fortiori maintenant, à quelques semaines de Noël.

— Tu as peut-être entendu parler de Glow PR, Beth ? enchaîna Kelly, sans juger utile de rebondir sur le sujet de sa famille.

— Glow PR ? Non, ça ne me dit rien.

— L'équipe est jeune, dynamique, et en train de se faire rapidement un nom. Ils recherchent quelqu'un avec un profil comme le tien.

Comme le sien ? Cela ressemblait à quoi, un profil comme le sien ?

Elle se connaissait un profil de mère, d'épouse, de cuisinière, de chauffeur, d'agent d'entretien, d'animatrice de jeux et d'assistante. Autres qualités notoires : elle n'avait pas son pareil pour faire partir les taches de sauce tomate sur les murs et était capable de réciter par cœur les livres préférés de Ruby sans même les sortir de l'étagère.

Accroché au mur devant elle scintillait un petit miroir rose, pourvu d'une quantité de strass et de brillants propre à ravir toute aspirante princesse digne de ce nom. Mais si le miroir se voulait digne d'un conte de fées, il n'y avait rien de féerique dans le reflet d'elle-même qu'il renvoyait à Beth.

Elle avait les cheveux très bruns et ses quelques essais de teinture dans des nuances plus claires avaient achevé de la convaincre que certaines femmes n'étaient pas faites pour la blondeur. En cet instant précis, elle arborait une jolie paire de cernes parfaitement assortis à la couleur de sa chevelure. Comme si la nature était déterminée à souligner à quel point elle était à bout de forces.

Pendant des années, elle s'était crue initiée aux subtils secrets de beauté qui permettaient à une femme de parfaire le look de son choix. Mais elle savait à présent que le produit de soin *number one* n'était ni une crème de jour ni un sérum contour des yeux, mais une bonne nuit de sommeil ininterrompue. Le genre de remède miracle qui ne se trouvait ni en pot, ni en tube, ni en flacon.

Ruby tira sur son manteau.

— Maman ? Tu me le donnes, ton téléphone ?

Beth pouvait bien avoir n'importe quel objet entre les mains, Ruby le voulait toujours et systématiquement pour elle.

Elle fit non de la tête et lui désigna le camion de pompier dans l'espoir de distraire son attention.

Ruby rêvait d'être pompier quand elle serait grande. Mais Beth estimait qu'elle ferait plutôt une brillante carrière dans les métiers de la vente. Cette enfant n'avait que quatre ans, mais elle avait l'art de vous réduire à la soumission en deux temps, trois arguments.

— Beth ?

— Je suis là. Je t'écoute.

Mauvaise réponse. Elle aurait dû dire : « Je suis une maman au foyer maintenant. Merci d'avoir appelé, mais je ne suis pas intéressée. »

La vérité, c'était que l'appel de Kelly l'intéressait bel et bien.

— L'entreprise a son siège social tout près d'ici, sur la Sixième Avenue, mais elle vise une clientèle internationale et elle est implantée aussi sur la côte ouest.

La côte ouest.

L'imagination de Beth s'envola vers la Californie en classe business. Aujourd'hui, un magasin de jouets. Demain, Beverly Hills. Hollywood. *Du champagne.* Un univers fait de luxueux déjeuners d'affaires. Un monde d'adultes, de gens qui vous écoutent lorsque vous ouvrez la bouche. Une vie où il était possible d'aller aux toilettes sans qu'une petite silhouette tenace ne vous emboîte aussitôt le pas.

— Maman ? Je *veux* le beau camion rouge !

Le cerveau de Beth planait encore à Beverly Hills.

— Dis-moi-en un peu plus sur Glow PR, Kelly.

— C'est une société à expansion rapide et ils sont prêts à étoffer leur équipe. Ils aimeraient te rencontrer.

— *Moi ?*

Elle se mordit la lèvre. Nulle, nulle, nulle sa réaction. Elle était censée rayonner de confiance en elle-même. Mais la confiance en soi, avait-elle découvert au fil des ans, était une ressource non renouvelable. Ses filles avaient rogné la sienne millimètre après millimètre, à coups de caprices, de nuits blanches et de petits doigts gluants.

— Tu as l'expérience, les contacts médias et la créativité, répondit Kelly.

Je les avais, rectifia Beth in petto.

— Cela fait un petit moment que je suis sortie du circuit.

Sept années pour être précise.

— C'est pourtant toi que Corinna Ladbrooke a demandée spécifiquement.

— Corinna ?

Entendre le nom de son ex-supérieure hiérarchique éveilla un mélange d'émotions compliquées.

— Corinna a changé d'entreprise ?

— C'est elle qui a monté Glow PR. Fais-moi savoir quand tu disposeras d'un moment libre. Je peux t'arranger un rendez-vous pour que tu rencontres sa nouvelle équipe.

Corinna souhaitait retravailler avec elle ? Elles avaient collaboré de près toutes les deux, dans le temps. Mais Corinna n'avait plus donné l'ombre d'une nouvelle depuis que Beth avait arrêté de travailler pour s'occuper de ses filles.

Corinna n'éprouvait aucun intérêt pour les enfants. Elle n'en avait pas, n'en voulait pas et ne souhaitait pas en entendre parler. Si quelque imprudente dans son staff se montrait assez inconsciente pour s'égarer dans les impasses de la maternité, Corinna se contentait d'ignorer le phénomène.

Ruby commença à pleurer et Beth se baissa pour la soulever d'une main, en vérifiant par automatisme que sa fille n'avait pas perdu Bugsy. Ruby ne pouvait pas vivre sans sa peluche fétiche et Beth veillait toujours avec le plus grand soin à ne pas l'oublier quelque part.

Cesserait-elle de se tourmenter de manière aussi maladive au sujet de ses enfants si elle retrouvait une vie professionnelle ?

Elle savait que son anxiété de mère était excessive, irrationnelle. L'idée que quelque chose d'affreux pouvait arriver à ses enfants la hantait en permanence.

— Kelly, je te recontacte dans un moment, d'accord ? Je suis en ville et je n'ai pas mon agenda sur moi. Je vérifie mon emploi du temps et je te rappelle.

Sachant que « l'emploi du temps » en question se résumait à conduire ses filles à leurs cours de danse, de dessin ou d'initiation au mandarin.

— Très bien. Ne tarde pas trop quand même.

Le téléphone se fit muet. Beth resta un instant pensive, la tête perdue dans les nuages, et le bras qu'elle avait passé autour de Ruby au bord de la crampe. Allez comprendre par quelle mystérieuse loi de la physique le poids d'un enfant semblait augmenter en proportion de la durée du portage.

Grimaçant de douleur, elle reposa Ruby.

— Allez, les filles. On rentre à la maison, cette fois.

Question décibels, le hurlement de Ruby n'eut rien à envier à la sirène du jouet qu'elle convoitait tant.

— Le camion de pompier ! Tu avais *promis* !

De son côté, Melly inventoriait les déguisements.

— Si j'ai même pas le droit de m'habiller en princesse, je veux être un super-héros !

Moi aussi je voudrais bien être une super-héroïne...

Une bonne mère aurait maintenu son refus et expliqué calmement qu'il existait des règles et des limites. Les filles seraient sorties du magasin assagies, avec une conscience plus claire de la valeur de l'argent ainsi que des notions de satisfaction différée et de récompense liée au comportement.

Beth n'était pas ce genre de mère. Elle finit par céder et acheta *et* le camion de pompier *et* le déguisement.

Lestée de deux fillettes radieuses, d'un monceau de paquets et d'un pénible sentiment de débâcle maternelle, Beth se retrouva, épuisée, sur le trottoir devant le magasin.

Manhattan en décembre était à l'acmé de son charme hivernal. Le contraste vibrant entre les vitrines à couper le souffle qui brillaient de tous leurs feux et la morsure du froid hivernal créait une atmosphère très particulière qui attirait les foules du monde entier. Les trottoirs étaient bondés et la population de Midtown se voyait gonflée par une marée de touristes incapables de résister à l'appel de la Cinquième Avenue à l'approche des fêtes.

Beth adorait Manhattan.

Dès qu'elle avait eu son master en communication en poche, elle avait cherché et trouvé un emploi à Londres. Mais le jour où son agence de relations publiques l'avait mutée dans sa succursale de New York, elle avait ressenti une griserie incroyable, comme si le simple fait de vivre à Manhattan lui conférait déjà un statut à part. Une fois sur place, elle avait été partagée entre l'exaltation et la terreur. Elle s'était vue marcher d'un pas assuré dans des rues aussi mythiques que la Cinquième Avenue, la 42e Rue et Broadway, à essayer de se donner l'air d'une New-Yorkaise pur jus. Par chance, elle était passée par l'étape Londres avant, sinon le contraste entre le niveau sonore de New York et celui de son village isolé des Highlands aurait eu raison de ses tympans comme de son équilibre mental.

Chaque jour en allant bosser sur la Cinquième Avenue, elle avait eu l'impression vertigineuse de se mouvoir dans un décor de film se déroulant à l'infini. L'euphorie suscitée par l'expérience avait plus que compensé les quelques petits accès de mal du pays qu'elle avait pu ressentir. Et qu'importe si elle vivait dans un appartement si minuscule qu'elle touchait les murs des deux côtés sans même sortir de son lit ? Elle vivait et travaillait à New York, la ville la plus excitante du monde.

Depuis, elle s'était mariée et avait eu deux enfants. Mais son émerveillement ne s'était pas émoussé pour autant.

Leur appartement était plus spacieux, leurs rentrées d'argent plus conséquentes. Mais hormis cela, rien n'avait changé. Tenant fermement la main de Ruby dans la sienne, Beth téléphona à Jason pour lui parler de l'appel de Kelly, mais son assistante lui répondit qu'il était en réunion.

Elle se souvint brusquement que son mari présentait un projet important ce jour-là et qu'il avait une semaine chargée en perspective. Parviendrait-il à se libérer le temps qu'elle rencontre Corinna et son équipe ?

— Maman ? *Mamaaaan ?*

Ruby se suspendit à sa main de tout son poids, lui déboîtant plus ou moins l'épaule.

— J'veux plus marcher, maman ! Je suis fatiguée.

Moi aussi, je suis fatiguée.

— Si tu accélères un peu, on arrivera plus vite à la maison. Et ne lâche pas Bugsy, hein ? Il ne manquerait plus que tu le perdes dans la rue… Ne t'approche pas du bord du trottoir, ma puce.

Beth frissonna. Elle voyait des accidents partout. Et la nature aventureuse et téméraire de sa petite dernière n'arrangeait rien à l'affaire. Ni la prudence ni l'instinct de conservation ne semblait faire partie de l'équipement de base de Ruby. Alors que Melly était le genre d'enfant à rester en permanence collée contre sa mère, Ruby ne pensait qu'à explorer le vaste monde.

C'était exténuant.

Beth mourrait d'envie de travailler pour Glow PR. Elle rêvait de naviguer librement dans les rues sans être tout le temps en mode alerte, à guetter les désastres potentiels. Elle n'était quand même pas la seule femme de New York à souhaiter concilier enfants et vie professionnelle, non ? Il devait bien exister des solutions.

La mère de Jason habitait à quelques pas de chez eux. Si elle retrouvait du boulot, Alison accepterait peut-être de l'aider en récupérant les filles de temps en temps, qui sait ? Melly et Ruby adoraient leur grand-mère. Une affection que Beth partageait, d'ailleurs. Alison était l'antithèse de la belle-mère caricaturale. Loin de voir en elle la femme qui lui volait son fils, Alison l'avait accueillie à bras ouverts comme la fille qu'elle avait toujours rêvé d'avoir.

Sa belle-mère l'aiderait avec plaisir, Beth en était à peu près sûre. Ce qui laissait juste un petit problème : décrocher ce fameux job.

Avait-elle encore les atouts nécessaires pour faire impression sur Corinna après une pause aussi abyssale dans sa carrière ?

Son CV lui paraissait tristement déplumé. Et s'il lui manquait les qualités requises pour reprendre le train en marche ? Elle se demandait par moments si elle était encore capable de soutenir une conversation normale entre adultes ! Alors espérer faire impression sur un panel de professionnels brillants et bourrés d'idées créatives…

Et si elle passait un petit appel à sa sœur ? Hannah était la personne la mieux placée au monde pour comprendre qu'une femme pouvait avoir des rêves de carrière plein la tête. Sa sœur faisait du conseil en management à très haut niveau et semblait passer sa vie à voyager en première classe d'un bout à l'autre de la planète pour prodiguer de brillantes recommandations à des chefs d'entreprise de haut calibre. En leur facturant pour ses services des sommes proprement exorbitantes.

Comme Hannah devait venir dîner demain soir, Beth avait déjà prévu de lui passer un rapide coup de fil pour confirmer le rendez-vous.

La voix nette, neutre et factuelle de sa sœur résonna dans son oreille :

— C'est une urgence, Beth ? Je suis en train d'embarquer. Je te rappelle dès que je suis arrivée, si j'arrive à dégager un petit moment avant ma réunion.

Tout va bien, Beth ? Ça me fait plaisir que tu m'appelles. Et comment vont mes nièces ?

Beth avait toujours rêvé de nouer des liens complices avec sa sœur aînée. Elle n'aurait su dire si c'était sa faute ou celle de Hannah si elles y parvenaient aussi mal. Depuis quelque temps, l'éloignement entre elles allait en se creusant. Leurs dîners rituels se faisaient de plus en plus rares. Cela venait-il d'elle et de son incapacité à parler d'autre chose que de ses mômes ? Sa propre sœur trouvait-elle sa compagnie trop terne ?

Elle raffermit sa prise sur Ruby qui se tortillait et se débattait comme un beau diable. C'était un peu comme essayer de serrer un asticot dans sa main, mais si elle la lâchait, Ruby finirait sous les roues d'un taxi.

— Ne te stresse pas, Hannah. Si tu n'as pas le temps de rappeler, ce n'est pas grave. On en parlera demain soir, ce n'est pas urgent.

— Justement. Je voulais te dire, pour le dîner de demain…

Hannah s'interrompit pour répondre à l'hôtesse de l'air.

— Non merci, pas de champagne. Je travaille. Une eau gazeuse ? Oui, très bien. C'est parfait.

Beth réprima une bouffée d'envie pure. Elle aurait bien aimé être en situation, elle aussi, de refuser du champagne.

Non merci, vraiment. Il faut que je garde la tête claire pour m'exprimer devant un parterre de professionnels qui ont hâte d'entendre ce que j'ai à leur raconter.

— Ne me dis pas que tu vas encore me laisser en plan avec mon dîner ?

— Je bosse, Beth.

— Oui, je sais.

Elle n'avait pas besoin qu'on le lui rappelle. Voilà ce qu'elle était devenue, désormais : une femme au foyer avec un complexe d'infériorité en voie d'aggravation rapide, alimenté par la réussite professionnelle de sa sœur. Elle essaya de ne pas penser à la pièce d'agneau qu'elle avait mise à mariner pour le lendemain ni au magnifique dessert qu'elle avait prévu de servir. Hannah était toujours fourrée dans les meilleurs restaurants. Pouvait-elle sérieusement espérer l'impressionner avec sa pavlova de Noël ? Une meringue, aussi réussie soit-elle, ne changerait jamais la face du monde.

Était-elle tombée si bas dans l'estime d'elle-même qu'elle en était réduite à quêter l'approbation de sa sœur ?

— Tu t'envoles pour quelle destination, cette fois ?

— San Francisco. Ça s'est décidé à la dernière minute. J'allais t'envoyer un texto, le temps de terminer mon mail urgent en cours.

Tout était *toujours* une affaire de dernière minute avec Hannah.

— Tu rentres quand ?

— Tard vendredi soir. Et je repars pour Frankfort dimanche. On peut reporter ?

— Le dîner prévu demain était *déjà* un dîner reporté, observa-t-elle. En fait, c'était un report de report de report.

En arrière-plan, un bruissement de papier caractéristique indiquait que Hannah était occupée à compulser des documents tout en lui parlant au téléphone.

— On fixera une nouvelle date. Tu sais que j'ai très envie de te voir.

Tu sais ? Pas vraiment, non.

Elle ne savait qu'une chose, en vérité : c'était toujours elle qui relançait sa sœur et non l'inverse. Elle s'était souvent demandé si Hannah prendrait la peine de se manifester si elle renonçait à essayer de son côté. Mais la question était purement rhétorique car elle ne renoncerait jamais. Même si sa sœur l'exaspérait et mettait sa sensibilité à mal, Beth était viscéralement attachée à l'idée de famille. Elle avait la ferme intention de se raccrocher à la sienne, quitte à y planter les ongles.

— Tu m'en veux pour quelque chose ? Chaque fois qu'on doit se voir, tu trouves une excuse pour te défiler.

Il y eut un silence.

— Je m'absente pour mon boulot, Beth. N'y vois surtout rien de personnel.

Beth avait l'horrible sensation que c'était tout ce qu'il y avait de plus personnel, au contraire.

À l'instar de Corinna, Hannah refusait d'ouvrir le chapitre « maternité » dans le livre de sa vie. Mais ce qui se passait maintenant allait plus loin que ça. Beth en arrivait à se dire que Melly et Ruby insupportaient sa sœur. Et cette pensée lui faisait l'effet d'un coup de couteau en plein cœur.

— Ne me dis pas que je me fais juste des idées. Tu t'éloignes de moi, Hannah !

Corinna avait juste été sa chef. Rien ne l'obligeait à s'intéresser à ses enfants. Mais Hannah était leur *tante*, merde !

Elle entendit le soupir de Hannah sur la ligne.

— Nous avons des vies de dingues, toi et moi. On court après le temps en permanence.

— OK. D'accord. Mais on habite dans la même ville et on ne se voit strictement jamais ! Je ne sais rien de la vie que tu mènes ! Es-tu heureuse ? En bonne santé ? Tu vois quelqu'un en ce moment ?

Elle savait que leur mère lui poserait la question et Beth considérait qu'il lui incombait d'être une source d'information à jour. Avec cela, elle avait l'âme romantique. Si Hannah avait un mec, ils pourraient se voir plus souvent, tous ensemble. Sortir dîner à quatre, par exemple.

Mais apparemment, il était écrit que cela n'arriverait jamais.

— Lorsqu'on vit à Manhattan, on voit forcément du monde, Beth. Beaucoup de monde.

Hannah était et resterait un mur. Beth renonça à essayer de lui extirper des informations.

— Ruby et Melly te réclament. Tu es la seule personne de la famille qui vit de ce côté-ci de l'Atlantique. Elles sont folles de joie quand tu viens nous voir.

Elle décida de tester sa théorie.

— Tu n'as qu'à venir ce week-end.

— Chez vous, tu veux dire ?

Beth était certaine de ne pas avoir imaginé la note de panique dans la voix de sa sœur.

— Chez nous, oui. Viens déjeuner. Ou dîner. Reste pour la journée complète et dors à la maison.

Il y eut un temps de silence. Puis, de nouveau, la voix crispée de Hannah :

— Je serais obligée de passer mon temps chez vous à bosser. Ce serait peut-être mieux qu'on aille manger un morceau ensemble, vite fait, toutes les deux.

Se retrouver entre sœurs, quelque part en ville, autrement dit. Loin, très loin de toute présence enfantine.

Beth souleva Ruby de son bras libre et la cala sur une hanche, submergée par un amour de lionne farouchement protecteur.

Ses petites. Ses filles. *Sa vie.* Elles étaient, toutes les deux, ce qu'elle aimait le plus au monde. Sa sœur n'aurait-elle pas dû s'intéresser à elles ne serait-ce que pour cette raison ? L'ironie de l'histoire, c'était que Hannah, à force de se faire rare, était devenue pour les filles une sorte d'idole, avec une immense aura de prestige et de glamour.

La dernière fois que Hannah était venue les voir, Ruby avait essayé de se nicher sur ses genoux pour lui faire un câlin et Beth avait vu sa sœur se pétrifier. Elle s'était plus ou moins préparée à l'entendre hurler « Descends de là ! » Pour parer au drame, elle avait cueilli une Ruby interloquée du giron de Hannah et avait réussi à distraire l'attention de sa fille. Mais l'incident l'avait choquée et blessée. Et elle était restée tendue jusqu'au moment où sa sœur était repartie.

Jason lui avait rappelé que Hannah était ainsi et qu'elle ne changerait pas.

— Bon, très bien. On ira manger un morceau quelque part, toutes les deux, si tu préfères. Tu travailles trop.

— J'ai l'impression d'entendre Suzanne.

Beth libéra sa boucle d'oreille des petits doigts joueurs de Ruby.

— D'entendre *maman*, tu veux dire. Pourquoi tu t'obstines à l'appeler Suzanne ?

— Je préfère.

Le ton de Hannah s'était refroidi.

— Je suis désolée de te faire faux bond demain, mais on aura tout le temps de se rattraper à Noël.

— À Noël ?

Beth faillit lâcher Ruby sous le choc.

— Parce que tu rentres à la maison pour les fêtes ?

— Si par « la maison », tu entends l'Écosse, la réponse est oui.

Hannah s'interrompit pour parler à l'hôtesse et Beth l'entendit commander du saumon et du bœuf braisé.

En temps normal, Beth se serait étonnée que sa sœur prenne à la fois de la viande et du poisson alors qu'avec son appétit d'oiseau, elle picorerait deux bouchées et laisserait le reste. Mais elle était focalisée sur cette nouvelle totalement inattendue : Hannah serait présente à Glensay Lodge pour les fêtes.

— L'année dernière, tu t'es désistée au dernier moment.

— J'avais des tonnes de boulot… Et puis tu sais comment ça se passe à Noël, là-bas. C'est le seul moment de l'année où la famille est au grand complet, donc c'est censé être *doublement* la fête. Il y a une pression de dingue pour qu'on soit tous radieux, enthousiastes et que les repas se déroulent dans la convivialité et le bonheur extatique d'être rassemblés en famille. Ce n'est plus une maison, c'est une cocotte-minute. Suzanne se démène jusqu'à l'épuisement pour que tout soit parfait et Posy me vole dans les plumes chaque fois que la perfection n'est pas au rendez-vous et qu'elle estime que je suis la trouble-fête.

C'était tellement exceptionnel que Hannah exprime le fond de sa pensée que Beth fut prise de court. Mais avant qu'elle ait pu trouver une réponse appropriée, sa sœur avait changé de sujet.

— Tes filles ont une idée de ce qui leur ferait plaisir pour Noël ?

Tes filles. Tes enfants. Hannah parlait toujours de Melly et de Ruby comme si elles formaient un ensemble indistinct. Comme si ses filles n'avaient pas une individualité propre.

Beth savait que sa sœur déléguerait l'achat des cadeaux à son assistante. Comme chaque année, elle y mettrait le prix et leur offrirait de beaux jouets qui finiraient dans un placard au bout d'une semaine. Beth y voyait une forme de compensation au manque total d'intérêt que sa sœur portait à ses nièces.

Le camion de pompier qui lui battait la jambe à chaque pas lui rappela qu'elle n'était pas en position de critiquer qui que ce soit sur la question des cadeaux compensatoires.

— Surtout n'achète rien qui couine ou qui déclenche des bruits de sirène en pleine nuit. Et veille à dépenser le même montant pour l'une et pour l'autre.

Elle tenait mentalement un compte serré de ses faits et gestes, se surveillant en permanence pour s'assurer qu'elle ne montrait aucune préférence, ne commettait aucune injustice et qu'elle leur témoignait toujours un intérêt égal. Il était hors de question que ses filles grandissent avec le sentiment que leurs parents en préféraient ouvertement une par rapport à l'autre.

La voix de Hannah se radoucit :

— Nous avons eu la même petite enfance, Beth. Je suis la dernière personne au monde à avoir besoin de ce genre de mise en garde.

Là, à cet instant, elles étaient sœurs et sur la même longueur d'onde. Un fil invisible les reliait, né de leur passé commun

Ce fil, Beth aurait voulu s'y cramponner pour ramener Hannah à elle, mais le tintamarre assourdissant de la rue n'était pas vraiment le décor idéal pour se lancer dans une conversation de fond entre sœurs. Sans compter qu'elle n'était pas seule. Et que rien n'échappait aux deux petites paires d'oreilles attentives toujours à l'affût de ce qui se passait dans le monde des adultes.

— Hannah, on pourrait peut-être prévoir de…

— C'est quoi leur passion du moment, à tes filles ?

Avec cette simple question, Hannah venait de casser le contact et s'était repliée de nouveau en zone fortifiée.

Beth sentit presque physiquement le moment de la séparation.

— Melly hésite entre danseuse étoile et princesse. Et Ruby ambitionne une carrière chez les sapeurs-pompiers.

— Ta fille rêve d'être princesse ?

Beth perçut la nuance de jugement dans la question.

— Je lui achète des jouets non genrés et je lui dis qu'elle peut devenir ingénieur et travailler pour la NASA. Mais pour l'instant, elle maintient ses positions : elle veut habiter dans un château avec un prince et s'habiller comme la fée Dragée.

Elle se garda bien d'ajouter : « Attends d'avoir toi-même des enfants et tu verras comment ça se passe. »

Leur mère avait beau rêver de voir Hannah tomber amoureuse, se mettre en couple et avoir des enfants, toute personne normalement constituée ne pouvait que s'incliner devant l'évidence : sa sœur avait le célibat chevillé au corps et une telle éventualité ne se produirait tout simplement jamais.

Chapitre 3

Hannah

Enceinte.

Hannah ferma les yeux et tenta de maîtriser la montée de panique.

Rien n'était sûr encore. Un retard de cinq jours pouvait avoir d'autres causes. Comme un état de stress, par exemple. Et pour être stressée, elle était stressée.

Elle glissa son téléphone dans son sac, la gorge nouée par la culpabilité vis-à-vis de Beth. Ce n'était pas parce que le dîner prévu chez sa sœur lui était sorti de la tête qu'elle allait le manquer. La vérité, c'était qu'elle ne se sentait pas de taille à passer une soirée entière dans l'univers chaotique de Beth, où les enfants dominaient la scène.

Et si c'était pure folie, dans ses conditions, de retourner en Écosse pour Noël ? L'année dernière, son courage l'avait abandonnée au dernier moment et elle avait prétexté un soudain surcroît de travail. Puis elle avait coupé son téléphone et passé trois jours bouclée dans son appartement à s'anesthésier mentalement et physiquement avec quelques bouteilles de bon vin et un marathon de lecture. Lorsqu'elle avait refermé son dernier bouquin, la saison des fêtes était, elle aussi, parvenue à son terme.

Mais cette année, il ne serait pas question de s'étourdir avec quelque dérivatif que ce soit.

Elle redoutait l'intimité forcée qu'imposaient les fêtes et la pression affective liée à ce moment particulier de l'année.

Sa famille la voyait comme une fille cent pour cent

orientée carrière, bien trop occupée à bosser pour avoir le temps de penser sexe, amour et vie à deux – a fortiori, vie à trois.

Autant dire que cela risquait de donner lieu à des discussions intéressantes à Noël s'il s'avérait qu'elle était bien enceinte…

Allez, un peu de courage, Hannah, achète-le, ce test de grossesse !

Mais une fois qu'elle saurait, tout pouvait basculer. Dans l'immédiat, elle préférait se cramponner encore au vague espoir que sa vie parfaitement structurée n'était pas sur le point de sérieusement se compliquer.

— Tout va bien, Hannah ?

Elle ouvrit les yeux. Adam se tenait dans le couloir des premières classes et glissait son sac dans le compartiment à bagages au-dessus de leurs têtes.

— Très bien, oui, merci.

Ses propres affaires étaient déjà rangées et stockées, son ordinateur portable ouvert disposé sur sa tablette. Pressentant que le sol pouvait se dérober sous ses pieds d'un instant à l'autre, elle organisait chaque détail avec une méticulosité encore plus maniaque qu'à l'ordinaire, comme pour parer l'imminence du désastre.

— Tu es sûre ? Elle m'a paru tendue, cette conversation téléphonique.

Adam prit place à côté d'elle. Il était grand et sec. Ses longues jambes occupaient l'espace pourtant généreux ménagé entre les sièges.

— Des problèmes ?

Normalement, lorsqu'elle voyageait, Hannah préférait s'en tenir à sa propre compagnie. Si un panneau « Ne pas déranger » avait existé pour les passagers, elle aurait été la première à l'afficher.

Aujourd'hui, cependant, elle s'envolait pour San Francisco en compagnie d'Adam. Adam étant, en l'occurrence, son collaborateur et, depuis quelques mois, son amant.

Il se trouvait par ailleurs qu'il était peut-être aussi le

père de son futur enfant. Ce qui – inutile de se le cacher – serait un choc pour lui autant que pour elle.

— Je discutais avec Beth.

Et elle ne se sentait vraiment pas fière, après cette conversation avec sa sœur. Celle-ci n'avait pas tort lorsqu'elle lui reprochait de ne presque jamais voir ses nièces. Les filles étaient adorables mais, en leur présence, Hannah se sentait incompétente, maladroite et toujours un peu en porte-à-faux. Comment lire à ces gamines des contes de fées qui se terminaient par des « et ils vécurent heureux ensemble pour toujours » ? Mentir lui faisait horreur. Il n'y avait pas de Père Noël, dans la vraie vie. Pas de petite souris chapardeuse de dents. Et l'amour n'allait jamais de soi.

Elle avait essayé une fois de s'expliquer avec Beth, mais sa sœur avait trouvé ses réticences ridicules.

« Peut-être que la vie ne se termine pas toujours comme dans les contes, Hannah, mais j'aimerais autant protéger mes enfants de la sinistrose tant qu'elles sont encore petites, si tu n'y vois pas d'inconvénient ! »

Hannah estimait plus sain d'ancrer ses espoirs et ses attentes dans le solide terreau de la réalité. En ne demandant pas la lune, on tombait de moins haut lorsque la vie vous balançait ses coups en traître à la figure. Elle savait d'expérience que même en multipliant les stratégies préventives, l'être humain n'était pas armé pour se protéger des catastrophes.

Deux ans plus tôt, alors qu'une tempête de neige sévissait sans avoir été annoncée, elle s'était vue contrainte de rester dormir chez sa sœur. Au milieu de la nuit, la petite Ruby, effrayée par les rafales de vent, était venue se glisser dans son lit. Elle avait senti ses boucles douces lui chatouiller la joue et la fermeté de son petit corps d'enfant sous le pyjama en pilou lorsqu'elle s'était blottie tout contre elle pour chercher sécurité et réconfort. Les souvenirs de la nuit de cauchemar où Posy était venue dans son lit pour se raccrocher à elle l'avaient submergée avec une telle violence qu'elle avait cru suffoquer.

Le fait que Beth ne comprenait rien à ses angoisses ne faisait que renforcer son sentiment de solitude.

Elle s'était éclipsée de l'appartement avant le petit déjeuner, choisissant d'affronter les bourrasques de neige glacée pour fuir ses souvenirs. Après cette nuit-là, elle avait gardé des distances prudentes pour éviter que ce genre d'épisode se reproduise.

Jusqu'à maintenant.

Elle passa le doigt dans l'encolure de son pull et constata que ce n'était pas le vêtement qui la serrait à la gorge.

Les vacances de Noël promettaient d'être difficiles. Mais elle avait beau avoir la réputation d'être froide, elle ne se sentait pas le cœur de se désister une seconde année de suite. La famille McBride se retrouvait toujours pour les fêtes. C'était une tradition incontournable. Elle s'était résignée à l'idée que ce serait une épreuve à traverser, un peu à la façon d'une mauvaise grippe. Mais voilà qu'avec ces cinq jours de retard de règles surgissait une complication supplémentaire.

— Beth n'était pas contente que tu repousses son invitation à dîner ?

Adam l'observait, visiblement soucieux, et elle détourna le regard par automatisme. Il remarquait des choses. De petites choses que les autres ne voyaient pas. C'était une des qualités qui faisaient qu'il excellait dans son métier. Ces facultés d'observation jouaient aussi un rôle dans l'attirance viscérale qu'il avait exercée sur elle depuis le premier jour où ils avaient été amenés à collaborer. Hannah s'était trouvée démunie face à l'alchimie sexuelle explosive entre eux. Elle avait une telle confiance en son aptitude à tenir son corps et ses émotions sous contrôle que le choc avait été rude de les découvrir soudain capables de rébellion.

— J'ai heurté les sentiments de ma sœur, oui.

Adam sortit son téléphone de sa poche avant de tendre son manteau au steward.

— Pourquoi ne pas lui dire la vérité, tout simplement ? Que tu te sens mal à l'aise avec les enfants ?

Ô, l'ironie.

Si je suis enceinte, il faudra bien que je trouve un moyen de surmonter le malaise en question.

Elle n'en revenait toujours pas d'avoir pu parler à Adam de sa famille. Mais il avait une façon d'écouter qui faisait qu'on se confiait à lui sans même y penser. Elle ne lui avait pas tout dit, bien sûr. Mais elle était sidérée à chaque fois de constater à quel point il la connaissait bien.

— C'est… c'est compliqué.

Son attention se porta sur le couple assis de l'autre côté de l'allée, qui voyageait avec un bébé. L'avion n'avait pas encore bougé et le petit paraissait déjà inquiet et agité. Elle pria pour qu'il ne hurle pas pendant toute la durée du vol. Écouter les pleurs d'un enfant lui laminait l'estomac.

— Présente-la-moi et je me chargerai de discuter un peu avec elle.

— Pardon ?

Elle tourna la tête vers Adam. Mais de quoi parlait-il ?

— Ça me ferait plaisir de connaître ta sœur.

— Ah bon, pourquoi ?

— C'est généralement ce qui se fait dans une situation comme la nôtre.

— C'est-à-dire ?

— Je suis amoureux de toi.

Les mots d'amour venaient aisément à Adam, comme si aimer n'était pas comme sauter dans un abîme – la chose la plus profondément terrifiante qui puisse arriver à un être humain.

— Tu aurais préféré que je garde ça pour moi ?

— Je ne sais pas. Peut-être.

Pour le moment, en tout cas. Hannah exerçait un même contrôle rigoureux sur son planning et sur ses sentiments.

Ordonner et contenir étaient les maîtres mots. S'il y avait bien une chose qu'elle détestait, c'était le chaos.

— Je devrais me sentir offusqué que tu aies pris ma déclaration d'amour avec autant de légèreté. J'étais sincère.

— Tu étais surtout ivre, Kirkman.

— Sûrement pas, non. J'étais en pleine possession de mes moyens.

— Si mes souvenirs sont bons, tu avais éclusé un verre ou deux de bourbon.

Adam haussa les épaules.

— Je ne nie pas avoir eu recours à un petit soutien alcoolisé. Pour un célibataire endurci comme moi, dire « je t'aime » exige une certaine dose de courage.

Elle ne s'était pas autorisée à croire qu'il le pensait sérieusement. À ses yeux, l'amour, c'était un peu l'équivalent de la roulette russe en version émotionnelle. Et elle, Hannah McBride, ne jouait pas à ces jeux-là.

Elle tenait à sa sécurité affective plus qu'à tout le reste. Quant aux complications qui pourraient résulter de l'arrivée d'un bébé dans ce mix, elle préférait ne même pas *commencer* à y penser.

Adam se pencha vers elle et baissa la voix :

— Tu as peur que je t'épouse pour ton argent ? On fera un contrat de mariage si tu veux. Mais je te préviens : en cas d'effondrement irrémédiable de notre couple, je demanderai à avoir la garde de tes livres. Avec du temps et une aide médicamenteuse, je pourrai probablement apprendre à vivre sans toi. Mais je ne saurais survivre si je suis séparé de ta bibliothèque. Tu imagines à quel point c'est excitant de savoir que tu as une édition originale de Dickens dans tes rayons ?

C'était à peine si elle parvenait à se concentrer sur ce qu'il lui racontait. *Il faut que je fasse ce fichu test.*

— On n'aura pas besoin de contrat de mariage.

— Je suis d'accord. Un amour comme le nôtre durera une vie entière. J'ai de *Grandes espérances*, comme tu vois.

Et sur cette allusion au roman de Dickens qu'elle avait

déniché dans son édition originale, il lui adressa un clin d'œil, mais elle ne sourit pas cette fois.

L'amour était inconstant et volage. On ne pouvait ni le mettre en chiffres, ni l'organiser, ni le déléguer. Si les sentiments cessaient d'être au rendez-vous, il ne fallait pas compter leur forcer la main. Depuis les déboires de son enfance, elle voulait une terre ferme émotionnelle sous ses pieds. Et surtout pas de sables mouvants.

Il refusa le verre de champagne que lui tendait le steward, demanda un bourbon à la place et fronça les sourcils lorsqu'elle commanda une eau minérale.

— Depuis quand laisses-tu passer une occasion de boire un excellent champagne ?

Depuis que je suis possiblement enceinte.

— Je préfère avoir la tête claire pour mettre la dernière main à notre présentation.

— Cette présentation, tu pourrais la faire même en dormant. Je ne comprends pas que tu sois tendue à ce point. Où est passée la femme libre qui dansait pieds nus dans son bureau entre deux cartons à pizza ?

Elle retira ses escarpins.

— On pourrait oublier cet épisode de ma vie ?

— Hors de question. Et j'ai la preuve en images au cas où tu chercherais à nier. J'ai la ferme intention de les montrer à ta sœur pour qu'elle comprenne à quel point ta famille a échoué à voir la femme que tu es réellement.

Il sortit son téléphone de sa poche et fit dérouler ses photos.

— Tiens, regarde. C'est celle-ci, ma préférée.

Elle se reconnut à peine. Ses cheveux d'ordinaire disciplinés flottaient librement autour de son visage et elle riait, pieds nus, bras écartés. Ce qui la frappa surtout, c'était l'expression sur son visage. Avait-elle réellement montré une part aussi intime d'elle-même ?

— Donne-moi ça.

Elle essaya de lui arracher le portable, mais il le tint hors de sa portée.

— Je n'oublierai jamais cette soirée.

— Parce que j'ai envoyé valser mes talons hauts et que j'ai dansé ?

— En fait, je crois que je m'en souviendrai surtout à cause de la pizza. Elle était excellente. Certes, il y a eu d'autres soirées, d'autres pizzas... Mais celle-ci, clairement, se détachait du lot. Je pense que ça doit venir des olives.

Il sourit et se pencha pour l'embrasser.

— J'adore te voir rire. Tu es toujours tellement sérieuse dans le cadre du boulot.

— C'est dans ma nature, je n'y peux rien.

Adam s'écarta légèrement.

— Qui t'a dit ça ?

— Mon père.

« Tu es toujours tellement sérieuse que ça en devient sinistre, Hannah. Lève la tête de tes bouquins cinq minutes et pense un peu à vivre, merde ! »

Aujourd'hui encore, une trace de culpabilité l'effleurait chaque fois qu'elle ouvrait un livre. « Tu ne crois pas que tu as mieux à faire de ton temps ? »

— J'ai une grande nouvelle pour ton père : il n'a rien compris à qui tu es.

Petit à petit, Adam avait mis à mal toutes les barrières qu'elle avait érigées autour d'elle. Et il l'avait fait de façon si subtile qu'elle n'avait même pas pensé à s'en défendre.

Avec un métier comme le sien, rester tard le soir à travailler était plus ou moins un rituel obligé. Rien de notable en soi. Jusqu'au jour où il avait débarqué dans son bureau avec un carton plat.

Elle avait haussé les sourcils.

— C'est gentil mais je ne mange jamais de pizza.

— Il y a un début à tout, McBride.

Comment exactement, elle n'aurait su le dire, mais ils avaient fini allongés sur le sol à dévorer la *calzone* à pleines dents dans les bureaux désertés depuis longtemps du reste de leurs occupants.

Elle n'avait jamais grignoté de pizza à même le carton avant de rencontrer Adam.

Elle n'avait jamais retiré ses chaussures au boulot, ne s'était jamais vautrée sur la moquette de son bureau.

Peut-être même n'avait-elle jamais appris à se détendre avant son arrivée dans cette société. Ces séances de travail nocturne en duo, en tout cas, étaient devenues le moment de la journée qu'elle préférait. Elle se surprenait à attendre avec impatience d'être débordée, rien que pour avoir une excuse pour rester au travail après le départ de ses collègues.

Soir après soir, Adam et elle avaient planché ensemble, partagé les repas les plus saugrenus, et parlé, parlé, parlé.

Peut-être était-ce l'atmosphère particulière des bureaux plongés dans le silence, comme un cocon paisible au cœur de la ville étincelante de lumières, qui lui avait permis de confier si facilement ce qu'elle n'aurait exprimé en aucune autre circonstance.

Adam parlait aussi de lui. Un soir, il avait avoué que sa vieille tante l'avait inscrit d'autorité à des cours de danses de salon lorsqu'il était adolescent, convaincue que la valse faisait partie des compétences indispensables à tout jeune homme digne de ce nom.

Il avait insisté alors pour lui transmettre son savoir-faire.

« Tout le monde devrait être capable de danser le tango, McBride. »

« Est-ce que j'ai une tête à fréquenter les pistes de danse, Kirkman ? »

Ce qui ne l'avait pas empêchée de se retrouver dans ses bras un peu plus tard, à tournoyer pieds nus autour des cartons à pizza vides. Et cette expérience avait fini par lui procurer le plus beau fou rire de sa vie.

C'était donc ainsi, par infimes touches subtiles, que l'intimité s'installait entre un homme et une femme, songea-t-elle en le regardant boire une gorgée de son bourbon. Insidieusement. Pas d'un bond de géant, mais par petits pas, gagnant traîtreusement du terrain à la manière de la marée montante. Longtemps, on se croyait en parfaite sécurité, les deux pieds plantés sur la terre ferme. Puis, d'un coup, on se retrouvait submergé et c'était la noyade.

La panique l'effleura de son aile. Si elle avait pu s'y cramponner, à cette aile, et se l'attacher dans le dos, elle aurait pris la fuite sans une hésitation. Pour certains, la peur avait pour image une ruelle étroite dans la nuit obscure. Pour d'autres, c'était un chien féroce. Pour elle, c'était l'intimité.

Peut-être qu'Adam *croyait* l'aimer. Mais elle savait qu'à la longue, le peu qu'elle avait à offrir ne lui suffirait pas.

Un bruit sourd et une exclamation contrariée l'arrachèrent à ses pensées. À côté d'eux, une femme se débattait pour faire rentrer ses affaires dans le compartiment à bagages. Adam se porta à son secours, tirant parti de sa haute taille pour loger le sac dans le coffre. Le regard de la passagère se posa sur le profil d'Adam puis glissa sur ses épaules, saluant manifestement en lui un spécimen masculin de premier ordre. Elle le remercia d'un sourire engageant puis tourna la tête – et découvrit qu'il ne voyageait pas seul. D'encourageant, le sourire se fit résigné. C'était tout juste si Hannah ne l'entendait pas penser : « Tous les meilleurs sont déjà pris. »

Adam se rassit.

— Quand penses-tu parler de moi à Beth ? Cela ne me gêne pas d'être ton petit secret crapuleux, mais ce serait beaucoup plus simple si ta famille était au courant. Je pourrais t'accompagner à ces dîners qui t'angoissent tant. Je suis super avec les enfants.

Serait-il toujours dans de si bonnes dispositions si elle découvrait qu'elle était enceinte ?

Il allongea de nouveau les jambes.

— On vit pour ainsi dire ensemble depuis six mois. Tu ne peux pas me cacher indéfiniment.

Six mois déjà ?

— Je ne te cache pas.

Avant Adam, son record n'avait pas dépassé deux petits

mois. Huit semaines. C'était à ses yeux la durée idéale pour une relation avec un homme. Hannah préférait concentrer ses efforts sur les champs d'activité où elle excellait. Et les histoires d'amour n'en faisaient pas partie.

Avec Adam, les choses s'étaient passées autrement.

D'abord, il y avait eu entre eux des affinités immédiates. Et une attirance physique trop puissante pour ne pas devenir rapidement ingérable. Très vite, leurs interactions avaient cessé d'être purement professionnelles. Elle ne se souvenait même pas lequel des deux avait fait le premier pas.

La première fois qu'ils avaient fait l'amour, c'était dans l'appartement d'Adam. Ils n'avaient même pas réussi à atteindre sa chambre à coucher. La deuxième fois, ça s'était passé chez elle. Là encore, ils s'étaient écroulés sur le tapis de sa chambre sans parvenir jusqu'au lit. Elle avait cru que leur frénésie sexuelle s'apaiserait avec la satiété. Mais maintenant encore, il leur arrivait de se jeter l'un sur l'autre avant même d'avoir échangé un mot. Comme si la retenue dont ils faisaient preuve dans leur contexte professionnel exigeait une compensation immédiate. Deux fois, au cours de la semaine passée, ils avaient fait l'amour debout dans l'entrée, avec la lumière allumée ! Une part d'elle-même s'interrogeait sur le sentiment d'urgence presque désespérée qui caractérisait sa sexualité avec Adam. Était-elle liée à la conviction secrète, quelque part au fond de sa tête, qu'une histoire comme la leur ne pouvait pas durer ?

Toutes les bonnes choses avaient une fin. Hannah le savait mieux que personne. Mais au bout de six mois, ils en étaient encore là pourtant.

Soudain nerveuse, elle changea de position.

Si elle était vraiment enceinte, elle le sentirait, non ? Qui disait grossesse disait seins gonflés, nausées matinales et tout ce qui allait avec.

Elle ne se sentait pas barbouillée du tout.

Alors que les moteurs rugissaient et que l'avion prenait de la vitesse sur la piste, Adam termina son verre.

— Si tu retournes dans ta famille à Noël, ce serait aussi bien que je t'accompagne.

— Pourquoi ? Pour semer la révolte dans les rangs ?

— Pour te protéger, Hannah.

Il ne souriait pas cette fois.

— Je n'aime pas te voir comme ça. Je veux retrouver mon Hannah.

Son Hannah.

Elle était consciente que sa famille ne savait rien de cette Hannah-là, celle qu'Adam avait fait naître. C'était à peine si elle reconnaissait cette femme elle-même.

— Je devrais réussir à survivre même sans soutien moral. Mais c'est gentil de me le proposer.

Elle imaginait d'ici la réaction de Suzanne si elle débarquait dans les Highlands en compagnie d'Adam. Les faire-part seraient déjà choisis et la cérémonie de mariage organisée avant même qu'elle ait fini de défaire ses valises.

Le voyant « ceinture de sécurité » s'éteignit et Adam prit une position plus confortable.

— Si Noël te stresse à ce point, pourquoi te forcer ?

— Je ne veux pas décevoir Suzanne.

Toujours, toujours, la peur de décevoir… Liée au sentiment de ne pas être à la hauteur, de ne jamais faire ce qu'il fallait. Une peur qui traînait de douloureux souvenirs dans son sillage.

— Suzanne ? Tu appelles ta mère par son prénom ?

— Elle n'est pas ma vraie mère. Ma mère est morte.

Elle vit le choc dans son regard. Qu'est-ce qui lui avait pris de lâcher la vérité comme ça ? Elle ne parlait jamais de ses parents biologiques. Mais quelque chose chez Adam faisait qu'elle dévoilait sans le vouloir tout ce qu'elle avait toujours pris l'habitude de taire au reste de l'humanité.

— Je l'ignorais, commenta-t-il calmement. Je suis désolé de l'apprendre.

— C'est arrivé il y a longtemps. J'avais huit ans.

— Bon sang, Hannah. Ce n'est pas un âge facile pour perdre ses parents. Pourquoi tu ne me l'as pas dit plus tôt ?

Il lui tendit la main, paume ouverte. Après une légère hésitation, elle y glissa la sienne. Les doigts d'Adam se refermèrent sur les siens, fermes et rassurants. « Je t'aime, Hannah. » L'espace d'un instant, elle eut la sensation presque physique des chaînes de l'intimité se resserrant autour d'elle.

— Ce n'est pas le genre d'info qu'on place facilement dans une conversation. Beth, Posy et moi, nous avons perdu nos deux parents au même moment. Ils sont morts dans un accident.

— De voiture ?

— De montagne. Ils étaient alpinistes et ont été emportés par une avalanche.

Il haussa un sourcil.

— Tu n'as donc pas toujours été citadine ?

Elle avait l'impression d'être née pour le devenir, en tout cas.

— Et qui est Suzanne, alors ?

Le ton d'Adam était neutre, comme s'il avait compris son besoin de ne pas être ensevelie sous un trop-plein de compassion.

— Suzanne et Stewart nous ont adoptées toutes les trois. Suzanne est américaine et Stewart écossais. Après l'accident… nous sommes tous partis en Écosse pour vivre plus près de mes grands-parents adoptifs.

Son cœur battait à tout rompre dans sa poitrine.

Elle coupa court.

— Bon. On peut travailler, maintenant ?

Adam hésita puis hocha la tête, prit son ordinateur et l'ouvrit devant lui.

— OK. Mais on pourrait aussi terminer notre partie d'échecs en cours ?

— J'ai déjà pris ton cavalier.

— Je sais.

Le sourire d'Adam avait quelque chose de juvénile, soudain.

— Mais je peux encore te prendre ton roi. Donne-moi au moins une chance. Tu as remporté les deux dernières parties et ma confiance en moi est dangereusement ébranlée.

La confiance en soi d'Adam lui paraissait indestructible, au contraire.

— Je pense que nous devrions plutôt mettre la dernière touche à notre proposition.

— Tu as peur de perdre, c'est ça ?

Il se pencha pour l'embrasser sur la bouche.

— J'ai eu le temps de regarder ta proposition. Elle est brillante. Nous allons remporter le business haut la main.

Légèrement moins tendue, elle se pencha pour jeter un coup d'œil au tableau Excel qu'il avait ouvert sur son ordinateur. Du bout du doigt, elle tapota un point sur l'écran.

— Il faut que tu modifies cette donnée. Tu n'as pas reçu mon mail ?

— Celui que tu as envoyé à 3 heures du matin ? Je l'ai lu avant de partir, oui. Mais tout le monde n'est pas aussi fulgurant que toi dans le boulot.

Il effectua la rectification :

— Tu as un cerveau impressionnant, McBride. Mais tu peux m'expliquer pourquoi tu ne dormais pas ?

— Je te l'ai déjà dit : j'aime travailler.

Pour être plus précise, elle aimait les chiffres. Adorait les langages informatiques. On pouvait toujours compter sur les nombres. Ils étaient immuables, solides, et se comportaient comme ils étaient censés se comporter. Les chiffres ne s'enroulaient pas autour de votre cœur, ne le broyaient pas jusqu'à empêcher le sang de circuler.

— Je voulais terminer ce projet cette nuit.

— Et tu n'as pas pu le faire pendant les dix-huit heures par jour que tu passes déjà à bosser dans ton bureau ?

— J'avais des trucs en tête qui me gardaient éveillée.

Et pas seulement ses règles qui se faisaient attendre.

Ses insomnies venaient aussi des deux messages vocaux qu'elle conservait sur son téléphone depuis un mois.

Des appels comme ceux-là, il y en avait eu d'autres, au fil des années, surtout à cette période qui correspondait à la date anniversaire de l'accident. Cette fois, elle n'avait pas reconnu le nom de son interlocuteur. Elle avait appris à ne pas réagir, mais le message lui pesait comme du plomb sur l'estomac, ravivant des souvenirs qu'elle aurait souhaité voir éteints depuis longtemps.

Elle avait failli demander à Beth si elle avait reçu un appel similaire. Mais poser la question l'aurait obligée à aborder le sujet. Et elle répugnait tellement à en parler.

C'était au moins une chose que Suzanne et elle avaient en commun. Elles préféraient l'une et l'autre garder le silence sur le passé.

Adam sauvegarda son fichier.

— Vous aviez des liens de parenté avec Suzanne et Stewart ?

— Non, ils étaient juste amis avec mes parents. Ils ont eu l'immense générosité de nous adopter toutes les trois.

Une raison de plus de s'en vouloir de ne pas être la personne qu'ils auraient aimé qu'elle soit.

— C'est pour ça que tu te sens obligée d'aller là-bas chaque année à Noël. Tu te sens redevable envers eux.

Ce n'était pas une question, mais une affirmation. Elle ne chercha pas à le contredire.

Sa dette envers Suzanne et Stewart était infinie. Et elle ne serait jamais en mesure de s'en acquitter.

— C'est en partie la raison pour laquelle j'y vais, oui.

— Emmène-moi avec toi, Hannah.

— Ma famille vit en Écosse, dans un coin paumé des Highlands. J'ai du mal à t'imaginer aux prises avec une connexion hésitante et un wi-fi en pointillé.

Elle jeta un coup d'œil aux mocassins étincelants d'Adam.

— Tu détesterais te retrouver là-bas.

— Je ne détesterais pas, non. Déjà, pour commencer,

je suis grand amateur de single malt. Si d'aventure ta famille ne vivait pas trop loin d'une distillerie…

Hannah soupira.

— Il y en a une pas loin, oui, mais…

— Bon, parfait. Deuxième élément : je suis sensible aux paysages grandioses. Quelques balades romantiques dans le glen par temps de brume seraient idéales pour nous aérer.

— Le glen sous la brume ? Tu as trop regardé *Braveheart*. À cette période de l'année, la neige envahit souvent les vallons. Et si par malheur le brouillard s'y met aussi, tu te perdras dans un monde blanc sur blanc et tu mourras d'hypothermie.

Il fit mine de frissonner.

— Vivre à Manhattan a ses bons côtés, c'est sûr. Mais sérieusement, Hannah, réfléchis à ma proposition. On pourrait avancer ensemble sur le projet. Ça va peut-être t'étonner, mais je suis capable de vivre sans Internet. Ça pourrait même être mon plus beau cadeau de Noël de passer quelques jours loin de la tyrannie de la connexion.

Parler de sa famille à Adam était une chose. Mais de là à parler d'Adam à sa famille ?

Elle entendait d'ici les bouchons de champagne sauter.

Dans le grand casting familial, Adam se verrait attribuer d'office le rôle de gendre idéal.

— Tu as prévu d'aller dans les Caraïbes et, crois-moi, ce sera le rêve à côté de ce que tu peux espérer vivre à Noël dans les Highlands. Rien ne prouve d'ailleurs qu'on ne restera pas coincés dans la neige.

Penser qu'elle pouvait se retrouver piégée dans cet enfer blanc suffisait à lui déclencher un syndrome d'hyperventilation.

Prisonnière. Incapable de respirer. Ensevelie. Et la voix de Suzanne qui lui parvenait comme de très loin, étranglée par les larmes. « Ils ne reviendront pas, Hannah. Ils sont morts. »

Peut-être aurait-elle dû inventer un voyage professionnel

dans un coin perdu du globe pour gagner une année de répit supplémentaire. Si elle décidait de démarcher un client à Sydney, elle pouvait passer quasiment toute la période des fêtes en vol.

L'année dernière, elle s'était dégonflée à la dernière minute. Suzanne et Stewart n'avaient rien dit, mais Posy n'avait pas cru une seconde à sa pitoyable excuse.

« Non, sérieux ? Tu espères vraiment me faire croire un truc pareil ? Aucune boîte au monde ne décide de se réorganiser de fond en comble un 24 décembre, Hannah ! »

« Ouais, c'est ça. Bien sûr. Même le Père Noël attend le mois de janvier pour faire son rapport annuel d'évaluation. »

Petite, pourtant, Posy lui avait voué une adoration éperdue et l'avait suivie partout comme une ombre. Chaque soir, elle venait chercher refuge dans son lit et refusait de s'en laisser déloger. Elle se cramponnait à sa main. Se perchait sur ses genoux. Agrippée comme un bébé koala, elle avait été comme une petite boule de douceur, de vulnérabilité et de tendresse accrochée en permanence à son cou.

Une lame de douleur transperça la poitrine de Hannah.

Dire qu'elles s'étaient éloignées l'une de l'autre aurait été un euphémisme. Inutile de préciser qu'elle était seule responsable de la distance qui se creusait entre sa plus jeune sœur et elle.

Les relations tendues qu'elle entretenait désormais avec Posy lui apparaissaient comme un élément à charge supplémentaire contre sa personne. Et renforçait sa conviction qu'elle ferait une mère en tout point déplorable.

Alors comment serait-elle censée s'y prendre si elle attendait bel et bien un enfant ?

Chapitre 4

Posy

Dans une vallée perdue des Highlands, Posy McBride se tenait au pied d'un couloir d'avalanche, secouée par le vent glacial qui mordait chaque coin de peau exposé et se glissait impitoyablement par tous les interstices entre ses vêtements. À chaque respiration, une goulée d'air froid lui envahissait les poumons puis ressortait sous la forme d'un joli nuage de vapeur.

Des masses de neige, volumineuses comme des blocs de rochers, étaient éparpillées dans un secteur qui attirait des alpinistes venus des quatre coins du monde. Cette partie des Highlands était connue pour ses falaises abruptes, ses itinéraires difficiles et pour sa propension aux avalanches pendant les mois d'hiver.

La chienne qui attendait à ses côtés frétillait d'impatience.

— C'est bon. Vas-y, Bonnie ! Cherche !

Sitôt l'ordre donné, la chienne bondit en avant, la truffe à ras de la neige, zigzaguant dans le chaos tourmenté créé par les décombres de l'avalanche. D'autres membres de l'équipe de secours en montagne avaient formé une vague de sondage et creusaient méthodiquement à la pelle. Mais elle savait que Bonnie les devancerait.

— Elle est vraiment exceptionnelle, cette chienne, marmonna Posy en allongeant le pas pour rejoindre Bonnie qui négociait non sans mal les blocs de neige irréguliers de la zone de dépôt de l'avalanche.

La chienne retriever formait une unique tache blond-

or dans un océan de blanc uniforme tandis qu'elle pistait une odeur humaine.

Rory, l'entraîneur de l'équipe, la rejoignit à grands pas, un talkie-walkie à la main.

— Phil est tombé à plusieurs reprises. Son odeur doit être partout dans la zone. Ta chienne va s'emmêler les pinceaux.

— Ne t'inquiète pas pour elle. Elle sait distinguer les « odeurs lourdes », laissées sur la surface de la neige, des « odeurs légères » qui filtrent à travers le manteau neigeux.

Posy ne quittait pas Bonnie des yeux.

— Tu vois ? Elle s'est placée d'abord face au vent, et maintenant elle se dirige là où il faut. C'est une pisteuse-née.

— Ne rêve pas trop quand même. La surface de recherche est imprégnée de l'odeur de Phil, insista Rory, sourcils froncés.

Bonnie se mit soudain à gratter la neige en aboyant. Puis elle revint en courant chercher sa maîtresse-chien.

— Montre-moi, Bonnie.

Posy s'élança à la suite de la chienne en direction de l'endroit précis que Bonnie avait repéré.

Rory leur emboîta le pas, trébuchant sur la neige inégale, en jurant et en pestant.

— Et merde. J'avais parié une bouteille de bon whisky avec Luke qu'elle ne le trouverait pas.

— Ça t'apprendra à ne pas faire confiance à ma chienne.

Posy rejoignit Bonnie qui tirait à présent sur un pull-over.

— Tu es le meilleur des chiens du monde, Bonnie. Bravo. Bonne, bonne fille.

Il s'agissait par chance d'un simple exercice d'entraînement, mais elle félicita chaudement sa chienne et lui donna son jouet favori en récompense.

Alors seulement, elle sourit à l'homme à demi enfoui dans sa cavité de neige.

— Salut, toi. Qu'est-ce que ça dit, là en dessous ? Encore en état de marche ?

Il lui rendit son sourire, malgré l'inconfort glacial de sa

position. La neige s'accrochait partout, dans ses cheveux, sur sa mâchoire, ses cils.

— Pas sûr. Il se pourrait que mon état nécessite un recours urgent au bouche-à-bouche.

— Bonnie se fera une joie de te le prodiguer, s'il le faut.

Elle s'accroupit pour caresser la chienne. Travailler en tandem avec Bonnie l'enchantait. Elle était admirative du flair infaillible de celle-ci. La supériorité des animaux sur les humains dans bien des domaines ne cessait jamais de l'émerveiller.

— Tu es la meilleure chienne de sauvetage du monde.

Bonnie lui donna un grand coup de langue sur la joue, et leur « victime » s'éclaircit la voix :

— Euh... Désolé d'interrompre cet émouvant tandem amoureux, mais je suis encore dans mon trou, moi. Tu ne pourrais pas au moins me tirer de là ? C'est comme ça que vous traitez les gens que vous extrayez d'une avalanche ?

— C'est quoi, ces caprices de mauviette ? Tu ne peux pas te sortir de ce trou tout seul ?

— Une mauviette ?

Il se redressa non sans mal en position assise et fit la grimace lorsque la neige glissa entre le col de sa veste d'escalade et son cou.

— Sympa, les rancards avec toi, Posy McBride. Quand tu m'as demandé si tu pouvais disposer de mon corps aujourd'hui, ce n'était pas tout à fait le scénario que j'avais en vue.

— Ah non ?

Il entreprit de retirer les paquets de neige dans sa nuque.

— Tu m'as dit, je cite : « j'ai besoin de ton corps pour samedi », et j'ai apprécié le côté cash de la proposition. Une femme qui sait ce qu'elle veut, ça a du chien. Je me suis dit que le programme pouvait inclure un dîner à deux et une séance de cinéma. Ou un déjeuner cosy au Glensay Inn suivi d'une promenade romantique en forêt. Histoire de poser le cadre avant de se retrouver nus et haletants dans un lit.

Il s'extirpa de sa cavité et elle se mit à rire.

— On dirait l'Abominable Homme des Neiges.

— Ta sollicitude me réchauffe le cœur. Ce qui est une bonne chose car je crains d'être en hypothermie.

Le sourire de Posy s'élargit.

— Tu crois ?

— C'est en général ce qui arrive quand on reste *deux heures* enfoui sous la neige à attendre qu'un chien se décide à vous déterrer de là.

Il secoua ses manches.

— J'ai de la neige à des endroits dont j'ignorais jusqu'ici que la neige pouvait les atteindre. Y aurait-y pas moyen de se boire un petit coup quelque part, *my lass* ?

Son essai pour imiter les expressions écossaises locales la fit sourire.

— Jolie tentative. Mais il suffit que tu ouvres la bouche pour qu'on entende que tu viens de New York.

— Je prendrais tous les accents que tu veux à condition que tu me serves un scotch.

— L'alcool et l'hypothermie ne font pas bon ménage.

Posy appréciait beaucoup la façon dont ils se vannaient, tous les deux. Peut-être l'appréciait-elle un peu trop, même.

L'arrivée de Luke à Glensay avait calmé l'agitation intérieure qui ne la lâchait plus, ces derniers temps. Il avait apporté la saveur du monde extérieur dans ses bagages. Par sa simple présence, il satisfaisait au moins en partie la soif d'ailleurs qui la torturait depuis des années.

Bonnie bondissait joyeusement en rond et sa queue dessinait de grands moulinets.

— Tu as de la chance que ce soit la star des chiennes d'avalanche, sinon tu aurais pu rester coincé dans cet igloo de fortune deux heures de plus.

— Je suis censé m'estimer heureux alors que je suis frigorifié, trempé, et en manque de remontant ?

— Si tu avais été pris dans une avalanche pour de bon, tu serais tombé à ses pieds velus en lui jurant une vie entière d'amour et d'obéissance.

Il tapa ses bottes sur la neige pour dégager ses semelles.

— Si j'avais été pris dans une vraie avalanche, j'aurais été équipé d'un DVA et d'un sac à dos airbag, et on m'aurait sorti de là en un rien de temps.

— À condition d'être allé grimper ou skier avec des gens capables de se servir de tout cet outillage.

— Et vous trouvez encore des volontaires disposés à se prêter régulièrement à ce genre d'exercice ?

— Eh oui. Nous avons une équipe de cobayes bénévoles.

— Et ils sont toujours vivants ?

— Pour la plupart, oui. Cela dit, des exercices de sauvetage hivernaux, on n'en fait pas très souvent. Cet automne, les volontaires ont eu le plaisir de rester allongés un bon moment sous la pluie dans un trou d'herbe trempée sur le versant de la montagne.

— Arrête. Je vais avoir du mal à me remettre de l'atroce déception d'avoir manqué une aussi belle expérience.

Robuste et athlétique, Luke avait l'anatomie d'un grimpeur et les traits de son visage semblaient avoir été sculptés par une lutte permanente contre les éléments.

L'attirance insistante qu'il exerçait sur elle avait pris Posy par surprise.

Sans être farouche et encore moins coincée, elle avait acquis de sérieux réflexes de prudence avec les hommes. Lorsqu'on vivait en cercle fermé dans une petite communauté montagnarde, opérer une coupure franche après une rupture pouvait rapidement virer au cauchemar, dans la mesure où les deux ex-partenaires du couple étaient voués à se croiser à longueur de journée. Elle en avait fait l'amère expérience une fois et n'était pas pressée de recommencer.

Rory leur fit signe de loin.

— Tout va bien, par là-bas ?

Posy tourna la tête.

— Je crois que notre victime souffre d'hypothermie.

Luke haussa les sourcils.

— On oublie le mot « victime », d'accord ? Ce n'est pas la vision que j'ai de moi.

Il se pencha pour caresser Bonnie.

— Tu es la seule femme qui compte vraiment à mes yeux. Si tu m'avais vraiment sauvé la vie, il ne me resterait plus qu'à te demander en mariage.

— M. et Mme Golden Retriever… Longue et heureuse vie à vous deux.

Avant que Posy réussisse à esquiver, Luke lui fourra une solide poignée de neige dans le cou. La coulée de glace dans son dos lui arracha un cri étouffé.

— Bravo, très mature de ta part !

— Mais ô combien satisfaisant… Et maintenant, tu as froid aussi, ce qui rééquilibre un peu les scores. On devrait se réchauffer l'un l'autre… Douche brûlante. Feu de cheminée. Une bouteille de bon vin…

Le programme serait d'autant plus aisé à mettre en œuvre qu'ils vivaient pour ainsi dire sous le même toit. Sur les terres des McBride se dressait une vieille grange avec son grenier à foin que ses parents avaient aménagée pour en faire deux logements indépendants. Posy occupait l'ancien grenier, avec ses hauts plafonds mansardés et sa vue sur les étoiles. Quant à la grange proprement dite, ils en avaient fait un gîte. Elle était située à moins d'un kilomètre de Glensay Lodge où vivaient Stewart et Suzanne, et était flanquée d'un petit bois de pins et de bouleaux. Une courte promenade à pied sur un chemin boisé menait au loch – un beau lac profond, alimenté par des sources et particulièrement fourni en truites.

L'isolement du lieu ne convenait pas à tout le monde. En été, le gros des locataires était formé de jeunes couples à la recherche d'un nid romantique dans la splendeur sauvage des Highlands. C'était l'endroit idéal pour faire du vélo, observer les oiseaux, faire de la randonnée, nager dans les lochs. Mais un des grands atouts du gîte, c'était sa proximité avec les montagnes des Highlands. Si bien qu'en hiver il attirait essentiellement des alpinistes et autres passionnés de la grimpe.

Pour Posy, les locations de courte durée représentaient un gros surcroît de travail. Elle passait un temps fou à nettoyer, remplir le réfrigérateur, refaire les lits. Lorsque Luke Whittaker avait annoncé qu'il prenait le gîte pour trois mois minimum, elle avait sauté au plafond de joie.

Luke était écrivain et alpiniste. Pour terminer un livre en cours, il était parti à la recherche d'un lieu d'écriture à la fois calme, retiré et à proximité d'un spot de grimpe digne de ce nom. La Grange satisfaisait à ces trois critères.

À plusieurs reprises, en rentrant tard d'un entraînement, Posy avait vu les lumières allumées en bas. Elle savait donc déjà que Luke Whittaker était un couche-tard.

Elle savait aussi de lui qu'il avait un bon feeling avec les animaux. Comme maintenant, par exemple, où il ravissait Bonnie en lui frictionnant le ventre.

Il leva les yeux vers elle.

— Je suppose que Bonnie a réussi son test technique ?

— Haut la main. Elle a repéré ton odeur tout de suite.

Il se redressa.

— Comment ça, mon odeur ? Parce que je pue, peut-être ?

— Heureusement pour toi, tu as une odeur. Sinon elle ne t'aurait pas retrouvé. Elle a été longuement formée et entraînée pour repérer une odeur humaine, même inconnue. Sachant que l'on émet une odeur plus forte lorsque la panique fait transpirer.

— Je peux te garantir que dans ce trou glacé, pas l'ombre d'une goutte de sueur ne risquait de sortir de mes pores congelés.

— C'est ce que tu crois. Elle a senti tes sueurs d'angoisse de loin. Tout comme elle a dû percevoir les vibrations que tes tremblements imprimaient à la neige.

Elle prenait plaisir à le chambrer.

— Toute plaisanterie mise à part, Luke : merci. C'était généreux de ta part de donner de ton temps. Et toute l'équipe t'en est reconnaissante.

— J'ai l'impression que Bonnie a les qualités requises pour faire une sauveteuse d'exception.

— Courir après un bâton est son jeu favori. Ça aide. Pour bien faire son travail, il faut que le chien soit joueur à la base. Avec le plaisir de ramener des objets à son maître. Et la grande qualité de Bonnie, c'est son flair exceptionnel. C'est son superpouvoir à elle.

Ils progressèrent sur la neige inégale pour regagner le bout de la piste où Posy avait laissé sa voiture. L'air glacé leur fouettait la peau et la neige fraîche poudrait toutes les surfaces d'une pellicule légère d'un blanc immaculé.

— Tu as eu l'occasion de secourir beaucoup de randonneurs et d'alpinistes en rade ?

— Ça arrive. Parfois, c'est la police qui fait appel à nous pour qu'on les aide à retrouver une personne disparue. Il y a deux semaines, Bonnie a réussi à localiser un vieux monsieur atteint de démence qui avait fugué de chez lui. Les gens de sa famille étaient malades d'inquiétude. Apparemment, il avait réussi à déverrouiller la porte et il était parti droit devant lui. Quand Bonnie l'a retrouvé, ça a été un immense soulagement pour eux.

Luke s'immobilisa.

— Attends. Je croyais qu'il ne fallait pas confondre chien de pistage et chien d'avalanche ?

— Normalement, non. Ce ne sont pas les mêmes apprentissages. Et il est rare qu'un même chien soit formé aux deux techniques.

— Mais Bonnie, si ?

— Que te dire ? C'est une surdouée.

Ils reprirent leur progression.

— Et ton vieux monsieur atteint d'Alzheimer ? Il s'en est sorti ?

— Il n'était pas vraiment réchauffé, le pauvre. Quand Bonnie l'a retrouvé, il était tapi derrière une haie pour s'abriter du vent. Il a passé deux ou trois nuits à l'hôpital, mais il a bien récupéré. On est allé lui rendre une petite visite, Bonnie et moi.

— Elle n'a aucun défaut, ta chienne, alors ?

Posy réfléchit.

— Elle n'est pas très à l'aise pendant les déplacements en hélicoptère. Et on est obligés d'en passer par là de temps en temps, pour le secours en montagne.

Bonnie bondit à l'arrière de la voiture et agita la queue avec enthousiasme pendant que Posy changeait de chaussures et se débarrassait de la première couche de vêtements qui l'emmitouflaient.

Elle tendit la main à Luke.

— Passe une bonne journée.

Il regarda sa main sans la prendre.

— J'ai mis sans hésiter mon corps tout entier à ta libre disposition pour aujourd'hui. Et toi, tu me serres juste la main en retour ? Le moins que tu puisses faire, c'est de m'inviter à boire un méga chocolat chaud avec toi dans le café d'exception que tu tiens avec ta mère.

— Je ne peux pas, non. Aujourd'hui, je suis de service. Pas cliente.

Elle se glissa au volant.

— Mais je m'engage à te rapporter une grosse part de gâteau au chocolat.

— On se retrouve pour le dîner, alors. Je t'invite au Glensay Inn. Tu auras droit à un magnifique feu de cheminée, bière locale à gogo, un repas de qualité et une excellente compagnie.

Et tous les regards posés sur nous, avec les langues qui iront bon train.

— J'ai vécu ici pratiquement toute ma vie, Luke. Tu n'as pas besoin de me vanter les charmes touristiques d'une auberge que je connais comme ma poche. Et ce soir, je suis occupée, de toute façon.

— Toi, Posy Mc Bride, tu es occupée en permanence. Quand tu n'es pas par monts et par vaux à rechercher des âmes égarées ou à emmener des touristes escalader des cascades de glace, tu travailles au café-boutique, tu prends soin de tes moutons ou tu ramasses les œufs de tes poules. Lesquels œufs d'ailleurs ont une saveur incomparable.

— Tout a meilleur goût ici. C'est la qualité de l'air qui veut ça. Il faut que je file.

À cette heure, Suzanne devait déjà être débordée au café.

— Noël, c'est notre période de pointe. Et ma mère est seule à tenir le navire. Vicky est malade et n'a pas pu venir travailler.

Solidement campé sur ses deux jambes, Luke l'examinait d'un œil attentif.

— Tu es très présente pour ta mère.

La remarque parut étrange à Posy.

— C'est ma mère. Pourquoi ne serais-je pas présente pour elle ?

— Vous avez toujours été aussi proches, elle et toi ?

Les premiers souvenirs conscients de Posy étaient liés à la voix de Suzanne, lorsque celle-ci la berçait pour l'endormir. Aujourd'hui encore, c'était comme si elle gardait en elle l'empreinte de ses bras, de sa douceur, de la sensation de sécurité et de réconfort qu'elle lui avait apportée dans son enfance.

— On s'est toujours bien entendues, oui.

— Et dans quelques années, tu reprends le café-boutique ?

— C'est prévu au programme, semble-t-il.

Il scruta ses traits avec attention.

— Mais toi ? C'est vraiment ce que tu veux ? Tu n'es jamais tentée d'aller voir le reste du monde ? D'essayer autre chose ?

La question lui fit l'effet d'un uppercut dans l'estomac. Pouvait-elle admettre devant Luke que, oui, elle était tentée, et même méchamment tentée ? Qu'elle passait ses soirées à tourner et retourner des pensées d'évasion dans sa tête ? Des pensées qu'elle réprimait dans la journée, lorsqu'elle travaillait côte à côte avec une mère formidable qui s'était toujours dévouée sans compter pour ses trois filles. Comment expliquer à Luke qu'elle se sentait responsable ? C'était comme une ancre massive qui la maintenait arrimée ici, dans les Highlands. Elle lui était reconnaissante, à cette ancre. Et en même temps, elle avait envie de couper ses chaînes et de déployer ses ailes. Partout dans le monde se dressaient des montagnes fabuleuses aux noms légendaires. Des sommets auxquels elle rêvait de se mesurer.

Pendant la journée, elle souriait à leurs clients, cuisinait ses petits plats, préparait des cappuccinos réputés remarquables. Mais le soir, quand elle regagnait son loft, elle s'informait inlassablement sur les sommets les plus difficiles, étudiait les parois de glace ou de roche, potassait des topo-guides en planifiant les voies les plus escarpées, regardait vidéo après vidéo sur Internet jusqu'à se donner l'illusion d'avoir gravi en solo la face nord du Lhotse.

Elle se força à sourire.

— Mon univers est ici, dans les Highlands. J'ai ma famille, mon boulot. Qu'est-ce que je pourrais vouloir de plus ? À bientôt, Luke. Et encore merci d'être venu.

Merci d'avoir réveillé mes doutes et mes démons, et d'avoir semé le bazar dans ma tête.

Elle mit le contact.

— Rick te déposera à Glensay Lodge. Tu es censé être ici pour avancer ton bouquin, non ?

— Certes. Mais pour écrire, il faudrait déjà que j'aie les doigts suffisamment décongelés pour les poser sur un clavier.

— Pauvre petite nature. Je t'ai préparé un stock de bûches avant de partir à l'entraînement ce matin. Je suppose que tu sais allumer un feu de cheminée ?

La question était purement rhétorique. Luke Whittaker avait écrit et publié un manuel de survie en milieu naturel. Même si elle n'avait pas le livre en question sur ses étagères, elle savait sans une hésitation qu'il était expert en débrouillardise de l'extrême. Typiquement le genre de mec capable de produire une étincelle avec deux bâtons avant même qu'on ait eu le temps de prononcer le mot « allumette ».

— Tu pourrais venir m'aider à attiser mes flammes.

— Aïe. Pas vraiment brillante, ta technique de drague. J'espère que tu es plus doué pour faire partir un feu que pour attirer une fille dans ton lit, sinon tu risques d'avoir un gros problème d'engelures.

Elle appuya sur l'accélérateur et la dernière chose qu'elle vit avant de s'éloigner fut le sourire amusé de Luke.

Les journées d'hiver dans les Highlands étaient souvent grises et sombres mais aujourd'hui, par exception, le ciel dégagé affichait un bleu sans nuage. Le paysage, lui, était entièrement habillé de blanc lisse, comme le glaçage d'un gâteau de mariage. Sous la lumière vive, la neige d'une pureté étourdissante étincelait de tous ses cristaux.

Quel individu épris de montagne aurait été assez fou pour vouloir quitter toute cette splendeur ? Ce village peuplé de gens qui l'aimaient ? Vivre ici n'était pas un sacrifice mais un choix, un vrai. Elle avait un peu moins de quatre ans lorsque Suzanne et Stewart avaient tiré un trait sur la vie qu'ils menaient aux États-Unis pour repartir de zéro en Écosse.

À la différence de ses sœurs, Posy ne conservait aucun souvenir de ce déménagement ni des événements qui l'avaient précédé.

Elle passa devant Parish Church, salua Celia Monroe qui sortait d'un rendez-vous chez le médecin puis, sur une impulsion, s'immobilisa dans un crissement de freins devant la petite bibliothèque du village et attrapa un sac sur la banquette arrière.

C'était une tâche qu'elle différait depuis des semaines.

— Je vais me faire gronder comme une gamine de six ans, confessa-t-elle piteusement.

Bonnie remua la queue en signe de solidarité.

S'armant de courage, Posy pénétra dans le bâtiment. La bibliothèque avait été menacée de fermeture à plusieurs reprises, mais ses habitants l'avaient défendue avec une énergie aussi farouche qu'un clan luttant pour la préservation de ses terres et le respect de ses ancêtres.

La bibliothécaire aux cheveux blancs émit un son désapprobateur.

— Tu as joliment du toupet, Posy McBride, d'entrer ici comme une fleur alors que tu rends tes livres avec un mois de retard.

Posy se pencha pour l'embrasser sur la joue.

— J'étais coincée là-haut dans la montagne à sauver des vies humaines, madame Dannon.

— Et je suis censée te croire, peut-être ? Tu faisais la même chose pour tes rédactions, quand tu étais petite. Tu ne les rendais jamais dans les temps et tu avais toujours une excuse imparable.

Eugenia Dannon, qui avait été son institutrice en primaire, s'était désespérée de parvenir à lui inculquer quoi que ce soit, alors que Posy passait son temps à regarder les montagnes par la fenêtre en rêvant ski, randonnées et ascensions.

— J'ai bien peur de vous devoir une fortune en amende.

La bibliothécaire balaya sa dette d'un geste ample de la main.

— Si je te faisais payer chaque fois que tu rapportes tes livres en retard, tu serais déjà sur la paille.

— Je vous adore, madame Dannon. Et je suis sûre qu'au fond de vous vous m'aimez aussi.

— Qui sait ? Au fond du fond du fond, alors. Allez, va, file maintenant, mon petit. Cours vite aider ta maman.

« Cours vite aider ta maman. » Posy sourit. Il n'y avait qu'à Glensay que les gens continuaient de s'adresser à vous ainsi même quand vous frisiez la trentaine.

— La prochaine fois que vous passerez au café, je vous donnerai une part supplémentaire de brownie, promis.

Elle avait presque atteint la porte lorsque la voix de Mme Dannon l'arrêta.

— Sur le lot, tu en as lu au moins un, de livre ?

— Tous. Du début jusqu'à la fin.

Et, avec un large sourire, elle sprinta hors de la bibliothèque.

Elle n'avait même pas ouvert les romans qu'elle venait de rapporter et Mme Dannon le savait aussi bien qu'elle. Posy était prête à parier que la moitié des gens qui venaient prendre des livres à la bibliothèque ne les lisaient pas. Mais leur petite bourgade mettait un point d'honneur à fréquenter assidûment ces lieux, et pour cause : Eugenia Dannon conservait ainsi un emploi dont elle avait d'autant plus besoin que son mari était mort deux ans plus tôt. Son travail ne lui permettait pas seulement d'alimenter son compte en banque, il lui conférait aussi une utilité sociale et l'assurance d'avoir toujours plein de monde autour d'elle.

Uni dans son combat pour soutenir la vieille dame, le village au grand complet s'était mis à emprunter des livres en masse.

Quelque part en haut lieu, des fonctionnaires chargés d'étudier les statistiques devaient s'étonner de l'étonnante culture livresque des habitants de ce coin perdu des Highlands.

On racontait que Ted Morton s'était déjà servi des œuvres complètes de Shakespeare pour empêcher sa porte de cuisine de claquer les jours de grand vent. Souriant intérieurement à cette pensée, Posy fit un saut dans l'unique supérette du coin, juste à côté de la bibliothèque.

— Tiens, salut Posy.

La fille assise à la caisse souriait de toutes ses dents.

— J'ai vu ton locataire, hier. Il a acheté un paquet de rasoirs et un déo.

— Mm… Intéressant.

Posy prit du savon et du dentifrice en rayon et les posa sur le comptoir. Elle se demandait parfois si Amy et sa mère listaient avec soin tous les produits achetés par année et par habitant, et se servaient du résultat pour faire du profilage psychologique.

— Mon locataire a peut-être l'intention de m'aider à tondre mes moutons.

— Tu crois ?

— Non, je déconne.

Déjà du temps où elles se côtoyaient sur les bancs de l'école, Amy avait été résolument réfractaire à son humour. Elle n'avait aucun avenir dans le théâtre, à l'évidence.

— Ne fais pas attention à ce que je raconte.

Amy enregistra ses achats.

— Personnellement, j'adore les hommes avec un petit début de barbe. Il est sexy, ton locataire. Tu as de la chance qu'il soit venu vivre avec toi.

— Il ne vit pas *avec* moi, Amy. Nous occupons chacun une partie différente d'un même bâtiment, nuance. Une porte et un étage nous séparent.

Autant décrire la situation avec précision, vu la tendance d'Amy à tirer des conclusions hâtives et à les diffuser largement.

— Oui, mais vous êtes quand même sous le même toit. Ça pourrait aboutir à quelque chose.

Cela pourrait, oui. Mais si d'aventure cela arrivait, elle veillerait à ce qu'Amy n'en soit pas informée.

Posy fourra le savon et le dentifrice dans ses poches, perdue dans ses pensées. Une vie privée avait-elle la moindre chance de rester *vraiment* privée dans un village comme le sien ?

— Merci, Amy. Passe une bonne journée.

Elle s'immobilisa un instant pour consulter le panneau d'affichage qui offrait toujours un aperçu intéressant de la vie locale. Des chats et des chiens perdus ou trouvés, un tracteur à vendre, des comptes rendus de réunions d'association et une petite affiche de la chorale qui cherchait à recruter de nouveaux membres. Posy adorait chanter. Elle aurait volontiers répondu à l'appel du chœur, mais on lui avait toujours dit que ses trémolos évoquaient un chat soumis à la torture. À chaque coup, sa famille l'encourageait activement à chercher d'autres voies que le chant pour exprimer sa joie de vivre… Elle se contentait donc de beugler dans sa baignoire. Ou de chanter pour Bonnie, qui se faisait un plaisir de hululer avec elle, en harmonie parfaite.

Voyant un minibus arriver au loin, Posy se hâta de regagner sa voiture. Les seniors non motorisés utilisaient ce moyen de transport pour venir faire leurs courses au village. Elle essayait d'éviter leur arrivée dans la mesure du possible car, chaque fois, il fallait compter une bonne demi-journée au moins pour prendre le temps de saluer tout le monde.

Cinq minutes plus tard, elle s'engouffrait dans la chaleur accueillante du Craft Café. Tout en se débarrassant de sa doudoune, elle se hâta vers le comptoir où sa mère était en grande conversation avec deux habitantes du village. Des airs de Noël s'élevaient en sourdine et les guirlandes lumineuses qu'elle avait accrochées avec son père sur le pourtour des fenêtres luisaient comme de minuscules étoiles. Les murs en brique apparente servaient de support d'exposition pour les œuvres des peintres de la région. Posy veillait à organiser des rotations régulières. Ce mois-ci – Noël oblige – elle avait sélectionné des thèmes hivernaux.

Au café-boutique, on ne proposait pas que des tableaux, mais aussi de la poterie faite par des artisans du coin, des articles en laine tricotée dont elles étaient le dépositaire exclusif, du miel de bruyère de producteurs des Highlands, et quantités d'autres objets artisanaux choisis par sa mère, qui avait un œil très sûr pour repérer ce qui se vendait.

— Désolée. Je suis en retard.

— Aucun problème.

Les joues de sa mère étaient rosies par la chaleur des cuisines. Elle paraissait facilement dix ans de moins que son âge.

— Alors, ça s'est bien passé, ce matin ?

— Impec. Bonnie est une championne.

Sur le point de dérouler le récit de sa matinée, Posy se ravisa. Les détails de ses recherches, sa mère ne souhaiterait pas les entendre. Une règle tacite dans la famille voulait qu'on s'abstienne de mentionner devant Suzanne tout ce qui avait trait aux avalanches.

Elle savait par son père que le cauchemar récurrent avait encore frappé, quelques nuits plus tôt.

Si seulement elle avait pu aider sa mère à s'en guérir, de ces horribles rêves traumatiques. Mais elle n'avait aucune idée de la façon dont elle pourrait s'y prendre. Le phénomène qui voulait qu'on continue, même vingt-cinq ans plus tard, à cauchemarder encore au sujet d'un événement, aussi terrible soit-il, échappait à sa compréhension.

Elle entra en trombe dans le petit bureau et fit la grimace en voyant la paperasse qui s'amoncelait sur la table. Le simple fait de penser à ces tâches administratives lui donnait déjà des boutons. Il faudrait que quelqu'un, tôt ou tard, se décide à mettre le nez dans ces papiers. Mais ce quelqu'un, ce ne serait pas elle.

Couche après couche, elle retira ses pulls et ses polaires jusqu'à exhumer le T-shirt bleu roi avec le logo du Craft Café. Puis elle troqua son pantalon de ski étanche contre un jean et des baskets.

Puisqu'il était dit qu'elle passerait une journée entière sans s'asseoir, elle refusait de se percher sur des talons. Elle enfila un tablier propre qu'elle noua autour de sa taille et retourna dans la salle du café où flottaient d'agréables odeurs de cannelle.

Sa mère avait un talent quasi magique pour créer une atmosphère cosy et accueillante partout où elle allait. Dans le Craft Café, on se sentait à l'abri, protégé comme dans un cocon. Et pas seulement des vents glacés des Highlands, mais aussi des vents glacés de l'existence. Les soucis attendaient sagement devant la porte jusqu'au moment où on se sentait de nouveau prêt à les affronter.

— Laisse-moi terminer cette commande, puis tu me raconteras les exploits de Bonnie… Nous disions, donc : deux cappuccinos et un brownie à partager…

Suzanne se tourna vers la machine à café mais Posy l'écarta gentiment.

— Je m'en charge.

— Tu pourrais t'occuper de trier les papiers et de

régler les factures, tout à l'heure, quand ce sera un peu plus calme ?

Posy chercha désespérément une excuse.

— Tu es plus douée que moi pour le travail administratif.

— C'est bien pour ça que je veux que tu le fasses. Un jour, tu tiendras les rênes de cet établissement. Et c'est un aspect du métier qu'il faudra que tu maîtrises.

Ô joie. Ô bonheur. Une vie entière de paperasses en perspective.

— On a encore du temps devant nous. Tu n'es pas mûre pour la retraite.

S'il te plaît, ne me laisse pas avec le Craft Café sur les bras.

— J'ai piqué un de tes cakes aux fruits pour en distribuer à l'équipe ce matin. C'est tout juste s'ils ne m'ont pas mordu la main pour en avoir. À croire qu'ils n'ont jamais rien à se mettre sous la dent, ces gars-là.

Écartant la pensée que le Craft Café relèverait un jour de sa responsabilité, Posy dosa les grains à moudre, tassa le tout et mesura l'eau. L'arôme du café fraîchement moulu lui caressa les narines et elle résista à la tentation de se servir la première tasse. Rien ne valait un café de qualité après une matinée passée dehors dans la neige et le froid.

Elle fit chauffer le lait et dessina sur la mousse un motif de feuille de houx pour satisfaire ses penchants artistiques.

— Va t'asseoir, Janet, lança-t-elle à la cliente. Je t'apporte ta commande dans une minute.

Le café se remplissait rapidement et le bourdonnement réconfortant des conversations contribuait encore à renforcer la chaleur conviviale et l'atmosphère quasi familiale. Ici, en montagne, l'esprit de communauté était très fort et tout le monde se serrait les coudes. En été, on assistait à l'entrée en scène des touristes friands « d'authenticité écossaise ». Laquelle authenticité se résumait pour la majorité d'entre eux à deux choses : le motif à carreaux des tartans et les fameux biscuits sablés appelés *shortbreads*. Si ces mêmes touristes étaient revenus durant les mois d'hiver, ils auraient pu se faire une idée de ce qu'était vraiment la vie d'un village dans les Highlands. Car les traditions de solidarité étaient restées vivaces et les gens aimaient à se retrouver durant les rigueurs de la saison froide.

Dernier village tout en haut de la vallée, Glensay restait parfois coupé du reste du monde en cas de fortes chutes de neige. Pendant des décennies, il n'y avait eu que le pub, le Glensay Inn, où les habitants pouvaient se retrouver. C'étaient les parents de Stewart qui avaient eu l'idée d'ouvrir un petit café-salon de thé. Puis Suzanne avait repris l'établissement et l'avait agrandi. Le côté boutique s'était développé petit à petit. Ses amies tricoteuses et elle avaient commencé à mettre en vente leurs pulls, bonnets et écharpes, et les gens du pays ne se faisaient pas prier pour venir boire un café, se réchauffer et profiter de la compagnie.

Très vite, le Craft Café avait été repéré et plébiscité dans tous les guides, ce qui leur valait des visiteurs du monde entier. Mais c'était la présence des gens du coin qui donnait son âme véritable au lieu.

Trois soirs par semaine, Suzanne ouvrait pour accueillir des groupes, offrant ainsi un antidote à la solitude des longues nuits d'hiver. Le lundi, c'était club de lecture, le mercredi, atelier peinture, et le vendredi était réservé aux tricoteuses.

Posy se demanda comment elle allait bien pouvoir gérer ces ateliers une fois qu'elle aurait pris la relève. Malgré ses fréquents passages à la bibliothèque, elle ne trouvait jamais le temps de lire. Et ses seuls exploits avec un pinceau avaient consisté à repeindre le poulailler… Sans compter qu'elle était incapable de tricoter la moindre maille, bien sûr.

Elle aurait eu toutes les compétences requises pour animer un club d'activités d'extérieur, mais cela n'aurait guère de sens d'en tenir un entre quatre murs.

Posy jeta un coup d'œil à sa mère et nota qu'elle portait

un nouveau pull en laine bleue, avec une touche d'argent qui scintillait à la lumière.

— Il est chouette. C'est toi qui l'as fait ?

— Je l'ai terminé hier soir. Normalement, je devrais mettre un T-shirt avec notre logo, mais j'ai pensé qu'en tant que patronne, je pouvais prendre quelques libertés avec l'uniforme.

— Il te va très bien, en tout cas.

— Je vais en tricoter encore deux ou trois comme ça pour les mettre en vente. Ma commande de laine est arrivée hier. Je n'ai qu'une hâte et c'est de m'y mettre. Mais il faut d'abord que je termine ma longue série de chaussettes de Noël en laine. D'ailleurs, si jamais tu te sentais d'humeur à apprendre, je me ferais un plaisir de t'initier au maniement des aiguilles.

— Non merci, vraiment. Les aiguilles m'angoissent. C'est une vraie phobie. Et ça inclut les aiguilles à tricoter.

Toutes les tables étaient occupées sauf deux. Posy savait qu'à 17 heures, quand le café fermerait ses portes, ses jambes crieraient grâce. Bien plus que si elle avait passé l'après-midi à grimper.

Elle posa les tasses sur un plateau, ajouta une part de brownie si outrageusement fondant et chocolaté qu'il aurait probablement dû s'accompagner d'une mise en garde du ministère de la Santé. Posy dut faire appel à ses derniers restes de volonté pour ne pas en engloutir une bouchée.

— Et voilà pour vous deux.

Janet prit un des cafés.

— Tu as fait les exercices d'avalanche, ce matin, avec l'équipe ?

Posy cala le plateau vide sous son bras.

— J'y étais, oui. Des pros venus du Canada nous ont donné deux heures de formation. Et tout le monde dans ce café sera heureux d'apprendre qu'on s'est plutôt pas mal débrouillés pour une petite équipe locale.

— Il paraît que ton locataire s'est porté volontaire.

— Il était « victime » bénévole, oui. Et Bonnie n'a pas été longue à le trouver.

Posy ne prit pas la peine de lui demander comment elle savait que Luke avait participé à l'entraînement. Janet était la femme du responsable de l'équipe. Mais même si cela n'avait pas été le cas, la rumeur se serait répandue quand même. C'était la raison pour laquelle Posy gardait ses distances avec les gars du village. La seule fois où elle avait dérogé à ce principe, l'histoire s'était terminée par un désastre.

Avec Callum, les choses avaient fini par se tasser et ils s'adressaient de nouveau la parole. Mais pendant des années, ils s'étaient foudroyés du regard chaque fois qu'ils se croisaient, ce qui dans un village comme Glensay arrivait à peu près tous les jours.

— Moi non plus, je n'aurais pas été longue à le repérer, ton locataire. Il y en a certains que je laisserais volontiers sous la neige jusqu'au dégel, mais pour ce gars-là, j'aurais creusé à mains nues.

Son amie Moira éclata de rire et Posy sourit en débarrassant la table vide juste à côté.

— Eh bien, c'est du joli, Moira ! Je n'avais encore jamais entendu un rire aussi graveleux résonner entre ces murs respectables.

Avec un sourire jusqu'aux oreilles, celle-ci attaqua son fondant au chocolat.

— Tu auras toutes tes filles à la maison pour Noël, cette année, Suzanne ?

Cette dernière était occupée à réaliser une étiquette pour la génoise aux agrumes qu'elle venait de sortir du four.

— Oui, elles seront là toutes les trois. C'est merveilleux que Hannah puisse se libérer cette fois-ci.

Merveilleux, oui, c'était bien le mot, songea Posy. Pour une fois que sa grande sœur avait réussi à dégager un peu de temps dans sa vie trépidante pour se souvenir qu'elle avait une famille…

Posy s'aperçut qu'elle grinçait des dents et fit un gros

effort pour détendre sa mâchoire. Si elle commençait à se crisper ainsi chaque fois qu'elle pensait à sa sœur, il ne lui resterait plus que les gencives à Noël.

Janet lui adressa un sourire rayonnant.

— Il y en a une qui doit être contente de revoir sa sœur aînée bientôt !

Posy lui renvoya le même sourire en miroir, mais l'exploit ne se fit pas sans prendre sur elle.

Elle savait qu'au bout de deux jours elle n'aurait plus qu'une envie : réexpédier Hannah à l'aéroport. Beth débarquerait avec son lot habituel de cadeaux, de bonne volonté et de gentillesse. Elle donnerait un coup de main sans se faire prier.

Hannah, elle, débarquerait avec des complications.

Des souvenirs des Noëls passés se pressaient dans sa tête. Il y avait eu l'épisode où Hannah n'avait pour ainsi dire pas quitté sa chambre, sauf pour avaler le repas de Noël qu'elle avait laissé à d'autres le soin de préparer. Une autre année où elle avait pris ses quartiers au Craft Café. Pas pour aider à servir, contrairement à Beth, mais pour profiter du wi-fi qui fonctionnait mal à la maison.

Posy n'avait jamais compris précisément comment sa sœur gagnait sa vie. Les conversations téléphoniques qu'il lui arrivait de surprendre auraient pu tout aussi bien se tenir en russe. Elle n'entendait rien à la gestion d'entreprise, au management de projet et autres plaisanteries de ce genre. Mais sa sœur avait un haut degré d'expertise en la matière, de toute évidence, et de grosses sociétés étaient disposées à la payer grassement pour ses conseils éclairés.

Il lui arrivait de trouver Hannah un soupçon intimidante. Mais le fond du problème, c'était que sa sœur pouvait être blessante. Elle-même était foncièrement affectueuse de nature mais Hannah, elle, était foncièrement distante.

Laissant Janet et Moira à leur conversation, Posy passa en cuisine donner un coup de main à Duncan, leur chef, pour la préparation du déjeuner.

— Aujourd'hui, c'est navets au curry et autres légumes d'hiver, lui annonça-t-il en montrant l'ardoise.

Elle hocha la tête.

— Ça roule.

Chaque jour, ils proposaient deux soupes différentes et variaient régulièrement leurs recettes pour ne pas lasser les papilles des habitués.

Posy s'était prise d'une véritable passion pour la découpe des légumes. Rien de tel que de manier un grand couteau bien aiguisé pour décharger son agressivité.

Pas question de laisser ses pensées concernant Hannah lui gâcher sa journée, pesta-t-elle en massacrant un oignon innocent. Cette année, c'était décidé, elle ne se laisserait pas affecter. Elle avait passé l'âge d'être à ce point sensible au rejet, bon sang.

Clac. Clac. Clac.

Les navets subirent le même sort que l'oignon. Et les pommes de terre ne furent pas mieux traitées. Duncan lui jeta un regard en coin.

— Jure-moi que si un jour je t'énerve, tu me le dis avant de brandir une lame.

— Tu as ma promesse solennelle, Duncan.

Elle avait été sa baby-sitter lorsqu'elle était ado. Le voir travailler à présent dans une cuisine lui donnait le désagréable sentiment de basculer du côté du grand âge.

Sa vie lui filait entre les doigts. À ce rythme, elle serait encore là à quatre-vingt-dix ans et se hisserait laborieusement dans le minibus deux fois par semaine pour aller faire ses courses au village.

Avec un léger soupir, Posy versa les légumes découpés dans la marmite.

Elle aurait préféré être encordée sur une paroi de glace, crampons aux pieds. Mais elle ne faisait pas assez d'heures en tant que guide de montagne pour pouvoir vivre de son activité. Avec le Craft Café, elle s'assurait un revenu tout en aidant sa mère. Et la famille occupait une place majeure à ses yeux. La famille, c'était comme une couverture en laine par une journée froide, un filet de sécurité qui amortissait les chutes, un bataillon de soutien au grand complet chaque fois qu'il y avait un défi à relever.

La soupe parfumée aux épices et aux aromates bouillonnait sur le feu lorsque Suzanne les rejoignit en cuisine.

— J'ai marqué le plat du jour sur l'ardoise, annonça-t-elle en remuant le contenu de la marmite. Tu aurais dû emmener Luke ici pour lui offrir un bon bol de soupe chaude, à ce pauvre garçon.

— Il n'y a rien de « pauvre » chez Luke.

Posy rinça les tomates.

— Il dispose d'un super poêle à bois, d'un congélateur bourré à craquer et de l'équipement nécessaire pour se faire chauffer une soupe lui-même, si l'envie lui en prend.

Sans compter que ce « pauvre Luke » lui inspirait des sentiments compliqués.

Sa présence à Glensay n'excéderait pas quelques mois, cela dit. S'il se passait quelque chose entre eux et que ça tournait mal, elle ne serait pas vouée à tomber sur lui à chaque coin de rue jusqu'à la fin de ses jours.

Posy trancha les tomates et hacha finement les herbes aromatiques pendant que sa mère aidait Duncan à préparer les tartes salées aux poireaux et au jambon.

Suzanne étala une pâte au rouleau.

— Vous avez l'air de bien vous entendre, avec Luke.

Posy éparpilla les aromates sur la salade. Elle savait où sa mère voulait en venir avec cette remarque. Et s'il y avait bien une chose qu'elle partageait avec Hannah, c'était un refus clair et net de parler de sa vie amoureuse avec leur mère.

— Un locataire solvable qui reste quatre mois d'affilée, c'est un luxe. J'ai tout intérêt à m'entendre avec lui.

Et à part ça, oui, elle avait un faible pour lui.

Rien que ce matin, par exemple. Combien d'hommes auraient accepté de rester enterrés bénévolement sous la neige à attendre qu'un chien les retrouve ? Ajouté à cela,

Luke était un homme de montagne, un vrai. Autant dire qu'il marquait un maximum de points.

Le livre sur lequel il travaillait était consacré aux plus beaux sommets d'escalade d'Amérique du Nord.

Elle-même n'avait jamais grimpé ailleurs qu'en Europe. Un jour, alors qu'elle assurait le ménage hebdomadaire du gîte, Luke et elle s'étaient mis à bavarder et elle lui avait demandé de lui parler du mont Rainier.

— Pourquoi cet intérêt pour le mont Rainier en particulier ?

Elle ne s'était pas sentie prête à lui donner ses raisons.

— Comme ça. Il en sera question dans ton bouquin ?

— Du Rainier ? Oui, bien sûr.

Il avait ouvert son portable et pianoté du pouce. Un sommet couvert de neige était apparu à l'écran.

Ce n'était pas la première fois, bien sûr, qu'elle voyait l'impressionnant stratovolcan haut de 4 500 mètres qui dominait la ville de Seattle. Mais le fait que la photo vienne de la collection personnelle de Luke rendait son existence soudain plus concrète.

Elle s'était approchée de l'écran pour examiner les parois couvertes de glace. Elle aurait eu des milliers de questions à poser sur cette montagne en particulier. Mais elle savait que Luke n'aurait pas les réponses.

— Tu l'as déjà escaladé ?

Sa propre voix rendait un son bizarre, comme si ce n'était pas tout à fait la sienne.

— Souvent, oui.

— Je sais que c'est un volcan. Endormi, pour le moment.

— On dit de lui qu'il est « à activité épisodique ».

Luke vit son regard surpris.

— J'ai travaillé quelque temps pour l'Institut d'Etudes Géologiques, dit-il. Et à l'époque j'habitais pas loin de Seattle. Le mont Rainier m'était d'autant plus familier que je le voyais de la fenêtre de ma chambre à coucher.

Elle avait failli se confier à lui à ce moment-là, mais

quelque chose l'en avait empêchée. Peut-être la crainte qu'il n'aborde le sujet avec Suzanne ?

— Et tu as fait l'ascension par quelle voie ?

— Toutes. À différents moments de l'année. Tantôt dans les prairies d'alpages fleuries, tantôt avec de la neige jusqu'au cou. Tu n'as jamais grimpé aux States ?

— Non. Juste en Écosse et dans les Alpes.

— Tu devrais venir découvrir nos spots d'escalade.

Un jour, oui. Même si elle ne serait probablement pas prête à affronter le mont Rainier tout de suite. Peut-être même jamais, d'ailleurs. Si elle se lançait à l'assaut de ce sommet-là, ce serait dur, vraiment très dur, pour sa mère.

Tout en préparant de grands bols de salade, Posy méditait sur cette conversation avec Luke.

— J'ai eu un mail de Hannah hier soir, annonça Suzanne. Elle envoie une liste des aliments qu'elle préfère éviter en ce moment.

Posy se concentra de toutes ses forces sur sa salade. Si elle avait le malheur de rouler les yeux, ils resteraient coincés quelque part au fond de ses orbites.

— Bon. Transfère-moi son mail pour que je revoie ma liste de courses pour Noël… C'était quoi, déjà, qu'elle voulait la dernière fois ? Des œufs de caille ? J'avais trouvé une épicerie fine à Édinbourg qui prenait des commandes par Internet.

… et qui avait englouti par la même occasion la moitié de leur budget de Noël.

— J'aurais peut-être mieux fait de me lancer dans un élevage de cailles moi-même, d'ailleurs.

— J'ai lu quelque part que ce n'était pas si simple, car la caille est sujette au stress.

— Sujette au stress, vraiment ? Avant même de rencontrer Hannah ?

Notant le regard peiné de sa mère, Posy se hâta de changer de sujet.

— Parlant de nos amies ailées, Martha a cessé de pondre.

Suzanne découpa des carrés de pâte au couteau.

— On est en décembre. C'est le manque de lumière.

— Je lui mets de la lumière artificielle. Je ne pense pas que ça vienne de là.

Peut-être que Martha anticipait l'arrivée de Hannah et qu'elle ne voyait aucun intérêt à pondre des œufs entiers alors que sa sœur ne mangeait que les blancs ?

— Je vais passer un coup de fil à Gareth, tiens. Avec une maison pleine de monde, on va avoir de gros besoins en œufs. Des œufs normaux, j'entends.

Des œufs normaux pour des gens normaux.

Sa mère s'essuya les mains sur son tablier.

— J'aurais tellement voulu que vous soyez plus proches, Hannah et toi.

— Moi aussi.

Ce qui était la stricte vérité.

— Mais elle vit très loin d'ici.

Le problème, cela dit, ne venait qu'en partie de la distance physique. Si sa sœur avait été un ordinateur, Posy aurait lancé son antivirus pour faire une analyse, car franchement il y avait des moments où elle se demandait si Hannah n'était pas sujette à quelques bugs.

Elle se considérait comme quelqu'un de plutôt solide et équilibré, et il lui était difficile d'admettre qu'elle puisse se sentir vulnérable face à sa propre sœur.

Par chance, elle n'aurait pas à gérer Hannah toute seule. Beth, Jason et les filles seraient présents pour leur prêter main forte.

Entre Beth et elle, tout roulait sans problème. La vie d'une de ses sœurs était exempte de psychodrames, de complications et autres coups de théâtre, au moins…

Chapitre 5

Beth

Beth avait couché les filles et déblayait les jouets de la baignoire lorsque Jason rentra du travail. C'était le moment de la journée qu'elle préférait, lorsque la phase chaos était derrière elle et que la perspective d'une soirée calme s'ouvrait enfin devant ses yeux. Parfois elle se versait un verre de vin et s'autorisait à lire quelques pages d'un magazine avant de s'atteler au dîner.

Ce soir, elle était trop excitée pour lire quoi que ce soit, mais elle était consciente de devoir laisser à Jason le temps de se poser quelques secondes avant de lui assener sa grande nouvelle.

Tout en rassemblant les draps de bain mouillés, Beth entendait son mari parler au téléphone.

— On a mis en plein dans le mille… On a vraiment cartonné. Ils ont apprécié un max. Dès demain, je dis à Steve de leur envoyer la proposition chiffrée. Leurs bureaux de Londres sont fermés à cette heure-ci mais, demain matin, je suis au bureau dès 6 heures et je les appelle direct.

Beth éteignit la salle de bains. Puisque Jason devait être au bureau à 6 heures, le réveil sonnerait à 5. Autrement dit, si les filles la réveillaient pendant la nuit – ce qui était l'épuisante spécialité de Ruby – elle serait arrachée de nouveau de son sommeil avant l'aube par son mari.

En essayant de ne pas penser à Hannah voyageant en première classe avec le champagne coulant à flots, Beth jeta les serviettes dans la corbeille à linge et passa dans le living où Jason mettait fin à son appel.

Une lumière douce baignait la pièce. Beth était venue à bout de la marée de jouets, de tutus et de diadèmes qui, une heure plus tôt encore, envahissaient toutes les surfaces. Ses prestigieux magazines de mode – le seul luxe qu'elle s'octroyait encore – étaient empilés avec soin sur la table basse. Un grand bouquet de lys dans un vase ajoutait une illusion d'élégance que même la présence de deux blocs de Lego dépassant de sous le canapé ne parvenait à altérer.

Beth avait une passion pour les fleurs. Elle aimait leur fragilité, leur féminité. À elles seules, elles ensoleillaient son humeur et transformaient l'atmosphère d'un lieu. Elle associait les fleurs au bonheur et surtout à Jason.

Au début de leur relation, il lui en offrait chaque semaine. Avec l'arrivée des filles, lorsqu'elle avait arrêté de travailler, leur budget s'était resserré. Mais elle en appréciait d'autant plus les moments où il s'autorisait un coup de folie et qu'il rentrait à la maison avec un bouquet.

Avec un soupir de contentement, Beth regarda autour d'elle. En cet instant d'exception, son appartement donnait l'illusion d'être un espace compatible avec la vie adulte : une zone enfin vierge de jouets, où la conversation entre les occupants pouvait tourner autour des sujets de société du moment, des voyages en prévision et des bons restos de Manhattan. Et non pas se résumer à un débat musclé entre partisans des déguisements de ballerine et inconditionnels du camion de pompiers. Un appartement rangé donnait à Beth l'éphémère illusion qu'elle avait sa vie bien en main, même si elle savait pertinemment qu'il n'en était rien. Face à l'invincible pagaille enfantine, elle se sentait neuf fois sur dix comme un capitaine dérisoire en train d'écoper frénétiquement dans un bateau dont la ligne de flottaison était déjà immergée.

Jason reposa son téléphone pour lui sourire, et son expression passa de sérieuse à sexy. Aujourd'hui, il portait un costume sur mesure à rayures tennis sur un T-shirt.

Elle nota distraitement qu'il aurait besoin de revoir sa coupe de cheveux pour actualiser son look.

Jason et elle plaisantaient régulièrement sur le fait qu'en tant que directeur de création d'une agence de pub, son sens du design devait d'abord s'appliquer à lui-même. Et ils adoraient débattre ensemble sur les mille détails qui faisaient un style, une allure.

Ils s'étaient rencontrés alors que Jason bossait sur une campagne de pub pour une des marques de cosmétiques qui employait Beth à l'époque.

Depuis, l'étoile professionnelle de Jason continuait de filer vers le haut alors que la sienne s'était écrasée au sol en volant en éclats. Aujourd'hui encore, elle continuait de se prendre les pieds dans les fragments éparpillés.

L'espace d'un instant, elle ne vit pas Jason, son mari, mais l'homme qu'il incarnait professionnellement.

Elle avait devant elle l'image conquérante qu'il offrait à tous ceux qu'il croisait dans son boulot. Rien à voir avec le père de famille affalé sur le canapé, le cheveu terne et la mine enfarinée au réveil, piquant du nez sur l'édition spéciale week-end du journal. Eux avaient affaire au directeur de création dynamique d'une des plus célèbres agences multimédia de Manhattan. Jason faisait une belle carrière. Son patron s'était pris d'affection pour lui et unc nouvelle promotion l'attendait sous peu ainsi qu'une confortable augmentation de salaire.

Beth aurait volontiers renoncé à cette somme si cela lui avait permis d'avoir son mari un peu plus souvent à la maison. Et pas seulement pour qu'ils passent plus de temps en famille. Mais aussi parce que, quelque part au fil des années, l'équilibre de leur couple s'était rompu. Mais c'était un problème auquel elle comptait bien remédier.

Elle avait réfléchi tout l'après-midi à la meilleure façon d'amener le sujet sur le tapis et avait fini par se décider pour la méthode franche et directe.

Jason l'attira dans ses bras pour l'embrasser.

— Tout va bien, ma chérie ?

Beth noua les bras autour de son cou. Elle appréciait que Jason ne la dépasse que de quelques centimètres. Ainsi enlacés, ils s'ajustaient à la perfection.

— Hannah a annulé pour demain soir. Un déplacement de dernière minute pour son boulot, comme d'hab'.

— J'en conclus que je n'aurais pas à me ruer à la maison pour être à l'heure pour le dîner ?

Il la relâcha et retira sa veste.

— Qu'est-ce qui ne va pas ? Tu es déçue ? C'est de Hannah dont on parle, là. Ne me dis pas que tu es surprise qu'elle se désiste.

Le fait qu'elle n'était pas surprise ne voulait pas dire pour autant qu'elle n'était pas déçue.

Beth était sur le point de lui expliquer ce qu'elle ressentait lorsque des cris surexcités s'élevèrent de la chambre des filles, suivis par le martèlement sourd des pieds nus sur le parquet.

— Papa ! Papa !

Beth ne put s'empêcher de sourire. Leur enthousiasme désarmant tuait son mouvement de contrariété dans l'œuf. Mais elle savait qu'il lui faudrait de nouveau une bonne heure pour rétablir le calme et que cela reportait d'autant la conversation qu'elle attendait avec tant d'impatience.

— Ouah ! Mon petit bolide !

Jason attrapa Ruby au vol et la leva à bout de bras, suscitant des hurlements stridents.

— Comment va ma demoiselle pompier ?

— Maman m'a acheté un camion !

— *Non ?* Encore ! Tu es à la tête d'une flotte complète, alors ?

Jason chercha son regard et Beth se sentit rougir. Ruby serra son père de toutes ses forces.

— Moi, quand je serai grande, je conduirai un gros camion rouge.

— Tu feras un super pompier, ma puce. Aucun feu n'osera brûler quand il te verra dans le secteur.

— Tu viens jouer avec moi, papa ? Toi tu serais dans

une maison en flammes et moi j'arriverais avec mon camion, et…

— Pas maintenant, parce que c'est l'heure de dormir. On verra demain.

Plus réservée que sa sœur, Melly se collait contre ses jambes. Il reposa Ruby et la prit dans ses bras à son tour.

— Et comment va ma grande fille aînée ?

Melly posa la tête sur son épaule.

— Ruby, elle fait rien que me donner des ordres.

Jason sourit.

— Elle a de grandes qualités de leader, ta petite sœur. Pas vrai, Ruby ? Mais toi aussi, tu les as, ces qualités.

— Oui, ben moi, j'aime pas crier, objecta Melly en faisant la moue.

— Le leadership, ça ne veut pas dire parler fort, Melly.

Il lui caressa les cheveux.

— Un jour, tu auras un métier très important et tout le monde t'écoutera. Tu n'auras pas besoin de crier pour te faire entendre.

Beth appréciait que Jason ne marque jamais de préférence entre leurs deux filles. Elle aimait sa façon d'être père, même si elle était consciente qu'il avait le beau rôle. Si la fonction parentale avait été un repas, Jason aurait débarqué tous les jours à l'heure du dessert, en sautant allègrement les autres plats, y compris et surtout les légumes. Il n'avait affaire ni aux crises, ni aux larmes, ni aux longs combats autour de la nourriture, ni aux négociations perpétuelles. Il échappait aussi à cette forme bien particulière de solitude qui consistait à passer ses journées avec des enfants en bas âge. Techniquement, elle n'était pas *seule*, bien sûr. Avec Melly et Ruby, elle était même accompagnée en permanence. Et pourtant, elle se sentait isolée. Un concept impossible à traduire en mots pour quelqu'un qui n'avait jamais vécu ce type de situation.

— Remets-les au lit, toi, si tu veux. Pendant ce temps, je vais terminer le dîner.

Les filles sautaient de joie sur place.

— Papa, papa ! Tu nous lis une histoire ?

— Allez, ça marche.

Jason nota son regard découragé.

— Quoi ? Qu'est-ce que j'ai fait ?

— Je leur ai déjà lu *deux* histoires avant que tu arrives. Elles ont besoin d'avoir leur temps de sommeil.

Et comme elle avait passé la journée entière avec elles, Beth avait hâte de s'asseoir et de se détendre avec un verre de vin. Elle se sentait en état d'épuisement cérébral avancé, ce qui était d'autant plus absurde que ses neurones manquaient d'exercice et qu'un cours de remise en forme s'imposait d'urgence.

Jason fronça les sourcils.

— Juste une petite histoire alors ? Ça ne peut pas leur faire de mal. Je ne les ai pas vues de la journée.

Trois regards brillants d'espoir étaient fixés sur elle. Elle savait qu'elle devait persister dans son refus.

— Un enfant a besoin de régularité, Jason.

— Je suis d'accord. Mais juste pour cette fois…

Il la prit dans ses bras et l'embrassa, ce qui, très concrètement, lui scella les lèvres. Puis il tendit les bras à ses filles et les porta au lit.

La voix de Ruby lui parvint de leur chambre.

— Papa ? Je peux dormir avec mon nouveau camion ?

Beth passa côté cuisine et vérifia la cuisson de sa daube. Elle goûta, rectifia l'assaisonnement et huma l'odeur de vin et d'épices qui s'élevait du savoureux plat d'hiver. C'était une recette qu'elle tenait de sa mère et elle lui rappelait ses années d'enfance en Écosse.

Elle avait un faible pour la période qui précédait Noël. Presque autant que la fête elle-même, elle aimait ses prémices. Tout le mois de décembre n'était qu'une longue mise en jambes festive, avec ses vitrines illuminées, le patin à glace à Central Park et leur visite au Rockefeller Center pour voir le grand sapin traditionnel s'illuminer. L'année précédente, elle avait pris des places au New York City Ballet pour que les filles voient *Casse-Noisette*.

Pour une fois, Ruby s'était tenue tranquille, hypnotisée par les danseurs qui virevoltaient sur scène. Melly avait vécu l'enchantement suprême, éblouie par *La Valse des fleurs* et comblée dans tous ses rêves de princesse grâce au talent et à l'imagination de Tchaïkovski.

Même Jason qui avait juré auparavant qu'il préférerait « traverser Times Square à poil plutôt que de se coltiner un spectacle chorégraphique » avait reconnu qu'il avait passé une soirée magique. Même si la magie en question, il l'avait vécue par procuration, à travers l'émerveillement reflété sur le visage de ses filles.

« J'adore ces moments qu'on passe à quatre », avait-il observé ce soir-là alors qu'ils déambulaient en famille dans les rues poudrées de neige avant d'aller manger un morceau dans une petite *taverna* décorée de façon si festive que Ruby, les yeux écarquillés, avait demandé s'ils étaient entrés dans la maison du Père Noël.

Beth aussi adorait ces moments à quatre. Mais la différence entre eux, c'était que Jason ne connaissait que les instants magiques.

Sa version à lui de la vie de parent était faite de minois enthousiastes et récurés de près, de pyjamas propres, de dents brossées et d'humeurs enfantines au beau fixe.

Sa version à elle avait les couleurs de la réalité.

Avait-elle tort de vouloir autre chose ?

Lorsque Jason vint la rejoindre dans la cuisine, elle avait mis la table et chauffé les assiettes.

— Elles grandissent vite, nos poupettes.

Il avait pris une douche et troqué sa tenue de créatif stylé contre un jean et un pull noir. Ainsi vêtu, il paraissait plus jeune – ressemblait plus à l'homme qu'elle avait épousé.

— Mm… C'est quoi qui sent bon comme ça ?

— De la souris d'agneau en daube. C'est ce que j'avais l'intention de cuisiner pour Hannah demain, mais puisqu'elle nous fait lâchement faux bond…

Elle haussa les épaules et prit une assiette. Jason examina le contenu de la cocotte avec enthousiasme.

— Ce qui est perdu pour Hannah est gagné pour moi.

Beth le servit en riz, viande et légumes, disposa la sauce sur le tout et lui tendit l'assiette sans faire de commentaire. Elle n'avait pas envie de penser à Hannah pour le moment.

— Raconte-moi ta journée, alors. Ton pitch client ? Qu'est-ce que ça a donné ?

Elle gardait pour l'instant sa grande nouvelle sous silence. Il s'agissait de choisir le moment avec soin.

— Succès sur toute la ligne. On a été percutants, apparemment.

Il attendit qu'elle se soit servie à son tour avant de prendre ses couverts.

— Sam m'a demandé de passer le voir dans son bureau aujourd'hui.

Sam était le patron de Jason.

— Qu'est-ce qu'il te voulait ?

— Conrad Bennett quitte l'agence.

— Ah tiens ? C'est bizarre.

Beth jouait distraitement avec la nourriture dans son assiette. Ce qui se passait dans la boîte de Jason l'intéressait, bien sûr. Mais elle était obsédée par l'appel de Kelly quelques heures plus tôt.

— Il est directeur en chef de la création. Il n'a aucune raison de quitter un poste pareil, non ?

— Il a une très bonne raison, si : il monte sa propre agence. Et tu sais ce que ça implique.

— Conrad veut que tu partes avec lui ?

— Non. Mieux que ça.

Jason leva haut son verre.

— Je vais prendre sa place.

Beth poussa une exclamation de surprise ravie.

— Ça y est ? Tu es promu ?

Elle ignora la petite voix qui lui chuchotait que c'était son avenir à elle et non celui de Jason qui aurait dû être au centre de cette conservation.

— Cette année, j'ai ramené un maximum de clients à l'agence.

Elle se demanda quelles conséquences la promotion de Jason aurait sur son emploi du temps et se sentit coupable d'égocentrisme.

— Directeur de création en chef. Je suis fière de toi.

Fière, elle l'était, oui. Et un peu jalouse, aussi. Était-ce complètement mesquin de sa part de ne pas être cent pour cent emballée ?

Les yeux de Jason brillaient d'enthousiasme.

— C'est un bel échelon de gravi. Dans le genre cadeau de Noël, on a fait pire… D'ailleurs, parlant de cadeaux de Noël, tu me dis ce que tu veux et c'est pour toi. Une nouvelle robe ? Un manteau ? Des bottines sexy ?

Ce qui me ferait vraiment envie ? Une carrière.

Elle avait pensé que Jason pourrait s'arranger pour rentrer plus tôt de son travail deux jours par semaine. Pensé qu'elle pourrait compter sur lui pour offrir une présence accrue à leurs filles. C'était un peu comme s'il avait planifié son avenir en oubliant le sien.

— En fait, ça a été un choc pour moi, observa-t-il en reprenant son sérieux. Un choc positif, bien sûr, mais ça m'a amené à réfléchir. À toi, à nous, à ce que nous voulons faire de nos vies.

La pointe de ressentiment qu'elle s'était efforcée de contenir se dissipa et une vague de tendresse la submergea. Elle but une gorgée dc vin.

— Justement, je pensais aussi à nous de mon côté. Il y a quelque chose dont je veux te parler et j'aimerais que tu me laisses tout t'expliquer jusqu'au bout avant de me donner ton avis. On a déjà abordé la question ensemble, mais cela remonte à quelques années.

Beth en avait des papillons dans l'estomac. Elle n'avait aucune idée de la façon dont Jason allait réagir.

Il couvrit sa main de la sienne.

— Stop. Je sais ce que tu vas me dire.

— Vraiment ?

— Oui. Ce n'était même pas la peine d'y penser quand les filles étaient plus petites et que tu n'avais pas une seconde à toi, mais elles ont grandi et tu es maintenant plus disponible.

Jamais elle n'aurait imaginé que ce serait aussi simple.

— Toi aussi, alors, tu y as réfléchi ?

— Je pense que ce serait le bon moment pour notre petite famille.

Il se concentra de nouveau sur son assiette.

— Cette daube est un délice, entre parenthèses. Tu cuisines avec un raffinement qui m'épate, Beth. En fait, tu es douée pour à peu près tout ce que tu fais.

Avait-il réalisé au moins ce que cela impliquerait pour lui ?

— Si on passe à cette nouvelle étape, je risque d'être pas mal sous pression, dit-elle. J'ai pensé que ta mère serait peut-être d'accord pour nous donner un coup de main. Et il faudrait que tu m'aides un peu plus. Ça ne te dérangerait pas ?

— Toi et moi, on fait équipe, Beth. Et pour ce qui est de ma mère, je ne me fais aucun souci. Le plus dur sera de la freiner. Je suis sûr qu'elle sera aussi excitée que moi.

Il se resservit en riz.

— Le timing n'est jamais complètement idéal. Mais je pense que c'est quand même le meilleur moment pour nous quatre. Je propose qu'on se lance. Franco.

Des bulles de joie pétillaient dans la poitrine de Beth.

Elle aurait dû lui en parler plus tôt. Lui dire ce qu'elle ne lui avait jamais dit : qu'elle se sentait isolée, diminuée, qu'elle voyait ses compétences s'étioler en même temps que sa confiance en elle.

Elle était touchée, vraiment touchée, que Jason ait remarqué de lui-même qu'elle s'atrophiait à petit feu.

— Et par rapport à ta promotion ? Ça s'articulerait sans trop de problème ?

— Sam sait à quoi s'en tenir avec moi. Je ne lui ai jamais caché que j'avais des enfants et qu'il faut, par moments, que j'assure côté famille. Je peux jongler entre le boulot et la maison. Ça fait des années que je le fais. C'est une des raisons pour laquelle je tiens à rester dans cette boîte. Ils ont une culture d'entreprise que je respecte.

« Jongler » était-il vraiment le mot qui convenait dans la situation actuelle de Jason ? Elle avait conscience que, lorsqu'elle aurait retrouvé du boulot, ils auraient à faire preuve d'un talent pour le « jonglage » digne des meilleurs artistes de cirque.

— Pour notre famille, ça va être un grand tournant à négocier. Mais je sais qu'on va y arriver, tous les deux. Je suis très heureuse de ce qu'on est arrivés à faire ensemble jusqu'ici, toi et moi.

— Moi aussi. Je t'aime, Beth.

— Je t'aime aussi… Je t'aime tellement.

Des larmes d'émotion lui picotaient les yeux. Elle avait une chance inouïe d'avoir épousé un homme tel que lui.

— Tu crois que ce ne sera pas trop dur à vivre pour les filles ? J'ai du mal à ne pas me sentir coupable.

Elle avait désespérément besoin d'entendre qu'elle n'était pas une mauvaise mère.

— J'ai peur qu'elles se sentent délaissées, dit-elle. Qu'elles aient l'impression qu'elles ne suffisent pas à remplir ma vie.

— Je pense que ça ne peut être que positif pour Ruby et Melly, au contraire. Elles vont être obligées de partager un peu, mais grandir, c'est aussi se séparer, se construire de nouveaux univers.

Avec un petit haussement d'épaules, il attrapa son verre.

— La qualité passe avant la quantité, non ?

Beth changea de position sur sa chaise. Offrait-elle « la qualité » à ses enfants ?

Il y avait des jours où elle avait l'impression de tout juste réussir à sauver les meubles. Mais pour le moment, elle se sentait trop euphorique pour se lancer dans une séance d'auto-flagellation maternelle.

Jason se leva et débarrassa les assiettes. Elle le suivit dans la cuisine pour s'occuper du dessert.

Était-il trop tard pour rappeler Kelly dès ce soir ?

— Il faut que je prenne rendez-vous le plus vite possible. Il y aurait un jour cette semaine où tu pourrais t'arranger pour travailler de la maison ?

Il abandonna les assiettes sur le plan de travail, au-dessus du lave-vaisselle.

— Tu veux prendre rendez-vous avec qui ?

— L'équipe.

Beth posa le dessert sur la table. Au lieu de l'extravagante pavlova qu'elle avait prévue de servir à Hannah, elle avait mis des pruneaux à cuire dans du rhum avec un peu de sucre roux. En temps normal, elle évitait les desserts, par souci de diététique, mais elle avait réussi à se convaincre que les pruneaux, « c'était juste des fruits ».

— Tu veux déjà consulter avant même d'être enceinte ? s'étonna Jason en se rasseyant. C'est comme ça qu'on procède maintenant ?

Beth le regarda avec des yeux ronds.

— Quoi ?

Jason se servit une portion de pruneaux dans un des délicats ramequins en raku que sa mère leur avait offerts le Noël précédent.

— En fait tu as raison, ce n'est pas plus mal que tu ailles faire un check-up. Tu as souvent une mine fatiguée, ces derniers temps. Tu as peut-être un petit problème d'anémie. Mais si tu vas voir un obstétricien, j'aimerais t'accompagner.

Il poussa les pruneaux vers elle.

— Tu n'en prends pas ? Ou peut-être que tu as déjà arrêté l'alcool ?

Beth avait l'impression de tomber en chute libre, comme si elle venait de basculer du haut d'une falaise. Elle avait la tête qui tournait et son estomac faisait des siennes.

— Enceinte ? Un obstétricien ? Mais de *quoi* tu me parles ?

Jason se figea, cuillère en main.

— De notre troisième enfant, bien sûr. Et toi ? Tu pensais à quoi ?

— Je pensais au boulot. *Mon* boulot. Sur le mode : reprise de carrière.

Elle avait la gorge sèche comme du carton. Le quiproquo aurait presque pu être comique mais elle n'avait jamais eu aussi peu envie de rire. Un autre *bébé* ? L'idée seule lui faisait battre le cœur de panique.

Il y eut un long silence chargé.

— Tu pensais recommencer à bosser ?

Beth voulut se rasseoir et tomba lourdement sur sa chaise.

— Oui. C'est ce dont je voulais te parler. C'est ce dont je croyais que nous parlions, toi et moi, depuis un quart d'heure.

La cuillère s'effondra dans le plat, éclaboussant la table de jus de pruneaux. Beth, pas plus que Jason, n'y prêta attention.

— Je pensais que ton envie, c'était d'agrandir notre famille. De mettre au monde un petit troisième pour compléter la fratrie.

— Jason, la dernière chose au monde dont j'ai envie, c'est d'un troisième enfant. Comment peux-tu même *imaginer* que ce serait une bonne idée pour nous ?

Elle respirait si vite qu'elle se demanda si elle ne faisait pas une crise de spasmophilie. Jason avait l'air aussi sidéré qu'elle, quoique pour de tout autres raisons.

— Mais on les adore, nos filles, non ?

— Bien sûr qu'on adore, nos filles ! Je ne dis pas que je n'aime pas nos enfants. Je dis juste que je serais incapable d'assumer la charge d'un troisième.

— Tu te sous-estimes, là, Beth. Tu fais ça incroyablement bien.

D'un geste englobant, il désigna l'appartement autour d'eux.

— Tu as passé la journée entière avec elles et tu trouves encore le moyen de cuisiner un repas gastronomique dans la foulée. C'est fabuleux, ce que tu réussis à accomplir.

— Je vais reformuler ma phrase, Jason : je ne *veux pas* assumer la charge d'un troisième. Ce que je veux, c'est une vie. Une vraie. Je n'en peux plus, du train-train domestique.

La tendresse dans le regard de Jason disparut. La peine prit sa place.

— Je n'avais pas réalisé qu'on était du « train-train » à tes yeux, les filles et moi.

Comment leur conversation avait-elle pu dégénérer aussi vite ? C'était comme voir une bobine de fil se dérouler inexorablement sans rien pouvoir faire pour la stopper.

— Cela exige une patience folle d'être à la maison avec des enfants tout le temps, Jason.

Elle vit qu'il avait les mâchoires crispées, comme chaque fois que leurs avis différaient fortement.

— Je sais que tu as des journées très remplies. Mais je fais pas mal d'heures de boulot de mon côté, non ?

— Ce n'est pas une compétition entre nous, Jason ! Il ne s'agit pas de déterminer lequel de nous deux travaille le plus. La différence, c'est que tu exerces le métier que tu aimes pendant que, de mon côté, je perds peu à peu toute mon employabilité, mon réseau et mon expertise.

Il se leva si brusquement que sa chaise se renversa sur le sol avec fracas. Beth se leva d'un bond.

— Fais attention ! Tu vas réveiller les filles et il faudra des heures pour les calmer.

— Et ça, ce serait insupportable parce que nos enfants, pour toi, c'est avant tout une source de fatigue, c'est ça ?

L'injustice de son accusation lui fit mal. Probablement parce qu'elle n'avait pas trouvé les bons mots pour lui expliquer ce qu'elle ressentait. Mais elle avait conscience aussi que son mari ne l'écoutait pas vraiment. Il était focalisé sur sa propre déception et ne tenait pas compte de la sienne.

— J'aime Melly et Ruby. Tu le sais.

— On s'était dit qu'on aurait trois enfants. Peut-être même quatre.

— Ça, c'était avant. Quand on n'était pas encore parents. J'étais loin de m'imaginer à quel point ce serait dévorant.

— Dévorant ? On dirait que tu parles de deux ogres.
— Non ! Je…

Comment pouvait-elle se faire comprendre ? Elle s'escrimait à essayer de formuler les choses, mais il ne semblait pas l'entendre. Ou peut-être qu'il ne *voulait* tout simplement pas comprendre ?

— J'adore la compagnie de nos filles, mais j'ai vécu en mode nursery pendant sept ans. Et je suis mûre pour passer à autre chose. Je ne peux pas me contenter d'être seulement en position d'assistante-accompagnante pour les autres membres de la famille.

Jason releva la chaise et se rassit.

— Ce choix, c'était aussi le tien, au départ.

— Lorsque je suis tombée enceinte, oui.

Elle songea aux premiers pas de Melly, à la première fois où Ruby lui avait souri.

— Pour rien au monde, je n'aurais voulu passer à côté de ces années de petite enfance des filles. Je sais que j'ai eu de la chance de pouvoir rester à la maison, de vivre ces moments avec elles. Mais maintenant qu'elles sont un peu plus grandes, je suis prête à passer à autre chose.

— La famille a toujours été ta priorité, Beth.

Jason se frotta le front avec les doigts.

— Tu étais petite encore quand tu as perdu tes parents…

— Je ne veux pas parler de ça.

— Je sais. Les McBride ont toujours gardé l'omerta sur le passé familial. Mais il y a peut-être un rapport avec ce qui nous occupe aujourd'hui.

— Quelque chose qui est arrivé il y a vingt-cinq ans ne peut pas avoir d'incidence sur mes décisions d'aujourd'hui.

Elle essaya de ne pas penser au message vocal qu'elle avait effacé de son téléphone. Hannah avait-elle eu un appel similaire ? Elle aurait pu lui poser la question, mais ce n'était même pas la peine d'essayer d'aborder ce genre de sujet avec sa sœur. Ni elle ni Suzanne ne prononçaient jamais le mot « avalanche » et Beth avait toujours respecté leur choix.

Quelques années plus tôt, elle s'était plongée dans des articles de journaux concernant l'événement qui avait touché si durement sa famille. Et elle avait eu l'impression de revivre le traumatisme en direct. Il y avait eu une photo de presse particulièrement horrible où on voyait Suzanne traquée par une meute de journalistes. Beth avait été secouée par ses lectures et n'avait plus remis le nez dans ces archives.

Nul doute que Hannah avait ses propres souvenirs de cette période. Mais lorsqu'il s'agissait de traiter le passé, celle-ci s'y prenait comme un chirurgien avec son scalpel : elle procédait à l'ablation complète et recousait minutieusement la plaie.

Beth, elle, se contentait de refouler le tout et s'accommodait de remontées de blues occasionnelles. Mais elle était plus jeune que Hannah et l'impact de la tragédie sur elle avait été moins vif.

— Tout ce que je sais, c'est que je suis devenue complètement inintéressante, Jason. Je transpire l'ennui. La dernière fois que j'ai vu ma sœur, il était question de voyage par-ci et de voyage par-là. En quoi ai-je contribué à la conversation, dis-moi ?

— Attends… C'est à cause de Hannah, tout ça ? Qu'est-ce qu'elle t'a raconté ?

Beth se rassit.

— Rien du tout. Ça n'a rien à voir avec Hannah.

— Si ta sœur s'est permis de te prendre de haut…

— Elle ne m'a pas prise de haut. Je n'ai besoin de personne d'autre que de moi-même pour me coller un complexe d'infériorité gros comme une maison.

Un muscle se crispa à l'angle de la mâchoire de Jason.

— C'est à une vie comme celle de Hannah que tu aspires, maintenant ? Sans enfants, sans conjoint, sans engagement affectif d'aucune sorte ? Une vie dont tu m'as dit toi-même, entre parenthèses, que tu trouvais froide, désincarnée et solitaire ?

— Je n'ai jamais dit que je voulais être comme Hannah.

Il y avait des aspects de la vie de sa sœur qu'elle lui enviait : les voyages en première classe, ses interactions dans un univers adulte, sa réputation professionnelle hors pair, la liberté avec laquelle elle pouvait aller et venir sans avoir à mettre en place une organisation frénétique.

Mais elle n'enviait pas la solitude de Hannah.

Sa sœur était comme une forteresse. Hérissée de défenses, elle ne tolérait que des relations neutres, impersonnelles et distantes.

Elle n'avait pas toujours été comme ça, bien sûr.

Petites, Hannah, Posy et elle avaient été unies comme les doigts de la main. Elles s'entendaient si bien, même, que leur mère n'avait jamais eu à inviter d'autres enfants pour les distraire. Leur trio se suffisait à lui-même.

De cette époque restée floue et lointaine, Beth ne conservait que des souvenirs imprécis. Mais de temps en temps, ses pensées vagabondaient dans ces zones reculées de la mémoire. Lui revenaient alors, avec une grâce intacte, les échos de leurs rires, de leurs élans d'affection, de leurs inlassables jeux. Elle repensait à leurs disputes sans importance et à leurs réconciliations solennelles.

Au temps béni de l'enfance.

Beth se sentit soudain coupable d'avoir parlé à sa sœur au téléphone sur un ton si aigre.

Dès que Hannah serait de retour de San Francisco, elle la rappellerait pour faire amende honorable. Elle se chargerait d'acheter un cadeau commun pour leur mère. Et pourquoi ne pas se retrouver dans un restaurant, si Hannah préférait qu'elles se voient plutôt en dehors de chez elle ?

Beth voulait préserver le peu qu'il restait de leurs liens. Ses deux sœurs avaient toujours occupé une place majeure dans son affection.

Mais ce n'était pas le moment de s'inquiéter au sujet de Hannah. Son problème du moment, c'était Jason.

— Je n'ai pas aimé être fils unique, lui rappela-t-il. Et ce n'est pas le sort que je veux offrir à mes enfants.

— C'est pour ça que nous avons eu Ruby.

Jason ne lui avait jamais caché son intention d'avoir plusieurs enfants. Dès l'instant où Melly avait fait ses nuits, il avait commencé à parler d'un petit frère ou d'une petite sœur. C'était vital pour lui que leur fille grandisse au sein d'une fratrie solidaire vers laquelle elle pourrait se tourner une fois qu'elle serait adulte.

Compte tenu des hauts et des bas de sa relation avec Hannah, Beth s'était dit que l'existence d'une fratrie n'était pas forcément la garantie d'une complicité future. Mais désirant elle-même un second enfant, elle avait mis de côté les souvenirs traumatiques de son accouchement – le premier, après tout, étant connu pour être toujours le pire – et les trois ans de Melly avaient coïncidé avec le début d'une seconde grossesse.

Ruby était née en urgence, huit semaines avant terme, dans des conditions suffisamment stressantes pour qu'elle décide que cette seconde naissance serait aussi la dernière. Comme Jason n'avait jamais remis la question du petit troisième sur le tapis, elle avait cru qu'il était dans les mêmes dispositions qu'elle.

Accoucher n'était pas son fort, de toute évidence. Et ce n'était pas un domaine où on pouvait espérer améliorer son score en renforçant sa pratique. La simple pensée d'une nouvelle grossesse suivie d'une naissance à haut risque lui donnait des sueurs froides.

— Ma confiance en moi s'effrite de jour en jour, Jason. Je me sens hors circuit. Si je ne retourne pas sur le marché du travail tout de suite, ce sera trop tard.

Peut-être même que sa date de péremption était déjà passée depuis un bon moment. Combien de temps lui faudrait-il pour retrouver ses anciens réflexes et revenir en mode professionnel ? Saurait-elle faire illusion et donner une impression de calme compétence alors qu'elle tremblait de trouille à l'intérieur ? Et si Corinna changeait d'avis en la voyant ? Serait-elle assez solide psychologiquement pour encaisser un échec ?

— C'est pile le moment pour moi de reprendre une

activité salariée. Melly est au CP et Ruby va à la maternelle trois matinées par semaine.

— Mais c'est toi qui les amènes et qui les cherches. Qui d'autre s'en chargera ?

C'était là que le « jonglage » commencerait.

— Je pensais que tu pourrais peut-être rentrer à la maison plus tôt deux jours par semaine. Et Alison acceptera probablement de nous donner un coup de main.

— Ma mère nous aiderait, oui. Aucun souci de ce côté-là. Mais j'ai quand même mon boulot. Sur le plan financier, cela n'aurait aucun sens que je m'arrête pour que tu puisses travailler.

— Je ne te demande pas de renoncer à ta carrière. Juste de faire quelques efforts d'organisation pour aménager tes horaires. Si je veux travailler, ce n'est pas pour une question d'argent, mais de santé mentale. C'est comme si j'avais perdu mon identité quelque part en route, Jason. Je n'ai plus aucune idée de qui je suis. Et je me sens très seule.

— Mais je t'entends dire tout le temps que tu n'as jamais cinq minutes à toi ! Que prendre une douche devient un sport de haut niveau, avec Melly qui tambourine à la porte et Ruby qui en profite pour mettre l'appartement à sac. Tu bénéficies de la compagnie de nos enfants presque tout le temps. Comment peux-tu te sentir seule ?

Une vague de découragement la submergea, en même temps qu'une autre émotion qu'elle ne parvint pas à identifier.

— Je tiens à les rencontrer, Jason. Je veux savoir ce qu'ils me proposent exactement.

— Qui ça, « ils » ? Tu ne m'as donné aucun détail.

Elle prit une profonde inspiration.

— Corinna a monté sa propre boîte.

— *Corinna ?*

Le prénom avait explosé sur ses lèvres.

— La même Corinna qui t'a pourri la vie quand tu bossais encore pour elle ?

— Elle ne me pourrissait pas la vie.

— Ah non ? Le stress te rendait malade. Elle avait viré

déjà trois personnes de votre équipe dans les six mois qui ont précédé ton départ.

— On était tous sous tension, à l'époque. Avec des objectifs majeurs à atteindre.

— Et la source de la tension en question, c'était Corinna. Il lui arrivait de t'appeler à 3 heures du matin en hurlant. C'était le degré zéro du respect de la vie privée, avec elle. Ne compte pas sur elle pour tenir compte du fait que tu as une famille, Beth.

— Je ne veux pas qu'elle ait à en tenir compte.

Il scruta son visage un instant.

— Très bien. Va les voir. Discute avec Corinna. Tiens-moi au courant et je m'occuperai des filles.

Beth se détendit légèrement.

— Tu ferais ça ?

— Oui. Une fois que tu auras de nouveau à l'esprit qui est Corinna, tu n'auras plus qu'une envie : rester à la maison avec tes enfants.

Jason était convaincu qu'elle n'obtiendrait pas le poste.

Même son propre mari considérait qu'elle ne valait plus rien sur le plan professionnel.

Qu'en conclure sur la vision que Jason avait d'elle ?

Et que penser de la femme qu'elle était devenue, surtout ?

Pour Beth, cela ne pouvait signifier qu'une chose : il fallait qu'elle décroche ce job, coûte que coûte, ne serait-ce que pour prouver qu'elle en était capable.

Chapitre 6

Suzanne

Suzanne plissa les yeux en examinant la décoration lumineuse.

— Tu peux essayer de la mettre un peu plus haut pour voir ?

Stewart grimpa d'une marche supplémentaire sur l'escabeau et souleva la guirlande.

— Comme ça ?

— Non. Je préfère un peu plus bas, finalement.

Il avait une patience d'ange, son homme, songea-t-elle avec reconnaissance.

Stewart émit un soupir sonore.

— Suzy…

Bon. Pas si patient que ça, tout compte fait.

— Juste un soupçon plus bas.

Elle observa avec attention pendant qu'il déplaçait les petites étoiles lumineuses.

— Voilà, stop ! Parfait… Tu ne trouves pas que c'est beau ?

— Sublime. Les guirlandes ont toujours été ma passion. Si je pouvais en recevoir un lot de dix à Noël, mon bonheur serait total.

— Ce n'est pas très gentil d'être sarcastique. Cela dit, maintenant que je sais ce que tu veux vraiment pour Noël, je vais retourner le cadeau de tes rêves que je viens d'acheter et je l'échangerai contre dix boîtes de décos.

Il lui jeta un regard faussement paniqué.

— Attention, hein. Je sais que tu en serais capable.

— As-tu l'intention d'accrocher ces guirlandes sans émettre une seule plainte ?

Il mit un soin exagéré à disposer le cordon lumineux sur les attaches.

— Je ne sais pas si c'est un défaut masculin typique, mais je suis incapable de m'enthousiasmer pour une série de mini-ampoules électriques alignées sur un fil. Je range les guirlandes avec les coussins décoratifs dans la catégorie des trucs qui encombrent sans avoir la moindre utilité pratique.

— Triste vision utilitariste des choses, Stewart.

Suzanne brancha la guirlande et les étoiles luisirent d'une douce lumière blanche.

— Tu ne vois pas à quel point c'est beau ? Et, en plus, la lumière est thérapeutique. Si on en mettait une autre au-dessus de la cheminée ?

Apporter accueil, chaleur et réconfort, était pour elle l'objectif au cœur de tout ce qu'elle entreprenait, que ce soit en cuisinant des mets de qualité au Craft Café, en tricotant des pulls en laine douce ou en se préparant à recevoir ses filles. Comme si une partie d'elle continuait de lutter contre la solitude et le froid qu'elle avait connus durant sa petite enfance. Elle n'avait eu personne pour l'écouter, la réconforter quand elle était petite, et elle avait appris à s'auto-materner en se cocoonant. Le noir la terrifiait, enfant, mais les veilleuses étaient interdites. Alors elle compensait cette absence de lumière maintenant. La douceur des coussins, de l'éclairage, de la *famille* – tout ce qui lui avait manqué dans les premières années de sa vie, elle s'en entourait aujourd'hui.

Stewart descendit de son escabeau.

— *Encore* une autre guirlande ? On en a combien en stock ?

— Plein. J'en avais commandé de nouvelles pour le café et ce sont celles qu'il me reste… Mais maintenant que tu le dis, des bougies seraient peut-être préférables pour le rebord de cheminée.

Suzanne arrangea le jeté de lit et ajouta quelques coussins qu'elle disposa avec soin. Elle jeta un regard en coin à Stewart.

— Surtout, pas de commentaires.

Stewart examina les coussins.

— Mes lèvres resteront scellées. Mais c'est uniquement parce que je suis terre à terre et que je tiens à mon cadeau.

— J'ai demandé à Posy de monter un panier de bûches. On allumera un feu dans la cheminée à son arrivée. Je ne voudrais pas que Hannah souffre du froid.

— Elle ne vit pas à Miami. Les hivers sont glaciaux à New York.

— Il y a quand même une différence entre Manhattan et les Highlands écossais.

— Exact. Plein de différences, même. C'est la raison pour laquelle nous vivons dans les Highlands.

Suzanne rectifia la position d'une lampe et promena un regard satisfait sur la chambre. Les rideaux étaient du même vert profond que la mousse qui s'accrochait en été aux flancs âpres des montagnes. Ils étaient coupés dans un très beau velours et tombaient jusque sur le parquet en chêne. Leur poids et leur épaisseur barraient la route aux courants d'air froids qui se glissaient dans les interstices et secouaient les vitres pendant les mois d'hiver. Glensay Lodge, qui bénéficiait en été d'une situation idyllique, était surexposée aux vents glacés de l'hiver. Pour contrecarrer les vigoureuses attaques des éléments, Suzanne avait instillé toute la chaleur du monde dans sa déco. Elle mettait un point d'honneur à recycler et à tout faire de ses mains, aussi bien les rideaux que les couvre-lits et les coussins.

Enfant, elle n'avait rêvé que d'une chose : avoir un jour une maison qui lui appartiendrait. Et il ne se passait pas une journée sans qu'elle éprouve un élan de reconnaissance pour celle que la vie avait mise entre ses mains.

Pour Stewart, Glensay Lodge allait de soi, parce qu'il avait toujours eu un toit sûr au-dessus de la tête. S'il appréciait son lit, il dormait tout aussi volontiers sur un bout de corniche enneigée au-dessus du vide d'une paroi.

Grâce à Cheryl, elle avait, elle aussi, une longue expérience des nuits de bivouac perchée dans les hauteurs.

C'était sa meilleure amie qui l'avait traînée avec elle pour faire une première course d'initiation en montagne. Se serait-elle intéressée à l'alpinisme sans Cheryl ? Probablement pas. Elle avait été la première surprise d'apprécier le crissement de la neige fraîche sous ses grosses chaussures et les claques froides du vent sur ses joues. Sans vraiment partager la passion exclusive de Cheryl pour la grimpe, le défi sportif lui avait plu et elle avait été éblouie par la beauté des levers de soleil sur les sommets silencieux et sauvages. Plus que tout, elle avait aimé les moments d'amitié et de partage et la solidarité à tout crin entre alpinistes, et…

— C'est le pied, non ? C'est ça que je veux dans la vie et rien d'autre.

Allongée sur le dos dans son sac de couchage, Cheryl contemplait les étoiles. Dans le silence de la nuit, on entendait les craquements du glacier et ses roulements sonores.

— On pourrait m'offrir une villa grand luxe à Hollywood ou un duplex sur la Cinquième Avenue, je te jure que ça me laisserait de marbre, dit-elle. Il faut être fou pour vivre piégé entre quatre murs alors qu'on peut avoir la terre comme tapis et le ciel pour unique plafond. Tout ce que je veux, c'est passer ma vie à tutoyer les plus beaux sommets de la planète.

Suzanne n'était pas vraiment réchauffée et regrettait que Cheryl ait tenu à dormir *à côté* de la tente plutôt qu'à l'intérieur.

— Ça ne te dirait pas d'avoir un mec dans ta vie ? Des enfants ?

Cheryl haussa les épaules.

— Une famille ? Pourquoi pas ? Ce n'est pas ma priorité du moment, en tout cas.

Suzanne, elle, y pensait tout le temps.

— Tu ne peux pas élever tes mômes dans un sac de couchage sous les étoiles. Il faudra bien leur offrir un toit.

— Je m'achèterai un camping-car. Pour changer d'endroit aussi souvent qu'on le voudra. Comme ça on dormira à l'arrière, avec les petits. Ou sous la tente.

Suzanne frissonna. À ses yeux, cette vie d'errance programmée n'aurait rien de rassurant pour un enfant. Avant de connaître Cheryl, elle avait été baladée dans tant de lieux différents que la tête lui en tournait encore. Grandir trimballée de gauche à droite dans un camping-car lui faisait plus ou moins le même effet. Avec le froid en prime pendant les mois d'hiver.

— Tu trouves vraiment que ce serait juste pour eux ?

— Un enfant, c'est super adaptable. Pour les miens, ce sera juste normal, puisqu'ils auront toujours vécu cette vie-là.

Vraiment ? Suzanne ne s'était jamais habituée à la sienne.

— Et s'ils sont malheureux ?

— Pourquoi voudrais-tu qu'ils le soient ? Je leur enseignerai les vraies valeurs. Est-ce que la réussite d'une vie se mesure au montant de notre compte en banque ?

Suzanne fronça les sourcils.

— Ce n'est pas une question de richesse ni de possessions. De sécurité élémentaire, plutôt.

— De prévisibilité, tu veux dire ?

Aspirait-elle vraiment à une vie aussi monotone et étroite que Cheryl semblait le croire ? Suzanne hésita un instant puis secoua la tête.

— Se sentir en sécurité, ça ne veut pas dire forcément mener une vie tracée d'avance. Mais quand tu pars pour la journée, c'est sympa de te dire que tu retrouveras tes affaires en rentrant.

— Plus tu t'attaches aux choses matérielles, plus tu souffres quand on te les enlève. Il vaut mieux renoncer à posséder dès le départ. Je n'aurai pas besoin de déco ni de tableaux à accrocher aux murs puisque j'aurai en permanence une vue comme celle-ci sous les yeux.

— Et sur le plan pratique, tu feras comment ? Il faudra bien que tu t'alimentes, quand même.

— J'ai réfléchi à ça, justement.

Cheryl s'assit dans son sac de couchage comme si elle avait besoin d'être en position redressée pour faire son annonce.

— J'ai choisi mon avenir : je serai guide de haute montagne. Comme ça, on me paiera pour faire ce que j'aime. C'est cool, non ?

C'était la première fois que Suzanne entendait parler de ce projet.

— Mais tu vas faire comment pour te former ? Il faut de l'argent.

— Je me démerderai.

Cheryl ne se laissait jamais décourager par les obstacles pratiques.

— Et toi, ce sera quoi, ta vie ? Je parie que tu feras des études. En fac de droit, ou un truc comme ça. Tu auras une maison bien coquette avec un jardin, un beau petit mari, deux ou trois enfants bien élevés et un chien qui saura se tenir.

Comme Cheryl terminait sa description sur un éclat de rire, Suzanne se garda bien d'admettre que – à part les études de droit – elle n'aurait rien trouvé à redire à un avenir tel que son amie le dépeignait. Mais elle ne pouvait concevoir une vie où Cheryl n'aurait pas sa place. Leur amitié était ce qui comptait le plus au monde. Alors tant pis pour la sécurité et le reste.

— Moi aussi, je serai guide de haute montagne.

Cheryl tourna la tête d'un air surpris.

— Sérieux ? Ça te plairait ? Je croyais que tu m'accompagnais juste pour me faire plaisir.

— Moi aussi, j'ai la montagne dans la peau.

Même si l'idée d'en faire sa profession ne lui aurait

probablement jamais traversé l'esprit. Mais pourquoi pas ? Il fallait bien gagner sa vie d'une façon ou d'une autre.

— On pourrait s'inscrire à la formation et passer la série de diplômes ensemble, dit Suzanne.

— Tu ferais ça ? Trop cool !

Cheryl lui passa spontanément les bras autour du cou.

— On va rester amies pour la vie. Jure-moi que notre amitié résistera à tous les obstacles.

Elle avait juré sans une hésitation.

Suzanne reconsidéra la chambre de Hannah d'un œil critique.

— Je ne suis pas sûre que ce tapis soit tout à fait ce qu'il nous faut. Tu crois qu'on devrait lui donner la peau de mouton qui est dans notre chambre ?

— Ce que je crois, répondit Stewart, c'est que cette chambre est parfaite et que tu devrais t'arrêter là.

Il lui ouvrit les bras.

— Viens là.

— Pourquoi ?

— J'ai besoin d'un motif officiel pour enlacer ma femme ?

Il l'embrassa et elle oublia Hannah. Elle avait de nouveau dix-huit ans et tombait amoureuse de l'homme de sa vie.

— Tu veux que je les pose où ?

Le son de la voix de Posy les interrompit. Malgré le lot de bûches qu'elle avait dans les bras, elle réussit à se cacher les yeux.

— Désolée. Si j'avais su que vous étiez chaudement occupés, tous les deux, j'aurais chanté pour annoncer mon arrivée.

Stewart cessa d'embrasser Suzanne.

— Non, s'il te plaît. Ne chante pas, Posy. Tout ce que tu veux, mais ne chante pas.

Posy eut une moue peinée.

— Vous devriez peut-être vous trouver une chambre,

les amoureux. Je suis beaucoup trop jeune pour assister à ce genre de spectacle.

Suzanne se dégagea des bras de Stewart.

— Tu veux bien mettre les bûches dans le panier devant la cheminée ? C'est gentil de ta part d'y avoir pensé, ma chérie.

Elle sourit en regardant Posy disposer le bois à brûler. Deux de ses filles sur trois avaient trouvé leur voie et elle s'en réjouissait. Beth et Posy vivaient l'une et l'autre en accord avec la vie qu'elles s'étaient choisie.

Posy se redressa et examina la pièce.

— Sympa, ta déco, maman. Ça me donne presque envie de venir m'installer ici. J'adore cette chambre dans la tourelle. Je suis sûre qu'on pourrait faire fortune si on la proposait sur Airbnb.

Son regard tomba sur le sapin placé dans un coin de la chambre.

— Qu'est-ce qu'il fait là, Éric ?

— Éric ?

Stewart rectifia une décoration sur une branche.

— Passe encore que tu donnes un prénom aux poules, aux moutons et aux cochons, mais depuis quand les arbres sont-ils censés avoir une individualité ?

— Les sapins de Noël sont aussi des êtres vivants. Celui-ci, en tout cas, respire. Je te présente Éric, le sapin écologique, vendu avec ses racines. Chaque année, je le rempote avec une bonne fumure organique et il grandit et embellit. D'habitude, je le mets dans la Grange lorsqu'on a des locataires à Noël.

Suzanne plaça deux livres sélectionnés avec soin sur la table de chevet. Hannah avait toujours été férue de lecture.

— Tu crois que Luke voudrait d'un sapin ? Je ne l'imagine pas vraiment porté sur les décorations qui clignotent.

Posy déballa une barre énergétique aux noix et prit une bouchée.

— Tout le monde devrait avoir un sapin à Noël, décréta-t-elle.

— Exact. Voilà pourquoi je veux que Hannah ait le sien aussi… Attention de ne pas mettre de miettes. Je viens juste de nettoyer la chambre de fond en comble.

Chaque fois qu'elle regardait la plus jeune de ses filles, Suzanne était frappée de la trouver si semblable à Stewart. Ils avaient le même élan, la même solidité, la même énergie inépuisable. Elle avait tendance à oublier par moments que Posy n'était pas de lui.

Quelle différence, d'ailleurs ? Stewart était le seul père dont celle-ci gardait le souvenir.

— Désolée, mais je meurs de faim. J'étais debout à 5 heures et je n'ai encore rien avalé.

Posy reprit une bouchée en récupérant les miettes au creux de sa paume.

— Hannah ne pensera jamais à l'arroser. Le pauvre Éric va péricliter et mourir, faute de soins. Et je suis sûre qu'elle n'assistera même pas à son enterrement.

L'humour de Posy était censé faire sourire Suzanne, mais celle-ci n'y parvint pas tout à fait. Elle avait l'estomac trop noué. Il y avait deux ans maintenant qu'ils n'avaient plus revu Hannah. Et il n'était pas dit que la visite se déroulerait sans heurts, tensions ni prises de tête.

— J'espère que Manhattan ne lui manquera pas trop. Tout est tellement féerique à New York, pendant les fêtes.

Elle se dirigea vers la fenêtre pour scruter la ligne accidentée des montagnes au loin. Déjà, la couche neigeuse atteignait une épaisseur inégalée pour la saison. Comment réagirait Hannah ? Se sentirait-elle prise au piège ? Enfermée ? Il y aurait les feux de cheminée, bien sûr. Et les pâtisseries maison offriraient peut-être une consolation. Ou bien regretterait-elle de ne pas avoir inventé une excuse de dernière minute comme elle l'avait fait l'année précédente ?

Derrière son dos, Posy et son père échangèrent un regard inquiet.

— Qu'est-ce qui te fait dire que New York est féerique ? Tu n'y as jamais mis les pieds pendant les fêtes !

Elle se tourna vers son mari et sa fille.

— J'ai les descriptions de Beth chaque année. Et ses photos. Elle emmène les filles patiner à Central Park.

Stewart ramassa les cartons vides.

— La grande flaque devant le poulailler gèle chaque année. Ça pourrait faire une piste de patinage en glace naturelle du plus bel effet.

— Il faudrait d'abord ramasser les fientes de poulets, commenta Posy en fourrant l'emballage de sa barre de céréales dans sa poche. Vous croyez que je devrais acheter une paire de patins à Martha ? Elle serait la première poule patineuse du monde. Ah oui, tiens. Grande nouvelle. Elle a pondu, ce matin ! J'ai passé un bon moment avec elle, lui ai donné du temps, de l'attention et de l'affection… Pourquoi vous avez monté ce bureau ici, au fait ?

— Au cas où Hannah aurait besoin de travailler. Si quelque chose d'urgent se présente, j'aimerais autant qu'elle ne soit pas obligée de repartir séance tenante.

— L'avenir de la planète ne repose quand même pas sur ses seules épaules, maman. Je suppose que le monde doit pouvoir se passer de Hannah McBride pendant trois jours sans que l'économie américaine ne s'effondre… Détends-toi, promis ? Si tu n'as plus besoin de moi, je file.

— Tu travailles cet après-midi ?

Posy jeta un bref coup d'œil à son père.

— J'emmène Luke escalader une cascade de glace.

Le sang se retira du visage de Suzanne. Elle sentit des fourmillements au bout de ses doigts.

— Tu as consulté la météo, au moins ? Fais-nous savoir exactement où tu seras. Et à quelle heure vous serez de retour.

— Je laisserai le détail de l'itinéraire à papa. Mais tu sais comment ça se passe, à cette période de l'année – tout change au fur et à mesure où on avance. S'il te plaît, ne te fais pas de souci pour moi. Je connais mon métier et je suis prudente. C'est pour ça qu'on me paie.

— Aucune somme d'argent au monde ne justifie qu'on risque sa vie en montagne.

Posy traversa la chambre pour venir l'embrasser sur la joue.

— On va faire ça cool, pas de souci. Luke fait appel à mes services parce que c'est un spot qu'il ne connaît pas. Mais ce garçon est un grimpeur, un vrai. Je ne le lui dis pas, parce que son ego n'a pas besoin d'être boosté, mais franchement, il assure. Je t'envoie un SMS en rentrant ce soir, promis.

Suzanne suivit sa fille des yeux.

— Merci encore pour les bûches, ma chérie.

— Pas de souci. Promets-moi de te faire un thé et de prendre une pause. Allez, c'est parti. Go, Posy, go !

Ils entendirent le claquement énergique de ses pas dévalant l'escalier puis le son joyeux de sa voix appelant Bonnie.

Suzanne se laissa tomber sur le bord du lit.

— Tu savais, toi, qu'elle partait faire de l'escalade sur glace ?

— Oui.

— Mais tu ne m'as rien dit.

— Je ne voulais pas t'inquiéter. Et elle non plus.

— En tout cas, maintenant c'est fait. Comment voudrais-tu que je ne m'angoisse pas ?

Chaque fois que Posy s'aventurait en montagne, c'était la même chose. Suzanne était incapable de se concentrer tant qu'elle n'avait pas la certitude que sa fille était de retour saine et sauve.

Stewart s'assit à côté d'elle.

— Posy est une grimpeuse expérimentée. Elle ne prend jamais de risques inutiles.

— Elle tient trop de sa mère.

— Réjouis-toi qu'elle ne tienne pas de son père. Parce que là, il y aurait vraiment lieu de se faire des cheveux blancs.

Suzanne ne chercha pas à le contredire. Par amitié pour

Cheryl, elle avait fait tout son possible pour essayer de voir les bons côtés de Rob. Mais il ne lui avait pas facilité la tâche. Stewart, lui, l'avait pris en grippe d'emblée et n'était jamais revenu sur son opinion négative.

Suzanne se disait parfois que si Cheryl n'avait pas rencontré Rob, elle serait peut-être encore en vie aujourd'hui. Mais cela n'avait aucun sens de raisonner ainsi car, sans Rob, il n'y aurait eu ni Hannah, ni Beth, ni Posy.

Elle prit la main de Stewart dans la sienne.

— Tu trouves que je m'agite un peu trop autour de l'arrivée de Hannah, c'est ça ? Tu crois que je surcompense ?

— Tu en fais trop, oui. Mais je peux comprendre.

Elle savait qu'il comprenait. Elle savait aussi que la perte n'avait pas affecté qu'elle. Stewart avait été privé de la vie qu'ils avaient projetée de construire ensemble, de l'avenir qu'ils avaient planifié avec tant de soin.

Aussitôt, elle s'en voulut de penser à leur existence en termes de sacrifices. Parce que même s'ils avaient dû s'adapter et faire des compromis, ils avaient la chance d'être vivants et de former une belle famille.

— Hannah est un mur d'incommunicabilité à elle toute seule. Mais je peux comprendre qu'elle se protège. C'est terrible pour une enfant d'endurer ce qu'elle a vécu.

— Cette perte, elles l'ont endurée toutes les trois, Suzy. Pas seulement Hannah.

— Je sais. Mais Posy était trop petite pour en garder le souvenir. Beth s'en rappelle, elle, mais elle a réagi de façon plus classique. La situation de Hannah était différente. Elle était plus grande, pour commencer, et elle avait une place à part dans sa famille. Ce qui était dû en grande partie à sa relation avec Rob.

Y repenser lui serrait le cœur.

— J'aurais tellement voulu qu'on soit une famille comme toutes les autres. Mais c'est loin d'être le cas, n'est-ce pas ? « Normaux », nous ne l'avons jamais été. Il y a eu trop de casse au départ.

Et les dégâts n'avaient pas concerné que les filles. Elle prit une profonde inspiration.

— Cela fera vingt-cinq ans cette semaine.

C'était arrivé par une journée assez semblable à celle-ci, elle s'en rappelait. Avec un ciel changeant et les sommets qui jouaient à cache-cache avec les nuages.

Puis la montagne avait fait des siennes.

Cinq personnes avaient entrepris l'ascension ce jour-là.

Une seule était revenue.

Même si elle avait eu la chance de survivre, c'était une date anniversaire qu'elle ne célébrerait jamais.

Chapitre 7

Posy

Le Glensay Inn était un ancien relais des postes, avec des sols en pierre, des tables en bois rustique et des poutres au plafond. La cheminée était allumée tout l'hiver et les flammes qui dansaient dans l'âtre offraient un contre-point mouvant aux deux lampes-tempêtes accrochées de chaque côté du bar. En été, la clientèle débordait jusque dans le jardin. Mais par une nuit d'hiver glaciale comme celle-ci, tout le monde se tassait à l'intérieur et l'atmosphère était épaissie par l'odeur prégnante du whisky mêlée aux émanations de la bière locale. Un étranger qui se serait aventuré là pour échapper au froid de la nuit aurait apprécié la chaleur de l'accueil autant que celle des flammes.

Posy et Luke se frayèrent un chemin parmi la foule des habitués en visant une table libre près de la cheminée.

Il leur fallut déjà cinq bonnes minutes pour traverser la salle car tout le monde la hélait au passage. Qui voulait lui parler de sa mère, qui de son père, qui de l'équipe de secours en montagne ou des prévisions météo.

Lorsqu'ils finirent par atteindre la table, un rire énorme en provenance du bar leur fit tourner la tête l'un et l'autre.

— Quelqu'un a l'air de trouver notre arrivée très drôle, commenta Luke en suspendant sa veste de montagne sur le dossier de sa chaise.

— J'espère que tu ne t'attendais pas à bénéficier d'une quelconque intimité ici.

Posy déroula son écharpe et échangea un signe de la main avec Geoff, le patron de l'établissement. Ignorant tous les buveurs au comptoir qui le hélaient pour passer commande, Geoff se dirigea vers eux et posa d'autorité deux bières sur la table.

— Vous pourrez déjà démarrer avec ça.

— Merci, Geoff. Tu es mon héros. Comment va ton genou ?

Posy l'embrassa sur la joue et Geoff rougit jusqu'à la racine des cheveux.

— Il fait encore des siennes, avec ce froid. Je ne devrais pas me plaindre, mais je profite de mon auditoire captif pour me lamenter un peu quand même. On m'a dit qu'elle t'avait embarqué pour faire de l'escalade sur cascade de glace, Luke ?

— Ce n'est pas une fausse rumeur, non.

Luke allongea les jambes devant le feu.

— Elle m'a traîné sur trois longueurs difficiles, toutes en glace. Et j'ai les muscles qui hurlent. Il faut voir la façon dont elle te plante son piolet dans la paroi – je pense qu'il vaut mieux éviter de l'énerver.

Geoff décapsula les bières.

— Notre Posy, c'est la meilleure guide de montagne de tous les Highlands.

Notre Posy. Comme si elle appartenait à leur communauté locale, au même titre que les livres appartenaient à la bibliothèque.

— Merci, Geoff. Un compliment est toujours bon à prendre.

— Elle est aussi à l'aise avec une coulée de glace que moi avec un tonneau de bière. Au début, il y en avait qui ne la prenaient pas trop au sérieux, dans l'équipe.

Le patron cala les mains sur le dossier de Posy, prenant ses aises pour poursuivre son récit :

— Il fallait les voir, les types. Tous baraqués comme des lutteurs de foire. Et une petite chose de rien du tout comme Posy qui débarque là au beau milieu du groupe avec ses couettes !

— Je n'ai jamais eu de couettes de ma vie.

Posy retira sa doudoune et des paquets de neige volèrent au sol.

— La petite chose de rien du tout aimerait bien avoir accès à sa bière, si tu n'y vois pas d'inconvénient.

Geoff se poussa machinalement de côté pour qu'elle puisse s'asseoir.

— Toujours est-il que, maintenant, c'est elle la meilleure de l'équipe.

— Hé, le taulier ! Y aurait moyen de se faire servir à boire dans ce pub ? cria un des hommes installés au bar.

Le sourire bienveillant de Geoff se mua en froncement de sourcils.

— Quelle purge, ce Callum… Qu'est-ce qui t'a pris de sortir avec lui, dans le temps, Posy ?

— Tout le monde a le droit de se tromper au moins une fois dans sa vie, non ?

Un moment d'aveuglement qu'il ne lui serait pas permis d'oublier de sitôt. C'était un des aspects les plus déplaisants de la vie de village : on ne pouvait jamais fuir ses erreurs. Et de toutes celles qu'elle avait commises, Callum était de loin la plus grosse.

Comme Geoff quittait leur table, elle vit Luke jeter un coup d'œil au bar où Callum parlait haut et fort.

— Tu étais avec ce mec-là, donc ?

— Que te dire ? Que j'avais vingt-quatre ans et que je ne connaissais rien aux choses de la vie ? On a rompu au bout de six mois.

Penser à cet épisode n'avait rien de glorieux. Et en parler était carrément embarrassant.

Luke haussa les sourcils.

— L'idylle a quand même duré *six mois*.

— Disons qu'il m'a fallu ce temps-là pour trouver le moyen de rompre sans avoir à déménager à l'autre bout de la planète.

— Ah oui, je vois. Pas évident de faire ses expériences amoureuses lorsqu'on vit plus ou moins en vase clos.

— Tu n'imagines même pas. Callum a été la seule fois

– et la dernière – où je me suis risquée à coucher avec un mec du village.

— Et maintenant ? Tu couches avec qui ?

— Pour l'essentiel, je m'envoie les mecs qui louent la Grange. Et quand j'ai terminé ma petite affaire, je jette leurs cadavres dans le loch. *Slàinte !*

Elle trinqua en faisant tinter sa bouteille contre la sienne, répugnant à admettre à quel point sa vie amoureuse ressemblait à un désert.

— À une très belle journée en montagne ! Tu ne grimpes pas trop mal, dans l'ensemble, Luke Whittaker.

— Merci. Tu te débrouilles plutôt bien de ton côté, pour une petite chose de rien du tout.

Elle reposa sa bouteille sans boire et plissa un œil menaçant.

— Tu cherches les ennuis, Whittaker ?

— Peut-être.

— Au moins les choses sont claires, merci bien.

La bière était fraîche, typique du coin et délicieuse. L'un dans l'autre, elle se sentait d'excellente humeur. L'escalade avait toujours cet effet sur elle. Une passion qu'elle avait héritée en droite ligne de ses parents.

La concentration qu'exigeait la grimpe tenait presque de la méditation. En montagne, il n'y avait pas d'autre source de stress ou d'angoisse que le danger concret. L'univers se résumait au bruit rythmé du piolet, au claquement des crampons qui se vissaient dans le couloir de glace abrupt, à la mécanique de ses muscles. On était seul face au défi à relever. Rien que soi-même et la splendeur inentamée du paysage autour.

Et l'homme qui était assis en face d'elle, aujourd'hui.

Au centre de la table, une bougie allumée dans un photophore sculptait ombres et lumières sur le visage de Luke – un visage qui valait le détour, soit dit en passant.

Il tendit la main vers sa bière.

— Les spots d'escalade sur glace sont intéressants par ici. Et plus techniques que je ne l'aurais pensé.

— Je suis ravie que tu n'aies pas fait de chute fatale.

— C'est un plaisir d'apprendre que tu te soucies de mon sort, Petite Chose.

Il leva la bouteille à sa santé et but une gorgée.

— On a besoin de toi vivant pour payer le loyer de la Grange. Et arrête de m'appeler Petite Chose.

Ils passèrent commande du plat du jour et parlèrent montagne en attendant que leurs assiettes arrivent. Luke lui détailla les longueurs acrobatiques qu'il avait enchaînées sur les parois vertigineuses de Yosemite Park et de ses ascensions à vue dans la chaîne des Cascades. Posy le bombardait de questions, avide d'informations plus précises. Quelles voies avait-il empruntées ? En quoi l'escalade aux États-Unis différait-elle de ce qui se pratiquait dans les Alpes ?

Plus la conversation avançait, plus elle s'enthousiasmait pour le sujet.

Luke termina sa bière.

— Tu es douée pour la grimpe. Je suis surpris que tu n'aies pas été tentée de déployer tes ailes et d'aller élargir ton expérience aux quatre coins du monde.

Elle avait été tentée, si.

— Les ailes ne font pas partie de mon équipement de base. J'ai juste un piolet et des crampons.

Et une ancre énorme qui la maintenait clouée sur place.

Luke l'examina un instant.

— Tu aimerais t'en aller d'ici, Posy.

— Qu'est-ce que tu racontes ?

— Je l'ai vu sur ton visage quand on a parlé montagne la dernière fois. Et je t'observe depuis un petit moment.

Elle se sentit un instant comme s'il l'avait surprise toute nue.

— Comment ça, tu m'observes ? Tu es venu ici en espion ?

— Non, rassure-toi.

— Alors tu t'intéresses à la psychologie humaine ?

Il sourit.

— Je m'intéresse à *toi,* Posy McBride.

Cette calme affirmation fit battre son cœur plus vite.

Serait-il en train de lui faire des avances ? Le fait qu'elle soit incapable de trancher en disait long sur son manque de pratique.

— Je suis si intéressante que ça ?

— J'essaie de comprendre ce qui fait qu'une femme avec des talents comme les tiens reste coincée toute sa vie dans un même endroit.

— À t'entendre, je ne serais jamais sortie de Glensay. Sache qu'il m'arrive régulièrement de franchir la frontière de l'Écosse, protesta-t-elle en tripotant sa bouteille vide. C'est juste que ma vie ici me va bien.

— Tu l'apprécies, c'est vrai. Mais tu brûles d'envie de connaître d'autres spots de grimpe. Il t'arrive de te demander à quoi ressemblerait une vie dans un lieu où tu serais libre et où les gens qui t'entourent ne sauraient pas tout de toi.

— C'est ridicule. Ils ne savent pas tout de moi.

Geoff choisit ce moment pour leur apporter leurs assiettes garnies.

— Posy, je t'ai mis des petits pois à la place des carottes. Je sais que tu les détestes.

Génial. C'est malin !

Elle remercia Geoff et attendit qu'il se soit éloigné pour hausser les épaules.

— Bon, d'accord. Il sait que je n'aime pas les carottes. Mais ça ne veut pas dire qu'il sait *tout* de moi.

Luke se pencha pour lui piquer une de ses frites.

— Quel mal y a-t-il à reconsidérer ses choix de vie de temps en temps ? Tout le monde devrait pouvoir comprendre que quelqu'un de vif, d'ouvert d'esprit et de curieux comme toi ait envie d'explorer le vaste monde.

— Tu peux m'expliquer pourquoi tu manges *mes* frites alors que tu as les mêmes devant toi ?

Elle prit ses couverts, les reposa et le regarda droit dans les yeux.

— Ma mère ne s'en remettrait pas si je quittais la région. Et de toute façon, il faudra que je reprenne le café-boutique un jour ou l'autre.

Elle devait tout à Suzanne et à Stewart. Ils avaient sacrifié leurs rêves, leurs projets d'avenir, pour prendre trois orphelines en charge.

Sans eux, quelle vie aurait-elle vécue ? Aurait-elle été séparée de ses sœurs ?

Luke commença à manger.

— Tu devrais peut-être en parler avec ta mère.

Maman, je crève d'envie de quitter Glensay.

Maman, j'aimerais prendre un peu de temps pour aller faire de l'escalade en Amérique du Nord.

Maman, ça ne m'intéresse pas du tout *de prendre ta suite au café-boutique.*

— Je ne pense pas que ce soit une bonne idée.

Elle contempla piteusement le contenu de son assiette, soudain suffoquée par la sensation de vivre en cage. Luke allongea le bras sur la table pour lui prendre la main et la garda dans la sienne.

— Désolé. Je ne voulais pas te casser le moral.

— C'est un sujet que je n'ai pas l'habitude d'aborder, c'est tout. Et j'aime autant que tu sois prévenu, entre parenthèses : la nouvelle que tu m'as tenu la main au Glensay Inn aura fait le tour complet des chaumières d'ici demain matin au plus tard.

Elle ne chercha pas à se dégager pour autant. Un laisser-aller qui lui coûterait cher vu qu'elle en entendrait parler pendant des semaines.

Tant pis. Elle s'en accommoderait. Le contact physique avec Luke lui faisait du bien.

Il lui examina la paume.

— Tu as les mains plutôt douces pour quelqu'un qui fait de l'escalade.

— Je grimpe moins souvent que toi. Et j'ai une arme secrète.

Il lui passa le pouce sur le bout des doigts.

— Tu boycottes la vaisselle et les bains brûlants ?

— Aussi, oui. Mais j'utilise surtout une crème spéciale au miel qu'on vend à la boutique. Et toi ?

— L'huile de pépins de raisin. Et je strappe avec des bandelettes adhésives.

Il lui lâcha la main et se renversa contre son dossier.

Posy éprouva une sensation de vide.

— Tu t'inquiètes pour ta réputation ?

Il sourit.

— Pour la tienne, plutôt. C'est toi qui continueras de vivre ici quand je serai parti.

Il lui rappelait qu'il allait changer d'horizon sous peu alors qu'elle resterait échouée sur place. À parler aux gens à qui elle parlait tous les jours. À pratiquer des voies d'escalade qu'elle connaissait par cœur. À assurer son service au Craft Café.

Elle reprit une gorgée de bière.

Les années s'étiraient devant elle dans leur uniformité implacable. Son avenir ne serait jamais autre chose que la répétition *ad nauseam* de son présent. Pas de découvertes. Pas d'aventures. Pas d'autre changement en vue que le motif qu'elle dessinerait sur la mousse de ses cappuccinos. Sa vie était tristement prévisible.

Et à qui la faute ?

Elle reposa la bouteille.

— Je pense qu'il est de mon devoir de te prévenir que je vais t'embrasser.

Pas un muscle ne bougea sur le visage de Luke.

— Intéressant. Mais si le fait de se tenir la main doit déjà alimenter un océan de potins au village, qu'en ira-t-il d'un baiser échangé en public ?

— C'est ce que nous allons découvrir. Mon devoir civique consiste à offrir aux citoyens de Glensay quelque chose de mémorable qui les occupera au moins jusqu'à Noël.

Luke observa un temps de silence.

— Et tu penses tenir le choc ?

— J'ai l'intention d'apprendre à m'en foutre. Et c'est une bonne façon de commencer.

Elle se leva, lui prit le visage entre les mains et posa ses lèvres sur les siennes avant d'avoir le temps de changer d'avis.

Au début, ce fut juste lent et doux. Elle garda l'initiative ; lui demeura réceptif. La bouche de Luke était accueillante et indéniablement experte. Mais le baiser restait prudent, comme s'il exerçait une forme de retenue. Puis quelque chose bascula.

L'idée de départ de ce baiser n'avait été qu'un jeu. Juste un petit défi qu'elle se lançait à elle-même. Et peut-être aussi une expérience – mais elle n'avait pas anticipé que Luke pourrait prendre une part active dans l'expérience en question.

Il glissa la main derrière sa tête, maintenant leurs bouches fusionnées alors que le baiser s'emballait, gagnait en intensité et en urgence. Elle n'avait plus conscience que du jeu fiévreux de leurs langues et en oubliait le lieu et le moment. Ce qui se passait entre Luke et elle était haletant et érotique, et déchaînait un fond primitif qu'elle ignorait posséder. Pour un observateur extérieur, rien n'avait changé, mais en elle rien n'était plus pareil. Son cœur cognait contre ses côtes. Chaque millimètre de sa peau se muait en zone érogène et son corps était saturé de désir. Elle prit appui sur les épaules de Luke, pas certaine que ses jambes pourraient continuer à la soutenir.

Lorsqu'il finit par détacher ses lèvres des siennes, elle se demanda à travers un épais brouillard d'excitation pourquoi il mettait fin à ce parcours en direct vers l'extase.

Elle chercha son regard et le trouva sombre, appesanti par le désir.

Son cœur battit encore plus fort. Le bruit des voix en arrière-plan s'atténua et disparut. Seulement au moment où elle cessa de flotter pour atterrir en sursaut, elle entendit les sifflets, les commentaires, les rires gras.

Pourquoi, mais *pourquoi* avait-elle choisi de vivre

quelque chose d'aussi intime dans un espace plus public que public ?

Arrêter d'embrasser Luke était presque au-dessus de ses forces. Il n'était pas dit qu'elle n'aurait pas continué s'il n'avait pas pris l'initiative d'y mettre un terme de lui-même.

Le cerveau embrumé, elle l'interrogea du regard.

— Tu... tu m'as embrassée.

— C'est un fait. J'ai la mémoire un peu troublée, là, sur le coup, mais je crois me souvenir que c'est toi qui as commencé.

Le regard de Posy descendit sur ses lèvres.

— Tu as des talents cachés, tu le savais ?

Il se leva.

— Enfile ton blouson, Posy McBride.

— Pourquoi ? On va quelque part ?

— À la maison. J'ai d'autres talents encore plus cachés à te montrer, mais j'aimerais autant éviter l'arrestation pour exhibitionnisme aggravé.

Elle cligna des yeux lorsqu'il jeta une poignée de billets sur la table.

— Mais... qu'est-ce que tu fais ?

— Je règle l'addition.

Il l'attrapa par le poignet et la tira en direction de la porte, essuyant les inévitables réflexions salaces avec un sourire en coin et quelques reparties choisies montrant que les remarques suggestives lui passaient au-dessus de la tête.

Posy trébucha en franchissant la porte et se retrouva dehors dans la nuit glaciale.

— Je crois que tu viens de payer plus qu'il ne faut.

— Et j'ai l'air de m'en inquiéter ?

— Tu as l'air pressé, surtout.

Il l'attira contre lui en attrapant les pans de sa doudoune et lui dispensa un baiser bref mais torride.

— Je suis pressé, en effet. C'est quoi le chemin le plus rapide pour retourner à la Grange ?

Elle avait le souffle coupé et dut admettre que la même urgence s'était emparée d'elle.

— Puisque tu insistes, je peux trouver un raccourci.

Dans sa famille, Posy avait la réputation d'être du genre aventureuse et portée sur toutes les audaces. Sur certains plans, ils n'avaient pas tort. Mais dans ses relations avec les hommes, elle n'avait jamais été impulsive.

Jusqu'à ce soir.

Avec Luke, elle était prête à se lancer tête baissée et sans se poser de questions.

Mais, quoi ? Puisqu'elle était privée de la vie excitante dont elle rêvait, elle pouvait au moins s'offrir une aventure sur place.

Et sans même sortir des limites du village.

Chapitre 8

Hannah

— J'ai trouvé les cadeaux pour vos nièces, madame McBride.

Angie avait reçu l'ordre d'appeler sa chef par son prénom, mais celle-ci était tellement intimidante qu'elle avait du mal à observer la consigne.

Constatant qu'elle était au téléphone, Angie posa ses paquets par terre dans le bureau d'angle et battit furtivement en retraite. Jamais, pourtant, Hannah McBride ne se montrait agressive ou désagréable. Elle était toujours d'une politesse sans faille et restait raisonnable dans ses exigences. Le problème, avec sa supérieure hiérarchique, c'était la froideur magistrale de son intelligence. La veille, par exemple : au cours d'une réunion importante, Hannah avait déjà procédé à des calculs mentaux complexes alors que tous les autres dans la pièce tapotaient encore sur leurs calculatrices. Elle avait un cerveau tellement performant qu'Angie se sentait toute petite à côté d'elle.

Hannah occupait un de ces bureaux de prestige tout en baies vitrées offrant une vue enviable sur Manhattan. Une vue à laquelle elle tournait le dos en ce moment.

Angie avait le sentiment que Hannah McBride avait tourné le dos à beaucoup de choses, dans sa vie.

Des rumeurs couraient comme quoi Adam Kirkman et elle coucheraient ensemble, mais Angie avait du mal à imaginer une scène de sexe avec Hannah McBride comme protagoniste. À son humble avis, aucun homme ne pouvait être assez téméraire pour se risquer à approcher une femme aussi réfrigérante qu'elle.

— Angie ? Pouvez-vous m'accorder un instant, s'il vous plaît ?

Hannah culpabilisa en voyant son assistante se figer. Ses collaborateurs la trouvaient distante et d'un abord difficile, lui avait-on fait remarquer avec tact au cours de son entretien d'évaluation annuel. Par chance pour elle, son savoir-faire était excellent et compensait les petites lacunes de son « savoir-être ». La satisfaction unanimement exprimée par ses clients la mettait à l'abri de toute menace.

Mais même si sa carrière n'était pas en jeu, le feedback négatif la titillait et elle s'était mise en tête de régler le problème. Elle n'était ni brutale ni tyrannique. Loin de là. Le hic, c'était qu'elle gérait ses relations avec ses collaborateurs comme elle gérait tout le reste : avec une rigueur cent pour cent analytique. Elle voulait voir son équipe s'épanouir et progresser, mais elle n'était pas douée pour s'impliquer sur un plan plus personnel.

Adam, lui, était beaucoup plus approchable.

Comment était-elle censée se rendre plus chaleureuse ? En serrant ses collaborateurs dans ses bras chaque matin ?

Elle reprit brièvement sa conversation téléphonique.

— Donc je compte sur vous pour me procurer ces données avant l'heure de fermeture.

Reposant le téléphone sur son bureau, elle sourit à Angie.

— Merci d'avoir choisi ces cadeaux pour moi.

— De rien, madame McBride – je veux dire *Hannah*. C'est compliqué de s'y retrouver, dans les jouets, quand on n'a pas d'enfants. J'espère que ça leur plaira.

« Quand on n'a pas d'enfants. »

Sept jours de retard de règles aujourd'hui.

Elle n'avait toujours pas trouvé le courage d'acheter un test et d'être enfin fixée. Si elle continuait comme ça, elle recevrait la confirmation de sa grossesse au moment où on lui ordonnerait de pousser en salle d'accouchement.

Oh mon Dieu.

— Vous êtes maman, vous, Angie, n'est-ce pas ?

Le visage de son assistante s'illumina.

— Oui, madame… pardon, Hannah. D'une petite fille.

Arrivée par accident, comme dans mon cas ? Souhaitiez-vous tomber enceinte ou avez-vous connu le plus grand moment de panique de votre vie en découvrant qu'un bébé était en route ?

— Je suppose que… Enfin, votre vie a dû pas mal changer quand vous êtes devenue mère, non ?

— Dire qu'elle a changé serait un euphémisme.

Angie traversa la pièce pour prendre les deux tasses vides sur le bureau.

— Certains disent qu'on ne sait pas ce que c'est d'avoir peur avant d'être devenu parent. Et ils ont raison. Rien que pendant les deux semaines écoulées, par exemple, la petite a été malade et on s'est retrouvés trois fois aux urgences. C'est terrifiant. S'il y a un mot qu'on tremble d'entendre, en tant que mère, c'est « méningite ». Par chance, ça n'a pas été aussi grave mais, en attendant, on a enchaîné les nuits blanches. Ma fille n'est plus hospitalisée, mais elle reste sous traitement. Du coup, elle est grognon et pleure beaucoup et je ne sais plus quoi inventer pour essayer de la tirer de son apathie. Comme elle passe ses nuits à tousser, je m'angoisse et je ne dors pas non plus. Vous voyez le tableau ?

Non, elle ne voyait pas le tableau. Et c'était justement parce qu'elle ne *voulait pas* le voir qu'elle n'avait pas d'enfants. Pas à cause des nuits sans sommeil. Mais parce qu'elle n'aurait pas la force d'affronter ces angoisses térébrantes.

Elle eut une brève vision de Posy agrippée à son cou – petit tas tout mouillé de douleur inconsolable qui sanglotait dans ses bras. « Où elle est, maman ? Je veux maman. Quand c'est qu'elle revient, ma maman ? »

Des émotions enfouies remontèrent, fracassant ses barrières émotionnelles, déjouant ses mécanismes de défense. Elle lutta de toutes ses forces contre ces sentiments rebelles, chercha à les circonscrire et à les endiguer, comme elle parvenait la plupart du temps à le faire.

Angie lui jeta un regard étrange.

— Ça va ?

— Oui, oui, ça va aller.

Elle avait la bouche sèche et ses mains tremblaient.

— J'espère que votre petite fille se rétablira vite.

— Merci. Je me dis parfois qu'il n'y a rien de plus monstrueusement difficile au monde que d'être parent.

Ce n'était pas *du tout* ce qu'elle avait besoin d'entendre. Une angoisse proche de la terreur saisit Hannah à la gorge. Elle avait froid soudain, très froid. Ses extrémités fourmillaient et une bouffée de vertige incontrôlable la plaqua sur sa chaise. Les murs de son bureau semblaient se rapprocher et des taches noires dansaient devant ses yeux, l'empêchant de discerner les traits d'Angie.

Une attaque de panique. Elle allait faire une crise, ici, dans son bureau, alors qu'elle avait une réunion importante dans quelques minutes. Mais le pire serait que ses collaborateurs découvrent que Hannah McBride n'était pas tout à fait la femme solide et organisée qu'elle semblait être.

Angie avait l'air soucieuse.

— Je vais vous chercher un verre d'eau.

Hannah tenta en vain de ralentir sa respiration pour lui répondre.

— Hannah ?

La voix d'Adam perça l'épais brouillard de panique.

— Ah, tiens, Angie, vous êtes là ? Comment va Emma ? Elle est guérie ?

— Presque, oui, merci. Miss Mc… Hannah est un peu fatiguée. Je vais aller lui chercher un verre d'eau. Vous pouvez rester avec elle une minute ?

Le pouls de Hannah s'emballa, atteignant des pics alarmants. Elle ne voulait surtout pas qu'Adam reste avec elle. Il lui fallait juste quelques minutes seule dans son bureau pour se ressaisir avant sa réunion.

Elle vit Angie sourire à Adam – de ce sourire particulier

qu'il faisait naître sur les lèvres de toutes les femmes, y compris celles qui étaient en couple et amoureuses.

Il ferma la porte derrière elle.

— Hannah ? Tu ne te sens pas bien ?

Elle agrippa les accoudoirs de sa chaise. Si seulement elle parvenait à respirer, elle pourrait lui répondre. Les mots émergèrent tant bien que mal à travers l'étau qui lui serrait la gorge.

— Je… je vous retrouve dans une minute en salle de réunion. Commence sans moi, OK ?

Adam la rejoignit en deux pas.

— À part les mots « je t'aime », que je ne t'ai encore jamais entendue prononcer, il y a une autre phrase qui n'appartient normalement pas à ton vocabulaire et c'est « Commence sans moi. » Que s'est-il passé ?

— Rien. Je suis juste un peu en retard, c'est tout.

Il contourna le bureau, fit pivoter sa chaise pour la tourner face à lui et s'accroupit devant elle.

— Tu trembles.

Ses doigts picotaient et sa poitrine lui faisait mal. Et si elle était en train de faire une crise cardiaque ?

Elle sentit, comme de loin, qu'il lui prenait la main.

— Ça va aller, ma chérie. Respire lentement… Voilà, c'est bien.

Il lui tenait fermement les deux mains tout en lui caressant les poignets avec le pouce.

— Cela te ressemble si peu de paniquer comme ça.

Cela lui ressemblait, si. Mais lui, bien sûr, n'avait jamais connu cet aspect d'elle. Il voyait Hannah-au-travail et Hannah-qui-dansait-pieds-nus. Il n'avait encore jamais croisé Hannah-en-pleine-crise-d'angoisse.

Lentement, graduellement, l'étau de terreur se desserra et la crise s'éloigna, la laissant affaiblie et vulnérable. Avec un nouveau problème à gérer. En général, son agilité verbale lui permettait de se sortir sans mal de n'importe quelle situation. Mais de là à inventer une explication plausible pour l'état dans lequel il venait de la surprendre ?

Ses doigts restaient glacés malgré la chaleur des mains d'Adam. Elle prit conscience de la caresse apaisante de ses pouces, de la pression rassurante de ses doigts.

Une attaque de panique pouvait-elle être nocive pour le fœtus, en cas de grossesse ?

Il était sérieusement temps de faire ce foutu test.

— Je ne sais pas ce que j'ai… Un virus qui traîne, peut-être ?

Même s'il n'y avait aucun danger de contagion, en l'occurrence, rien n'interdisait d'essayer de créer le doute.

— Quelque chose t'a secouée des pieds à la tête. C'était en rapport avec Angie, peut-être ?

Il lui posa la main sur la joue et Hannah abandonna un instant sa tête au creux de sa paume, s'autorisant un court moment d'intimité. Elle comprit avec une terrifiante certitude qu'une fois qu'elle aurait fait le test elle ne pourrait pas lui cacher le résultat pour se donner un temps de réflexion. Adam voyait toujours clair à travers tous ses masques.

Elle se leva avec précaution, testant la solidité de ses jambes.

— Les autres nous attendent.

Adam se redressa à son tour.

— Tu n'es pas en état de participer à cette réunion. Je vais leur dire que tu ne peux pas te joindre à nous.

— Non.

Elle prit son téléphone. Elle avait les jambes en coton.

— Je n'ai aucune raison de manquer cette réunion.

— Je suis de ton côté, Hannah. Tu peux me faire confiance. Appuie-toi un peu sur moi de temps en temps.

Elle s'était déjà appuyée sur lui *plus que de raison*. Avait ri, dansé, parlé, fait l'amour avec lui *plus que de raison*. Elle jeta un coup d'œil vers la porte.

— Angie va revenir, murmura-t-elle.

— Et alors ? Tu bosses trop, Hannah. Oublie l'Écosse à Noël et je t'embarque à la Barbade. Avec zéro objectif, sauf barboter dans l'océan et faire l'amour sur la plage.

Joli programme. Mais elle avait d'autres urgences, en ce moment. Si elle voulait se donner du temps pour réfléchir, elle devait commencer par s'éloigner d'Adam. Perdue, elle prononça le premier mensonge qui lui vint à l'esprit :

— Je pars demain. En Écosse.

Il fronça les sourcils.

— Je croyais que tu t'envolais le jour du réveillon ?

— Ma petite sœur est malade, en fait.

La perplexité d'Adam se mua en inquiétude.

— Mais pourquoi tu ne me l'as pas dit tout de suite ? Ce n'est pas étonnant que tu sois complètement retournée. Qu'est-ce qu'elle a ?

Hannah se creusa désespérément les méninges.

— On attend encore le diagnostic définitif. C'est pour ça que je veux être auprès d'elle.

— Oui, bien sûr, je comprends. D'où ta crise de panique. Je sais que c'est un peu compliqué entre ta plus jeune sœur et toi, en ce moment. Et ça rend les choses encore pires.

Il prit aussitôt l'organisation pratique en main.

— Tu préférerais partir dès ce soir ? Je peux envoyer quelqu'un chez toi pour préparer une valise, si tu veux. Ou réserver ton vol ?

Hannah faillit gémir tout haut. Il ne lui restait que deux options aussi déprimantes l'une que l'autre : avouer qu'elle avait menti ou partir en Écosse plus tôt que prévu.

— Ça peut attendre demain. Je suis désolée. Je sais que nous avons une présentation à boucler mais je travaillerai de là-bas.

— Ne t'inquiète surtout pas pour ça. Tu me donneras l'heure de ton vol et je te conduirai à l'aéroport.

— C'est gentil. Mais je prendrai un taxi.

Ce ne serait peut-être pas une si mauvaise idée de se replier en Écosse. Là-bas, au moins, il y aurait moyen de s'isoler pour réfléchir. Sentant ses forces revenir, elle prit sa veste accrochée au dos de sa chaise.

— On y va ?

Le visage d'Adam était indéchiffrable.

— Je t'aime, Hannah.

Sa gorge se noua et une tension se logea dans sa poitrine.

Aimer. Ce n'était pas la voie qu'elle avait choisie d'emprunter : l'amour, le mariage, les enfants – rien de tout cela ne figurait à son programme. L'amour, plus que tout, rendait fragile et elle s'était juré de ne plus jamais se mettre en situation de vulnérabilité de sa vie.

Mais si un enfant avait choisi de grandir dans son ventre ? Comment tenir le serment qu'elle s'était fait à elle-même ?

Chapitre 9

Beth

À l'autre bout de la ville, Beth se préparait en vue de son entretien avec Corinna. Et un peu à l'image de sa sœur Hannah présidant une réunion, elle comptait sur ses talents d'actrice pour se tirer d'affaire.

Elle avait déjà envoyé deux textos à Jason pour s'assurer que tout se passait bien avec les filles. Même si elle s'était juré de le laisser se dépatouiller tout seul, l'instinct maternel – ou était-ce l'anxiété ? – l'emportait haut la main.

Elle avait promis aux enfants que si elles étaient sages, ce serait « activités artistiques » pour le reste de l'après-midi. En temps normal, la simple pensée d'une cuisine pleine de paillettes, de tubes de colle, de pinceaux en vrac et de traces de peinture à l'eau suffisait à calmer ses ardeurs de super-maman. Mais dans son état de stress, elle aurait été prête à prendre n'importe quel engagement.

Bien décidée à ne plus penser qu'à son entretien, Beth s'engouffra dans l'ascenseur et vérifia sa tenue dans le miroir.

Je suis compétente et professionnelle. Même si je suis la reine incontestée de la pâte à sel, j'ai aussi d'autres talents.

Glow PR avait ses bureaux au trentième étage d'un grand building moderne de Midtown : au-delà de la réception élégamment incurvée, du verre et rien que du verre et l'extraordinaire paysage urbain de Manhattan déployant ses lignes contrastées.

À force de vivre à ras du sol, Beth avait fini par oublier

à quoi ressemblait la ville vue d'en haut. Au cœur de la fourmilière, pressée de toute part et écrasée par la foule, il lui arrivait par moments de perdre de vue la beauté de New York. Mais il suffisait de s'élever dans les hauteurs pour la retrouver intacte, comme un banquet d'espoirs et d'opportunités déployé à l'infini.

— En quoi puis-je vous aider ?

Le sourire de la réceptionniste mit en valeur la courbe parfaite de ses lèvres d'un impeccable rouge satiné.

Beth résista à la tentation de vérifier si elle n'avait pas de traces de petits doigts collants sur sa robe neuve.

— Bonjour. Je suis Bethany Butler. J'ai rendez-vous avec Corinna.

La réceptionniste consulta son écran et fronça délicatement les sourcils.

— Tout ce que je vois, c'est une Beth McBride.

— C'est moi.

Même après son mariage avec Jason, Corinna avait continué à la présenter comme Beth McBride, refusant de reconnaître que certains paramètres de sa vie avaient changé.

La réceptionniste fit la moue.

— Bon, asseyez-vous. Elle ne va pas tarder.

Trop nerveuse pour se poser, Beth se dirigea vers la paroi vitrée pour contempler la vue. Jason avait-il pensé à se mettre en quête des gants de Ruby avant de quitter l'appartement ? Elle lui avait laissé un petit mot avec des instructions détaillées. Mais avait-il eu le temps de le lire ? Pas sûr. Il avait sûrement bataillé ferme pour extirper les filles de la maison à temps. Elle aurait plutôt dû lui communiquer ses recommandations par texto.

Elle tourna la tête en entendant claquer des stilettos sur le marbre et vit Corinna s'avancer sur elle d'un pas conquérant.

— Tu admires notre vue, Beth ? C'est le monde entier qu'on domine, dans ce bureau.

Corinna se pencha pour l'embrasser et Beth se trouva

comme engloutie dans le nuage capiteux de son parfum de luxe. L'odeur ramena une brassée de souvenirs. Les fous rires, le travail en équipe, le stress, les soirées de boulot qui n'en finissaient pas, l'épuisement, l'angoisse puis l'exaltation, le glamour, la réussite et une avalanche d'échantillons et de produits de beauté gratuits.

Au cours des sept années écoulées, le champ entier de sa créativité s'était résumé à peindre au doigt avec les filles.

— C'est cool d'être ici.

Déjà, elle sentait un regain d'énergie perler en elle, comme si quelqu'un l'avait branchée sur secteur. Derrière une cloison en verre, on voyait un essaim de femmes, toutes vêtues comme des influenceuses de mode, en pleine réunion projet. C'était presque comme si elle sentait l'énergie vibrer dans la pièce. Dans ce lieu bourdonnant d'activité créatrice, on s'inquiétait d'autre chose que du menu du soir et de l'organisation des trajets des enfants.

Elle n'avait qu'une envie : prendre de nouveau sa place dans cet univers-là.

Mais si le désir de Jason d'avoir un troisième enfant était aussi fort que son propre souhait de retravailler ? Comment leur famille pouvait-elle concilier deux aspirations aussi contradictoires sans aller droit dans le mur ?

— Comme tu vois, Beth, j'ai fait du chemin depuis la dernière fois que tu m'as vue.

Corinna recula d'un pas pour l'examiner.

— J'aime beaucoup ton look, Bethany. C'est ta propre inspiration ?

Non, c'est ma fille de sept ans qui m'a coachée.

Après pas moins de seize changements de tenue auxquels Melly avait patiemment assisté de son poste d'observation sur le lit, Beth avait fini par porter son choix sur une robe en laine *oversize* gris clair et ses cuissardes préférées, sexy mais résolument non vulgaires.

— Il faut que tu relèves tes cheveux, avait conseillé Melly. Mais ils ne doivent pas être trop tirés pour que ça boucle un peu sur le côté… Voilà. Top ! Et ton rouge à lèvres qui claque.

Beth avait bien aimé le résultat.

Melly n'atteindrait peut-être pas son objectif de devenir princesse mais elle ferait une excellente styliste.

— Allez, viens que je te fasse visiter mon royaume ! On a emménagé il y a trois semaines à peine donc on est encore en pleine installation.

Corinna la guida le long d'un couloir lumineux. Les murs étaient couverts d'affiches où on voyait des mannequins d'allure famélique à la mine dépressive. À l'évidence, Corinna avait eu l'occasion de travailler pour des marques célèbres depuis qu'elles s'étaient perdues de vue.

— C'est impressionnant ce que tu as accompli.

— J'ai toujours voulu monter ma propre agence. Faire ce que les autres me demandent n'a jamais été mon truc.

Corinna lui adressa un sourire où on aurait cherché en vain une trace de chaleur ou d'humour.

— Nous avons de gros clients, mais je n'ai pas l'intention de m'arrêter là. Je suis affamée de réussite et toute mon équipe fonctionne sur la même ligne. Es-tu affamée de même, Beth ?

Beth connaissait l'ambition féroce de Corinna. Elle avait déjà travaillé pour elle.

Elle essaya de ne pas penser aux avertissements de Jason.

— Je suis affamée, oui.

Ce n'était pas un mensonge. Dévorée par la nervosité, elle avait juste bu une tasse de café noir avant de partir et son estomac protestait déjà.

— On prépare une présentation pour une grosse marque de cosmétiques, expliqua Corinna en désignant l'équipe penchée sur des storyboards dans le bureau aux murs de verre. Cette boîte a créé une gamme de produits de maquillage si faciles à appliquer que n'importe qui peut obtenir des résultats étonnamment sophistiqués. Une fois qu'on aura été choisies, on embauchera.

« Une fois que » et non pas « si ». Corinna n'envisageait

jamais la possibilité de l'échec. De son côté, Beth ne se souvenait pas d'avoir jamais été aussi sûre d'elle.

— Cela paraît très prometteur.

— La qualité *number one* que j'attends de mon staff, c'est la loyauté. Quand on bosse pour moi, on se donne à deux cents pour cent. Je ne me contenterai pas de moins.

Beth n'avait même pas besoin de faire le calcul pour savoir combien d'elle-même il lui resterait à consacrer à sa famille.

— Corinna, tu as déjà travaillé avec moi. Tu sais que tu peux compter sur ma loyauté.

Elle était aussi femme et mère, mais elle réfléchirait plus tard aux moyens de concilier ses différentes casquettes.

— J'aimerais entendre tes idées sur ce projet.

Beth tressaillit sous le choc.

— Tu m'embauches ?

— Voyons d'abord ce que tu as dans le ventre. Si tes suggestions éveillent mon intérêt, tu participeras à la présentation. Après cela, il sera toujours temps de discuter.

Corinna poussa une autre porte en verre et pénétra dans un grand bureau décoré avec une froide et coûteuse élégance.

— Assieds-toi. Je vais te donner une copie du brief – je te demanderai de signer un accord de confidentialité, bien sûr. Puis tu pourras le ramener chez toi et coucher quelques idées sur le papier. Rédige une proposition dont tu penses qu'elle pourrait me convenir. Et reviens me la présenter la semaine prochaine.

Et voilà. Ça commençait. La pression. Les délais serrés. Les exigences.

Beth n'avait pas prévu que cela irait aussi vite. Comme si elle marchait sur un tapis de course et que quelqu'un avait soudain appuyé sur le bouton « sprint ». Il n'en faudrait pas beaucoup pour qu'elle s'étale de tout son long. Et le résultat ne serait pas beau à voir.

Elle se posa sur une chaise blanche aux formes minimalistes, soulageant ses pieds martyrisés dans ses bottes.

— La semaine prochaine, je serai en Écosse.

— Quelqu'un est mort dans ta famille ?

Pour Corinna, seul un décès pouvait justifier que l'on s'éloigne de Manhattan, quelle que soit la période de l'année.

— On fête toujours Noël dans les Highlands. C'est une tradition familiale.

Corinna haussa les sourcils. Personne, apparemment, n'avait pensé à noter dans son agenda que le 25 décembre était un jour férié.

— Bon. Le pitch te fournira une excuse commode pour échapper à tous ces trucs barbants qu'il faut se coltiner en famille.

Beth songea que ce n'était pas le moment d'avouer qu'elle adorait Noël et tout ce qui allait avec. Corinna, nota-t-elle, ne lui avait pas posé une seule question au sujet de ses enfants.

— La présentation est prévue quand ?

— En janvier. Autant dire qu'il faut qu'on mette le paquet d'ici là.

Corinna lui donna des détails sur le futur client potentiel et lui décrivit la stratégie marketing clé pour la nouvelle gamme de maquillage.

— Nous avons des échantillons à la pelle. Tu en emporteras chez toi en partant. Tes idées comptent beaucoup pour moi. Dès l'instant où on a eu le brief, j'ai pensé *Beth McBride*.

Beth se sentit ridiculement flattée. Elle oublia le stress, la pression, les obstacles.

Ses idées comptaient pour Corinna.

Elle pouvait apporter une contribution personnelle à ce projet.

Elle se tint un peu plus droite sur sa chaise.

— J'ai hâte de voir le brief.

— Parle-moi un peu de ce que tu es devenue pendant toutes ces années où tu as disparu des radars.

Le bureau design de Corinna était en verre comme le reste et couvert de quelques piles bien ordonnées de magazines. *Vogue, Cosmopolitan, Elle* et *Harper's Bazaar* voisinaient avec le *New Yorker.* Partout où Beth portait les yeux, elle voyait les marques de la réussite.

— Je suis restée à la maison avec les enfants.

En voyant l'expression de Corinna, elle se demanda s'il n'aurait pas été préférable de mentir sur la question.

— C'est ce que j'avais entendu dire et, franchement, je n'ai pas compris. Tu avais le talent et tu avais la niaque. Je pensais que tu reviendrais bosser avant même d'avoir eu le temps de prononcer le mot « couche-culotte ».

Corinna décrocha son téléphone et ses ongles vernis étincelèrent sous la lumière blanche.

— Annabelle ? Apporte-nous à boire.

Dis « s'il te plaît », faillit rectifier Beth par automatisme. Il y avait trop longtemps qu'elle se vouait au métier de mère. Si elle ne se surveillait pas, elle finirait par découper la viande de Corinna dans son assiette.

— C'est gentil, merci. Je boirais bien un caf…

Elle ravala le mot « café » en voyant une jeune femme – très probablement la stoïque Annabelle – entrer avec une bouteille de champagne et quatre verres

— Du champagne. J'adore.

— Ici, on bosse non-stop mais on sait aussi se faire plaisir. Annabelle, demande à Dan et Sylvia de se joindre à nous.

Lorsqu'elle quitta les bureaux de Glow PR, Beth flottait sur un nuage et pas seulement à cause des quelques verres de champagne avalés sur un estomac vide.

Elle était entrée dans ce bâtiment avec un niveau de confiance en elle frisant le pathétique et elle en ressortait triomphante et glamour. Elle n'était plus seulement « la maman de Melly et de Ruby » : elle était Beth McBride, chargée de relations publiques, spécialisée mode et beauté. Une femme douée de talent et de style.

C'était comme lorsque la route, libre et dégagée, s'ouvrait enfin devant soi alors qu'on venait de passer des heures coincé dans un bouchon. Elle était de nouveau prête à conduire sa vie pied au plancher. Adieu la voie pour véhicules lents. Elle passait direct sur la file de gauche.

Tellement surexcitée que la tête lui en tournait, elle attrapa une ramette de papier en arrivant à l'appartement et commença à noter tout ce qui lui passait par la tête. Pas seulement dans l'idée d'impressionner Corinna. Elle voulait aussi se prouver à elle-même qu'elle avait encore le punch et la créativité – qu'elle restait en phase avec l'air du temps.

Lorsque Jason revint avec les filles, elle était tout feu tout flammes. Des piles d'échantillons couvraient la table de cuisine et des feuillets griffonnés étaient étalés un peu partout. Son ordinateur était ouvert, écran allumé.

Ruby et Melly passèrent la porte en même temps que leur père, les joues rosies par le froid.

Les lèvres de Ruby étaient maculées de traces brunes.

Du chocolat.

Entre l'excitation et le champagne, elle était de trop bonne humeur pour reprocher à Jason d'avoir dérogé aux interdits concernant les sucres rapides entre les repas.

— Alors, les filles ? Vous êtes contentes d'avoir passé plein de temps avec votre papa ?

Ruby fit la grimace.

— Melly est arrivée en retard à l'école et elle a pleuré. Elle a dit qu'elle détestait papa et qu'il faisait rien comme il fallait.

Jason avait les joues en feu lui aussi, nota Beth.

— Elle exagère. Et on n'était pas si en retard que ça. C'est juste qu'on ne trouvait pas les gants et les chaussures de Ruby au moment de partir.

— Parce qu'elle les cache tous les matins. C'est un jeu.

L'euphorie de Beth chuta d'un cran. N'allait-il pas au moins lui demander comment son entretien s'était passé ?

— Je veux dessiner avec toi, maman !

Ruby grimpa sur une chaise et commença à attraper le brief que Corinna lui avait confié.

— Ah non ! Ne touche surtout pas à ça !

Beth se précipita avant qu'elle puisse laisser des traces de chocolat sur les pages.

— C'est le travail de maman, tu vois.

Ruby leva vers elle des yeux grands comme des soucoupes.

— C'est pas toi qui travailles, c'est papa.

Mais ça va bientôt changer.

— Je suis en train de chercher des idées pour une nouvelle campagne.

— C'est quoi, maman, une campagne ?

— Attends une seconde, là, Beth…

La voix de Jason rendait un son bizarre.

— Tu as signé un contrat de travail ? Sans qu'on en discute au préalable ?

Elle ne lui fit pas remarquer que de son côté il avait accepté sa promotion sans la consulter.

Comment ça s'est passé, Beth ? Qu'as-tu pensé de l'équipe ? Et toi, tu leur as plu ? Raconte-moi ton entretien.

Elle pêcha un mouchoir en papier au fond de son sac et essuya la bouche de Ruby.

— Va te laver les mains et la figure, mon bébé. Je voudrais parler à ton papa.

— J'suis pas un bébé. On peut jouer à la caserne de pompiers ?

— Peut-être. On verra. Toi aussi, Melly, va te débarbouiller, s'il te plaît.

Elle attendit que ses deux filles aient disparu dans la salle de bains avant de se tourner vers Jason.

— Tu ne me demandes même pas comment ça s'est passé ?

— Hé, ho, une seconde ! Laisse-moi au moins le temps d'arriver.

— Pour répondre à la question que tu ne m'as pas posée, l'entretien a été très positif. Glow PR participe à un concours entre agences lancé par une grosse marque de cosmétiques et ils m'ont proposé de participer à la présentation. Si on gagne, Corinna m'intègre dans l'équipe.

— Si vous gagnez…

Jason soupira.

— Faut-il vraiment que je te rappelle qui est Corinna ? Ce n'est pas un être humain, c'est une machine qui ne vit, ne pense, ne respire que par son boulot. Et elle exige de ses collaborateurs qu'ils entrent en mode *no life* aussi.

— Elle est à fond, c'est vrai. C'est une bête de travail, mais c'est pour ça qu'elle réussit.

Elle ne savait plus très bien si c'était Corinna ou ses propres choix qu'elle défendait bec et ongles.

— Elle réussit parce qu'elle a choisi de n'être que ça : un robot programmé pour gagner. Et parce qu'elle s'entoure d'une équipe tout aussi peu humaine qu'elle. C'est vraiment ça que tu veux ? Réfléchis, Beth. Qu'est-ce qui va se passer si une des filles tombe malade ? Tu crois que Corinna t'ordonnera avec un tendre sourire de rentrer chez toi sur-le-champ ? Tes enfants existent tellement peu pour elle qu'elle n'a même pas pris la peine de se manifester à leur naissance. Je me souviens très bien de ta déception. Tu étais en larmes.

— Je venais d'accoucher et j'avais les hormones en vrac. Et si un de nos enfants tombe malade, peut-être que *toi* tu pourrais prendre sur ton temps de travail pour t'en occuper. Pourquoi faudrait-il forcément que ce soit moi qui m'y colle ?

Elle nota alors ce qui lui avait échappé au premier regard : Jason avait l'air exténué. Avait-il suffi qu'il s'occupe des filles une seule petite matinée pour atteindre ce degré d'épuisement ?

— Tu essaies de me décourager parce que tu n'as pas envie que je bosse.

Il se passa la main dans les cheveux.

— Ce n'est pas ça, non. Mais si tu crois que Corinna s'est adoucie avec les années, tu vas vite comprendre ta douleur. Si changement il y a, ce sera en pire, maintenant qu'elle est à la tête de sa propre agence. Chaque minute que tu consacreras à ta famille sera considérée comme une minute que tu lui voleras à elle.

— Tu espérais qu'elle rejetterait ma candidature, c'est ça ?

Son hésitation fut infinitésimale.

— Je m'inquiète pour toi, c'est tout.

— Oh arrête, s'il te plaît ! Aie au moins le courage de tes opinions et dis que tu n'as pas envie que je bosse pour elle.

— Parce que j'ai le choix ? On était encore en pourparlers toi et moi pour un éventuel troisième enfant et tu signes avec Corinna, sans même me consulter.

— Elle ne m'offre pas un boulot sur un plateau. Il faut d'abord que je lui amène quelques propositions puis que je les accompagne pour présenter le projet à l'annonceur.

— Qu'est-ce qu'elle manigance encore ?

— Comment ça ?

— Je me demande pourquoi elle fait appel à toi comme ça, tout à coup.

La question, dans sa brutale franchise, ranima les démons du doute et du manque de confiance en elle-même.

— Peut-être tout simplement parce que j'ai les qualités requises et que je pourrais apporter une contribution précieuse à son agence ? Merci pour ta confiance, Jason.

— Ce n'est pas ce que je…

— N'en rajoute *surtout* pas, s'il te plaît.

Il lui avait fait mal plus qu'elle ne l'aurait cru possible. Elle se raidit, tourna les talons et se replia dans leur chambre à coucher. Jason la suivit, refermant la porte pour éviter que les filles ne les entendent.

— Tout ce que j'essaie de te dire, c'est que cela fait un moment que tu n'es plus dans la vie active. Alors pourquoi, alors qu'elle ne s'est jamais donné la peine de te faire signe, vient-elle te chercher *maintenant* ?

— Stop, Jason ! Stop, stop, *stop* ! Et ne ferme pas la porte. Il faut que j'entende ce que trafiquent les filles.

Il secoua la tête.

— Beth, s'il te plaît… Elle va te rendre la vie infernale.

— Tu ne veux pas que je reprenne une activité professionnelle. Tu veux un troisième enfant. Mais c'est à peine si tu vois les deux que nous avons déjà.

Elle vit son visage se figer, mais il était trop tard pour revenir en arrière.

— Je prends toujours les filles avec moi le dimanche matin pour que tu aies un peu de temps pour toi.

— Tout à fait. Vous vous baladez au parc et vous passez un moment sympa. Comme les occasions d'être avec leur père ne sont pas si fréquentes, les filles le vivent comme une fête. Mais les avoir du matin au soir, tous les jours, qu'il pleuve ou qu'il vente, les persuader de porter les vêtements adaptés à la saison et de manger ce qu'elles sont censées avaler pour leur bien, c'est déjà une façon nettement moins souriante de vivre une vie de parent. Lorsque tu es avec les filles et que tu reçois un coup de fil du boulot, tu me les confies. Mais quand moi je suis au téléphone, je dois soutenir ma conversation tout en gérant Melly et Ruby qui font tout pour réclamer mon attention.

— Mes coups de fil sont importants.

— À la différence des miens qui ne le sont pas, c'est ça ? C'est *précisément* la raison pour laquelle je veux reprendre une vie professionnelle.

Jason ne cherchait même plus à dissimuler son exaspération.

— As-tu idée au moins du nombre de femmes qui aimeraient être à ta place ? Tu as une vie de rêve, Beth.

La sidération la cloua un instant sur place.

— Tu ne sais rien de la vie que je mène. Tu n'es jamais là.

— Parce que je bosse jour et nuit pour gagner l'argent que *toi* tu claques allègrement en camions de pompiers et en tenues de princesse.

La voix de Jason se durcit.

— Peut-être que si tu te montrais capable de dire non de temps en temps, je n'aurais pas à travailler autant ! *Qui* de nous deux se fait violence chaque matin pour s'extraire de sous la couette quand il fait encore nuit noire pour ramener l'argent qui nous fait vivre tous les quatre ? *Qui* doit faire œuvre de basse politique jour après jour pour être sûr de ne pas perdre le job qui te permet de rester à la maison ? Même un enfant de trois ans serait capable de comprendre qui de nous deux se paie le bon deal dans cette famille !

L'indignation scellait la gorge de Beth, l'empêchant de répondre. Elle refusait de croire qu'ils en soient arrivés là. Que Jason et elle aient pu se balancer des horreurs pareilles.

Elle bouillonnait à l'intérieur. Des larmes de frustration et de colère lui brûlaient les yeux.

— OK.

Enfin, elle retrouvait sa voix :

— Puisque pour toi, se la couler douce, c'est rester à la maison avec les enfants, je te propose d'expérimenter en live. Ne t'extirpe plus du lit pour aller bosser, mais arrache-toi du sommeil pour les enfants, histoire de varier un peu. Cesse de « faire œuvre de basse politique » et mets-toi aux jeux de société et au pimpon-pimpon. Oublie de surveiller Ruby d'un œil d'aigle ne serait-ce que deux minutes et tu verras ce qui se passera.

Droite comme un I, elle sortit son manteau du dressing et l'enfila. Jason la suivait des yeux.

— Qu'est-ce que tu fais ?

— Je t'offre l'opportunité de t'immerger dans la vie de parent, puisque tu considères que c'est la voie de la suprême coolitude.

Beth ouvrit un tiroir avec tant de violence qu'une lampe de chevet bascula. Elle la rattrapa in extremis. Aveuglée par la rage, elle mit la main à tâtons sur son passeport.

— Tu auras le plaisir de t'occuper des filles et de passer des moments privilégiés avec elles.

Jason jura et se massa la racine du nez avec les doigts.

— S'il te plaît, Beth... Ce n'est vraiment pas le moment de me faire un psychodrame.

— Un psychodrame ?

Elle referma le tiroir encore plus violemment qu'elle ne l'avait ouvert. De sa vie, elle n'avait éprouvé une colère aussi noire.

— Ceci, pour ta gouverne, n'est *pas* un psychodrame, Jason. Ceci est un changement de vie qui me tient formidablement à cœur et que tu traites comme un vulgaire caprice. Tu trouveras l'emploi du temps des filles collé sur le frigo.

Elle transféra le contenu de son sac à main dans un petit sac de voyage. Ses mains tremblaient. Son cœur battait comme s'il allait éclater d'un instant à l'autre. Jamais, Jason et elle ne s'étaient disputés avec une pareille violence.

— Le numéro de téléphone du pédiatre est dans le tiroir, avec celui du dentiste et de l'école de Melly. N'oublie pas les cours de danse. Ils commencent une demi-heure plus tôt que l'année dernière. Veille à arriver très en avance. Melly a besoin de temps pour se changer et elle panique si on lui met la pression. Et elle déteste les collants noirs donc assure-toi de bien prendre les roses. Prévois une paire de rechange en cas d'incident.

— Hé, doucement…

Jason était soudain livide.

— Tu me quittes ? Et les enfants ?

— Non, je ne te quitte pas. Pas plus que je ne quitte les filles. Jamais, quoi qu'il arrive, je ne laisserai Melly et Ruby. Je fais simplement ce que tu fais toi tous les jours : je pars en laissant à un autre l'entière responsabilité de la vie domestique. Lorsque tu auras pris conscience – *pleinement* conscience – de l'impact qu'aura un troisième enfant sur notre organisation familiale, on en reparlera.

— Tu ne dis pas ça sérieusement ? Cette conversation a dégénéré et il serait bon que tu te calmes avant de faire n'importe quoi.

C'était la pire chose qu'il aurait pu lui dire.

— Je *suis* calme.

Bon d'accord, elle le voyait flou à travers un brouillard de fureur, mais elle savait encore ce qu'elle faisait.

— Et tu penses aller où ? Passer le coin de la rue, commander un café quelque part, et attendre que je t'envoie un texto d'excuse ?

— Je m'accorde une semaine rien que pour moi. Le temps de réfléchir sérieusement à mes choix de vie.

— Une *semaine* ? Mais… Non, tu n'as pas fait tes bagages. Même pour un week-end, tu ne pars jamais sans un minimum de deux valises.

— Je m'achèterai ce dont j'aurai besoin. Car c'est à ça que je sers, n'est-ce pas ? À claquer ton fric.

Il encaissa le coup et ouvrit les mains dans un geste d'excuse.

— Ce n'est pas ce que je voulais dire.

— Si, Jason. C'est très exactement ce que tu as voulu dire.

— Mais… Tu comptes aller où ?

L'exaspération de Jason était entièrement retombée. Il avait l'air tellement sous le choc de découvrir qu'elle partait vraiment que la colère de Beth reflua.

Pas suffisamment toutefois pour la faire revenir sur sa décision.

— Je retourne chez moi.

— Tu es *déjà* chez toi. C'est ici, dans notre appartement, à Manhattan, que tu as ta vie. Ici que tu as ta famille. Une famille à laquelle tu ne t'intéresses plus que très mollement, en ce moment.

Une pointe de culpabilité lui mordit le cœur, mais elle refusa de se laisser manipuler.

— Je retourne en Écosse. Chez mes parents.

Le visage de Jason perdit son dernier reste de couleur.

— Tu ne veux pas passer Noël avec nous ?

— Évidemment que si. Noël sans les filles, ce n'est même pas la peine d'y penser. Tu pourras venir avec elles à la date que nous avions prévue. Les billets sont pris. Si c'est aussi facile et relaxant d'être parent au foyer que tu le crois, tu ne devrais rencontrer aucun problème d'ici là. Les cadeaux sont déjà achetés, emballés et étiquetés. Il faudra juste penser à les emporter quand tu feras les bagages.

Elle prit son téléphone et appela la compagnie aérienne. Sans se donner le temps de changer d'avis, elle réserva un siège pour le soir même.

— Mais Beth…

Il marmonna quelque chose dans sa barbe.

— J'ai des rendez-vous importants demain.

Elle perçut une note de panique dans sa voix qu'elle n'avait encore jamais entendue auparavant.

— Je suis sûre que tu trouveras des solutions. Tu es habitué à jongler, n'est-ce pas ?

— Beth…

— Je veux que tu prennes conscience que la décision d'avoir un troisième enfant n'a rien à voir avec un changement de canapé ou l'achat d'un beau vase. Sans parler du fait que mes deux accouchements ont laissé de lourdes séquelles aussi bien physiques que psychologiques, avoir un enfant de plus exige un engagement qui n'a rien d'anodin.

— C'est de la folie, marmonna Jason, exsangue.

Il se passa la main sur la mâchoire.

— Tu pars comme ça, sans préavis, sans rien ? Tu ne me laisses pas au moins une liste d'aliments qu'elles ont l'habitude de consommer ? Et comment je saurai quels vêtements prévoir pour les filles à Noël ?

— Je te laisse le soin d'expérimenter tout ça par toi-même. L'initiative et le contrôle t'appartiennent. Évite peut-être juste de laisser Melly porter sa plus belle robe au parc, car elle sera très triste si elle l'abîme.

— Je n'arrive pas à croire que tu puisses me faire un coup pareil.

Beth était tout aussi incrédule elle-même.

— Je sais que tu vas t'en sortir, Jason.

— Et ma promotion ?

— Tu m'as bien dit que Sam était compréhensif et pro-famille ? C'est le moment de mettre ses dispositions positives à l'épreuve. S'il apprécie tant que cela votre collaboration, il acceptera de t'attendre quelques semaines. N'oublie pas de prendre la Ventoline de Ruby chaque fois que vous sortirez. Le froid lui déclenche parfois des crises d'asthme. Et surtout, ne leur donne *jamais* de chips, quoi qu'il arrive, sinon, elles ne mangeront plus les fruits, légumes et autres aliments sains dont elles ont besoin pour grandir. Dernière recommandation majeure : quoi que tu fasses, veille à ne *jamais* perdre Bugsy, car Ruby ne peut pas dormir sans son lapin et ce serait la catastrophe assurée.

Un instant, l'anxiété la pétrifia sur place à l'idée de tout ce qui pourrait aller de travers avec Jason aux commandes. Mais son immense colère lui interdisait de faire machine arrière. Elle aurait d'ailleurs tort de s'inquiéter, car elle savait d'avance comment il réglerait le problème.

Dès qu'elle aurait passé le seuil de la porte, Jason appellerait sa mère et se déchargerait du fardeau.

Chapitre 10

Posy

Le soleil entrait à flots par les vasistas de l'ancien grenier à foin, dessinant de larges traits de lumière sur les draps en désordre et chamarrant le corps dévêtu de Posy. Elle avait la peau moite et son cœur battait la chamade.

— Avant de te connaître, je ne prenais jamais de pause déjeuner, murmura-t-elle.

Luke l'attira plus étroitement contre lui.

— Comme on n'a mangé ni l'un ni l'autre, ça ne compte pas vraiment dans la catégorie pause repas.

— Tu fais bien de me le rappeler. Tu as faim ? On devrait peut-être avaler un truc avant de retourner bosser.

— C'est l'un ou l'autre ? Sexe ou bouffe ? Parce que pour moi, ce sera sexe.

Il la fit rouler sous lui et ses lèvres vinrent chercher les siennes en un lent baiser joueur, riche de promesses érotiques.

Elle aimait la sensation du poids de son corps sur elle, le frottement de sa cuisse contre le haut de ses jambes, la façon dont ses mains improvisaient des caresses inédites.

Posy noua les bras autour de son cou en se demandant comment on pouvait se sentir aussi proche de quelqu'un que l'on connaissait pourtant à peine. Cela l'étonnait. La secouait, même.

Elle avait eu un certain nombre de mecs avant lui. Mais jusque-là elle avait considéré le sexe comme une variante ludique d'exercice physique plus que comme une forme de rencontre unique, bouleversante et addictive. Avec ses amants précédents, elle s'était prêtée au jeu avec plaisir, mais en gardant une distance émotionnelle. Au lit avec Luke, elle découvrait que faire l'amour pouvait prendre des dimensions inattendues. Son feeling pour lui était fort. Très fort, même. Et elle s'était toujours fiée à ses ressentis. Avec Callum, elle avait su presque tout de suite qu'elle commettait une erreur. Alors qu'avec Luke… À chaque baiser, chaque étreinte, chaque orgasme avec lui, elle sentait qu'il se passait quelque chose de vrai, d'authentique.

Depuis le premier soir au pub, ils passaient toutes leurs nuits ensemble et se retrouvaient chaque jour à midi. Il leur arrivait même de voler une petite heure ici et là, en cours d'après-midi. Sa vie était redevenue excitante. Plus passionnante même qu'elle ne l'aurait cru possible.

Jamais, jusqu'à l'âge avancé de vingt-neuf ans, elle n'avait éprouvé la nécessité de se protéger côté cœur. Mais à cet instant précis, elle ressentit comme un frisson de crainte. Pas à l'idée que Luke puisse la faire souffrir. Mais à celle de voir arriver la fin de cette expérience d'intense harmonie sexuelle. Niveau sentiments, elle avait conscience de s'enfoncer de plus en plus loin, de plus en plus profond, mais ne voyait aucune raison a priori de freiner le processus.

Nouant les jambes autour des reins de Luke, elle se souleva en une invite franche.

— Luke Whittaker, ronronna-t-elle. Je pense que tu devrais…

Son téléphone émit une série de sons brefs, coupant net sa suggestion indécente.

— Tu disais, Posy ?

Troublée par la raucité sensuelle de sa voix, elle soupira :

— Je préfère jeter un coup d'œil au message au cas où ce serait important. Tu peux attraper mon smartphone ?

Il l'embrassa de nouveau avant de se soulever pour récupérer le téléphone sur la table de chevet. Il lui fallut un moment pour se focaliser sur l'écran.

— C'est juste un texto de ta sœur Beth.

— Qui raconte quoi ?

— Rien de crucial.

Il reposa le téléphone et reprit sa position, alignant intimement son corps au sien.

— Tu as des jambes admirables, Posy. Je te l'avais déjà dit ?

— Non. Oui. Je ne sais pas. J'ai du mal à réfléchir quand tu me fais ça.

Elle plaqua les deux mains au bas du dos de Luke et gémit :

— Qu'est-ce qu'elle veut, Beth, au fait ?

— Rien.

Il traça une ligne de baisers dans son cou.

— Elle s'inquiète au sujet du mauvais temps. Ça devrait pouvoir attendre.

Posy se figea.

— Du temps, tu dis ?

— Oui.

— Ce sont ses mots exacts ?

— Absolument.

— Et merde.

Posy se tortilla pour se dégager de sous Luke et se leva comme une flèche, jurant lorsqu'elle trébucha sur un vêtement tombé au sol.

— Il faut que je me bouge. Désolée. Ce n'est pas top pour le timing, mais il s'agit d'une urgence.

Elle imposa silence à la voix qui lui hurlait de replonger avec Luke dans ce lit et de laisser Beth se dépatouiller.

— Parce que le mauvais temps, ça relève de l'urgence absolue maintenant ?

Luke se dressa sur un coude, les cheveux en bataille, le regard encore embrumé par le désir.

— Tu penses vraiment que c'est si prioritaire que ça ? La neige à New York n'a jamais tué personne. D'ailleurs elle tombe rarement avant Noël.

— Ce texto n'a rien à voir avec les conditions météo. C'est un code entre nous.

Posy enfila ses chaussettes et son T-shirt.

— On s'en servait quand on était ados et qu'on ne voulait pas que les parents sachent ce qu'on fabriquait. Si Beth parle du mauvais temps, c'est qu'elle a un gros problème.

Luke fronça les sourcils et se dressa en position assise.

— Quel genre de problème ?

— Aucune idée pour le moment.

Posy remonta ses chaussettes, jeta un coup d'œil dans le miroir et prit peur.

— Hou là. J'ai l'air d'une folle qui vient d'essuyer un ouragan.

Elle batailla pour se discipliner les cheveux avec les doigts, renonça et finit par les relever en queue-de-cheval.

Luke se renversa de nouveau contre les oreillers.

— À mes yeux, tu as surtout l'air de quelqu'un qui vient de prendre un pied total. Tu irradies l'énergie orgasmique. Trois fois, on a fait l'amour. C'était bien parti pour la quatrième, mais…

Le téléphone émit de nouveau la petite musique qui signalait l'arrivée d'un message. Cette fois, Posy le lut elle-même en essayant de ne pas penser à la quatrième fois qui n'aurait pas lieu.

— Elle est à l'aéroport. Pas à JFK, mais ici.

Elle eut une bouffée d'inquiétude.

— Qu'est-ce qu'elle fabrique dans cet aéroport ? marmonna-t-elle.

— Pour venir des US, la voie aérienne paraît logique, non ?

— Mais on ne l'attendait pas avant la semaine prochaine. Et normalement elle…

Elle s'interrompit, scrutant l'écran de son téléphone d'un œil horrifié.

— *15 h 30 ?* Mais comment est-il techniquement possible qu'il soit déjà 15 h 30 ?

— Aucune idée. Honnêtement, je ne peux pas dire que j'ai eu l'esprit occupé par des considérations d'horaires. Te voir nue me coupe net du monde extérieur.

— Il va falloir que je fasse preuve d'imagination pour justifier mon absence au café. Et que j'invente une nouvelle excuse pour aller à l'aéroport récupérer ma sœur.

Posy se pencha pour lui poser un rapide baiser sur les lèvres, cœur et corps étreints par un même déchirement.

— Ça risque de me bouffer du temps, cette histoire. Tu ferais sans doute mieux de…

Il lui prit le visage entre les mains et l'embrassa avec une ardeur ravageuse. Ivre de désir, elle fut très tentée de se glisser de nouveau entre les draps.

— Non, je ne peux pas, soupira-t-elle, les yeux clos. Ne dois pas. Il faut que…

Elle se dégagea puis changea d'avis et chercha de nouveau ses lèvres. Une bonne minute s'écoula avant qu'elle rassemble la volonté nécessaire pour se redresser.

— Je te dirais bien de rester là à m'attendre pour reprendre le quatrième acte, mais je risque d'être longue.

Pour la seconde fois, elle se glissa hors du cercle de ses bras et inspecta la pièce. Où était passé son jean ? Elle n'avait aucun souvenir que Luke le lui ait ôté, mais elle avait fini nue dans le lit, donc cela avait dû arriver à un moment ou à un autre.

— Il ne s'agit pas d'une manœuvre élaborée pour déserter ma couche, j'espère ?

Elle trouva son pantalon par terre près du canapé.

— Il s'agit de *ma* couche, en l'occurrence. Donc, non. Et, entre parenthèses, je ne joue pas à ces jeux-là, Luke. Si je n'avais plus envie de te voir entre mes draps, je te demanderais poliment d'en sortir.

— Je sais. Cela fait partie des nombreuses qualités que j'aime chez toi. Je vais redescendre pour continuer à écrire. Mais tambourine à ma porte à ton retour… Et si tu as besoin de quelque chose – si Beth est en difficulté et que je peux t'être utile –, appelle-moi.

— Merci.

Touchée par sa proposition d'aide, elle finit de s'habiller, attrapa son manteau et ses clés de voiture et lui jeta un dernier regard de regret.

— Désolée. C'était cool.

Il lui adressa un demi-sourire.

— Allez, file. Je tiendrai compagnie à Bonnie. Et fais attention en roulant. Les routes sont verglacées.

Posy descendit prudemment les marches gelées de l'escalier extérieur puis sprinta jusqu'à sa voiture. À l'inquiétude au sujet de sa sœur venaient se mêler avec insistance ses pensées envers Luke.

Qu'était-il arrivé à Beth ?

Pourquoi cette arrivée prématurée ?

Malgré les conditions hivernales, elle effectua le trajet jusqu'à l'aéroport en un temps record et repéra sa sœur au premier regard. Celle-ci attendait, seule devant la grande porte des arrivées. Aucun signe de Jason ni des filles.

Jamais Beth ne se déplaçait sans sa famille depuis la naissance de Melly et de Ruby.

Qu'avait-il bien pu se passer ?

Elle s'immobilisa le long de l'aérogare et enfonça le klaxon. Beth, figée sur place, continuait de regarder fixement dans le vide.

Posy se résigna à descendre de voiture et sprinta vers la silhouette solitaire de sa sœur, tout en vérifiant que la police d'aéroport ne sévissait pas dans les parages, prête à fondre sur un véhicule abandonné au mauvais endroit.

— Hé, Beth !

Elle n'était plus qu'à quelques pas lorsque sa sœur s'avisa enfin de sa présence.

— Posy ! Tu as pu te libérer pour venir me chercher !

Beth paraissait intensément soulagée de la voir.

— Évidemment, que je suis venue.

Elle balaya des yeux l'espace vide derrière sa sœur.

— Tes bagages se sont perdus en route ? Où sont tes deux valises ?

— J'ai juste pris ça.

Beth désigna le sac de week-end qu'elle portait en bandoulière.

— Mais tu voyages toujours avec des montagnes d'affaires !

— Ne commence pas. On peut y aller ? Je suis frigorifiée.

Voyant sa sœur vaciller, Posy décida que les questions attendraient. Beth devait être épuisée et elle avait raison pour les températures. Le vent glacé qui soufflait devant le terminal incitait à couper court.

Elle poussa Beth en direction de la voiture. Il y avait foule à l'aéroport et le conducteur du véhicule coincé derrière le sien fit gronder son moteur avec impatience. Il klaxonna avec tant de hargne que Posy se retint de lui faire un doigt d'honneur.

— Oh ! du calme ! Il ne peut pas attendre une minute, cet excité ? C'est bientôt Noël, non ?

Bienveillance et bonne humeur auraient dû être à l'ordre du jour. Mais l'ambiance dominante du moment semblait plutôt être du genre « stress et crise de nerfs ».

Elle se glissa au volant, monta le chauffage et attendit que Beth s'installe.

— Qu'est-ce qui t'arrive, alors ? On ne t'attendait pas avant la semaine prochaine.

— Désolée d'avoir prévenu au dernier moment. J'espère que je ne t'ai pas interrompue dans quelque chose d'important ?

— De fait, j'étais au lit avec un mec – grand, brun, beau, sportif, intelligent – à faire l'amour si divinement que j'en avais oublié l'heure, le jour et la date. Mais je te pardonne.

Beth se mit à rire.

— J'ai toujours adoré ton humour.

Aïe. S'il était évident pour sa sœur qu'il ne pouvait s'agir que d'une blague, cela en disait long sur la vie qu'elle menait à Glensay depuis des années. Son existence était-elle si morne et si prévisible que ses proches l'avaient déjà rayée d'office de la catégorie des individus sexuellement actifs ?

— Crois-moi si tu veux mais j'étais bel et bien…

— … occupée à nourrir les poules, je sais. Tu n'es pas obligée de t'inventer une vie sexuelle pour moi. Il se trouve que je connais le coin : il n'y a pas de beaux inconnus sexy à Glensay.

Beth bâilla.

— Je craignais que tu ne sois en montagne avec ton équipe de sauveteurs, dit-elle. Tu es une sœur en or.

— Je sais. Je suis en tout point formidable.

De toute façon, ce n'était pas le meilleur moment pour s'épancher au sujet de Luke. Elle voulait d'abord tirer les vers du nez de sa sœur.

— Tout va bien, Beth ?

— Je ne me suis jamais sentie mieux.

Beth pouffa tout en essayant en vain de boucler sa ceinture de sécurité. Sourcils froncés, Posy l'enclencha à sa place.

— Bethany Butler, serais-tu par hasard ivre morte ?

— Pas le moins du monde. Il en faut plus que quelques verres de champagne pour me mettre en état d'ébriété.

Posy prit le temps d'attacher sa propre ceinture, sans se préoccuper des coups de klaxon furieux qui se déchaînaient dans son dos.

— Quelques verres, tu dis ? Combien, exactement ?

— J'ai oublié de compter. Du champagne gratuit, ça se refuse, d'après toi ? Tu ferais mieux de dégager d'ici avant de finir victime d'un excité du volant. Ce type derrière nous me paraît au bord de la crise cardiaque.

— C'est ce qui arrive quand on fait un syndrome d'attachement pathologique à une place de parking. Tu n'as pas emmené les enfants ?

— Si j'étais venue avec les filles, est-ce que je serais assise là maintenant ? Tu crois que je les ai laissées en dépôt au bureau des bagages égarés ? Pour une fois dans ma vie, je voyage léger : pas de mômes, pas de valises.

Posy poursuivit son interrogatoire avec précaution :

— Tu as décidé de passer plus de temps avec nous à Noël ?

— Voilà. Et j'ai été surclassée par la compagnie aérienne. Je me suis vue soudain dans la peau de Hannah, à mener une vie enfin civilisée.

Beth soupira et ferma les yeux.

— Un choix de bons films, un fauteuil qui s'incline, un écran entre le monde et moi, et des stewards souriants qui se montrent aux petits soins. Tu sais que ça n'arrive plus jamais que quelqu'un s'occupe de moi ? En temps normal, c'est moi qui pourvois aux besoins des autres. Rien ne fait jamais écran entre les enfants et moi, il n'y a pas d'intimité possible. Une mère, c'est l'individu disponible par excellence. Pour la première fois depuis sept ans, j'ai pu aller aux toilettes sans que quelqu'un tambourine à la porte pour obtenir mon attention. Comble du bonheur : je me suis gorgée de chocolat sans qu'on vienne me le ponctionner.

Posy en conclut que l'arrivée prématurée de Beth n'était pas seulement motivée par un désir de passer quelques moments privilégiés dans sa famille.

— Je te préviens que tu partages ta salle de bains avec Hannah à Noël, donc tu peux t'attendre à ce que ça tambourine ferme si tu t'attardes trop.

Beth ne prit même pas la peine d'ouvrir les yeux.

— Je suis sûre qu'elle va annuler. Elle se désiste toujours, de toute façon. « Tu dînes avec nous ce soir, Hannah ? » *Désolée, mais je suis obligée d'annuler.* « Tu viens passer le week-end ? » *Impossible, vraiment, je suis surchargée de boulot.* « Tu passes un moment voir tes nièces, alors ? » *Ah, zut, je ne pourrai pas me libérer.*

Posy songea à toutes les heures que leur mère avait déjà passées en cuisine à préparer des petits plats.

— Si Hannah nous fait faux bond cette année, je la bute.

— Ce serait peut-être plus cool si elle annulait, franchement. Au moins, je ne passerais pas mon temps à dire aux filles de se tenir tranquilles et de faire moins de bruit.

— Quelle idée ! On ne peut pas demander à des enfants de faire silence à Noël. Un sapin sans gamins surexcités autour, ça ne veut plus rien dire.

— Hannah n'aime pas mes filles.

Posy demeura un instant sous le choc.

— Qu'est-ce que tu racontes ?

— Rien. Je dis n'importe quoi. Oublie… Tu penses qu'il y aurait moyen que je vienne squatter chez toi plutôt qu'à Glensay Lodge ?

La première pensée de Posy fut pour Luke.

— Sûrement pas, non.

— Merci. Je t'aime aussi.

— Cela n'a rien à voir avec l'affection. N'oublie pas que je vis dans le grenier à foin qui n'est pas le lieu familial par excellence. C'est un espace à lit unique et il se trouve que je l'occupe.

Elle ne prit pas la peine d'ajouter que le lit en question était le théâtre d'une activité soutenue depuis quelque temps.

— Bon, de toute façon, Hannah n'arrivera qu'au dernier moment, donc ça me laisse un peu plus d'une semaine avec une salle de bains non partagée. J'ai besoin d'un grand lit pour me coucher en travers et occuper toute la place. Je ne me lèverai pas pour Ruby la nuit pendant que Jason continuera de ronfler paisiblement. Plus de sommeil interrompu. Plus de levers à l'aube. La semaine qui vient, ce sera moi, moi et rien que moi.

Posy prit peur. Beth commençait à s'exprimer comme Hannah tout à coup. Et il était hors de question qu'elle se coltine *deux* Hannah à Noël.

Elle sortit du parking et roula vers la sortie de l'aéroport. Il y avait un monde fou partout mais ce serait encore pire dans une semaine. Elle attendit d'être engagée sur l'itinéraire du retour avant de relancer la conversation :

— Qu'est-ce qui se passe, alors, Beth ?

Sa sœur secoua la tête.

— Je ne suis pas obligée de te répondre.

— Tu m'as appelée au secours à l'aide d'un code secret qu'on a cessé d'utiliser depuis l'adolescence et tu m'as suppliée de venir t'exfiltrer de l'aéroport sans que maman l'apprenne. Le moins que tu puisses faire, c'est de me fournir une explication.

— Ça attendra bien quelques heures, non ? Et si tu pouvais réduire légèrement ton allure. J'ai un peu mal au cœur.

— C'est ce qui arrive lorsqu'on boit l'équivalent de son propre poids en champagne.

— Si tu as l'intention de porter un jugement moral, je me vois forcée de te rappeler que la dernière fois que nous avons utilisé notre code secret, c'était le jour de ton dix-septième anniversaire. Tu avais tellement bu que tu ne pouvais plus marcher et c'est moi qui ai manœuvré pour te faire regagner ta chambre sans croiser papa.

Posy eut un sourire en coin.

— Je n'ai pas oublié. Et je ne te juge pas, mais je vais m'arrêter pour te verser un litre de café noir dans le gosier. Il vaut mieux que papa et maman ne te voient pas dans cet état. Et pendant ce temps, tu me raconteras ce qui t'arrive.

L'aéroport était déjà à bonne distance derrière elles et la route était désormais plus sinueuse et plus étroite, bordée de chaque côté par une belle épaisseur de neige accumulée. Posy diminua son allure, redoutant des plaques de verglas.

— J'ai quitté Jason. Voilà ce qui se passe.

Posy réussit non sans mal à éviter de faire un tête-à-queue.

— Oups. J'ai bien cru un instant que tu me disais que tu *quittais Jason*.

— C'est ce que je viens de te dire, oui.

— Mais tu es soûle comme une barrique, donc tu n'es pas toi-même.

— Je ne sais plus qui c'est, « moi-même ». Beth McBride, la reine du rouge à lèvres ? Ou Bethany Butler, épouse et mère ?

Posy estima que la conversation devenait un peu trop ardue, compte tenu des conditions hivernales de circulation.

— Tu ne peux pas cumuler les deux identités ?

— Apparemment, non. Jason me verrait bien vouer le restant de mes jours aux doux plaisirs de la maternité en série. Il fut un temps où je volais haut, dans la sphère professionnelle, mais je me suis écrasée en chute libre et personne n'a remarqué que j'étais restée crashée au sol.

OK. Stop.

Elles traversaient justement un village. Posy jeta un coup d'œil dans le rétroviseur, puis vira brusquement de bord pour se glisser sur une place de parking. Beth, livide, se tenait cramponnée à son siège.

— Hou là. C'est quoi, cette manœuvre de folie ? Mon estomac vient de se retourner si vite que je ne sais plus s'il est à l'endroit ou à l'envers. On peut savoir ce qui se passe ?

— Je m'arrête pour dégriser ma sœur bourrée avec de la caféine à haute dose. Et accessoirement, pour nous permettre de poursuivre cette conversation complexe dans des conditions plus appropriées.

Beth jeta un coup d'œil par la vitre et fit la grimace.

— Je ne suis pas bourrée. Et je n'ai pas envie de m'arrêter ici. Il a l'air sinistre, ton café. On est où, là ?

— Dans un endroit où personne ne nous connaît. Et où la nouvelle que tu débarques ici, seule, ivre et sans bagages, ne se répandra pas comme une traînée de poudre.

La voix de Beth vacilla.

— Je préfère qu'on pousse quand même jusqu'au village. J'ai besoin de me booster le moral et ce bar est sinistre. Tu ne veux pas m'emmener au Glensay Inn, plutôt ? C'est la tradition. On déjeune au Craft Café et on dîne au pub. J'ai envie de m'asseoir devant une vraie cheminée, de parler de tout et de rien en regardant danser les flammes, comme au bon vieux temps. Je veux voir Geoff et les habitués de toujours.

Posy n'avait pas envie de parler de tout et de rien. Le seul sujet qui l'intéressait en ce moment, c'était la crise que traversait sa sœur. Quant à aller voir Geoff et les autres… Elle n'était pas retournée au Glensay Inn depuis le soir où elle avait embrassé Luke en public. Un coup de provoc sans précédent dont elle n'était pas certaine de vouloir assumer les répercussions dans l'immédiat.

— Allez, Posy, s'il te plaît. Tu peux faire ça pour moi…

Avec un léger soupir, elle remit le contact. Il faudrait bien qu'elle affronte les réactions tôt ou tard. Alors autant se jeter dans la gueule du loup pendant qu'elle bénéficiait de la présence de sa sœur.

Sans surprise, elle s'engouffra dans la chaleur accueillante du pub sur fond de rires, d'applaudissements et de coups de sifflet soutenus. Au minimum cinq membres de l'équipe de secours en montagne se tenaient accoudés au bar. Elle vit immédiatement à leurs sourires goguenards que la nouvelle avait dûment circulé dans les foyers.

Embrasser Luke devant toute cette joyeuse bande n'avait peut-être pas été très réfléchi. D'un autre côté, ce baiser n'était rien à côté de ce que Luke et elle fabriquaient depuis lors en privé.

La pensée la fit sourire.

Beth sourit aussi, mais pour d'autres raisons.

— Je ne m'attendais pas à un accueil aussi enthousiaste. Ça fait du bien d'être de retour au pays. Tu sais que tu as de la chance de vivre ici et d'exercer le métier que tu aimes, entourée de gens qui te connaissent et t'apprécient ?

Et qui racontent des tas de trucs sur toi. Te font des petits clins d'œil entendus. Et te vannent sans relâche sur le même sujet jusqu'à ce que tu aies envie de les boxer.

— Viens t'asseoir, Beth.

Stoïque, Posy entraîna sa sœur jusqu'à cette même table qu'elle avait occupée avec Luke quelques soirs plus tôt. L'odeur de feu de bois se mêlait aux notes boisées, entêtantes, du whisky. Apparemment, c'était soirée dégustation au pub et la distillerie locale avait fourni un choix de bouteilles pour que la clientèle puisse découvrir leurs meilleurs single malts – et se laisser tenter par quelques achats, si possible.

Posy avait déjà pris un quinze ans d'âge pour l'offrir à Noël à son père. Ce n'était pas un cadeau très inventif, mais elle savait que Stewart, fin connaisseur, l'apprécierait à sa juste mesure.

Beth s'effondra sur une chaise.

— Oh ! ils ont dressé un sapin de Noël ! J'adore les fêtes.

C'était la soirée de congé de Geoff. Aidan, son fils, se détacha du bar pour venir prendre leur commande.

— C'est sympa de te revoir au pays, Beth. Bienvenue dans les Highlands !

Il se pencha pour l'embrasser gentiment sur la joue. Le jeune Aidan était connu au village pour la masse indisciplinée de ses boucles brunes et pour sa victoire historique au lancer de *haggis* – la célèbre panse de brebis farcie écossaise – à l'occasion d'une compétition sportive d'un genre particulier organisée chaque année dans le secteur. Il avait également pour atout un petit sourire en coin charmeur qui lui valait d'inégalables succès auprès de sa clientèle féminine.

— Tes filles vont bien, Beth ?

Posy vit des larmes monter aux yeux de sa sœur.

— Bien, très bien. Elles ne sont pas avec moi en ce moment et elles me manquent déjà. Ce qui n'est pas très logique, tu me diras, parce que…

— On prendra deux cafés bien serrés, Aidan, s'il te plaît.

Posy regretta de ne pas s'être arrêtée d'office dans la cafétéria impersonnelle de bord de route.

Beth sourit distraitement.

— Pour moi, ce sera un verre de vin, plutôt. Un *grand* verre de vin blanc bien frais. Du sauvignon blanc, si vous avez. Ou alors on se fait une petite folie, Posy, et on s'offre une bouteille de champ à deux ?

— Ni blanc ni champagne, Aidan.

Posy se débarrassa de son manteau.

— Juste du café bien fort et bien noir. Et quelque chose à manger avec.

Aidan hocha la tête.

— Je pourrais vous apporter la carte mais tu connais le menu.

Beth eut un sourire aussi ému que vacillant.

— C'est génial, non ? On n'a même pas besoin de regarder la carte. Et ce sapin est très poétique, entre parenthèses. Tu diras à Geoff qu'il ne manque que le bouquet de gui.

— Ta sœur s'est plutôt bien débrouillée sans gui, l'autre soir.

Posy resta de marbre face au clin d'œil appuyé du barman.

— Tu peux nous apporter deux hamburgers, Aidan ?

— OK. Ça roule. Sans tomate pour toi, Beth, c'est ça ?

— Tu t'es souvenu que je n'aime pas les tomates ? Oh ! Aidan…

Beth se leva pour lui jeter les bras autour du cou.

— Tu ne peux pas imaginer comme ça me touche que tu saches ça de moi. Je suis tellement heureuse d'être ici !

Visiblement interloqué, Aidan lui tapota le dos.

— Nous sommes très attachés à la satisfaction de notre clientèle, au Glensay Inn. Et on est toujours très heureux de te revoir par ici, Beth.

Là-dessus, il fila se réfugier en cuisine, pressé de diffuser la nouvelle qu'il se passait des choses étranges du côté des sœurs McBride.

Beth retomba sur sa chaise.

— Tu ne trouves pas ça merveilleux que les gens qui t'entourent soient au courant de tout ce qui te concerne ?

— *Non*. C'est quelque chose qui m'insupporte au plus haut degré.

Posy commençait à regretter de ne pas avoir commandé autre chose que du café. Serait-ce hypocrite de sa part de demander une bière tout en obligeant sa sœur à ne siffler que des petits noirs ?

— Ça voulait dire quoi, l'allusion d'Aidan, au fait que tu te passais de gui ?

— Aucune idée.

Du coin de l'œil, elle vit Rory Wilson, l'entraîneur de leur équipe de sauveteurs, se détacher du bar pour déambuler jusqu'à leur table. Il salua Beth chaleureusement puis vint lui taper sur l'épaule.

— Alors, Posy ? Il paraît que tu découvres l'Amérique ?

— Très drôle. Je viens de retrouver ma sœur que je n'ai pas revue depuis un an, Rory. On aura le temps de causer la semaine prochaine.

— Pense à ne pas trop dilapider ton énergie d'ici là. Il t'en faudra pour l'entraînement en montagne.

OK. Cette fois, elle avait retenu la leçon : ne *jamais* se donner en spectacle devant la clientèle du pub local.

Posy n'avait pas envie de laisser les racontars villageois gâcher son histoire avec Luke. À supposer, bien sûr, qu'on puisse parler d'une « histoire » entre eux. Pour lui, c'était peut-être juste sexuel. Cette attirance entre eux était-elle de l'espèce qui aboutit à quelque chose de durable ? Ou se résumerait-elle à une envolée hormonale transitoire ?

— Rassure-toi, Rory. J'ai de l'énergie à revendre. Et tu pourras dire aux autres de se calmer, parce que les grosses vannes lourdingues, ça va bien un moment, mais là, je sature. Et crois-moi, il paraît que je suis mauvaise quand je m'énerve. Sans parler du fait que Bonnie a tendance à mordre les gens qui me contrarient.

— Allez va… On est tous très contents pour toi, en fait. Il était grand temps que tu rencontres quelqu'un.

Avec un sourire en coin, Rory retourna se joindre au petit groupe agglutiné au bar. Beth cligna des yeux.

— Parce que tu as rencontré quelqu'un ?

Posy se pencha vers elle.

— Parle-moi de Jason. Qu'est-ce qu'il t'a fait ?

— Rien.

— Si tu es venue jusqu'ici sans enfants et sans valises, c'est qu'il y a une raison. Il a dû se passer quelque chose.

— Pas forcément. C'est parce qu'il ne se passe rien que je suis partie, en fait.

— On ne quitte pas un homme qui n'a rien fait.

— Ne rien faire peut être un tort comme un autre.

Beth se tassa sur sa chaise.

— Je veux dire que Jason ne remue pas le petit doigt, avec les enfants. Il arrive comme un prince quand la journée est finie, se précipite voir les filles au lit alors que je viens de mettre deux heures à les coucher, passe dix minutes à faire des danses de Sioux avec elles, provoque un état de surexcitation incontrôlable, puis se colle devant un écran et me laisse le soin de me remettre à les calmer.

— Tu quittes ton mari parce que Melly et Ruby sont contentes de voir leur père le soir ?

— Tu recommences à me critiquer ? Je te préviens que je sors d'ici et que je rentre à pied.

Posy ne jugea pas utile de répliquer à sa sœur que celle-ci n'était pas en état d'aller où que ce soit avec la quantité d'alcool qu'elle avait dans le sang.

— Je ne te critique pas, j'essaie de comprendre. À ma connaissance, Jason et toi, vous formiez un joli couple. Solide. Heureux. Je vous ai toujours vus respectueux l'un de l'autre.

Posy était horrifiée. Elle avait cru dur comme fer que Beth vivait une existence équilibrée et sans nuage. L'idée qu'elle puisse être malheureuse ne l'avait jamais effleurée.

— Hannah est au courant ? Tu en as parlé avec elle ?

— Parce que tu crois que c'est vers Hannah qu'il faut se tourner dans une phase de tourmente conjugale ? La seule relation de couple durable qu'elle connaisse, c'est avec son ordinateur portable. Elle ne sait pas ce que c'est d'être amoureuse et encore moins ce que ça peut donner lorsque l'amour tourne mal.

— Rien ne t'empêchait de m'appeler, moi. Quand cette crise a-t-elle commencé ? Il s'est passé quelque chose de particulier ?

Beth plongea sa tête entre ses mains.

— On a eu une dispute horrible, avec Jason. Je ne veux pas avoir un autre bébé.

— Un bébé ?

Posy jeta un regard inquiet par-dessus son épaule mais le niveau sonore du pub était remonté à la normale et personne ne semblait leur prêter attention.

Beth releva la tête.

— Je ne pourrais pas, non. Ça ne passerait pas.

Elle s'enfouit de nouveau le visage dans les paumes au moment où Aidan arrivait avec leurs assiettes.

Il marqua une hésitation.

— Si Beth préfère ne pas manger de hamburger, on peut…

— Si, si, elle veut son hamburger, Aidan. Merci.

Posy lui prit les assiettes des mains.

— Ne t'inquiète pas pour nous. Je m'occupe du reste.

— Le problème, ce n'est pas le hamburger mais c'est la grossesse, s'éleva la voix étouffée de sa sœur.

Aidan ouvrit de grands yeux et Posy résista à la tentation de se prendre la tête entre les mains à son tour.

— Ne fais pas attention à ce qu'elle raconte.

Elle fit signe à Aidan de s'éloigner et donna un petit coup de coude à Beth.

— Redresse-toi. Je ne peux pas discuter avec toi si tu ne relèves pas la tête. Et les gens te regardent.

— Je m'en fous que les gens me regardent.

— Moi je ne m'en fous pas. Et je continue de vivre ici toute l'année, ne l'oublie pas. J'ai déjà assez de problèmes de rumeur publique comme ça. Tu es en train de me dire que tu es enceinte, c'est ça ?

— Enceinte ?

Beth se redressa.

— Non, pas du tout. Ou du moins, je n'espère pas.

— Alors où est le problème ?

Posy poussa la tasse de café dans sa direction.

— Sois gentille et bois-moi ça. Si tu ne dessoûles pas un peu, tu continueras à tenir des propos incohérents.

Beth but une gorgée de café, puis commença à raconter dans le plus grand désordre. « Jason rêve d'un troisième enfant. Moi je veux recommencer à travailler, avoir un peu de temps pour moi… Horrible dispute… impression d'être la pire des mères… Peut-être que Jason va se barrer de la maison… Ou il va tuer les filles… »

— En aucun cas, il ne tuera pas les filles. C'est leur père ! Il les adore, ses deux poupettes.

Posy était à présent frappée par la pâleur et l'épuisement de Beth. Son cœur se serra. Malgré la distance géographique, Beth et elle étaient proches. Elles ne se voyaient pas souvent, mais elles communiquaient régulièrement par téléphone, mail ou appel vidéo. Et à aucun moment Beth n'avait laissé entendre qu'elle traversait une crise majeure.

Cela dit, en y réfléchissant bien, elle cachait aussi pas mal de trucs à sa sœur de son côté.

— Pas les tuer exprès, mais par accident. S'il oublie la Ventoline de Ruby…

— Au pire, elle fera une crise d'asthme et il sera obligé de la conduire aux urgences. Tu peux être sûre qu'après cela il n'oubliera plus jamais. Mais je suis persuadée qu'il s'en tire très bien.

— Quand il s'agit des filles, c'est toujours moi qui suis chargée de tout prévoir.

— Ça ne veut pas dire qu'en cas de nécessité il soit incapable de prendre la relève.

Posy repensa à ce que sa sœur venait de lui révéler.

— Reprenons le problème à la base : donc, en gros, Jason veut un enfant et toi un boulot ?

— C'est exactement ça. Il pense que mes journées consistent à me faire faire des manucures et à traîner sur le canapé en feuilletant des magazines.

Beth reposa sa tasse de café et s'intéressa au contenu de son assiette.

— J'aimerais autant que tout ceci reste entre nous, Posy. Maman est toujours stressée à Noël. Je ne voudrais pas qu'elle se rende compte que la famille Butler est en pleine décomposition.

— Elle ne pourra que constater que tu es ici sans Jason et sans les filles. Sans parler de l'absence des deux valises.

— J'ai prévu de lui dire que je suis venue plus tôt pour passer un peu de temps avec elle et pour lui donner un coup de main avant l'arrivée des enfants. C'est du boulot pour elle de nous avoir tous à la maison.

Posy n'en doutait pas. Mais elle savait aussi que Suzanne ne goberait pas cette explication.

— Pourquoi ne pas dire les choses franchement, plutôt ? *Maman, je n'ai pas envie de reprendre le Craft Café.*

Tu es une hypocrite, Posy. Rien qu'une hypocrite.

— Je ne veux pas qu'elle s'inquiète. Elle se fait déjà assez de souci pour Hannah. Je te donne une part de mon burger ?

— Euh non, ça va, merci. J'ai le même dans mon assiette.

— Désolée. À la maison, il faut toujours que je partage tout ce que je mange. Les céréales au petit déjeuner. Les smoothies. Les glaces. Tout. C'est tellement devenu un réflexe que j'ai proposé à mon voisin d'avion de prendre la moitié de mon saumon fumé. Il a dû croire que j'étais folle.

— Ou généreuse.

Posy décida de remettre à plus tard la question de leur relation avec leur mère.

— Au lieu de claquer la porte, as-tu pensé à dire à Jason que tu étouffes dans ta vie actuelle ?

— Tu crois vraiment que je serais là s'il y avait eu moyen de s'expliquer calmement ? Il ne comprend rien à rien. C'est pour ça que je l'ai laissé se dépatouiller seul une semaine avec les filles. Mais connaissant Jason, il va les fourguer à sa mère et basta.

— Tu *adores* sa mère.

— La question n'est pas là. Avec Alison, les filles seront nourries de façon optimale et arriveront à l'heure à leur cours de danse. Mais Jason ne saura toujours pas à quel point ça peut être tuant de passer ses journées à s'occuper d'enfants.

— Pourquoi as-tu envie de retravailler ?

— Parce que je m'éteins. Je deviens ennuyeuse comme la pluie. Qu'est-ce que j'ai encore, comme conversation ? Mes compétences se résument à jouer au pompier ou à la princesse.

Posy prit une bouchée de son hamburger.

— Tu n'es pas ennuyeuse comme la pluie. Enfin là, maintenant, c'est vrai que tu es un peu chiante. Mais normalement, non.

— Merci bien !

— Je suis ta sœur, donc je suis censée être franche. Résumons-nous : tu as décidé de venir ici, seule et sans bagage, pour méditer sur ton avenir ?

— Je veux vivre une autre vie que la mienne et voir ce que ça donne. Prendre *et* le fromage *et* le dessert.

— Hein ? Je ne comprends rien à ce que tu racontes.

— Hannah sillonne la planète en première classe. Elle vogue dans les hautes sphères, gagne grassement sa vie, possède un appartement avec une vue à tomber raide.

— Une vue dont elle ne profite jamais puisqu'elle ne voit le monde qu'à travers un hublot d'avion.

L'appétit momentanément coupé, Posy reposa son burger.

— Non, sérieux, Beth ? Tu *envies* Hannah ?

— Elle n'a de comptes à rendre à personne. Non seulement les gens l'écoutent quand elle parle, mais le moindre mot qu'elle prononce vaut de l'or. Elle peut aller chez Bloomingdale's et parcourir les rayons sans avoir à empêcher ses enfants de toucher à tout ce qui passe à leur portée. Quand elle mange quelque chose de bon, personne ne lui demande de partager. Oui, franchement, je l'envie. Ça t'étonne ?

Posy, qui n'avait jamais envié leur sœur aînée, en resta un instant sans voix.

— Donc tu aimerais vivre comme *Hannah* ?

— J'aimerais être libre comme elle. Ça ne te paraît pas logique ?

— Pas vraiment. Mais c'est probablement parce que tu as bu et que je suis sobre. Mange !

— J'ai eu un entretien pour un boulot et Jason ne m'a même pas demandé comment ça s'était passé.

Beth joua avec la feuille de salade dans son assiette.

— On s'est balancé des trucs odieux à la figure et avant que j'aie eu le temps de réaliser ce qui se passait, je me suis retrouvée dans un taxi, en route pour l'aéroport. Qu'est-ce qui ne va pas chez moi, Posy ? Pourquoi suis-je incapable d'aimer ma vie telle qu'elle est, à la différence de toi et de Hannah ?

Mal à l'aise, Posy s'agita sur sa chaise.

— Il arrive à tout le monde de remettre ses choix de vie en question.

— Mais toi, par exemple, tu te sens en adéquation avec tes goûts, avec tes choix. Le premier souvenir d'enfance que j'ai, c'est toi en train de grimper sur un truc. D'abord ça a été la table de cuisine, puis la commode, et papa t'a emmenée faire du bloc aussi sec. Tu t'en souviens ?

Des images très vagues flottaient dans la tête de Posy.

— Je crois que je me souviens du rocher mais pas de notre père.

— Je revois encore la scène parce que Suzanne était avec nous et qu'elle s'est disputée avec papa.

Le regard de Beth se perdit dans les flammes.

— Je l'entends encore qui disait : « Rob, tu ne peux pas demander à une gamine de trois ans de faire de l'escalade sur bloc. C'est beaucoup trop dangereux. » Lui, il s'est juste marré et il t'a fait grimper quand même.

Posy fronça les sourcils.

— Et maman ? Elle n'était pas présente ?

— Si. Mais pour elle, papa, c'était le dieu vivant de la grimpe. S'il disait quelque chose, c'était parole d'évangile. « Faites ce que vous dit votre père. » C'était son mantra.

Posy trouvait frustrant d'être incapable de faire remonter

le moindre souvenir de leurs vrais parents. Tout ce qu'il lui restait d'eux, c'étaient des photos.

— Et Hannah, elle était où ?

Beth tripota sa tasse de café vide.

— Ils la laissaient toujours dans le camping-car avec un bouquin quand on partait en montagne. Suzanne lui tenait parfois compagnie, parce que ça ne lui plaisait pas qu'elle reste seule aussi longtemps à son âge. À l'époque, je n'en pensais rien de particulier parce que c'était notre normalité à nous. Mais maintenant que j'ai des enfants, je me demande comment ils pouvaient prendre des risques pareils. Jamais, je ne partirais en laissant une gamine de huit ans larguée seule en pleine nature. Rien que de penser à ce qui aurait pu arriver, j'en ai la chair de poule. Je me souviens de papa qui t'exhibait devant ses copains et qui vantait ton talent pour grimper partout. Tu as tout de suite été sa préférée et il ne s'en cachait pas.

Posy changea de position sur sa chaise. Entendre cela la mettait mal à l'aise.

— Je ne me suis pas portée candidate pour le poste de chouchoute. Je ne crois pas du moins.

— Ce n'était pas ta faute, mais la sienne. C'est seulement quand tu deviens parent à ton tour que tu te rends compte à quel point il est cruel d'élever ses enfants comme papa le faisait. Je suis toujours très attentive avec les filles à ne pas faire de favoritisme. Et Jason aussi, d'ailleurs.

Beth bâilla en terminant son hamburger.

— Je crois qu'il va falloir que je t'emprunte un pyjama, au fait.

Posy plongea la main dans sa poche et en extirpa de quoi régler la note.

— Je peux te proposer au choix un motif lamas ou un petit semis de licornes.

— Je serais plutôt portée sur la lingerie de luxe, mais bon… Ce serait à moi de payer, non ?

— Non, laisse.

Posy s'avança vers le bar et remit la somme requise à Aidan.

— À bientôt, Aidan.

— Ça va aller, pour Beth ?

— Bien sûr que ça va aller.

Aidan regarda Beth progresser en direction de la porte d'une démarche indécise.

— Tant mieux. Et c'est sympa de t'être privée d'alcool pour lui tenir compagnie. Elle en a pour neuf mois d'abstinence.

— Neuf mois d'abstinence ?

— Elle a bien parlé de grossesse, non ?

Posy ferma brièvement les yeux.

— Aidan…

— Oui ?

— Tu veux bien faire quelque chose pour moi ?

Il eut un sourire jusqu'aux oreilles.

— Sans problème. Ouah, Posy… T'es drôlement affectueuse avec les gars en ce moment.

— Pas ce genre de *quelque chose*-là, non. Approche-toi.

Elle se pencha par-dessus le bar et lui fit signe de s'avancer. Il haussa un sourcil.

— Tu vas m'embrasser en public ?

— Non. Je vais te dire quelque chose à l'oreille que je n'ai pas envie que tout le bar entende. Je sais que c'est juste une perte de temps car il est impossible de garder un secret dans ce foutu village, mais comme je suis une fille optimiste, je continue d'espérer quand même.

Aidan approcha sa tête de la sienne.

— C'est quoi alors, le secret ?

— Beth n'est *pas* enceinte et ce serait sympa si tu pouvais garder le silence sur le fait qu'elle ait prononcé le mot « grossesse ».

— Ah bon ? Elle n'est pas enceinte ?

— Pas de bébé en vue, non.

— Mais alors pourquoi le café ? D'habitude, elle commande du vin.

— D'habitude, d'habitude… Ça peut changer, les habitudes !

Elle ne voulait pas ternir la réputation de Beth en divulguant que sa sœur avait déjà un sérieux coup dans l'aile.

— Merci pour cette petite conversation entre amis, Aidan.

— C'est quand tu veux, Posy. Et si l'envie de m'embrasser te prend, tu peux aussi. Même devant tout le monde.

— C'est effectivement un service optimum que vous offrez à la clientèle, dans ce pub… Merci, Aidan, lança-t-elle en lui tapotant la joue.

Elle arracha Beth à la conversation animée qu'elle venait de nouer avec des inconnus et la poussa hors du pub. Sa sœur se dirigea vers la voiture en chancelant.

— J'ai hâte de voir les parents. Ils seront à la maison ?

— Pas ce soir, non. Notre père donne une conférence sur la survie en montagne et notre mère est au café avec ses copines du club tricot. Et si tu veux mon humble avis, il vaut peut-être mieux que tu les voies demain, lorsque tu auras les idées dé-champagnisées.

— Tu as peut-être raison. J'ai une brosse à dents, au fait.

— C'est une bonne nouvelle.

— En première classe, ils te donnent tout ce que tu leur demandes. Sauf un pyjama et une nouvelle vie.

Posy casa sa sœur sur le siège passager et se pencha pour lui mettre sa ceinture.

— Tu n'as pas besoin d'une nouvelle vie. Juste de remodeler un peu l'ancienne.

— Je pourrai faire une descente dans tes placards ?

— Tu dis toujours que ma garde-robe est une abomination.

— Elle est assortie à ton *life style*.

— Si c'est une insulte, tu peux la garder pour toi.

Posy fit ronfler le moteur.

— Tant que tu n'espères pas de grandes marques, on devrait pouvoir t'habiller pour la semaine. Maman a dû te tricoter un pull pour Noël. Tu ouvriras ton paquet avec un peu d'avance.

Beth parut inquiète.

— Un pull ? Du genre rugueux qui gratte ?

— Les gens paient une fortune pour acheter les « Créations de Suzanne ». Je ne crois pas qu'elle soit dans une phase laine-écolo-qui-gratte.

— Et le motif du pull ? Genre renne souriant ? Père Noël hilare ?

— Cela fait au moins vingt ans qu'elle ne tricote plus de pulls moches. Tout ce qu'elle fait ces derniers temps est très beau, je dois dire. La dernière fois que je l'ai vue avec des aiguilles à la main, elle s'était attelée à un gilet violine en cachemire tout doux.

Elle sortit du parking du pub, attentive à rouler à faible allure sur l'asphalte gelé.

— Tu te souviens de l'année où elle nous avait tricoté à toutes les trois des pulls « bonhomme de neige » assortis ?

— Oui, je me rappelle. Hannah avait réussi à enfiler le sien à la chèvre parce qu'elle avait peur que sa biquette prenne froid.

Posy se demanda si ces Noëls d'antan avaient été aussi joyeux et insouciants qu'ils apparaissaient dans ses souvenirs. Peut-être que sa mémoire sélective avait gommé les tensions, la tristesse, la douleur ?

— Noël avait été super, cette année-là… Et tu as raison, au fait. Il vaudrait mieux que je parle à maman.

Beth se cala contre l'appuie-tête.

— Je ne sais pas encore ce que je veux, mais je sais ce que je ne veux pas et ne voudrais jamais, en revanche.

— Un pyjama avec des lamas ?

Le regard tourné vers la vitre, Beth secoua la tête.

— Non. Un bébé. Je n'aurais pas la force de mettre au monde et d'élever un troisième enfant. Lequel troisième enfant fait partie intégrante du projet de vie de Jason. C'est explosif comme situation, non ? Je ne suis pas persuadée que notre petite famille résistera à la crise, Posy. Pas persuadée du tout, même…

Chapitre 11

Suzanne

Suzanne souriait, sensible à la joyeuse harmonie sonore née du brouhaha de la conversation et du cliquetis des aiguilles à tricoter.

Le café était fermé au public, mais l'ambiance n'était pas moins vivante et chaleureuse qu'en journée. Avec une nuance d'intimité en plus, parce que d'authentiques relations d'amitié liaient les quelques femmes présentes. Les guirlandes lumineuses qui entouraient les fenêtres et la chaleur du poêle à bois dans le coin de la pièce créaient une atmosphère réconfortante et festive.

Mais la déco ne faisait pas tout, songea Suzanne. Le sel de ces soirées, c'était la force de l'amitié qui s'était nouée entre elles toutes au fil des années.

— Tes bonnets bleus se vendent comme des petits pains, Rhonda. Je frise la rupture de stock.

Elle attrapa un nouvel écheveau tout en vérifiant que ses tricoteuses étaient servies en boissons chaudes et en gâteaux. Les soirs où elle organisait ses ateliers créatifs, Posy et elle rassemblaient plusieurs tables pour qu'elles puissent s'asseoir toutes ensemble. Ainsi la conversation restait générale et personne ne se sentait à l'écart.

— C'est parce qu'il fait un froid de canard que mes bonnets se vendent. J'en aurai vingt de plus à t'apporter vendredi. Tu auras de quoi te réassortir.

— Tu es merveilleuse.

— Avec le temps qu'il fait, je ne suis pas mécontente d'avoir de quoi m'occuper les mains, lui assura Rhonda.

Et c'est toi qui es merveilleuse. Sans ton café-boutique, je ne vendrais jamais le moindre bonnet. Le Craft Café est devenu une destination prisée, et à l'international ! J'ai frémi pour toi quand j'ai vu cet énorme car garé sur le parking, samedi dernier. Ils te sont tombés dessus à combien, cette fois ?

— Quarante-cinq touristes ont déferlé d'un coup. Des Américains qui voyagent en Écosse. Il a fallu que je sorte quelques chaises supplémentaires et on s'est trouvé à court de *shortbreads*. Mais ça s'est passé dans la bonne humeur.

Elle avait toujours aimé avoir du monde en abondance autour d'elle. Quand il y avait de la place pour un, il y en avait pour dix.

— Par chance, ils m'avaient prévenue de leur arrivée.

— Tu fais partie des étapes sélectionnées par les tour-opérateurs, à présent ?

— J'ai l'impression, oui. Tant mieux, parce qu'ils ont dévalisé quasiment tout mon stock en moins d'une heure. Tout ce qui est tartan a été pris d'assaut, ils ont dépensé une fortune au café et ont acheté presque tous mes livres d'occasion. Surtout les histoires sentimentales où on voit un héros des Highlands à moitié nu sur la couverture.

— J'aimerais bien en voir passer un de temps en temps, moi, d'homme qui se balade à moitié nu en hiver par ici.

Maggie avait le rire le plus joliment grivois que Suzanne ait jamais entendu. Elles avaient fait connaissance toutes les deux dès la première semaine de son arrivée à Glensay, et c'était grâce à Maggie qu'elle avait fait ses premiers pas dans sa nouvelle vie de sédentaire au cœur des Highlands.

Avant d'épouser Stewart, Suzanne avait connu une existence en grande partie nomade. Formée comme guide de montagne, elle dormait sous la tente ou en camping-car et passait rarement deux nuits de suite au même endroit.

Puis tout avait basculé d'un coup.

Elle s'était retrouvée avec une promesse à tenir et trois orphelines brisées sous son aile.

Après avoir vécu par et pour la montagne, elle avait

dû tracer un trait définitif sur un mode de vie itinérant où « cuisiner » un repas consistait à faire chauffer un fond d'eau sur un réchaud pour le verser sur des nouilles lyophilisées, où « faire la lessive » se résumait à frotter quelques culottes et un T-shirt dans l'eau glacée des torrents.

Du jour au lendemain, il avait bien fallu revoir son mode de vie de A à Z et créer un foyer – quelque chose qu'elle n'avait jamais connu et dont elle n'avait jamais eu l'expérience étant enfant.

« Tu n'es pas obligée de chambouler ta vie de fond en comble, Suzanne. »

Mais elle avait été résolue à le faire.

L'existence qu'elle avait menée jusque-là n'était pas compatible avec une vie de famille. Pas à ses yeux, en tout cas. Pour Cheryl, cela avait peut-être fonctionné, mais pour elle, c'était inenvisageable.

Elle ne pouvait rendre leurs parents aux filles, mais il lui était au moins possible de leur offrir une forme de stabilité.

Il y avait eu des moments tendus, compliqués, où elle s'était demandé si l'amour de Stewart serait assez solide pour résister à tant de complications majeures. Mais il avait traversé les crises de la même façon qu'il affrontait les tempêtes en montagne : avec un inaltérable bon sens et un calme à toute épreuve.

Suzanne avait accepté sans hésiter de quitter l'état de Washington pour l'Écosse, sachant qu'ils bénéficieraient du soutien de la famille de Stewart. Au début, ils avaient loué un cottage dans la périphérie de Glensay, où les parents de Stewart étaient propriétaires d'un petit café.

En tant que guide de montagne et alpiniste, Stewart avait tout de suite trouvé un emploi au Glensay Adventure Centre, pendant que Suzanne s'était chargée de meubler leur nouveau lieu de résidence avec un budget plus que serré. Pendant que Stewart passait ses journées au grand air, elle avait appris à cuisiner sur le tas tout en courant les brocantes et autres marchés aux puces pour tenter de transformer leur maison de location en un lieu vaguement accueillant.

Dire qu'elle ne s'était pas sentie à la hauteur de sa tâche aurait été un euphémisme. Le défi lui avait paru impossible à relever, il lui manquait les compétences les plus élémentaires. La plupart des femmes disposaient de neuf mois pour se préparer à la maternité. De son côté, elle s'était retrouvée en charge du jour au lendemain de trois enfants d'âges différents. Et sans mode d'emploi joint.

Un mois après son arrivée en Écosse, Suzanne s'était réfugiée dans une petite boutique locale pour s'abriter du froid glacial, attirée par un très beau pull accroché en vitrine.

La gérante s'était approchée alors qu'elle regardait le vêtement avec admiration.

— La couleur serait vraiment très bien sur vous.

Avec trois filles à élever, Suzanne n'avait pas d'argent à mettre dans ce genre d'article de luxe.

— Mon budget ne me permettrait pas de l'acheter, malheureusement.

— Mais il n'est pas à vendre ! Je l'ai juste accroché là pour que les gens voient ce qu'il donne, une fois terminé.

— C'est vous qui avez tricoté ça ?

Suzanne nota enfin l'arc-en-ciel de pelotes qui couvrait tout un mur derrière elle. Elle était entrée par mégarde dans un magasin de laine en croyant mettre les pieds dans une boutique de vêtements.

— Vous ne tricotez pas ? Je vous conseille d'apprendre. C'est une bonne façon d'apprivoiser l'hiver des Highlands.

La femme qui devait avoir environ son âge lui sourit.

— Vous êtes Suzanne, la belle-fille d'Elsie McBride, n'est-ce pas ? Avec Stewart vous avez pris en charge ces trois pauvres gamines qui ont perdu leurs parents.

La marchande de laine plaignait-elle les trois orphelines d'avoir écopé d'une mère adoptive incapable de manier des aiguilles à tricoter ?

Mais c'était avec un franc sourire que Maggie lui avait tendu la main.

— Margaret Cameron. Enchantée. Mes amies m'appellent Maggie.

Suzanne et elle étaient rapidement devenues amies et elle avait été conviée aux soirées tricot que Maggie organisait chez elle. Au début, elle était surtout venue pour le plaisir de la compagnie et l'opportunité de demander des conseils domestiques de tous ordres. Mais, peu à peu, elle avait découvert les vertus thérapeutiques des aiguilles. La première fois qu'elle avait tricoté un pull pour Posy, elle avait eu le sentiment de réussir un exploit. Peu lui importait les mailles irrégulières et le bord pas tout à fait droit. Elle avait fabriqué ce vêtement de ses mains ! Sa réussite fut d'autant plus gratifiante que Posy adopta le pull et ne voulut plus le lâcher. Elle avait même dormi dedans jusqu'à ce qu'il soit tout troué et immettable.

Au bout de quelques années, Maggie avait renoncé à vendre de la laine et s'était consacrée au tricot en exclusivité. Lorsque Suzanne avait repris le café des parents de Stewart, elle avait aménagé un petit coin où elle avait mis en vente un assortiment coloré de pulls, d'écharpes et de bonnets que les clients, très vite, s'étaient arrachés. Comme elle manquait régulièrement de stocks, elle avait commencé à proposer aussi du miel de bruyère et de la confiture de whisky. Mais la demande continuant à excéder l'offre, elle avait investi une partie de ses profits pour agrandir. Les clients du café étaient presque toujours tentés de descendre les deux marches qui menaient à la boutique. Et les visiteurs repartaient rarement sans avoir goûté une part du gâteau maison du jour ou bu un bon cappuccino mousseux.

Suzanne avait connu d'innombrables lieux, mais Glensay était le premier – et le seul – où elle avait souhaité poser ses valises. Elle était devenue membre à part entière d'une communauté qui l'avait adoptée sans réserve. Alors qu'elle avait débarqué là en parfaite étrangère avec ses trois gamines tristes et perdues, au tout début d'un rude hiver écossais, elle avait été accueillie comme une enfant du pays. À Glensay, elle avait trouvé sa place. Elle ne pouvait imaginer vivre ailleurs que dans ce fond de vallée, avec ces gens profondément bienveillants qui la considéraient comme une des leurs.

— Comment va la jambe de Doug, Rhonda ?

— Elle le fait souffrir, avec ce froid. Mais tu crois qu'il irait voir un médecin ? C'est une vraie tête de pioche, mon mari.

— Je ne sais pas ce qu'ils ont, les hommes, avec les médecins, soupira Maggie. Même s'il avait la jambe détachée du tronc, mon Pete hésiterait encore à consulter. Tu es bien silencieuse ce soir, Suzy. Tu ne veux pas nous dire ce qui te tarabuste ? Tu t'inquiètes au sujet de Hannah ?

Même si, d'après Posy, la moindre nouvelle au village circulait à une vitesse supérieure à celle de la lumière, Suzanne savait que rien de ce qu'elle dirait ce soir ne sortirait de la pièce.

Leur groupe était toujours resté soudé et elles s'étaient soutenues mutuellement à travers les épreuves, petites et grandes, que ce soit la maladie, le chômage, le divorce ou la perte d'un être cher.

À quoi aurait ressemblé sa vie sans ces femmes ? Suzanne ne pouvait même plus l'imaginer. Dès le début, elle avait cessé de consulter les livres de cuisine et les manuels d'éducation, préférant demander conseil à ses amies. Armées de leur propre expérience, elles avaient partagé leurs solutions pour les problèmes de caprices ou de sommeil, les crises d'adolescence et les crises tout court.

Dès que quelque chose ne tournait pas rond, elle s'adressait à « ses tricoteuses », comme elle les appelait. Et ce soir, une inquiétude la taraudait.

— Pour une fois, ce n'est pas Hannah, répondit-elle en attrapant un écheveau. Beth a débarqué ici il y a quelques heures. Et c'est un bonheur de l'avoir, bien sûr, mais on ne l'attendait pas avant la semaine prochaine.

Or Beth n'avait *jamais* été imprévisible. Elle ne manquait jamais un anniversaire et était une mère fiable et organisée. C'était tout juste si elle ne lui téléphonait pas avant pour annoncer qu'elle allait l'appeler !

— Je l'ai vue, ta fille, tout à l'heure.

Rhonda se leva pour se masser les épaules et s'étirer après cette longue station assise.

— Elle était en voiture avec Posy. Je les ai croisées en venant ici.

— Posy est allée la chercher à l'aéroport. Elle m'a appelée tout à l'heure pour me dire que Beth était là, et qu'elles allaient au pub pour papoter entre filles.

— Tu dois être contente d'avoir Melly et Ruby à la maison plus longtemps que prévu.

— Les filles sont restées à New York avec Jason. Ils rejoindront Beth plus tard.

Suzanne l'espérait, du moins.

— Beth a peut-être juste besoin de prendre un peu de temps pour elle-même, tu ne crois pas ?

Rhonda se rassit et reprit son tricot, l'air pensif.

— Avec des enfants de cet âge, on n'a jamais un moment pour soi et c'est éreintant à la longue.

Suzanne hocha la tête.

— C'est probablement l'explication, oui.

Elle posa son tricot sur la table. Elle avait laissé un message sur le répondeur de Stewart en lui demandant de s'assurer que tout allait bien pour Beth, si jamais il rentrait à la maison avant elle.

— De mes trois filles, c'est Beth qui a toujours été la plus stable. Il n'y a jamais eu la moindre complication avec elle.

— Ne t'avance pas trop vite, ça peut encore arriver. Avec les enfants, il ne faut jamais crier victoire trop tôt. Juste quand tu te dis que tu peux respirer et qu'ils ont trouvé leur voie, ils t'annoncent un truc que tu n'as pas vu venir. Je me souviens quand Alice m'a déclaré tout à trac que Will et elle divorçaient.

Suzanne eut un vacillement d'inquiétude. Y aurait-il un problème sérieux entre Beth et Jason ? Non, sûrement pas. Ils s'adoraient, tous les deux. Elle n'avait jamais rien remarqué d'inquiétant sur ce plan-là.

— Franchement, je tomberais des nues si Beth m'annonçait qu'ils traversent une crise de couple.

— Bon, là-dessus, il nous faut un verre de vin.

Maggie abandonna son tricot pour se diriger vers le réfrigérateur. Elle revint avec une bouteille de sauvignon blanc et des verres à pied sur un plateau.

— Puisqu'il s'agit de Beth et non de Hannah, pourquoi ne pas lui poser directement la question ? Ou peut-être que Stewart pourrait lui parler ? Beth et lui ont toujours été très proches.

— Il donne une conférence ce soir pour un groupe de jeunes qui veulent se former aux métiers de la montagne. Elle sera probablement couchée quand il rentrera.

— Et Hannah arrive quand ?

— Le 24 seulement.

Suzanne alla chercher un tire-bouchon.

— L'année dernière, elle a préféré ne pas venir. Cette fois, je vais me surveiller de près et essayer de ne pas être trop étouffante.

— Tu devrais arrêter de faire tant d'efforts, Suzanne. Et si tu profitais tranquillement des fêtes, pour une fois ?

— J'aimerais tellement voir Hannah heureuse.

Elle versa le vin blanc et servit ses amies. Rhonda leva son verre.

— Dieu sait que tu t'es toujours décarcassée pour Hannah. Je ne connais pas beaucoup de mères qui en auraient fait autant… Parfois je me dis que nos enfants nous ont été envoyés dans le seul but de nous rendre folles d'angoisse. Regarde ma fille Rose : elle est médecin, elle gagne plus que confortablement sa vie, et maintenant elle parle de tout laisser tomber, de reprendre des études et d'enseigner en maternelle !

Elaine leva les yeux de son tricot.

— Je pense que Rose ferait une super instit.

— Arrête. Tu sais combien de temps ça dure, des études de médecine ?

— Et alors ? Tout ce qu'on veut pour eux, c'est qu'ils soient heureux, non ?

Beth était-elle heureuse ?

Suzanne avait toujours pensé que c'était le cas, mais elle avait soudain un doute. Quelque chose – une crise ? – l'avait amenée ici une semaine plus tôt que prévu. Mais peut-être rien de trop sérieux ? Maggie avait raison. Ce serait une bonne idée que Stewart parle avec elle. Si quelqu'un pouvait l'amener à leur expliquer la véritable raison de son arrivée prématurée en Écosse, c'était lui.

Chapitre 12

Beth

Lorsque Beth ouvrit les yeux, le soleil d'hiver brillait de tous ses feux, indiquant que la matinée était déjà très avancée. Sur sa table de chevet étaient posés un verre d'eau, des antalgiques et un petit mot où elle reconnut l'écriture échevelée de Posy. Elle commença par déchiffrer le bout de papier.

Bois l'eau, prends-toi un paracétamol et rejoins-nous au café. Il n'y a pas de meilleur remède contre une gueule de bois qu'un authentique petit déjeuner écossais.

À l'idée de manger quoi que ce soit de frit, son estomac se souleva. Mais elle avala un comprimé et se redressa contre ses oreillers. À quand remontait la dernière fois où elle s'était réveillée d'elle-même, sans avoir été brutalement arrachée de son sommeil par une petite voix enfantine ? « Maman, tu joues avec moi ? Maman, Melly elle est méchante. Maman, Ruby, elle a cassé ma poupée. J'ai faim. Soif. Envie de faire pipi. »

Un calme profond régnait dans la maison. Pas de fracas dans la cuisine. Pas de petits pieds dévalant bruyamment les marches d'escalier en bois. À travers l'espace entre les rideaux, le soleil généreux poussait ses rayons frondeurs jusque sur le lit.

Elle regarda autour d'elle dans la chambre. Les murs qui avaient été couverts d'affiches représentant des top models avaient été repeints dans des teintes neutres. Pour le reste, la pièce n'avait pas beaucoup changé depuis son départ de la maison. Ses livres d'adolescente gardaient leur place consacrée sur l'étagère, côtoyant Betsy, la poupée dont elle avait toujours refusé de se séparer. Même si Betsy était borgne et qu'elle avait perdu la moitié de ses cheveux, cette poupée l'avait aidée à traverser le moment le plus douloureux de son existence. Suzanne semblait l'avoir compris et s'était gardée de reléguer Betsy au grenier avec d'autres reliques de son enfance.

Melly adorait Betsy et la première chose qu'elle faisait en arrivant en Écosse était d'adopter la poupée.

Si les filles avaient été là, elles se seraient pelotonnées contre elle dans le lit, et elles auraient formé un enchevêtrement heureux de chaleur, de rires, de chamailleries sans conséquence. Leur absence, d'une certaine façon, faisait paraître le silence plus sonore. Beth aurait dû vivre ce réveil solitaire comme un instant de pure félicité, mais une impression de vide se faisait sentir en arrière-plan, comme si quelque chose faisait défaut.

Jason avait-il appelé pendant qu'elle dormait ?

D'une main impatiente, elle chercha son téléphone, mais il n'y avait aucun message de son mari.

Quel sens fallait-il donner à ce silence inattendu ?

On frappa à la porte et sa mère apparut avec un mug de thé.

— Tu as fait la grasse matinée, ma chérie. Tu devais être exténuée.

Beth avait entrevu Suzanne la veille, mais elle dormait déjà à moitié et s'était contentée de l'embrasser. Elle glissa le petit mot de Posy sous son oreiller.

— Merci, maman. Je croyais que tout le monde était déjà parti.

Son regard tomba sur la pile de vêtements soigneusement pliés posée dans un fauteuil et elle bénit sa sœur en silence.

— Ton père espérait te voir mais il a dû partir tôt ce matin et il ne voulait pas te réveiller. Je ne vais pas tarder à m'en aller aussi.

Suzanne lui tendit le mug de thé et alla tirer les rideaux.

— Il a encore neigé cette nuit.

Beth entoura le mug de ses mains et tenta de faire abstraction de son mal de tête fracassant. Elle faisait connaissance avec la face cachée du champagne gratuit à volonté.

— C'est beau comme une carte postale. Mais cet enneigement ne doit pas faciliter vos déplacements, à Posy et à toi, commenta-t-elle distraitement.

Pourquoi Jason ne s'était-il pas manifesté ? Et s'il était arrivé quelque chose de grave ?

— Beth ?

— Désolée, maman. Tu disais ?

— Je suis un peu surprise de te voir arriver sans les filles une semaine avant la date prévue. Tout va bien ?

— Oui, oui, ça va. Impeccable.

Elle était étonnée que sa mère n'ait pas encore fait de commentaire sur le fait qu'elle dormait avec un pyjama de Posy sur le dos.

— Il fait froid, mais on a un soleil d'hiver magnifique. De quoi as-tu envie aujourd'hui, ma chérie ?

De se débarrasser de son horrible mal de tête.

De trouver des solutions à ses problèmes existentiels.

De discuter avec sa sœur.

— Je pensais donner un coup de main à Posy au café.

— Ce serait super. On a un monde fou en ce moment et je tiens un stand au marché de Noël cet après-midi. Posy sera toute seule au café vu que Vicky est terrassée par la grippe. Elle est tellement faible, la pauvre, qu'elle ne peut même plus sortir de son lit. Je lui ai fait du bouillon de poulet que je lui déposerai en allant au marché.

Suzanne vendait toujours ses produits artisanaux sur un certain nombre de marchés de Noël en décembre.

— Tu crois que c'est prudent d'aller voir Vicky si elle a la grippe ?

— Elle vit toute seule et n'a personne pour l'aider. On ne peut pas la laisser en plan dans l'état où elle est.

Et tu sais que j'ai une santé de fer. J'ai mis des serviettes propres dans la salle de bains. Si tu peux être prête dans moins d'une demi-heure, je te déposerai au café en allant chez Vicky. Il te faudra des bottes de neige, en revanche… Comment vont les petites ?

Beth n'en avait aucune idée et le fait de ne pas savoir lui donnait des sueurs froides. Depuis la naissance de Melly, c'était la première fois qu'elle passait plus de deux heures d'affilée sans savoir ce que devenaient ses enfants. Pourquoi Jason ne lui donnait-il pas de nouvelles ? Devrait-elle appeler Alison ?

— Melly et Ruby me chargent de t'embrasser. Elles n'ont qu'une hâte et c'est de monter dans l'avion pour venir fêter Noël ici.

Et si Jason refusait de les emmener ? Il lui en voulait peut-être à mort pour la façon cavalière dont elle lui avait collé les filles sur les bras. Peut-être avait-il décidé de rester à New York et de fêter Noël avec Alison. À la torture, Beth rongeait son frein. Il avait quand même sa part de responsabilité dans ce qui leur arrivait, merde ! S'il ne lui avait pas dit toutes ces horreurs, elle ne serait pas partie. C'était *lui* qui avait été le déclencheur de la crise.

— On est très impatients de les voir, Stewart et moi. À cet âge, elles changent tellement vite.

Le regard de Suzanne tomba sur les vêtements de Posy pliés sur une chaise.

— Où sont tes bagages, au fait ?

Les neurones de Beth carburèrent à plein régime.

— Disparus sans laisser de traces, semble-t-il. La compagnie aérienne ne comprend rien à rien.

Suzanne fronça les sourcils.

— Ce n'est vraiment pas de chance.

— Ils doivent m'appeler s'ils les retrouvent. En attendant, Posy m'a prêté quelques affaires.

— Mm… Tes vieilles bottes doivent être encore quelque part dans le garage. Tu veux que j'essaie de les dénicher ?

— Merci, mam'. Ce serait super.

Beth se força à se lever et attrapa son téléphone.

— Je vais prendre ma douche.

— Avec ton smartphone ? Vous les filles et votre téléphone, c'est quelque chose. Mais je suis contente de voir que tu ne peux pas être séparée de Jason plus d'une nuit sans brûler d'impatience de lui parler.

Rongée par le remords, Beth se réfugia sous une douche bien chaude. Ce n'était pas dans ses habitudes de mentir. Elle se sentait comme une gamine prise en faute, à raconter ainsi des histoires à sa mère.

Elle s'essuya vigoureusement et enfila les vêtements de Posy. En descendant l'escalier, elle consulta de nouveau son téléphone et trouva un texto de son père. Cette discrète attention la fit sourire car Stewart n'utilisait les messages électroniques qu'en ultime recours.

Content que tu sois là. Hâte de te voir ce soir. Je t'embrasse. Papa.

Ce « Je t'embrasse » lui noua la gorge.

Sa poitrine se serra tant qu'elle avait soudain envie de fermer les yeux et de se réfugier dans les bras de son père.

Beth déglutit avec peine et se ressaisit. Qu'est-ce qui lui prenait de bêtifier comme ça ? Elle avait passé l'âge où on réclamait son papa dans les moments difficiles. Il n'empêche. Elle regrettait de ne pas avoir mis son réveil pour au moins l'embrasser avant qu'il ne parte travailler.

Toujours aucune nouvelle de Jason, par ailleurs.

C'était la première fois depuis qu'ils étaient mariés qu'un désaccord aussi vif les opposait. Le conflit qui les séparait était majeur. Vivre en couple, c'était certes faire des compromis en permanence. Mais comment en trouver un dans un cas comme le leur ? Un bébé, ça ne se faisait pas à moitié. Soit on en avait un, soit on n'en avait pas.

Autrement dit : ou leur couple volait en éclats ou l'un des deux renonçait à son rêve.

Pouvait-elle le faire ? Était-elle prête à envisager un troisième enfant pour préserver sa famille ?

Pour la première fois depuis que Jason avait soulevé la question, elle posa la main sur son ventre et tenta de s'imaginer enceinte. Les yeux clos, elle se souvint de ce moment extraordinaire où elle avait senti pour la première fois les mouvements du fœtus in utero. « Tu le sens, Jason ? C'est notre bébé. Notre petite famille. »

Puis ses pensées glissèrent vers l'accouchement. Lorsque les autres mères décrivaient des naissances sans histoire, elle gardait le silence. Pour elle, le travail s'était fait dans la douleur et la délivrance dans le drame, avec une équipe médicale affolée, des points de suture et des pédiatres penchés avec inquiétude sur ses bébés en détresse respiratoire.

Imaginer revivre une telle expérience lui provoqua un début de panique. Et ça c'était avant même d'envisager les nuits sans sommeil et les demandes incessantes qu'un enfant en bas âge faisait peser sur l'adulte chargé de veiller sur son bien-être.

Comment Jason avait-il pu se mettre pareil projet en tête ?

Fatiguée par sa gueule de bois et malheureuse comme les pierres, Beth prit son manteau et rejoignit sa mère dans sa voiture.

— Mets ta ceinture, ma chérie. Les routes sont verglacées.

Suzanne conduisait avec précaution dans le paysage hivernal. Beth allongea les jambes pour se réchauffer les orteils sous la soufflerie du chauffage. Les routes étaient dégagées mais la neige avait recouvert le glen.

— Tout va bien par ici, maman ? Tu es en forme ?

Une pointe de culpabilité vint lui chatouiller la conscience.

— Je suis désolée de ne pas avoir appelé plus souvent ces derniers mois. Mais j'ai l'impression de passer mon temps à courir, avec les filles.

Suzanne garda les yeux rivés sur la route.

— Tu n'as pas à t'excuser. Je me souviens de ce que c'est, d'avoir de jeunes enfants. Tu projettes d'entreprendre ci et ça dans la journée et, résultat, tu arrives au soir et tu t'aperçois que tu n'as rien fait de ce qui figure sur ta liste.

— Voilà. C'est exactement ça.

Beth réprima un bâillement.

— Franchement, je me demande comment tu as fait pour t'en sortir, avec nous trois.

En matière d'enfants, Suzanne avait réussi l'exploit de passer de zéro à trois en l'espace de quelques heures. Imaginer le travail que cela avait pu représenter donnait à Beth le vertige.

Sa mère sourit.

— Je n'étais pas seule. On a fait équipe, avec ton père.

Le simple fait de penser à Stewart suffit à émouvoir Beth jusqu'aux larmes. *Mais quelle gamine !* Elle tourna la tête côté vitre pour se changer les idées et contempla les lieux familiers. Au premier plan, la grande ferme des McAllister au pied des monts, avec les énormes blocs de rocher qui se détachaient sur l'immensité blanche.

Petite, en arrivant en Écosse, Beth s'était sentie comme une étrangère, brisée et perdue. Mais malgré ses réticences initiales, la petite collectivité rurale avait eu tôt fait de les adopter.

Elle n'aurait su dire à quel moment exactement elle avait commencé à se considérer comme une habitante de Glensay à part entière. Ça s'était passé petit à petit et avait coïncidé avec le moment où elle s'était mise à penser à Suzanne comme à une seconde maman.

Aujourd'hui, pour la première fois, elle prenait conscience de l'énormité de la tâche que celle-ci et Stewart avaient prise sur leurs épaules à l'époque. Hannah, Posy et elle avaient eu une chance inouïe de les avoir. Non seulement les McBride les avaient adoptées, mais ils leur avaient apporté un soutien indéfectible, un amour à toute épreuve et une présence respectueuse et attentive.

— Et papa ? Toujours à fond ?

— Plutôt, oui.

Suzanne ralentit à l'approche d'une intersection.

— Tu le connais, ton père. Il n'arrête jamais et ne sait pas dire non quand on lui demande quelque chose. Voilà pourquoi il était absent hier soir et il a quitté la maison ce matin avant ton réveil. Naturellement, si on avait su que tu arrivais…

— La décision s'est prise à l'impro, en fait.

Suzanne détacha une main du volant pour la poser sur la sienne.

— Tu sais qu'on est toujours là quand tu as besoin de nous.

— Merci.

Beth sentit les larmes menacer de nouveau et cligna des yeux pour les contenir. Apparemment, elle s'était transformée en fontaine depuis la veille. C'était la dernière fois qu'elle buvait du champagne.

Sa mère ralentit, baissa sa vitre et s'immobilisa devant un couple occupé à charger un sapin à l'arrière d'un break.

— Fiona ? Tu sais que la réunion du club lecture a été reportée au mardi ?

Fiona s'approcha de la voiture.

— J'ai appris ça, oui. On apporte quelque chose à grignoter, comme c'est notre dernière réunion avant Noël ?

— C'est prévu au programme, oui.

Fiona et Suzanne bavardèrent quelques minutes et Beth essaya de se représenter un échange de ce genre se déroulant à Manhattan. En vain.

Si l'horaire de son cours de yoga était modifié, on lui envoyait un texto. Personne ne la hélait lorsqu'elle marchait dans les rues.

Elle sourit lorsque sa mère redémarra sur un grand signe joyeux de la main.

— Ça me fait vraiment plaisir d'être de retour au village.

— L'animation de New York ne te manque pas trop, alors ? Comment va Jason ? Son boulot lui plaît toujours autant ?

— Ça a l'air, oui. Son patron vient de lui accorder une belle promotion.

— Qui dit promotion dit généralement journées de travail plus longues. Pas évident pour toi, avec deux enfants en bas âge qui ne doivent pas voir leur père très souvent.

Comment sa mère faisait-elle pour toujours tout comprendre à demi-mot ?

— Toi, tu en avais trois à gérer.

Trois qui n'étaient même pas d'elle, en plus. Ses pensées la ramenaient chaque fois à ces considérations. Peut-être parce que sa récente conversation avec Jason la faisait réfléchir aux réalités d'une vie avec trois enfants ?

— Vous avoir a été une chance pour moi.

Une chance ? Elle n'avait jamais parlé ouvertement avec sa mère de la décision que Stewart et elle avaient prise à l'époque. Avait-elle hésité à les prendre sous son aile ? Envisagé d'abord de dire non, en pensant comme elle-même venait de le faire à l'instant : « Trois, c'est trop » ? Avant qu'elle ait pu se décider à lui poser la question, Suzanne s'arrêta pour la déposer devant le café.

— J'espère que vous n'aurez pas trop de monde et que tu auras le temps de papoter avec Posy.

Beth priait pour le calme, elle aussi. Sa tête n'était pas en état d'endurer des niveaux sonores élevés. Une plaisante chaleur l'enveloppa lorsqu'elle poussa la porte du café. Posy était derrière le comptoir et découpait de généreuses portions de gâteau au chocolat qu'elle disposait sur des assiettes. Ses boucles volaient autour de son visage et ses joues avaient rosi dans le feu de l'action.

Elle sourit à son entrée.

— Alors ? Comment ça va ce matin ?

— Tu veux la réponse polie ou la réponse franche ? Je me sens comme si le renne du Père Noël m'avait mis un coup de sabot dans le crâne. Et j'ai tout le temps envie de pleurer.

— Puisque tu revendiques une *life style* à base de champagne, il faut être prête à en payer le prix.

— Ouah. Super bienveillant, comme réaction. Mais merci quand même pour l'eau et les antalgiques.

— Je t'en prie. Si tu veux te rendre utile à ton tour, tu peux aller accrocher ton manteau et porter ça à la 2.

Beth réprima un bâillement.

— C'est quelle table, déjà, la 2 ?

— Celle qui est près du poêle et que tout le monde convoite.

Posy disposa les tasses et la théière sur un plateau.

— Comment va maman ?

— Bien, je crois. Elle aimerait savoir quand tu comptes aller chercher un sapin de Noël.

— J'emmène Luke en forêt demain. On en prendra un pour la maison et un pour la Grange.

Luke ?

Beth alla servir le thé avec un sourire et quelques mots aimables, puis revint derrière le comptoir et examina la machine à expresso. Avec ses lumières clignotantes et ses rangées de boutons, elle ressemblait au tableau de bord d'un gros avion de ligne.

— Qui est Luke ?

— Notre locataire du moment. Il a pris la Grange pour trois mois. Ah non ! Tu ne touches pas à ça, surtout !

Posy la poussa de côté.

— Ce n'est pas le moment que tu me dérègles cet engin.

— Merci pour ta confiance.

Beth s'adossa au comptoir et vit sa sœur préparer un expresso que n'aurait pas désavoué le plus maniaque des baristas new-yorkais.

— Je suis angoissée. Je n'ai eu aucune nouvelle de Jason.

— L'angoisse, c'est un état chronique chez toi.

Posy posa le café devant elle et salua un couple qui venait de pousser la porte. Leur entrée s'accompagna d'une bourrasque d'air glacé et d'un tourbillon de neige fraîche.

— Bonjour ! Il ne fait pas chaud ce matin. Qu'est-ce que je vous sers ?

Ils passèrent leur commande et Beth sirota son café en pensant à toutes les heures qu'elle avait passées là étant enfant. Des années durant, elles étaient venues là toutes les trois après l'école pour faire leurs devoirs pendant que Suzanne servait le thé à ses clients de l'après-midi. Le goûter au Craft Café était toujours une fête. Chaque jour, il y avait un gâteau différent. Parfois, c'était une pile de *shortbreads* traditionnels. D'autres jours, elles avaient droit à un méga chocolat chaud avec chantilly et copeaux de chocolat.

Bien avant que cela ne soit devenu la mode, Suzanne avait compris qu'un environnement chaleureux et cosy favorisait l'épanouissement des enfants. Lorsque les devoirs étaient terminés, elles s'installaient sur des gros poufs devant les étagères de livres et lisaient jusqu'à l'heure de la fermeture.

Posy la poussa gentiment sur le côté.

— Tu pourrais éviter de te mettre sur mon chemin ?

— Au cas où tu ne l'aurais pas remarqué, je traverse une crise existentielle majeure, là.

— J'ai d'autant plus remarqué que je suis celle qui a pris le temps d'aller te chercher à l'aéroport, qui a lutté ferme pour te dessoûler et qui t'a prêté son pyjama préféré. Je suis de tout cœur avec toi, mais il va falloir que ta crise trouve le moyen de cohabiter avec mes commandes pour le déjeuner. Tu disais que tu voulais recommencer à bosser, je crois ? Je t'offre une occasion de te lancer. Saisis ta chance.

Beth soupira lorsque Posy lui tendit un tablier.

— Qu'est-ce qu'il faut que je fasse ?

— Le service. Et n'oublie pas que tu es écossaise et que nous sommes le pays de l'hospitalité. Tu souris et tu souhaites la bienvenue.

— Écossaise ? Je vis à Manhattan et je suis née à Seattle.

— Mais tu as passé toute ta jeunesse ici, donc ton snobisme citadin n'est qu'un vernis de surface.

Posy désigna le menu inscrit à la craie sur l'ardoise.

— En soupe du jour, nous avons soit poireaux lentilles corail, soit le velouté de cèpes. Pour les végétariens, ce sera la tartelette au fromage de chèvre et aux oignons roses, avec du mesclun en accompagnement. Quant aux carnivores débridés, ils pourront opter pour les tourtes au chevreuil et aux girolles de maman.

L'estomac de Beth gronda.

— Ma préférée.

— Tu n'es pas là pour manger mais pour faire le service. Si jamais il en reste, tu en auras une part, promis.

— Et vous en avez souvent, des restes ?

— Strictement jamais.

— Sadique !

Beth prit la commande d'une tablée d'Australiens et disparut en cuisine.

Les deux heures qui suivirent ne lui laissèrent aucun répit. Elle eut à peine le temps d'échanger deux mots avec sa sœur et encore moins l'occasion de consulter ses messages.

Le café ne désemplissait pas et la partie boutique était assiégée à l'approche de Noël. Pendant que Beth remplissait des bols de soupe, Posy avait vendu quatre pulls bleus de Suzanne, huit bonnets et deux paires de mitaines.

Beth bâilla.

— C'est dingue, le monde que ça draine. Tu aurais fait comment si je n'avais pas été là ?

— Normalement, Vicky assure. Mais elle est malade.

— Et si on t'appelle pour une intervention en urgence avec l'équipe de secours en montagne ?

— Je lâche tout et je te laisse gérer *et* le café *et* la boutique.

Posy glissa dans une pochette en papier kraft trois paquets de cartes de vœux peintes par une artiste locale et ajouta un bonhomme en pain d'épices.

— Et voilà pour vous. Cadeau de la maison.

Elle remit le tout avec un sourire éblouissant à des clients qui quittèrent le café dûment charmés par l'établissement.

— Tu sais que tu as de la chance, Posy ?

— Pardon ?

— Tes choix de vie sont tout tracés. Tu as ton super

grenier à foin aménagé, tes expéditions en montagne et le café. Tu sais ce que tu veux et tu le fais. J'envie ça chez toi.

Posy répondit sans la regarder.

— J'ai l'impression que tu envies la terre entière en ce moment. Cela ne t'a jamais traversé l'esprit que l'on pourrait t'envier, toi ?

Beth s'octroya un petit bout de *shortbread*.

— Pourquoi tu m'envoies bouler, tout à coup ?

— Je ne t'envoie pas bouler. C'est juste que…

— Quoi ?

Posy secoua la tête.

— Rien. Je pense que tu te fais peut-être beaucoup d'idées sur la vie des autres, c'est tout.

— Mes idées sont réalistes. Hannah ne veut pas d'enfants et toi tu ne pourrais pas vivre à Manhattan.

— En ce qui concerne Manhattan, c'est exact, oui.

La porte d'entrée tinta et un homme entra dans le café. Grand et brun. Charme un peu ténébreux. Le genre de mec qui promenait sur lui comme un avant-goût plaisant d'aventure et de danger. Beth se redressa insensiblement.

— Alerte beau gosse, Posy. Débrouille-toi pour obtenir son nom et son numéro de téléphone. Tu peux aussi choisir la voie directe et le prendre en otage, pour te nourrir de la chaleur de son corps jusqu'à faire fondre la neige alentour.

— J'ai déjà son nom et son téléphone : c'est mon locataire.

Posy accueillit l'arrivant avec un petit signe de tête.

— Alors ? Matinée productive ?

— J'ai passé plus de temps à effacer qu'à écrire. Mais ça fait partie des aléas du métier. Je pense qu'une part de fondant au chocolat devrait relancer mon inspiration.

L'homme descendit la fermeture Éclair de sa parka et Beth vit sa sœur lever les yeux et lui sourire.

— OK. C'est parti pour le gâteau au chocolat. Avec le café habituel ?

— Oui, s'il te plaît.

— Il te faut autre chose ?

— Maintenant que tu poses la question, oui.

Sous l'œil rond de Beth, l'inconnu attira Posy dans ses bras et l'embrassa comme si le monde arrivait à sa fin et que ce baiser devait sceller leurs adieux.

Beth avait l'impression d'assister à la scène de clôture d'une comédie romantique. Elle était bouche bée. Et, autant le reconnaître, légèrement envieuse.

Dire qu'elle croyait tout connaître de la vie de Posy ! Elle avait été largement à côté de la plaque. Cet homme était clairement un peu plus que le locataire de sa sœur. Elle se souvint alors de la réplique lâchée par celle-ci, la veille en voiture. « De fait, j'étais au lit avec un mec – grand, brun, beau, sportif, intelligent – à faire l'amour si divinement que j'en avais oublié l'heure, le jour et la date. »

Elle l'avait prise comme un trait d'humour doux-amer à la Posy.

Autour d'elle dans le café, elle ne vit que sourires bienveillants et approbation affable. Tout le monde était clairement dans le secret, sauf elle.

Lorsque Posy et le dénommé Luke finirent par se détacher l'un de l'autre, ils échangèrent un regard d'une intimité si brûlante que Beth eut l'impression troublante d'être entrée par effraction dans leur chambre à coucher.

À quand remontait la dernière fois où Jason et elle s'étaient regardés de cette façon ? Qu'était devenue leur brûlante spontanéité d'amants ?

Leurs deux vies étaient chronométrées, organisées au millimètre près. Et leurs projets tournaient presque toujours autour des filles. Luke finit par relâcher Posy, mais il était clair qu'ils ne se seraient pas interrompus s'ils avaient été seuls.

Elle attendit que sa sœur les présente mais Posy, les joues rosies et les bras ballants, avait le regard perdu dans le vide. Inutile de lui demander si cet homme savait embrasser, songea Beth, avant de se décider à prendre l'initiative :

— Nous ne nous connaissons pas, je crois ?

Elle tendit la main.

— Enchantée, je suis la sœur de Posy. La deuxième, mariée avec deux enfants.

La sœur inintéressante avec le QI d'une huître.

Il lui serra fermement la main.

— Luke Whittaker. Alpiniste, écrivain et individu globalement infréquentable. Enchanté aussi.

Il se tourna de nouveau vers Posy.

— Je prends vite une table pendant qu'il en reste une de libre.

Luke Whittaker. Infréquentable.

Beth le suivit des yeux.

Posy versa des grains de café dans le broyeur et en répandit quelques-uns dans la manœuvre.

— Zut.

— Ne t'excuse pas, commenta Beth dans un murmure. Après un baiser comme celui auquel je viens d'assister, je n'aurais pas eu la main très sûre non plus.

— Tu pourrais éviter de mater mes clients, s'il te plaît ?

— Je n'en mate qu'un seul, en l'occurrence. Il a dit qu'il s'appelait Luke Whittaker ?

Posy récupéra les grains de café tombés sur le plan de travail.

— C'est ce qu'il a dit, oui. Je te signale que tu as toujours les yeux fixés sur lui.

— Son nom me dit quelque chose…

— Il a déjà publié un ou deux livres. Mais tu le connais sans doute par la télévision. Il passe régulièrement dans *Adventure Guy,* tu sais, la série de reportage où on te donne des trucs pour survivre en milieu hostile. Par exemple, si ton bateau sombre dans l'Atlantique, Luke te dit ce que tu peux faire pour ne pas être bouffé par les requins. Un tuyau particulièrement utile quand tu vis dans les Highlands.

Posy jura en renversant une brique de lait posée sur le comptoir. Beth la rattrapa au vol.

— Respire avant de casser quelque chose.

Elle vit Luke s'immobiliser pour échanger quelques mots avec une petite dame du coin qui possédait des locations de vacances.

— *Adventure Guy.* Je n'ai jamais suivi cette émission, mais… Oui, je suppose que c'est là que j'ai entendu son nom. Cela fait combien de temps que ce garçon t'embrasse comme ça ?

Posy fit glisser une généreuse part de gâteau au chocolat sur une assiette.

— Pas assez longtemps à mon goût.

— Je comprends maintenant toutes ces allusions appuyées au fait que ta vie n'est peut-être pas tout à fait celle que je l'imaginais être.

Beth continua d'observer Luke alors qu'il retirait son blouson waterproof, révélant de belles épaules sous un pull à torsades.

— Il ressemble à une pub pour une marque de vêtements *outdoor* haut de gamme. Assez solide pour résister à des vents violents, des pluies diluviennes et à l'assaut de la neige et de la glace.

— Il se laisse regarder avec plaisir, c'est vrai.

Posy versa le lait mousseux sur le café et dessina un motif de sapin de Noël. Elle ajouta un soupçon de cannelle et porta le tout jusqu'à la table de Luke.

Beth attendit son retour.

— Donc, tu ne plaisantais pas, hier, quand tu me disais que je te tirais du lit en pleine action.

— J'avais de la compagnie, oui. Je dois reconnaître que c'est un peu vexant que l'idée que je puisse avoir une vie sexuelle t'ait paru à ce point hilarante.

— Si je n'y ai pas cru sur le coup, cela n'a rien à voir avec ton sex-appeal et tout à voir avec le fait que les beaux bruns inconnus ne courent pas les rues, par ici.

Beth reporta son regard sur Luke.

— Et tu as laissé cet homme-*là* à poil dans ton lit pour bondir dans ton jean et venir me chercher à l'aéroport ?

— Eh oui. Tu mesures un peu l'étendue de ta dette envers moi, maintenant ?

Posy lui jeta un regard en coin.

— C'est quoi, ces yeux qui brillent ? Ne me dis pas que tu pleures encore ?

— J'ai le cœur au bord des larmes, ce matin.

— Voilà ce que c'est de boire dix bouteilles de champagne d'affilée.

Sa sœur lui tapota le bras avec affection.

— Allez, tout va s'arranger. Essaie de prendre les choses de façon un peu plus détendue.

— Je ne suis pas du genre détendue, tu sais.

— Alors va te rouler dans la neige, hurle, ou je ne sais pas quoi. Mais fais quelque chose ou tu vas inquiéter papa et maman.

— Tu y penses parfois, au sacrifice qu'ils ont consenti en nous adoptant, toutes les trois ?

Posy lui jeta un regard incrédule.

— Je pense rarement à ça au beau milieu de ma journée de boulot, non. Qu'est-ce qui ne va pas, sérieux ?

— Je réfléchis à un tas de choses, c'est tout.

— Mets donc ta machine à penser en mode off, pour le moment. C'est mauvais pour toi de ressasser et ça te donne des yeux rouges. Bois un café, maquille-toi, fais quelque chose pour te redonner un sentiment de normalité. Et arrête de t'apitoyer sur ton sort.

— Je ne m'apitoie pas sur mon sort !

Beth n'en sortit pas moins son gloss et s'en appliqua sur les lèvres. De fait, Posy avait raison. Elle pleurnichait comme une gamine et il fallait que ça cesse.

— Je suis ravie de voir que ta vie amoureuse est florissante. Ce n'est certainement pas le cas de la mienne.

Ce fut l'instant que choisit son téléphone pour sonner. Le cœur battant de soulagement, elle saisit l'appareil.

— Ce n'est pas trop tôt ! Je pense que c'est Jason. Ça ne t'ennuie pas si je réponds ?

Posy la poussa gentiment sur le côté.

— Allez va. Mais prends la communication à côté, plutôt. Je ne voudrais pas que votre réconciliation dans la douleur et les larmes coupe l'appétit de mes clients.

Songeant que Duncan devait être en cuisine, Beth sortit sur le trottoir. Au moment où elle effleurait l'écran pour répondre, elle vit que ce n'était pas Jason.

— Ah, c'est toi, Corinna…

Elle aurait dû se réjouir que son ex-boss l'appelle, mais la déception que ce ne soit pas Jason effaçait tout le reste.

— Je veux te voir ici tout de suite, ma cocotte. On a une réunion de travail.

Pas un « bonjour », pas un « ça va ». Pas un « pourrais-tu te libérer ? » Juste un ordre sec et bref.

Seule consolation : Corinna semblait toujours aussi désireuse de l'associer à son nouveau projet.

— Désolée, mais je ne suis pas à Manhattan pour le moment. J'ai dû partir en Écosse plus tôt que prévu.

Un bref silence tomba sur les ondes.

— Beth, je commence à me poser des questions. Tu prends ce projet au sérieux, oui ou non ? Si tu as vraiment envie de te lancer avec nous, il faut que je puisse me faire une idée de ta motivation.

La première fois qu'elle avait travaillé avec Corinna, celle-ci l'avait soumise à ce même chantage émotionnel permanent. Et c'était toujours aussi inconfortable d'essuyer ses reproches.

— Je ne prends pas ta proposition à la légère, Corinna. J'ai déjà passé pas mal d'heures à travailler sur ce projet, à jouer avec des idées.

— Alors envoie-les-moi. Je jetterai un coup d'œil.

— Je te les ferai passer par mail dans un moment.

Elle avait eu l'intention de profiter de ses heures de vol pour se concentrer à fond sur la campagne. Au lieu de quoi, elle s'était focalisée sur le champagne, la sensation toute neuve d'avoir un fauteuil pour elle toute seule et une télécommande à son entière disposition.

— Essaie de me les faire parvenir avant 14 heures.

Je les soumettrai à l'équipe. Je t'enverrai un lien pour un partage d'écran. On fera une visio-conférence.

Beth se sentit pâlir. Avait-elle grillé ses chances avec Corinna en se rapatriant en Écosse une semaine plus tôt que prévu ?

— Ça ne va pas être possible. La connexion n'est pas assez puissante, là où je suis. Je t'envoie un mail *asap.*

— Bon. Fais au mieux.

La désapprobation de Corinna franchit les milliers de kilomètres entre elles et l'atteignit de plein fouet.

— Merci. Je…

Mais elle avait déjà coupé et Beth se retrouva avec son téléphone muet à la main et le pressentiment insidieux que rien de ce qu'elle ferait ne serait jamais assez bien aux yeux de cette femme.

Le vent glacé transperçait ses vêtements. Elle frissonna et se replia à l'intérieur du café.

Elle avait oublié l'impitoyable pression de la vie professionnelle. Posy la regarda approcher et secoua la tête.

— Ça y est ? Vous divorcez ?

Les sœurs pouvaient être d'une délicatesse…

— Ce n'était pas Jason, mais Corinna, mon ex-boss dont j'espère qu'elle sera de nouveau ma boss tout court dans pas longtemps.

Un divorce ? Jason et elle en seraient-ils là ? Non. C'était juste un désaccord entre eux, comme il en survenait dans n'importe quel couple, même solide.

— Et si tu pouvais parler moins fort, ce serait bien, ajouta-t-elle.

— Corinna, tu dis ?

Posy fronça les sourcils.

— Ne me dis pas que tu parles de cette sal… Bon, je ne prononcerai pas le mot ici pour ne pas choquer les oreilles sensibles, mais le terme auquel je pense rime avec « escalope ».

Beth avait horreur qu'on lui rappelle les mauvais côtés

de Corinna, surtout juste après un coup de fil où les aspects les plus tyranniques de celle-ci s'étaient fait sentir.

— Je dois lui envoyer un mail avec mes idées pour un de ses projets avant 14 heures, heure de New York. J'ai donc jusqu'à 19 heures ce soir pour trouver l'inspiration décoiffante qui fera vaciller Corinna sur ses talons aiguilles. Tu t'en sortiras si je retourne à la maison pour bosser ?

— Ça devrait aller.

Posy tourna les yeux vers la porte au moment où Suzanne entrait au pas de course.

— Maman ? Qu'est-ce qui se passe ? Comment va Vicky ?

— Mal. J'ai appelé le Dr Burn et lui ai demandé de passer. Je retournerai la voir demain.

— Je pensais que tu serais déjà au marché de Noël.

— Normalement, j'aurais dû être en route. Mais j'ai eu un mail de Hannah. Elle a dû l'envoyer hier soir, mais comme je ne regarde ma messagerie qu'une fois par jour...

Il existait donc encore des endroits au monde où on ne consultait ses mails qu'une fois par jour, médita Beth, impressionnée.

— Et qu'est-ce qu'elle raconte ?

— Qu'elle arrive ici plus tôt que prévu.

Posy parut un instant sur le point de lâcher son plateau

— Plus tôt comment ?

— Elle atterrit dans une heure.

— Tout le monde arrive en avance, cette année, commenta Posy. Il doit y avoir quelque chose dans l'air.

Suzanne paraissait préoccupée.

— J'avoue que nous sommes un peu inquiets, votre père et moi. Pourquoi cette décision soudaine ? Beth, tu l'as eue au téléphone récemment ? Tu as eu l'impression que quelque chose n'allait pas ?

— La dernière fois qu'on a échangé trois mots, elle n'avait pas l'air d'aller spécialement mal. Elle était juste surbookée, comme d'habitude. La seule chose qu'elle avait à me dire, c'est qu'elle me laissait en plan avec le dîner que j'avais prévu pour elle le lendemain.

Beth se sentit coupable d'avoir été sèche avec sa sœur. L'idée ne l'avait pas effleurée que tout n'était peut-être pas si parfait que cela dans la vie de Hannah.

Suzanne jeta un coup d'œil à la pendule.

— Je vais appeler pour annuler le marché.

— Pas question. Je me charge d'aller chercher Hannah.

Posy s'éloigna avec son plateau, servit sa commande avec un large sourire puis revint en dénouant son tablier.

— Tu vas aller tranquillement tenir ton stand et Beth s'occupera du café.

Beth secoua la tête.

— Impossible ! Je ne sais pas me servir de la machine à café. Et j'ai besoin de mon après-midi pour réfléchir à une stratégie RP de choc pour Corinna.

Déjà qu'elle avait dû se désister pour la réunion. C'était le moment ou jamais pour elle de faire ses preuves.

— Duncan s'occupera des cafés. Et comme tu as deux enfants, tu es forcément multitâche. Servir du thé et des gâteaux à des clients heureux stimulera ta créativité. Tu réfléchiras en coupant des parts de gâteau.

Posy accrocha son tablier à une patère et récupéra son manteau.

— Vas-y vite, maman.

Suzanne hésita.

— Hannah s'attend à me voir, moi.

— Eh bien, elle aura l'heureuse surprise de voir arriver sa petite sœur.

Horreur et consternation, songea Beth. Comment avait-elle pu imaginer un instant qu'il serait reposant de venir passer une semaine écossaise en famille ? Et où trouverait-elle le temps de bosser pour Corinna si elle était vouée à courir du matin au soir pour servir du thé, des gâteaux et des bonshommes en pain d'épices ?

Chapitre 13

Hannah

Hannah piétinait près de la sortie du terminal, bousculée par le flot continu de voyageurs pressés qui se déversait hors de l'aéroport. Maladroits dans leur hâte, les gens la heurtaient avec le coude, lui piquaient les flancs avec l'arête aiguë de leurs paquets. Serrant les dents, elle se rapprocha de la paroi en verre pour se protéger de la sauvagerie de la foule festive qui se précipitait avec des envies de Noël plein la tête.

Elle se sentait vulnérable. Et moins que jamais en état de soutenir une conversation avec Suzanne. Le trajet jusqu'à la maison se déroulerait sur fond de bavardage bien intentionné qui ne laisserait aucune place aux questions que sa mère adoptive brûlait de lui poser.

Hannah était consciente qu'on attendait d'elle qu'elle dise certaines choses. Et elle savait d'avance qu'elle serait incapable de répondre à la demande.

Si la chance était de son côté, Stewart rentrerait tôt du travail. Sa présence calme et solide avait un effet apaisant sur Suzanne et Hannah appréciait toujours sa compagnie.

L'idée lui traversa l'esprit que ce serait peut-être à lui qu'elle pourrait parler du tournant inattendu que prenait sa vie. En rallumant son portable après l'atterrissage, elle avait trouvé un message d'Adam.

Appelle-moi vite. Et tiens-moi au courant pour l'état de santé de ta sœur.

Qu'est-ce qui lui avait pris de lui mentir comme ça ? L'aéroport était bondé. Peut-être qu'elle devrait appeler Suzanne pour lui demander où elle en était ? Au moment où cette pensée lui venait à l'esprit, une voiture familière apparut et manœuvra promptement pour se garer le long du terminal. Hannah prit ses deux valises et son sac d'ordinateur en bandoulière et affronta le vent glacial qui lui hurlait aux oreilles.

Ce ne fut pas Suzanne mais Posy qu'elle vit bondir du siège conducteur. Sa jeune sœur portait un jean délavé et un blouson de sport d'un bleu acide qu'elle avait laissé ouvert, comme si elle menait une vie trop occupée pour prendre le temps de remonter la fermeture Éclair. La petite dernière de la famille était un véritable concentré d'énergie positive. La façon dont elle parlait, ses brusques sourires, la manière dont elle tournait la tête… Même sa queue-de-cheval rayonnait de dynamisme. Sa petite sœur aurait été incapable de déambuler quelque part à pas lents.

Posy n'était pas maquillée mais elle avait les joues fraîches, le teint doré ; ses cheveux d'un beau brun chocolat brillaient comme du bois exotique précieux. Elle aurait fait merveille dans une pub pour des comprimés multivitaminés. Ou des céréales bio du petit déjeuner. Il suffisait que Hannah regarde sa sœur pour se sentir elle-même pâle, hâve et vaguement maladive. Avait-elle jamais donné cette impression de vibrante vitalité que dégageait sa sœur ? La réponse était non. Ou du moins pas sans l'aide d'une appréciable quantité de coûteux cosmétiques.

— N'est-ce pas là ma grande sœur prodigue qui nous fait un retour en fanfare ?

Jetant spontanément les bras autour d'elle, Posy la serra contre son cœur. Ce geste d'affection prit Hannah au dépourvu. Elle accueillit la caresse soyeuse des cheveux de sa sœur contre sa joue, huma son odeur fraîche teintée d'une pointe d'agrume. Quelque chose frémit dans sa poitrine, une émotion lointaine, presque oubliée, qui remontait vers la surface.

L'impression de froid glacial qui l'étreignait depuis deux semaines disparut, emportée par la chaleur pleine de vie qui émanait de Posy. Soudain dépouillée de ses dernières défenses, elle se sentit si vulnérable qu'elle fit un grand pas en arrière. Ses deux pieds délicatement chaussés de daim s'enfoncèrent dans une flaque de neige fondue.

L'eau glacée transperça sans merci la matière citadine de ses bottes.

Fallait-il qu'elle ait du mal avec l'intimité sous toutes ses formes pour sacrifier ainsi une paire de chaussures hors de prix et se condamner en prime à avoir les orteils gelés !

— Je pensais voir arriver Suzanne.

— Elle tient un stand sur un marché de Noël aujourd'hui. Tu as donc droit à ma personne à la place. Je considère que tu touches le jackpot. Mais je reconnais que c'est une opinion toute subjective.

Hannah regrettait de s'être dégagée si vite de l'étreinte de sa sœur, ce qui n'était pas très logique. Difficile d'être dans le rejet à un moment, puis dans une demande d'amour effrénée trois secondes plus tard.

Par chance, Posy ne parut pas s'étonner des bizarreries de son comportement.

— Tu feras gaffe à mes valises ? La bleue est neuve.

Posy se redressa et une mèche de cheveux détachée de sa queue-de-cheval glissa sur une joue rosie par le froid.

— Si tu as l'intention de râler, je te laisse trimballer tes bagages toute seule. Elles pèsent des tonnes, tes valoches, d'ailleurs. Ça t'arrive, des fois, de voyager léger ?

— Il ne fait pas toujours très chaud à Glensay Lodge en hiver. J'ai apporté un gros stock de pulls et de gilets.

— La maison est assez chaude pour quelqu'un d'actif qui se maintient en mouvement.

Posy souleva ses valises et les jeta dans le coffre sans ménagement.

— Si tu ne restes pas assise à rien faire devant ton ordi, tu n'auras pas froid chez nous.

Déjà, elles se volaient dans les plumes. Là au moins elle se retrouvait en terrain familier avec Posy.

Elle avait beau être au top de sa profession, elle ne se sentait jamais à la hauteur face à sa petite sœur. Comme si ses compétences, tant glorifiées par ailleurs, n'étaient que de la poudre aux yeux au regard de Posy.

— Cela fait deux minutes que je suis arrivée. Tu pourrais peut-être me laisser le temps d'atterrir avant de m'agresser ?

Une soudaine tristesse s'abattit sur Hannah, comme un fin brouillard de pluie qui suinta à travers son habituel carcan d'indifférence protectrice.

— Oublie ce que je viens de dire. Je suis désolée, Posy. Et reconnaissante que tu sois venue me chercher.

— Tout le plaisir est pour moi. Et je suis désolée aussi.

Posy lui adressa un rapide sourire.

— J'espère que c'est mon énorme cadeau de Noël qui tend les coutures de cette grosse valise.

Hannah monta dans la voiture et referma sa portière, soulagée de mettre le chaos de l'aéroport à distance, même si elle était consciente que ses problèmes étaient montés dans le break avec elle.

Acheter de coûteux cadeaux de Noël, elle pouvait le faire. Ses moyens lui permettaient de faire chauffer sa carte de crédit sans angoisse, même si le poids de ses valises ne venait pas de ses présents, mais du nombre de livres qu'elle emportait. Il lui arrivait de n'en prendre qu'un ou deux. Mais à l'occasion de ce voyage, elle avait renoncé à quelques vêtements pour se munir de six de ses œuvres favorites.

Pour elle, c'était comme voyager avec des amis. Savoir que ses livres étaient là la rassurait. Une fois arrivée, elle se tournerait vers eux, s'appuierait sur leur contenu comme elle l'avait toujours fait et chercherait du réconfort dans les univers cachés que recelaient leurs pages.

Pendant que Posy contournait la voiture, Hannah vit

un couple se hâter vers un taxi, jonglant avec des valises, des paquets et deux enfants en bas âge.

Retourner dans sa famille pour les fêtes. Pour beaucoup de gens, c'était une joie, une évidence. Pour Hannah, c'était la porte ouverte à toutes les angoisses.

Posy s'engouffra dans la voiture en laissant entrer une rafale d'air glacé.

— Pourquoi les lunettes noires, au fait ? Tu es dans les Highlands. Pas à Hollywood.

Cela en disait long sur leur relation : que sa sœur pense qu'elle cherchait à se donner un air glamour, alors que les verres fumés étaient juste destinés à cacher son sentiment de défaite.

Posy ne savait rien d'elle, rien de sa vie. Mais à qui la faute ? Elle avait laissé les idées fausses s'amonceler jusqu'à ce qu'elles forment un mur de brique autour d'elle.

— Tu as l'air stressé, Posy. Je suis sûre que tu avais mille choses plus urgentes à faire que de venir me chercher à l'aéroport. J'aurais bien pris un taxi. C'est ce que j'ai fait la dernière fois mais Suzanne a été horrifiée.

— Tu pourrais l'appeler maman, quand même.

Posy klaxonna bruyamment lorsqu'une voiture déboîta juste sous leur nez.

— Et je ne suis pas stressée. Maman est folle de joie de t'avoir à la maison pour les fêtes. Et je suis très contente de te voir aussi.

Hannah savait pertinemment que si Posy se déclarait heureuse de la voir, c'était uniquement par affection pour Suzanne. Elle enviait la capacité de Posy à aimer sans peur et sans retenue. Sa sœur abordait l'amour comme elle négociait un mur d'escalade – avec audace, détermination et sans crainte de se casser la figure.

Pour Hannah, c'était la marque d'un authentique courage.

Qui par contraste lui donnait le sentiment d'être la dernière des lâches.

Elle appuya la tête contre le dossier et ferma les yeux.

La position lui rappela Adam, et son sentiment de lâcheté s'accrut encore de quelques degrés.

Elle rouvrit les yeux.

— Briefe-moi un peu sur la famille, Posy. Je me sens déconnectée.

— Un simple appel ou un mail aurait remédié à…

Les doigts de Posy se crispèrent sur le volant.

— Désolée. Considère que je n'ai rien dit. Trop de choses à faire, pas assez de temps… On sait ce que c'est. Alors voyons pour les mises à jour familiales : papa est très actif et s'éclate toujours dans son boulot. L'Adventure Centre marche bien. Martha a cessé de pondre pendant un moment, mais je doute que la nouvelle t'empêche de dormir. Le commerce de maman est en plein boom et le café toujours noir de monde, ce qui est plutôt positif. Bonnie et moi, nous avons passé pas mal de temps en montagne avec l'équipe de sauveteurs et je me suis éclatée en grimpe sur cascade de glace. Je crois que c'est à peu près tout.

— Tu escalades des cascades de glace ?

Hannah frissonna et ramena les pans de son manteau contre elle. L'étoffe était humide et froide contre son cou.

— J'espère que tu es prudente ?

— J'ai l'impression d'entendre maman.

— Comment va-t-elle ?

— Pas trop mal, compte tenu de la période de l'année. Noël est toujours difficile pour elle.

— Oui, je sais.

Le ventre de Hannah se noua. Pour elle aussi, c'était une période compliquée. Au loin, on distinguait les silhouettes couvertes de neige des monts des Highlands. Pendant une fraction de seconde, elle regretta de ne pas être restée enfermée incognito dans son appartement de Manhattan. Rien ne l'obligeait à se soumettre à cette torture. Être en montagne la confrontait à ses propres insuffisances. Enfant, elle s'était questionnée sans relâche : quelle tare cachée chez elle la rendait incapable de partager la passion familiale pour l'escalade ? Ce qui lui manquait au juste, elle n'aurait su le dire, mais une chose était certaine : elle se trouvait exclue de la communauté soudée de tous les gens qu'elle aimait.

— Maman a toujours ses cauchemars.

Posy jeta un coup d'œil dans le rétroviseur avant de doubler.

— Cela fait vingt-cinq ans maintenant et ça continue encore. J'ai du mal à comprendre.

Hannah comprenait, elle.

Elle avait ses propres cauchemars, même s'ils étaient différents de ceux de Suzanne.

— C'est l'époque de l'année qui veut ça, trancha-t-elle.

Avec un peu de chance, sa sœur s'abstiendrait de creuser davantage le sujet. Posy conduisait avec assurance, le regard fixé sur la route.

— Je ne pensais pas te voir débarquer ici aussi tôt. Il s'est passé quelque chose ?

Je pense que je suis peut-être enceinte.

— J'avais une fenêtre dans mon emploi du temps.

— Tant mieux si ce n'est que ça. Je crois que j'aurais eu du mal à gérer deux sœurs en crise simultanément.

— Deux sœurs ?

— Beth est à la maison.

— Ah bon ?

Aucun temps de répit pour se ressaisir, donc, avant d'avoir à affronter ses nièces. D'un autre côté, si Beth était là, elle pourrait mettre celle-ci à contribution pour qu'elle lui dégotte un test de grossesse.

— Je croyais que Beth n'arrivait que dans une semaine.

— Il semblerait qu'elle ait pris une décision de dernière minute. Elle ne t'en a rien dit ?

— Je ne vois pas quand elle aurait pu m'en parler. On a des vies occupées l'une et l'autre. Et on ne peut pas dire qu'on se croise à tous les coins de rue, Beth et moi.

Hannah soupira. Elle vivait en permanence avec un fond de culpabilité latente qui, par moments, explosait de manière incontrôlée. Comme maintenant, par exemple, lorsqu'on lui faisait remarquer à quel point elle était peu douée pour prendre le pouls de la situation familiale. S'il y avait eu des irrégularités, des emballements, elle n'en aurait rien su.

Posy lui jeta un regard en coin.

— C'était juste une question. Inutile de dramatiser.

Hannah dramatisait à tout propos, ces derniers temps. Et cette instabilité émotionnelle n'avait rien de confortable.

— Comment se fait-il que les Butler aient pu se libérer aussi tôt ? Jason n'aurait pas dû travailler ?

— Ni Jason ni les filles n'ont fait le voyage avec elle. Beth voulait un peu de temps pour elle toute seule.

— Crise de couple ?

Et si cela avait été la raison du coup de fil de Beth ? Était-elle passée à côté d'un appel à l'aide de sa sœur ?

La culpabilité de Hannah s'intensifia. Elle avait cru à un simple coup de fil de rappel pour le dîner. L'idée que sa sœur puisse avoir un problème ne l'avait même pas effleurée.

Elle tenta de se remémorer leur conversation, cherchant des détails qui auraient pu la mettre sur la voie. Mais le seul souvenir qu'elle gardait de la scène, c'était Adam montant à bord de l'avion et sa hâte de mettre fin à l'appel pour éviter que les différentes parties de sa vie n'entrent en collision.

— Tu sais ce qu'elle a, Beth ?

Posy hésita.

— Il vaudrait peut-être mieux que tu lui poses directement la question, non ?

Sans doute, oui. À part qu'elle était la dernière personne au monde capable de prodiguer des conseils en cas de problèmes relationnels. Avec cela, elle pouvait difficilement demander le soutien de Beth en arrivant alors qu'elle n'avait pas été capable de lui offrir le sien.

Elle prit une décision.

— Posy, tu pourrais m'arrêter devant une pharmacie ?

Sa sœur fronça les sourcils.

— Tu es malade ? Abus de champagne ? J'ai tout ce qu'il faut à la maison.

— Je ne suis pas malade.

— Mais alors…

— J'ai besoin d'un test de grossesse.

— Tu es *enceinte* ?

Posy freina si fort que Hannah bénit la ceinture de sécurité.

— Je ne sais pas. C'est pour ça que je veux faire le test.

— Bon. OK. D'accord.

Posy avait les yeux rivés droit devant elle, les mains encore crispées sur le volant.

— Laisse-moi réfléchir.

— Réfléchir à quoi ?

— À un endroit où on peut acheter un test de grossesse sans que la nouvelle fasse trois fois le tour du village dans la demi-heure qui suit. Pourquoi tu ne l'as pas pris à l'aéroport ?

Hannah soupira.

— J'ai essayé. Ils étaient à court de stock.

— Et on ne trouve pas de tests de grossesse à Manhattan ?

Hannah détourna la tête et posa le front contre la vitre.

— J'ai attendu, repoussé, fait l'autruche. C'est probablement une fausse alerte. Je n'ai pas de nausées ou quoi que ce soit.

— Mais tu as un retard de règles.

— Oui.

— Tu… tu as quelqu'un, donc ?

Hannah tourna la tête pour regarder sa petite sœur.

— Personne ne t'a encore expliqué les choses de la vie, Posy ?

— Désolée. Évidemment qu'il y a un homme dans l'histoire. J'avais juste un peu perdu le fil de la réalité, avec toutes ces histoires de petit Jésus dans l'étable et d'Immaculée Conception qu'on nous ressort en ce moment…

Posy fit demi-tour et repartit dans la direction d'où elles étaient venues.

— Il y a une pharmacie tout près. Je peux aller acheter le test pour toi, si tu veux ?

Hannah fut touchée par la générosité de la proposition.

— Merci. Mais il vaut mieux que ce soit moi. Si on tombe sur une personne de connaissance, ça évitera que la nouvelle de la grossesse de Posy McBride ne fasse le tour des foyers.

Hannah eut beau se dire qu'elle se moquait de l'opinion des gens, elle ne se sentit pas moins gênée et à la merci des regards lorsqu'elle prit et paya le test.

Une fois qu'elle l'aurait fait, il n'y aurait plus de déni possible. Elle saurait et il lui faudrait prendre une décision.

Elle avait gardé ses lunettes de soleil dans la pharmacie et se sentait vaguement ridicule. Au moment précis où elle glissa le test dans son sac, elle ressentit pour la première fois une vague de nausée.

Posy reprit la direction du village mais l'atmosphère dans la voiture avait changé.

— Tu as envie de m'en dire plus ?

— Non.

— D'accord.

Il y eut un temps de silence.

— Ce n'est pas de la curiosité gratuite, Hannah. Tu n'as pas l'air précisément rayonnante. Si tu as besoin d'une oreille attentive, tu peux toujours…

— Ça va, je gère. Mais c'est sympa quand même. Merci.

Posy quitta l'axe principal et la voiture cahota entre ornières et nids-de-poule sur l'étroite route de campagne qui menait à Glensay Lodge.

La maison était restée exactement telle que dans le souvenir de Hannah, enchâssée dans l'écrin des montagnes, sertie entre le loch et la forêt. Glensay Lodge, à l'origine, avait été un simple pavillon de chasse datant de l'époque victorienne. La famille qui l'avait occupé avant Suzanne et Stewart l'avait entièrement réaménagé. Tout avait été modernisé et remis au goût du jour, à part la connexion Internet haut débit et celle du téléphone qui, pour des raisons liées à la topographie, restaient aussi intermittentes que les apparitions du rare soleil écossais.

En été, les pentes derrière la maison se transformaient en une mer mauve de bruyères mais en hiver, la neige était reine. Le paysage rayonnait d'une beauté sombre, comme hantée, teintée d'une pointe de mélancolie. Pour certains, cette ambiance particulière donnait toute sa force d'attraction à l'Écosse. Lorsqu'on voulait échapper au monde moderne, c'était le lieu par excellence où chercher le silence et la paix.

Elle glissa ses lunettes de soleil dans son sac et descendit de voiture, cueillie de plein fouet par le vent glacé qui lui gifla le visage. Le froid se glissait partout, s'infiltrait sous ses vêtements, pétrifiait ses pieds mouillés. Le sol était gelé et la semelle lisse de ses bottes n'avait aucune prise. C'était comme si le lieu lui-même lui envoyait un avertissement. *Tu n'as pas ta place ici.*

— Entrons vite. Tu n'es pas assez habillée pour l'Écosse. Et ne glisse pas, surtout. Au cas où tu serais… enfin…

Posy déposa une valise à ses pieds puis s'immobilisa.

— Qu'est-ce qui est arrivé à ton visage ?

— Mon visage ?

Posy paraissait si choquée que Hannah faillit sortir un miroir de poche de son sac.

— Tu as pleuré ? C'est pour ça que tu portes des lunettes de soleil ?

— Quoi ? Non, bien sûr que non.

— Tu as les yeux rouges.

De fait, elle avait bel et bien pleuré. Mais il y avait déjà des heures de cela, lorsqu'elle s'était cachée sous la fine couverture fournie par la compagnie aérienne.

— J'ai un peu forcé sur les écrans ces temps-ci. Ou alors, c'est allergique. Ou lié à ma rhinite. Mais ça peut venir aussi de l'air sec de l'avion.

Elle n'aurait pas dû multiplier les explications. Une aurait suffi. Quatre puaient le désespoir. Posy devait être de cet avis car elle l'examinait avec inquiétude.

— Si ça ne va pas…

— Je vais très bien.

Sa sœur hésita, comme si elle voulait ajouter quelque chose.

— Bon, je vais transporter tes valises à l'intérieur. Ne touche à rien, surtout, je m'en charge. Si jamais le test était positif… Je ne peux pas m'attarder, par contre. Il faut que je retourne au café de toute urgence.

Hannah était soulagée d'avoir un peu de temps pour elle. Première chose à faire : se remaquiller avec soin. Ce n'était pas parce qu'elle s'effondrait à l'intérieur qu'il fallait laisser paraître les ravages en surface. Le camouflage d'elle-même était un art qu'elle pratiquait depuis longtemps à grande échelle.

— Si tu as faim, il doit y avoir un reste de soupe au frigo. Et du cake fait maison dans une boîte à gâteau en métal.

Hannah avait arrêté le sucre depuis presque un an. Elle avait espéré que ce nouveau régime alimentaire la guérirait de ses insomnies, mais n'avait noté aucune différence. Les seules fois où elle réussissait à dormir, c'était lorsque Adam passait la nuit avec elle.

— J'ai mangé dans l'avion.

— Alors profite du calme pour faire une sieste. Tu as l'air crevée.

— Je dors mal.

Pourquoi abordait-elle ses problèmes d'insomnie avec sa sœur, tout à coup ?

— Tu as essayé de compter les moutons ?

— Quoi ?

— Les moutons. Tu pourrais les compter. C'est le truc classique pour s'endormir.

— Je ne vois pas trop comment je m'y prendrais.

— Tu pourrais regarder par la fenêtre, suggéra Posy. Ce ne sont pas les moutons qui manquent, par ici. Tu dors dans la chambre de la tourelle, au fait… Bon, il vaut mieux que je te monte tes valises.

Sans effort apparent, elle gravit les escaliers avec ses bagages et réapparut quelques instants plus tard.

— On a mis des bûches dans le panier à bois, donc fais-toi un feu si tu as froid. Maman a accroché des guirlandes lumineuses partout, donc attention de ne pas t'électrocuter. À plus tard, alors. Et n'oublie pas d'arroser Éric.

— Éric ?

Mais Posy sprintait déjà vers sa voiture.

Hannah referma la porte d'entrée et se débarrassa de ses bottes trempées. Les dalles en ardoise du sol étaient chauffées – une vraie délivrance pour ses pieds glacés. Vaguement requinquée, elle monta dans la chambre de la tourelle avec son haut plafond conique et ses grandes fenêtres qui offraient la meilleure vue de la maison sur le loch et les montagnes. Une banquette de fenêtre arrondie formait un nid douillet abondamment garni de coussins. Une véritable invite à la rêverie et à la lecture.

La pièce était accueillante, avec ses draps en lin immaculés et ses plaids savamment arrangés. Même si Posy ne l'avait pas prévenue, Hannah aurait su aussitôt qui avait eu l'idée de disposer les bougies et de tresser des guirlandes de lumières aux fenêtres. Suzanne détestait le noir. Elle multipliait les sources lumineuses, éclairant jusqu'aux recoins que personne n'aurait songé à mettre en lumière.

Hannah décida qu'elle déferait ses valises plus tard et déambula jusqu'à la fenêtre pour profiter des derniers instants de jour avant que la nuit n'envahisse la pièce et que les ombres ne reprennent la main, malgré tous les efforts de Suzanne.

Avant la fin de la journée, elle rassemblerait son courage et ferait le test pour être fixée. Mais pour le moment, elle voulait savourer ces instants entre deux eaux où l'avenir restait encore comme en suspens.

Agenouillée sur la banquette de fenêtre, elle contempla le fond de la vallée. En descendant vers l'horizon, le soleil s'était libéré de la gangue nuageuse et le ciel illuminé se diluait en fragiles traînées roses.

Il n'y avait aucune raison a priori pour que cet endroit réveille des souvenirs angoissants. Et pourtant, le passé affleurait. À cause des montagnes, selon toute vraisemblance. Les sommets sévères scintillaient sous les derniers soleils, comme ce jour où, enfant, elle était restée debout devant la fenêtre, à regarder et à attendre. À attendre sans fin.

Les montagnes d'Écosse ne lui avaient jamais rien fait. Aucun drame n'était survenu ici même. Et pourtant des ombres néfastes dansaient comme des fantômes dans les marges reculées aux limites de sa conscience.

Hannah se détourna en frissonnant et installa son ordinateur sur la petite table près de la cheminée. À côté de la lampe de bureau étaient disposés des carnets de notes, des Post-it et des stylos – fournis par Suzanne, sans l'ombre d'un doute, car celle-ci pensait toujours aux moindres détails.

Pour une fois, elle réussit à se connecter au premier essai et elle consulta son courrier électronique, plus par la force de l'habitude que par réel désir de travailler. Sa concentration fonctionnait en pointillé et ce fut sans le moindre enthousiasme qu'elle découvrit la centaine de courriels tombés pendant la durée de son trajet en avion. Poussée par de vieux automatismes alliés à une bonne dose d'autodiscipline, elle les traita un à un, répondant si nécessaire et transférant les autres aux personnes appropriées de l'équipe.

Il y eut juste un mail auquel elle ne toucha pas.

Il avait été envoyé une demi-heure plus tôt par Adam et comportait simplement comme objet un « Appelle-moi ! » laconique.

Refermant l'ordinateur, elle se leva et s'avisa pour la première fois de la présence du sapin de Noël.

Éric.

Elle sourit à moitié. Il n'y avait que Posy pour donner un prénom à un arbre. Mais l'idée de prévoir un sapin personnel dans sa chambre ne pouvait venir que de Suzanne.

Chaque année, c'était le même phénomène. Suzanne

bourrait la maison entière d'éléments festifs, comme si les lumières, les décos couplées à une bonne humeur fabriquée et des tonnes de friandises pouvaient compenser l'immensité du manque.

Dans son cas à elle, ce qui lui manquait, c'étaient ses parents.

Ils étaient partis faire un sommet quatre jours avant Noël et n'étaient jamais revenus.

Il n'y avait même pas eu de mots d'adieu.

Rien.

Chapitre 14

Suzanne

Quelques chutes de neige avaient été annoncées, mais rien de dissuasif. Le mont Rainier était le sommet le plus élevé de la chaîne des Cascades, dans le Pacifique Nord-Ouest. Et à ces hauteurs, les sautes d'humeur du temps faisaient partie des aléas avec lesquels un alpiniste chevronné était censé savoir composer.

Ils avaient commencé leur marche d'approche à partir de la station d'entrée de White River et s'étaient élevés dans la dense forêt primaire avec ses arbres millénaires, accompagnés par le fracas du torrent qui prenait naissance dans un des glaciers du sommet. Puis leur petit groupe s'était encordé et ils avaient traversé sans difficulté le glacier Winthrop avant d'établir un camp pour la nuit sur Curtis Ridge.

L'aube se levait à peine et Suzanne, les pieds enfoncés dans la neige fraîchement tombée, observait les premières lueurs rougeâtres qui caressaient les sommets encore lointains.

— Avec la tempête, il est tombé pas moins de soixante-quinze centimètres de neige, commenta-t-elle, sourcils froncés.

— Superbe manteau de neige, comme je les aime !

Rob lui tapa sur l'épaule en passant derrière elle.

— Bon, on se le fait, ce sommet ? J'ai une putain de pêche. Je sens que ça va être une des plus belles ascensions de l'année.

Cheryl les rejoignit en riant.

— C'est vrai. Je la sens bien, celle-ci. Et on a intérêt à prendre notre pied, vu ce que cette expédition nous a coûté en baby-sitting.

— Je t'avais dit qu'on aurait mieux fait de prendre les gamines avec nous.

L'idée absurde de Rob fit rire Cheryl.

— Aux dernières nouvelles, ils n'accordaient pas le permis d'ascension aux enfants de trois ans. Posy est peut-être encore un peu jeune pour se lancer dans une expédition en montagne de trois jours en plein hiver.

— Il faut bien commencer quelque part. Et cette gamine, elle a l'escalade dans le sang. Partout où elle peut grimper, elle grimpe. La semaine dernière, je l'ai trouvée sur le toit. Tu y crois, toi ? J'ai gueulé : « Descends de là tout de suite, Posy ! » Et vous savez ce qu'elle m'a répondu ? « Ah, bon. Pourquoi ? »

Rob partit de son gros rire.

— Les chiens ne font pas des chats. Le week-end prochain, je recommence à lui faire faire du bloc.

Suzanne imagina Posy, toute menue et à peine sortie de sa poussette, accrochée à un rocher. Elle avait pensé que Cheryl protesterait, mais son amie ne semblait pas trouver l'idée choquante.

Depuis que Cheryl était tombée amoureuse de Rob, elle ne partageait pas seulement la vie de ce dernier mais aussi sa désinvolture face au risque.

Suzanne repensa à la conversation qu'elle avait eue avec Stewart la veille de son départ.

— Je n'aime pas te savoir en montagne avec ces deux-là, Suzanne.

Elle venait d'étaler son équipement sur le sol et son sac à dos était ouvert devant elle.

— Cheryl est ma meilleure amie. On a commencé à grimper ensemble quand on avait quinze ans.

— Peut-être. Mais maintenant, elle fait équipe avec Rob.

Stewart n'eut pas besoin d'en dire plus.

Suzanne ne se berçait pas d'illusions. Elle savait que

dans une cordée de haute montagne Rob serait le maillon faible. Il était trop impulsif, trop imprévisible. Et dévoré par un esprit de compétition ravageur. Être en compétition avec soi-même était une chose. Mais éprouver le besoin de se mesurer à un autre alpiniste ? Le comportement de Rob était une source de friction constante entre Cheryl et elle.

« Tu ne l'aimes pas, Suz. C'est clair que tu ne l'aimes pas. »

« Arrête tes conneries ! »

Mais c'était vrai.

Comment maintenir la barque de l'amitié à flot lorsque sa meilleure amie filait le parfait amour avec un monstre de suffisance cent pour cent narcissique ?

— Ni Cheryl ni Rob ne prendront de risques, Stewart. N'oublie pas qu'ils laissent trois enfants à la maison.

Stewart avait poussé un grognement dubitatif.

— Depuis quand le fait d'être parents les freine-t-il en quoi que ce soit ? Rob est un égocentrique obsédé par le besoin de vaincre.

C'était le cas pour de nombreux grimpeurs, songea Suzanne. Habités par une détermination opiniâtre, ils allaient jusqu'à la limite extrême de leurs forces, accomplissant parfois des exploits presque surhumains.

Il n'en restait pas moins vrai que des enjeux de vie ou de mort tournaient autour du choix de ses partenaires de cordée. Que la personne soit capable d'atteindre le sommet était un critère. Mais l'attitude face au danger était un facteur tout aussi déterminant. Il suffisait d'un élément faible dans une cordée pour exposer le reste de l'équipe au danger.

— Toi et moi aussi on l'a, cette passion, Stewart, objecta-t-elle. On rêve tous d'une première ascension. On cherche toujours la voie la plus difficile – celle qui va nous permettre de nous dépasser.

— Peut-être, oui. Mais en respectant certaines limites.

Stewart l'observa alors qu'elle préparait son matériel.

— Tu sais que je t'aime, Suzy… Sonde régulièrement

le manteau neigeux, repère les plaques à vent. J'aurais préféré que tu prennes une autre voie que Liberty Ridge.

— C'est la plus belle façon d'aborder le mont Rainier.

— Surtout, partez très tôt le matin, alors, la mit-il en garde. Sois vigilante sur le glacier de carbone. Et quand tu seras en haut de l'arête, grimpe en prenant par l'ouest.

— Je le sais, tout ça, Stewart.

— N'oublie pas que tu fais cette ascension en hiver et avec un sac lourdement chargé.

— Ce ne sera pas la première fois.

Elle imposa silence à sa propre sensation de malaise. L'itinéraire qu'ils avaient choisi n'avait rien d'extrême, mais Stewart avait raison de souligner que la voie était abrupte et exposée aux éléments.

— J'ai déjà fait Liberty Ridge à plusieurs reprises. Et en tant que guide de cordée.

— Mais tu n'es jamais montée là-haut avec *Rob*. Tu sais qu'entre le glacier de Liberty Cap et le sommet, il y a eu je ne sais combien de chutes.

Suzanne savait tout cela par cœur. Le Rainier, avec ses séracs, ses crevasses, était redoutable. Le célèbre stratovolcan était le pic le plus fourni en glace de tous les États-Unis.

— Je suis prudente, Stewart.

— J'aurais préféré que tes compagnons de cordée soient dans les mêmes dispositions.

Il lui prit le visage entre les mains et l'embrassa.

— Si Rob refuse de t'écouter, je le jetterai dans une crevasse de mes propres mains. Et ne compte pas sur moi pour l'en extraire.

— Je ne serai pas seule avec Cheryl et Rob. David et Lindsey grimpent avec nous.

Elle connaissait mal l'autre couple, mais le peu qu'elle avait vu d'eux lui avait plu. David lui avait paru remarquablement civilisé – considérant qu'il s'agissait d'un ami de Rob.

Elle se détacha des bras de Stewart.

— Dommage que tu ne viennes pas avec nous.

Son regret n'était pas entièrement sincère. Rob et Stewart se détestaient et emprunter un itinéraire très technique en hiver avec deux alpinistes incompatibles était tout le contraire d'une bonne idée. L'entente entre les grimpeurs était vitale dans une cordée.

Tout en se remémorant sa dernière conversation avec Stewart, Suzanne fit une halte pour tester le manteau neigeux, sans prêter attention à l'expression exaspérée de Rob.

— Si tu te mets à creuser toutes les cinq minutes, on en a pour des heures avant de dégager d'ici. On ne t'a jamais dit que trop de précautions tue la précaution ?

— Rob… Tu sais aussi bien que moi que les avalanches surviennent le plus fréquemment dans les vingt-quatre heures qui suivent une tempête de neige.

Et si les chutes de neige étaient abondantes, le risque de déstabilisation du manteau neigeux était encore accru. Le simple poids d'un humain suffisait parfois à déclencher une avalanche de plaque.

— Je partage l'avis de Rob, intervint Cheryl. Je sais que tu es guide, mais tu n'es pas responsable de la cordée. On est là entre amis. Et on connaît la montagne aussi bien que toi, Suz.

La critique à peine déguisée lui fit l'effet d'une claque. Il y avait eu un temps où Cheryl et elle avaient été d'accord sur tout, en montagne. Une entente qui avait fait d'elles deux partenaires d'escalade hors pair.

Considérant qu'elle était responsable de sa propre sécurité autant que de celle de ses compagnons, elle prit quand même le temps de creuser pour vérifier que la couche de neige profonde était bien stabilisée avant de se redresser.

C'était bien la dernière fois qu'elle grimpait avec Rob et Cheryl ! Et tant pis si cette décision menaçait leur amitié. Elle trouverait d'autres façons de passer du temps ensemble.

Rob avait continué de marcher – probablement pour se mettre à l'abri de la tentation de tuer la meilleure amie de sa femme. Mais Cheryl s'attardait, prise dans un conflit de loyauté qui opposait son mari à sa vieille complice de toujours.

— Allez, Suz... On avait dit qu'on se ferait ça cool. Tu sais que les trois quarts du temps, je reste cloîtrée à la maison à m'occuper de mes gamines. La montagne me manque tellement par moments que je ferais n'importe quoi pour pouvoir retourner grimper.

Suzanne en avait bien conscience. Tout comme elle savait qu'être prêt « à faire n'importe quoi pour retourner grimper » était un état d'esprit dangereux en haute montagne.

En tant que guide, elle était payée pour prendre des décisions complexes et parfois mal accueillies. Comme ordonner de faire demi-tour en pleine ascension si elle jugeait que les conditions étaient dangereuses.

Le fait qu'elle grimpait avec des amis ajoutait encore un degré de complication supplémentaire. Rob avançait vite, déployant une énergie brutale dont la montagne ne tarderait pas à dévorer une grande part. L'effort à fournir dans ces hauteurs les mettrait à l'épreuve, les pousserait jusqu'à leurs plus extrêmes limites.

D'habitude, à ce stade de l'ascension, elle ressentait une forme de griserie. Seules les montagnes pouvaient procurer cette qualité très particulière de paix intérieure le sentiment rare d'être en accord avec le monde.

Aujourd'hui, ces émotions positives manquaient à l'appel.

Suzanne hissa son sac sur son dos.

— Tu ne t'inquiètes pas pour les filles quand tu grimpes ?

Cheryl fronça les sourcils.

— Pourquoi je m'inquiéterai ? On les fait garder.

— Je veux dire, s'il vous arrivait quelque chose, à Rob et à toi ? Je pensais que la maternité t'aurait rendue plus prudente.

— Et pourquoi voudrais-tu qu'il nous arrive quelque chose ? Le seul truc sinistre qui nous pend au nez, c'est que tu vas gâcher tout le plaisir de l'expédition avec ta parano. Si encore tu avais des enfants toi-même ! Mais tu ne sais même pas de quoi tu parles.

Cheryl se détourna sur un mouvement d'humeur. Suzanne se sentit meurtrie.

— Attends, Cheryl ! Qu'est-ce que j'ai dit ?

— Tu me balances à la figure que je suis une mauvaise mère !

— Je n'ai jamais dit que…

Elle n'avait peut-être pas prononcé les mots exacts, mais Cheryl avait clairement perçu la critique sous-jacente à sa question.

— Tu as raison. Je ne connais rien aux enfants. On oublie tout ce qui a été dit, OK ? On est venues là pour se faire plaisir, oublier les tensions du quotidien.

— C'est toi qui n'arrêtes pas de nous stresser.

Cheryl repartit d'un pas hostile et poursuivit son chemin sans se retourner. À la fois contrariée et malheureuse, Suzanne la suivit des yeux. Une douleur se formait dans sa cage thoracique et l'accélération de son pouls n'avait rien à voir avec l'altitude et l'effort physique.

Derrière eux arrivaient Lindsey et David, progressant à pas lents dans la neige fraîche. Par chance, ils étaient à la traîne. La scène entre Rob, Cheryl et elle leur avait échappé.

Sur les étendues noires et blanches du glacier de carbone, ils s'encordèrent et négocièrent les crevasses avec prudence. Suzanne rongea son frein mais tint sa langue chaque fois que Rob s'arrêtait pour filmer les avalanches qui tombaient avec fracas de Willis Wall.

Ils grimpèrent à travers des nuages et de la neige profonde qui collait lourdement à leurs semelles et faisait hurler leurs muscles.

De temps en temps, Rob perdait pied, glissait en arrière et lâchait des torrents de jurons. Lorsqu'ils finirent par atteindre leur dernier camp à Thumb Rock, Cheryl avait retrouvé le sourire. Ils creusèrent une plate-forme pour le bivouac et firent fondre la neige autour du réchaud pour avaler leur austère pitance du soir. Le froid était intense et le vent rugissant faisait claquer les toiles de tentes.

Cheryl ajusta la flamme sous la casserole.

— Désolée pour tout à l'heure, Suzy. Je crois qu'on a juste des vues divergentes sur certaines questions.

Suzanne s'abstint de faire remarquer que, depuis quelque temps, leurs vues divergeaient sur à peu près tout et n'importe quoi.

— N'en parlons plus.

— Rob pense que c'est une erreur de modifier son mode de vie sous prétexte qu'on est parent. Et je partage son avis.

Suzanne nota à quel point son amie paraissait fatiguée.

— Comment vont-elles, les filles ?

Un sourire glissa sur les lèvres de Cheryl.

— Posy est incroyable… Rob a raison. Elle a la grimpe dans le sang, Suz. Rien ne lui fait peur et elle a spontanément les bons gestes. Dès l'été prochain, on va l'emmener en rando. Rob pense qu'on pourrait se faire un break et se barrer quelques mois en montagne. Ça fait partie de l'éducation.

Rob dit, Rob pense…

— Hannah risque de mal le vivre, non ?

Cheryl éteignit le réchaud à gaz et fit le thé.

— Rob estime que ça lui ferait le plus grand bien, au contraire. Il a acheté sa première paire de chaussures de montagne à Posy. Si tu la voyais ! Elle nous fait craquer avec ses pompes de mini-alpiniste aux pieds. J'ai une photo sur mon téléphone. Fais-moi penser à te la montrer.

Ils avaient trois enfants, mais ils ne parlaient jamais que d'une seule : Posy.

— Hannah a aimé les livres que je lui ai fait passer ?

Cheryl plissa le front.

— Quels livres ? Ah oui. Merci, au fait. C'est sympa, mais il vaut mieux éviter de lui en offrir à l'avenir. Rob dit qu'elle se sert de ses bouquins comme excuse pour fuir la vraie vie.

Suzanne se mordit la lèvre pour ne pas riposter.

— Et Beth ?

— Beth, c'est une fifille, une vraie. Tout ce qui l'intéresse, c'est de maquiller ses sœurs et de faire de la danse classique. Tu imagines comme ça peut plaire à Rob…

Suzanne se demanda pourquoi Rob s'imaginait tenu de couler ses enfants dans un moule à son image.

Cheryl posa son mug en équilibre sur le sol de la tente.

— On pourrait arrêter de parler des enfants ? Aujourd'hui, j'ai envie d'être moi, pas la maman de qui que ce soit.

— Désolée. J'adore tes filles et ça fait un moment que je ne les ai pas vues, alors j'aime bien quand tu me racontes leurs petites histoires.

Ce n'était pas la première fois qu'elle s'interrogeait sur cette ironie du sort : elle rêvait d'enfants depuis toujours sans en avoir, alors que Cheryl, indifférente à la question, était déjà trois fois mère.

— Je sais que tu es très attachée à elles. D'ailleurs, à ce propos…

— Oui ?

Cheryl se pencha pour desserrer ses chaussures.

— Tu les prendrais, n'est-ce pas ?

— Je les prendrais ? Pour aller où ?

Face à elles, le soleil basculait sur l'horizon, jetant des reflets de feux sur des étendues de neige et de glace. Le ton de Cheryl restait détaché.

— S'il nous arrivait quelque chose. J'aimerais que ce soit toi qui t'occupes des filles.

Suzanne en oublia sa contemplation du couchant.

— Moi ?

— Tu sais que je n'ai pas de famille. Et c'est pareil pour Rob. Je t'ai toujours considérée comme ma sœur.

Il arrive que des sœurs se brouillent.

Négociant le sujet avec autant de précaution que le glacier qu'ils venaient de franchir, elle s'avança sur la pointe des pieds vers l'aspect le plus épineux de la question.

— Et Rob ? Il en pense quoi ?

Suzanne était persuadée qu'elle était la dernière personne au monde à qui Rob souhaiterait confier ses enfants.

— Rob pense que nous sommes invincibles.

Cheryl reprit sa tasse de thé.

— Regarde-moi cette vue, Suz !

Mais c'était son amie que Suzanne regardait.

— Tu aimerais que je sois leur tutrice ?

— Elles sont très attachées à toi.

— Je les aime aussi.

Trois enfants.

— Tu l'as dit toi-même, tout à l'heure : je ne connais rien à la maternité.

— Oui, bon, ce serait juste au cas où. Il ne va rien nous arriver. Et encore moins avec toi qui passes ton temps à sonder le manteau neigeux et à traquer les crevasses.

— J'aimerais autant qu'on revienne tous d'ici sains et saufs.

Faire de la haute montagne avec Rob la rendait nerveuse. Le dédain de ce dernier pour les règles de sécurité les plus élémentaires la rendait encore plus prudente par effet retour.

Cheryl se tourna vers elle.

— Tu le ferais, alors ?

— Prendre les filles ? Bien sûr.

« Juste au cas où. »

Ces mots résonnèrent dans sa tête durant la nuit alors qu'elle écoutait les miaulements du vent s'acharnant sur la tente.

À 3 heures du matin, ils firent du café et un point sur la météo. Pour espérer atteindre le sommet, il fallait partir de nuit car ils avaient encore mille mètres de dénivelé à affronter sous forme de glace abrupte sur la face nord du mont Rainier.

Rob hissa son sac sur ses épaules.

— Allez ! On se la fait ? Je sens que ça va y aller impeccable.

Suzanne prit la tête de la cordée. La glace était dure et les muscles de ses mollets protestaient à chaque pas.

La montagne faisait silence, mais ce calme apparent ne faisait qu'exacerber sa tension nerveuse. Un dragon endormi restait un dragon.

Lorsqu'ils firent une courte pause pour reprendre des forces, elle regarda en direction du sommet.

— Des altocumulus lenticularis, commenta-t-elle en désignant les grands nuages en forme de soucoupes volantes.

Rob engloutit une barre énergétique.

— Magnifiques. On dirait des vaisseaux spatiaux… Il n'y a pas un souffle de vent, en tout cas.

Suzanne plissa les yeux.

— Ils sont stationnaires. Un orage se prépare.

— Tu écoutes ce que tu racontes, au moins ? « Un orage se prépare. » On est en montagne, là, ma poule. Il y a toujours un orage qui se prépare, mais la question, c'est de savoir quand. Dans ce cas précis, on aura le temps d'atteindre le sommet et de redescendre boire une bière dans la vallée avant qu'il n'éclate.

Suzanne dut faire un effort violent sur elle-même pour réprimer sa propre colère. *Ne m'appelle pas « ma poule »*.

— Apprends à lire les signes, Rob.

— La lecture, ça n'a jamais été mon fort.

Il avala une gorgée d'eau et rangea sa gourde.

— Si un orage se prépare, on ferait mieux de ne pas traîner.

Hors d'haleine, Lindsay les rejoignit.

— Tu ne crois pas qu'on devrait faire demi-tour, plutôt ?

Rob jura.

— À cette distance du sommet ? Tu es folle ?

Lindsay rougit.

— Observer certaines règles de prudence n'a rien à voir avec la folie, Rob.

— Si tu veux une vie sans risque, reste à la maison et mets-toi au tricot.

Ce fut Cheryl qui posa la main sur le bras de Rob pour tenter de l'apaiser.

— Je propose qu'on monte jusqu'à l'éperon que l'on voit là-bas, puis qu'on refasse un point. Si le temps paraît menaçant, on aura encore la possibilité de redescendre.

Suzanne hésita à pointer l'évidence : si Rob refusait de faire demi-tour là où ils étaient, il serait encore moins disposé à revenir sur ses pas lorsqu'ils se seraient rapprochés du sommet.

Et il leur restait encore à traverser le glacier.

— Ça ne t'ennuie pas si je passe en tête de la cordée, Suzanne ?

Rob ajusta ses gants et arrangea la position de son sac dans son dos.

Suzanne acquiesça à contrecœur et ils recommencèrent à grimper.

Elle n'avait plus qu'une envie : en finir avec cette expédition démoralisante et rentrer à la maison retrouver Stewart. Il lui aurait mitonné une des recettes écossaises qu'il tenait de sa mère : une de ces soupes si goûteuses et si consistantes qu'elles tenaient lieu de repas à elles seules.

Pour éviter de penser à Rob et aux nuages près du sommet, elle se concentra sur Stewart et sur l'accueil qu'il lui réserverait. Un jour, peut-être, elle aurait trois enfants, elle aussi. Trois enfants qu'elle élèverait en respectant avec soin l'individualité de chacun.

Loin au-dessus d'eux, les flocons tombés durant la nuit, si doux, légers et délicats, s'amalgamaient. Des petits amas s'agrégeaient, des ponts de glace se formaient, soudant les cristaux les uns aux autres. Quelque part dans les profondeurs, le lien qui unissait les strates s'affaiblit. Il suffit alors d'un rien – de la pression ferme du pas de Rob – pour que le manteau neigeux se fracture et libère une masse de trois cent mille mètres cubes en mouvement.

Elle n'eut même pas le temps de hurler un avertissement.

Chapitre 15

Posy

Trois jours après l'arrivée de Hannah, Posy n'avait plus qu'une envie : prendre la fuite avec Luke et disparaître sans laisser d'adresse. L'approche de Noël tournait à l'épreuve, comme chaque année. Mais contre toute attente, ce n'était pas Hannah qui menaçait sa santé mentale, mais Beth.

Sa sœur était obsédée par le super job qu'elle espérait décrocher à Manhattan.

La veille, Corinna avait appelé trois fois en l'espace d'une heure. Pile au moment du dîner. Chaque fois, Beth s'était jetée comme une hystérique sur son portable. « Désolée, tout le monde, mais je suis *obligée* de répondre. » Même Suzanne, dont la patience était généralement sans limite, avait fini par montrer des signes d'agacement.

Hannah n'avait fait aucun commentaire, ce qui inquiétait aussi Posy.

Que sa sœur reste taciturne et réservée ne l'alarmait pas outre mesure. Depuis le temps, elle s'était habituée. Le problème avec Hannah, cette année, c'était qu'elle avait l'air vulnérable. Et Posy n'avait jamais vu sa sœur aînée montrer le moindre signe de fragilité. Elle ne parvenait pas à oublier ses yeux rougis et l'achat du test de grossesse. Mais Hannah n'en avait plus reparlé depuis et Posy trouvait délicat de poser la question de but en blanc.

Sa sœur était-elle enceinte ou non ? Et si oui, heureuse ou consternée de l'être ?

Mystère.

Posy savait que leurs parents étaient inquiets aussi. Elle

le voyait aux regards qu'ils échangeaient. Ils ignoraient l'un et l'autre la raison de son arrivée anticipée et lorsqu'ils lui avaient posé la question, Posy avait opté pour une réponse évasive. Si Hannah était effectivement enceinte, c'était à elle d'en faire l'annonce à la famille.

Elle lui aurait bien proposé de parler de son état avec Beth. Mais la seule chose qui semblait intéresser celle-ci en ce moment, c'était la texture de son rouge à lèvres.

En fin de journée, Posy poussait un grand ouf et s'esquivait après le repas pour se replier dans son grenier avec Luke. Mais ce matin, elle avait repris la direction de Glensay Lodge à une heure délibérément matinale, dans l'espoir de trouver sa mère seule. Elle avait envie de prendre un petit déjeuner tranquille avec Suzanne avant leur départ pour le café.

Luke préparait une expédition en Alaska l'été prochain et l'avait invitée à intégrer l'équipe qui gravirait le Denali avec lui. Comment résister à la perspective de participer à l'ascension du plus haut sommet d'Amérique du Nord ? Elle avait décidé de prendre le taureau par les cornes et de parler à sa mère. Tout plutôt que de laisser passer pareille opportunité.

Qu'est-ce qui la motivait le plus, dans l'affaire ? L'idée de se colleter avec l'un des sept sommets les plus élevés de la planète ? Ou la promesse de prolonger au moins pour un temps son histoire avec Luke ? Au fond, la réponse n'avait pas tant d'importance. Tout ce qu'elle savait, c'était qu'elle voulait en être. Et qu'elle n'en démordrait pas.

Si elle embauchait quelqu'un pour la remplacer pendant l'été au café, cela pouvait être jouable, non ?

Elle était arrivée à Glensay Lodge déterminée à aborder la question sans détour.

Mais la chance jouait contre elle : alors que Suzanne, à l'encontre de toutes ses habitudes, s'attardait encore au lit, Beth, elle, était sortie du sien à l'aube. Autant dire que la discussion prévue tombait à l'eau.

— Sur quels critères te baseras-tu pour choisir tel ou tel rouge à lèvres plutôt qu'un autre ?

Beth arpentait la cuisine d'un air inspiré, armée d'un carnet et d'un stylo. Pour mieux incarner son nouveau personnage, sa *PR sister* avait boycotté les jeans et les pulls que Posy lui avait passés et fait main basse sur les valises de Hannah. Ce matin, Beth portait une robe noire en laine fine avec des bottes à talons vertigineux. Son chignon était élégant, son maquillage impeccable. Si elle avait dû se rendre à un rendez-vous professionnel à Londres ou à New York, elle aurait eu le look idéal. Pour une journée d'hiver dans les Highlands, en revanche, elle frisait le ridicule, même si Beth ne faisait pas grand-chose d'autre de son temps que d'errer dans la maison en brandissant ses mascaras et ses fards à paupières.

Voir sa sœur ainsi harnachée ne fut pas de nature à améliorer l'humeur de Posy.

Avec ses deux sœurs à la maison, sa charge de travail avait presque doublé. Elle avait tellement à faire qu'elle peinait à trouver le temps de sauter dans sa douche et de se relever les cheveux avec un élastique. Autant dire que le choix d'un rouge à lèvres était assez éloigné de ses préoccupations.

Elle était levée depuis cinq heures et demie du matin et il lui restait à changer les draps à la Grange, nourrir les poules et porter du foin à Socks, avant de démarrer sa journée de travail au café.

Voyant que Beth attendait sa réponse, elle haussa les épaules.

— Mes poules se fichent de la couleur de mon rouge à lèvres comme de leur première coquille. Ça t'ennuierait de vider le lave-vaisselle ?

— Pas tout de suite. Mon vernis à ongles sèche. Je ne peux rien faire de manuel pour le moment. J'aimerais avoir ton opinion sur une idée qui m'est venue cette nuit.

Malgré la menace pour ses ongles, Beth s'immobilisa pour griffonner quelques mots sur son carnet.

— Tu vois, Posy, j'adore ce projet. Vraiment, je *l'adore*. J'ai enfin l'impression de faire ce que je veux plutôt que d'être toujours au service des uns et des autres à courir dans tous les sens. Tu comprends ce que je veux dire ?

— Pas du tout, non. Parce que la situation « être au service des uns et des autres à courir dans tous les sens », je suis encore dedans jusqu'au cou !

Rongeant son frein, Posy se chargea du lave-vaisselle elle-même et posa bruyamment des piles d'assiettes dans le placard. Beth ne perçut même pas l'ironie de sa réponse.

— Tu peux arrêter de t'agiter une minute ? Je voudrais te poser quelques questions.

— Non, je n'ai pas le temps de m'arrêter. Trouve-toi un autre public à harponner.

— Je ne te lâcherai pas. Tu corresponds point pour point au public que je vise. Cette nouvelle gamme sur laquelle je travaille est destinée à des femmes qui *normalement* ne se maquillent pas.

Beth traversa la cuisine pour se servir un café.

— Et qui sont ces femmes, à ton avis ?

Posy se redressa.

— Des femmes qui sont blindées de boulot, par exemple ? Peut-être même une femme qui se coltine les préparatifs de Noël toute seule pendant que sa sœur se prend pour une curiste de luxe et ne pense qu'à se faire les ongles ?

Beth haussa les sourcils.

— Tu n'es pas obligée de défouler ta sale humeur sur moi.

— Je ne suis pas de sale humeur, je suis juste très occupée. Vire-moi donc tout ce maquillage de la table. J'essaie de préparer le petit déjeuner.

— Moi aussi, je suis super occupée. Corinna réclame de nouvelles idées pour le début de sa journée au bureau, ce qui avec le décalage horaire me laisse encore quelques heures. Mais pour avoir des idées, il faut que je me mette dans la peau de mon prospect. Qu'est-ce qui va faire qu'une femme aura ou non le réflexe de se maquiller le matin ? C'est la question clé qui me travaille.

L'irritation de Posy déborda d'un coup, comme du lait laissé trop longtemps sur le feu.

— Tu t'entends parler, là, Beth ? Non, sérieux, tu n'as aucune idée de ce qui se passe pour tes filles, ton mariage est en crise et c'est *ça* la question cruciale qui te hante ?

Beth reposa si brusquement sa tasse que la moitié de son contenu se répandit sur la table.

— Tu crois vraiment que mon couple se casse la figure ?

— Qu'est-ce que j'en sais, moi ? Mais on ne peut pas dire que la communication entre Jason et toi soit au top. Déjà, pour commencer, tu es ici et lui à Manhattan.

— Je sais…

Beth se tassa sur sa chaise.

— À ton avis, pourquoi suis-je déjà levée à une heure pareille ? Je ne peux pas dormir. Les filles me manquent. Jason me manque. Mais quel compromis lui proposer ? Un troisième enfant, soit tu le fais, soit tu ne le fais pas. Il n'y a pas trop de solution intermédiaire…

Posy attrapa un essuie-tout et épongea le café répandu en se forçant à faire preuve de patience. Son accès de mauvaise humeur ne lui ressemblait pas. Elle était rarement irritable en temps normal.

— Tu ne vas rien résoudre du tout si tu n'abordes pas les choses calmement avec Jason. Combien de fois l'as-tu eu au téléphone depuis ton arrivée ici ? Chaque fois que ton portable sonne, c'est Corinna.

Posy trouvait préoccupant de voir soudain ébranlé l'inébranlable couple de sa sœur. Une préoccupation que Beth elle-même ne semblait pas partager. Une fois passé le choc initial du type « Au secours, qu'est-ce que j'ai fait ? » elle ne semblait plus avoir eu qu'une seule obsession : encore et toujours Corinna et sa campagne de relations publiques.

— On ne se parle pas, avec Jason, en fait, admit Beth d'une voix altérée. Après le premier message qu'il m'a envoyé pour me dire que tout allait bien, plus rien. J'appelle tous les soirs mais il me dit juste « Salut, Beth » et il passe directement le téléphone aux filles. Il n'a même pas mentionné notre dispute. Je suppose qu'il est furieux contre moi d'être partie en lui laissant les enfants sur les bras. Et de mon côté, je lui en veux encore pour les horreurs qu'il a proférées. Avec ça, le téléphone passe mal et on a des conversations en pointillé. Ce n'est vraiment pas idéal pour s'expliquer.

Posy n'écoutait qu'à moitié. Elle se demandait qui était le père de l'enfant de Hannah – en supposant du moins que sa grossesse soit confirmée. Le bébé était-il le fruit d'une rencontre d'un soir ? Elle aurait aimé en parler avec Beth, mais Hannah ne lui avait rien dit, de toute évidence. Et ce n'était pas à elle de trahir la confidence.

— Tu ne peux pas laisser pourrir la situation indéfiniment. Il faut que tu fasses quelque chose, Beth.

— Oui, mais quoi ? Une opportunité comme celle-ci ne se représentera probablement jamais. Pour la première fois depuis des années, quelqu'un s'intéresse à moi pour autre chose que des histoires de couche-culotte. Et il ne s'agit pas de n'importe qui, mais de Corinna ! Te rends-tu compte au moins à quel point c'est flatteur pour moi ? Elle est féroce, cette femme. Et il en faut pour la satisfaire.

— Je veux bien le croire, vu le nombre de coups de fil qu'elle t'a passés hier soir. En interrompant le dîner à chaque fois.

— Désolée. Mais c'est *moi* qu'elle veut et personne d'autre. Bientôt, je ferai partie de ces gens qui s'envolent pour la côte Ouest et qui participent à d'élégants déjeuners d'affaires en terrasse. Et personne ne me demandera de couper sa viande dans son assiette.

Posy ne voyait aucun attrait à ce genre de perspective. Mais elle pouvait comprendre l'aspiration à un changement de vie.

— Tu es certaine que c'est vraiment ce que tu veux ?

— Oui. Déjà, pour commencer, cela fera de moi quelqu'un de plus intéressant.

Serait-il judicieux de faire remarquer à Beth qu'elle ne s'était jamais ennuyée avec elle jusqu'à récemment, mais que ses élucubrations sur les cosmétiques la rendaient par contre hautement soporifique ? Du coin de l'œil, elle vit sa sœur se resservir en café.

— Laisses-en quand-même un peu à maman.

Mais Beth ne pensait plus qu'à son « super poste », poste qu'elle n'avait pas décroché pour l'instant et pour lequel elle se démenait sans être payée.

— Voilà comment je vois les choses : le public que je vise se divise grosso modo en deux groupes. Les femmes qui ne se sont jamais maquillées et celles qui avaient l'habitude de le faire mais qui se sont arrêtées pour une raison ou pour une autre. Ce deuxième groupe m'intéresse parce qu'il a un potentiel plus fort. J'ai quelques bonnes idées et je suis presque prête à les présenter à l'équipe. Mais pour ça, il faut que je puisse téléphoner à New York dans des conditions correctes. Si ça coupe toutes les deux ou trois minutes, comme quand je parle avec Melly et Ruby, ça ne va pas le faire.

— En haut du poulailler, ça devrait passer.

Posy examina les bottes de sa sœur.

— Tu pourrais te mettre debout sur le mur de l'autre côté de l'enclos de Socks. Mais il vaudrait mieux que tu te chausses de façon plus basique.

Beth sirota son café.

— S'il faut grimper sur un mur, je grimperai sur un mur. Je suis prête à faire strictement n'importe quoi pour ce boulot. Je vais prouver à tous ceux qui doutent de moi que je suis capable de me remettre dans le bain. Corinna elle-même en sera soufflée.

Posy songea que si sa sœur se perchait au sommet du poulailler, elle risquait d'être soufflée elle-même par le vent avant de souffler qui que ce soit.

— Mon opinion vaut ce qu'elle vaut, mais je pense que

c'était super que tu restes quelques années à la maison avec tes filles. Je considère qu'elles ont eu de la chance. Et que c'était aussi une chance pour toi d'avoir pu le faire.

— Je sais. Mais avant d'avoir Melly, j'étais au même niveau de carrière que Jason. Nos salaires étaient équivalents. Et maintenant, il caracole loin devant.

— Parce qu'il s'agit d'une compétition ? Dans un couple, on est censés être complémentaires, non ? Pas rivaux.

— Jason s'en sort quand même nettement mieux que moi.

— Ça dépend de ce que tu appelles « mieux ». Tu es une bonne mère.

— C'est toi qui le dis. Tu les mesures comment, toi, les performances du « bon parent » ? Pas avec des critères de hausse de salaire ou de promotion. Aux résultats, alors ? On ne peut pas dire que mes filles soient des anges.

— Mais elles se sentent aimées et rassurées.

Posy rougit.

— Désolée.

— Tu n'as pas à être désolée. Je sais que la famille, ça passe avant tout le reste, pour toi. Ça et l'escalade. C'est la raison pour laquelle tu n'as jamais voulu partir d'ici et que tu ne t'en iras jamais. Et je le comprends tout à fait. Mais je crois que j'ai besoin d'autre chose.

Posy prit une grande inspiration.

— Justement, parlant de ça, je…

— Tu n'as pas besoin de te justifier, tu sais. Chacun a ses priorités, dans la vie, et je respecte les tiennes. Moi aussi, je crois à la famille. Être présente à chaque étape de leur vie. Les recueillir dans tes bras le jour où elles s'élancent pour faire leurs premiers pas… Les entendre soudain prononcer un mot nouveau, puis une phrase entière…

Posy renonça. En ce moment, il était impossible de parler avec Beth. Elle ne s'intéressait plus à rien hormis au son de sa propre voix.

— Si ces moments passés avec tes filles sont précieux, pourquoi être si pressée de rebosser ?

— Parce que je suis mûre, archi-mûre. Même mon corps me le dit. Je ressens un truc incroyable, là, une palpitation presque physique…

— *C'est* physique et ça porte un nom : caféine.

Posy ôta la tasse des mains de sa sœur.

— Tu en as assez bu comme ça.

— C'est tellement génial d'être de nouveau dans la vie active.

Active ?

Aux yeux de Posy, tout ce que sa sœur avait fait jusqu'à présent, c'était se tartiner du maquillage sur la figure et errer sans but dans la maison à soliloquer, carnet en main, en faisant claquer ses talons hauts.

Était-on programmé, en tant qu'être humain, pour rêver de vies qui n'étaient pas les nôtres ? Paramétré pour remettre en permanence ses propres choix en question ?

Beth inclina la tête sur le côté pour l'examiner.

— Je peux te maquiller, Posy ?

— Seulement si tu es capable de le faire pendant que je m'active. Je suis méga à la bourre.

— Impeccable. Tu corresponds à mon *target* : une femme hyper sollicitée et trop occupée pour se maquiller.

Beth attrapa son sac.

— C'est justement l'ACV de cette gamme.

Posy remit le lait dans le réfrigérateur.

— ACV ? Ça veut dire quoi, ça encore ? Arnaque pour Crétins Vaseux ?

— Argument Clé de Vente !

Beth se pinça les lèvres.

— Tu ne me prends pas au sérieux, mais je n'ai pas envie de me disputer avec toi. Rien ne peut altérer ma bonne humeur ce matin.

— Il n'est que 7 heures. Tu as encore le temps de changer d'humeur d'ici ce soir. Mais si rien ne peut te contrarier aujourd'hui, j'en profite pour t'annoncer que tu te charges du dîner. Les ingrédients sont dans le frigo.

— J'ai décidé que je faisais la grève des fourneaux. Je cuisine déjà tous les jours pour Jason et les filles et…

— Parfait. Ça veut dire que tu as une riche expérience culinaire. N'oublie pas que je déteste les carottes.

— Si tu refuses de me laisser te maquiller, je ferai un velouté de carottes, suivi d'un bœuf braisé carottes, avec un carrot cake en dessert.

— Bon. Très bien. Maquille-moi.

Posy fit claquer la porte du lave-vaisselle.

— Mais n'oublie pas qui je suis : une fille de la campagne vivant une existence simple et sans fard.

Peut-être qu'il ne lui restait plus que cette solution : prendre la tangente avec Luke. Louer une hutte au fin fond de l'Alaska. Passer ses journées à éviter les ours blancs et les orignaux. Ses nuits à faire l'amour jusqu'à en perdre la tête.

— Tu as deux minutes, Beth.

Elle essaya de ne pas s'agiter pendant que sa sœur maniait son attirail.

— Je te préviens que si j'ai l'air d'un clown…

— Du calme. Ça ne se verra même pas, que tu es maquillée.

— Si ça ne se voit pas, pourquoi perdre un temps précieux ?

— Arrête de parler. Je ne peux rien faire si tu grimaces. Déjà petite, tu étais intenable quand je te maquillais.

— Ça reste aussi pénible que dans le souvenir que j'en garde. Et en plus, ça ne tiendra pas.

— Ha ! Détrompe-toi ! Ce rouge à lèvres est fait pour toi. D'après les commentaires, il a une tenue incomparable. Tu pourras embrasser un à un tous les hommes qui traînent au bar du Glensay Inn et ton rouge à lèvres sera toujours en place.

— Je n'ai pas l'intention d'embrasser les piliers de bistrot du…

— Posy !

Elle serra les lèvres et lutta pour ne pas plisser le nez

alors que les mains de Beth voletaient tout autour de son visage, la chatouillant avec ses pinceaux. Docile, elle suivit les instructions : ouvrir les yeux, fermer les yeux, regarder vers le haut, avancer les lèvres…

— Si les mecs de l'équipe prennent un fou rire en me voyant, ma vengeance sera féroce, Bethany Butler.

Elle tourna la tête lorsque leur père entra dans la cuisine et écarta Beth ainsi que sa main armée d'un mascara.

— Ça va, papa ? Où est maman ?

— Papa !

Beth se précipita pour se jeter à son cou. Stewart l'embrassa tout en examinant sa plus jeune fille du coin de l'œil.

— Qu'est-il arrivé à ton visage, Posy ?

— *Ma sœur.* Voilà ce qui est arrivé à mon visage. Il se passe quelque chose, pour maman ?

Stewart se dégagea gentiment des bras de Beth.

— Elle est K-O avec une forte fièvre. Je lui ai donné l'ordre formel de rester au lit.

— Oh ! non. Tu crois que c'est la grippe ?

Beth posa son maquillage sur la table.

— Elle n'aurait jamais dû aller chez Vicky.

— Rien ni personne ne peut arrêter maman quand il s'agit de voler au secours du vieux, du malade, de l'orphelin et du reste.

Posy prit un plateau.

— Je vais lui porter son petit déjeuner.

— Je ne pense pas qu'elle voudra manger.

— Il faut qu'elle boive, en tout cas.

Posy jeta quelques glaçons dans une carafe d'eau et ajouta des tranches de citron. Suzanne ne tombait jamais malade, d'habitude. C'était peut-être l'anxiété au sujet de Beth et de Hannah qui avait affaibli son système immunitaire ?

— Qu'est-ce qu'on fait ? On appelle le médecin ?

— On attend encore un peu.

— Tu as l'air crevé. Assieds-toi, papa.

Posy le poussa en douceur vers une chaise.

— Beth va te préparer ton petit déjeuner. Des œufs brouillés avec des toasts, ça t'irait ? Martha a pondu ce matin et j'ai gardé les œufs pour toi. Ils sont dans le saladier, Beth.

Cette dernière avait recommencé à griffonner dans son carnet.

— Il faut juste d'abord que je…

— Il faut juste d'abord que tu t'occupes du petit déjeuner de papa. Tiens, voilà la poêle.

Posy fourra le tout entre les mains de sa sœur, prête à lui casser les œufs sur la tête si elle ne se décidait pas à se remuer un peu pour le bien commun. Rien de tel qu'un bon jaune d'œuf sur le crâne pour embellir une chevelure.

Elle gravit l'escalier en trombe et tomba sur Hannah en haut des marches.

— Hé, Posy, ça t'ennuierait de…

— Oui, ça m'ennuierait. Je sature, là.

La culpabilité l'immobilisa net. Depuis trois jours, elle attendait que Hannah se décide à lui parler. Mais pourquoi fallait-il que celle-ci choisisse de le faire *maintenant* ?

— Désolée. Les choses sont un peu chaotiques, ce matin. Tout va bien ? Qu'est-ce que tu voulais me demander ?

— Rien. Laisse tomber.

Hannah se replia de nouveau dans sa chambre et Posy la suivit des yeux, exaspérée contre son aînée mais plus encore contre elle-même. Elle n'aurait pas dû répondre aussi sèchement. Le moment aurait été idéal pour demander à Hannah comment elle allait et pour s'inquiéter du résultat du test.

Alertée par le son rauque d'une mauvaise quinte de toux, elle se hâta jusqu'à la chambre de leurs parents.

Sa mère était pliée en deux.

Posy traversa la pièce en deux enjambées et posa son plateau. Oubliant tout le reste, elle massa affectueusement le dos maternel.

— Je vais te faire une citronnade chaude avec du miel. Ça soulagera la toux.

Elle posa la main sur le front de sa mère et s'inquiéta de le trouver brûlant. Suzanne protesta faiblement :

— Ne t'approche pas de moi, je suis contagieuse. Inutile de me préparer une boisson chaude. Je vais me lever et je m'en occupe.

— Toi, tu ne bouges pas de ton lit. Elle ne m'aura pas, ta grippe. Je suis beaucoup trop rapide pour que les virus aient le temps de me tomber dessus.

— Je ne peux pas rester couchée. Tu n'imagines même pas tout ce que je m'étais promis de faire aujourd'hui.

Suzanne essaya de s'asseoir mais retomba sans force contre ses oreillers.

— Oh non, je suis une loque. Ça ne peut pas m'arriver *maintenant*… Pas à quelques jours de Noël !

Posy compatissait, mais il était clair que sa mère n'avait pas le choix. Qu'elle le veuille ou non, elle allait devoir rester couchée.

— Bon. Dis-moi ce qu'il y a à faire et je prendrai la relève.

Elle essaya de ne pas penser à tout ce qu'elle avait déjà au programme pour cette journée… Bon, en prenant quelques raccourcis, il devrait y avoir moyen de survivre.

Prise d'une nouvelle quinte de toux, Suzanne hocha la tête.

— Là, sur la table… Prends un carnet et un stylo.

Posy s'exécuta, non sans un pincement d'inquiétude. Elle n'avait pas prévu que les tâches à accomplir seraient nombreuses au point de prendre la forme d'une liste officielle.

— Je t'écoute.

Pitié, faites que ça reste dans les limites du raisonnable.

— Commence par faire la sauce aux canneberges, qu'il faudra congeler ensuite. Les canneberges sont au frigo et tu trouveras des oranges dans la corbeille à fruits. Les filles adorent mes biscuits de Noël à la cannelle donc il faudra prévoir d'en mettre au moins deux plaques au four. Puis tu…

La liste s'allongea, s'allongea, jusqu'à ce que Posy en prenne des crampes aux doigts et des élancements dans le crâne. Comment était-elle censée venir à bout de toutes ces tâches tout en gérant le café en solo ? Sa mère s'en apercevrait-elle si elle prenait de la sauce cranberry en conserve ?

— Ce n'est pas étonnant que tu sois malade. Rien qu'à contempler cette liste, je sens déjà monter une immense faiblesse alors que j'étais en parfaite santé il y a cinq minutes à peine.

— J'ai encore dix chaussettes de Noël à tricoter pour la collecte de fonds. Ça, je sais que ce n'est pas dans tes cordes, donc apporte-moi juste ma laine et mes aiguilles avant de partir.

— Il faut que tu dormes.

— Je ne pourrai pas fermer l'œil sachant tout ce qu'il reste à faire avant Noël, protesta Suzanne d'une voix râpeuse. Tu es très jolie comme ça, au fait. C'est rare que je te voie maquillée. Tu as l'intention de sortir ?

— Ma sortie du jour va se limiter au Craft Café.

Dont elle allait devoir s'occuper seule puisque Vicky et sa mère étaient *out*.

— C'est Beth qui m'a prise en otage pour s'entraîner sur moi avec son attirail.

— J'adore vous voir prendre du bon temps ensemble, toutes les trois. Et je suis contente que tu aies de l'aide.

De l'aide ? Jusque-là, Beth lui avait été à peu près aussi utile qu'un climatiseur au cœur d'une tempête arctique.

Rien ne se passait comme prévu.

Beth, qui a priori était LA sœur fiable et prévisible, débarquait sans enfants et ne décollait plus de son téléphone. Hannah, normalement la personne la plus calme et la plus organisée du monde, semblait soudain craquer de tous les côtés. Sous le maquillage soigneux, on voyait les cernes se creuser de jour en jour sous ses yeux. Elle promenait une expression de désespoir muet, comme si elle était sur le point de s'effondrer et de fuir la terre entière – elle-même y compris.

— Je vais t'envoyer Beth avec le citron et le miel.

— Non ! Je ne veux pas que Beth s'approche de moi.

— Pourquoi pas ?

Les yeux de Suzanne se fermèrent d'eux-mêmes.

— Il ne faut pas qu'elle tombe malade. Ça peut être dangereux pour le bébé.

— Quel bébé ?

— Tu n'es pas obligée de faire semblant avec moi. Tout le village est déjà au courant. Évidemment, j'aurais préféré l'apprendre avant le reste de la population de Glensay, mais je suis heureuse qu'elle attende un petit troisième.

Posy prit la résolution de tuer Aidan dès leur prochaine rencontre.

— Maman, Beth n'est pas enceinte.

Mais il se pourrait que Hannah le soit.

— Ah bon. Et pourquoi cette rumeur, alors ?

— Une erreur d'interprétation. C'est ce qui arrive quand on vit dans des endroits où les gens se mêlent de la vie des autres. On parlait de bébés en général et quelqu'un en a tiré des conclusions. Dors maintenant et ne t'inquiète plus de rien. Je m'occupe de tout.

Suzanne soupira.

— Cette fois, c'est officiel : je me fais un sang d'encre. Je suis inquiète pour Beth, inquiète pour Hannah et maintenant, je m'inquiète aussi pour toi.

Suzanne se tut, secouée par une toux qui montait en rafale, si violemment qu'elle s'en trouva presque arrachée du lit.

— Tu n'arriveras jamais à t'en sortir seule. Il y a mille préparatifs à boucler avant l'arrivée de Jason et des filles.

— Beth et Hannah sont capables de se prendre en charge et il nous reste encore quelques jours avant que Melly et Ruby débarquent. Ça nous laisse du temps. Il n'y a aucune raison de paniquer.

— Je voulais tellement que ce soit un beau Noël pour tout le monde.

— Ce sera un beau Noël, maman.

Plus probablement un beau désastre, oui.

On sonna en bas à la porte et Posy lissa les draps de Suzanne.

— Je vais aller ouvrir. C'est probablement la livraison de laine que tu attends.

Arrivée en haut de l'escalier, elle vit que Beth l'avait devancée. Posy entendit une exclamation de stupéfaction suivie par un chœur de voix familières.

Jason et les filles. Entourés d'une quantité de bagages propre à remplir en intégralité les soutes d'un gros-porteur.

Posy se laissa tomber de tout son poids sur la première marche et se prit la tête entre les mains.

N'en jetez plus. La coupe est pleine.

Toutes les raisons au monde de paniquer étaient désormais réunies.

Chapitre 16

Beth

S'il y avait une chose que Beth n'avait pas anticipée, c'était que Jason débarquerait en Écosse avant la date prévue.

En toute logique, elle aurait dû s'offusquer qu'il vienne empiéter sur sa semaine « rien que pour elle », mais elle ne ressentait qu'un soulagement indicible mêlé d'euphorie.

— On voulait te faire la surprise.

Jason hésitait sur le pas de la porte, comme s'il n'était pas très sûr de l'accueil qui lui serait réservé.

— Tu aurais peut-être voulu avoir un peu plus de temps pour toi toute seule ? J'avais envie que ce soit spontané.

Melly tira sur sa manche.

— Maintenant, papa.

— Tu crois ?

— *Tout de suite.*

Jason dégagea la main qu'il tenait dans son dos, révélant un énorme bouquet de tulipes blanches. Beth poussa une exclamation de surprise ravie.

— Tu les as trouvées où ?

— On a demandé au chauffeur de taxi de faire un détour.

Beth adorait les fleurs et, à cet instant précis, elle adorait aussi son mari.

— Ouah, merci. Elles sont vraiment magnifiques.

— Tu vois ? Je te l'avais dit que c'était celles-là qu'elle préférerait, chuchota Melly à son père.

Jason lui adressa un clin d'œil.

— Tu as été de très bon conseil, Mel.

Il avait les cheveux en pétard, son manteau était tout froissé et sa barbe de quelques jours faisait plus négligée que *fashion*. Mais elle ne l'avait jamais aimé autant qu'en cet instant. Même maintenant, après toutes ces années de vie commune, le simple fait de le voir ensoleillait son humeur.

Son allégresse dura jusqu'à l'instant précis où il lui revint à l'esprit qu'ils ne s'étaient pas séparés en bons termes et qu'aucun des problèmes entre eux n'était résolu.

Elle s'avança pour l'embrasser. Sa joue était froide sous ses lèvres, sa mâchoire piquante.

— Un rasage s'impose, Jason Butler.

— Je sais. Mais pour se raser, il faut avoir du temps pour soi dans une salle de bains.

— Maman !

Estimant avoir assez attendu, Ruby écarta son père et vint se blottir dans les bras de Beth, suivie de près par Melly. Leur présence bruyante lui rappela que l'occasion d'avoir une vraie discussion entre adultes ne se présenterait pas de sitôt.

Beth referma la porte d'entrée, posa les fleurs sur la console que son père avait fabriquée avec du bois de récupération, et s'accroupit pour mieux serrer ses filles dans ses bras.

Le manteau de Melly était ouvert et Beth nota qu'elle arborait une robe plus adaptée à un soir d'été à Manhattan qu'à un matin glacial de décembre dans les Highlands. Jason, de toute évidence, n'était pas plus doué qu'elle pour se faire obéir. Quant à Ruby, elle portait sa fourrure polaire dedans dehors ainsi que des chaussettes désassorties…

Beth découvrit qu'elle s'en fichait royalement. Ses filles étaient venues la rejoindre, elles étaient en bonne santé, dans ses bras. Elle était tellement heureuse de les voir qu'elle en aurait pleuré.

Elle les pressa si fort contre son cœur que Ruby poussa un couinement de protestation.

— Ça me fait tellement plaisir de vous voir, tous les trois.

Elle embrassa ses filles l'une après l'autre.

— Elle est belle, ta robe, maman.

Melly hocha la tête d'un air approbateur et Beth l'attira contre elle, le visage enfoui dans ses cheveux, humant la délicate odeur enfantine.

Ils lui avaient tellement manqué.

— Le voyage s'est bien passé, alors ?

Ruby fondit en larmes.

— Papa a oublié Bugsy dans l'avion.

Beth leva les yeux vers Jason et le vit soudain usé par la fatigue.

— Tu as perdu Bugsy ?

De son mari ou de sa fille, elle aurait eu du mal à déterminer lequel des deux avait l'air le plus traumatisé. Elle s'attendait à ce que Jason lui délègue le problème, en même temps que les enfants et les bagages. Mais loin de se défiler, il s'accroupit devant Ruby qui se cramponnait à elle.

— J'ai appelé les gens de l'avion, ma puce. Ils vont chercher partout pour voir si Bugsy est resté sur le siège.

— Et s'ils le trouvent pas ?

Ruby avait cet air désemparé et fragile que seule la disparition de Bugsy pouvait susciter chez elle.

— S'ils ne le trouvent pas, on réfléchira très fort pour essayer de se rappeler quand tu l'as eu pour la dernière fois.

— Mais j'sais pas quand je l'ai eu la dernière fois !

— Elle l'avait à la cafétéria, déclara Melly, secourable. Quand tu lui as donné une montagne de frites.

Beth haussa un sourcil.

— Tu leur as fait manger des frites ?

— Merci, Mel.

La nuque de Jason s'était empourprée mais il gardait son attention fixée sur Ruby.

— On va le retrouver, je te le promets.

Beth frémit. Même si elle comprenait ce qui avait motivé son mari à s'avancer de la sorte, elle savait qu'il était dangereux de faire des promesses qu'on n'était pas certain de pouvoir tenir.

Et Ruby le savait aussi.

— Et si on n'y arrive pas ? Melly dit que Bugsy a peut-être pris un autre avion. Et que si ça se trouve, même, il est parti à Hong Pong.

— Hong *Kong*, rectifia Melly.

Le visage de Ruby se chiffonna.

— J'peux pas vivre sans Bugsy.

Au moment où ses pleurs de détresse partirent dans les aigus, Posy apparut en haut de l'escalier.

— Hééé !

Elle plaça une main derrière une oreille et regarda autour d'elle en faisant mine de ne pas voir les arrivants.

— J'ai cru entendre la voix de Ruby, mais ça ne peut pas être elle parce qu'elle arrive seulement dans trois jours.

Ruby cessa de hurler et hoqueta :

— Je suis là, tatie Posy. C'est moi !

Posy continua de faire mine de chercher.

— C'est bizarre… J'entends la voix de Ruby, mais je ne la vois pas.

— J'suis làààà !

Un gargouillis de rire s'éleva d'entre les sanglots et Ruby lâcha sa mère pour s'élancer vers sa tante.

— Hé, mais je n'ai pas rêvé ! Tu es bien là !

Posy attrapa Ruby au vol et la leva au-dessus de sa tête.

— Salut, jeune fille ! Mais dis-moi, c'est Melly que je vois là ? Ah non, ce n'est pas Melly, c'est une jeune princesse. Mais que fait donc cette belle princesse dans notre maison ?

Elle cala Ruby sur une hanche et tendit l'autre bras à Melly qui courut vers elle avec un petit sourire timide.

— Qu'est-ce qu'elle a, ta tête, tatie Posy ?

Posy prit un air effrayé et porta sa main libre à sa joue.

— Hou là. Il lui est arrivé quelque chose, à ma tête ?

— Tu es maquillée. C'est la première fois que je te vois comme ça.

— Ah… OK. Tu admires le travail professionnel de ta maman qui essaie de découvrir la couleur de rouge à lèvres que Socks préfère. Si tu veux, tu peux venir avec moi et on va lui demander ensemble ?

Ruby pouffa.

— Il s'en fiche, Socks, de ton rouge à lèvres !

— Tu crois ? Va expliquer ça à ta maman, alors.

— Il est joli, ton visage comme ça, déclara Melly timidement. Si tu veux, je peux t'aider à te maquiller pendant que je serai ici. Et même je te fais les ongles si t'as envie.

Beth nota que Posy eut la bonne grâce de ne pas frémir.

— Ce serait super. Merci Melly.

Ruby tira sur sa manche.

— Ils sont où, papi Stewart et mamie Suzanne ?

— Tu viens de manquer ton grand-père, intervint Beth. Il est parti travailler à l'instant…

Notant le regard féroce de sa sœur, elle se hâta de préciser :

— Non sans avoir mangé d'abord la délicieuse omelette que j'ai préparée pour lui avec les œufs de Martha la poule.

Posy sourit et changea Ruby de hanche.

— Et votre grand-mère dort parce qu'elle est malade. Tu ne pourras pas la voir pour le moment, mais peut-être plus tard ?

Ruby se rembrunit et son visage se chiffonna de nouveau.

— Mais je voulais voir papi ! Et j'ai fait un beau dessin pour mamie !

— Elle va être contente, mamie, d'avoir ton dessin. On verra s'il y a moyen de le lui faire passer, tout à l'heure. En tout cas, c'est bien que vous soyez là car ça fait un moment que Socks vous réclame, toutes les deux.

Le visage de Ruby s'éclaira.

— On peut le monter ?

— Seulement si ta maman est d'accord.

Sous le regard interrogateur de sa sœur, Beth eut un pincement d'angoisse. Tout le monde savait que l'équitation faisait partie des sports à risque.

Jason lui posa la main sur l'épaule.

— Laisse-la monter Socks. Elle aime tellement ça. On peut lui mettre une bombe.

— Les traumatismes crâniens, c'est une chose. Mais je redoute aussi les chocs sur la colonne vertébrale.

Beth se mordit la lèvre.

— On aurait dû leur acheter des gilets de protection. C'est ma faute. Je n'y ai pas pensé. Ils en font maintenant avec des airbags qui amortissent en cas de chute. Peut-être qu'on peut encore les faire livrer avant Noël.

Elle se demanda pourquoi tout le monde la regardait avec des yeux ronds.

Posy fit sauter Ruby sur sa hanche.

— Je crois qu'une bombe devrait suffire. Je tiendrai Socks en longe. Il ne peut rien leur arriver.

Beth frémit. Comment laisser dire une énormité pareille ? *Tout* pouvait arriver. Ce n'était pas étonnant qu'il y ait tant d'accidents. La plupart des gens se montraient d'une désinvolture totale sur les questions de sécurité. C'était leur problème, bien sûr. Mais s'agissant de ses filles, elle avait tout de même son mot à dire.

Les bras passés autour du cou de Posy, Ruby retenait son souffle, ses yeux luisants d'espoir rivés sur elle.

— S'il te plaît, ma petite maman…

Elle se trouvait dans une situation impossible. Comment dire non ?

— Bon, d'accord. Mais tu mets bien ta bombe et tu fais tout ce que te dira tatie Posy. N'élève jamais la voix quand tu es près de Socks, et si tu veux le nourrir, mets ta main bien à plat. Et si…

— Beth…

Jason passa un bras autour de ses épaules.

— Tu peux faire confiance à Posy.

— Bien sûr. Je disais juste que…

— Que tu veux qu'elles soient prudentes. Elles le seront. Laisse-les faire un tour dehors avec leur tante. Cela nous permettra de parler.

Il avait raison. Beth hocha la tête.

— Allez, filez toutes les deux. Amusez-vous bien.

Ruby poussa un hululement de joie. Même Melly, généralement plus réservée, laissa éclater son enthousiasme.

Posy prit les choses en main.

— Vous avez des vêtements chauds, les filles ?

— Ouuui ! Plein !

D'un coup, le visage de Ruby se troubla et elle tourna la tête dans la direction de sa tante.

— Maman, elle va pas partir de nouveau, hein ?

Posy l'embrassa sur la joue.

— Jamais de la vie. C'est Noël et on reste tous ensemble ici. Une fois que vous aurez monté Socks on ira suspendre nos chaussettes de Noël au-dessus de la cheminée. Et vous m'aiderez à faire des biscuits à la cannelle. Puis on ira nourrir Socks parce qu'il fait froid dehors et qu'il a besoin de manger plus que d'habitude.

Beth jeta un regard reconnaissant à sa sœur.

— Ça va être bientôt l'heure d'ouvrir le Craft Café. Comment on va faire ?

— Je paierai Duncan le prix fort pour qu'il assure l'ouverture.

Jason souleva une des valises.

— Ce sont les affaires d'extérieur des filles. Bonnets, gants, blousons, ce genre de trucs. Je vais te la monter, Posy.

— C'est gentil de me le proposer, mais je vais me débrouiller.

Sans lâcher Ruby, Posy récupéra la valise de sa main libre.

— Ruby et Melly apporteront la touche glamour et j'assurerai côté muscles. Allez, les filles. On monte ça dans votre chambre et on va trouver quelque chose de chaud à vous mettre. Mais il ne faudra pas faire plus de bruit qu'une souris pour ne pas réveiller votre mamie, d'accord ?

— Tu lui feras un bisou pour la guérir ?

Posy hocha la tête.

— Promis.

— Et tatie Hannah ? demanda Ruby, pleine d'espoir. Elle est là ?

— Pour l'instant, elle travaille. Mais je sais qu'elle est impatiente de vous voir.

Ruby hocha la tête.

— Tatie Hannah a un métier très important.

— C'est vrai.

Ruby lui tapota l'épaule d'un air compatissant.

— Et toi, ton métier, c'est de nourrir Socks.

— Tout à fait. Et ça aussi, c'est un travail très important. Parce que si je ne nourris pas Socks, il meurt. Il n'y a pas que dans les emplois où on gagne beaucoup d'argent qu'on fait des choses importantes.

Beth eut droit à un regard appuyé de sa sœur. Puis Posy reporta son attention sur les enfants.

— Vous avez pris des bottes ? Parce que c'est un peu gadouilleux, là-bas, dans l'enclos de Socks.

Ruby noua les bras autour du cou de Posy.

— Il fait combien de repas par jour, Socks ? Papa, il dit qu'il n'y croit pas, tellement nous les enfants on a faim souvent. Il m'a dit que je mangeais comme un cheval.

— Un cheval, ça mange en moyenne seize heures par jour, expliqua Posy.

Melly pouffa.

— Alors, c'est sûr, papa a raison. Ruby est un cheval !

Leurs voix s'éloignèrent lorsque le trio disparut à l'étage, laissant Beth et Jason plantés face à face.

Seuls et silencieux.

Beth se sentait bizarrement intimidée. Jason et elle avaient de gros problèmes à résoudre, mais par où commencer ? Le moment était-il adapté pour aborder les questions de fond ?

Elle esquissa un sourire.

— Et voilà : une pause sans enfants gracieusement offerte. C'est tellement rare qu'on ne sait même plus comment la mettre à profit.

Jason se passa la main sur la nuque.
— Je suis désolé pour Bugsy.
— Ça peut arriver.
— Toi, tu ne l'as jamais perdu.
— J'ai un peu plus de pratique que toi.
Elle réalisa que cela pouvait paraître agressif et rougit.
— Désolée. Je ne voulais pas…
— Non, c'est bon. C'est la vérité. Tu as l'air en pleine forme. Et tu es très belle, comme Melly l'a tout de suite remarqué.
Le regard de Jason glissa le long de son corps et s'attarda sur ses jambes.
— C'est une nouvelle robe ? Tu es partie sans bagages.
— Je l'ai torpillée à Hannah. Toi, tu as une petite mine, en revanche. Tu as pu dormir un peu dans l'avion ?
— Avec ces deux ouistitis ? Tu veux rire ? Heureusement que ma voisine de siège a pris pitié de moi, sinon je n'aurais même pas eu la possibilité d'aller soulager ma vessie.
Leur discussion avait quelque chose de guindé, comme entre deux étrangers polis qui se feraient la conversation. Ils ne savaient ni l'un ni l'autre comment négocier l'énorme bloc rocheux qui s'était mis en travers de leur relation. Beth décida de traiter la situation comme on affrontait l'eau froide : en sautant dedans à pieds joints.
— Pour ce que je t'ai dit l'autre jour…
Mais Jason secoua la tête.
— Pas maintenant. Je sais qu'une discussion s'impose, mais après deux taxis, deux vols en avion et quatre jours d'activité à temps plein avec les filles, mon cerveau a de gros ratés. J'aimerais autant qu'on se parle quand je saurai que les mots qui sortiront de ma bouche correspondront à peu près à ce que je veux leur faire dire. Cette conversation est trop importante pour que je prenne le risque de me planter. Alors laisse-moi juste le temps de prendre une douche, de défaire les bagages et de fermer les yeux un petit quart d'heure.
Beth n'avait pas envie d'attendre. Pas envie non plus de

le perdre des yeux. Elle connaissait des couples capables de fonctionner des semaines entières en laissant leurs conflits non résolus mitonner sur le feu. Mais Jason et elle n'étaient pas comme cela. Lorsqu'un désaccord les opposait, ce qui ne se produisait que rarement, ils en parlaient jusqu'à trouver une solution. Ils n'avaient jamais connu de différends durables.

Jusqu'à maintenant.

— OK. Monte prendre ta douche pendant que je m'occupe de mettre les tulipes dans un vase. Puis je t'aiderai à défaire vos bagages.

Elle compta les valises.

— Tu arrives encore plus chargé que Hannah.

— Je ne savais pas quoi emmener pour les filles. Du coup, j'ai tout embarqué. Et j'ai pris aussi des vêtements pour toi. Je t'imaginais condamnée à patauger dans la neige mouillée avec tes bottes en daim sexy.

— Merci d'avoir pensé à moi. Je te prépare un plateau avec du café et des toasts et je te rejoins dans la chambre.

Elle passa dans la cuisine. Par la fenêtre, elle vit Posy et les filles, emmitouflées dans leurs doudounes et leurs écharpes, qui traversaient le pré pour rejoindre Socks. Elle disposa les tulipes dans un vase et resta un instant à regarder les petites escalader la barrière et inonder l'imperturbable vieux poney d'affection et de foin.

Puis elle se détourna, versa du café dans un mug et beurra quelques tartines du pain frais que sa mère avait fait la veille. Posant le tout sur un plateau, elle le porta à l'étage. La porte de la chambre était grande ouverte et elle trouva Jason affalé de tout son long sur le lit, les yeux clos. Il tressaillit lorsqu'elle posa le café sur la table de chevet.

— Beth ?

— Je croyais que tu voulais te doucher d'abord ?

— Si je ne me repose pas avant, j'ai neuf chances sur dix de finir noyé. La nouvelle n'est pas encore officielle, mais il se pourrait d'ailleurs que je sois déjà mort.

— Je suis désolée que tu sois épuisé comme ça.

— Non, tu n'es pas désolée. Car c'est exactement ce que tu espérais.

Il avait l'air si pathétique, étalé là sans force, qu'elle avait du mal à ne pas sourire.

— Tu ne comptes pas au moins enlever tes chaussures ?

Il émit un grognement pour seule réponse et, cette fois, elle s'autorisa à sourire pour de bon.

— Tu es vraiment fatigué à ce point ?

— Fatigué ?

Il ouvrit péniblement un œil.

— Fatigué, c'est l'état où je suis après une journée de travail, lorsque je me suis battu avec la circulation, avec mon boss et une flopée de clients exigeants. Ce que je ressens maintenant n'a rien à voir. Harassé ? Éreinté ? Je n'ai pas de mot pour le dire, mais je sais que « fatigué » ne lui arrive pas à la cheville.

Beth prit pitié de lui et lui ôta ses chaussures.

— Qu'est-ce qui t'a paru le plus dur, alors ?

— Tout.

Ses yeux se refermèrent de nouveau.

— Déjà, la question de l'alimentation. C'est exténuant parce qu'elles mangent tout le temps. Trois repas sains par jour, plus les collations. Il n'y a pas de temps mort. J'aurais aussi bien pu ouvrir un restaurant.

— Les temps morts, c'est entre les repas et les goûters.

— Ce n'était pas des temps morts, mais des temps de préparation des repas en question. Une fois sur deux, je devais ressortir en courant pour aller chercher un truc indispensable que j'avais oublié d'acheter. *Maman, elle en a toujours à la maison.*

Il rouvrit les yeux.

— As-tu idée du nombre de fois où j'ai entendu cette petite phrase cette semaine ? Tu souris ? Serait-ce un sourire de triomphe, Bethany McBride Butler ?

— Peut-être un peu…

C'était réconfortant de savoir qu'il se faisait enfin une idée réaliste de la vie qu'elle menait.

— Je t'ai manqué un peu, alors ?

— Un peu ? Tu m'as *beaucoup* manqué. Et pas seulement parce que je ne suis pas fichu de faire le pain perdu comme toi. Melly a trouvé que le mien avait un goût bizarre et Ruby a décrété qu'il était « caca gluant ». Je croyais qu'il suffisait de tremper le pain brioché dans les œufs mais, apparemment, tu rajoutes je ne sais quels ingrédients magiques.

— Tu as mis de la cannelle ?

— Ben non.

— Je saupoudre de cannelle et de sucre pour que les bords deviennent croustillants. Ça évite le côté « caca gluant ».

Elle s'assit à côté de lui sur le lit.

— Tu as eu d'autres problèmes encore ?

— Je n'ai pas pris la bonne couleur de collants de danse.

— Je t'avais dit de…

— … de prendre les roses, oui je sais. Mais je ne les ai pas trouvés dans le tiroir donc c'était soit les noirs, soit le retard. Et tu m'avais bien recommandé d'éviter le retard. Des deux maux, j'ai cru choisir le moindre mais, apparemment, Melly ne peut pas danser en noir. Il se passe quelque chose au niveau de ses jambes qui ne se mettent en mouvement que lorsqu'elles sont en rose. C'est une énigme d'ordre médical. Et ne me parle pas de l'exploit qui consiste à sortir deux enfants d'un appartement à l'heure chaque matin. Je suis étonné que tu ne sois jamais partie à l'école en chemise de nuit.

— Pourquoi ne pas m'avoir dit que tu t'empêtrais autant ? Chaque fois que j'appelais, tu collais directement le téléphone entre les mains des enfants. Je pensais que tu étais furieux contre moi.

— Les dix minutes qu'elles passaient au bout du fil avec toi me permettaient de régler quelques urgences au pas de course. Et tu m'avais clairement fait comprendre que tu voulais du temps pour toi, donc j'ai pensé que tu préférerais que je te laisse tranquille.

Il lui jeta un regard en coin.

— Bon, OK : ma fierté était aussi en jeu. Je n'avais pas envie que tu saches à quel point j'étais incompétent.

Ainsi il s'était bel et bien occupé des filles lui-même. Beth n'en croyait pas ses oreilles.

— J'étais convaincue que tu appellerais ta mère dès l'instant où j'aurais mis un pied hors de l'appartement.

— J'ai failli le faire. En fait, j'avais déjà le téléphone dans la main. Mais j'ai réalisé que si je me déchargeais sur ma mère, cela équivaudrait à admettre que j'étais incapable de gérer les filles seul. Tu m'avais dit que je ne savais rien de ta vie et que le peu de temps que je passais avec les enfants n'était pas représentatif de ce qu'est une vie de parent à temps plein. J'ai trouvé ça injuste et blessant. Je voulais te prouver que tu te trompais et que j'étais capable de m'occuper d'elles aussi bien que toi. À mes propres yeux, je n'étais pas seulement un papa du dimanche matin. Je me sentais capable d'assurer aussi le reste du temps et j'étais décidé à t'apporter la preuve que tu n'avais rien compris au bon père que j'étais.

Beth sentit un début de tension lui nouer la poitrine.

— Jason…

— L'ennui, c'est que tu avais raison.

— Je n'avais pas raison, non. Tu es un père merveilleux.

— Parce que tu me mâches le travail et que c'est facile pour moi d'arriver le soir en héros et de passer un quart d'heure sympa avec les enfants. Mais ces bons moments ne sont possibles que parce que tu as lavé et nourri les filles d'abord, qu'elles sont sagement au lit avec leurs livres et que tu as remis de l'ordre dans l'appartement. Comment tu y arrives, d'ailleurs ? Pour moi, ça tient déjà de l'exploit sportif de les nourrir trois fois par jour. Et j'avoue qu'un soir sur deux on a fait l'impasse sur le bain. Quant à l'appartement, on dirait qu'il a subi un raid aérien. Je ne me suis jamais senti aussi nul de ma vie.

Il lui prit la main.

— En d'autres termes : les preuves sont là et elles

jouent toutes en ta faveur. La vie que tu mènes avec les filles est harassante et exige un maximum d'abnégation. Je déclare donc en mon âme et conscience que ce que je t'ai dit l'autre soir était dépourvu de tact et témoignait d'un manque flagrant d'information. J'espère que tu me pardonneras.

— Simple curiosité : qu'est-ce qui a été le plus dur ?

— D'être sans toi. Pas parce que tu réussis à transmuter nos enfants déchaînés et notre appartement chaotique en une famille et un foyer accueillant, mais parce que cela me manquait de ne pas pouvoir rire et parler avec toi.

Il serra sa main plus fort dans la sienne.

— Tu es ma compagne de vie, la femme que j'aime et ma meilleure amie, Beth. Je suis désolé pour ce que je t'ai dit l'autre soir. Je ne suis pas surpris que tu sois partie en claquant la porte.

— Moi aussi, je regrette tout ce que j'ai dit.

Elle était tellement soulagée qu'elle en aurait pleuré. Même si leur problème restait entier, elle se sentait plus confiante en leur capacité à trouver une solution ensemble.

— Je regrette d'être partie aussi brutalement.

— Moi, je ne regrette pas que tu l'aies fait.

Il roula sur le côté et la fit s'allonger contre lui.

— Cela m'a permis de comprendre beaucoup de choses. Et même si c'était épuisant et chaotique, j'ai été heureux de passer ces moments avec les filles. J'ai découvert plein d'aspects d'elles dont je ne savais rien.

Il dégagea tendrement les cheveux de son visage.

— Et toi ? Tu t'es fait plaisir ? Tu retrouves ta créativité ?

— Petit à petit, oui.

Elle n'était pas encore prête à confesser qu'elle trouvait Corinna fatigante avec ses exigences continuelles et son chantage émotionnel qui frisait le harcèlement.

— Ça fait du bien de se dégourdir un peu les neurones. Tu veux prendre ta douche et te changer ?

— Oui, mais laisse-moi encore cinq minutes pour savourer le pur bonheur d'être dans un lit sans Ruby pour m'enfoncer un doigt dans les yeux. Cette enfant se prend pour une étoile de mer. J'ai toujours pensé que notre lit était d'une largeur suffisante mais j'ai changé d'avis.

Beth bondit.

— *Quoi ?* Tu as laissé Ruby dormir dans notre lit ?

— Pas au début. Dans les premiers temps, je me levais chaque fois qu'elle appelait, comme tu le fais toi. Mais apparemment, je ne suis pas taillé dans une matière aussi résistante que toi, car je me suis épuisé très vite. Comme j'étais trop K-O pour bouger, c'est elle qui se déplaçait. Et je n'avais pas l'énergie requise pour la déloger d'entre les draps.

— Tu t'es laissé manipuler comme un débutant, Jason.

— Les enfants sont de petits prédateurs. Dès qu'ils sentent un point faible, ils attaquent.

Elle soupira, anticipant les complications à venir lorsqu'il faudrait réinstaurer les règles et les interdits de base.

— Ça ne va pas être facile de casser cette habitude. Tu n'aurais jamais dû la laisser dormir avec toi.

— Je sais. Mais de nous deux, c'était elle la plus forte.

Il souleva la tête et la regarda dans les yeux.

— C'était une question de survie, à ce stade.

Jason se laissa retomber contre les oreillers et elle se redressa.

— OK. Traîne ta carcasse sous la douche, Jason Butler, et dors. Je te réveille dans une heure.

— Et si tu me réveillais dans une semaine, plutôt ?

— *Nada.* C'est Noël. Et Noël, ça se vit en famille. Allez, ouste, on se bouge.

Beth redescendit pour ranger et nettoyer la cuisine. À travers la fenêtre, elle voyait les filles monter Socks l'une après l'autre et faire le tour du pré avec Posy qui tenait la longe.

Profitant des quelques minutes de liberté qu'il lui restait, elle finit de mettre ses idées au net et les envoya par mail à Corinna. Internet fonctionnait, ce qui était déjà un motif de réjouissance en soi. Elle n'était pas mécontente non plus du travail qu'elle avait fourni. Ne serait-ce que parce qu'elle venait de se prouver qu'elle était capable d'élargir ses horizons au-delà de l'éducation des enfants.

Lorsque les filles finirent par réapparaître, elles avaient les joues roses et rayonnaient de plaisir. Ruby passa la porte en courant, les cheveux ébouriffés par le vent. Même Bugsy semblait oublié – au moins pour le moment.

— Je *veux* un poney, maman !

Beth avait beau être d'une coupable faiblesse avec ses filles, il lui arrivait de pouvoir dire non sans une hésitation.

— Tant qu'on vivra à Manhattan, ce ne sera pas possible.

— Alors je veux habiter ici, à côté de chez papi et mamie et tatie Posy. Comme ça, je monterai Socks tous les jours.

Beth aida Ruby à ôter son blouson et ses bottes et laissa le tout dans le local à chaussures aménagé à l'arrière de la maison, près de l'entrée de la cuisine.

— Tu as les mains gelées. Viens vite te mettre au chaud.

Melly sautillait sur place pour se réchauffer.

— On a le droit d'avoir un chocolat chaud, s'il te plaît, maman ?

Cultivant des grâces de princesse, Melly surveillait ses manières.

— Oui, mesdemoiselles, je vais vous préparer ça. Lavez-vous les mains et installez-vous à table. Et deux chocolats chauds ! Deux !

Beth se tourna vers Posy qui arrivait au pas de course, toute poudrée de flocons de neige.

— Merci, Posy. Tu es la crème absolue des taties.

— C'est super sympa de passer un moment avec elles. Par contre, il faut que je file au café dare-dare avant que Duncan ne pose sa démission. Tu crois que tu vas t'en sortir ?

Beth nota que sa sœur paraissait absente.

— Pourquoi je ne m'en sortirais pas ?

— Jason et toi, vous avez besoin de vous retrouver.

— On va y arriver, ne t'inquiète pas.

— Tu peux toujours demander à Hannah de faire un brin de baby-sitting.

— Hannah ? Tu plaisantes. Elle ne voudra jamais.

Posy secoua la neige accrochée à ses bottes.

— Tu as l'impression qu'elle va comment, Hannah ?

— Comme d'habitude, non ? Pourquoi ?

— Pour rien.

Beth jeta un coup d'œil vers la porte.

— Je sais qu'elle reste bouclée dans sa chambre. Mais pour elle, ça n'a rien d'exceptionnel.

— C'est vrai.

Posy dégagea ses pieds de ses bottes.

— Tu as probablement raison. OK, les filles, je compte sur vous pour vous occuper de Bonnie, d'accord ? Je vous retrouve tout à l'heure. Si vous arrivez à convaincre votre maman de vous emmener au café, je vous mets deux gigantesques parts de gâteau au chocolat de côté.

Les filles poussèrent des cris de joie et Bonnie remua la queue.

Bien des heures plus tard, après une journée faite de chocolats chauds, d'histoires lues au coin du feu et d'une expédition au Craft Café qui ravit les filles, Beth tenta de les ramener au calme et de les préparer pour la nuit. Elles avaient mangé, pris leur bain, et elle espérait se dégager un petit moment libre avec Jason avant le dîner des adultes.

Retrouvant ses vieux réflexes, elle remit de l'ordre dans la salle de bains, récupérant les jouets dans la baignoire et disposant les draps de bain sur le porte-serviettes chauffant. Sur le point de passer dans la chambre des enfants, elle entendit la voix de Ruby qui s'adressait à son père :

— Je ne veux plus *jamais* que maman elle parte. Je veux qu'elle reste avec nous tout le temps. *Tout le temps !*

Beth se pétrifia. La culpabilité frappa avec une force telle qu'elle vacilla, comme sous l'effet d'un choc physique.

Jamais elle ne s'était sentie déchirée comme en cet instant. « On ne peut pas tout avoir, dans la vie », rabâchait-on toujours à ses enfants. Et c'était la stricte vérité.

Comment expliquait-on à une petite fille de quatre ans qu'elle ne suffisait pas à combler les horizons de sa mère ? Et comment se plier aux exigences féroces d'une vie professionnelle intense si elle se sentait coupable en permanence ?

Elle porta la main à sa bouche. C'était à elle maintenant d'entrer dans cette chambre, de sourire comme la maman que Ruby avait toujours connue et de la rassurer. Elle ne pouvait pas laisser transparaître ses doutes, ses angoisses, ses hésitations. Idéalement, il lui aurait fallu un peu de temps pour se ressaisir, mais elle n'avait pas le droit de laisser Jason seul pour affronter une question aussi difficile.

Elle s'immobilisa en entendant la voix de son mari :

— Assieds-toi, Ruby.

— Je veux *maman* !

— Maman est occupée pour le moment. Je voudrais que tu arrêtes de gigoter et que tu m'écoutes. Tu te souviens de ce que tu as appris cette semaine à l'école ? On en a parlé. Que c'est important d'écouter d'abord. Et après on peut dire ce qu'on pense.

Jason était calme mais ferme. Beth ne fut pas la seule à être surprise par la force qui transparaissait dans sa voix.

Ruby aussi parut prise au dépourvu.

Par l'entrebâillement de la porte, Beth vit sa fille s'asseoir lourdement au sol, les lèvres serrées et les yeux grands ouverts dans l'attente.

— Très bien, Ruby.

Jason la rejoignit et réussit à se caser dans l'espace restreint entre le lit et le mur.

— Tu aimerais que ta maman soit tout le temps avec toi, et je le comprends.

Les boucles de Ruby volèrent lorsqu'elle fit oui de la tête. Beth sentit le désespoir l'envahir. Personne ne voulait qu'elle vive un peu plus sa vie *à elle*. Ni ses enfants ni son mari ne souhaitaient que les choses changent.

Elle attendit, se préparant mentalement à entendre

Jason assurer à Ruby qu'il voulait, lui aussi, que « maman reste à la maison ».

— Tu sais que je pars au travail tous les matins ?

— Tu prends ton manteau et ton cartable. Tu fais des trucs importants. Et tu parles tout le temps au téléphone.

— Voilà. Eh bien, quand on retournera à New York, ta maman, elle va partir travailler aussi le matin, comme moi.

Ruby parut perplexe.

— Mais pourquoi ?

— Parce que ta mère s'occupe très bien de vous, mais il y a aussi plein d'autres choses qu'elle sait faire. Elle t'aime très fort, mais elle aussi, elle va faire des trucs importants.

— Nous on est importantes !

La voix de Ruby tremblait un peu, mais celle de Jason demeurait ferme :

— Bien sûr que vous êtes importantes. Toi et Mel vous comptez le plus au monde pour nous. Mais il y a aussi d'autres choses qui intéressent ta maman. Tous les quatre, on forme une famille. Et une famille, ça veut dire qu'on passe du temps tous ensemble et aussi du temps chacun pour soi. Comme toi quand tu es dans ta classe et que tu as ta vie rien qu'à toi.

— Elle continuera à jouer avec moi, maman ?

— Bien sûr qu'elle jouera avec toi. Elle adore jouer avec toi. Mais il y aura des moments où elle sera occupée. Et toi, tu passeras un peu plus de temps avec tes amis à l'école.

Ruby médita sur cette nouvelle donne familiale.

— Mais qui c'est qui viendra me chercher à l'école, alors ?

— Ça dépendra des jours. De toute façon, il y aura toujours quelqu'un, donc tu n'as pas d'inquiétude à avoir. Des fois, ça sera ta maman, des fois ta grand-mère ou bien moi.

— Toi, tu as perdu Bugsy.

Le ton de Ruby laissait clairement entendre que cela ne faisait pas de lui un parent très fiable.

— C'est vrai. J'ai perdu Bugsy. Si on était en entretien d'évaluation, je ne serais pas fier de moi.

— C'est quoi, un entretien d'évaluation ?

— C'est quand quelqu'un qui t'a vu faire quelque chose te dit ce que tu as bien fait et ce que tu as mal fait. Quand je me suis occupé de Melly et de toi cette semaine, par exemple, il y a des choses que je n'ai pas fait très bien.

— Comme oublier Bugsy, par exemple.

— Voilà. Oublier Bugsy, ça a été ma plus grosse bêtise. Le problème, c'est que ta maman, elle s'occupe si bien de vous que c'est difficile pour moi de l'égaler.

Des larmes picotèrent les yeux de Beth. Jason prit Ruby sur ses genoux et passa les bras autour d'elle.

— Mais il faut bien savoir une chose, Ruby : que tu sois pompier ou astronaute ou parent, plus tu pratiques et plus tu progresses. Et c'est ce que je vais faire. Je vais m'entraîner et ça se passera de mieux en mieux, tu verras.

Ruby réfléchit un moment.

— Tu ne t'occupes pas de nous aussi bien que maman, mais je t'aime trop quand même.

Il y eut un court silence. Lorsque la voix de Jason s'éleva de nouveau, elle était enrouée par l'émotion :

— Je suis content. Car je t'aime beaucoup, beaucoup, moi aussi.

Beth appuya sa tête contre le mur et ferma les yeux. Le nœud dans sa gorge était si énorme qu'elle craignait de ne pas pouvoir prononcer un mot.

Quand se déciderait-elle à admettre qu'elle ne prenait pas autant de plaisir à travailler qu'elle l'aurait imaginé ?

Ce retour à la vie professionnelle, elle l'avait désiré de toutes ses forces et voilà qu'elle finissait par ne plus du tout savoir où elle en était.

Chapitre 17

Suzanne

— *Cinq* jours, Stewart ! Ça fait déjà cinq jours d'affilée que je suis couchée là, sans rien faire.

Suzanne bascula les jambes hors du lit et s'immobilisa lorsque la pièce se mit à tourner autour d'elle.

— Je pense qu'il faut que tu prennes ton mal en patience encore au moins une journée de plus.

Stewart posa un mug sur la table de chevet. Le thé était sombre comme du vieux chêne, signe qu'il avait oublié de retirer le sachet à temps.

Elle prit une gorgée prudente et réussit à ne pas s'étrangler.

— C'est délicieux, merci… Je vais le laisser refroidir un peu, annonça-t-elle en reposant la tasse.

Et le jeter dans le lavabo à la première occasion.

Elle détestait se sentir faible et privée d'énergie au point de ne même pas pouvoir descendre se faire un thé elle-même.

Son niveau d'anxiété montait en flèche chaque fois qu'elle pensait à tout ce qu'il restait à faire.

Stewart avait mis du sien pour lui venir en aide, mais ses façons de procéder ne correspondaient pas aux siennes. Et elle aurait eu tellement de plaisir à se livrer à ses préparatifs elle-même !

Elle avait tout prévu, pourtant. S'était juré de gâter son petit monde, de les materner un à un. Elle s'était tellement réjouie à l'idée de partager des dîners gourmands en famille et de passer des soirées animées au coin du feu.

Au lieu de quoi, elle se retrouvait en quarantaine, coupée de tous les siens. Elle était réduite à faire signe de loin à ses petites-filles pour ne pas risquer de les contaminer.

Cela dit, le tableau clinique commençait à être moins sombre : sa fièvre était enfin tombée, elle recommençait à dormir et se sentait déjà beaucoup moins comme un zombie.

— J'ai l'intention de me lever dès aujourd'hui.

— Ce ne sera pas nécessaire. Posy et moi, on assure. Ta liste est entre nos mains compétentes et nous progressons comme des chefs.

Stewart tenta d'arranger la literie et obtint un résultat plus que médiocre.

— Aujourd'hui on s'attaque à l'objectif numéro 9. Je suis mandaté pour faire la sauce aux canneberges.

— Toi ? Mais tu n'en as jamais fait de ta vie !

— Le combat de l'homme contre la canneberge… Je devrais pouvoir le remporter, non ?

— Tu penseras bien à utiliser du jus d'oranges fraîches.

— Bien sûr.

Elle savait qu'il ne l'écoutait qu'à moitié.

— Des oranges, Stewart.

— Oui, le jus d'orange, je connais. J'en ai acheté une brique hier.

— Il s'agit de presser de *vraies* oranges, en l'occurrence.

Il lui jeta un regard sceptique.

— Ce n'est pas étonnant que Noël t'épuise.

Elle soupira. Pourquoi était-il si compliqué de lui faire comprendre que les préparatifs de Noël n'étaient pas une corvée pour elle, mais un plaisir ?

— Comment vont les petites ? Elles s'amusent ? Raconte-moi un peu comment ça se passe.

— La situation est entièrement sous contrôle. Je veille d'un œil d'aigle sur tout ce petit monde.

Stewart gonfla ses biceps et lui adressa un clin d'œil.

— Superman, c'est moi. Je peux tout faire.

Suzanne l'examina d'un œil critique.

— Tu sais que tu as mis ton pull à l'envers ?

Il porta la main à sa nuque, palpa l'étiquette, et lui adressa un sourire penaud.

— Bon. OK. Je peux tout faire *sauf* m'habiller.

Toujours, il trouvait les mots pour la faire rire. Même dans les phases où elle se sentait plus morte que vive, il savait lui arracher un sourire.

Elle l'aimait tellement que son cœur en éclatait presque. Pas un jour ne s'écoulait sans que le fait de partager la vie de Stewart ne la mette en joie.

— Et Beth ? Qu'est-ce qui lui arrive ? Tu as réussi à découvrir pourquoi elle a débarqué ici avec une semaine d'avance ?

— Ne t'inquiète pas pour Beth.

Comme il évitait de la regarder, elle scruta ses traits pour essayer de voir ce qu'il lui cachait.

— Tu te fais du souci pour elle, Stewart.

— Je ne suis pas du genre à me faire de la bile pour pas grand-chose, moi – contrairement à certaines.

Il rangea le tricot en cours de Suzanne dans la corbeille et assena un coup de poing à un des coussins posés dans le fauteuil. Elle haussa les sourcils.

— Pourquoi frapper ce pauvre coussin comme ça ?

— Je ne le frappe pas, je l'arrange un peu. Je te vois toujours en train d'arranger le lit, la courtepointe, et j'en passe.

— Tu as failli le trouer tellement tu as cogné fort. Si ce coussin avait été vivant, il serait tombé raide mort.

Sans parler du fait que pendant toutes ces années de vie commune, elle n'avait jamais vu Stewart arranger le moindre coussin. En temps normal, il se contentait de les balancer sur le sol.

— Tu es inquiet et je le suis aussi. Je voudrais comprendre ce qui leur arrive, à nos filles.

Elle se sentait désemparée et détestait cette sensation.

Stewart ramassa une plume qui s'était envolée du coussin.

— Que je sois inquiet ou non ne change rien à l'affaire. Ce ne sont plus des enfants, Suzanne, mais des femmes adultes avec une vie d'adultes. Ce n'est plus à nous de résoudre leurs problèmes. Tout ce qu'on peut faire, c'est être présents.

— Beth et Hannah débarquent l'une et l'autre à l'improviste. C'est quand même signe que quelque chose ne tourne pas rond. Elles ont peut-être besoin de parler de leurs difficultés avec nous ?

— Si elles éprouvaient ce besoin, qu'est-ce qui les empêcherait de le faire ? Elles savent qu'on ne demande que ça. On a toujours été à leur écoute, Suz.

Mais Suzanne ne pouvait se satisfaire de cette explication.

— Beth t'adore. C'est à toi qu'elle se confierait en priorité.

— Je lui en ai offert la possibilité. On s'est retrouvés deux fois en tête à tête au petit déjeuner. Et hier, on s'est promenés ensemble. Elle n'a rien dit de particulier.

— Elle est arrivée ici sans bagages. Beth ne voyage jamais léger donc j'en conclus qu'elle a dû claquer la porte. Le coup des valises perdues par la compagnie, je n'y crois pas une seconde. Jason et elle se comportent normalement, ou tu crois qu'ils se sont disputés ?

Stewart se laissa tomber dans un fauteuil et secoua la tête.

— Je n'en sais rien. Mais même s'ils se sont disputés, ça ne veut pas dire forcément que leur couple court à la catastrophe. Ils sont ici l'un et l'autre, ils dorment dans la même chambre et je les vois rire ensemble. Beth passe son temps à se coiffer et à traficoter avec son maquillage ce qui, pour elle, est tout sauf inhabituel. Je ne peux rien te dire de plus à son sujet.

Suzanne attrapa sa robe de chambre.

— Comment se fait-il que ce soit toi et non pas Beth qui fasse la sauce aux canneberges ?

— Beth est obnubilée par ce pseudo super job qu'elle

pense pouvoir décrocher. Cette nana la harcèle et s'arrange systématiquement pour appeler au beau milieu du repas. Franchement, tu veux mon avis ? Si problème il y a, ce serait plutôt de ce côté-là qu'il faudrait aller creuser.

— La fameuse Corinna ? Je n'aime pas du tout l'idée que Beth envisage de retravailler pour elle.

— Moi non plus, mais ce ne sont pas nos oignons. La décision lui appartient.

Elle entendit la lassitude dans la voix de Stewart, mais s'obstina quand même :

— C'est peut-être sa décision, mais ça n'en reste pas moins une erreur.

— Si c'en est une, ce sera la sienne. Et ce n'est pas à nous de l'empêcher de la commettre.

C'était un des aspects les plus difficiles de la vie de parent : être relégué dans un rôle de témoin impuissant et voir son enfant se tromper. Alors que son réflexe de mère aurait été de se jeter à l'eau pour le sauver. Elle aurait voulu protéger ses filles de la souffrance sous toutes ses formes.

— Quand elles étaient petites, au moins, on pouvait les rattraper par la peau du cou et les empêcher de faire des bêtises.

Suzanne glissa les bras dans les manches de sa robe de chambre et se leva prudemment. Stewart se précipita pour passer un bras autour d'elle.

— Doucement, la Dame aux Camélias. Je ne voudrais pas te voir défaillir et t'effondrer à terre.

Elle leva les yeux pour lui sourire.

— Parce que tu m'aimes.

— C'est une raison, oui. Mais aussi parce que je serais incapable de nettoyer le sang sur le tapis.

— Oh ! toi !

Le coup de poing qu'elle lui mit dans le bras suffit à lui faire perdre l'équilibre. Si Stewart ne l'avait pas retenue, elle serait tombée.

— Tu vois que tu es encore trop faible ! Tu es vraiment la pire tête de pioche que je connaisse, tu es trop…

— Je crois que les mots que tu cherches sont : belle, talentueuse, intelligente.

Il l'embrassa.

— Oui, bon. Ça aussi. Recouche-toi maintenant et prends encore une journée de repos.

On frappa discrètement à la porte. Stewart attendit que Suzanne se soit rassise sur le lit avant d'aller ouvrir.

Melly et Ruby se tenaient sagement dans le couloir.

— On a fabriqué des jolies cartes pour mamie, annonça Melly. Pour l'aider à guérir.

Ruby les fourra dans les mains de Stewart et répandit au passage une pluie de paillettes sur le tapis.

Suzanne, charmée, buvait ses petites-filles des yeux : Ruby avec sa masse de boucles folles et Melly avec ses couettes bien sages.

Elle se glissa de nouveau entre les draps.

— Alors ? Vous passez de bonnes vacances, toutes les deux ? Vous avez déjà monté Socks ?

— Tous les jours ! Quand je serai grande, je serai monteuse de poney !

Ruby se rua à l'intérieur de la chambre, échappant à Stewart lorsqu'il tenta de l'intercepter.

— Dis, mamie Suzanne, tu vas bientôt te lever et jouer avec moi ?

— Bientôt, oui. Demain au plus tard. Promis.

— Trop bien !

Ruby grimpa sur le lit et Suzanne se rejeta sur le côté, se forçant à mettre une distance entre elles.

— Je ne veux pas te donner mes microbes, ma puce.

— Si tu me les donnes, toi, tu ne les auras plus. Je veux bien les garder un peu, lui assura sa petite-fille en lui tapotant gentiment la jambe.

Suzanne adorait ces façons de parler enfantines. Elle retrouvait le même plaisir qu'elle avait eu à écouter Hannah, Beth et Posy lorsqu'elles étaient petites. C'était un véritable crève-cœur de ne pas pouvoir serrer Ruby dans ses bras.

— Retourne vite rejoindre ta sœur, ma chérie. Et merci pour les cartes de rétablissement. Elles sont très belles. Rien que de les regarder, je me sens déjà mieux.

— Je t'ai mis plein de paillettes pour que ce soit plus beau.

Suzanne jeta un coup d'œil au tapis scintillant.

— Je vois ça, oui. J'ai de la chance.

Le visage exaspéré de Beth apparut dans l'entrebâillement de la porte

— Ruby ! Je t'avais dit de ne pas embêter ta grand-mère… Désolée maman. Elle t'a réveillée ?

— Pas du tout. Je ne dormais pas. Et elle ne me dérange pas. Je suis à deux doigts d'être guérie.

Du coin de l'œil, Suzanne vit Stewart disposer avec soin les cartes sur la commode. Il n'était peut-être pas très doué pour faire le lit ou pour préparer du thé, mais il avait compris que les œuvres d'art enfantines méritaient d'être traitées avec le plus grand respect.

— Si tu as besoin de quoi que ce soit, maman, je suis là.

Beth souleva Ruby dans ses bras.

— Allez, les enfants. On va jouer.

Une fois la porte refermée derrière elle, Stewart contempla les dégâts sur le tapis.

— C'est assez joli, en fait. Je vote pour qu'on les laisse.

— Reconnais surtout que tu n'as aucune idée de la façon dont il faudrait que tu t'y prennes pour les éliminer.

— Aussi, oui. Mais admets que ça fait festif.

Il jeta un coup d'œil à sa montre.

— Tu as besoin d'autre chose ? Je dois être à l'Adventure Centre dans une heure. Je peux aller te refaire un thé ?

— *Non !* Enfin… ça ira comme ça, merci.

Elle aurait déjà assez de mal à venir à bout du premier qui refroidissait sur sa table de chevet.

— Maggie doit venir faire un saut tout à l'heure. Si

j'ai besoin de quelque chose, elle s'en chargera. Merci pour tout. Tu ferais une infirmière au top.

— J'ai toujours pensé que mes jambes seraient bien mises en valeur sous une blouse.

Elle sourit.

— Je ne regrette pas de t'avoir épousé.

— Évidemment que tu ne regrettes pas. Je suis irrésistible. D'ailleurs je t'ai séduite en deux temps trois mouvements, à l'époque.

Il prit une démarche chaloupée pour traverser la pièce mais compromit tous ses effets en trébuchant sur une pantoufle. Suzanne leva les yeux au plafond.

— Ta mémoire est désastreuse. Tu ne m'as pas séduite. C'est moi qui t'ai mis dans mon lit, mon cher.

— Alors là…

— Tu étais beaucoup trop lent et timoré pour moi, Stewart McBride.

— Dans mon souvenir, j'étais plutôt tel un étalon déchaîné.

Elle rit jusqu'à déchaîner une quinte de toux. Stewart lui tendit un verre d'eau.

— Je ne remets pas ta virilité en cause. Je dis juste que c'est moi qui ai fait le premier pas.

Elle prit une gorgée d'eau.

— Avant de partir, parle-moi juste un peu de Hannah.

Stewart ôta son pull et le remit dans le bon sens.

— Que veux-tu que je te dise de Hannah ?

— Elle te paraît comment ?

— Elle passe beaucoup de temps dans sa chambre, mais je n'y vois rien d'inhabituel. Hannah a une grosse situation, Suzy. On a toutes les raisons d'être fiers d'elle.

— Je *suis* fière d'elle. Mais je ne m'en désole pas moins de la voir tenir le monde entier à distance, ses deux sœurs y compris. C'est triste d'être incapable de s'ouvrir à l'autre… Si l'opportunité se présente, tu essaieras de lui parler ?

Stewart pista ses chaussures sous le lit.

— Parler avec Hannah, je n'ai rien contre, mais tu sais comment elle est. Qu'est-ce qu'il faudrait que je lui dise, à ton avis ?

— Rien. Ne t'inquiète pas. Demain, je serai sur pied et j'aurai une vraie conversation avec elle.

Stewart était la crème des hommes, mais si elle voulait se faire une idée de ce qui se passait au sein de sa famille, elle allait devoir reprendre sa maison et sa santé en main et mener l'enquête par elle-même.

Chapitre 18

Hannah

Hannah apporta quelques touches finales à son document et réussit à faire partir le mail. Une conversation téléphonique avec son équipe s'imposait d'urgence, mais pas moyen d'avoir du réseau depuis quelques jours. Presque une semaine déjà s'était écoulée sans qu'elle ait pu avoir Angie au téléphone.

Ses doigts hésitèrent au-dessus du clavier, puis elle cliqua sur l'onglet « Collaborateurs ». Elle afficha à l'écran le profil d'Adam et sa photo.

Il fallait qu'elle lui parle, aucun doute là-dessus. Mais pour lui dire quoi et comment ? Leurs conversations lui manquaient. Son sourire lui manquait. Son humour et son intelligence lui manquaient.

Adam lui manquait.

— Hannah ? *Hannah !*

La porte s'ouvrit à la volée et Hannah rabattit le capot de son ordinateur. Cela la surprenait toujours qu'on fasse irruption dans sa chambre de cette façon. Elle aurait pourtant pu s'y attendre. La marge d'intimité était réduite à sa portion congrue dans cette famille.

— Quoi ?

Enveloppée dans un drap de bain, les cheveux lâchés et les épaules nues, Beth se dressait telle une statue de la vengeance devant elle.

— C'est toi qui as vidé le ballon d'eau chaude ?

Hannah se trouva un instant transportée dans son enfance, lorsque Beth monopolisait la salle de bains pendant des heures, puis la suivait à la trace dans toute la maison pour essayer un nouveau maquillage sur elle.

— J'ai pris une douche, oui, si c'est là le sens de ta question.

— La prochaine fois, essaie d'abréger. J'ai fini la mienne sous l'eau froide !

— J'y veillerai. Mais puisque nous en sommes au chapitre des habitudes personnelles, tu pourrais peut-être éviter d'envahir les lieux avec ton maquillage. Ce n'est plus une salle de bains, c'est un magasin de cosmétique.

Beth tourna les talons puis se ravisa et revint sur ses pas pour s'avancer cette fois jusqu'au milieu de la pièce.

— Tout va bien, au moins, Hannah ?

— Évidemment. Pourquoi ?

— Je ne sais pas. Tu étais silencieuse hier, pendant le dîner. Et tu passes le plus clair de ton temps seule dans ta chambre. J'espère que ce n'est pas à cause des enfants. Elles font trop de bruit ? C'était qui, au fait, le beau mec ?

— Le beau mec ?

— Celui que tu regardais à l'écran quand je suis entrée. Un acteur ?

— Un de mes collaborateurs.

Elle garda la main sur le capot, ce qui, naturellement, n'eut aucun effet dissuasif sur Beth. Sa famille étant ce qu'elle était, il était inutile d'espérer que son espace personnel soit un tant soit peu respecté.

Repoussant sa main, sa sœur ouvrit l'ordinateur.

— Ouah. Je ne suis pas sûre que je pourrais me concentrer si j'étais en réunion avec un mec comme lui. Il est marié ?

— Non.

Hannah referma son portable mais Beth ne battit pas en retraite pour autant.

— Je peux te demander quelque chose ?

Hannah pria pour qu'il ne s'agisse pas de l'interrogatoire rituel sur sa vie amoureuse. Elle n'était vraiment pas en état de subir ce genre de questions en ce moment.

— Quoi ?

— Ça t'ennuierait de garder un œil sur les filles pendant que je fais une petite balade d'une heure avec Jason ? J'aurais besoin d'être seule avec lui un moment. Elles sont dans le petit salon et elles regardent la télévision, donc ça devrait aller tout seul.

La dernière chose dont elle avait besoin en ce moment, c'était de se rapprocher des enfants. La présence de Melly et de Ruby dans la maison rendait la question de sa grossesse un peu trop réelle et concrète.

— Je suis pas mal occupée, là, Beth.

Les mâchoires de sa sœur se crispèrent.

— Ce sont tes nièces, merde ! On pourrait imaginer que ça te ferait plaisir de leur consacrer un peu de temps.

— J'ai un truc important à terminer. Tu as demandé à Posy ?

— Je ne sais pas où elle est. Je crois qu'elle est occupée avec les moutons. S'il te plaît, Hannah. J'ai besoin de parler avec Jason.

Dire non au téléphone était beaucoup plus facile que de refuser quand on avait sa sœur en face.

— Bon, OK. Laisse la porte de ma chambre ouverte et dis-leur de m'appeler si elles ont besoin de quelque chose.

— Garder la porte ouverte ne suffit pas. Il faut les avoir à l'œil. Avec Ruby, le silence n'est pas toujours bon signe. Il peut signifier qu'elle est en train de grimper sur quelque chose et elle prend rarement le temps de s'assurer de la stabilité du truc qu'elle escalade.

De lointains souvenirs traversèrent le cerveau de Hannah, comme un vieux film qui se serait rembobiné à toute vitesse en marche arrière.

— OK. J'irai vérifier de temps en temps que tout va bien.

— Merci. Ce sera juste pour une petite heure.

Beth disparut et Hannah retourna à son ordinateur. Mais elle était incapable de se concentrer sur les chiffres à l'écran.

Un autre mail tomba. C'était Angie, cette fois, qui

indiquait qu'elle avait besoin de lui parler en urgence. Hannah soupira et regarda son téléphone : pas l'ombre d'une barre de réseau.

Il n'y avait qu'un moyen de parler à son assistante et c'était d'affronter le froid et la neige pour téléphoner du fond du jardin. Elle enfila un pull supplémentaire et prit son manteau sur le bras. En passant devant la chambre à coucher parentale, elle hésita à frapper pour demander à Suzanne si elle avait besoin de quelque chose.

Mais si elle entrait maintenant, Suzanne poserait des questions. Et elle ne se sentait pas encore prête à y répondre, même si elle savait qu'il faudrait parler tôt ou tard.

Choisissant la voie de la lâcheté, elle se raconta qu'elle ne voulait pas prendre le risque de déranger Suzanne au cas où elle dormirait et descendit sur la pointe des pieds jusqu'au petit salon où elle trouva les filles blotties sur le canapé.

— Tatie Hannah !

Les boucles de Ruby formaient comme des points d'interrogation autour de son petit visage enthousiaste.

— Viens regarder le film avec nous. Il est rigolo !

Hannah jeta un coup d'œil au dessin animé à l'écran.

— Peut-être tout à l'heure. Mais il faut d'abord que je passe un coup de téléphone.

Les yeux de Ruby s'écarquillèrent.

— Tu vas demander pour Bugsy ?

— Euh… Non. Pas pour Bugsy.

Elle vit le visage de Ruby se chiffonner et le cœur de Hannah battit plus vite.

— Pas seulement pour Bugsy, je veux dire. Mais pendant que j'y serai, j'appellerai la compagnie aérienne pour demander s'il y a du nouveau. Vous restez tranquillement ici pendant ce temps ?

Les paroles de Beth résonnèrent dans sa tête.

« Garder la porte ouverte ne suffit pas. Il faut les avoir à l'œil. »

Mais elle ne s'éloignait que pour cinq minutes. Suzanne

était dans sa chambre et les filles étaient clairement fascinées par leur dessin animé.

— Vous me promettez que vous ne bougerez pas d'ici jusqu'à ce que je revienne ?

Les yeux rivés sur l'écran, Melly fit oui de la tête.

— Promis, tatie Hannah. Je surveillerai Ruby.

Sa sœur fronça les sourcils.

— J'ai pas besoin d'être surveillée.

— Si, tu as besoin d'être surveillée, rétorqua Melly avec toute la hauteur que lui conférait son statut d'aînée. Tu as laissé Bugsy dans l'avion.

— Je vais essayer de m'occuper de Bugsy, justement.

Hannah vérifia une dernière fois que les filles n'avaient besoin de rien, puis elle enfila son manteau et glissa les pieds dans une vieille paire de bottes de neige que Suzanne avait mise à sa disposition.

La neige avait été déblayée et entassée sur le côté mais les gelées de la nuit avaient transformé le chemin en patinoire. Hannah opta prudemment pour le bord enneigé et agita son téléphone pour essayer de trouver du réseau.

Tout cela tournait au ridicule. Elle avait oublié ce que c'était que de vivre avec des problèmes de réception. Comment les gens faisaient-ils pour fonctionner, ici ? Il fallait faire l'expérience d'en être privé pour mesurer l'étendue de la dépendance actuelle à la technologie.

Déjà ses orteils se refroidissaient. Se déplaçant avec précaution, elle se dirigea vers le pré qui montait en pente douce derrière Glensay Lodge. Se maudissant d'avoir pu penser que l'Écosse lui offrirait un refuge, elle se percha sur les premiers montants de la barrière et vit apparaître quelques précieuses barres de réseau sur son téléphone. *Enfin.*

Angie prit l'appel à la première sonnerie.

— Miss Mc… Hannah ! Je suis contente d'entendre votre voix après tout ce temps. Ça donne quoi, alors, l'Écosse ?

— Ça donne de la neige et du froid.

Elle était soulagée que son assistante ne puisse pas la voir agrippée à la vieille barrière toute crottée.

— Vous avez reçu le rapport que je vous ai fait parvenir ?

— Oui. L'équipe se réunit dans moins d'une demi-heure. Adam doit vous contacter quand ils auront terminé…

La voix disparut et Hannah fronça les sourcils.

— Allô ? Angie ? Vous êtes encore là ?

Elle vérifia la puissance du signal réseau.

— Hannah ? Vous m'entendez ? La ligne est vraiment mauvaise.

— Je sais, mais je n'en ai pas d'autre, alors faisons avec. Pour commencer, je vais vous envoyer un dossier par mail qu'il faudra traiter en priorité. Ce que je vous demande n'est pas facile mais si quelqu'un peut le faire, c'est bien vous. Occupez-vous-en de toute urgence, d'accord ?

Elle avait les doigts tellement glacés qu'elle avait peur de lâcher son téléphone. Risquait-elle des engelures ?

— Demandez à Adam s'il peut se charger de la séance de coaching avec Michael Barnet que j'avais programmée pour demain. Je pensais la faire d'ici, par téléphone, mais ça me paraît compromis.

Elle pouvait difficilement coacher un directeur général sur la façon dont il dirigeait ses équipes tout en claquant des dents et en courant derrière des barres de réseau fuyantes.

— D'autres problèmes avec le reste de nos clients ?

Elle écouta les explications d'Angie en les ponctuant de quelques commentaires rapides.

— Mm… Oui, c'est un élément clé pour introduire des modifications organisationnelles.

Elle changea de position sur la barrière pour soulager ses doigts gourds.

— Il faudra qu'on revoie la planification du projet et qu'on fixe les priorités pour janvier. Autre chose encore ?

— Oui. On a une réunion d'équipe ce matin. Je vous appellerai s'il en ressort quelque chose. Sauf si vous voulez essayer de vous joindre à nous par visio-conférence ?

— Ce n'est même pas la peine d'y penser… Aaah !

Hannah hurla en sentant quelque chose de chaud et de mouillé au contact de ses doigts glacés. Elle retira sa main… et lâcha la barrière, perdant à la fois son téléphone et son équilibre. Ses poumons se vidèrent de leur air et elle atterrit en un tas disgracieux dans la boue gelée mêlée de neige.

Le souffle coupé, elle resta sans bouger jusqu'au moment où une énorme tête hirsute se découpa au-dessus d'elle.

Hannah poussa un hurlement strident.

Surpris, le poney s'ébroua.

— Socks !

La voix de Posy s'éleva à distance :

— *Socks !*

Le poney se tourna dans la direction d'où venait l'appel. Avec un hennissement joyeux, l'animal renonça à explorer l'étrange créature humaine étalée dans son pré et retourna vers la barrière. Pendant que Posy la franchissait, Hannah réussit à se redresser en position assise.

— Tout va bien ? Tu ne t'es pas fait mal ? Quel cri tu as poussé, entre parenthèses ! Ça m'a glacé les sangs.

Posy lâcha la balle de foin qu'elle transportait et tomba à genoux à côté d'elle.

— Dis quelque chose, Hannah, ou je vais paniquer.

— Tu fais partie de l'équipe de secours en montagne. Tu n'es pas censée perdre tes moyens.

— C'est différent quand on a affaire à sa propre sœur. Surtout que tu m'as dit que tu étais possiblement enceinte.

Posy rougit.

— Je sais que je n'ai pas à m'en mêler. Tu as tout à fait le droit de ne pas vouloir en parler. Mais je m'angoisse pour toi quand même.

— Je *suis* enceinte.

Ce fut au tour de Hannah d'être prise de panique. Y avait-il un risque de lésion pour le bébé ? Il n'était même pas encore né et, déjà, elle se montrait nuisible pour son enfant. D'instinct, elle porta la main à son ventre, même s'il était trop tard pour le protéger.

— Tu crois que je vais le perdre, Posy ? demanda-t-elle dans un souffle.

Maintenant seulement, face à cette éventualité, elle découvrait que tout en elle se cabrait à cette idée.

— Mais non, tu ne vas pas le perdre. Tu n'es pas tombée de haut et tu as atterri en douceur. Mais je ne pense pas que ce soit idéal, dans ton état, de rester allongée dans la boue et la neige. Donc on va commencer déjà par te remettre sur pied.

Posy tendit la main et l'aida à se lever.

— Qu'est-ce que tu fabriques ici, soit dit en passant ? J'ai croisé Beth et Jason en promenade il y a dix minutes. Et ils m'ont dit que tu t'occupais des filles.

— Il a juste fallu que je sorte quelques minutes pour passer un bref coup de fil.

Il y avait longtemps que Hannah ne s'était pas sentie aussi nulle et humiliée. La dernière fois qu'elle avait pris une pareille claque narcissique, cela s'était aussi produit en montagne.

— Je ne pouvais pas prévoir que je me ferais agresser.

— Par Socks ? Il a eu plus peur que toi.

— *Moi,* je lui ai fait peur ? Ce n'est pas moi qui ai avancé mon visage contre le sien pour l'attaquer sauvagement.

— Il ne t'attaquait pas.

— Qu'est-ce qu'il faisait là, pour commencer ?

— C'est ici qu'il vit. Tu te trouvais sur son territoire et lui, d'un museau affectueux, te souhaitait la bienvenue.

Posy passa les bras autour du cou du poney et lui fit un câlin réconfortant.

— Pauvre Socks. Tu es traumatisé, je le vois bien.

— *Pauvre Socks ?* Et moi, je n'ai droit à aucune compassion ?

Hannah claquait des dents si fort qu'elle pouvait à peine parler. Elle n'osait vérifier dans quel état était son manteau. Se souvenant soudain d'Angie, elle se sentit doublement mortifiée. Devant son équipe, elle avait pour principe de ne se montrer que sous un jour strictement professionnel. Mais cette fois, le masque était tombé. Adieu camouflage.

— Où est passé mon téléphone, au fait ? J'étais au beau milieu d'une conversation et…

Posy regarda autour d'elle.

— Là-bas, indiqua-t-elle d'un signe du menton. Je ne sais pas si ça lui a porté bonheur de tomber en plein sur une grosse merde de…

— Arrête !

Hannah se déplaça à pas prudents sur le sol glacé et inégal et récupéra son téléphone. La chance, pour une fois, voulut bien être de son côté : l'appareil fonctionnait encore. Angie, en revanche, était partie depuis longtemps. Et cerise sur le gâteau, les épaules de sa sœur étaient agitées de secousses.

— Pourrais-tu au moins faire l'effort d'*essayer* de ne pas rire ?

— Je ris de soulagement. J'ai vraiment eu peur que tu te sois fait mal. Oh Hannah, Hannah…

Pliée en deux, Posy s'en étranglait presque. À la montée d'exaspération de Hannah vint se mêler une pointe d'envie pour sa sœur capable de voir le côté humoristique de n'importe quelle situation. Elle aurait voulu lui voler une partie de sa légèreté et envelopper sa trop sérieuse personne dedans comme on s'enroule dans une couverture.

— Je suis ravie de t'avoir apporté un moment de distraction, Posy.

Elle savait que, par contraste avec sa sœur, elle réagissait de façon raide et coincée, mais c'était plus fort qu'elle.

— Surtout ne t'inquiète pas à l'idée que ce coup de fil pouvait être important et que je viens peut-être de compromettre la suite de ma carrière.

Posy s'essuya les yeux avec sa manche.

— Je ne me fais pas l'ombre d'un souci pour ta carrière. Ils n'ont aucun sens de l'humour, les gens avec qui tu bosses ?

Son travail était l'unique domaine dans lequel elle considérait avoir une certaine valeur.

— J'ai un métier sérieux que j'exerce avec sérieux, entourée de gens sérieux. Et j'aimerais autant que mes collaborateurs ne rient pas de moi. Tu crois qu'on peut retourner à la maison, maintenant ?

— Oui, mais je te préviens tout de suite qu'il va falloir que tu lâches ton ordi pour frotter les murs de la cuisine.

— Pardon ?

— Beth a laissé traîner son maquillage « d'utilisation facile », même si je lui ai demandé mille fois de le ranger. De ton côté, tu as laissé Ruby sans surveillance. Deux petites négligences qui, une fois combinées, ont eu des répercussions cataclysmiques. Comment appelle-t-elle cette couleur déjà, Beth ? Rouge Quotidien ? Sur le mur de la cuisine, il ne rend pas super bien, son rouge à lèvres. Mais je peux confirmer que Ruby l'a effectivement trouvé d'un emploi très aisé.

Hannah était horrifiée.

— Je les ai juste laissées seules cinq minutes !

Trébuchant sur la surface inégale du pré durci par le gel, elle accéléra le pas, inquiète pour ses nièces.

— Je suis allée les voir et elles m'ont assuré qu'elles ne bougeraient pas, se défendit-elle.

— Cinq minutes et un rouge à lèvres : il n'en faut pas plus à Ruby pour décider qu'elle est Michel-Ange et que le mur de la cuisine sera son plafond de la chapelle Sixtine. Allez calme-toi. Tout va s'arranger.

Comment Posy pouvait-elle être aussi détendue ?

— Ruby avait l'air passionnée par son dessin animé !

— Ruby et la position assise, ça fait deux. C'est une enfant qui a besoin de mouvement.

La morsure hargneuse de la culpabilité se fit sentir. Il y avait des années qu'elle n'avait plus eu la responsabilité d'un enfant. Mais elle aurait dû se souvenir.

— Tu étais comme ça, toi aussi. Il fallait que je te garde à l'œil constamment.

Posy parut étonnée.

— Tu étais chargée de veiller sur moi ?

— Ça m'arrivait, oui.

— Quand ? J'avais quel âge ?

— Je ne sais pas. Oublions tout ça. C'est tellement loin.

Pourquoi avait-elle évoqué ce souvenir ? Depuis quelque temps, non seulement ses émotions n'étaient plus les mêmes, mais il lui venait des pensées bizarres et elle disait des choses qu'elle gardait normalement pour elle.

Posy s'immobilisa.

— Je n'ai pas envie d'oublier. C'est toi qui étais chargée de veiller sur moi ? Et les parents ? Ils étaient où ?

— Ils partaient grimper et nous laissaient à la maison.

— Ils ne prenaient pas de baby-sitter ?

— Parfois si. D'autres fois, c'était Suzanne qui venait nous garder. Et de temps en temps, on se retrouvait juste toutes les trois.

Posy hocha la tête et releva le col de son blouson.

— Et maintenant, tu es enceinte. Et tu… ?

— Je le garde, oui.

L'intensité de sa réaction prit Hannah au dépourvu. Envers cet enfant à naître, elle ressentait un élan protecteur presque sauvage. Pas un instant, il ou elle ne devrait imaginer ne pas avoir été désiré.

Oui, elle le voulait, cet enfant. Elle le voulait si fort qu'elle en tremblait presque.

— J'allais simplement te demander si tu étais heureuse, rectifia Posy d'une voix inhabituellement douce. Si tu as envie d'en parler, je me ferais un plaisir de t'écouter.

Le vent froid fouettait le visage de Hannah et elle avait les mains glacées. L'endroit était mal choisi pour une conversation à cœur ouvert, mais les mots de sa sœur la réchauffaient de l'intérieur.

— Je n'ai pas envie d'en parler pour le moment mais j'apprécie que tu me le proposes.

Posy retira son écharpe pour la lui nouer autour du cou.

— Tu l'as dit au mec avec qui tu… enfin au père, quoi ?

Touchée par son geste, Hannah se blottit dans la chaleur de la laine.

— Pas encore, non. Dans un sens, ça m'arrange que la connexion soit pourrie parce que ce n'est pas le genre d'annonce qu'on peut glisser comme ça en passant, dans un creux de la conversation.

Hannah n'avait aucune idée de la façon dont Adam accueillerait la nouvelle.

Elle aimait planifier les choses à l'avance et, faute de temps, elle n'avait encore rien mis au point dans ce cas précis.

Avec cela, elle était fatiguée, tellement fatiguée. Était-ce un symptôme normal, lié à son début de grossesse ? Elle n'en avait aucune idée.

— Ça vaut ce que ça vaut, mais je suis une tante très motivée. Toujours disponible pour le baby-sitting.

— Tant mieux. Je vais avoir besoin de toute l'aide qui se présente. J'aimerais autant éviter d'être une mère totalement catastrophique.

Admettre ses craintes devant Posy était finalement assez facile dans la mesure où sa plus jeune sœur n'avait déjà pas une haute opinion d'elle au départ.

Posy tira son bonnet sur ses oreilles.

— Une mère catastrophique ? Quelle idée. Je suis sûre que tu feras une très bonne maman.

— Ah vraiment ? Et tu les bases sur quoi, tes certitudes ? Sur le fait que j'ai trouvé le moyen de tomber d'une barrière et de mettre mon enfant en danger avant même qu'il soit né ? Ou est-ce d'avoir laissé mes nièces seules en pensant qu'il n'y avait aucun risque ?

Posy haussa les épaules.

— Hé, il n'y a pas eu mort d'homme. Les filles sont indemnes. Au pire, il faudra passer un coup de pinceau dans la cuisine. Où est le drame ?

— Je doute que Beth réagisse avec la même décontraction. Elle va me voler dans les plumes et je la comprends. J'ai été négligente.

— Tu n'as pas d'enfants – pas encore, en tout cas. Tout ce que Beth sait, elle l'a appris sur le tas. C'est l'expérience qui nous forme. Tu trouveras ta propre façon d'être une super mère.

— Tu crois ?

Était-ce pathétique de sa part d'avoir besoin d'être rassurée à ce point ?

— J'en suis sûre. Tiens, déjà pour commencer, tu es d'une efficacité redoutable. Pour géolocaliser le doudou de ton gamin, tu vas créer un genre de tableau Excel imparable. Et en plus, tu pourras te reposer sur ton expérience. Tu t'es occupée de moi quand j'étais petite et je suis encore vivante. Tu en as bavé pour me surveiller ?

Hannah se souvenait encore de ses accès d'angoisse.

— C'était à peu près aussi simple que de canaliser une bande de chats sauvages pour les mettre au garde-à-vous. Tu étais une boule d'énergie montée sur ressorts. Tout ce que tu voulais, c'était grimper. Malheureusement, je n'ai aucun talent pour l'escalade et c'était la croix et la bannière pour te récupérer en haut des armoires.

— J'avais quel âge ? Tu te souviens quand j'ai commencé à marcher ?

Il faisait un froid polaire et elles étaient là, toutes les deux, à évoquer le passé ? Hannah frissonna.

— Je n'ai aucun souvenir de t'avoir vue marcher. Grimper était ton mode de déplacement exclusif. Papa ne parlait que de ça. Il exultait de fierté. L'été, quand on partait camper en montagne, il te montrait partout comme son trophée personnel. Et s'enorgueillissait devant tous ses amis d'escalade. « Vous avez vu ma Posy ? C'est une vraie dynamo. Tout ce qu'il lui prend l'envie d'escalader, elle l'escalade. Il n'y a pas photo, pour être ma fille, celle-ci, c'est ma fille. »

Posy la regardait avec des yeux ronds.

— C'est la première fois de ma vie que je t'entends parler de notre père.

Hannah n'était pas moins surprise qu'elle. Pourquoi

abordait-elle aujourd'hui un sujet qu'elle avait toujours occulté ? Tout ce qu'elle voyait comme explication, c'était sa récente propension à agir, penser et parler de façon incontrôlée. Comme si la grossesse avait déréglé son câblage interne.

— Ce n'est pas le moment de traîner, Posy. Je suis inquiète pour Ruby et Melly.

— Pas de panique. Maman est à la maison et elle va déjà beaucoup mieux. Si elle entend hurler, elle descendra voir ce qui se passe. Et pour ce qui est des murs, les dégâts sont déjà faits, de toute façon.

Posy lui posa la main sur le bras.

— Notre père nous emmenait grimper toutes les trois ?

— Non. Juste toi.

— Et toi et Beth, jamais ?

Hannah se tendit.

— Une seule fois, si. Après cela, il nous a systématiquement laissées dans le camping-car et il n'embarquait plus que toi.

— Que s'est-il passé cette fois-là ? Pourquoi vous mettait-il à part, toutes les deux ?

— Je n'étais pas douée pour l'escalade. Et la grimpe était la seule chose qui intéressait papa.

« Hannah ? Non, elle n'a pas la fibre dans le sang. Il y a des jours où je me demande d'où on la sort ! »

À l'époque, elle ne savait même pas au juste à quoi correspondait cette « fibre » qui était absente de son sang. Tout ce qu'elle en retenait, c'était qu'il lui manquait quelque chose d'essentiel. Quelque chose qui aurait signé son appartenance à la famille. Et que cette déficience en elle était source de honte pour son père.

Longtemps, elle avait fait des pieds et des mains pour essayer de se conformer aux attentes de ce dernier. Mais son père restait hors d'atteinte. Il lui apparaissait comme une haute figure intimidante, un grand diable d'homme avec un rire tonitruant et une énergie que rien n'épuisait jamais. Il se rasait rarement et jurait beaucoup. C'était toujours « putain » par ici et « putain » par là.

En sa présence, Hannah se sentait empêtrée d'elle-même et maladroite. Les mots paternels résonnaient en elle comme une langue étrangère. Les soirs d'été, il s'installait autour d'un feu de camp avec des amis et des provisions de bière. Allongée sur sa couchette, elle enregistrait les bribes de conversation qui flottaient jusqu'à elle. Il n'était jamais question que de « devers », de « cotations 7c », de « solo intégral » ; de baudriers, de pics à glace et de mousquetons.

Elle tendait l'oreille dans l'espoir qu'ils finiraient par aborder des sujets plus à sa portée, mais cela n'arrivait jamais. Les amoureux de la montagne, découvrait-elle, ne parlaient jamais que de leur unique passion. Dès qu'il était question d'un alpiniste qui avait réussi une première ascension quelconque, son père commençait à faire des projets pour s'élever sur ses traces. Par moments, les discussions s'envenimaient et on traitait son père de tête brûlée. Parfois on disait aussi de lui que c'était un « addict », mais elle n'avait aucune idée de ce que ça voulait dire. Tout ce qu'elle savait, c'était que la vie de ce dernier était entièrement dédiée à quelque chose qui lui échappait. Elle avait facilement le vertige et ne voyait aucun intérêt à grimper ailleurs que dans son lit superposé, munie d'un bon livre.

Beth n'était pas non plus une grande adepte du rocher d'escalade, mais sa passion pour le maquillage et son côté girly avaient au moins le mérite de charmer leur mère.

Alors qu'elle, Hannah, n'avait clairement aucune des qualités requises qui auraient pu la rendre aimable aux yeux de l'un ou l'autre de leurs parents.

— Mais tu es super intelligente, protesta Posy. Ils devaient être impressionnés par tes résultats scolaires. Tous les parents en rêvent : avoir une fille qui est toujours première en classe.

La gorge de Hannah se noua. L'absence totale d'intérêt de ses parents avait eu des effets désastreux sur son estime de soi. Mais c'était la dernière chose qu'elle avait envie d'admettre devant sa sœur. Jamais elle n'avait parlé à quiconque de ses pitoyables tentatives pour essayer de se rendre intéressante, des personnages variés dans lesquels elle avait tenté de se glisser dans l'espoir d'être enfin remarquée. Jusqu'au moment où elle avait fini par baisser les bras et qu'elle s'était inclinée devant la réalité.

Non, tous les parents n'aimaient pas leurs enfants à égalité.

— Rentrons voir où en sont les filles.

Elle fit un pas en direction de la maison, mais Posy s'interposa.

— Tu n'avais pas l'impression qu'ils étaient fiers de toi ?

— Je *sais* qu'ils ne l'étaient pas.

Quand elle annonçait : « J'ai eu la meilleure note en maths de la classe », son père se frottait la mâchoire, cherchant manifestement quelque chose de positif à lui dire. « C'est bien, ça, je suppose. »

Elle marqua une pause avant de reprendre :

— Tout le monde n'attache pas de valeur aux performances scolaires. Pour nos parents, la seule chose qui nous rendait dignes d'intérêt, c'étaient nos aptitudes sportives. Comme tu as pu le voir à la façon dont j'ai négocié la barrière tout à l'heure, je ne suis pas mûre pour les jeux olympiques. Le dernier été avant l'accident, je t'avais appris à lire…

Posy glissa son bras sous le sien et elles se mirent en marche vers la maison, avec le bruit de la neige fraîche crissant sous leurs semelles.

— Tu avais huit ans et tu m'enseignais la lecture ? Ne me dis pas qu'ils n'ont pas été fiers de toi, là, les parents ?

« Arrête de perdre ton temps. Elle apprendra bien assez vite comme ça. Il ne manquerait plus qu'elle devienne un rat de bibliothèque comme toi. »

— Papa… pensait que cet apprentissage pouvait attendre. Et il avait peur que la lecture te détourne de l'escalade.

Hannah s'étonna qu'une voix éteinte depuis vingt-cinq ans puisse encore résonner aussi distinctement à ses oreilles. Elles entrèrent par la porte arrière et passèrent dans le local à chaussures.

Consciente que sa passion pour la lecture irritait leur père, Hannah avait pris l'habitude de lire sous les couvertures avec une lampe de poche. La période de l'année qu'elle détestait le plus, c'était l'été lorsque la famille au grand complet quittait la petite maison qu'ils louaient à la montagne pour s'entasser dans un camping-car et rouler entre les Rocheuses et la chaîne des Cascades, toujours à la recherche d'un bon spot de grimpe ou d'un sommet à atteindre.

À bord du camping-car, l'espace était limité et chaque enfant avait le droit d'emporter un seul sac. Le sien était toujours bourré à craquer de livres.

Posy posa ses bottes.

— Parle-moi de cette fois-là.

— Quelle fois-là ?

— Tu as dit qu'ils t'ont emmenée une seule fois faire de l'escalade.

Un été, au lieu de rester enfermée dans le camping-car à se perdre dans ses chers univers de fiction, elle avait demandé à accompagner ses parents, déterminée à prouver qu'elle pouvait grimper comme tout le monde. Elle avait eu tellement hâte de voir fleurir sur le visage de son père cette même expression de fierté qu'il avait en regardant Posy.

Tout ce qu'elle avait réussi à prouver, en vérité, c'était sa décourageante inaptitude à faire quoi que ce soit de bon de son corps.

— J'ai essayé de grimper, mais ça n'a pas été une réussite.

Elle avait perdu ses moyens sur le rocher, terrifiée par le vide sous elle, à claquer des dents pendant que son père perdait rapidement patience.

« Mais qu'est-ce que tu attends, bon Dieu ? Le déluge ? C'est incroyable, non, la différence qu'il peut y avoir d'un enfant à l'autre », avait-il fait remarquer à un ami grimpeur sans même prendre la peine de baisser la voix.

Horrifiée d'être un sujet de honte pour son père, et devant une tierce personne en prime, elle avait fait un ultime effort pour se décramponner de là, en se jurant qu'elle allait grimper comme sa sœur. Renonçant à toute prudence, elle avait cherché en vain une prise sur la roche désespérément lisse.

Posy referma la porte pour maintenir le froid dehors.

— Qu'est-ce qui s'est passé ?

— J'ai lâché prise et je suis tombée.

Elle n'oublierait jamais les sensations terrifiantes liées à sa chute libre dans le vide.

— Mais notre père t'a rattrapée ?

— Non. Il était trop occupé à s'excuser auprès de son ami de mon incompétence sportive.

En se fracassant au sol, elle avait cru qu'il ne lui restait plus un seul os entier dans tout le corps. Mais elle n'en avait, tout compte fait, fracturé qu'un seul. La vision de son bras formant un angle bizarre avec l'os qui sortait de la peau était restée imprimée sur sa rétine.

Elle vit le regard de Posy vaciller puis se durcir.

— Tu t'es cassé quelque chose ?

— Oui, mais ça a été un coup de chance, au final. J'ai pu passer le reste de l'été sans bouger du camping-car.

Incommodée par les démangeaisons sous son plâtre, en colère et humiliée, mais en sécurité avec ses bouquins.

— Tu devais me haïr.

— Quoi ? Mais non ! Je t'adorais.

Les mots se pressèrent sur ses lèvres sans qu'elle puisse les arrêter.

— Tout le monde t'aimait. Tu étais vive et spontanée et tu souriais tout le temps. Papa racontait à la terre entière que tu étais sa préférée.

Posy ne répondit pas tout de suite. Lorsqu'elle finit par ouvrir la bouche, sa voix était anormalement posée.

— Ça a dû être insupportable pour toi.

— C'est vieux, tout ça. Allez, on va voir où en sont les filles ?

— Ça s'est peut-être passé il y a longtemps, mais ce ne sont pas des choses qu'on oublie. J'ai envie qu'on continue de parler de notre enfance, Hannah. Pourquoi on n'aborde jamais ces sujets ensemble ?

Pour la bonne raison que revenir sur le passé lui faisait à peu près le même effet que si on la décortiquait de l'intérieur avec une lame acérée…

— Je ne sais pas, mais il faut que je nettoie la cuisine avant le retour de Beth et de Jason sinon je n'ai pas fini d'en entendre parler.

Elle en avait déjà révélé beaucoup plus qu'elle n'avait eu l'intention de le faire.

— Je ne suis pas d'humeur à combattre dix rounds avec Beth. Ni avec toi, d'ailleurs. Je sais que tu es débordée en ce moment. Dis-moi s'il y a des choses à faire pour Noël. On peut gérer les préparatifs ensemble.

— Tu saurais plumer une dinde ?

— Et lui tordre le cou aussi, pendant que tu y es ? Il doit bien y avoir deux ou trois tâches sur ta liste qui seraient dans mes cordes de citadine dénaturée ?

Posy baissa la fermeture Éclair de sa doudoune.

— Le jour de l'avalanche… On était seules toutes les trois à la maison ?

— On parlait de ta liste de corvées, là…

— Il n'y avait personne d'autre ? Tu étais responsable de Beth et de moi ?

Hannah soupira. Sa sœur était aussi têtue à vingt-neuf ans que petite, lorsqu'elle s'était mise en tête qu'elle voulait se percher en haut du réfrigérateur.

— On avait une baby-sitter. Mais au bout d'un moment, elle a perdu patience et elle est partie en nous disant que nos parents n'allaient pas tarder à rentrer. Elle râlait parce qu'ils ne lui avaient pas donné assez d'argent par rapport au temps qu'elle avait passé avec nous. Les parents n'ont jamais réapparu – et pour cause. Toi, tu étais malade et ta fièvre montait. Je ne savais pas quoi faire.

— Tu devais être morte de peur.

Sur le moment, elle n'avait ressenti ni peur ni inquiétude. Juste une énorme colère d'être tombée sur des parents qui préféraient gravir un sommet plutôt que de s'occuper de leur famille. Elle avait été furieuse qu'ils lui délèguent leurs responsabilités pour aller escalader encore une de leurs saletés de montagne. Furieuse qu'ils ne prennent même pas la peine d'essayer de la joindre pour prévenir qu'ils seraient en retard.

Je ne suis pas née dans la bonne famille, s'était-elle répété, encore et encore. Au moment où, vaincue par la fatigue, elle avait fini par fermer les yeux, elle s'était raconté des histoires dans sa tête. Elle avait fantasmé qu'au réveil elle se retrouverait avec d'autres parents, dans une autre famille.

Et le cauchemar, c'était que son scénario imaginaire avait coïncidé point pour point avec ce qui s'était passé dans la réalité.

Chapitre 19

Beth

— Tu considères que le fait de vouloir retravailler fait de moi une moins bonne mère ?

Beth glissa son bras sous celui de Jason alors qu'ils flânaient en direction du loch. Le joli chemin qui serpentait au bord de l'eau permettait de faire une courte boucle pédestre. En été, on voyait les oiseaux nicher et des gobages de truites. En ce moment, au cœur de l'hiver, le loch offrait une surface lisse comme du verre dans le calme glacé du matin d'hiver. Au-dessus s'étirait la forêt avec ses vieux arbres chargés de lichens et de mousse et leurs frondaisons saupoudrées de neige fraîche, sous la ligne torturée des sommets.

— Ce n'est pas ça, Beth. C'est vrai que j'avais du mal à comprendre pourquoi tu voulais reprendre une activité salariée parce que je croyais savoir en quoi consistaient tes journées. J'ai eu l'occasion de découvrir que ma vision des choses n'avait rien à voir avec la réalité.

— Mais tu veux un troisième enfant. C'est difficile de trouver un moyen terme entre avoir ou ne pas avoir un bébé.

Jason s'immobilisa sur l'herbe fauve du chemin. Sa respiration formait des petits nuages de vapeur dans l'air glacé. Il la prit dans ses bras.

— C'est vrai que je serais heureux d'avoir un troisième enfant, je ne le nie pas. Mais c'est une question de sentiments, pas de logique. Il y a des hauts et des bas dans ta relation avec tes sœurs, mais je sais que tu es heureuse qu'elles existent. C'est comme si vous formiez un club fermé par moments, toutes les trois.

— Il m'arrive aussi d'avoir envie d'en prendre une pour taper sur l'autre.

— Je sais. Mais même dans les pires moments, il t'est déjà arrivé de souhaiter ne pas avoir de fratrie ?

Elle secoua la tête sans hésiter.

— Pas que je me souvienne, non. Nous avons partagé une même enfance compliquée et ça crée un lien fort.

— Oui, on sent que votre passé commun joue un rôle déterminant. Même si vous n'en parlez jamais.

— Aucune d'entre nous n'aborde le sujet, c'est vrai. C'est une sorte de règle tacite à laquelle personne dans la famille ne déroge. Aucune explication, aucune justification n'est nécessaire. Ce n'est pas seulement l'accident mortel de nos parents qui nous lie. Ce sont des milliers de micro-événements insignifiants qui, mis bout à bout, forment notre histoire.

Jason hocha la tête.

— Je vous envie. J'envie le fait que vous soyez trois à partager cette histoire particulière. Il n'y a qu'à Noël que nous sommes tous rassemblés, mais je le constate à chaque fois. Même quand vous vous chamaillez, on sent la complicité sous-jacente. Ce n'est pas donné à tout le monde de se disputer comme vous vous disputez. Il y a entre vous ce lien qui ne ressemble à aucun autre. C'est vrai que des amis proches, c'est presque comme une famille, mais pas tout à fait quand même. Avec la famille, on fait toujours *le* petit effort supplémentaire. Il n'y a qu'à voir ta relation avec Hannah, par exemple – elle t'exaspère à longueur de temps, mais as-tu déjà été tentée de renoncer à la voir ?

Beth déglutit avec peine.

— Non. Je suis super fière d'elle. Elle a cette intelligence incroyable. Et même si elle n'était pas brillante, je serais fière d'elle quand même.

Il caressa les cheveux qui lui effleuraient le visage et les glissa sous son bonnet.

— C'est ce lien-là que j'aimerais voir s'instaurer entre nos filles. Quand on sera vieux, ridés, et qu'on commencera à travailler du chapeau, j'aimerais qu'elles puissent s'appeler tous les jours. « Devine ce que les parents m'ont encore sorti, aujourd'hui ? » Je voudrais qu'elles s'épaulent plus tard.

— C'est aussi ce que je souhaite pour elles. Et je pense que ce sera le cas. Même si elles sont très différentes et qu'elles se chamaillent, elles sont soudées.

— Tu les as élevées dans ce sens, en les encourageant à se soutenir et à s'entraider. Notre petite famille, tu l'as tricotée serré. Et il n'y a aucune raison pour que ce tissu familial cohésif se délite sous prétexte que tu reprendrais une activité salariée, ajouta Jason après une profonde inspiration. Si c'est ton désir de faire carrière, fonce.

— Et pour le troisième enfant ?

— Depuis que je me suis occupé un peu sérieusement des deux que nous avons déjà, j'ai eu le temps de revoir la question. Comme les franches révélations de nos filles l'ont clairement laissé entendre, je suis un raté de la parentalité. Tu devrais me mettre à la porte.

— Je ne te vois pas du tout comme un père raté.

— J'ai perdu Bugsy.

— C'est un moment de distraction pardonnable, pas une faute grave justifiant un licenciement. Oh Jason…

Elle se dressa sur la pointe des pieds et lui jeta les bras autour du cou. Il la serra fort contre lui.

— J'ai repensé à tes deux accouchements. À l'affolement, la panique. Je ne suis pas sûr d'être prêt à revivre ça. Au fond, je me demande si je ne faisais pas ma petite crise de milieu de vie. Se dire qu'on n'aura plus d'autres enfants, c'est reconnaître qu'on passe à une nouvelle phase. Et je n'étais peut-être pas prêt à franchir le cap.

— Et maintenant ?

— J'aime notre petite famille telle qu'elle est. Je t'aime toi. Je n'ai pas envie de changer quoi que ce soit.

Beth se sentait légère comme une plume, tout à coup.

— Moi aussi, je t'aime.

Elle se dégagea de ses bras.

— Cela dit en passant : je n'aurai jamais de rides. Pas de cheveux gris non plus.

— Ah non ? Il me semble justement en avoir repéré un.

Jason lui arracha son bonnet. Elle poussa un cri et bondit pour le lui arracher des mains.

— Rends-moi ça ou mes oreilles vont geler et tomber par terre. Et si tu oses compter mes cheveux gris, je demande le divorce.

— Ne me quitte jamais, surtout.

Il la reprit dans ses bras et l'embrassa. Ses lèvres étaient familières, sa bouche sexy, ses baisers exactement tels qu'elle les aimait.

— Je t'aime, Beth McBride.

— Je suis une Butler.

Il sourit contre ses lèvres.

— Et comment. Tu l'es et tu le restes.

Main dans la main, ils poursuivirent leur balade autour du lac, appréciant leur compagnie mutuelle.

— On ne passe pas assez de moments à deux, en fait.

Les doigts de Jason se resserrèrent autour des siens.

— Je suis d'accord. On s'en accordera plus souvent.

Beth en aurait chanté d'allégresse. C'était comme s'ils venaient de se dire « oui » une seconde fois dans ce cadre d'une saisissante beauté.

— Ça fait du bien de pouvoir confier les filles à quelqu'un de la famille et de les savoir en sécurité. C'est ce qu'il faut qu'on mette en place à la maison. Une aide fiable. Si ta mère est prête à nous donner un coup de main, je pourrais me concentrer sur les exigences du boulot sans avoir à m'inquiéter en permanence au sujet des enfants.

Elle ne ferait pas partie de ces mères qui se sentaient tiraillées en permanence entre deux univers incompatibles.

Tout était question d'organisation, au fond. Elle opérerait une distinction claire entre le temps de travail et le temps familial. Beth se voyait déjà offrir un radieux témoignage à un journaliste d'un de ses chers magazines de luxe. Sous la rubrique « Une vie réussie entre maternité et carrière ». Un photographe viendrait immortaliser la scène : les filles seraient assises à la table de la cuisine à écrire une histoire ou à faire des collages. À côté d'elles, une assiette avec un goûter sain à portée de main : une pomme coupée en tranches et des bâtons de carottes. Peut-être même de céleri. Son ordinateur serait posé sur le plan de travail, mais fermé pour montrer qu'elle était en mode famille et disponible pour ses enfants. Son téléphone aurait beau sonner, elle ne répondrait pas pour consacrer une pleine et entière attention à ses filles.

Tous les détails d'une vie parfaite se dessinaient dans sa tête alors qu'ils regagnaient la maison parentale. Baignant dans la félicité d'un avenir sans nuage, Beth poussa la porte de la cuisine.

Et hurla avant de s'immobiliser net.

Jason qui arrivait derrière elle la percuta de plein fouet.

— Désolé. Mais qu'est-ce que…

Il vit alors ce qui l'avait pétrifiée sur place.

La scène semblait tirée d'un film d'horreur.

— C'est… c'est du *sang* que je vois ?

Beth tremblait si fort qu'elle avait du mal à articuler. La panique lui sciait les jambes. Un accident horrible venait de se produire. Un drame funeste.

— Ruby ? Où est Ruby ?

Plus tard seulement, elle s'apercevrait qu'elle avait crié le nom de la cadette, comme si elle avait su d'instinct que Ruby était nécessairement celle des deux liée à ce carnage.

— Elle est gravement blessée ? Morte ?

Ses filles n'étaient nulle part en vue. Quant à ses deux sœurs, elles frottaient le mur à quatre pattes.

— Qu'est-ce qui s'est passé ? Vous l'avez emmenée à l'hôpital ? Dites-moi qu'elle n'est pas…

— Pourrais-tu te calmer, Beth ?

Posy souffla sur les cheveux qui lui tombaient sur les yeux.

— Si ton truc dans les relations publiques ne marche pas, envisage une carrière d'actrice. Oublie Shakespeare, en revanche. Plutôt dans un de ces films d'horreur à deux balles où une fille seule entre bêtement dans une maison plongée dans le noir et isolée, la bouche en cœur, style « Y a quelqu'un ? » et passe son temps à pousser des cris perçants. Personne n'est hospitalisé, et ce n'est pas du sang, juste du rouge à lèvres. Cela dit, c'est à s'y méprendre. On pourrait peut-être le rebaptiser « Rouge Vampire » au lieu de « Rouge Quotidien ». Je confirme, entre parenthèses, qu'il résiste à n'importe quel baiser. On a essayé de le lessiver avec toutes sortes de détergents et on va bientôt passer à la javel pure. Rien n'y fait.

Les jambes coupées, Beth dut prendre appui contre le mur.

Elle avait vraiment cru voir les murs aspergés de sang.

Jason s'avança pour jauger l'étendue des dégâts.

— Oh ! merde.

Ruby bondit dans la cuisine à cet instant précis et en ouvrit la bouche de ravissement.

— Papa a dit « merde » !

La théorie de Beth se vérifiait une fois de plus : les enfants n'écoutaient jamais lorsqu'on voulait qu'ils soient attentifs, mais ne manquaient jamais un mot de ce qu'ils étaient censés ne pas devoir entendre.

— Papa a dit « marre », rectifia-t-elle. Marre de toutes ces bêtises.

Ruby lui jeta un regard sceptique.

— Mais…

— Va rejoindre ta sœur, Ruby. Papa viendra vous voir dans une minute. On reparlera de tout ça plus tard.

Elle attendit que Ruby se soit éclipsée avant de se retourner. Jason examinait le mur avec une pointe d'émerveillement.

— C'est Ruby qui a fait ça ? Elle a du talent. Cela me fait penser à un Picasso de la première époque qui…

Beth eut un mouvement d'exaspération.

— La porte, s'il te plaît, Jason ! On gèle !

Il se ressaisit.

— Tout de suite, oui. Je peux disparaître de l'autre côté ?

— Non : tu peux partir sur les traces de Ruby et la surveiller d'un œil d'aigle. Je vous retrouve dans un instant.

Bonnie trottina dans la pièce et Beth eut un nouveau coup au cœur en voyant des traces rouges dans sa fourrure.

— Elle… Oh non !

Posy tourna la tête vers sa chienne.

— Mais si, mais si. Bonnie a été choisie comme égérie pour la promotion de la couleur Sexy Scarlet. Elle le porte bien, non ? Il va falloir que je l'enferme, si je ne veux pas me retrouver bientôt avec toute une portée de chiots.

Elle embrassa Bonnie et Jason profita de ce moment de distraction pour s'éclipser sans bruit.

Beth avait eu tellement peur qu'elle explosa par contrecoup.

— Comment avez-vous pu laisser faire une chose pareille ? Tu étais censée veiller sur elle, Hannah !

Elle respirait si vite qu'elle s'en étranglait presque.

— Ruby aurait pu partir seule dans la montagne et se perdre ! Imagine qu'elle se soit enfoncée dans une congère et qu'elle soit morte de froid ! Et elle aurait tout aussi bien pu s'aventurer sur la route et se faire renverser par une voiture. Ou se couper avec un couteau de cuisine.

Posy trempa son éponge dans l'eau savonneuse et continua de frotter. Hannah, elle, paraissait terrassée.

— Je suis désolée. J'avais un appel urgent à passer.

— Et ça ne pouvait pas attendre ? Je te demandais juste un petit service pour une heure. Une malheureuse petite heure, une fois dans ta vie !

Beth oublia que dix minutes plus tôt, elle assurait à Jason qu'elle ne se passerait de ses sœurs pour rien au monde. En cet instant, elle aurait étranglé les deux avec plaisir.

— Le travail ne devrait jamais passer avant la famille !

— Ah oui ?

Posy lui envoya une éponge.

— C'est toi qui dis ça alors que tu es littéralement *obsédée* par ton nouveau job potentiel ? C'en est arrivé au point que tu as quitté la table au moins huit fois hier soir pour prendre les appels de ton ex-boss psychopathe ! Alors arrête de prendre ces airs de martyre offensée, Bethany Alice McBride, et aide-nous à frotter. Ou démaquille ma chienne si tu préfères, mais fais quelque chose, au lieu de rester là à nous sermonner avec ces accents de vertu outragée !

Beth en demeura sans voix. Ainsi Posy prenait la défense de Hannah, maintenant ? Du jamais-vu. Et tellement injuste, avec ça ! Même s'il était exact qu'elle jonglait entre sa famille et ses nouvelles responsabilités, elle n'était en rien *obsédée*. Comment pouvaient-elles se désolidariser d'elle ainsi, alors qu'elles étaient en tort ?

— Vous n'auriez jamais dû les laisser seules.

— Et toi, tu n'étais pas censée laisser traîner ton maquillage sur la table, rétorqua vertement Posy. Si tu avais rangé comme je te l'avais demandé, on n'en serait pas là. Admets que les responsabilités sont partagées.

Beth n'était pas prête à admettre quoi que ce soit.

— Elles auraient pu avoir un accident grave.

— Mais cela n'a pas été le cas, donc alléluia.

Posy échangea un regard avec Hannah.

— Impossible de faire partir le rouge. Et toi ?

— Non. Le prune est un peu moins résistant, en revanche.

Posy fronça les sourcils.

— Tu t'es posé la question, au moins, de savoir ce que contiennent ces cosmétiques ? Quand je vois ce que ça donne sur un mur normalement lessivable, je prends peur. Il est hors de question que tu me remaquilles avec ça, en tout cas.

Hannah examina la marque.

— Il faudrait chercher sur Internet s'il existe des astuces. Du jus de citron ou quelque chose comme ça ?

Beth était dépassée par la situation.

— Bon. Je vais voir où en sont les filles.

Les joues de Posy avaient rosi sous l'effort.

— Je suis allée m'assurer que tout allait bien juste avant que tu rentres. Elles sont dans le petit salon et font leur liste pour le Père Noël. Et avant que tu recommences à paniquer, j'ai confisqué les paillettes.

— Elles ont *déjà* envoyé leur liste au Père Noël. On s'en est occupé il y a plusieurs semaines.

— Eh bien, apparemment, elles sont en train d'en établir une autre, marmonna Posy en frottant de plus belle. Si tu nous laisses les filles, c'est normal qu'on choisisse les activités. Et tu gardes tes critiques pour toi.

Beth balança son manteau sur le dos d'une chaise.

— Et si elles changent d'avis, sur leurs nouvelles listes ? Leurs cadeaux sont déjà achetés et emballés !

L'idée que ses filles puissent être déçues le matin de Noël lui transperçait le cœur.

Posy se frotta le front.

— Eh bien, dis-leur que… Je ne sais pas, moi. Que le Père Noël aime bien aussi faire des surprises.

— Elles y croient encore ? s'étonna Hannah en se redressant sur ses talons. Tu pourrais leur expliquer que le Père Noël ne viendra pas parce qu'il…

— Le Père Noël ne viendra pas ? se récria Ruby en provenance de la porte. C'est parce que j'ai dessiné sur le mur ? Il sait que j'ai été méchante ?

Sa voix se brisa. Sa lèvre inférieure se mit à trembler. Beth souleva sa fille pour la serrer fort dans ses bras. *Pourquoi cette journée qui avait si bien commencé virait-elle soudain au cauchemar ?*

— Hannah a juste dit qu'elle pense que le Père Noël ne viendra pas la voir *elle*.

— Pourquoi ? Elle n'a pas été sage, tatie Hannah ?

Beth tenta d'emmener Ruby dans la pièce à côté mais elle se tortilla tant et si bien qu'elle dut la reposer. Sa fille s'élança vers Hannah sans se soucier de l'éponge dégoulinante ni des traînées sur le mur.

— Tatie Hannah, pourquoi il ne va pas venir te voir, le Père Noël ? Qu'est-ce que t'as fait ?

Les nerfs de Beth étaient tendus à craquer. Si sa sœur rejetait sa fille maintenant, ce serait *la* goutte qui ferait déborder le vase.

Et elle ne se priverait pas de lui dire sa façon de penser !

Prête à exploser, elle vit Ruby se loger avec délicatesse sur les genoux de Hannah et passer les bras autour d'elle. *Tant d'abandon, tant de confiance,* songea Beth, terrifiée pour sa fille qui ouvrait de grands yeux en regardant sa tante. Ruby était tellement loin d'imaginer qu'elle s'exposait à un rejet peut-être imminent.

Elle fit un pas en avant, prête à intervenir pour que sa petite dernière puisse garder sa confiance en l'humanité intacte un peu plus longtemps. Retenant son souffle, elle vit le bras de Hannah passer autour des épaules de Ruby.

Elle s'immobilisa lorsque sa petite embrassa Hannah sur la joue.

— Tu lui as écrit une lettre, tatie Hannah ?

— Eh bien… Pas encore, non.

— Alors il ne sait pas ce que tu veux. Tu devrais lui écrire maintenant. Ce n'est pas encore trop tard. Je vais t'aider, d'accord ?

Ruby se laissa glisser des genoux de sa tante et la tira par la manche.

— Si tu veux, tu pourras te servir de mon stylo paillettes.

— Aïe, le stylo paillettes, marmonna Posy. Je l'avais oublié, celui-là. Le danger est décidément partout.

Hannah se leva lentement et prit la main tendue de Ruby.

— Un stylo paillettes ? Ça doit être rigolo.

Rigolo ? Rêvait-elle ou sa sœur avait-elle prononcé le mot « rigolo » ? C'était la première fois que Hannah acceptait spontanément de jouer un moment avec les filles.

— Hé ho, là !

Posy se leva à son tour et jeta son éponge dans le seau.

— Vous ne croyez quand même pas que je vais rester ici à frotter pendant que vous allez toutes écrire au Père Noël avec des stylos paillettes ?

— C'est important, tatie Posy. Tous mes stylos sont à côté.

Ruby entraîna Hannah hors de la pièce, mais le son de leurs voix continuait de flotter jusqu'à elles.

— Qu'est-ce que tu aimerais avoir pour Noël, alors, tatie Hannah ?

— Je ne sais pas trop, je réfléchis.

— Il faut y penser très fort. On a tous un rêve secret. Si tu avais le droit de faire un vœu et de demander ce que tu aimes le plus au monde, ce serait quoi ?

Leurs deux voix s'évanouirent au loin et Beth ne put entendre la réponse de sa sœur. Elle se tourna vers Posy.

— Qu'est-ce qui lui arrive, à Hannah ?

Posy avait le regard perdu dans le vide.

— Posy ?

Sa sœur parut revenir à elle.

— Quoi ?

— À quoi tu penses ?

— Tu savais que Hannah s'était cassé le bras ?

Beth tourna la tête vers la porte.

— Je n'ai rien remarqué de particulier.

— Quand on était petites, je veux dire. Papa l'a emmenée faire de l'escalade et elle est tombée. Tu t'en souviens ?

Le regard de Beth glissa du visage de sa sœur aux traînées rouges sur le mur.

— Quel est le rapport ?

— Je te demande si tu t'en souviens.

— Non.

Beth se frotta le front avec les doigts.

— Enfin si, peut-être. Vaguement. J'avais dessiné sur son plâtre. C'était son bras droit et elle n'a pas pu s'en servir pendant plusieurs semaines. Tu ne te rappelles pas, toi ?

— Je n'ai gardé aucun souvenir de cette période. À part les câlins de Suzanne.

— Et pourquoi tu t'intéresses à ça maintenant ? Je suis en train de traverser une crise majeure et toi, tu te perds dans des évocations d'un passé qui n'a plus cours ?

— La crise n'existe que dans ton imagination, mais tu as raison, n'en parlons plus.

Beth fut assaillie par une nouvelle montée d'angoisse.

— Hannah ne croit pas aux histoires qui se terminent bien. Si elle apprend à Ruby que le Père Noël n'existe pas, je l'étrangle.

— Elle ne va rien lui dire de la sorte, mais juste au cas où elle laisserait échapper quelque chose par mégarde, on va aller lui prêter main forte. On nettoiera les murs plus tard. Allez viens. Faisons équipe entre sœurs. Ce sera fun.

À sa grande surprise, Beth avait envie de se laisser tenter. Elle se détendit légèrement.

— Tu veux qu'on aille faire des listes toutes les trois ?

— C'est Noël. Si on n'a plus le droit de se déchaîner avec des stylos paillettes à Noël, quand veux-tu le faire ?

Beth avait presque atteint la porte lorsque son téléphone sonna. Sa bonne humeur s'évapora.

— Zut, c'est Corinna. Il faut que je…

— Il ne faut rien du tout. On est sur le point de passer un moment sympa entre sœurs ! Ce qui ne nous arrive jamais ou presque. Corinna peut bien patienter une heure ou deux, non ?

La main sur la poignée, Posy attendit pendant que Beth bataillait au cœur d'une tempête d'indécision. Elle n'avait pas envie de répondre, mais ne se sentait pas autorisée à laisser une sollicitation de Corinna sans réponse. C'était comme si elle sentait *physiquement* la volonté impérieuse de sa boss infléchir la sienne.

En conflit aigu avec elle-même, Beth prit l'appel.

— Corinna ?

Le sourire de Posy s'évanouit.

— La preuve que pour toi la famille passe toujours avant le travail, n'est-ce pas ?

Secouant la tête, elle quitta la pièce.

Chapitre 20

Posy

— Ce que je veux te dire n'est pas facile, donc je vais aller droit au but. Si ça ne t'ennuie pas, j'aimerais autant que tu me laisses parler jusqu'au bout sans m'interrompre, d'accord ?

Posy prit une position confortable. Depuis le temps qu'elle essayait de placer son annonce sans succès, elle était déterminée à dire ce qu'elle avait à dire.

— Luke m'a proposé de faire un sommet avec lui l'été prochain. Oui, tu m'as bien entendue. Il monte un petit groupe pour tenter l'ascension du Denali – ou ex-Mt McKinley. S'il te plaît, ne me regarde pas de cet air effrayé. Toutes les règles de sécurité seront respectées, et je m'entraînerai tous les jours. Luke pense que je pourrais être sponsorisée par une des grandes marques de matériel de montagne. Ce serait cool d'être payée pour porter des vêtements et du matos dont on a besoin de s'équiper de toute façon, non ?

Elle prit le temps d'une inspiration.

— Bon, OK. Tu ne t'attendais pas *du tout* à ça et je comprends ta réaction. À part pour mes études, je n'ai jamais quitté la région. Le problème, c'est que j'ai vraiment très, très envie de bouger, de grimper ailleurs, de découvrir d'autres horizons. Tout le monde sait d'où je tiens ce gène de l'escalade. Mais je ne voudrais pas que tu le prennes personnellement. Ce n'est pas de toi qu'il s'agit, mais de moi. Tu comprends ?

Elle ferma les yeux, aux prises avec des conflits intérieurs torturants.

— C'est épuisant de se sentir coupable tout le temps ! C'est vrai que j'aime l'Écosse, j'aime ma vie ici. Et je t'aime toujours autant. Si je pars, ça n'a rien à voir avec un désamour. Tu le sais, ça, n'est-ce pas ?

— Tu fais une déclaration d'amour à une poule ?

Posy ouvrit les yeux.

Luke était adossé à la porte du poulailler, une lueur amusée dans ses yeux clairs.

Elle sentit son visage s'empourprer.

— Qu'est-ce que tu fais ici ? Tu étais supposé écrire.

— Première chose à savoir au sujet d'un écrivain : il sera toujours prêt à faire n'importe quoi pour se décoller de son écran.

— C'est absurde, non ?

— Un autre écrivain comprendrait sans problème. Écrire, ce n'est pas seulement pianoter sur le clavier de son ordinateur portable. Il y a aussi d'autres phases. J'appelle ça « le temps d'incubation » : je marche et je me raconte que je travaille. Dans ce cas précis, c'est toi que je cherchais. Cela m'ennuie d'avoir à poser une question aussi évidente, mais pourquoi ce long entretien avec une poule ?

— Il ne s'agit pas de n'importe quelle poule, mais de Martha.

Mal à l'aise, elle se remit sur pied. Vivre dans un degré d'intimité aussi poussé avec quelqu'un était nouveau pour elle. Elle ne savait pas quel nom donner à sa relation avec Luke et aurait été incapable de se prononcer sur la nature exacte de ses sentiments pour lui. Tout comme elle ignorait ce que *lui* ressentait pour elle. Meublait-il le temps avec elle pendant la durée de son séjour ? Ou se passait-il entre eux quelque chose de plus fort ? Elle manquait tellement d'expérience dans les relations homme/femme que ça en devenait embarrassant. Peut-être demanderait-elle conseil à Hannah sur la façon dont il convenait de naviguer dans les eaux troubles des amours passagères.

— Je réfléchis par rapport au truc que tu m'as proposé l'autre fois.

— L'expédition au Denali, tu veux dire ?

— Oui. J'ai pensé que si j'exposais mes arguments à voix haute, ça m'aiderait à prendre une décision. Martha a une très bonne écoute. Elle ne m'interrompt jamais, pour commencer. Et contrairement à ma famille, elle ne considère pas qu'elle sait déjà tout ce qu'il y a à connaître de moi. Ça me fait une répétition générale pour quand je me déciderai à parler à ma mère.

Il la prenait probablement pour une malade mentale. Étrange expérience que de se dire qu'il couchait avec une fille qui dialoguait avec des poulets.

— Et pourquoi ce besoin d'une répétition générale ?

— Tu poses la question parce que tu ne connais pas ma famille. À plusieurs reprises au cours des deux semaines écoulées, j'ai essayé de laisser discrètement entendre à mes proches que je pourrais être intéressée par une vie hors de cette vallée, mais personne n'écoute. Ils sont convaincus que je n'ai jamais eu d'autre ambition au monde que de passer le reste de mes jours à Glensay. D'où mon idée de m'entraîner à l'éloquence avec Martha. Il faut que je sois ferme pour que mes interlocuteurs ne balaient pas mes propos d'un simple revers de manche. J'aimerais que les autres ne plaquent pas d'idées préconçues sur moi. Même si j'ai tendance à faire la même chose de mon côté…

Elle fronça les sourcils en songeant à Hannah.

— Quand on connaît bien une personne, on a d'autant plus de mal à poser un regard neuf sur elle.

Luke s'enfonça les mains dans les poches.

— Martha est-elle de bon conseil, alors ? Ou considère-t-elle que ton dilemme relève de l'éternelle question de l'œuf et la poule ?

— Tu te moques de moi !

— Non. Je ris, mais je ne me moque pas, nuance.

— Je te trouve un petit air sarcastique.

Le sourire de Luke s'évanouit.

— Je ne suis pas sarcastique, non. Pourquoi tu ne m'en as pas parlé à moi, plutôt ?

Son cœur cogna dans sa poitrine.

— Tu fais partie du problème.

— De quelle manière ?

— Avant de te connaître, il m'arrivait de penser vaguement à partir, mais ça restait très théorique. L'idée de prendre mon envol me chatouillait de temps en temps, puis j'oubliais. Mais voilà que tu débarques dans ma vie et… et tu m'as donné une raison de partir en faisant miroiter devant moi ce diamant jetant mille feux.

Le regard de Luke se fit méfiant.

— Un diamant ?

Elle rougit. *Mais quelle idiote tu fais, Posy.*

— Je ne te parle pas de la pierre précieuse ! Quand je dis « diamant », je pense au symbole de tout ce qui fait rêver. Je te parle de l'expédition ! Du Denali.

— Tu ne convoites pas un vrai diamant ?

La taquinait-il ? Elle aurait été incapable de le dire.

— On peut changer de sujet de conversation avant que je finisse de me couvrir de ridicule ?

— Tu ne te couvres pas de ridicule. Qu'est-ce qui te fait penser une chose pareille ?

— Parce que je suis larguée, là ! se récria-t-elle si fort que Martha en caqueta de surprise. Je suis quasiment une débutante, moi, dans les joies et les vicissitudes de la relation à deux !

Il lui adressa un lent sourire sensuel.

— Ah bon ? Je n'aurais pas dit ça, pourtant.

Elle soutint son regard.

— Côté sexe, ça va, j'assure. C'est mon domaine de compétence. Je suis naturellement portée sur les activités physiques.

— Je m'en suis aperçu. Avec le plus grand plaisir.

— Je te parle du reste. Du versant sentimental de l'affaire. Je n'ai pas une riche expérience, si tu veux tout savoir. Le sexe, c'est ce qu'il y a de plus facile. Comme quand on se lance dans l'escalade sur glace, on trouve assez spontanément les bons gestes. Mais le côté émotionnel…

Elle se tut pour prendre une grande inspiration.

— … c'est déjà beaucoup plus complexe. Ce truc qui se passe entre nous, je ne sais pas où il nous mène. J'ignore ce que ça te fait de partir ou ce que ça me fait moi de savoir que tu vas t'en aller. À moins que je me décide à quitter la vallée à mon tour. Ce qui impliquerait…

Elle s'interrompit avec un petit cri lorsqu'il l'attira contre lui pour l'embrasser.

Le baiser se prolongea jusqu'à ce que ses terminaisons nerveuses grésillent, que son cœur s'emballe et que ses pensées déjà confuses s'emmêlent jusqu'à l'intrication complète.

Elle leva vers lui un regard chancelant.

— Je ne sais pas pourquoi tu as fait ça, mais cela ne m'a pas vraiment aidée à me clarifier les idées.

— Ce baiser n'était pas à but thérapeutique ; ses visées étaient purement hédonistes.

— Et tu te crois malin, je parie ?

— Je ne sais pas. Ce baiser a drastiquement réduit ma capacité à penser à autre chose qu'à être à poil avec toi quelque part – dans un lit ou ailleurs.

Il lui prit le visage entre les mains.

— J'ai l'impression qu'il y a pas mal de choses qui te tournent dans la tête en ce moment. Je pourrais être un interlocuteur valable, moi aussi. Il n'y a pas que Martha, dans la vie.

Elle ne se sentait pas encore tout à fait prête à déballer le fond caché de ses pensées devant Luke.

— Merci pour la proposition. J'y réfléchirai.

Elle se pencha et caressa les plumes de Martha.

— Et toi, merci de m'avoir écoutée, amie ailée.

Elle jeta un coup d'œil aux autres poules pour s'assurer qu'elles étaient pourvues en eau et en nourriture puis elle ressortit, ses semelles crissant sur l'épaisse couche de paille.

Luke la retint par l'épaule.

— Posy…

— Quoi ?

Elle trouvait son regard perturbant et elle avait déjà eu plus que sa dose de perturbations pour la semaine.

— Non rien. C'est sans importance.

Il la laissa repartir.

— J'aurais des quantités de choses à te dire, mais le poulailler se prête mal aux discussions de fond. Et je ne voudrais pas troubler l'équilibre psychologique de Martha.

Posy referma la porte et suivit Luke sur le chemin qui reliait la Grange à Glensay Lodge. Elle se sentait mal à l'aise et pressée de mettre momentanément un peu de distance entre eux.

— Bon, je te laisse. J'ai des tonnes de trucs à préparer à la maison et je veux voir où en est maman. Je ne suis pas sûre qu'elle s'alimente correctement. Tiens, à propos d'alimentation, elle aimerait que tu viennes dîner avec nous demain. Ce sera notre premier dîner avec la famille au grand complet. Maman avait peur de passer la grippe aux petites, donc elle est restée cloîtrée dans sa chambre jusqu'à maintenant. Ça te dit de te joindre à nous ?

— Si c'est votre premier dîner en famille, crois-tu que ma présence se justifie ?

— Elle m'a expressément demandé de t'inviter. Ma mère t'apprécie.

Elle le vit hésiter et se demanda si elle le mettait dans une position compliquée en lançant cette invitation.

— C'est juste un repas comme ça. Pas une « présentation aux parents » ou ce genre de truc officiel.

— J'ai déjà été présenté à tes parents.

— Je sais. Mais tu as hésité.

— Peut-être, oui. Mais ça n'a rien à voir avec ce qui se passe entre toi et moi… Ta mère est moins fatiguée, alors ?

C'était donc pour ça qu'il tergiversait ? Parce qu'il craignait de causer un surcroît de travail à Suzanne ?

— Oui, elle va beaucoup mieux, merci. Et elle n'aura rien à faire pour demain soir. On va cuisiner à trois, avec

Hannah et Beth. Enfin… Je dis ça, mais mes sœurs ne savent pas encore ce qui leur pend au-dessus de la tête.

— Dans ce cas, je viendrai avec plaisir.

Il tourna les yeux vers la Grange.

— Toute procrastination mise à part, il faut quand même que je m'attelle à mon bouquin. À plus tard, Posy.

Elle le regarda s'éloigner, pas plus avancée qu'avant sur la nature de leurs sentiments réciproques.

Dans quelques mois, le livre de Luke serait terminé et il quitterait l'Écosse. Elle pourrait agiter son mouchoir en le regardant s'en aller.

Ou elle pourrait partir avec lui.

Ce choix cornélien lui tournait dans la tête alors qu'elle poursuivait son chemin à pied jusqu'à Glensay Lodge. Et elle continua de méditer sur la question en faisant réchauffer une assiette de soupe qu'elle porta à sa mère.

Lorsqu'elle passa devant la salle de bains, le bruit de la douche coulant à flots couvrait à peine des sons spasmodiques caractéristiques. La porte de la chambre de Hannah étant ouverte, tout laissait supposer que sa sœur aînée était aux prises avec d'incoercibles nausées matinales.

Inquiète, Posy s'immobilisa. Elle avait envie de proposer son aide, mais n'était pas certaine que sa sœur apprécierait. Elle se souvenait de Hannah tenant les cheveux de Beth après sa première cuite, mais les circonstances n'étaient pas tout à fait les mêmes…

Maintenant son plateau en équilibre sur une main, elle toqua de l'autre et attendit. Aucune réponse ne vint.

Entonnant vigoureusement un chant de Noël pour couvrir le bruit des vomissements, elle ouvrit la porte avec le coude et se glissa dans la chambre de ses parents.

— Alors ? La grande forme, ce matin, maman ?

— Quasiment, oui, merci. Mais si tu continues avec tes trémolos, je pourrais faire une rechute.

Suzanne était redressée contre ses oreillers avec son tricot sur les genoux.

— Je rêve ou j'entends quelqu'un vomir ?

Tu rêves. C'est juste le bruit de la douche.

Posy referma la porte d'un coup de hanche. Elle laisserait à Hannah le soin de décider quand et comment elle voulait annoncer la nouvelle de sa grossesse à Suzanne.

— Tu es déjà beaucoup moins pâle. C'est bon signe.

— Toi, je te trouve un peu plus blanche chaque jour, en revanche. Tu t'épuises, Posy. Et j'ai l'impression que tes sœurs ont tendance à te laisser toutes les corvées sur les bras.

— Non, non, t'inquiète. Je les ai mises à contribution.

— Même Hannah ?

— *Surtout* Hannah. En voici d'ailleurs la preuve magistrale.

Posy écarta les pelotes de laine et installa le plateau sur les genoux de Suzanne.

— Velouté de tomates et de poivrons grillés au four. Hannah l'a fait pour toi.

— Parce que Hannah cuisine, maintenant ?

— Elle a été la première surprise de se voir investir le rôle.

Posy se demanda comment réagirait leur mère lorsqu'elle apprendrait que sa fille aînée était enceinte. À priori, personne d'autre qu'elle n'était au courant, ce qui accentuait encore son sentiment de responsabilité envers Hannah. Jusqu'à présent, elle n'avait pas eu l'impression de lui être d'un grand soutien.

— Je peux t'emprunter ta carafe d'eau deux minutes ? Pendant que Hannah prend sa douche, je voudrais en profiter pour arroser Éric. Je reviens tout de suite.

Elle referma avec soin derrière elle et colla l'oreille contre la porte de la salle de bains.

La douche coulait toujours. Elle frappa doucement.

— Hannah ? Ça va ?

Toujours aucune réponse.

À part défoncer la serrure, elle ne pouvait pas entreprendre grand-chose. Elle poursuivit donc son chemin avec son pot à eau et entra dans la chambre de Hannah.

La première chose qui frappa son attention fut l'ordre qui régnait dans la pièce. Le grenier où elle-même squattait donnait parfois l'impression d'avoir été le théâtre d'une rafle. Mais dans la chambre de Hannah, chaque objet était à sa place. Il n'y avait pas de vêtements jetés en désordre sur une chaise, pas de chaussures traînant sur le sol. Même les livres sur la table de chevet étaient empilés avec leurs dos soigneusement alignés.

L'ordinateur portable de Hannah était ouvert sur le bureau. Le tableau Excel qui apparaissait à l'écran était si complexe que Posy eut l'impression de loucher rien qu'à essayer de l'examiner. Elle songea à ce que lui avait dit sa sœur au sujet de leurs parents qui n'encourageaient que les passions sportives et se désintéressaient du reste.

— Alors ? Tout va comme tu veux, Éric ? lança-t-elle en tournant son attention vers le sapin.

Du bout du doigt, elle vérifia l'humidité du terreau, secoua la tête, puis versa lentement un peu d'eau.

— C'est bien ce que je pensais. Tu mourais de soif, mon pauvre garçon.

Elle ramassait quelques aiguilles mortes tombées à terre lorsque le téléphone de Hannah sonna.

Posy faillit en lâcher sa carafe tellement c'était rare qu'il y ait du réseau dans cette partie de la maison. Et comme par hasard, le coup de fil coïncidait avec une courte absence de sa sœur.

Gros dilemme, pour le coup. Fallait-il laisser sonner ? Non, le boulot de Hannah était important pour elle. À défaut de lui masser le dos pendant qu'elle rendait tripes et boyaux dans la cuvette, elle pouvait au moins prendre un message.

Découvrant qu'elle prenait plaisir à son nouveau rôle de petite sœur investie d'une mission de soutien, elle décrocha.

— Allô ?

— C'est ma pizza girl aux pieds nus que j'entends enfin ?

Posy ouvrit la bouche pour répondre qu'il s'agissait d'une erreur de numéro, mais la voix masculine continuait de se déverser à son oreille. Et comme ladite voix était grave et profonde et s'enroulait autour d'elle comme la plus douce des caresses auditives, elle laissa couler.

— Tu sais que tu nous fais des frayeurs ? Angie dit qu'elle avait enfin réussi à t'avoir au téléphone, mais que tu as poussé un grand cri juste avant que vous ne soyez coupées. Les conjectures vont bon train pour savoir ce qui t'est arrivé. Tu as été prise en otage par des guerriers des Highlands ? Enlevée par une brute en kilt ?

— Euh…

— Tu ne réponds pas à mes mails et je m'inquiète. Je t'aime, tu ne l'oublies pas ? Et tu ne m'as rien dit de l'état de santé de Posy ? Je suppose que sa maladie ne doit pas être anodine, vu la vitesse à laquelle tu as tout laissé tomber ici pour te précipiter là-bas.

Sa maladie ?

Posy se laissa tomber en position assise sur le lit.

— Qui êtes-vous, au juste ? demanda-t-elle, sidérée.

Et *qui,* se demanda-t-elle, était cette « pizza girl aux pieds nus » ?

— Et *vous*, qui êtes-vous ?

— Hannah ne mange jamais de pizzas. Il y a des années qu'elle a banni les glucides de son existence.

Il y eut un long silence.

— À laquelle des deux sœurs de Hannah ai-je affaire ? Beth ou Posy ?

— Posy.

— Et vous allez mieux ? Hannah était très inquiète à votre sujet. Elle a pris le premier avion en partance.

Posy toussota. Si Hannah avait bondi dans le premier avion, cela pouvait être pour un tas de raisons, mais sûrement pas pour se précipiter à son chevet.

— Ma santé ne me donne plus trop d'inquiétudes en ce moment, marmonna-t-elle vaguement.

— Tant mieux. Je suppose que vous êtes tous très soulagés.

Posy se laissa tomber à plat dos sur le matelas en se

demandant de quelle pathologie elle était censée souffrir. Une voix faible ou rauque serait-elle de circonstance ?

— J'ai l'impression que vous en savez beaucoup plus à mon sujet que je n'en sais du vôtre.

La grossesse de Hannah n'était clairement pas le fruit d'une rencontre passagère, comme Posy l'avait cru à tort. Elle tourna les yeux vers la porte de la salle de bains en essayant d'entendre si la douche coulait toujours.

— Vous êtes ensemble depuis longtemps, tous les deux ?

— Six mois. Moi c'est Adam.

Adam avec qui sa sœur entretenait une relation suivie depuis une demi-année. Adam qui se déclarait amoureux d'elle.

Elle avait toujours cru que Hannah se cantonnait aux histoires brèves et au sexe ponctuel. Pourquoi n'avait-elle même pas envisagé que sa sœur puisse être engagée dans une *love story* de bon aloi ?

La pizza girl aux pieds nus ?

Posy avait très envie de faire connaissance avec cette version-là de sa grande sœur. Tout comme elle avait envie de rencontrer l'homme qui avait su faire émerger cette part d'elle que personne n'avait perçue dans la famille.

— C'est un plaisir de faire votre… ta connaissance, Adam.

— Comment va-t-elle ? Elle était très stressée juste avant de partir.

De nouveau, Posy tourna les yeux vers la porte close de la salle de bains. D'après ce que lui avait dit Hannah, Adam n'avait pas encore été informé de sa grossesse.

— On ne peut pas dire qu'elle rayonne de sérénité.

— C'est frustrant de ne jamais pouvoir la joindre.

— Je comprends. Le réseau à Glensay Lodge est aussi imprévisible que le temps, ce qui n'est pas peu dire. Pour avoir une conversation un tant soit peu suivie, c'est quasiment plus simple de prendre l'avion et de venir sur place. D'ailleurs pourquoi ne pas faire un saut ici, après tout ? Pour les Noëls à l'écossaise, plus on est de fous, plus on rit. Quoi qu'il en soit, il n'y a pas vraiment lieu de t'inquiéter au sujet de Hannah. Elle n'a pas l'air de se porter si mal. Et elle a Éric pour lui tenir compagnie.

— Éric ? C'est un de ces colosses écossais épris de nature et de vie rude en extérieur ?

Posy examina le sapin de Noël.

— On pourrait le décrire ainsi, oui. Il est grand, raisonnablement costaud et il apprécie de boire un coup de temps en temps.

Elle entendit la salle de bains s'ouvrir.

— Ah voilà. Hannah arrive. Si tu peux attendre une seconde, je vais… Allô ?

Mais il n'y avait déjà plus de réception. Posy reposa le téléphone et se leva au moment où sa sœur entrait. Démaquillée, avec les cheveux mouillés, elle paraissait étonnamment jeune et fragile.

— Tu parlais avec qui ?

— Ton téléphone a sonné – j'ai pris l'appel.

Que serait-il judicieux de rapporter de cette conversation ? Pour la première fois depuis des années, Hannah et elle étaient en bons termes. Elle ne voulait pas prendre le risque de rompre cette trêve fragile.

Sa sœur se frottait les cheveux avec une serviette.

— Mon téléphone ? Mais il n'y a pas de réseau dans la chambre.

— Parfois, si, ça arrive. C'est contrariant, je sais. Le suspense est épuisant.

— Et c'était qui ?

— Adam.

Posy observa de subtils changements chez sa sœur. Ses épaules se raidirent et son visage prit une expression neutre. Comme si elle venait de fermer les volets en s'assurant que personne ne puisse voir par les interstices.

Hannah cessa de se sécher les cheveux.

— Il a laissé un message ?

— Non. Mais on a été coupés avant la fin de la conversation.

— Pourquoi tu ne m'as pas appelée ?

Parce que j'étais en état de choc.

— Tu étais dans la salle de bains. J'allais te tendre le téléphone lorsque les barres de réseau ont disparu. Il a l'air sympa, cet Adam… Je suppose que c'est lui le père ? s'enquit-elle prudemment.

Une lueur affolée traversa le regard de Hannah.

— Tu ne lui as rien dit, au moins ?

— Bien sûr que non. Je suis ta sœur. Une barrière de protection érigée entre le monde extérieur et toi.

Hannah poussa un soupir.

— Ouf.

— Tu as eu des nausées matinales ?

— Tout à coup, oui. Ça doit être psychologique.

Question confidences, c'était à peu près tout ce qu'elle pouvait espérer obtenir, comprit Posy.

Craignant de trop tirer sur la corde, elle changea de sujet.

— J'ai réfléchi au dîner de maman, demain soir. Tu sais à quel point la trêve de Noël lui tient à cœur. Elle voudrait tellement voir sa famille soudée et joyeuse autour d'un bon repas. Pour le moment, elle a l'impression de tout rater à cause de sa grippe. Ça me fait de la peine pour elle.

— Oui, à moi aussi.

L'esprit visiblement ailleurs, Hannah prit son sèche-cheveux.

— Je pensais qu'on pourrait consentir un gros effort, Beth, toi et moi pour lui faire plaisir. En commençant par le dîner de demain soir.

— Et ça impliquerait quoi, ton effort ? Je ne plume pas de dindes et je ne sais pas tricoter.

— Je pensais plutôt à un effort moral : on essaie de fonctionner comme des sœurs modèles. Pas de vannes, pas de vacheries, pas de remarques cinglantes. On acquiesce à ce que dit l'autre, on se montre attentives et bienveillantes. Le trio de sœurs idéales, en gros.

Déjà rien que d'en parler, Posy comprit que ce serait difficile. Elle ne fut pas surprise de voir Hannah sourire.

— Ça va induire un maximum de stress, mais tu peux compter sur moi. Il faudra dire à Beth qu'elle laisse son téléphone dans sa chambre, car si ce *Tyrannosaurus rex* en jupons l'appelle, tu peux être sûre qu'elle répondra. C'est plus fort qu'elle. Et si elle prend l'appel, tu vas hurler et ce sera la fin de notre harmonieux trio.

— Toi aussi, tu hurles quand elle répond.

— Parce que cette femme est infernale et que je ne supporte pas la façon dont elle traite Beth.

Posy marqua un temps de surprise.

— Toi aussi, ça te gêne ?

— Évidemment.

Posy soupira.

— Corinna sera une boss exigeante.

— *Moi*, je suis une boss exigeante, rectifia Hannah. Même si je précise pour ma défense que je suis équitable, cohérente et que je formule clairement mes demandes. Corinna n'est pas exigeante – elle est dans le harcèlement, ce qui n'est pas du tout la même chose. Une des raisons qui pousse Beth à vouloir retravailler, c'est qu'elle a besoin de reprendre confiance en elle. Si elle se retrouve entre les griffes de Corinna, c'est tout le contraire qui risque de se passer.

Posy ne connaissait rien au monde de l'entreprise, mais la vision de Hannah lui parut pertinente.

— Beth considère, au contraire, que c'est un coup de boost pour sa confiance professionnelle que quelqu'un d'aussi difficile que Corinna veuille l'intégrer dans son équipe.

Hannah fronça les sourcils.

— Je ne pense pas que ce soit ça qui se passe.

— Comment ça ?

— Rien. Oublie ce que je viens de te dire.

Posy n'avait pas envie d'oublier.

— Tu aides des grands patrons à trouver des solutions pour qu'ils s'organisent plus efficacement. Tu as un cerveau d'élite – version premium. Tu ne pourrais pas donner un coup de main à Beth ?

— Parce que tu crois qu'elle a envie que je me mêle de ses affaires ?

— Je ne sais pas si elle en a envie, mais elle en a besoin, en tout cas. Tu es sa sœur. Ça te donne le droit d'interférer sans permission. Songe à ce qui se passera, sinon. Si tu n'interviens pas, elle se fera embaucher par l'autre monstre et ça va être sanglant.

— Je ne suis pas sûre que ce soit dans ses projets.

— Tu crois que Beth va refuser de bosser pour elle ?

— Non, je pense que Corinna…

Hannah secoua la tête et choisit une brosse à cheveux.

— On en reparlera demain, plutôt. Dis-moi ce que tu veux qu'on cuisine, alors ? C'est quoi, le plat préféré de Suzanne ?

Posy dut reconnaître qu'il lui arrivait de trouver sa sœur exaspérante.

— Nous n'avons pas fini de parler de Beth. Tu me sors des affirmations vagues et tu ne finis pas tes phrases. C'est excessivement frustrant.

— C'est parce que je dois disposer d'abord d'un ensemble complet de données avant de pouvoir parvenir à une conclusion fiable.

— Tu ne peux pas te contenter d'émettre des suppositions et de cancaner comme tout le monde ?

— Non.

Posy secoua la tête en regardant Hannah brancher le sèche-cheveux.

— Ta puissance cérébrale fait peur. Tu m'impressionnais trop quand on était ados.

Hannah parut surprise.

— Moi, je t'impressionnais ?

— Je te voyais jongler avec des chiffres auxquels je ne comprenais rien. Et tu trouvais toujours le moyen de leur faire dire quelque chose. Et moi, j'avais beau essayer, ça restait du chinois. Je me sentais archinulle… Pourquoi tu ris ?

— Parce que toi aussi, tu m'intimides.

L'affirmation la plus ridicule que Posy ait jamais entendue.

— En quoi quelqu'un comme *moi* peut-il impressionner quelqu'un comme *toi* ?

— Tu veux une liste ?

Posy ne demandait pas mieux, en fait.

— Ben, oui. Dis-moi.

Hannah joua distraitement avec la brosse.

— Déjà, pour commencer, tu fais ce que tu veux de ton corps. Tu as une excellente coordination, tu es forte et athlétique. Jamais tu ne tomberais de la moindre barrière.

— Tu ne tomberais pas plus que moi si tu étais correctement équipée.

— Tu atteins le sommet des montagnes.

— Tout le monde peut gravir une montagne. Les gens qu'on récupère avec l'équipe de secours viennent de toutes sortes d'horizons, avec des niveaux très différents.

Hannah eut un léger sourire.

— Justement. Et c'est *toi* qui leur portes secours. Pas l'inverse. Tu es courageuse et capable de faire face à n'importe quelle situation. À côté de toi, je me sens… je me sens faible et lâche.

Posy se rassit sur le lit.

— N'importe quoi.

— Sur le plan pratique, tu sais absolument *tout* faire. Que ce soit réparer un toit ou aider une brebis à mettre bas.

— Les brebis se débrouillent généralement par elles-mêmes pour agneler.

— Mais tu comprends ce que je veux dire.

Pas vraiment, non. Elle n'avait jamais imaginé qu'une fille comme elle puisse intimider qui que ce soit. Et sa sœur encore moins que quiconque.

— Je suppose qu'on pourrait dire que nos talents diffèrent.

— C'est vrai. Mon fonctionnement, en gros, tourne autour de l'observation et l'analyse des faits.

Hannah se tourna vers le miroir et mit le sèche-cheveux en route. Posy hésita puis se jeta à l'eau.

— Et tu t'appuies aussi sur les faits pour analyser les relations entre les gens ?

Hannah fit taire le sèche-cheveux et chercha son regard dans le miroir.

— Pardon ?

Posy se sentit devenir écarlate.

— Je pensais aux relations amoureuses, en fait. C'est un domaine où je suis assez ignare.

Peut-être que si elle se confiait un peu plus, sa sœur s'ouvrirait aussi de son côté ?

Hannah eut un sourire doux-amer.

— Et c'est à *moi* que tu viens demander conseil ? C'est de l'humour noir, j'imagine ?

— Pas du tout. J'admire ta logique et j'ai pensé que peut-être…

— Les relations amoureuses se situent hors du territoire rassurant balisé par la logique. C'est la raison pour laquelle je n'y comprends rien, moi non plus.

Posy se jeta sur le lit avec un grognement de défaite.

— Tu parles d'une aide que tu m'apportes ! Pour répondre à ta question au sujet de demain soir : Maggie nous a fait du gibier en sauce. Elle a apporté le plat hier lorsqu'elle est venue voir maman. On le fera réchauffer et on le servira avec des pommes de terre. Tu saurais faire une purée ? Je ferai confire des navets dans du sirop d'érable. Et Beth est la reine des desserts. Mais souviens-toi : quoi qu'il arrive, aucune tension ne franchira la porte de la salle à manger.

Posy se tut un instant, en se demandant jusqu'où elle pouvait se risquer à aller avec cette nouvelle Hannah plus directe, plus souriante et accessible.

— Parlant de stress et de tension, je propose que, pour ce soir, on fasse simple.

— Ça me va. Tu avais pensé à quoi ?

Posy se lança

— Une pizza, ça te dirait ?

— Je n'en mange pas, mais les filles vont adorer ça. Je me concocterai une petite salade.

— Tu ne fais jamais d'entorse, pour les pizzas ?

Hannah fronça les sourcils.

— Tu sais bien que non. Je peux me sécher les cheveux, maintenant ?

La pizza girl aux pieds nus.

— Bon, OK. Je te laisse tranquille.

Déçue, Posy repartit avec sa carafe vide. Jusqu'à présent, ses relations distantes avec Hannah ne lui avaient pas posé de problème. Mais cette année, elle se sentait mûre pour un rapprochement inter-sœurs.

Que pourrait-elle bien inventer pour décider Hannah à lui parler ?

Chapitre 21

Suzanne

De mémoire de mère, elle n'avait encore jamais vu ses filles faire d'aussi louables efforts pour se conduire de façon exemplaire.

Assise à la table de cuisine, Suzanne se sentait plus faible qu'elle ne souhaitait l'admettre. Même si le médecin lui avait assuré que tout risque de contagion était désormais écarté, il lui restait du chemin à faire avant de retrouver sa vitalité coutumière. Il aurait probablement été plus sage de rester couchée un jour de plus, mais la frustration d'être reléguée à l'écart de sa petite famille devenait trop forte. Alors tant pis si elle se sentait encore passablement chancelante.

De toute façon, elle n'aurait pas besoin de se lever. Les filles avaient pris l'intendance en charge et se coordonnaient tant bien que mal pour essayer de mettre un repas sur la table. Elles lui faisaient penser à une équipe de natation synchronisée où chacune aurait fonctionné en solo, sans que les rythmes ou les gestes ne s'ajustent. Le plus touchant à ses yeux, c'était qu'elles étaient persuadées qu'elle ne se rendait compte de rien. Comme si elle ne voyait pas à quel point Hannah, Beth et Posy prenaient sur elles ! C'était à se demander combien de temps elles allaient tenir avant que l'une des trois n'explose en hurlant.

Pour une fois, aucune n'agressait l'autre et il n'y avait pas l'ombre d'une dissension dans l'air.

Enfin… presque.

Posy jeta un coup d'œil dans la casserole pleine de pommes de terre confiée aux soins de Hannah.

— Tu mets de l'huile d'olive à la place du beurre dans la purée ? C'est quoi cette nouvelle idée ?

— C'est très chic, la purée à l'huile d'olive.

— Mais tu ne manges jamais de féculents ! Alors pourquoi gâcher le plaisir des…

Posy s'interrompit net et adressa un adorable sourire à sa sœur.

— C'est très innovant, l'huile d'olive. Excellente initiative. Si tu veux…

— Non, je ne veux pas.

Elles allaient et venaient maladroitement dans la cuisine, dans un grand fracas de couvercles et de casseroles. Formant un ballet mal chorégraphié, elles s'élançaient pour mettre la table, ajouter des glaçons dans des carafes d'eau et finissaient immanquablement par se percuter au passage.

Suzanne en aurait ri si elle n'avait pas eu aussi mal à la tête.

Elle avait toujours été consciente des disparités entre les personnalités de ses trois filles. Et finalement, leur caractère avait peu changé depuis l'enfance : il y avait Hannah, l'organisée ; Beth qui rêvassait en fouettant la crème chantilly ; Posy, montée sur ressorts et qui traversait la vie comme si elle rebondissait sur un trampoline.

Comme elle avait été naïve, dans le temps, d'espérer les éduquer pour en faire un trio d'inséparables ! Son seul exploit avait été de les maintenir ensemble après la mort de leurs parents et de leur accorder une attention égale. Elle leur avait offert l'opportunité de créer des liens qui les souderaient, envers et contre tout. À elles trois maintenant d'en faire ou non quelque chose.

Beth ouvrit le réfrigérateur.

— Posy, ne me dis pas que tu as utilisé de la crème ?

— J'en avais besoin pour mon velouté.

— C'était *ma* crème fraîche ! Pour mon dessert !

— Tu diminueras un peu la dose.

Imperturbable, Posy continua de ciseler son persil frais. Beth ouvrit la bouche et Suzanne attendit l'explosion. Mais sa fille grimaça un sourire.

— Tu as bien fait, Posy. Il a l'air exquis, ton velouté.

Suzanne échangea un regard avec Stewart, qui lui indiqua d'un haussement d'épaules qu'il n'était pas partie prenante dans le complot en cours. Il se leva pour aller lui chercher un verre d'eau.

— Tu ne crois pas que tu devrais te recoucher ? On pourrait t'apporter le dîner sur un plateau.

— Je ne peux plus le voir en peinture, ce lit. Laisse-moi profiter un peu de la compagnie.

Elle voyait à sa tête qu'il était tenté d'insister. Mais il savait ce que cela représentait pour elle de passer cette première soirée en compagnie des siens.

— Si tu sens que tu vas t'évanouir, préviens-moi et je te rattraperai.

— Tu m'as déjà vu défaillir ?

Il prit un morceau de pain frais dans la corbeille.

— La première fois que tu as posé les yeux sur moi, ce n'est pas passé loin. Mais c'était une réaction normale.

Si elle avait été dans son état habituel, elle aurait répondu du tac au tac, mais son cerveau fonctionnait encore au ralenti.

Au milieu de l'agitation familiale ambiante, Luke fit son entrée.

Posy en lâcha la cuillère en bois qu'elle tenait à la main.

— Il a recommencé à neiger, commenta-t-il en tapant des semelles sur le sol. On annonce encore du sale temps. Ce sera parfait pour rester bouclé à écrire.

Posy récupéra sa cuillère. Elle avait rougi, nota Suzanne. Elle remarqua aussi que sa petite dernière était la seule à ne pas saluer Luke d'emblée. Sachant qu'en temps normal elle papotait volontiers avec son locataire, on pouvait raisonnablement en conclure que quelque chose avait changé entre eux.

Attirance ? Affection ?

Amour ?

Dans tous les cas de figure, Suzanne applaudissait des deux mains.

Le fiasco avec Callum avait été difficile à vivre pour Posy. Passer par un échec sentimental sous le regard attentif de toute une communauté rurale tournait assez vite au chemin de croix. Et Callum avait manqué de finesse après la séparation.

Depuis, pour autant qu'elle avait pu en juger, sa fille s'était murée dans un célibat tenace

Elle fit signe à Luke d'approcher.

— Entre. Cela fait un moment qu'on ne s'est plus croisés. J'espère que tu as assez chaud, à la Grange. Le stock de bûches est bien garni ? Ton frigo plein ?

Par certains aspects, Luke lui rappelait Stewart au même âge. Ils avaient la même force, le même gabarit – harmonieux et tout en muscles. Les deux hommes avaient également en commun leur persévérance tranquille, une façon de se dédier corps et âme aux activités qu'ils aimaient. Sans pour autant que leur intérêt ne tourne à l'obsession maniaque.

Bref, elle appréciait Luke.

— La Grange est très confortable. Et Posy veille sur moi comme un ange gardien… C'est quoi qui sent bon comme ça ? Je peux donner un coup de main ?

Suzanne apprécia qu'il propose son aide.

— Tu t'es déjà rendu utile en apportant du vin.

Stewart lui désigna une chaise vide.

— Assieds-toi, Luke. Sois le bienvenu dans notre maison de fous. Ça va ? Ton bouquin avance comme tu veux ?

— La question que tout auteur redoute…

Luke prit la chaise vide et jeta un rapide regard à Posy.

— Ça avance, oui, mais doucement. J'en suis à ce stade douloureux où je me dis que je ne vais jamais y arriver. Il faut que je me souvienne que mes livres précédents sont bel et bien en librairie pour me persuader qu'il y a moyen de mener cette cuisante aventure jusqu'au bout.

Beth leva le nez de sa chantilly.

— Combien de livres as-tu déjà publié ?

— J'en suis à mon troisième.

— Tu écris sur la survie en milieu hostile ?

Luke secoua la tête.

— Ça, c'était le précédent. L'actuel traite d'alpinisme. Les plus beaux sommets en Amérique du Nord.

Posy servit son velouté de chou-fleur et Suzanne nota que Luke eut droit à une portion généreuse.

La conversation resta générale et tourna autour de Noël et de la nourriture. Puis Hannah débarrassa les assiettes à soupe et ils passèrent au gibier. Suzanne se demanda si elle n'aurait pas dû suivre le conseil de Stewart et retourner se coucher. Elle était épuisée et la tête lui tournait un peu.

— Elle a un drôle de goût, la purée, commenta Ruby en faisant la grimace.

Beth lui sourit tendrement.

— Elle est délicieuse, ma chérie. Mange.

— Mais…

— Comment va Vicky, maman ?

Beth fit circuler les navets confits pendant que Posy s'attaquait au contenu de son assiette avec son bel appétit coutumier.

— Demain, elle revient travailler une demi-journée au café.

— Elle est pas bonne, la purée, insista Ruby en élevant la voix.

— Mange ce que tu peux et laisse le reste sur ton assiette.

Jason était visiblement gêné par l'attitude de sa fille. Il se pencha pour lui parler à l'oreille et Suzanne vit les joues de Ruby s'empourprer et ses yeux se mouiller de larmes. Elle en oublia sa fatigue et son mal de tête. Posy aussi avait été difficile à table. Cheryl et Rob avaient choisi de baisser les bras et de la laisser manger n'importe quoi. Horrifiée de découvrir comment la gamine s'alimentait, Suzanne avait introduit, sans hésitation ni culpabilité, des changements drastiques dans ses menus.

À l'exception des carottes auxquelles Posy restait réfractaire, elle avait réussi à la réconcilier avec tous les légumes.

— Je suis sûre d'avoir déjà entendu ton nom quelque part, mais je n'arrive pas à me souvenir où, reprit Beth pensivement en s'adressant à Luke. Pas à travers tes livres, en tout cas, car j'avoue que je ne connaissais pas leur existence.

Posy attrapa la carafe d'eau et remplit son verre.

— Ses bouquins sont dans toutes les librairies. C'est comme ça que tu as dû retenir son nom, même si tu n'as pas fait attention.

Beth ne parut pas convaincue.

— Peut-être.

Hannah, elle, ne disait pas grand-chose.

Ses longs cheveux étaient lissés au sèche-cheveux et son maquillage raffiné lui donnait une allure citadine et sophistiquée.

Suzanne revit Hannah le soir qui avait suivi le décès de Cheryl et de Rob, alors que celle-ci était restée seule à la maison depuis la veille avec ses deux petites sœurs. Calme et silencieuse malgré ses huit ans, elle rafraîchissait le front brûlant de Posy avec des gants de toilette mouillés. La police avait proposé de se charger d'annoncer la nouvelle aux filles mais Suzanne avait tenu à le faire elle-même.

Alors qu'elle sombrait comme une pierre dans son propre chagrin, elle s'était forcée à remonter à la surface. Et elle s'était offerte comme bouée de sauvetage pour les enfants de l'amie qu'elle avait toujours aimée comme une sœur.

Lorsqu'elle l'avait prise à part pour lui parler, Hannah n'avait pas prononcé un mot. Les yeux secs, le visage inexpressif, elle avait continué à regarder droit devant elle d'un air absent. Suzanne avait fini par se demander si elle l'avait bien entendue. La psychologue avec qui elle s'était entretenue rapidement au préalable avait souligné l'importance de bien placer le mot « mort » dans la conversation. Elle s'était donc forcée à appeler les choses par leur nom, le cœur serré par la douleur tellement elle avait eu la sensation de frapper là où cela faisait déjà si mal.

Être présente pour les trois filles à la fois avait été difficile. Chacune avait eu des besoins différents, une manière bien à elle de réagir à la perte parentale. Elle avait dû composer aussi avec son propre chagrin, mais celui-ci avait pris la quatrième place.

Sans Stewart, elle n'aurait jamais pu tenir. Ou peut-être que si, au fond ? Pour ces fillettes effondrées, elle avait été le seul rempart un tant soit peu familier. Comment aurait-elle baissé les bras en sachant qu'elles n'avaient personne d'autre qu'elle ? Ces trois enfants étaient devenues son but. La raison pour laquelle elle s'était arrachée du lit tous les matins malgré les assauts répétés de la culpabilité et du chagrin. La raison pour laquelle elle s'était jetée de nouveau dans la vie avec le sentiment d'y avoir encore quelque chose à faire.

Dans un sens, elles avaient été sa propre bouée de sauvetage tout comme elle avait été la leur. Prendre soin des filles l'avait forcée à prendre soin d'elle.

— Ça y est ! Je sais maintenant où j'ai entendu ton nom !

Beth laissa tomber ses couverts avec fracas et toutes les têtes se tournèrent vers elle.

Luke s'était figé. Une expression vigilante marquait soudain ses traits.

— Oui ?

— Luke Whittaker !

Posy parut contrariée.

— Beth, je ne sais pas ce qui te prend, mais…

— Je comprends maintenant pourquoi ce nom me paraissait familier ! Tu as laissé un message sur mon téléphone il y a environ deux mois. Tu voulais parler avec moi de…

Beth s'interrompit net en tournant les yeux vers Suzanne.

Ce regard, elle le connaissait bien. C'était celui qu'ils avaient tous, chaque fois qu'ils se retenaient de mentionner l'avalanche devant elle. Elle n'avait jamais supporté d'en parler et ils avaient toujours respecté son silence.

Mais pourquoi Beth semblait-elle en vouloir à Luke de l'avoir appelée ? Son ton accusateur frisait l'agressivité. Elle n'avait encore jamais entendu sa fille exprimer une telle hostilité.

Elle attendit, convaincue que Luke nierait avoir laissé le moindre message et que tout le monde autour de la table rirait bientôt de ce malentendu.

Mais il reposa lui aussi ses couverts.

— Tu n'as jamais retourné mon appel.

— Mais une fois ici, tu n'as pas abordé le sujet. Quand on s'est vus la première fois au café, tu ne m'as pas dit qui tu étais, accusa Beth.

— Je me suis présenté.

— Mais tu as bien dû voir que je n'avais pas fait le lien entre ton nom et cet appel téléphonique.

Beth se leva avec brusquerie et les pieds de sa chaise raclèrent bruyamment sur le carrelage. Sa voix s'était altérée, mais Suzanne n'aurait su dire si c'était sous l'effet de la colère ou du chagrin.

Son cerveau fonctionnait au ralenti, comme si elle échouait à comprendre ce qui semblait être déjà clair pour tous les autres autour de la table. Mais elle avait un mauvais pressentiment. Très mauvais, même.

— Moi aussi, il m'a appelée.

Hannah posa sa serviette sur la table. Elle était plus calme que Beth, mais sa voix était coupante comme le métal.

— Pourrais-tu nous expliquer ce que tu fais ici, Luke ?

— Hé, mais vous êtes tombées sur la tête ou quoi, toutes les deux ?

Posy reposa son verre avec tant de force que l'eau gicla sur la nappe.

— C'est comme ça qu'on s'adresse aux invités dans cette maison, maintenant ? Et pourquoi Luke vous aurait-il appelées ? Il ne vous connaissait pas avant que vous arriviez ici.

Elle avait pris la défense de Luke sans hésiter, affrontant ses sœurs aînées comme une tigresse.

Cela ne lui ressemblait pas de passer à l'attaque de cette façon. Posy était normalement facile à vivre et d'humeur toujours enjouée. Mais ce soir, chacune semblait soudain décidée à montrer l'aspect le plus noir de sa personnalité.

Jamais elle n'avait vu ses trois filles aussi belliqueuses.

Adieu sourires polis et atmosphère pleine d'harmonie. Ses rêves d'un Noël idéal se délitaient sous ses yeux.

Mais quelle que soit la raison pour laquelle Luke avait cherché à prendre contact avec ses deux aînées, il s'agissait d'élucider cette affaire. Avant toute chose, elle était là pour protéger ses enfants.

Beth tapa du plat de la main sur la table.

— Tu es en train d'écrire un papier au sujet de l'accident ! C'est pour ça que tu es là, reconnais-le ! Tu es journaliste et tu bosses pour un magazine de montagne.

— Je ne suis pas journaliste. Je suis alpiniste et écrivain.

— Un journaliste *est* un écrivain, par définition. Mais c'est sûrement plus facile pour toi de t'insinuer dans la vie des gens lorsque tu caches tes véritables occupations !

Beth se tourna vers Hannah.

— Ainsi, il t'a appelée, toi aussi. Dommage que je n'aie pas été au courant. On aurait pu comparer nos impressions.

— Beth !

Posy foudroya sa sœur du regard, mais celle-ci l'ignora.

— Comme tu n'as pas réussi à nous extorquer de juteuses informations, tu t'es introduit ici et tu as ciblé Posy. Il faut être sacrément gonflé, quand même ! Des sollicitations de journalistes, on y a eu droit, pendant des années. Mais aucun n'avait encore poussé l'opportunisme – pour ne pas dire la goujaterie – jusqu'à coucher avec ma sœur.

— Merci. Merci beaucoup, Beth.

Posy paraissait au bord des larmes.

— C'est toujours un vrai bonheur quand ta sœur prend la liberté d'étaler les détails de ta vie privée au beau milieu d'un repas de famille. Rappelle-moi de ne plus jamais *rien* te confier.

— Beth !

Le ton de Jason disait clairement que le repas de famille en question incluait des enfants. L'espace d'un instant, Beth ne parut pas l'entendre. Lorsqu'il prononça son nom une seconde fois, elle tourna la tête vers lui et cligna des yeux comme quelqu'un qui émergerait d'un profond sommeil.

Notant le visage anxieux de Ruby et l'expression tendue de Jason, Beth jeta un regard d'excuse à la ronde.

— Désolée, Jason…

— Moi aussi, je voudrais coucher dans le lit de tatie Posy, intervint Ruby d'une voix tremblante. Depuis que j'ai plus Bugsy, j'ai peur quand il fait noir.

En grande sœur responsable, Melly porta un doigt à ses lèvres, consciente qu'une grave tempête se déchaînait dans le monde des adultes.

— Chut, Ruby. Ce soir, tu pourras dormir dans mon lit, si tu veux.

— Juré ?

Ruby était bien la seule autour de cette table à afficher une mine réjouie. Jason se leva sans quitter Beth des yeux.

— J'emmène les filles à côté. On montera le volume de la télé.

Avec un petit signe de tête pour Beth, il précisa dans un murmure :

— Tâche de ne pas trop monter le son de ton côté.

— Alors je peux laisser ma purée ?

Ruby quitta la table en dansant, considérant visiblement que les réjouissances de Noël arrivaient avec un temps d'avance. Suzanne lui envia sa légèreté. Son cœur battait à toute vitesse et elle avait la tête qui tournait, sans que cela soit dû aux séquelles de sa grippe. Sa main trembla lorsqu'elle attrapa son verre. Luke avait appelé Beth et Hannah pour leur parler de l'accident. Pourquoi ?

— Et donc, vous avez eu d'autres appels de journalistes, toutes ces années ? Pourquoi ne m'en avez-vous jamais parlé ?

— Parce que tu as toujours préféré garder le silence sur l'accident. Et que nous respectons ton refus d'aborder le sujet.

Ainsi ses filles l'avaient protégée ?

Elle tourna les yeux vers Luke, mais son visage était dépourvu d'expression.

— Je peux vous assurer que ma démarche n'a rien à voir avec celle d'autres personnes qui ont pu vous solliciter précédemment.

Méfiante, Beth plissait les yeux.

— Parce que tu considères que la forme de journalisme que tu pratiques est supérieure à celle des autres, c'est ça ?

À présent que Melly et Ruby avaient quitté la pièce, Beth attaquait de nouveau toutes griffes dehors.

Luke secoua la tête.

— Ce n'est pas ça, non.

Mais pourquoi Beth ne laissait-elle pas à Luke la possibilité de s'expliquer plutôt que de le bombarder d'accusations ? Mais celle-ci semblait persuadée qu'elle voyait clair dans son jeu.

Luke était-il réellement venu en Écosse pour écrire un article ? La simple pensée qu'il puisse la questionner la terrifiait. Comme si le fait de prononcer les mots à haute voix équivalait à retourner là-haut, à repasser une seconde fois par l'horreur indescriptible.

Elle avait cru qu'il ne restait plus que ses cauchemars pour la ramener, encore et toujours, à cette expédition tragique, mais elle se trompait. Car cela ne s'arrêterait jamais. Les questions. Les conjectures. Les reproches.

Elle avait les paumes moites et son pouls s'affolait.

La main de Stewart vint se placer sur la sienne, ferme et sécurisante. Il aurait pu mettre fin à la scène en ordonnant à tout le monde de se taire, mais il considérait sans doute qu'ils devaient aller jusqu'au bout de cette conversation.

Et il avait raison. Mille fois raison.

Quelle que doive être la nature de cette nouvelle épreuve, elle la traverserait. *Ils* la traverseraient tous ensemble.

Posy se redressa, en mode combat.

— Beth…

Mais ce fut Hannah qui reprit l'interrogatoire :

— Tu écris pour quoi ou pour qui ? Un journal ? Un magazine ? Un blog ? Et quel angle d'approche as-tu choisi ? La commémoration des vingt-cinq ans ? Tu peux difficilement prétendre que ta présence ici relève d'une simple coïncidence. Je ne sais pas quelles sont tes intentions, mais nous ne te laisserons pas t'attaquer à Suzanne, est-ce clair ?

Hannah qui prenait sa défense ? Malgré la tension électrique qui régnait dans la pièce, Suzanne restait sensible à l'ironie de la situation. Ses filles se liguant pour la protéger, elle. Il y avait des années qu'elle ne les avait pas vues se battre ainsi, au coude à coude. Et cette démonstration involontaire était beaucoup plus convaincante que la chorégraphie robotisée avec laquelle elles avaient débuté la soirée. Si le contexte n'avait pas été aussi grave, elle aurait considéré qu'il s'agissait d'une belle avancée.

N'y avait-il donc que ce drame ancien pour les rapprocher les unes des autres ?

Et s'il s'avérait *nécessaire*, tout compte fait, qu'ils reviennent sur le passé ?

Les traits tendus, Luke faisait face.

— Ce n'est pas une coïncidence si je suis là, non.

Toute combativité oubliée, Posy retomba sur sa chaise.

— Comment ça, ce n'est pas une coïncidence ? Je ne comprends pas… Tu es ici pour quoi, alors ?

Suzanne garda le silence, même si elle aurait aimé reprendre la question de Posy en écho. Pourquoi Luke voulait-il lui parler de l'accident ? S'il n'était pas journaliste, quel intérêt pour lui de savoir ?

Il se tourna vers Posy.

— Je ne suis pas venu ici pour faire un article ni pour

interviewer qui que ce soit. Et ce n'est certainement pas la raison pour laquelle on est ensemble, toi et moi.

Il plongea son regard dans celui de Posy.

— Tu le sais, n'est-ce pas ?

La voix de Posy vacilla.

— Je ne suis plus trop sûre de ce que je sais ou pas. Tu as effectivement tenté de joindre mes sœurs ?

Posy était visiblement écartelée par le doute. Un conflit intérieur dont Suzanne ressentait l'écho jusque dans ses tripes. Luke lui inspirait de la sympathie, mais que penser d'un homme qui, tout en vivant une histoire avec sa fille, lui dissimulait la véritable raison de sa présence ici ?

— Il a appelé, oui, confirma Beth, les yeux luisants d'indignation. Son message était explicite : « Je souhaiterais vous parler de l'accident qui a frappé vos parents. »

Hannah regarda Luke droit dans les yeux.

— Ma question est donc la suivante : pourquoi, si tu n'es pas journaliste et si tu n'as rien à voir avec les gens qui ont cherché à nous contacter pendant des années, t'intéresses-tu à un fait divers qui remonte à vingt-cinq ans ?

Il y eut un long silence, souligné par la pulsation muette de l'attente. Tout le monde retenait son souffle, lorsque Luke répondit enfin :

— Parce que tes parents n'ont pas été les seuls à mourir dans cet accident. Les miens ont succombé en même temps.

Ce fut un instant comme si Suzanne se déconnectait de ce qui se passait autour d'elle.

Ses parents à lui aussi étaient morts dans l'avalanche ?

Cela ne pouvait signifier qu'une chose…

Elle perçut vaguement un grand brouhaha, avec tout le monde qui parlait en même temps. Puis un soudain silence tomba alors que les regards convergeaient sur elle, cherchant à sonder l'ampleur des dégâts provoqués par cette révélation.

Elle avait la bouche sèche comme du carton.

— Lindsey et David, l'autre couple de la cordée, avait un fils…, murmura-t-elle d'une voix blanche.

Luke soutint son regard.

— Ce fils, c'est moi. Lindsey et David étaient mes parents.

Elle sentit les doigts de Stewart se resserrer autour des siens, mais elle ne tourna pas la tête vers lui. Elle mit toutes ses forces psychiques en œuvre pour se forcer à se retransporter sur les pentes du mont Rainier.

— Leur nom de famille était Palmer. Pas Whittaker.

— J'ai été adopté par Trudy, la sœur de ma mère, dont le nom de femme mariée était Whittaker. L'accident avait fait pas mal de bruit dans le milieu de la montagne. Ma tante et mon oncle ont voulu me soustraire à cet environnement pour m'offrir une enfance normale. Comme ils vivaient à Manhattan, nous étions loin de la scène du drame et ils m'ont élevé comme si j'étais leur fils. J'ai pu disparaître des radars sans que cela crée le moindre remous. Ce n'était pas à moi que s'intéressaient les journalistes.

— Non, en effet. Ils n'en avaient qu'après moi.

Suzanne forçait ses lèvres sèches à articuler. L'accélération alarmante de son pouls n'avait rien à voir avec les séquelles de sa grippe.

— J'étais la seule survivante. Le seul témoin de ce qui s'était passé. Je savais que Lindsey et David avaient un fils, mais j'ignorais son prénom. J'ai essayé de prendre de tes nouvelles. J'ai demandé à Trudy, mais…

Elle était trempée de sueur, soudain, alors que la voix de Trudy Whittaker remontait dans sa mémoire, étranglée par les larmes et lui hurlant ses accusations.

« Et comment expliquez-vous que vous soyez encore vivante ? Que vous ayez réussi à sauver votre peau mais pas celle de ma sœur ? »

Les questions qu'elle s'était posées à elle-même n'avait pas été moins féroces. Mais cela n'avait pas rendu les attaques de Trudy plus faciles à entendre.

Elle vit dans le regard de Luke qu'il avait été informé de tous les détails de l'échange en question.

— Ma tante Trudy est morte il y a deux ans.

Suzanne prit une inspiration.

— Elle m'en voulait énormément. À ses yeux, ta mère était morte à cause de moi.

Stewart se rapprocha pour passer un bras autour d'elle.

— Ces accusations étaient infondées et tu le sais, Suzanne.

— Ma tante le savait aussi, précisa Luke calmement. Elle nous l'a dit et redit pendant des années. Que sous le coup du chagrin, elle s'en était prise à vous. Qu'il lui avait fallu un exutoire – quelqu'un contre qui hurler son désespoir et sa révolte – et que c'était tombé sur vous. Alors que votre seul tort était d'avoir survécu là où les autres étaient morts.

— Si quelqu'un portait une responsabilité dans l'histoire, c'était Rob et personne d'autre, affirma Stewart avec force.

Luke hocha la tête.

— Je sais.

Ce n'était pas la réponse à laquelle Suzanne s'attendait.

— Mais comment ? Comment peux-tu le savoir ?

— Parce qu'une fois adulte, je suis retourné sur les lieux. J'ai parlé avec un tas de gens. Effectué quelques recherches. Et j'ai retrouvé des anciennes connaissances de Rob qui avaient eu l'occasion de grimper avec lui. Parmi les anciens, là-bas, on savait qu'il avait une réputation de tête brûlée et qu'il prenait des risques inutiles par orgueil. Parmi ceux que j'ai rencontrés, il y avait pas mal de gens qui refusaient de se risquer en montagne avec lui.

Stewart repoussa son assiette.

— Suzanne ne serait jamais partie avec lui non plus s'il n'y avait pas eu Cheryl.

— Donc, en résumé, si je comprends bien, notre père a tué le tien, conclut Beth d'une voix fragile.

Elle paraissait ébranlée. Défaite.

— Ça suffit maintenant !

Suzanne se dégagea de l'étreinte de Stewart. C'était à elle et à personne d'autre de prendre cette situation en main.

— Rob était leur père. Nous n'avons pas à parler de lui de cette façon.

— J'aimerais qu'on en parle, au contraire.

Posy était plus pâle que la neige de l'autre côté de la fenêtre.

— C'est vrai, tout ce que je viens d'entendre ?

— Oui, c'est vrai.

C'était Hannah qui venait de prendre la parole, cette fois. Toutes les têtes se tournèrent dans sa direction.

— J'ai encore en mémoire des pans de conversation entre papa et maman. Maman le suppliait : « Promets-moi de faire demi-tour si le temps tourne. » Et lui, il haussait les épaules et refusait de prendre le moindre engagement. Elle insistait « Tu es père de famille, maintenant. » Et sa réponse était invariablement : « Je suis l'homme avec lequel tu t'es mariée. »

Et ça, songea Suzanne, c'était du Rob tout craché.

Posy était livide.

— Donc Beth a raison : notre père les a tués.

Suzanne se tourna vers sa benjamine.

— Non, ma chérie. La vérité, c'est que des accidents d'avalanche, ça arrive. Il n'y avait pas de drapeaux rouges, ce jour-là. S'il y en avait eu, j'aurais fait demi-tour d'autorité. J'avais un mauvais feeling, c'est vrai. Mais si je réfléchis bien, il était surtout lié à l'ambiance qui régnait dans la cordée. Il y avait des tensions dans notre groupe, mais je ne pense pas qu'elles aient joué un rôle dans l'accident. Je crois qu'au fond nous avons juste eu la malchance de nous trouver au mauvais endroit au mauvais moment.

— Mais sans mon père, le reste de la cordée n'aurait pas été au mauvais endroit, au mauvais moment. Vous auriez fait demi-tour.

— Quatre-vingt-dix pour cent des avalanches sont dues à un déclencheur humain, intervint Hannah.

Le fait que sa fille aînée connaissait ces statistiques alors qu'elle ne s'intéressait pas à la montagne disait assez à quel point elle était hantée, elle aussi, par l'accident.

Beth reporta son attention sur Luke.

— Je suis désolée, pour le décès de tes parents. Mais qu'est-ce qui t'empêchait de nous dire qui tu étais ? Pourquoi ne pas avoir joué franc-jeu dès le début ?

— J'ai longtemps hésité sur la démarche à suivre. C'est la raison pour laquelle j'ai voulu vous appeler d'abord, Hannah et toi, plutôt que de m'adresser directement à Suzanne. Je pensais vous demander conseil. Cet accident a traumatisé beaucoup de monde, ma tante y compris.

Luke se tourna vers elle.

— Trudy s'est comportée de façon injuste envers vous, Suzanne. Ses mots ont été d'une violence folle et je n'avais pas envie de débarquer ici en fanfare, en prenant le risque d'aggraver le mal qui avait déjà été fait. Je sais que ces excuses arrivent vingt-cinq ans trop tard, mais ma tante s'est reproché toute sa vie son attitude agressive envers vous. Elle a toujours eu l'intention de reprendre contact pour s'expliquer, mais elle repoussait d'année en année. Elle avait peur d'avoir commis l'irréparable, s'inquiétait à l'idée qu'elle pourrait raviver des souffrances assoupies en rouvrant de vieilles blessures. C'est pour ça que je n'ai pas jugé bon d'arriver ici sans prévenir. Je voulais prendre mon temps et me rendre compte de la situation avant d'annoncer la couleur. Surtout après toutes ces années. Mon projet initial était de rester une semaine, mais voilà, je suis tombé amoureux de la Grange, du paysage et de… et de la vie que vous menez ici.

Suzanne aurait été prête à jurer qu'il s'apprêtait à dire « Je suis tombé amoureux de Posy. » Le moment où elle s'interrogeait sur la nature exacte de la relation entre Luke et sa fille paraissait déjà tellement loin.

Elle baissa les yeux sur le gibier en sauce qui se solidifiait dans son assiette.

Le passé, on croyait avoir fait tout le nécessaire pour l'ensevelir au plus profond de soi. Et puis il suffisait d'un rien – quelques mots – pour s'apercevoir qu'il était encore là, tout près de la surface, attendant la première occasion pour vous sauter à la figure.

— Je suis désolée pour Trudy, et je regrette que nous n'ayons pas eu l'occasion de nous reparler de son vivant. Je n'ai pas cherché non plus à la joindre parce que je savais qu'elle me tenait pour responsable de l'accident et que je considérais que ses reproches étaient justifiés.

Stewart ouvrit la bouche pour intervenir, mais elle posa la main sur son bras pour lui intimer le silence.

— Après l'accident, je me suis demandé un millier de fois ce que j'aurais pu faire pour que l'expédition se termine autrement. Aurions-nous pu emprunter une voie différente ? Aurais-je dû essayer d'être plus persuasive avec Rob ? J'ai réfléchi à toutes les options possibles. La question de savoir si j'aurais pu empêcher ce dénouement fatal m'a obsédée. Si j'avais eu le bon mot, le bon geste, aurais-je pu faire en sorte que quatre personnes soient encore vivantes aujourd'hui ?

Hannah se leva.

— L'analyse objective des faits semble indiquer que non. Et ce sont les faits que nous devons croire. Et en voici un autre, de fait : notre père était une brute narcissique.

Sa voix vacillait. Comme si elle avait dû mettre toutes ses réserves de courage à contribution pour sortir enfin de vingt-cinq années de silence.

— Tout devait toujours plier devant sa sacro-sainte volonté : les autres, la réalité, le monde. Si quelqu'un avait le tort de porter un autre regard que lui sur une situation, il sortait de ses gonds. Tu n'as rien à te reprocher, Suzanne. Je ne sais pas si c'est mon père qui a été la cause de cette avalanche, mais s'il y a bien une chose que je sais avec certitude, c'est que l'erreur, si erreur il y a, ne vient pas de toi.

— Une certitude que je partage.

Posy se leva pour venir la serrer dans ses bras.

— Rien ne nous oblige à exhumer cette vieille histoire.

Je sais à quel point c'est une torture pour toi. Luke, je pense que tu devrais t'en aller, maintenant.

Luke marqua une hésitation.

— Posy…

— Je comprends que cela concerne aussi ta vie personnelle, mais pour Suzanne, c'est un stress énorme et il vaudrait mieux que tu nous laisses en famille.

Hannah acquiesça :

— Je suis d'accord avec Posy. Je comprends que tu aies à composer, toi aussi, avec un gros traumatisme dans l'enfance. Je ne sais pas quelle forme de réparation psychique tu espérais obtenir en venant ici. Mais je trouve égoïste de ta part de ne pas avoir pensé au mal que tu risquais de faire à ma mère. Je ne tolérerai pas que tu la fragilises.

Ma mère.

Suzanne se demanda un instant si elle avait bien entendu. C'était la première fois en vingt-cinq ans que Hannah se référait à elle ainsi.

Son cœur gonfla dans sa poitrine au point de bloquer l'air dans ses poumons.

Puis elle vit l'expression de Luke et comprit que le moment de donner libre cours à sa joie devrait être remis à plus tard.

— Luke…

— Hannah et Posy ont raison. J'ai eu tort de venir ici. Je pensais que ce serait une façon de faire la paix avec le passé, pour vous comme pour moi. Mais je me trompais. Désolé.

Il repoussa sa chaise et se leva.

— Je paierai mon loyer jusqu'à fin février, comme convenu, mais je partirai dès demain.

Elle lui fit signe de se rasseoir.

— Non, reste, Luke. Nous avons à parler, toi et moi.

Et c'était la vérité. Même si elle allait clairement devoir se battre d'abord avec sa famille avant d'y parvenir.

Déjà, Beth semblait prête à bondir.

— Maman, tu n'es absolument pas obligée de t'infliger

cette conversation. Cette période de l'année est déjà assez difficile pour toi comme ça.

— Je suis d'accord avec Beth, s'indigna Posy.

Suzanne soupira. Il y avait des années qu'elle espérait voir ses filles faire alliance entre elles. Et il fallait qu'elles choisissent ce moment pour que ça arrive !

— Bon, écoutez-moi, mes enfants.

Elle réussit à s'extraire de l'étreinte de Posy et se leva à son tour. Ses jambes flageolaient un peu, mais qui s'en serait étonné ?

— À mon tour de vous dire quelques petites choses. Pour commencer, il est vrai que j'ai choisi la politique du silence, toutes ces années, en ce qui concernait l'avalanche. C'était ma façon de faire en sorte qu'elle ne domine pas toute ma vie. Le problème, c'est que vous en avez retiré l'impression que j'étais trop fragile pour affronter le passé. Ce qui n'est pas le cas.

Beth fronça les sourcils.

— Maman…

— J'apprécie que vous cherchiez à me protéger, mais la prochaine fois qu'un journaliste vous appelle à mon sujet, donnez-lui mon numéro que je puisse m'entretenir avec lui directement. Est-ce clair ?

— Mais…

— *Est-ce clair ?*

Beth et Hannah échangèrent un regard.

— Oui.

— Très bien. Et maintenant, j'aimerais que vous quittiez tous cette pièce afin que Luke et moi, nous puissions nous parler sans être interrompus.

Posy enfonça les poings dans les poches de son jean.

— Pas question. Je ne bouge pas d'ici. Il faudra me sortir de cette pièce avec une pelle mécanique.

Suzanne se tourna vers Stewart. Silencieux, pensif, il prenait le pouls de la scène. Qu'il soit inquiet à son sujet, elle n'en doutait pas un instant. Mais il était peut-être le seul dans cette maison à pouvoir comprendre pourquoi il était important pour elle d'en passer par cette conversation.

Stewart se leva.

— Je pense que nous devrions laisser votre mère s'entretenir avec Luke.

Apparemment, son autorité excédait de loin la sienne, car leurs trois filles se regardèrent puis se dirigèrent à contrecœur vers la porte.

Beth s'attarda avant de la franchir.

— Nous serons juste à côté, maman, si tu as besoin de nous.

En d'autres circonstances, Suzanne aurait sans doute souri.

— Enfilez donc vos manteaux et sortez plutôt faire un tour.

Hannah parut sidérée.

— Il neige.

— Alors allez boire un coup au coin du feu au Glensay Inn. Pour une fois que vous avez l'occasion de vous retrouver à trois, profitez-en. Vous ne devriez pas manquer de choses à vous dire.

Elles sortirent à la queue leu leu, la laissant seule avec Luke et Stewart.

Son regard trouva celui de l'homme qui l'avait soutenue et aimée à travers les années terribles qui avaient suivi l'avalanche.

— Toi, reste, dit-elle.

Stewart ferma la porte et revint sur ses pas.

— Parce que tu crois peut-être que j'avais l'intention de m'en aller ?

Il sortit une bouteille de single malt et la posa au milieu de la table avec trois verres à whisky.

Luke repoussa son assiette et se renversa contre son dossier.

Il aurait pu partir en claquant la porte, songea Suzanne. Il avait essuyé un tir nourri de questions, subi des accusations et des réactions hostiles. Mais il était encore là.

Ce garçon avait de la force, tant au moral qu'au physique. Ses parents auraient été fiers de lui.

Luke remonta les manches de son pull et appuya les coudes sur la table.

— Je suppose que vous avez des questions à me poser.

— J'ai surtout envie que tu me parles de toi, Luke.

Suzanne avait peine à croire que le fils de Lindsey et David était assis là, devant elle, à sa table de cuisine.

— J'ai si souvent pensé à toi pendant toutes ces années. Je me demandais comment tu t'en étais tiré, si ta vie n'avait pas été détruite par cette tragédie brutale…

Elle avait eu tellement peur pour lui, en fait. Et à l'inquiétude, chaque fois, venait se mêler la culpabilité. *Toujours* la culpabilité. Celle qui vous ronge de l'intérieur, tenace, corrosive, violente comme un acide.

Stewart leur versa à chacun une rasade de whisky.

— D'après ce que j'ai eu l'occasion de voir, il ne me paraît pas si détruit que ça, ce garçon. Tu bois un coup, Luke ?

— Qui pourrait refuser un single malt ? Et surtout quand il s'agit d'un single malt comme celui-là.

L'échange entre les deux hommes était cordial, sans tensions sous-jacentes. Tout paraissait si simple, si normal.

Suzanne regarda Luke porter son verre à ses lèvres. Elle vit le mouvement de déglutition, l'éclat du feu qui se reflétait dans ses yeux.

Et comprit qu'elle avait continué de penser à lui comme à un petit garçon malheureux. Orphelin. Vulnérable. Brisé.

Mais il n'y avait rien de brisé chez l'homme assis en face d'elle. Luke ne s'était pas recroquevillé, ne s'était pas laissé annihiler par les ombres venues du passé. Sa vie, il avait su l'aborder de front et il rayonnait de force et d'énergie. Vitalité et combativité étaient au rendez-vous. Le voir ainsi, éclatant de vie et de santé, répara quelques fêlures supplémentaires en elle.

— Posy m'a dit que tu avais fait l'ascension du Rainier.

Elle avait du mal à l'imaginer. Jamais elle n'avait pu

s'approcher de nouveau de cette montagne. Le sourire de Luke fut comme une lumière au bout d'un tunnel.

— Eh oui. C'est un fantôme que j'ai conjuré à dix-huit ans.

Il avait affronté ses peurs. Avait refusé de se laisser emprisonner par ses traumatismes.

— Parle-moi de toi, l'exhorta-t-elle. Dis-moi comment tu as pu grandir à Manhattan et finir par vouer ta vie à la montagne, comme tes parents avant toi. Je veux tout savoir.

Pendant toutes ces années, elle s'était représenté Luke menant une vie sombre, rétrécie, limitée par le malheur.

Il était temps maintenant de se dégager de toutes ces croyances négatives et de découvrir quelle avait été sa vie réelle.

Chapitre 22

Posy

Beth se laissa tomber lourdement à leur table habituelle, près du feu.

— Eh bien, mon coco…

— Comme tu dis, oui.

Hannah prit place avec un peu plus de délicatesse dans un fauteuil. Posy agita la main pour attirer l'attention d'Aidan.

— Quand je pense qu'on se démenait pour la protéger. Et elle nous fout à la porte. Vous y croyez, vous ?

— Ce que je n'arrive pas à croire, dit Beth, c'est que Luke Palmer ait poussé le vice jusqu'à coucher avec toi. Je trouve ça infect.

— *Whittaker*, rectifia vertement Posy. Et l'idée ne te traverse même pas l'esprit qu'il pourrait s'intéresser à moi autrement que pour de basses visées manipulatoires ?

Elle n'avait pas encore eu le temps de digérer les révélations qui venaient de tomber. Et ne se sentait pas d'humeur à soumettre sa relation avec Luke à un débat nourri avec ses deux sœurs. Elle se sentait désorientée, en colère, trahie, offensée et, oui, peut-être aussi un peu ridicule. C'était la première fois depuis des années qu'elle partageait son intimité avec un homme. Et avec Luke l'intimité avait eu un petit quelque chose de plus que d'ordinaire.

À cause de Beth, elle se demandait à présent s'il y avait eu un seul moment authentique dans leur relation.

— Tu ne peux pas savoir comme je regrette d'avoir

ouvert ma grande bouche. Une sœur, c'est censé protéger les secrets que tu lui confies. Et non pas t'humilier devant tout le monde en laissant entendre que tu t'es fait prendre pour une bille.

Beth secoua la tête.

— Mais les circonstances étaient exceptionnelles, ajouta-t-elle. Et mon intention était de te protéger, justement. Si un mec se permet d'abuser de la crédulité de ma petite sœur, je ne vais pas rester là, les bras croisés, à le laisser faire !

— Pour commencer je ne suis ni « petite » ni « crédule ». Deuxio : je ne vois pas en quoi une relation mutuellement consentie et mutuellement jouissive entrerait dans la catégorie de l'abus de confiance. Troisième point : je n'ai besoin ni de toi ni de Hannah pour me protéger, même si je dois reconnaître que, quand vous vous liguez en mode attaque, toutes les deux, vous êtes plus terrifiantes que n'importe quelle paroi verticale que j'ai pu grimper en solo.

Aidan vint prendre leur commande avec son habituel sourire amical.

— Alors… Laissez-moi deviner : une bière pour Posy, un verre de vin blanc pour Beth. Et pour Hannah, ce sera, comme d'habitude, un…

— Une eau gazeuse, le coupa Hannah. Merci, Aidan.

Perdue dans ses pensées, Posy contemplait les flammes d'un air sombre. Quand au juste Luke se serait-il décidé à lui dire la vérité ? Lui en aurait-il parlé avant l'expédition ? Ou aurait-il attendu d'être en plein bivouac, une nuit, pour lâcher en passant : « Tiens, au fait… »

Elle avait cru qu'ils se comprenaient, elle et lui.

Elle avait cru qu'il se passait quelque chose de fort entre eux.

En bref, elle avait été idiote.

— On ferait mieux de parler de ce qui vient de se passer au lieu de noyer nos chagrins dans l'alcool, suggéra Beth.

Posy s'affala un peu plus encore dans son fauteuil.

— Ce ne sont pas *vos* chagrins, c'est le mien. Et la

seule chose que j'aie envie de noyer en ce moment, c'est Luke en personne.

N'y avait-il eu que du sexuel entre eux ? Et si c'était le cas, comment se placerait-elle ?

Aucune promesse n'avait été prononcée de part et d'autre, après tout.

— Je regrette, Posy. Je n'aurais jamais dû dire ça devant tout le monde. Mais tu ne crois pas que tu es en train de défouler ta colère contre Luke sur moi ?

— Non. Tu écopes de la colère que tu mérites.

Beth eut une grimace contrite.

— Dans ce cas, je vais me noyer dans l'alcool, moi aussi.

Elle jeta un coup d'œil à Hannah.

— Et toi ? Pourquoi tu bois de l'eau ? Tu es obligée de jouer les rabat-joie ? Une fois dans ta vie, tu ne pourrais pas essayer de renoncer à être exemplaire ?

— Je ne suis pas exemplaire. Et je ne me mêle pas de ce que tu bois, toi, donc je ne vois pas en quoi je serais une trouble-fête.

Hannah déroula son écharpe et envoya voler quelques flocons au sol. Posy se demanda quand elle comptait annoncer à Beth qu'elle était enceinte. À ce rythme, le bébé serait déjà dans son berceau lorsqu'elle se déciderait enfin à rendre la nouvelle publique. Cela dit, vu la propension de Beth à ébruiter des secrets aux moments les plus inopportuns, elle pouvait comprendre que Hannah fasse preuve de réserve.

Aidan arriva à leur table avec une bouteille d'eau pétillante, un verre rempli de glaçons et une tranche de citron.

— Ces dames souhaitent-elles manger quelque chose ?

— Merci, non. Les dames ont déjà dîné.

— S'il te reste une part de ton pudding au caramel bien gluant, je crois que je pourrais en venir à bout.

Beth casa son sac à main à côté de son fauteuil. Sur la défensive, elle soutint le regard de Hannah.

— Avec cette tempête familiale en cours, je n'ai pas pu finir mon assiette. Cela dit, j'ai eu aussi un peu de mal avec ta purée à l'huile d'olive « au goût bizarre », comme l'a fort justement souligné ma fille.

Hannah croisa ses jambes minces.

— On ne t'a jamais parlé de ce que le beurre fait à nos artères ?

— Il les prépare à leur rencontre avec le pudding au caramel. Apporte-nous-en donc une assiette pleine, Aidan. Avec trois cuillères.

— *Deux* cuillères, rectifia Hannah. Cela fait des années que j'ai arrêté les glucides.

Posy se souvint de sa conversation avec Adam.

— Sauf qu'il t'arrive de manger de la pizza, objecta-t-elle après avoir avalé deux grandes gorgées de bière. Et pieds nus avec ça.

Hannah la regarda fixement.

— Je te demande pardon ?

— Rien. Oublie ce que je viens de dire.

Elle ne pouvait pas se concentrer sur Hannah en ce moment. Se désoler de son propre malheur requérait l'intégralité de son énergie mentale.

Hannah se pencha et lui retira sa bouteille des mains.

— Une fois, dans notre vie, tâchons d'avoir une vraie conversation, toutes les trois. Si tu bois trop vite, il va falloir qu'on te porte au retour.

— Au cas où tu n'aurais rien remarqué, je traverse une crise sentimentale aiguë. J'ai le droit de me consoler avec les moyens du bord. Et j'ai d'autant plus besoin d'alcool que mes sœurs m'enfoncent dans mon marasme au lieu d'essayer de m'en sortir.

Beth sirota son vin.

— *Quel* marasme ? Tu as pris ton pied à répétition avec un spécimen mâle de la plus belle espèce. Et n'oublie pas que tu viens de nous dire que tu ne voulais pas qu'on te protège.

Sur ces mots, Beth se pencha, passa les bras autour d'elle et l'embrassa gentiment sur le front. Ce geste d'affection spontané lui fit l'effet d'un bon gros pansement sur son cœur malmené.

— Je croyais que tu m'en voulais ?

— Ce n'est pas à toi que j'en veux, banane. Tu ne pouvais pas savoir que c'était un rat, ce type. Aucun signe extérieur ne l'indiquait.

Hannah ouvrit sa bouteille d'eau et remplit son verre.

— Pour le moment, rien ne prouve que Luke est un « rat », comme tu dis. Ce qui se passe entre Posy et lui n'est pas forcément en lien avec le but de sa présence ici.

— Et pourquoi ne lui a-t-il pas dit la vérité, s'il tient vraiment à elle ?

— Parce que la vie n'est jamais aussi simple que tu sembles vouloir le croire.

Hannah posa ses gants sur la table, les superposant avec une telle minutie qu'ils semblèrent n'en former qu'un seul.

— Je pense qu'il faut qu'on se prépare à trouver Suzanne dévastée. La conversation avec Luke va faire remonter tous les souvenirs de l'avalanche qu'elle cherche à oublier depuis vingt-cinq ans. Elle avait l'air assez chancelante quand on est parties.

Posy détestait l'idée que sa mère puisse être perturbée. Et la pensée que Luke soit l'agent de cet effondrement était particulièrement difficile à avaler.

Aidan posa une part de pudding au caramel devant Beth.

— Je peux vous apporter autre chose ?

Posy lui prit les cuillères des mains.

— Non, c'est parfait comme ça. Merci, Aidan.

Elle attendit qu'il soit hors de portée de voix.

— J'avoue que j'en veux à Luke de ne pas m'avoir dit qui il était. Ça me fait un sale effet qu'il ait gardé le silence sur son identité. Je croyais entrer dans l'intimité d'un homme et je découvre qu'il est quelqu'un d'autre. Un peu comme si j'avais couché avec deux mecs à la fois. On peut en conclure que j'ai été infidèle ?

— Oui, ben, parlons-en. Comment ça se fait que tu

n'aies rien vu venir ? Tu n'as fait aucune recherche sur Internet avant de sauter dans le lit de ce mec ?

Beth défit la barrette qui lui retenait les cheveux puis dégaina un rouge à lèvres de son sac et le dévissa pour se remaquiller. Posy la regarda faire, fascinée, et oublia momentanément ses problèmes.

— Tu fais ça sans miroir ? Sans t'en mettre partout ?

— Je sais encore où est ma bouche. La première chose à faire, quand tu rencontres quelqu'un, Posy, c'est d'aller voir sur Internet. Imagine que tu sois tombée sur un serial killer !

— Parce que les tueurs en série postent leurs particularités biographiques sur les réseaux sociaux, d'après toi ? Ta recherche Internet, je l'ai faite. J'ai entré « Luke Whittaker » et j'ai obtenu des infos sur Luke Whittaker. Bizarrement, aucun message n'indiquait « Oh hé, Posy, fais gaffe : Luke Whittaker s'appelle en réalité Luke Palmer et ses parents ont été tués en même temps que les tiens. » Je ne sais pas pourquoi les gens s'imaginent que la vérité va forcément émerger en wi-fi et qu'il suffit de lancer un moteur de recherche pour décoder une personnalité. Je te rappelle, d'autre part, que ta mission en tant que sœur est de me remonter le moral et non pas de me reprocher de m'être comportée comme une idiote. Je me sens meurtrie, OK ? Ça fait mal, ce que je viens de me prendre dans la figure ce soir.

Les joues en feu, Beth fit glisser son rouge à lèvres dans son sac. Elle avait l'air coupable et mal à l'aise.

— Ni Hannah ni moi n'avions l'intention de te blesser, mais il était important que tu connaisses la vérité. C'est toi qui dis toujours qu'entre sœurs il faut être franches.

— Si tu es une telle adepte de la franchise, pourquoi n'as-tu rien dit au sujet des appels que tu as reçus ?

— Beth et moi, on n'en parle jamais entre nous non plus.

Hannah, toujours rationnelle et objective, s'appliquait à désamorcer le conflit.

— Personne dans la famille n'aborde le sujet de l'avalanche.

Posy se mordit la lèvre. Bon, d'accord, elle sur-dramatisait un peu. Mais elle se sentait agressée. Et peut-être aussi un peu stupide.

Elle planta hargneusement sa cuillère dans le pudding de Beth. Parler de cette manière avec ses sœurs était nouveau et elle se demandait quoi penser de cette évolution dans leurs rapports. Pour le moment, elle ne se sentait pas en grande forme. Mais il était réconfortant de se dire que Beth et Hannah prenaient son parti, même si leur façon d'exprimer leur solidarité avait fait plus de dégâts qu'autre chose.

Beth tenta de se justifier :

— On ne pouvait pas deviner que ce type débarquerait ici. J'ai cru, et Hannah aussi je suppose, qu'il suffisait de laisser l'appel sans réponse pour le décourager. Oh là là, ce désastre… Je suis toujours tendue comme un ressort à cette période de l'année.

Hannah but une gorgée d'eau.

— On est *tous* tendus dans cette famille, autour de la date anniversaire de l'accident. Pour quoi pensez-vous que je me suis débinée l'année dernière ?

— Tu as parlé d'une urgence professionnelle de dernière minute.

— J'ai menti.

Hannah reposa son verre.

— Je suis allée jusqu'à l'aéroport. Mais au moment d'enregistrer mes bagages, la lâcheté a pris le dessus.

Posy se demanda en quoi rentrer dans sa famille à Noël requérait tant de courage.

— Qu'est-ce qui t'a fait fuir ?

Hannah inclina la tête et ses boucles d'oreilles en argent brillèrent d'un éclat doré à la lueur des flammes.

— La perspective de se retrouver tous ensemble avec un grand sourire scotché aux lèvres, à faire semblant de trouver que Noël, c'est vraiment génial.

Posy secoua la tête.

— Moi, je ne fais pas semblant. J'aime Noël. L'odeur du sapin et des biscuits à la cannelle, les enfants surexcités…

— Si tu aimes Noël, pourquoi le vis-tu dans le stress et la contrainte chaque année ?

— Je ne suis pas stressée de nature, mais je sais que, pour maman, c'est une période compliquée. Comme elle rêve d'un Noël festif, opulent, et organisé à la perfection, j'essaie de l'aider à atteindre son objectif. Mais le « Noël parfait », ce n'est pas du tout aussi simple à atteindre que dans les pubs à la télé. Et chaque année, je termine le marathon avec un sentiment d'échec. À la télé, on ne voit jamais les gens avancer courbés sous des listes de corvées interminables. Ma dinde n'est pas aussi dorée que dans les campagnes télévisées. Et chez nous, on ne voit jamais la famille béate et attendrie regarder des enfants sages déballer leurs cadeaux. Autre détail frustrant : comment se fait-il qu'à la télévision les aiguilles du sapin ne tombent jamais par terre ?

Hannah se resservit en eau.

— Parce que la pub, c'est l'essence même du *fake* et tu le sais. La dinde a été vaporisée avec je ne sais quelle substance et les aiguilles sont collées à l'arbre. Ces pubs sont tournées par des publicitaires surpayés qui se creusent les méninges pour convaincre un public crédule comme toi qu'on peut s'acheter un Noël de rêve, dans une famille de rêve, à condition d'y mettre la somme nécessaire.

— Excuse-moi, mais je ne suis pas du genre crédule.

— Excuse-moi, mais dois-je comprendre que mon mari qui bosse dans la pub est surpayé ? Avant de me donner ta réponse, n'oublie pas de réfléchir aux sommes astronomiques que tu touches toi-même.

— Je ne suis pas payée pour berner les gens en leur faisant croire qu'un certain style de vie peut s'acquérir à condition d'acheter les bons produits. La pub ce n'est rien d'autre que de la malhonnêteté légale.

— S'il te plaît, arrête avec ta morale… Et toi, Posy,

lâche ce pudding. Il en reste à peine une cuillerée et je n'en ai même pas encore mangé !

— Je te protège contre tes propres penchants délétères. Et comment en est-on arrivées à parler du salaire de Jason ? Je croyais que c'était Noël, le sujet de notre conversation.

— Exact. En voulant un Noël idéal, maman essaie de compenser le souvenir tragique de l'accident, décréta Beth. Mais toi, tu n'as aucune excuse.

— Je n'ai pas besoin d'excuse. Noël, c'est mon truc.

— Parce que tu es aussi hérissée de piquants qu'une feuille de houx, c'est ça ?

— Pas du tout. Pour moi, Noël, c'est cosy, c'est chaleureux, c'est la famille comme on l'aime.

Mais Beth avait raison d'affirmer que leur mère se crispait exagérément sur cette idée d'un « Noël idéal » et que c'était une façon pour elle de nier l'impact de l'accident.

Beth rafla la dernière cuillerée de gâteau.

— Moi, si j'aime Noël, c'est surtout pour mes enfants. J'ai envie qu'elles gardent de beaux souvenirs d'enfance. Qu'elles associent Noël avec la joie, l'amour, les rennes avec des grelots, une neige scintillante et toutes ces vessies que des gens dépourvus de scrupules comme mon mari nous font prendre pour des lanternes.

Le regard de Hannah était perdu dans les flammes.

— Pour moi, Noël, c'est juste la mort, la tragédie, le trauma. Suzanne essaie de compenser comme elle peut, mais moi si j'avais le choix, je choisirais l'évitement. Chaque année, je n'ai qu'une envie : que ça se finisse et qu'on arrive au mois de janvier.

Posy vit la douleur dans les yeux de sa sœur et oublia soudain ses inquiétudes au sujet de Luke et de l'avenir de leur relation.

Hannah avait été l'aînée. La mort de leurs parents l'avait affectée beaucoup plus durement que Beth et elle.

Elle avait toujours considéré Hannah comme une femme forte, cérébrale et peu émotive. Mais elle s'apercevait petit à petit à quel point elle s'était trompée. En l'espace de quelques jours, elle avait vu Hannah avec les yeux rougis, Hannah anxieuse à l'idée d'être une mauvaise mère, Hannah, les cheveux mouillés qui s'interrogeait sur les raisons de l'appel d'Adam.

Et à présent, Hannah avouant à quel point elle trouvait cette période de l'année insurmontable.

Posy n'avait encore jamais entendu sa sœur parler d'elle ainsi. Elle avait conscience que leur relation prenait un nouveau tournant et elle aurait voulu le lui témoigner d'une façon ou d'une autre. Mais elle avait peur de ne pas trouver les bons mots.

Beth, pour une fois, gardait le silence.

Posy songea à ce qu'elle avait ressenti un instant plus tôt lorsque sa sœur avait eu ce geste d'affection spontanée envers elle.

Se penchant vers Hannah, elle lui caressa la main.

— Comment peut-on t'aider ?

Sa sœur parut se ressaisir.

— Personne ne peut m'aider. Noël, ça se surmonte. Je finis toujours par passer le cap.

— Mais tu le passes seule, ton cap. Et ça ne me plaît pas que tu fasses cette traversée du désert en solo.

Beth hocha la tête.

— Je pense comme toi, Posy. Toutes les trois, on peut faire équipe. Former une unité soudée. Là, comme on est maintenant, je trouve qu'on est cools. On devrait faire ça plus souvent.

Elle embrassa le pub du regard, en absorba l'atmosphère.

— Finalement, je suis presque contente que maman nous ait foutues à la porte. On est bien, non, devant cette grande cheminée, entre sœurs ? Pourquoi on ne se parle pas plus souvent ?

— Parce qu'on ne se voit qu'à Noël.

— Mais même à Noël, on ne se fait jamais de sorties à trois. Et si on instaurait une nouvelle tradition ? Chaque année, les trois sœurs McBride iront au pub et parleront vrai. J'adore qu'on soit sincères comme ça. Nous sommes les Christmas Sisters. Dorénavant on oublie les pulls moches de Noël. Je nous commanderai des T-shirts avec le logo « The McBride Christmas Sisters ».

— Tant que tu ne comptes pas sur moi pour l'enfiler.

Hannah passa la main sur la manche de son pull en cachemire comme si elle redoutait que Beth n'essaie de le lui arracher de force.

Mais jusqu'où ce nouveau parler-vrai entre sœurs pouvait-il aller ? Posy avait des doutes. Oserait-elle questionner Hannah au sujet d'Adam ? À en juger par ce qu'il avait dit au téléphone, sa sœur était un tout autre genre de femme avec lui que ce qu'elle laissait normalement voir d'elle-même.

Elle décida de prendre le risque.

— Parle-nous d'Adam à la voix sexy.

— Adam est un collègue.

Hannah dut lire quelque chose sur leurs visages, car elle soupira.

— Bon. OK. Adam est un peu plus qu'un simple collègue. On est ensemble depuis quelque temps.

Beth jouait avec sa petite cuillère.

— C'est le beau mec que j'ai vu en photo sur ton écran ?

— Oui.

— Et pourquoi il t'appelle sa « pizza girl aux pieds nus » ?

Posy ignora le regard stupéfait de Beth.

— Parfois, on travaille tard ensemble le soir et il nous commande une pizza. Je reconnais qu'il m'est arrivé d'en manger une part ou deux. Et une fois, on faisait les fous et il m'a appris à danser le tango pieds nus.

Parce qu'il arrivait à sa sœur de faire la folle ? Et de danser le tango ?

Beth cligna des yeux.

— Tu es amoureuse ?

Le regard de Hannah était perdu dans les flammes.

— Amoureuse ? Non. Je ne ressens pas ces choses-là.

— S'il a réussi à te faire danser pieds nus et à manger

de la pizza, c'est que tu ressens plus de choses que tu ne le crois.

Posy jeta un regard en coin à Beth.

— On ne peut vraiment pas compter sur toi, entre parenthèses. Tu étais censée nous tenir au courant de la vie sentimentale de Hannah.

— Tu parles ! Comme si Hannah se confiait à moi. Elle annule tous nos rendez-vous sous des prétextes fumeux. Je suppose que ma compagnie est trop barbante.

Hannah fronça les sourcils.

— Tu n'es pas barbante du tout.

— Je ne sais plus parler que de mes gamines.

— Parce que tu les aimes et que tu es fière d'elles. Et tu as toutes les raisons de l'être. Tu es une super mère, Beth. Je ne vois pas où est le problème.

— Le problème, c'est que tu n'aimes pas tes nièces.

Posy se pétrifia. *Ouille.* Beth avait dit la même chose dans la voiture le jour de son arrivée, mais elle avait cru que c'était juste un délire de sa sœur dû à un excès de champagne.

Hannah avait l'air sidéré.

— Qu'est-ce qui te fait penser une chose pareille ?

— Tu ne viens jamais nous voir. Chaque fois qu'on doit faire un truc ensemble, tu trouves une raison pour annuler. Et les rares fois où on se voit quand même, c'est au resto. J'essaie de ne pas me formaliser, parce que je sais que les enfants, ce n'est pas ce qui te passionne le plus. Mais Melly et Ruby sont quand même tes nièces. Et la vérité, c'est qu'elles t'insupportent.

Posy frémit. Leur moment de fraternisation au féminin était-il déjà en train de tourner à l'aigre ?

— On devrait peut-être…

— Ce n'est pas vrai, ce que tu dis, protesta Hannah, livide.

— Tu ne fuis pas notre appartement ?

— OK, oui, peut-être. Mais pas parce que je n'aime

pas mes nièces. Je n'arrive pas à croire que tu puisses dire une chose pareille.

— Tu les as laissées seules hier après-midi.

— C'est parce que je suis incompétente. Pas parce que je ne les aime pas.

Quelque chose dans la stoïque sincérité de Hannah remuait Posy jusqu'aux larmes. Mais son cœur vibrait aussi pour Beth, car elle savait ce que ses filles représentaient pour elle.

— Dites, vous ne pensez pas, toutes les deux, qu'on pourrait revenir à…

Beth secoua la tête.

— Non. Si on décide de faire une soirée sœurs et de tout se dire, ce n'est pas pour faire l'impasse sur les sujets sensibles.

— Au départ, ce n'était pas spécialement une soirée confidences. C'est juste maman qui nous a éjectées et…

— … et c'est devenu une soirée sœurs. Ça fait un moment que j'ai ça sur la patate, alors j'aimerais autant qu'on aille jusqu'au bout, si ça ne te dérange pas. Dis-moi la vérité, Hannah.

Posy se demanda si elle devrait essayer de les faire taire d'autorité. Voir souffrir ses sœurs était encore pire que de penser à la trahison de Luke.

Hannah était figée comme une statue.

— La vérité, c'est que je suis mal à l'aise avec les enfants parce que Ruby me rappelle Posy.

Posy s'attendait à peu près à tout sauf à ça.

— Tu veux dire que c'est *ma* faute ?

— Cela me ramène à la nuit qui a suivi le moment où on a appris que nos parents étaient morts l'un et l'autre. Tu voulais maman et tu pleurais toutes les larmes de ton corps. « Où elle est, ma maman ? Je veux maman. » Et je ne savais pas comment te consoler.

Des larmes brillaient dans les yeux de Hannah et c'était comme si Posy sentait résonner sa détresse dans toutes les fibres de son corps.

Mal à l'aise, elle changea de position dans son fauteuil. Le bruit des conversations dans le pub se fondit en un brouhaha indistinct.

— Je ne me souviens de rien.

— Tu étais trop petite. Mais moi, j'ai tout gardé en mémoire, et ça a été une période horrible. Je me sentais impuissante, j'avais peur et je ne savais pas quoi faire. Ton chagrin était tellement immense que c'était comme s'il m'engloutissait tout entière. Je te voyais hurler de désespoir en appelant papa et maman, et je n'avais aucun moyen de t'apaiser. C'était comme si on m'arrachait les tripes. À partir de là, chaque fois que tu pleurais la nuit, je flirtais avec la crise de panique.

Hannah prit une profonde inspiration, comme pour se remettre en tête que tout cela appartenait au passé.

— Petit à petit, c'en est arrivé au stade où n'importe quel bout de chou en larmes déclenchait chez moi ces réactions phobiques. J'ai vu une psychothérapeute pour faire quelques séances, mais ça n'a pas marché. Le plus simple pour moi, du coup, c'est de me tenir à distance des enfants.

— Y compris et surtout de Ruby.

La voix de Beth était douce et aucune susceptibilité blessée ne transparaissait plus dans son attitude. Hannah se frotta le front.

— Voilà… Tu m'as posé la question et je t'ai répondu comme j'ai pu.

Posy déglutit avec peine.

— Tu veux dire que tu as perdu ta capacité à aimer à cause de moi ?

Elle se sentait coupable, même si elle savait qu'il était ridicule de faire endosser pareille responsabilité à l'enfant de trois ans qu'elle était alors.

— Je ne sais pas, Posy. Je ne suis pas psychiatre.

Beth posa les coudes sur la table.

— Et moi ? Je faisais quoi dans tout ça ?

— Toi, tu te raccrochais à Stewart. Tu as toujours été une fifille à son papa.

— Et moi, je me cramponnais à Suzanne, se remémora Posy. C'est mon premier souvenir conscient. J'étais au lit, bien au chaud et en sécurité, et je sentais des bras rassurants autour de moi. C'était très doux, très tranquille…

Hannah joua avec son verre.

— Ce n'étaient pas les bras de Suzanne. C'étaient les miens.

— Non, non, c'était Suzanne. Je me souviens qu'elle me lisait quelque chose au lit. C'est un souvenir qui m'est toujours resté.

— C'est moi qui te lisais des histoires au lit. Tu as dormi avec moi tous les soirs après la mort de nos parents. Toi et ton vieux lapin en peluche dont j'ai oublié le nom, mais dont je revois encore la forme toute cabossée.

Posy était sidérée. Elle vacillait, comme sous l'effet d'un vent violent.

La chaleur. La sécurité. La douceur. Les câlins.

— C'était *toi* ?

— Eh oui. Encore une chance que tu en gardes un souvenir ému, ironisa Hannah. Ça compense la longue série de symptômes traumatiques que je traîne depuis.

En surface, Hannah était redevenue elle-même. Pendant une fraction de seconde, Posy se demanda si elle avait imaginé sa tension émotionnelle. Puis elle vit le pied de sa sœur bouger nerveusement sous la table.

Ce qu'elle venait d'apprendre était si déroutant qu'elle flottait encore dans une sensation d'irréalité et de confusion.

— Mais…

— Tu es restée agrippée à moi pendant six mois. Jusqu'à ce qu'on vienne vivre ici, en fait. Une fois arrivée en Écosse, tu es redevenue une enfant joyeuse et tu t'es adaptée à merveille à ta nouvelle existence. C'était comme si l'ancienne n'avait jamais existé, en fait.

— Mais qu'est-ce qui nous a éloignées l'une de l'autre ? Puisqu'on était si proches, toutes les deux ?

— Je crois que je me suis coupée des autres et que je me suis centrée sur mes apprentissages scolaires, admit Hannah. Ça a été ma façon de m'en sortir.

Il y eut un nouveau silence. Ce fut Beth, cette fois, qui l'interrompit :

— Je ne savais rien de tout cela. Jamais je n'aurais imaginé que c'était la raison pour laquelle tu te tiens à l'écart de mes filles. Je suis désolée pour tout ce que je t'ai dit.

— Ne sois pas désolée. Je suis contente qu'on ait clarifié les choses entre nous.

Hannah eut un pâle sourire.

— Les événements de notre petite enfance ont laissé des séquelles psychologiques chez moi. Je suis la première à le reconnaître. Toi aussi, tu en as gardé des traces, Beth.

Beth parut surprise.

— Bah ? Je n'ai pas de symptômes psychologiques particuliers !

Posy prit une grande gorgée de bière.

— Si, tu en as.

— C'est une conspiration ou quoi ?

— Non, c'est la vérité. Tu es hyper protectrice avec tes enfants.

Ce n'était peut-être pas le bon moment pour en parler, mais au point où elles en étaient…

— Toutes les mères protègent leurs enfants.

Hannah finit son verre d'eau.

— La différence, c'est que toi, tu les *sur*protèges. Tu vois le danger partout. Tu imagines toujours les pires catastrophes.

Sur la défensive, Beth se raidit.

— C'est faux.

Posy jeta un coup d'œil à Hannah.

— Ce n'est peut-être pas la peine d'insister, si ? Ça peut se comprendre qu'elle réagisse comme ça.

— Ça peut se comprendre, oui, confirma Hannah en écho.

Beth se redressa dans son fauteuil.

— Non, continuez. Qu'est-ce que vous essayez de me dire ? Qu'un événement qui a eu lieu il y a vingt-cinq ans a un impact sur la façon dont j'élève mes enfants ? Je peux vous assurer que vous vous trompez. Donnez-moi un exemple où je surprotégerais mes enfants ?

Posy hésita.

— Tu te mets dans tous tes états dès que les filles montent Socks.

— Tout le monde sait que le port de la bombe s'impose quand on fait de l'équitation.

Posy hésita, soucieuse de faire passer le message en douceur.

— Mais si tu pouvais, tu commanderais des gilets de protection avec des airbags.

— S'ils existent, c'est parce que des cavaliers s'en servent.

— Au niveau compétition, peut-être. Mais pour faire le tour du pré sur mon vieux poney tenu en longe ?

Beth serra les deux mains l'une contre l'autre. Les jointures de ses doigts étaient livides.

— Socks est grand pour un poney. Et il arrive à n'importe quel cheval de ruer.

— Socks a de l'arthrose. Avancer au petit trot est déjà un exploit pour lui. Il serait incapable de se dresser sur ses pattes arrière.

Beth rougit.

— Oui, bon… Mais ça peut arriver, quoi.

— Et voilà. C'est exactement ce que j'essaie de te dire : tu agis en fonction de ce qui *pourrait* arriver. Pas en fonction de ce qui se passe réellement. Tu remues constamment des scénarios catastrophe dans ta tête.

— Comme n'importe quelle mère, j'anticipe les accidents possibles, ce qui me permet de les prévenir.

— Je crois que tu les vis en imagination, tous ces accidents possibles et imaginables, intervint Hannah. Tu les vois se dérouler dans ta tête et ça te terrifie.

Beth ouvrit la bouche pour nier, puis la referma et se tassa sur elle-même.

— Tu as raison. C'est ce que je fais. J'imagine toujours que quelque chose de terrible va se passer, comme cela nous est arrivé à nous. Pour moi, le pire est toujours probable et je me démène pour déjouer la fatalité. J'essaie de tout anticiper jusque dans le moindre détail. C'est épuisant.

Elle se tut pour suivre des yeux une pluie d'étincelles qui s'élevait dans la cheminée.

— OK, oui, c'est vrai : j'ai des séquelles psychologiques.

— Il serait peut-être temps qu'on s'en occupe, de nos séquelles, suggéra Hannah.

— Il faudrait que je sois beaucoup plus cool. Je ne veux pas que mes angoisses déteignent sur mes filles.

Le téléphone de Beth sonna. Elle fouilla frénétiquement dans son sac en leur jetant un regard d'excuse.

— Désolée, mais c'est peut-être une urgence. Je vous promets de faire des efforts pour être moins tendue, mais on va dire que je commence demain matin. Pour le moment, je préfère répondre au cas où Ruby se serait noyée dans son bain, se serait sauvée par la porte de la cuisine ou…

Elle regarda le numéro.

— Mince, c'est Corinna.

— Parlant de catastrophe, en voilà une.

Hannah lui prit le téléphone des mains et le coupa.

— Hannah ! Mais qu'est-ce que tu fais ? Tu es folle !

Beth se propulsa hors de son fauteuil pour le reprendre.

— Tu vas me faire perdre mon boulot !

— Elle ne peut pas te mettre à la porte puisqu'elle ne t'a pas embauchée. Si Jason ou une des filles t'avait appelée, j'aurais compris que tu veuilles répondre. Mais comme c'est la soirée des grandes vérités, je me permets de te dire ceci : Corinna se sert de toi. Elle t'utilise en tant que main-d'œuvre gratuite et tu la laisses faire.

— C'est normal qu'elle teste d'abord mes compétences. Il faut que je lui prouve de quoi je suis capable, que je fasse forte impression sur elle.

Tout en écoutant d'une oreille, Posy réfléchissait aux révélations de Hannah. Comment sa mémoire avait-elle pu déformer les événements à ce point ? Elle s'était souvenue de l'affection, de la tendresse, mais elle avait prêté les gestes, les mots et les sentiments à quelqu'un d'autre. Les yeux rivés sur la fine silhouette élégante de sa sœur, elle essaya de s'imaginer blottie dans un lit avec elle. Quand et pourquoi sa mémoire avait-elle décidé qu'il s'agissait de Suzanne ?

Hannah, elle, était entièrement concentrée sur Beth.

— Tu as vraiment envie de travailler pour cette femme ?

— Évidemment ! Elle est intelligente, créative et ambitieuse… Et elle pense que j'ai les compétences dont elle a besoin pour décrocher cette campagne, ajouta Beth après une infime hésitation.

— Et quelles sont-elles, ces compétences ? Qu'est-ce qui te fait penser que c'est toi qu'elle veut plutôt qu'une autre ?

— Qu'est-ce que tu essaies de me dire ? Que je n'ai aucune valeur, c'est ça ? C'est moi qui ai défini le public cible pour cette campagne ! Je suis mieux placée que quiconque pour me mettre dans la peau d'une femme qui a apprécié de se maquiller mais qui a une vie un peu trop bousculée et qui a peut-être perdu une partie de sa confiance en elle et qui… *Oh non, merde…*

La voix de Beth se perdit dans un murmure :

— Elle ne veut pas que je définisse le public cible, je *suis* le public cible.

Hannah ne dit rien mais il y avait de la compassion dans son regard.

— Dis-moi que je me trompe, Hannah, reprit Beth d'une toute petite voix. Dis-moi que ce n'est pas ça.

— Tu ne te trompes pas, malheureusement.

Posy tenta d'atténuer le choc.

— Doucement, quand même. On n'a encore aucune certitude.

— C'est une certitude, si, insista Hannah, catégorique.

Posy en avait le cœur serré pour Beth.

Cette soirée vérité entre sœurs n'épargnait rien ni personne. Finalement, c'était plus éreintant que le secours en montagne dans des conditions extrêmes. La franchise avait peut-être du bon, mais on en prenait plein la figure.

Beth s'était investie à fond pour décrocher ce job chez Glow PR. Posy n'avait pas envie de voir sa sœur prendre une pareille claque dans la figure.

— Voyons le côté positif des choses : il te restera quand même une montagne d'échantillons gratuits. À part Rouge Quotidien, hélas, qui a fini sur le mur.

Bon. À ce stade, l'humour n'était peut-être pas la meilleure des consolations. Elle posa la main sur le bras de Beth.

— Des bons jobs, il en existe ailleurs. Tu vas en trouver un bien meilleur que celui-là.

Elle ne connaissait strictement rien au marché du travail, mais elle essayait de remonter le moral des troupes. Sans succès, visiblement, car Beth affichait un air de plus en plus lugubre.

— Elle m'a fait venir parce qu'elle sait que je suis restée cloîtrée sept ans à la maison avec mes enfants. Je ne suis pas le nouvel élément dynamique qu'elle espère intégrer dans son équipe, je suis la future cliente cible dont elle explore les rouages – sa souris de laboratoire, en somme.

— N'importe quoi, protesta Posy en jetant un regard suppliant à Hannah.

C'était elle qui avait commencé. Qu'elle se débrouille maintenant pour trouver quelque chose à dire à leur sœur qui rétablisse sa confiance en elle !

Beth glissa son téléphone dans son sac.

— Adieu job de mes rêves.

— Travailler pour Corinna n'a rien d'un rêve, rectifia Hannah d'une voix égale. Cette femme est incapable de diriger une équipe. S'il y a une règle à laquelle ne pas déroger, c'est celle-ci : « Quoi qu'il arrive, ne *jamais* bosser pour un chef toxique. » À fortiori lorsqu'ils sont à la tête de leur propre entreprise.

Cette fois, Beth ne chercha pas à la contredire.

— C'est vrai que Corinna pratique le harcèlement moral à haute dose. Je le savais mais j'essayais de l'oublier, trop contente d'avoir l'opportunité de me réinsérer dans le monde du travail sans passer par la case petites annonces, CV, entretiens et tout le tralala. Apprendre que Corinna voulait de moi dans sa nouvelle boîte m'a rendu une partie de ma confiance en moi, alors que je me sentais au plus bas. Mais j'ai été stupide d'entrer dans son jeu, car Corinna ne te donne *jamais* confiance en toi. Elle te la délabre, au contraire, parce qu'elle t'assène en permanence que tu pourrais faire mieux, que tu n'es pas à la hauteur de ses attentes.

La voix de Beth vacilla :

— Elle te fait sentir que si tu n'es pas absolument géniale et créative chaque fois qu'elle te parle au téléphone, c'est que tu es une ratée intégrale. Du temps où je bossais encore avec elle, j'étais tout le temps sur le qui-vive, persuadée que j'allais être virée d'un moment à l'autre. Elle arrive à te donner l'impression que tu manques tellement d'atouts que personne d'autre qu'elle ne voudra jamais de toi. Et quand quelqu'un dans son équipe trouvait le courage de partir, elle lui pourrissait sa réputation.

— Donc je réitère ma question, reprit Hannah. As-tu envie de bosser pour elle oui ou non ?

— *Non*. Mais personne d'autre qu'elle n'est susceptible de s'intéresser à un profil comme le mien. Ça fait *sept ans* que j'ai quitté le marché du travail et je doute de moi en permanence… Pourquoi tu me regardes comme ça, Hannah ?

— Si ta confiance en toi est aussi fragile, c'est parce que la dernière personne pour qui tu as bossé, c'est Corinna justement. Pendant des années, elle a soufflé le chaud et le froid, en te dénigrant et t'encensant tour à tour. Si tu recommençais à travailler pour elle, elle achèverait de te fragiliser. Ce qu'il te faut, c'est un environnement de travail positif, avec une bonne énergie d'équipe où tes compétences seront appréciées.

— Parce que j'en ai, des compétences, d'après toi ?

Un sourire s'élargit sur le visage de Hannah.

— Évidemment. Les qualités qui faisaient que tu évoluais dans ta carrière avant la naissance de tes enfants ne se sont pas évaporées. Tu as eu d'autres priorités pendant un certain nombre d'années, c'est tout. Et maintenant, tu repars là où tu t'étais arrêtée.

— J'ai perdu tout mon réseau.

— Que tu avais construit en partant de zéro il y a quelques années. Tu peux recommencer. L'idéal serait que tu te fasses coacher quelque temps pour préciser tes envies et découvrir dans quel secteur utiliser tes compétences au mieux.

Beth contempla les flammes d'un air sombre.

— Me faire coacher par qui ?

— Par moi, par exemple.

— Tu ferais ça ?

— Pourquoi pas ?

— Et tu m'enverrais la facture ?

Hannah roula les yeux.

— N'importe quoi.

— Je sais que tu es surbookée. Je te serais lourdement redevable.

— Entre sœurs, on n'est pas redevables. Moi aussi j'aurai l'occasion de demander ton aide, à un moment ou à un autre.

Posy se demanda si Hannah pensait à sa grossesse et à ses angoisses par rapport à la maternité.

— Tu vas me faire pleurer et mon mascara n'est pas waterproof, renifla Beth en cherchant un mouchoir. Tu crois vraiment que quelqu'un d'autre voudra de moi ?

— Je ne le crois pas : je le sais.

La sensation de chaleur qui envahit Posy n'était pas due à la proximité des flammes. Hannah était prête à aider Beth. Jusqu'à présent, elle avait toujours eu l'impression que si leur vie avait été une piscine, elles auraient nagé chacune dans un couloir séparé. Mais ce soir, elles faisaient leurs longueurs côte à côte. En s'encourageant les unes les autres au lieu de progresser en solo.

Elle leva sa bouteille presque vide.

— Super ! Je bois à notre trio. Vive les Christmas Sisters !

Elle se promit d'y mettre aussi du sien. De se montrer plus compréhensive, pour commencer. Si Hannah voulait une omelette blanche, elle lui ferait une omelette blanche. Quitte à recycler les jaunes en faisant des sabayons pour le dessert.

Emmitouflées dans un douillet cocon de solidarité entre sœurs, elles sortirent du pub, bras dessus, bras dessous.

Hannah frissonna.

— Il fait un froid de loup, dans ce pays. Pourquoi cette regrettable idée d'être venues à pied ?

— Parce qu'il était question d'aller boire un coup. Et que la maison n'est qu'à dix minutes du village.

— Dix minutes, ça équivaut à dix heures quand on a les orteils en état de mort clinique. Et je n'aime pas trop marcher sur ces routes de campagne quand il fait nuit noire.

Posy l'aida à éviter une plaque de verglas.

— Qu'est-ce que tu peux être citadine, ma pauvre sœur !

— À cent pour cent, oui. Et si on appelait un taxi ?

— Tu te crois à Manhattan ? Le seul chauffeur de taxi ici, c'est Pete et je l'ai vu lever le coude au bar.

— Comment se fait-il qu'il s'alcoolise alors qu'il est censé conduire le seul taxi du coin ?

— Parce que tout le village est réuni au pub, donc il sait que personne n'aura besoin de ses services.

Solidement cramponnées les unes aux autres pour garder l'équilibre, elles progressèrent le long de la petite route qui menait à Glensay Lodge, en s'éclairant tour à tour avec leurs téléphones portables.

Beth entonna un chant de Noël et Posy le reprit en chœur jusqu'au moment où Hannah menaça de la jeter dans le fossé. En débouchant du virage, elles virent une voiture dont le moteur tournait encore stationnée devant la porte d'entrée.

— En voilà un, de taxi ! s'exclama Hannah. Je croyais qu'on ne faisait pas ce genre de luxe citadin par ici ?

Posy plissa les yeux pour voir le logo sur le côté.

— Il n'est pas d'ici. Il vient de l'aéroport.

Elles virent un homme descendre à l'arrière et se pencher pour payer le chauffeur. Il portait un long manteau de couleur sombre dont il avait relevé le col pour se protéger du froid. Posy estima qu'il ne devait pas être loin du mètre quatre-vingt-dix. Son allure était urbaine et plutôt grand chic. Ainsi habillé, il aurait pu paraître un peu déplacé dans un paysage de montagne en Écosse mais, bizarrement, ce n'était pas le cas. Il devait faire partie de ces rares personnes dont l'élégance n'était pas tributaire du contexte.

Elle n'eut pas à se demander longtemps qui était l'inconnu *so chic* qui débarquait chez eux à une heure pareille car Hannah émit un son étranglé.

— Adam ?

Adam ? Le mec classe devant elles était l'amant de Hannah ?

La première pensée de Posy fut que son physique était à la hauteur de sa voix. La seconde fut de se rappeler que Hannah n'aimait pas les surprises.

Était-elle heureuse de voir débarquer son jules à l'impro ?

Les doigts de Hannah s'enfoncèrent dans son bras à travers son manteau.

— Qu'est-ce qu'il fait ici ? Il n'a strictement aucune raison d'être là. Sauf si…

Hannah garda le silence un instant, sa respiration formant de petits nuages dans l'air glacé. Posy frémit lorsque sa sœur l'interrogea brusquement du regard. Il n'y avait plus trace de chaleur ou d'affection sur son visage livide.

— C'est toi qui lui as dit de venir ?

— Bien sûr que non ! Ou du moins…

Elle repensa à leur brève conversation et son moral plongea en chute libre.

— Pas sérieusement, en tout cas. J'ai évoqué l'idée en plaisantant lorsqu'il s'est plaint qu'ici on captait mal. Il me semble lui avoir dit que le plus simple pour avoir une conversation ici, c'était de se déplacer en personne. Mais c'était juste pour rire ! De là à penser que… Enfin, New York, ce n'est quand même pas la porte à côté ! Alors imaginer que… Il a dit qu'il t'aimait, entre parenthèses.

Visiblement sous le choc, Hannah dégagea son bras du sien, comme si la toucher lui faisait soudain horreur.

— Comment as-tu pu me faire ça, Posy ?

Les fragiles pousses d'affection qui venaient de former un réseau serré entre elles s'asséchèrent et se brisèrent net. Si Posy avait espéré que cette soirée marquerait le début d'un rapprochement entre sa sœur et elle, il ne lui restait plus que le souvenir d'une illusion.

— Hannah… J'essayais juste de…

— De quoi ? De te mêler de ma vie privée comme vous le faites tous ? « Alors, alors ? Hannah a rencontré quelqu'un ? Elle s'est enfin trouvé un mec ? » Mais qu'est-ce que ça peut vous foutre, à tous, que je vive seule ou non ? Super, la façon dont tu t'ériges en barrière de protection entre le monde et moi, entre parenthèses. Ou peut-être que tu avais juste envie de me gâcher la vie ?

— Non.

Je t'aime. Tu es ma sœur. J'ai fait une connerie et je te demande pardon.

Mais Posy resta frappée de mutisme. Elle avait d'ailleurs le pénible pressentiment que rien de ce qu'elle pourrait dire ne suffirait à la réhabiliter aux yeux de Hannah.

Chapitre 23

Hannah

La porte d'entrée s'ouvrit en grand, révélant sa famille au grand complet assemblée juste derrière : Suzanne et Stewart avec Melly et Ruby accrochées à leurs jambes. Et Jason se profilant probablement à l'arrière-plan.

Flanquée par ses sœurs, Hannah avait l'impression que tous les regards étaient rivés sur elle, guettant sa réaction.

Sa réaction ? Elle frisait la panique.

Elle n'avait pas eu le temps de s'habituer à l'idée d'être enceinte. Et encore moins de réfléchir à sa future organisation et au rôle qu'y jouerait Adam. Si tant est qu'il souhaitait en avoir un, bien sûr. Là encore, elle nageait dans le flou.

Autre détail non négligeable : les visites masculines impromptues n'avaient jamais été son truc.

Elle était venue se réfugier en Écosse afin de se donner le temps et le recul nécessaires pour élaborer un plan d'action cohérent. En commençant par évaluer le degré de risque qu'elle était prête à prendre. Puis, une fois son plan établi, elle l'aurait mis en œuvre, étape par étape.

Au lieu de quoi elle se voyait emportée par un tsunami d'impréparation, privée d'air et sur le point de suffoquer.

Pourquoi Posy lui avait-elle fait ce coup en traître ?

Et Adam ? Comment pouvait-il lui tomber dessus sans prévenir alors qu'il était censé faire une cure d'eau, de sable et de soleil quelque part dans les Caraïbes ?

Bon. Qu'elle le veuille ou non, il était là, devant sa porte, au vu et au su du reste de sa famille. Elle n'avait d'autre choix que de l'inviter à entrer, sous les regards enthousiastes du clan McBride au grand complet. L'excitation familiale devait être à son comble. Un instant, elle eut l'impression d'être à l'intérieur de leurs têtes et de voir les questions se presser dans leurs esprits. Des questions dont ils allaient la bombarder *elle* à la première occasion.

L'arrivée impromptue d'Adam l'exposait à tous les regards, la laissant comme nue et sans défense.

Puisant dans ses réserves de courage, elle afficha l'expression calme et maîtrisée qu'elle présentait généralement à la face du monde et se dirigea vers Adam en priant pour ne pas s'étaler sur le verglas.

Posy lui tendit la main pour l'aider mais elle secoua la tête.

— Non merci. Ça ira.

Elle ne s'appuierait ni sur Posy, ni sur Beth, ni sur personne. Il était clair une fois de plus qu'elle ne pouvait compter que sur elle-même. Et la chance voulut qu'elle ne se déçoive pas. Elle planta les pieds fermement dans le sol et réussit à ne pas glisser.

— Pour une surprise, c'est une surprise.

Elle lut dans le regard circonspect d'Adam qu'il avait déjà deviné que ce n'en était pas forcément une bonne pour elle.

— C'était un pari à prendre. Je l'ai pris.

Voilà précisément ce qui les différenciait.

Elle ne prenait *jamais* de pari. Avant de sauter, elle voulait d'abord la garantie d'un atterrissage sûr.

Le taxi repartit dans la nuit froide et elle découvrit le sac de voyage placé aux pieds d'Adam.

Suzanne ouvrit la porte en grand.

— Entrez vite, tous ! Vous allez geler sur place.

Hannah n'avait pas envie de rentrer mais de partir en courant. Et tant pis si elle tombait sur une plaque de verglas et s'affalait face contre terre. Au moment précis où elle franchit le seuil, elle se souvint de Luke et de la raison pour laquelle elles venaient de passer la soirée au pub. La conversation à cœur ouvert avec ses sœurs semblait déjà si loin.

Elle s'était sentie légère ce soir, pourtant. Plus légère qu'elle ne l'avait jamais été. La part d'elle qui s'était fermée aux autres avait commencé à s'entrouvrir. Lorsque Beth leur avait fait part de ses doutes et de ses incertitudes, elle avait failli parler à son tour de sa grossesse et de sa crainte de ne pas être une bonne mère. Elle s'était sentie plus proche de sa sœur, avec l'envie de lui demander conseil.

Mais la phase de fraternisation avait été de courte durée. Elle était de retour à la case « solitude et repli ».

Suzanne s'avança vers Adam, main tendue.

— Suzanne… Enchantée. Désolée de vous accueillir dans ce chaos.

Hannah visualisa la situation telle qu'elle devait apparaître aux yeux de Suzanne : « Hannah s'est trouvé un homme ! Enfin ! »

La pression suffocante qu'elle associait à tous ses séjours en famille se faisait sentir avec une force redoublée.

Déployant son charme et son assurance habituels, Adam échangea une poignée de main avec sa mère adoptive.

— C'est à moi de m'excuser d'arriver sans prévenir. J'ai réservé une chambre au pub.

Super. De mieux en mieux. Dans quelques heures, tout le village saurait que Hannah McBride avait enfin réussi à se dégotter un jules. Les résultats n'auraient pas été plus immédiats s'il avait mis une annonce dans le journal local.

— Comme si on allait vous laisser dormir à l'hôtel ! Ce n'est pas la place qui manque ici. J'appelle tout de suite le Glensay Inn et j'annule votre réservation.

Fidèle à elle-même, Suzanne déployait le talent exceptionnel pour l'hospitalité qui faisait que le Craft Café regorgeait de clients à toute heure.

Sa mère adoptive s'était-elle seulement demandé si elle, Hannah, avait envie qu'Adam séjourne chez eux ? Cette indifférence était dure à avaler pour elle. Personne ne se posait la question de savoir ce qu'elle désirait. La seule chose qu'ils voulaient, tous, c'était qu'elle se plie à leurs schémas – qu'elle mène une vie conforme à *leurs* idéaux.

Melly contemplait Adam avec des yeux ronds.

— Oooh ! Tu es un prince, monsieur ?

Adam sourit.

— Qu'est-ce qui te fait penser ça ?

— Eh bien… Tu es très, très grand, tu as les cheveux noirs et tu ressembles un peu au prince de Blanche-Neige.

— Et toi, tu ressembles beaucoup à une princesse. Mais je ne suis pas prince, hélas.

— Tu es le fiancé de ma tatie Hannah ?

Adam hésita brièvement.

— Je suis… un très bon ami de ta tante.

Ce fut au tour de Ruby de réclamer son attention.

— Tu es venu dans un avion ?

— Oui.

— Alors tu as vu mon lapin sur un siège ?

Beth jugea bon d'intervenir et souleva Ruby très haut dans ses bras.

— Dites donc, les filles, vous devriez être au lit ! Comment se fait-il que vous soyez encore levées à une heure pareille ?

— Parce que papa a dit que *pour cette fois* on pouvait. Mais qu'il ne fallait pas te le dire à toi.

— Ah, la traîtresse, marmonna Jason. Allez, ouste, les enfants. On monte.

— Tu nous lis encore une histoire ?

Muette et en retrait, Hannah se sentait comme un animal pris au piège. Un choix de scénarios défilait en accéléré dans sa tête. Parler à Adam sur-le-champ ? Attendre ?

La proposition suivante de Beth la prit par surprise.

— Dites, les filles, comme c'est une soirée un peu spéciale, ça vous ferait plaisir que ce soit tatie Hannah qui vous lise une histoire ?

Le visage de Melly s'éclaira.

— Tatie Hannah ? Oh oui, oui, oui !

— D'accord, acquiesça Ruby en écho. Mais il faut qu'elle prenne les voix des personnages.

Jason hésita en jetant un rapide regard à Adam.

— Mais peut-être que Hannah aimerait plutôt…

Beth le fit taire d'une main posée sur son bras.

— Cela ferait un tel plaisir aux filles. Je suis sûre qu'Adam comprendra. Il trouvera un bon feu allumé dans la cheminée du salon et papa a son whisky d'exception à lui faire déguster. Nous tiendrons compagnie à Adam en attendant. Un grand merci, Hannah. Vraiment.

Beth la remerciait comme si c'était elle qui leur rendait service et non l'inverse. Hannah en eut la gorge serrée. Sa sœur ne la poussait pas d'autorité dans les bras d'Adam. Elle lui offrait une échappatoire, au contraire. Un moment de répit pour se ressaisir.

Elle se tourna vers Adam.

— Cela ne te dérange pas ? Installe-toi, fais comme chez toi. Je redescends dès que j'aurais fini de coucher les enfants.

À l'entendre, on aurait pu penser que « coucher les enfants » faisait partie de ses pratiques régulières. Seul un léger mouvement de sourcils chez Adam indiqua qu'il n'était pas dupe de sa manœuvre d'évitement.

On pouvait dire beaucoup de choses d'Adam, mais il était tout sauf obtus.

Prends ton temps et ne t'inquiète pas pour moi. Je n'ai pas tous les jours l'occasion de boire un single malt qui sort directement des fûts du producteur.

Hannah suivit les enfants à l'étage, écoutant d'une oreille le bavardage surexcité de Ruby. La perspective d'avoir à s'expliquer avec Adam n'était pas faite pour la pousser à accélérer sa lecture. Et encore moins celle d'avoir à répondre aux questions de sa famille. Elle ôta ses chaussures et s'allongea à côté de Ruby pendant que Melly se blottissait confortablement dans son propre lit.

— Alors, les princesses ? On lit quoi, comme histoire ?

Elle lut, lut et continua de lire encore, bien après que

Ruby eut cessé de s'intéresser aux images. Les yeux de Melly, eux, étaient déjà fermés depuis un bon moment.

Consciente qu'elle ne pouvait pas rester recroquevillée dans le lit de sa nièce toute la soirée, elle finit par éteindre et passa sans bruit dans sa propre chambre à coucher. Du rez-de-chaussée montait le bourdonnement de la conversation, émaillé de rires occasionnels.

Debout devant la fenêtre, Hannah cherchait désespérément une stratégie à suivre lorsqu'on frappa un coup discret à sa porte. Elle s'arma de courage en vue d'une conversation difficile avec Adam, mais eut la surprise de trouver Stewart planté dans le couloir.

— Je peux te parler un moment, Hannah ?

— Entre.

Son moral sombra encore de quelques degrés supplémentaires. En se comportant comme elle venait de le faire, elle avait bafoué les principes d'hospitalité écossaise chers aux McBride. Son attitude envers Adam avait probablement horrifié Suzanne et Stewart. Ce n'était pas la première fois qu'elle pourrissait l'ambiance à Noël et ce n'était sans doute pas la dernière. Mais elle ne s'en sentait pas moins coupable.

— J'étais sur le point de descendre vous rejoindre.

Stewart prit place sur sa chaise de bureau.

— Rien ne t'oblige à le faire, Hannah.

L'aiguillon de la culpabilité la titilla de plus belle.

— Je n'aurais jamais dû venir ici. Suzanne rêve de fêter Noël dans la joie et la bonne humeur. Et j'ai encore tout gâché. J'espère qu'elle n'est pas trop perturbée ? Tu t'inquiètes à son sujet ?

Pourquoi ne parvenait-elle jamais à être conforme à ce que les autres attendaient d'elle ?

Elle avait même réussi à venir à bout de la patience légendaire de Stewart ! Stewart qui ne s'énervait jamais et dont la calme bienveillance lui avait toujours paru sans limites.

— Tu n'as rien gâché du tout. Et ce n'est pas pour Suzanne que je m'inquiète, mais pour toi.

— Moi ?

— Tu ne nous avais encore jamais amené quelqu'un ici. Et il est clair qu'Adam débarque chez nous sans y avoir été invité. On t'a aussi vue arriver ici plus tôt que prévu, avec une petite mine et des yeux tristes.

Le fait qu'elle ait été aussi transparente la mettait mal à l'aise. Pas seulement pour elle, mais aussi pour Adam.

— Je ne pensais pas qu'il surgirait ici à l'improviste. J'imagine que tu as – que vous avez tous – des questions à me poser.

La situation était si inconfortable qu'elle en aurait hurlé. Stewart leva les yeux vers elle.

— Des questions ? Je n'en ai qu'une, en fait : qu'aimerais-tu que je fasse ?

— Que tu fasses ?

— Vis-à-vis d'Adam. Peu m'importe la raison de sa présence. Et je me contrefiche de ce que peuvent penser les autres. La seule chose qui compte à mes yeux, c'est ce que tu veux, toi.

Il resta assis en silence un instant, le regard rivé sur ses mains, comme s'il ne savait pas très bien quoi faire de ses dix doigts.

— Quelle que soit ta décision, tu peux compter sur moi pour régler la situation. Si tu veux qu'il s'en aille, tu me le dis et je m'en occupe. Tu n'es pas obligée de recevoir ce garçon ici si tu n'en as pas envie. Il peut dormir ce soir au pub et je le reconduirai à l'aéroport demain.

— Tu ne me crois pas capable de régler cette situation moi-même ?

— Évidemment que tu en es capable. Mais je suis ton père et je te propose de m'en charger à ta place. Tout le monde a besoin d'un coup de main de temps en temps. Alors si ça peut te rendre service que je me charge de virer Adam, je vire Adam. Il n'est pas interdit de déléguer de temps en temps. Je vois que tu traverses une passe difficile, alors laisse-moi te protéger un peu, à ma manière.

Hannah était tellement touchée qu'elle en oublia un instant de respirer. Un point douloureux rayonnait dans sa poitrine. Stewart n'était pas venu dans sa chambre pour la sermonner mais pour lui offrir son soutien.

Elle détourna vivement la tête pour qu'il ne voie pas les larmes qui menaçaient de déborder.

« Je suis ton père. »

— C'est compliqué, en fait. Adam et moi, on est ensemble depuis un certain temps et… et je suis enceinte.

Hannah se demanda ce qui lui avait pris de balancer une telle nouvelle à la figure de Stewart, sans préambule ni ménagement. Mais s'il fut surpris par sa révélation, il n'en laissa rien paraître.

— Et tu le vis comment ?

Elle se frotta les bras pour essayer de se réchauffer.

— Adam est le père, mais je ne lui ai encore rien dit.

— C'est pour ça que tu es arrivée ici avec dix jours d'avance ?

Hannah hocha la tête.

— J'ai paniqué, je crois qu'il n'y a pas d'autre mot. Tu me connais : mon fonctionnement, c'est d'établir une stratégie d'abord et de la mettre en application ensuite. Mais là il n'y avait rien de planifié.

Elle appuya le front contre la vitre, en déplorant son manque de courage. Il n'y avait pas trente-six solutions à son problème : elle devait dire à Adam de quoi il retournait et lui demander ce qu'il souhaitait faire. Mais la relation entre eux était encore toute neuve, fragile et compliquée à décoder pour elle. Adam lui répétait à l'envi qu'il l'aimait, mais comment interpréter ce genre de déclaration ? L'amour, tout comme les fêtes de Noël, s'accompagnait de toutes sortes d'attentes et d'exigences.

Et si elle échouait à être telle qu'Adam voulait qu'elle soit ? Elle aimait évoluer dans des strates mentales régies par la logique. Alors que les règles qui gouvernaient l'amour n'avaient rien de mathématique.

— Tu es amoureuse de lui, ma chérie ?

La profonde gentillesse dans la voix de Stewart agit comme un baume sur son sentiment de vulnérabilité.

— Je ne sais pas. Je pense que oui, mais j'ai toujours cru que l'état amoureux rendait euphorique. Et là, je crève surtout d'angoisse. Tu dois penser que je suis vraiment tordue.

— Pas du tout, non. Aimer, c'est terrifiant.

Hannah réussit à sourire.

— Toi, rien ne t'a jamais fait peur.

— Penses-tu. Il y a plein de choses qui me fichent une trouille noire.

Elle tourna la tête pour chercher son regard.

— N'importe quoi. Tu gagnes ta vie en escaladant des parois à pic.

— La roche, tu peux la voir, la toucher. C'est tangible et ça joue franc-jeu. Mais les sentiments…

Il secoua la tête.

— Les sentiments, c'est comme la météo, en fait. C'est l'aspect que tu ne maîtrises pas. Quand tu es indifférent, tu es invulnérable. Mais dès que tu tiens à quelqu'un, tu cours le risque de souffrir. Ou de faire souffrir. Les autres peuvent te décevoir. Ou tu peux toi-même ne pas être à la hauteur.

— Je sais. J'ai été une source de déception pour tellement de gens que j'ai cessé de les compter.

Pour couronner le tout, elle venait de ruiner une fois de plus sa relation avec Posy. Juste au moment où elles semblaient être reparties sur de nouvelles bases. La pensée de ce nouvel échec l'attrista plus qu'elle ne l'aurait cru possible. Elle avait adoré cette phase de rapprochement avec sa petite sœur, pourtant. Un avenir différent semblait soudain possible. Elle s'était presque prise à y croire.

Stewart se leva et la rejoignit près de la fenêtre.

— Tu n'as jamais déçu personne, Hannah.

L'affirmation était généreuse. Mais elle la savait inexacte.

— Je suis toujours en décalage par rapport aux attentes de mon entourage.

La plupart des gens ne voyaient pas les doutes qui se cachaient sous son assurance de surface. Adam, si. Adam avait perçu la danseuse aux pieds nus qui se dissimulait quelque part sous la surface.

— J'aime bien ce qui est prévisible et sûr : les nombres, les faits réels et vérifiables. Mais avec l'amour, on ne peut rien prévoir du tout. L'amour ne s'analyse pas comme on analyse un bilan d'entreprise. Il ne se mesure pas, ne s'évalue pas. N'obéit à aucun principe stable. Tu peux aimer quelqu'un avec force, conviction et sincérité. Mais la réciprocité n'est jamais garantie pour autant. Que tu y mettes du tien ou non, ça ne change rien à l'affaire. Je le sais, puisque j'ai essayé.

La main de Stewart se posa sur son épaule, ferme et réconfortante.

— Là, je crois qu'on ne parle plus vraiment d'Adam, mais qu'il est question de ton père. Je me trompe ?

Hannah ne fut pas surprise que Stewart ait compris à demi-mot. Son père biologique et lui avaient toujours été à couteaux tirés, d'après ce que lui avait dit Suzanne.

— C'est rare que je pense à lui, en fait. Ne va pas t'imaginer que mon père m'obsède. C'est juste que…

Il lui massa affectueusement l'épaule.

— C'est l'époque de l'année. Je sais. Elle nous impacte tous. Les plaies guérissent mais il arrive que les cicatrices nous tiraillent. Cette conversation avec Luke a tout fait remonter.

— Mon regret, c'est qu'ils soient morts tous les deux, avant que j'aie pu leur prouver que je valais quelque chose. J'aurais voulu, une fois au moins dans leur vie, les voir fiers de moi. Papa avait du mal à me supporter telle que j'étais.

— Ton père était fier de toi, je t'assure, mais c'était un personnage un peu spécial, Rob.

Stewart laissa retomber sa main.

— Je ne suis pas psy, mais je crois que le gros problème de Rob, c'est qu'il lui manquait les outils pour communiquer avec une petite fille telle que toi. Il ne connaissait rien d'autre au monde que l'escalade. Je doute qu'il ait lu un seul livre de sa vie. Et toi, tu étais redoutablement vive, intelligente et curieuse. Chaque fois que Suzanne allait vous garder, elle revenait, admirative : « Hannah a dit ceci. Hannah lit tel ou tel livre. »

— J'ai l'impression d'avoir fait des efforts tellement démesurés pour essayer d'obtenir leur attention, à tous les deux…

— Tu cherchais à être reconnue, comprise et aimée. Tous les enfants éprouvent ce besoin. Tu refuseras sans doute de le croire, mais je suis persuadé que Rob t'aimait et t'admirait à sa façon, même s'il s'y est très mal pris pour te le faire sentir.

Stewart lui passa un bras autour des épaules.

— Tu étais tellement silencieuse et renfermée quand tu es venue vivre avec nous. Pendant toutes ces années, tu nous as maintenus à distance.

— Je ne savais plus comment me comporter avec le reste du genre humain. Puisque j'avais été incapable d'intéresser mes propres parents, comment pouvais-je espérer être aimée par vous qui n'étiez pas de ma famille ? Quelle raison auriez-vous eue de vous attacher à moi ? Je n'étais rien d'autre qu'un fardeau.

Elle tournait la tête pour s'essuyer les yeux lorsqu'elle trouva soudain l'appui rassurant des bras de Stewart. Son pull en laine était tout doux sous sa joue et son étreinte paternelle offrait toute l'affection et la sécurité du monde.

— Tu n'as jamais été un fardeau. Tu étais ce qui pouvait nous arriver de mieux au monde.

La tête contre son épaule, elle protesta d'une voix étranglée :

— Comment peux-tu dire ça ? Suzanne et toi, vous n'avez même pas pu avoir vos propres enfants à cause de nous.

Stewart l'écarta de lui pour la regarder.

— Nous avons eu trois enfants superbes. Tu es ma fille, Hannah. Tu l'as été dès le premier instant où Suzanne t'a ramenée chez nous avec ta valise pleine de bouquins et une expression terrifiée sur ton visage.

Hannah renifla.

— C'est embarrassant, cette situation. J'ai passé l'âge de pleurer sur ton épaule.

— Tu ne seras jamais trop vieille pour pleurer sur l'épaule de ton père, même si je dois reconnaître que je n'aime pas trop te voir en larmes.

Il lui essuya la joue avec le pouce.

— Il aurait probablement mieux valu que nous ayons cette conversation il y a vingt-cinq ans. Mais ce qui est fait est fait et nous avons déjà consacré assez de temps au passé comme cela. Alors pensons plutôt au présent. Je n'ai encore jamais eu l'occasion de casser la figure à un tes petits amis. Pas sûr que j'aie la technique requise, mais je suis prêt à me lancer si tu me le demandes.

Elle lui sourit à travers ses larmes.

— Adam est plus costaud qu'il n'en a l'air.

— Costaud, il l'est, c'est sûr. Mais j'ai des muscles. C'est pour eux que ta mère m'a épousé. Sans parler de mon charme et de mon physique avantageux, bien sûr.

Stewart lui pinça affectueusement la joue et relâcha son étreinte.

— Comment vas-tu faire pour Adam, alors ?

— Je ne sais pas. Je voulais me donner un peu de temps pour réfléchir. Et essayer de planifier toute cette affaire.

— Peut-être que vous pourriez planifier et vous organiser ensemble ? Mon opinion vaut ce qu'elle vaut, mais ça me plaît assez que ce garçon se soit déplacé jusqu'ici sur un coup de tête.

Elle se moucha.

— Tu n'y vois pas plutôt le signe d'un dangereux maniaque poursuivant sa proie ?

— J'y vois le signe d'un homme qui sait ce qu'il veut

et qui est prêt à prendre des risques pour votre relation. Et c'est peut-être aussi le signe qu'il te connaît mieux que tu ne le crois.

Hannah froissa le mouchoir en boule.

— Adam me connaît mieux que personne, en fait… Et il dit qu'il m'aime.

— Je crois que c'est quelqu'un qui pense ce qu'il dit. Il ne me fait pas l'effet d'être un simulateur.

— Je pense qu'il est sincère, oui. Mais dire qu'on aime, ça implique quoi, exactement ? Si l'amour était une machine, elle tomberait en panne plus souvent qu'à son tour, non ? Tu vois un couple heureux un jour, et le lendemain, ils divorcent. On ne peut rien organiser sur une base aussi instable.

— Il arrive que l'amour parte en eau de boudin, oui. Mais de là à dire que c'est systématique… Suzanne et moi, on est ensemble depuis pas mal de temps, non ?

— Oui, mais vous deux, ce n'est pas pareil. Votre entente est miraculeusement parfaite.

— Elle n'est pas parfaite du tout et on a eu des moments difficiles, comme tout le monde. Mais pour durer, un couple n'a pas besoin de planer tout le temps sur un nuage de baisers et de pétales de roses. Enfin… c'est l'idée que je m'en fais, en tout cas.

Stewart se frotta le crâne.

— Heureusement que Suzanne ne m'entend pas, car je suis sûr qu'elle me rentrerait dans le lard. Je suis en train de réaliser que je ne lui ai encore jamais acheté de roses de ma vie. Mais pour les baisers, ça va, j'ai assuré.

La franchise spontanée de Stewart la fit sourire.

— Tu es resté solide comme un roc à ses côtés quand elle a écopé de la charge de trois orphelines paumées. Et tu ne lui devais même pas fidélité, secours et assistance puisque vous n'étiez pas mariés à l'époque. Tu aurais pu partir en courant. Beaucoup l'auraient fait à ta place.

À ce jour encore, elle n'en revenait pas qu'il soit resté.

— Pour moi, c'était Suzanne et personne d'autre. Vous

avoir toutes les trois a été un bonus. Mais même si elle avait hérité d'un zoo, je ne l'aurais jamais lâchée.

Une boule se forma dans la gorge de Hannah.

— Je ne suis pas experte de la chose amoureuse, mais ça me paraît infiniment plus précieux que quelques malheureux bouquets de fleurs.

— Je ne suis pas plus expert que toi, mais de mon point de vue, un homme qui accourt de New York en plein hiver ne peut être animé que par des sentiments solides. Mais ce serait peut-être plus simple que tu parles d'amour avec Suzanne. Ou avec une de tes sœurs. Mieux encore, tu pourrais en débattre directement avec Adam. Ce serait même la solution la plus logique. Si ça te convient, je te l'envoie. Sinon, je le jette à la rue.

— Non, ça ira ! Merci.

Adam avait fait tout ce chemin. Elle lui devait au minimum une discussion franche.

— Si tu changes d'avis, je serai en bas.

Elle l'arrêta juste avant qu'il ne passe la porte.

— Stewart ? Suzanne n'a pas été trop retournée par sa conversation avec Luke ?

— Non, au contraire. C'était inattendu, mais la vie est faite d'inattendus et finalement ça l'a soulagée de pouvoir parler enfin de ce qui s'est passé. Je m'étais toujours demandé si sa détermination à garder le silence était une si bonne chose que ça.

Il s'immobilisa un instant, la main sur la poignée de la porte.

— Nous sommes heureux que tu sois venue ici en avance. C'est le plus beau cadeau de Noël que tu pouvais nous faire. Et maintenant, je t'envoie Adam.

Hannah se demanda si elle avait le temps de se ruer dans la salle de bains pour se remaquiller, mais des voix masculines résonnaient déjà au pied de l'escalier. Elle reconnut le pas ferme d'Adam sur les marches. Consciente qu'il ne pouvait deviner quelle chambre était la sienne, elle s'avança jusqu'à la porte.

Leurs regards se trouvèrent.

Un petit frémissement électrique la parcourut, comme chaque fois qu'Adam s'approchait d'elle. Sa réaction épidermique lui servit de signal d'alarme. Avec lui, le contrôle des choses lui échappait toujours en partie. Cette pensée contribua à la déstabiliser.

Elle avait du mal à croire à la présence d'Adam ici, dans les profondeurs sauvages de l'Écosse.

Il entra et ferma résolument la porte derrière lui, comme s'il voulait s'assurer que rien de ce qu'ils auraient à se dire ne quitterait la pièce.

— Je te dois des excuses, Hannah.

C'était la dernière chose qu'elle s'attendait à entendre. S'il y en avait un sur les deux qui devait des excuses à l'autre, c'était elle.

— Je ne m'attendais pas à te voir. Ton arrivée m'a prise au dépourvu.

Il esquissa un sourire.

— On était au milieu d'une partie d'échecs et c'était à toi de jouer. Ce que j'entreprends, j'ai tendance à vouloir le mener jusqu'au bout – si j'en crois les tests psychotechniques que j'ai passés au boulot récemment.

Même si les nerfs de Hannah étaient tendus à craquer, il réussit à la faire sourire.

— Tu as enduré ce long trajet jusqu'ici uniquement pour te faire battre aux échecs ?

— Que te dire ? Que je suis aussi un masochiste fini ?

Le sourire de Hannah s'évanouit.

— Je reconnais que mon accueil laissait à désirer.

— Non.

Il s'avança jusqu'à elle, mais garda les mains dans les poches. Depuis son arrivée, il ne l'avait ni touchée ni embrassée.

— Je ne sais pas ce qui m'a pris de débouler ici sans prévenir. Ce n'est pas dans mes habitudes de fonctionner à l'impulsion. Ni de m'imposer de façon aussi cavalière.

— C'est Posy, la responsable dans l'histoire. C'est elle qui t'a suggéré de faire le voyage jusqu'ici.

Il secoua la tête.

— Il ne faut pas en vouloir à ta sœur. C'est moi qui ai saisi la balle au bond et qui ai pris une réservation sur le premier vol en partance pour l'Écosse.

— Tu as raconté à Posy que je mangeais des pizzas pieds nus.

Il se passa la main sur le front.

— Posy a pris l'appel sur ton portable. Je n'ai pas imaginé un instant que cela pouvait être quelqu'un d'autre que toi, comme tu ne te sépares jamais de ton téléphone. Quand je me suis aperçu de mon erreur, j'en avais déjà trop dit. Posy n'y est pour rien. Et j'aurais dû te demander ton avis avant de monter dans l'avion, mais je craignais que tu ne me dissuades de venir. Et j'avais impérieusement besoin de te voir.

— *Impérieusement ?*

— Parce que tu me manques.

Il la toucha, cette fois, mais à peine. D'un geste presque hésitant, il lui dégagea les cheveux du visage et l'examina sourcils froncés.

— Tu as pleuré ? Oh ! Hannah ! Je suis désolé.

Il recula d'un pas.

— Je ne t'avais encore jamais vu pleurer. Si c'est ma présence ici… Je ne voulais pas te faire ça.

— Je ne pleure pas.

— Tu n'as pas à me ménager. Je repars tout de suite, si c'est ce que tu désires. Mais promets-moi seulement de ne plus pleurer.

Elle ne l'avait encore jamais vu aussi peu sûr de lui.

— Ce n'est pas ce que je te demande.

Que voulait-elle de lui, alors ? Elle n'en avait aucune idée.

C'était LE moment de lui dire qu'elle était enceinte.

Mais comment le formuler ?

Elle avait pensé faire quelques recherches en ligne pour trouver des idées. Il devait bien exister une rubrique de type : « Les dix meilleures façons d'annoncer à votre homme qu'il va être père ». Dans sa tête, il y avait un manuel stratégique compliqué plein de solutions variées. Comment réagir s'il prenait peur et décidait qu'il ne voulait plus entendre parler d'elle ? Mais si par hasard il accueillait sa révélation comme une bonne nouvelle… Que faire ?

Mais Adam était arrivé avant qu'elle ne se sente pleinement préparée.

— Ne pars pas.

Elle aborderait le processus étape par étape. Puisqu'Adam ne repartait pas tout de suite, elle avait du temps devant elle.

Il demeura à distance, comme s'il avait peur de l'approcher.

— Tu es sûre ? Je ne voudrais pas que tu aies l'impression que je te force la main.

— Je veux que tu restes. Vraiment.

Cette fois, il fit un pas en avant et la prit dans ses bras. Il l'embrassa, la serra fort un instant, puis regarda autour de lui et découvrit enfin le cadre autour d'eux.

— Elle est romantique, ta chambre. Et tu as même ton sapin de Noël privé.

— Je te présente Éric. C'est le petit nom que lui donne Posy. Ma sœur a des prénoms pour ses poules, pour ses moutons, et elle baptise même les arbres, maintenant.

Adam se tendit.

— *Éric ?* C'est le sapin, tu dis ?

Elle confirma d'un signe de tête et il jura tout bas.

— Posy a mentionné au téléphone que la compagnie d'Éric te faisait beaucoup de bien. Moi, bêtement, j'ai visualisé un viking musculeux. Pas un résineux en pot.

Hannah ouvrit des yeux ronds.

— Et c'est pour ça que tu es arrivé ici ventre à terre ?

Une trace de couleur apparut sur les joues d'Adam.

— Disons que ça a joué un rôle. Je ne suis pas fier de l'admettre, mais l'aiguillon de la jalousie a pu se faire sentir. Jaloux d'un Nordmann… Si cela ne t'ennuie pas, j'aimerais autant que cette information ne quitte pas la pièce.

Ce fut plus fort qu'elle. Hannah éclata de rire.

— Oh ! Adam…

— Tu ris de moi ? Autant que tu le saches : j'ai passé des heures stressantes dans l'avion à t'imaginer dans les bras de ton Éric. Ta sœur me l'a décrit comme costaud et je le voyais d'ici avec ses épaules de bûcheron, riche de son lien étroit avec la nature, naturellement sage, éclairé et philosophe…

Il s'interrompit.

— Tu crois que ça pourrait avoir des répercussions négatives sur nous si je tue ta petite sœur ?

— Pas du tout. Si tu veux tout savoir, j'étais sur le point de la trucider de mes propres mains. C'est dans ce but que je suis montée, d'ailleurs.

— Je croyais que tu étais montée pour échapper à ma présence.

Il l'embrassa encore.

— Ta sœur te protège et j'apprécie le souci qu'elle a de toi. Ce qui me met un peu moins à l'aise, c'est qu'elle ait jugé utile de te protéger par rapport à *moi*.

Hannah déglutit avec peine.

— En fait, c'est un peu compliqué. Je suis…

Il l'attira plus étroitement dans ses bras.

— De mon point de vue, ce n'est pas compliqué du tout. Je veux juste qu'Éric sache que je suis prêt à me battre pour toi.

— Juste par curiosité… Qu'aurais-tu fait si Éric avait été un homme ?

— Aucune idée. Tu crois peut-être que mes actions découlent d'un plan préétabli. La vérité, c'est que mon néandertalien intérieur s'est réveillé et que j'ai sauté dans le premier avion, avec ma massue sur l'épaule.

— Il n'y avait pas d'avion, il y a deux cent mille ans.

— Et je ne pense pas non plus qu'il y avait des Éric. Tu ne peux pas imaginer comme je suis soulagé d'apprendre que tu ne partages pas ton lit avec un Highlander grand format aux cuisses massives sous son kilt ravageur.

Les lèvres d'Adam glissèrent sur les siennes et elle ressentit la flambée immédiate d'excitation qui ne se produisait qu'avec lui. Toutes les tensions accumulées s'évanouirent et le plaisir coula en elle, lent, doux, réparateur. Avant de rencontrer Adam, elle ignorait qu'un simple baiser pouvait atteindre de tels sommets d'intimité. La façon dont il l'embrassait était si personnelle et savante qu'elle le soupçonnait parfois de disposer d'une cartographie complète de ses terminaisons nerveuses. Il lui tenait la tête, attisant ses sensations par la pression délicate de ses doigts, par la caresse de sa langue qui allait et venait, inventant avec les chorégraphies les plus étourdissantes. Elle tanguait un peu, comme lorsqu'elle buvait un verre de whisky trop vite ou lorsqu'elle regardait les ballerines qu'affectionnait Melly effectuer des pirouettes à n'en plus finir.

Sa bouche toujours mêlée à la sienne, Adam la fit basculer en arrière sur le matelas.

Hannah poussa un petit cri. Lorsqu'elle était dans les bras d'Adam, elle ne perdait pas seulement l'équilibre mais aussi une partie d'elle-même. La partie sur laquelle elle s'appuyait pour assurer sa protection.

— On ne devrait peut-être pas… Je ne suis pas sûre que…

Lorsqu'il l'embrassait, ses pensées se dispersaient aux quatre vents et elle était incapable de finir ses phrases.

— C'est un peu compliqué, Adam, réitéra-t-elle faiblement.

— Ça, ce n'est pas compliqué, non.

Les mains d'Adam étaient dans ses cheveux, ses lèvres semblaient être partout à la fois. Avec une étonnante fluidité dans ses gestes, il lui ôta son pull et déboutonna son chemisier, cherchant la nudité de la peau.

— Pas compliqué du tout, tu vois…

Elle voulut répondre mais ne parvint qu'à émettre une ou deux syllabes sans queue ni tête. Adam finit par relever la tête, lentement et à contrecœur, comme si une force invisible l'arrachait à elle.

Il l'enveloppa d'un regard si profondément viril et plein de désir qu'elle en perdit le souffle.

— Tu veux que je m'arrête ?

Vu ce qu'il était en train de faire avec ses mains, elle jugea la question un peu biaisée.

Avec un lent sourire, il enregistra sa non-réponse et poursuivit ses caresses de telle manière que Hannah découvrit qu'elle voulait non seulement qu'il continue, mais aussi qu'il renonce à repartir d'ici ou à dormir au pub.

Elle le voulait là. Sur place. Dans son lit.

Avec suffisamment de force pour prendre le risque d'exposer leur relation fragile aux regards curieux de sa famille. Ainsi que de voir flamber les attentes et les espoirs de Suzanne.

Dans un tout petit coin de son esprit, enfouie sous l'excitation et les endorphines, restait l'idée qu'elle ne lui avait pas encore dit qu'elle était enceinte.

Mais ce soir, elle s'accordait un temps de répit.

La journée avait été longue.

La soirée plus longue encore.

Elle espérait que la nuit serait longue de même.

Ils auraient tout le temps de parler plus tard.

Chapitre 24

Posy

Posy refusa le pousse-café que lui proposait sa mère et partit à grands pas en direction de la Grange, écrasant sous ses semelles une nouvelle couche de neige fraîche. Les arbres étaient comme emmitouflés, les branches ployaient sous leur fardeau et les sons ténus de la nuit flottaient, amortis par l'épaisseur du manteau neigeux. Toute cette blancheur au sol réverbérait l'éclat de la lune, rendant la lampe torche inutile.

En temps normal, la haute splendeur du paysage l'apaisait, mais ce soir ni la pureté cristalline de l'air ni la majesté du silence ne parvenaient à la rasséréner.

Elle en voulait encore à Luke et se sentait humiliée et trahie. Mais l'émotion qui dominait était la tristesse. Pas à cause de Luke. Mais parce qu'elle avait fait du tort à Hannah. Pour la première fois depuis une éternité, elles avaient réussi à se parler, se confier et même rire ensemble. Grâce à ces discussions avec Hannah et Beth, son regard sur leur passé commun avait changé et des pans entiers de son histoire lui apparaissaient sous un nouveau jour. Elle découvrait non sans émotion que sa relation avec Hannah avait été forte, dans l'enfance. Et que sa sœur aînée n'était pas la femme froide et compliquée qu'elle avait toujours vue en elle. Entre elles trois, le climat affectif avait changé. Il y avait eu un moment où elle s'était sentie vraiment proche de Hannah…

Mais voilà. Tout était gâché de nouveau. Et par sa faute.

Pourquoi avait-il fallu qu'elle l'ouvre, comme une idiote, et qu'elle suggère à Adam de venir ?

D'un autre côté, elle avait lancé l'idée sous forme de plaisanterie. Comment aurait-elle pu deviner qu'il ferait le déplacement pour de bon ? Elle ne connaissait pas beaucoup d'hommes aussi motivés.

Une fois sur deux, Callum lui avait fait faux bond lorsqu'ils avaient rendez-vous quelque part. Et il habitait à deux pas. Jamais il n'aurait traversé l'Atlantique pour elle.

Quant à Luke…

Luke avait juste omis de lui préciser qui il était.

Quoi d'autre lui cachait-il encore ?

Sous le ciel presque entièrement dégagé, quelques flocons de neige chutaient encore en paresseux tourbillons, s'agrégeant à la couche déjà dense au sol. Le linceul blanc couvrait le toit de la Grange et les flancs lourds des monts. Mais loin au-dessus des sommets, la lune veillait, calme et souveraine, jetant sa lumière spectrale sur les versants glacés.

Posy aurait trouvé le spectacle admirable si sa vision n'avait pas été brouillée. Les larmes lui brûlaient les yeux et elle dut s'immobiliser, faute de voir où elle mettait les pieds.

Elle cligna des paupières, se frotta le visage d'une main gantée et contempla le paysage d'une beauté à couper le souffle.

Quitter ces lieux familiers semblait nettement moins excitant, tout à coup.

Était-ce vraiment son désir profond de s'en aller ? Rien de moins sûr, au fond. Surtout avec quelqu'un qui lui avait menti. Ce matin, elle avait été persuadée de savoir avec certitude ce qu'elle voulait. Ce soir le doute dominait. Pire que ça, même : elle avait perdu confiance en sa propre capacité de décider ce qui était bon pour elle ou non.

Beth avait-elle eu raison de lui reprocher son imprudence ? Aurait-elle dû faire des recherches Internet plus approfondies ? Était-il si naïf de croire que les gens étaient qui ils prétendaient être ?

La lumière brillait par les fenêtres de la Grange. De nouveau sa colère flamba lorsqu'elle repensa à la bombe que Luke avait lâchée dans sa famille. Puis, juste sur les talons de la colère, vint la culpabilité. Elle n'avait même pas demandé à sa mère de quoi Luke et elle avaient parlé ensemble ni comment la conversation s'était terminée. Sa tête avait été pleine à craquer. Sa priorité du moment aurait été de s'élancer à la suite de Hannah pour qu'elles puissent s'expliquer, mais elle connaissait assez sa sœur pour savoir qu'elle se serait heurtée à un mur.

Elle était juste restée poliment muette pendant que Suzanne invitait Adam à se mettre à l'aise. La chaleur de l'accueil maternel avait été aux antipodes de l'attitude glacée de sa fille aînée. Un verre du meilleur whisky avait été placé dans la main de l'arrivant, des bûches ajoutées dans la cheminée. Suzanne n'avait pas paru effondrée, en tout cas. Elle avait plutôt donné une impression d'euphorie inhabituelle. Ce qui pouvait s'expliquer, bien sûr, par l'arrivée inespérée d'un bel inconnu réclamant Hannah. Suzanne devait probablement voir cet Adam tombé du ciel comme son plus beau cadeau de Noël livré avec quelques jours d'avance.

Posy monta l'escalier qui menait au grenier à foin en faisant claquer méchamment ses semelles pour en ôter la neige.

Encore un Noël en perspective où ils suffoqueraient sous le poids des tensions familiales inexprimées.

« Comment as-tu pu me faire ça, Posy ? »

L'accusation de sa sœur continuait de résonner en boucle dans sa tête. Pas un agréable tintement, façon cloches de Noël. Mais plutôt à la manière d'un glas funèbre.

Elle ne s'était pas attardée à Glensay Lodge pour attendre le dénouement du drame survenu par sa faute. Peut-être qu'à cette heure Adam roulait déjà en direction de l'aéroport.

Hannah avait-elle l'intention de lui dire qu'elle était enceinte, au moins ?

Qu'est-ce que ça peut te faire ? C'est ton problème, peut-être ? s'apostropha-t-elle tout bas en cherchant ses clés dans ses poches.

Plus *jamais*, elle ne se mêlerait des histoires de cœur des autres. Surtout vu son niveau d'expertise dans le domaine.

— Posy ?

La voix de Luke s'élevait du pied de l'escalier.

— Tu as un instant à m'accorder ?

— *Non.* J'ai eu ma dose de contacts humains pour la journée.

Elle enfonça sa clé dans la serrure avec une violence telle que, si la porte avait été vivante, elle l'aurait tuée.

Bonnie bondit sur ses pattes et l'accueillit avec l'enthousiasme inconditionnel qui faisait, parmi d'autres raisons, que Posy ne pourrait jamais vivre une vie sans chien.

Elle tomba à genoux et entoura sa chienne de ses bras, souriant de sentir le corps de Bonnie frétiller tout entier de joie.

— Je voudrais entrer dans ton univers de chien et ne plus jamais voir un être humain de ma vie.

— Je suppose que je suis la cause de cet accès de misanthropie.

Luke se tenait dans l'encadrement de la porte et Bonnie bondit vers lui pour le saluer avec de grands débordements d'affection.

Posy médita sur la traîtrise des instincts canins pendant que Luke se hâtait de refermer la porte derrière lui pour maintenir la neige et la nuit au-dehors.

Le grenier à foin était son espace personnel, conçu et isolé pour offrir un confort maximal en hiver. L'éclairage était soigné, chaleureux, les tapis épais et les couettes confortables. Plaids et jetés de couleurs vives contribuaient à créer un cocon cosy. Les poutres en chêne d'origine et le plafond en ogive donnaient une illusion d'espace, même si l'appartement était loin d'être immense. En été, la vue sur le loch et la forêt était grandiose, mais elle avait aussi un faible pour l'ambiance du loft en hiver.

Luke resta planté juste devant la porte, comme s'il s'attendait à être éjecté sans délai.

— Cinq minutes de ton temps, Posy. C'est tout ce que je te demande.

— C'est cinq minutes de plus que ce que je suis disposée à t'accorder.

— Tu es en colère.

— Ah oui, tu crois ? À quoi tu vois ça ? C'est parce que mes expressions faciales ont tendance à refléter assez fidèlement mes humeurs et émotions ?

Elle dessina des cercles dans l'air.

— Ce que tu as devant toi, c'est l'émoticône en colère, ou le pas-heureux, le perplexe ou le soucieux. Si j'avais en stock la version « on m'a menti », je l'arborerais. Mais il me manque cet article. Toi en revanche, tu restes assez indéchiffrable, comme mec. Quand on était nus et enchevêtrés dans ce lit ensemble, j'étais loin de me douter que tu n'étais pas qui tu prétendais être.

— Je ne t'ai pas menti sur mon identité.

— Mais tu as commodément omis de mentionner quelques détails marquants de ton histoire.

— Je n'ai rien dit parce que je ne savais pas comment amener la question sur la table. Le sujet est sensible et je ne voulais pas créer de troubles dans votre famille. Je ne suis pas venu ici pour écrire un papier sur l'accident. Cela n'a jamais été mon intention.

— Peut-être pas. Mais tu es bel et bien ici à cause de l'avalanche. Tu n'as pas choisi cette location au hasard en regardant une carte de la région. Ce que je n'arrive pas à comprendre, c'est pourquoi tu n'as pas appelé en déballant ton truc franco : « Salut, vous vous souvenez de mes parents ? J'aimerais qu'on parle de ce qui s'est passé. »

— Ce n'était pas si simple. Tu es trop jeune pour t'en souvenir, mais tout de suite après l'accident, il y a eu de grosses tensions.

— Tu veux dire que ta tante s'est comportée comme une folle furieuse. Comment elle a pu se forger une opinion éclairée sur un accident de montagne alors qu'elle passait ses journées à travailler dans un gratte-ciel à Manhattan, j'aimerais d'ailleurs bien qu'on me l'explique.

Elle avait conscience d'être injuste envers lui, mais le sentiment d'avoir été trahie la privait de son habituelle capacité à voir les deux côtés d'une situation. Dans son état de désarroi, elle ne pouvait se mettre qu'à une seule place : celle de Suzanne, encore fraîchement rescapée de l'accident. Suzanne dévastée par la perte de ses amis, terrifiée d'avoir frôlé la mort, le corps brisé par les tonnes de neige meurtrière qui l'avaient tenue prisonnière de leur blancheur suffocante. Suzanne hantée par les questions, le doute et la culpabilité.

Posy se connaissait suffisamment bien pour admettre que sa réaction ne concernait pas que Luke. Son désarroi était lié aussi à Hannah. Et à la complexité des relations humaines en général.

— Trudy était proche de sa sœur… De ma mère. Elle était bouleversée. Révoltée que l'impensable ait pu se produire.

— J'ai vu des extraits des journaux télévisés de l'époque. Ta tante était comme une bête sauvage à vociférer des insultes de façon hystérique.

Elle se souvenait d'une photo en particulier où la tante de Luke avait acculé Suzanne dans un coin et où on voyait qu'elle hurlait. Dans le regard écarquillé de Suzanne, on lisait la stupéfaction horrifiée d'un animal traqué.

Posy s'était sentie malade en découvrant ces articles.

Luke retira ses bottes pour s'avancer jusqu'à elle.

— Je ne suis pas venu ici pour prendre la défense de ma tante. Tu as raison de le souligner, d'ailleurs : Trudy ne connaissait rien à la montagne. Et c'est justement son ignorance qui a fait qu'elle a mal réagi. Trudy était une citadine pur jus, passionnée de peinture et d'opéra. Elle s'était toujours sentie étrangère aux choix de vie de sa sœur et avait du mal à saisir qu'on puisse s'exposer volontairement à des risques qui lui paraissaient insensés. Toi et moi, on sait qu'il y a deux sortes d'individus, dans la vie. Ceux qui comprennent la fascination pour la montagne et les autres. Tiens, une question : quand tu es appelée avec ton équipe de secours, es-tu en colère contre ceux qui se sont exposés aux éléments ?

Posy le regarda, déstabilisée par le tour que prenait la conversation.

— Non.

— En cas d'urgence, tu pars en montagne, dans des conditions météo souvent périlleuses, pour récupérer tant bien que mal des gens qui ont *choisi* de se mettre en danger. Personne ne les a forcés à grimper. Et toi, tu es obligée de sortir Bonnie par un temps effroyable où vous pourriez perdre la vie l'une et l'autre. Est-ce que ça te révolte ?

Posy haussa les épaules.

— Pas vraiment, non.

— Voilà. Pour toi, c'est juste normal. Mais prends quelqu'un d'extérieur, étranger à la passion qui nous brûle, et il trouvera ça aberrant. Tu l'as vu aussi souvent que moi : des alpinistes à qui l'on va reprocher leur « égoïsme », parce qu'ils mettent les secouristes en danger. Mais les secours eux-mêmes n'ont pas ce regard sur la situation. Car, comme toi et moi, ils ont la montagne dans la peau.

— En gros, tu me dis que le comportement de ta tante était pardonnable parce qu'elle n'aimait pas grimper ?

— Je te donne juste le contexte qui a présidé à sa réaction. Quant au besoin de trouver un coupable, il est presque universel, dans les premiers temps qui suivent la perte brutale d'un être aimé.

— Et pour le rôle du bouc émissaire, il a fallu qu'elle désigne Suzanne qui avait déjà un genou à terre. Tu sais qu'elle n'a plus jamais exercé son métier de guide ? Que le lien fort qu'elle avait à la montagne a été détruit à tout jamais ?

Luke ne chercha pas à se dérober face aux coups qu'elle lui assenait. Il déglutit avec peine.

— Je suppose que les accusations de ma tante ont contribué à l'enfoncer.

— C'est le moins que l'on puisse dire. Suzanne a dû se colleter avec les cauchemars, la culpabilité du survivant qui ne l'a jamais lâchée. Tu n'imagines pas ce qu'elle a enduré !

Posy se redressa pour se débarrasser de son manteau et envoya voler de la neige au sol. Quoi qu'il puisse dire ou faire, il ne l'enjôlerait pas, cette fois-ci. Elle n'était pas aussi faible et crédule que ses sœurs semblaient le croire.

Luke, pour une fois, ne souriait pas.

— Moi aussi, j'en suis passé par là. J'ai perdu mes parents ce jour-là, je te rappelle.

Toute la combativité de Posy l'abandonna d'un coup.

Elle tomba assise sur le canapé, épuisée et perdue.

Quelque chose de chaud et de mouillé glissa sur sa main. Elle baissa les yeux et vit Bonnie qui la regardait.

— Ta chienne s'inquiète pour toi… Et moi aussi, ajouta Luke après une hésitation.

— Tes inquiétudes arrivent un peu tard, tu ne crois pas ? murmura-t-elle d'une voix lasse.

— Ce truc entre nous… Je n'avais pas prévu que ça arriverait.

Elle non plus. Et ce qu'il allait advenir du « truc » en question, elle n'en avait plus aucune idée.

— Tu devrais redescendre chez toi, Luke. J'ai un groupe d'Édimbourg demain que j'emmène grimper en montagne. Il me faut mes quelques heures de sommeil.

Elle soupira avant de s'extraire du canapé.

— Tu fermeras derrière toi en partant.

Il hésita un instant puis se dirigea vers la porte sans un mot.

Au moment où il fut évident qu'il s'en allait pour de bon, elle comprit que ce n'était pas du tout ce qu'elle voulait.

Elle l'arrêta alors qu'il se baissait pour remettre ses bottes.

— Une dernière question : si Beth ne t'avait pas démasqué ce soir, aurais-tu fini par me dire qui tu étais vraiment ? Et si oui, quand ?

— Bien sûr que je te l'aurais dit. Mais de là à savoir quand…

Il haussa les épaules.

— J'étais bien avec toi et j'avais peur que ça foute tout en l'air entre nous. Je voulais attendre le « bon moment ». Mais plus j'attendais, plus ça devenait compliqué, évidemment.

— OK. Ça au moins, ça me paraît sincère.

Lui aussi avait perdu ses parents.

Et il n'avait jamais émis la moindre critique envers Suzanne. Alors qu'au moment de l'accident il avait été trop petit encore pour se faire sa propre opinion. Il avait bien dû se demander par moments si Suzanne portait une part de responsabilité ou non.

Luke venait aussi de perdre la tante qui l'avait élevé. Une tante que, selon toute vraisemblance, il avait aimée, comme elle-même aimait Suzanne.

Posy constata que sa colère s'était envolée sans laisser de traces. À tort ou à raison, elle n'aurait su le dire. Elle savait juste que la vie était compliquée, imprévisible et, pour certains, beaucoup trop courte.

D'où l'importance, à ses yeux, de la vivre intensément. Ses sœurs désapprouveraient, mais c'était leur problème.

Elle se leva.

— Je suis désolée, pour tes parents. Désolée que tu aies eu à vivre, toi aussi, avec ce gouffre de la tragédie en arrière-plan. Et je regrette d'avoir été agressive. Je suis sûre que ta tante était quelqu'un de tout à fait bien.

Debout devant lui, elle sentait la neige fondue près de la porte lui glacer les pieds à travers ses chaussettes.

— Trudy était une femme super, oui. Il arrive que des gens par ailleurs bourrés de qualités se comportent d'une façon qui ne leur ressemble pas.

C'était plus ou moins ce qu'elle venait de faire avec lui, songea Posy. Tout comme elle protégeait sa famille toutes griffes dehors, Luke défendait la sienne.

Nouant les bras autour de son cou, elle se dressa sur la pointe des pieds.

— Embrasse-moi.

Il hésita, ses lèvres toutes proches des siennes.

— J'en conclus que je suis pardonné ?

— Je te ferai savoir ça dans un moment.

Elle attira son visage contre le sien et le désir monta si fort et si vite qu'elle en gémit contre sa bouche.

— Ta réponse dépendra de quoi, au juste ? l'interrogea-t-il à mi-voix en s'attaquant à la fermeture Éclair de son jean. De ce qui va se passer dans ton lit maintenant ? Ça pourrait provoquer une anxiété de performance.

Elle s'attaqua au pull de Luke et faillit perdre l'équilibre en repoussant son jean.

— Quelque chose me dit que tu devrais pouvoir t'en tirer.

De sa vie, elle n'avait été aussi pressée de faire l'amour. Mais Luke, pour une fois, semblait déterminé à prendre son temps. Il avait le regard fiévreux. Sa respiration était irrégulière. Mais il lui tenait les épaules, maintenant fermement une distance.

— J'ai autre chose encore à te dire.

Elle gémit, la vision brouillée par le désir.

— Ça ne peut pas attendre ?

— Non, parce que je n'ai pas envie que tu m'accuses de garder de lourds secrets.

Quoi encore ?

— Bon. Vas-y, parle. Mais je préfère te préciser qu'à moins que tu aies toute une série de crimes à confesser, rien ne pourra me couper l'envie d'aller jusqu'au bout de ce que nous venons de commencer.

— Par souci de sincérité et ayant déjà mis quasiment toute mon âme à nu, je confesse que je pourrais avoir des sentiments pour toi.

À son soulagement vint se mêler une joie vertigineuse.

— Tu *pourrais* ?

— C'est nouveau, tout ça, pour moi.

Elle aussi, elle en avait, des sentiments. Quant à savoir si c'était une bonne chose ou la porte ouverte aux pires complications… Pour le moment, en tout cas, c'était le dernier de ses soucis.

Dégageant la chemise de Luke de son jean, elle murmura contre ses lèvres :

— Tiens-moi au courant quand tu auras la réponse. Mais en attendant, je propose qu'on se change les idées.

Passant en mode actif, elle l'embarqua d'autorité à travers le séjour et le tira jusqu'à sa chambre.

Ils se délivrèrent mutuellement de ce qu'il leur restait de vêtements, avec des gestes que la hâte rendait maladroits. Luke la fit basculer sur le matelas en l'emprisonnant sous lui.

Il l'embrassa avec une impétuosité immodérée et elle répondit à l'avenant. Même s'ils n'étaient amants que depuis peu, Posy était déjà familière de ses baisers, rompue à ses caresses. Bouches mêlées et corps entrelacés, ils étaient avides dans leur manière de prendre ; généreux dans la façon dont ils se donnaient.

Ils roulèrent dans le lit jusqu'à ce qu'elle se retrouve en position dominante. Les doigts enfouis dans ses cheveux, elle but à ses lèvres, se brûla au feu de sa bouche. Le baiser qu'elle exigea de lui fut stupéfiant d'intensité. Lorsqu'elle perdit pied et se noya, il la fit basculer de nouveau sous lui et prit son visage entre ses paumes.

Le regard de Luke plongea dans le sien.

La nuance de ses iris hésitait quelque part aux confins du gris et du bleu, et lui faisait penser à la brume en montagne et aux silencieux matins d'hiver. Ce regard d'homme, elle l'avait vu tantôt pensif, tantôt illuminé par le rire ou durci par la détermination. Mais en cet instant, il reflétait quelque chose d'ardent, de décisif.

Luke avait affirmé avoir des sentiments pour elle, sans préciser la nature des sentiments en question. Mais la réponse à cette question, elle la lisait dans ses yeux, dans la façon dont ses mains se posaient sur elle.

Plus tard, peut-être, ils chercheraient à mettre des mots sur ce qu'ils éprouvaient l'un pour l'autre. Mais pour le moment, leurs gestes, leurs regards, leurs souffles qui se mêlaient se passaient de sous-titres.

Le vent dehors s'acharnait contre les fenêtres mais le grenier était protégé de l'extérieur. Il faisait chaud dedans et les températures dans le lit flirtaient avec le torride.

Fermant les yeux, il approcha de nouveau ses lèvres de son visage et lui effleura les paupières, savoura la sensation de sa peau, lui mordilla le cou, les épaules, puis lui taquina les seins de la pointe de la langue jusqu'à ce qu'elle se cabre dans son étreinte. Ses mains allaient et venaient lentement entre ses cuisses. Puis ce fut la caresse de ses doigts, leur irrésistible précision érotique.

Le corps de Posy était lourd, si lourd ; son cerveau marchait au ralenti et ses pensées s'égaillaient. Elle se demanda par quel miracle il avait appris à la toucher de cette façon.

— Ne t'arrête pas.

— Loin de moi cette intention.

Il modifia sa position, se logeant entre ses cuisses pour qu'elle s'ouvre à lui. Il la pénétra d'un coup, la prenant jusqu'au plus profond d'elle-même, en absorbant son cri de plaisir avec sa bouche.

Ils demeurèrent ainsi immobiles, emboîtés, étourdis par la vertigineuse intimité de l'instant.

Puis il commença à se mouvoir avec une lenteur affriolante. Délicieuse. Elle se noua à lui, l'entoura de ses jambes, accompagna chaque poussée, épousant son rythme et lui imprimant le sien tour à tour. Agrippée aux muscles durs de ses épaules, elle se raccrochait à lui de toutes ses forces, cherchant une prise stable au milieu d'un monde devenu liquide.

Il lui embrassait passionnément la bouche, les joues, le creux du cou, et elle sentait avec ivresse sous ses mains le rythme de ses reins qui s'emballaient dans la vigueur de leur lutte amoureuse, l'amenant plus loin, plus haut, plus vite, plus…

Elle lâcha prise, se laissa emporter, lui murmurant qu'elle voulait tout de lui et qu'il pouvait tout prendre. Son cœur cognait follement, tous ses muscles se tendirent et elle franchit le point de bascule. Perdue dans un ouragan de plaisir, elle cria son nom et l'entraîna avec elle, les spasmes de son orgasme se confondant avec les siens.

Toute notion de temps envolée, Posy ouvrit une paupière paresseuse. Sous sa joue, la poitrine de Luke se soulevait et retombait à un rythme encore rapide. Elle se sentait vidée, percluse et incapable de faire le moindre geste pour se dégager de là. Par chance il ne semblait pas pressé de bouger non plus.

Luke la maintenait solidement, comme s'il n'avait aucune intention de la laisser repartir.

Il fut le premier à sortir du silence.

— J'ai une question.

Elle sourit, les lèvres enfouies dans la moiteur odorante de sa peau tiède.

— Toujours tes angoisses de performance ? Tu doutes encore de toi après ça ?

Il lui déposa un petit baiser sur le sommet de la tête et releva les cheveux qui lui tombaient sur le visage.

— Je ne pensais pas en termes d'évaluation. Mon interrogation est la suivante : quand je partirai, tu viendrais avec moi ?

Elle souleva la tête, regrettant qu'il ait choisi ce moment pour aborder le sujet de son départ.

— Tu as loué la Grange jusqu'à fin février.

— C'est la première pensée qui te vient à l'esprit ? Que la Grange sera enfin disponible pour de nouveaux locataires ?

Le cœur de Posy battit plus vite.

— Tu es devenu très utile aux entraînements de l'équipe de secours en montagne. Ce n'est pas facile de trouver des volontaires prêts à stagner patiemment dans des cavités glacées en attendant qu'on finisse par les retrouver.

— Je suis toujours aussi surpris que cette noble tâche ne suscite pas plus de vocations.

Il cueillit une mèche vagabonde et l'enroula autour d'un doigt.

— Ton locataire te manquera, donc. Et ton volontaire à tout faire. Rien d'autre ? Parce qu'il me semble que j'ai à peu près tout déballé de mon côté. Et toi, tu n'as pas exprimé grand-chose.

— Je sais.

Elle se détacha de lui pour rouler sur le dos et garda le silence, les yeux rivés sur les poutres en chêne du plafond.

— Tu hésites parce que tu penses que je n'ai pas joué franc jeu avec toi ? Ça vaut ce que ça vaut, mais j'ai eu une bonne conversation avec Suzanne après votre départ. Je regrette de ne pas avoir pris contact plus tôt.

— Le problème n'est pas là.

— Il est où, alors ?

Elle ressentit un élan de frustration suivi d'un découragement qui ressemblait presque à du désespoir.

— Je ne peux pas tout laisser en plan comme ça, Luke.

— Je croyais que tu voulais la liberté. L'aventure.

— C'est le cas.

Mais tout était devenu plus compliqué parce qu'elle ne voulait pas seulement l'aventure, elle le voulait aussi lui.

Et elle ne savait plus très bien comment composer avec cette nouvelle donne.

Chapitre 25

Beth

— Hannah ne m'avait même pas dit qu'elle avait quelqu'un dans sa vie !

C'était le lendemain matin et Beth était installée par terre dans leur chambre pour emballer ses derniers paquets. Jason avait pour mission de monter la garde près de la porte, au cas où de petites créatures curieuses pointeraient le bout de leur nez.

— Pourquoi crois-tu qu'elle m'ait caché l'existence d'Adam ?

— J'imagine qu'elle n'avait pas envie d'en parler. Hannah a toujours été très secrète.

— Elle s'est confiée sur plein d'autres choses, pourtant. Beth n'en revenait toujours pas que sa sœur se soit ouverte ainsi, tant au sujet de leur passé que sur son rapport phobique aux enfants en bas âge. Mais sur sa vie amoureuse, Hannah leur avait dissimulé l'essentiel, à en juger par la tête qu'elle avait faite en voyant Adam descendre du taxi la veille.

— Il a même été question de nos parents biologiques et de leur mort dans l'avalanche.

Jason parut sidéré.

— Non, sérieux ? Vous avez brisé le tabou familial ? C'est à cause de Luke ?

— Il a probablement été l'élément déclencheur, oui.

— Ça n'a pas été trop dur pour toi, ma puce ?

Elle leva les yeux vers lui, touchée par l'attention qu'il lui portait.

— Non. Ça a été libérateur, au contraire. Notre conversation d'hier m'a aidée à comprendre la personnalité compliquée de Hannah. Et j'ai réalisé aussi que la mort accidentelle de mes parents explique en partie pourquoi je m'angoisse autant pour les enfants.

— Oui, j'ai toujours su que c'était lié.

— Si tu le savais, comment se fait-il qu'on n'en ait jamais parlé ensemble ?

— Parce que ce n'est pas un sujet qu'on peut aborder avec toi. Tu te hérisses dès qu'il en est question.

Il ramassa un rouleau de Scotch qui avait roulé jusqu'à ses pieds.

— Mais je te sens constamment dévorée par l'angoisse et je n'aime pas te voir tourmentée comme ça.

— Tu crois qu'à cause de moi les filles sont devenues trop craintives ?

C'était la dernière chose qu'elle souhaitait.

— Si tu avais vu Ruby grimper sur la table ce matin, tu n'aurais même pas posé la question. Je m'inquiète plus pour toi que pour nos enfants. Si tu penses que cela pourrait t'aider de consulter… d'en parler tranquillement avec quelqu'un dont c'est le métier ?

Beth lui prit le rouleau d'adhésif des mains.

— Ce ne serait peut-être pas une mauvaise idée. Je vais y réfléchir.

— En tout cas, je suis content que tu aies eu une vraie discussion avec tes sœurs. C'est pour ça que tu as volé au secours de Hannah hier soir ?

— Vu sa tête, je me suis dit qu'une intervention en urgence s'imposait. J'étais inquiète pour elle.

Et pour Posy aussi, d'ailleurs. Mais sa petite sœur était partie au pas de charge avant qu'elle ait eu le temps de la prendre à part pour lui parler.

Posy avait probablement éprouvé le besoin d'envoyer tout le monde balader après l'explosion de Hannah. La réaction hostile de celle-ci n'avait pas dû être facile à avaler pour elle.

Méditant sur l'infinie complexité des relations familiales, Beth noua le ruban de son dernier paquet.

— Et hop. Terminé. Il n'y a plus qu'à fourrer tout ça dans des chaussettes de Noël. J'ai hâte de voir la tête des filles le 25 au matin.

— Ruby ne veut qu'une chose et c'est Bugsy. Je suis allé voir sur Internet chaque fois qu'il y avait moyen de se connecter, mais je n'ai rien trouvé qui lui ressemble. Il y avait un lapin du même genre sur eBay, mais il avait une sale tête et il n'était pas de la bonne couleur.

— Elle a eu Bugsy il y a quatre ans. Ils ont dû arrêter de fabriquer ce modèle de peluche.

Jason parut horrifié.

— Ils stoppent la production de jouets populaires ? Ils sont irresponsables ou quoi ? Je suis rongé par le remords. Melly dit que Ruby a des problèmes de sommeil. Je suis nul, comme père. Faut-il qu'on soit cons pour ne pas en avoir acheté cinq d'avance !

Beth dissimula le sac plein de cadeaux sous son lit.

— Des doudous d'avance ? Je suis impressionnée. Cette idée relève déjà d'un niveau avancé d'organisation parentale. Il y a quelques semaines encore, l'idée ne t'aurait même pas traversé l'esprit.

— J'étais quelqu'un d'autre il y a quelques semaines. Ou peut-être que j'étais le même, mais avec d'autres priorités. À partir de maintenant, quand on achètera quelque chose d'important pour les filles, on veillera à tout prévoir en double. C'est ce qu'on aurait dû faire avec Bugsy.

— Je l'ai fait.

Jason lui jeta un regard sidéré.

— Quoi ?

— Je n'en ai pas pris cinq, mais j'en ai acheté trois, à l'époque.

Il poussa un soupir de soulagement.

— Donc tu as deux Bugsy de rechange à la maison ? Ouf ! Tu es vraiment la crème des mères, Beth.

L'heure était venue de passer aux grandes confessions. Beth allongea les jambes devant elle et fit la grimace.

— Je ne suis pas la crème des mères, non.

— Mais si tu as deux lapins de rechange…

— Je n'ai pas dit que je les avais *encore*.

— Mais…

— Ce n'est pas la première fois que Bugsy est parti non accompagné, sur un itinéraire non balisé et sans laisser d'adresse.

Il y eut un long silence.

— Tu veux dire que *toi aussi*, tu as perdu Bugsy ?

— La première fois qu'il a disparu, je…

— Attends… Il y a eu plus d'une disparition ?

Beth toussota.

— Je l'ai abandonné une fois chez un glacier au parc. On commandait des milk-shakes et Ruby a fait un méga caprice – j'ai oublié pour quelle raison. Les gens me regardaient comme on regarde toujours les parents des gamins qui ne savent pas se tenir. Genre « Moi, *jamais*, à la place de cette mère, je ne laisserais la situation dégénérer à ce point… »

— Je vois tout à fait ce que tu veux dire. Avant, je n'avais jamais remarqué ce genre de regards, mais depuis que j'ai gardé les filles une semaine, je sais exactement de quoi tu parles.

— Je n'avais plus qu'une idée fixe et c'était de dégager de là au plus vite. J'ai payé en toute hâte et je suis partie en laissant Bugsy. Bêtement, sur une chaise. J'ai appelé une heure plus tard, mais la peluche avait disparu. Donc j'ai utilisé un Bugsy de rechange.

— Ruby n'a rien remarqué ?

— Je l'ai malaxé et frotté un peu par souci d'authenticité.

Jason avait l'air sidéré.

— Et la seconde fois ?

— Je l'ai laissé dans le métro.

Il se frotta la mâchoire.

— Donc pour résumer, tu as perdu Bugsy *deux fois* et

tu ne m'en as rien dit ? Je croyais que tu étais une mère sans faille.

— Tout le monde a des failles, Jason. Nous sommes humains. En tant que parents, nous faisons notre possible pour élever nos enfants au mieux, mais *personne* n'est exemplaire. Tu m'as placée sur un piédestal et c'est très flatteur. Mais cette admiration est aussi à double tranchant. Je suis consciente que la mère idéale que tu vois en moi n'existe pas et je me sens en situation d'imposture.

Elle déglutit avec peine.

— En fait, je n'avais pas seulement l'impression que tu ne connaissais pas les filles. J'avais aussi le sentiment que tu ne savais pas qui j'étais moi.

C'était la première fois, depuis qu'ils vivaient ensemble, qu'elle lui parlait aussi ouvertement.

— Je t'aime, Beth. Ça ne me dérange pas que tu commettes des erreurs. Tu ne peux pas savoir comme je me sens mieux depuis que je sais que tu as déjà perdu Bugsy deux fois.

Jason la tira pour la remettre sur ses pieds.

— Et je te considère encore comme une super maman, entre parenthèses.

— Alors que je n'ai même plus de Bugsy de rechange ?

Il la prit dans ses bras et elle sentit le désir flamber entre eux.

— Je t'aime, Beth.

— Oh Jason… Embrasse-moi.

Ruby déboula soudain dans la chambre sans s'annoncer.

— Maman, maman ! On peut aller voir Socks ?

Ils se détachèrent l'un de l'autre. Du bout du pied, Jason poussa le sac de cadeaux plus loin sous le lit.

— Pas maintenant, ma puce. Il neige.

— Mais c'est pas grave, la neige !

— Peut-être plus tard, si le temps s'améliore, mais pour l'instant tatie Posy est occupée et ils annoncent une tempête.

Voyant la lèvre inférieure de Ruby trembler, Beth la prit dans ses bras.

— Il y a un truc vraiment bien à faire quand le vent souffle trop fort dehors : des gâteaux avec mamie ! Qu'est-ce que tu en dis ? On va cuisiner toutes les trois.

Ruby réfléchit un instant.

— Bon, d'accord. Mais plus tard, je veux monter Socks.

Beth la descendit à la cuisine et poussa la porte. Une odeur festive de cannelle et de clous de girofle flottait dans l'air. Les joues en feu et le sourire aux lèvres, Suzanne tamisait de la farine dans une jatte.

Beth fut soulagée de trouver sa mère aussi joyeuse et reposée. Ruby se tortilla pour se dégager de ses bras et courut grimper sur une chaise.

— Je peux t'aider, mamie ?

— Bien sûr. Mais c'est quoi la règle numéro un quand on cuisine ?

— On se lave les mains !

Ruby se laissa glisser de la chaise, se savonna les mains et les passa en hâte sous le robinet, puis revint en laissant une traînée de gouttelettes sur le carrelage.

Suzanne lui tendit une cuillère et rapprocha le saladier.

— Vas-y doucement pour ne pas mettre de la farine partout.

Le téléphone de Beth sonna. Elle tressaillit en voyant le nom qui s'affichait à l'écran. *Corinna, bien sûr.* Une tension immédiate lui vrilla l'estomac. La veille, elle avait laissé passer l'appel sans répondre, mais cette fois, elle ne pouvait pas se permettre de ne pas décrocher. Pourquoi cette pression intérieure qui la poussait à plier devant la volonté de Corinna, alors qu'elle savait que son ex-chef se servait d'elle ? C'était idiot, mais son pouls s'emballait à l'idée de ce qui risquait de se passer si elle laissait sonner.

— Je suis obligée de répondre. Désolée.

Le visage de Ruby se chiffonna.

— Tu avais dit qu'on ferait un gâteau toutes les trois ! Tu avais promis, maman.

La culpabilité lui broya le cœur.

— Commence avec mamie et je vous rejoins dans une minute, promis.

Beth trouva le regard de sa mère fixé sur elle.

— Je n'en ai pas pour longtemps, maman. C'est important.

Non seulement Suzanne ne fit aucune remarque, mais elle s'employa à lui faciliter la tâche en dessinant des figures rigolotes dans la pâte crue pour distraire Ruby.

Beth fit un pas hors de la cuisine puis s'immobilisa net.

Qu'était-elle en train de faire ?

Hannah avait parfaitement bien cerné Corinna. Avait-elle l'intention de se décarcasser pour cette femme au comportement toxique qui n'hésitait pas à l'utiliser ?

Rien – strictement *rien* – ne l'obligeait à répondre. Elle rappellerait lorsqu'elle se sentirait disponible pour le faire. Et sûrement pas pendant les festivités de Noël en famille.

Elle rejeta l'appel et le fit passer sur sa messagerie vocale.

Peut-être, au fond, ne prendrait-elle même pas la peine de retourner le coup de fil de Corinna. Il lui suffirait d'envoyer un courriel, la prochaine fois qu'il y aurait moyen de se connecter, pour lui dire qu'elle ne souhaitait pas intégrer son équipe.

Et en attendant, elle avait plus urgent à faire : Ruby l'attendait pour qu'elles préparent ensemble une montagne de cookies de Noël. Ses mains tremblaient lorsqu'elle glissa le téléphone dans la poche de son jean.

Sa mère lui jeta un regard surpris lorsqu'elle entra dans la cuisine.

— Ça a coupé ?

— Non. J'ai décidé que je rappellerai une autre fois. Ce n'est peut-être pas très raisonnable, mais tant pis…

Ses mains continuaient de trembler, mais le sourire de sa mère lui remonta le moral.

— Je crois que c'est très raisonnable, au contraire.

Beth s'apprêtait à rejoindre Ruby lorsque la porte donnant

sur l'extérieur s'ouvrit. Posy apparut, emmitouflée dans sa doudoune couverte de neige.

— Pff… On a des températures polaires, ce matin.

Beth scruta le visage de sa sœur, cherchant des traces qui indiqueraient qu'elle avait passé la nuit à pleurer. Luke et elle s'étaient-ils disputés violemment ? Ou avait-elle refusé tout net de lui parler ?

Ruby abandonna sa farine et courut vers Posy.

— Je peux monter Socks ?

Posy la souleva et la fit tourner à bout de bras.

— Pas maintenant, non. On se gèle dehors et on l'a changé de pré. Il n'est plus à côté de la maison.

— Mais j'veux pas qu'il meure, Socks.

Posy lui caressa les cheveux.

— Qu'il meure ? Mais pourquoi voudrais-tu qu'il meure ?

C'est ma faute, si ma fille a ce genre d'angoisse ? se demanda Beth, horrifiée. *Est-ce que je lui ai transmis ma crainte obstinée du pire ?*

La voix de Ruby trembla.

— Parce qu'il fait trop, trop froid, tatie Posy.

Posy secoua la tête.

— Socks ne craint pas le froid. Il a son manteau d'hiver et des tonnes de foin. Et puis il a son abri.

Luke apparut sur ces entrefaites et Posy tourna la tête pour lui sourire. Il avait un sac à dos sur une épaule et les bras chargés de bûches.

Beth vit rouge. De quel droit Luke imposait-il sa présence à leur mère après ce qui s'était passé la veille ?

— On peut savoir ce que tu viens faire ici ?

Suzanne leva les yeux de la pâte qu'elle étalait au rouleau.

— Bethany Butler, je suis ici chez moi et je reçois qui je veux.

Elle sourit à Luke.

— Merci d'avoir apporté les bûches. Posy les mettra dans le panier du salon. Tu as le temps de t'asseoir un moment ? Je vais faire du café et tu pourras goûter nos biscuits, à Ruby et à moi. Tu m'as apporté les photos dont tu m'as parlé hier ?

— Je les ai ici, oui.

Il sortit un ordinateur portable de son sac à dos et le plaça sur la table, à distance prudente de Ruby et de sa farine.

Posy sortit de la pièce avec les bûches et Beth lui emboîta le pas. Installée devant le feu, Hannah lisait, confortablement pelotonnée sur le canapé. Beth se demanda pourquoi sa sœur était descendue seule.

— Et Adam ? Il est passé où ?

Hannah garda les yeux rivés sur ses pages.

— Il a un dossier à terminer.

Posy disposa les bûches près de la cheminée.

— Je sais que tu ne voulais pas de lui ici, mais il a quand même fait le déplacement de New York. Tu ne crois pas que tu pourrais au moins prendre le temps de lui parler, Hannah ?

Voyant celle-ci rougir, Beth vola à son secours pour la seconde fois en moins de vingt-quatre heures.

— À ta place, Posy, j'éviterais de jouer les donneuses de leçons. N'oublie pas que tu couches avec l'ennemi.

Ce fut au tour de Posy de rougir.

— Il n'est pas *mon* ennemi. Chacun ses choix, OK ?

— Ça ne te pose aucun problème de t'envoyer en l'air avec un mec qui t'a dissimulé son identité ? Et qui a menti à maman, surtout !

— Au cas où tu ne l'aurais pas remarqué, maman vient de l'accueillir à bras ouverts, ton ennemi public numéro un.

— Évidemment. Parce que Suzanne est comme ça et qu'elle accueillerait le monde entier sans restriction. Mais tu sais aussi très bien qu'elle fuit tout ce qui lui rappelle l'accident.

— Peut-être. Mais elle n'a clairement pas envie de fuir Luke. Elle aurait même plutôt l'air d'en redemander. Et depuis quand est-ce à toi de décider ce qui est bon pour maman ou non ? On a tous à cœur de protéger Suzanne dans cette maison… Tu crois que papa autoriserait Luke à franchir le pas de la porte s'il voyait que sa présence stressait maman ? lança Posy en se redressant.

Que Stewart soit protecteur avec Suzanne n'avait échappé à aucune d'elles trois.

— Bon, d'accord, peut-être. Mais tu n'es pas obligée d'avoir une histoire avec lui pour autant. Je m'angoisse aussi pour toi, si tu veux tout savoir !

— Beth n'a pas tort, intervint Hannah. Luke t'a blessée en gardant le silence sur les vraies raisons de sa présence ici.

— Oui, c'est vrai. Il m'a blessée. Et alors ? La semaine dernière en faisant de l'escalade, je me suis arraché un bout de peau. Je n'ai pas renoncé à grimper pour autant.

Posy se tut un instant, puis poursuivit avec force :

— On ne peut pas passer sa vie à éviter de vivre, juste pour le cas où on se ramasserait quelques plaies, quelques bosses ! Si tu prends un coup, ça fait mal, mais la douleur, tôt ou tard, ça passe. Et pendant que tu es K-O au sol, à attendre que la joie de vivre revienne, tu as l'occasion de repenser aux bons moments.

Hannah fronça légèrement les sourcils et se replongea dans son bouquin.

Le regard de Beth se perdit dans le vague.

« La douleur, tôt ou tard, ça passe. »

Posy négociait les hauts et les bas de la vie sans se prendre la tête. À la différence de ses deux aînées, elle ne cherchait pas à se préserver coûte que coûte. Elle s'était embarquée sans hésiter dans une relation avec Luke, sans exiger ni promesses ni garanties. Posy était presque toujours en phase avec ses désirs et ses envies. Elle ne fuyait pas le risque à tout prix, parce qu'elle croyait en sa capacité à se relever en cas de chute – au moral comme au physique.

Beth aurait bien voulu être un peu plus comme elle…

Elle ouvrait la bouche pour répondre à Posy lorsque Ruby déboula dans la pièce.

— Maman, tu l'as appelé, le monsieur de l'avion ? Ils ont trouvé Bugsy ?

Le cœur de Beth se serra.

— Oui, j'ai essayé. Toujours rien pour l'instant.

Il était temps qu'elle parle à sa fille. Temps qu'elle lui explique qu'elle allait devoir apprendre à vivre sans Bugsy. Dans sa nouvelle version d'elle-même, elle affronterait les complications au lieu de les fuir.

— Écoute-moi, Ruby. Il faut que je te dise quelque chose. Bug…

Mais le visage de sa fille s'illumina et elle trépigna de joie sur place.

— Je sais, je sais ! Je vais écrire au Père Noël !

— Ma chérie, ce n'est pas…

Hannah reposa son livre.

— Je pense que Ruby a raison… Je vais t'aider à écrire ta lettre, Ruby, et toi tu signeras ton nom. On va prendre tes jolis stylo-paillettes, d'accord ?

Avec un hululement de joie, Ruby sprinta jusqu'à sa chambre pour aller chercher sa trousse et ses crayons. Beth poussa un soupir de frustration.

— C'est malin. J'étais juste sur le point de lui dire la vérité.

Hannah se leva.

— Elle croit au Père Noël. Tu as dit que tu ne voulais pas casser ses illusions maintenant, juste avant les fêtes.

— Peut-être. Mais tout ce que tu as réussi à faire, c'est à différer le drame jusqu'au matin du 25. Je n'ose même pas imaginer la déception de Ruby lorsqu'elle ne trouvera pas Bugsy dans ses cadeaux. Et j'aurais autant aimé affronter la crise maintenant que le jour de Noël. Mais à présent c'est trop tard à cause de toi !

Hannah s'immobilisa près de la porte.

— Beth…

— Si tu as l'intention de me dire de me calmer, tu peux économiser ta salive. Je sais que tes intentions sont bonnes, mais le problème, c'est que tu ne comprends rien de rien aux enfants.

Un affreux silence tomba. Puis Hannah se détourna et partit à la suite de Ruby sans un mot.

Beth se mordit la lèvre.

— Je l'ai vexée, apparemment ?

— Tu as entamé sa confiance en elle, surtout, répondit Posy d'une voix lasse. Elle pense qu'elle est nulle avec les enfants et tu l'as confortée dans cette image négative d'elle-même. Tu devrais être un peu plus tolérante avec Hannah.

— Ce n'est pas elle qui va avoir à expliquer à Ruby que le Père Noël ne peut pas toujours nous apporter ce qu'on lui demande, même quand on a été une petite fille très sage.

— Est-ce vraiment une leçon si catastrophique à enseigner à un enfant ? On peut parfois vouloir quelque chose très fort et ne pas l'obtenir. Ça s'appelle la vraie vie et tout le monde doit apprendre à faire avec, tôt ou tard.

Posy ajouta une bûche et regarda monter les flammes.

— Je comprends que tu aies envie de maintenir la tradition de Noël et de laisser tes filles rêver. C'est normal. Noël, c'est magique pour les enfants. Mais on ne peut pas les élever dans la conviction que les choses vont toujours être simples et lisses et conformes à leurs souhaits. La vie, parfois, elle te balance des cailloux à la figure. Et il faut se débrouiller pour esquiver ou encaisser. Les coups, on apprend à faire avec.

— Tu es en train de me dire que je ne suis pas une bonne mère ?

— Absolument pas, non. La seule chose que je te dis, c'est qu'être une bonne mère, ce n'est pas protéger tes enfants de la souffrance, c'est leur montrer *comment faire* avec la souffrance. C'est leur apprendre à rebondir et leur fournir les outils dont elles auront besoin pour affronter les merdes qu'elles trouveront forcément sur leur chemin.

Posy quitta la pièce et Beth la suivit des yeux sans un mot.

Avec, au fond d'elle-même, la conviction inconfortable que sa sœur avait raison. Il était temps d'arrêter de vouloir épargner le moindre petit bobo à ses enfants.

Y parviendrait-elle ?

Chapitre 26

Hannah

La tempête frappa en milieu de matinée, cognant contre les vitres et s'acharnant contre les arbres avec de longs mugissements furieux. Certains se brisaient et s'effondraient, les racines arrachées. D'autres courbaient leurs troncs torturés et gémissaient sous les coups de boutoir du vent.

C'était comme un grand cri de douleur que l'on entendait jaillir des bois.

Hannah se demanda si elle était la seule à penser que le bruit des bourrasques dans les branches ressemblait aux pleurs de désespoir d'un nourrisson. Ou fallait-il juste y voir le signe qu'elle était incapable de penser à autre chose qu'à sa grossesse ?

Les mots de Beth l'avaient heurtée de plein fouet.

« Tu ne comprends rien de rien aux enfants. »

Elle avait beau être d'une incompétence notoire, elle n'en était pas moins enceinte. Et il lui restait sept mois et demi pour combler ses lacunes et combattre son ignorance.

Grandir auprès d'un parent défaillant pouvait être destructeur pour un enfant. Elle le savait mieux que personne. Pour rien au monde, elle ne voulait être à l'origine d'une vie brisée pour le petit qu'elle allait mettre au monde.

Que faire ? Parler à Adam ? Mais elle se sentait encore si peu sûre d'elle… Il aurait vraiment fallu qu'il lui laisse un peu plus de temps pour digérer l'information. Et qu'ils puissent se parler dans un autre cadre, surtout. Comment se lancer dans la conversation la plus importante de sa vie alors qu'elle se sentait observée à la loupe par l'ensemble de sa famille ? Elle avait l'impression d'être regardée et jugée à chaque instant. Cela devenait presque insoutenable.

À l'heure du déjeuner, tout le monde se trouva réuni à table. Hannah constata avec soulagement que Luke était de la partie. Sa présence devrait la mettre à l'abri des questions indiscrètes. Elle était assise à la gauche d'Adam et Ruby avait revendiqué l'autre place libre à côté d'elle. La petite fille monopolisait son attention et c'était tant mieux. Cela lui épargnait le supplice d'avoir à participer à la conversation générale.

— Papa Noël, il va venir ici ! Hein, que c'est vrai, tatie Hannah ? Et si les rennes ne peuvent pas passer à cause de la tempête ?

Hannah chercha le regard de sa sœur.

— Eh bien, je…

Elle ne se sentit pas la force de dire la vérité.

— Ne t'inquiète pas. Le Père Noël arrivera jusqu'ici.

— Mais comment il va faire si la tempête continue ?

Hannah avait conscience que sa réponse serait de toute façon une mauvaise réponse.

— Il a beaucoup d'expérience. Le Père Noël sait ce qu'il fait.

Alors qu'elle-même nageait dans le flou.

— J'espère qu'il pourra passer par la cheminée. Parce qu'il va m'apporter Bugsy.

Beth ne dit rien mais planta vigoureusement la cuillère de service dans le plat de légumes.

Suzanne découpait la viande lorsqu'un message tomba sur le téléphone de Posy. Un même *ping* se fit entendre simultanément sur celui de Stewart. Posy sortit son mobile de sa poche, jeta un œil sur l'écran puis se leva.

— Désolée, mais il va falloir qu'on vous abandonne, avec papa. Des randonneurs sont coincés en altitude dans la tempête de neige.

Couteau en main, Suzanne se figea.

— Mais vous n'avez encore rien mangé.

— T'inquiète. On va se débrouiller.
— Ils ne peuvent pas envoyer l'hélicoptère ?
— Impossible, non.
Posy attrapa un morceau de pain et le tartina d'une épaisse couche de beurre.
— Avec toute cette neige et ce *clag*, on ne voit pas à deux mètres.
Adam prit son verre de vin.
— Question de citadin non initié : c'est quoi le « clag » ?
— Du brouillard épais dans notre langue d'ici.
Posy piqua un morceau de blanc de poulet dans le plat.
— On aura une visibilité zéro, autrement dit. Donc, c'est à nous d'y aller à pied.
Elle se dirigea vers la porte en mordant dans son sandwich improvisé.
— N'attendez pas notre retour pour vous coucher.
Suzanne reposa son couteau d'une main mal assurée.
— Vous pensez en avoir pour si longtemps que ça ?
Stewart enfila sa veste de montagne et attrapa ses chaussures.
— On ne sait pas encore, mais c'est possible. On prendra le quad équipé de chenilles pour nous avancer au maximum. Il aura l'avantage d'offrir un abri contre la tempête au cas où on aurait besoin de s'y réfugier.
L'estomac de Hannah se serra. Elle chercha le regard de Suzanne.
Le même souvenir les prenait à la gorge l'une et l'autre.
Posy siffla Bonnie, qui quitta son poste à côté de la chaise de Ruby et bondit vers la porte en agitant joyeusement la queue.
— Il y en a au moins une qui est contente de sortir se balader dans le blizzard.
Luke se leva à son tour.
— L'équipe a besoin de bras supplémentaires ?
Posy tourna la tête.
— Des bras comme les tiens, ça peut toujours être utile. Surtout que tu as déjà fait trois entraînements avec

nous. Tu es sûr d'avoir envie de passer ton après-midi sur un sommet exposé où les vents soufflent à cent quarante kilomètres/heure et où les températures ressenties sont à moins vingt-cinq ?

— Pour moi, c'est le rêve. Juste le genre de sortie romantique que j'aime.

Hannah était déconcertée. Elle ne comprenait rien aux goûts et aux passions de sa sœur, mais Luke, lui, semblait être en phase avec celle-ci. Peut-être qu'ils étaient faits l'un pour l'autre, après tout ?

Les quelques minutes qui suivirent donnèrent lieu à un tourbillon d'activité pendant qu'ils se préparaient tous les trois. Puis Stewart embrassa Suzanne et ils poussèrent la porte. Le vent la leur arracha des mains aussitôt pour la faire claquer derrière eux ensuite.

Un silence tomba dans la salle à manger. Quelques instants plus tard, ils entendirent la voiture démarrer.

Stoïque, Suzanne reprit son couteau et retourna à sa volaille.

— Je suis désolée, Adam. En temps normal, les déjeuners en famille sont moins agités, mais il y a des moments où ça tourne à la maison de fous, ici à Glensay Lodge.

Adam se leva pour l'aider à faire circuler les assiettes.

— Ce n'est pas du tout l'impression que j'ai eue.

Il avait l'air parfaitement détendu, ce qui, pour quelque obscure raison, ne fit qu'accroître le malaise de Hannah. Beth tourna les yeux vers Suzanne.

— Pourquoi tu le laisses partir si ça te rend malade à ce point ?

— Parce que Stewart exerce le métier qu'il aime. Et parce qu'il croit en ce qu'il fait. Pareil pour Posy. Je refuse de les empêcher de vivre la vie qui leur correspond, à tous deux. Je ne dis pas que je ne crève pas d'angoisse. Quand il fait un temps comme aujourd'hui, je ne connais pas un moment de répit avant qu'ils ne soient rentrés. Mais je les connais bien et je sais qu'ils prendront toutes les précautions requises. Ni Posy ni Stewart ne recherchent le risque pour le risque.

Sitôt le déjeuner terminé, Ruby tira Hannah par la main.

— Tu viens jouer avec moi ?

Songeant qu'elle avait neuf chances sur dix de dire ou de faire quelque chose qui contrarierait Beth, elle adressa un sourire forcé à sa nièce.

— Je ne suis pas très douée pour jouer, Ruby.

— Je t'apprendrai, lui assura gentiment la petite fille. Il faut juste que tu t'entraînes un peu et ça viendra tout seul. On va jouer à la bibliothèque, si tu veux. C'est bien pour toi parce que tu aimes les livres.

Hannah se leva. « Parce que tu aimes les livres. » Pourquoi une simple affirmation comme celle-ci suffisait-elle à lui nouer la poitrine ?

— D'accord, je viens. On jouera à ce que tu voudras.

Elle savait qu'une discussion avec Adam aurait été plus urgente. Mais avec le temps qu'il faisait, il était hors de question de sortir marcher. Elle ne se voyait pas non plus monter discuter dans sa chambre, avec l'idée que n'importe qui passant dans le couloir risquait de les entendre.

Adam se leva.

— Je vais monter terminer ma propale, si cela ne vous ennuie pas. Merci pour ce délicieux déjeuner.

Hannah joua avec Ruby pendant une bonne partie de l'après-midi. Comme elles étaient seules dans le salon TV, elle réussit petit à petit à se détendre. Et prit même plaisir à fabriquer avec sa nièce des décorations de Noël inondées de paillettes dont une bonne moitié atterrit sur son jean.

Au bout d'un moment, Melly vint se joindre à leur duo.

— Je peux te maquiller, tatie Hannah ?

Hannah s'installa docilement par terre et laissa Melly s'en donner à cœur joie. Vu qu'elle était déjà couverte de poudre de mica de la tête aux pieds, elle ne risquait plus grand-chose.

— Tu es très belle, tatie Hannah, conclut Melly en

portant son attention sur sa coiffure. Avec un ruban, tu serais encore plus jolie.

Hannah, qui ne s'était jamais considérée comme le genre de fille à se promener avec un nœud en velours dans les cheveux, se soumit bravement aux manœuvres de la jeune coiffeuse qui lui attacha les cheveux avec un ruban rose.

Elle jugea prudent de ne pas se regarder dans un miroir.

— Maintenant c'est à moi de jouer avec tatie Hannah !

Ruby lui attrapa la main et l'entraîna à l'autre bout de la pièce.

— Il faut que tu t'allonges par terre, maintenant. Je vais t'enterrer puis on dira que je viens te sauver. Tu as le droit de hurler si tu veux, parce que tu as très, très peur. Et moi je serai le pompier et je viendrai te rassurer.

Hannah avait disparu pour la quatrième fois sous une pile de coussins du canapé lorsque Adam entra. Ruby accueillit avec ravissement cette nouvelle victime potentielle.

— Tu veux jouer avec nous ? Moi, je serais le pompier et toi, tu serais attaqué par les flammes.

— C'est très tentant, comme programme, mais je suis venu vous voler Hannah quelques instants. J'ai besoin de son aide pour des chiffres.

Ruby se montra compréhensive.

— Tatie Hannah, elle est très intelligente, tu sais.

— C'est vrai.

Hannah rampa de sous son tas de coussins. Avec des paillettes sur ses vêtements et le ruban rose toujours en place, elle n'avait pas besoin de miroir pour se faire une idée de son aspect. C'était maintenant, en fait, qu'elle aurait vraiment eu besoin de hurler.

Un sourire frémit aux coins des lèvres d'Adam lorsqu'il la vit se lever. Jouer avec des enfants devant témoins la mettait à la torture, tant elle avait conscience de ses faiblesses. Ruby, cela dit, avait été adorable et lui avait pardonné généreusement toutes ses erreurs tactiques.

« C'est pas grave, tatie Hannah. J'sais bien que tu fais pas exprès. »

Soit. Mais le timing n'en laissait pas moins à désirer. Elle aurait préféré qu'Adam n'assiste pas en direct à cette démonstration d'incompétence dans le domaine infantile juste au moment où elle s'apprêtait à lui annoncer qu'elle était enceinte.

Enfin… C'était peut-être préférable ainsi, au fond. Au moins, il comprendrait sans difficulté pourquoi elle était dans un tel état de nervosité.

Elle le suivit dans la chambre et referma la porte derrière elle.

— Tu as travaillé sur la propale ?

— C'est fait, oui. J'ai pensé que tu souhaiterais vérifier les données chiffrées.

Il l'examina du coin de l'œil.

— Je suis sûr que si on éteignait les lumières, tu serais fluorescente dans le noir. J'ai un faible marqué pour le ruban rose. J'espère que tu garderas ce nouveau look à New York.

— J'ai la peau qui me tire avec tout ce que Melly a tartiné dessus. Mais je ne peux pas me démaquiller.

— Pourquoi ?

— Ce ne serait pas sympa pour Melly. Elle est tellement fière du résultat.

Il la considéra quelques instants en silence.

— Puis-je en conclure que tu joues avec tes nièces par plaisir et pas seulement parce que tu cherches à m'éviter ? Tu ne m'as toujours pas dit pourquoi tu étais partie aussi précipitamment en Écosse ni pour quelle raison tu m'as menti sur l'état de santé de Posy ?

Il lui posa la main sur l'épaule.

— Tu as l'impression que ça va trop vite entre nous ? C'est inconfortable pour toi que je te dise que je t'aime ?

C'était tellement plus compliqué que cela encore…

Adam laissa retomber son bras.

— Je n'aurais pas dû venir ici. Ce n'était pas très correct envers toi. J'aurais dû t'appeler avant, mais soit le téléphone ne passait pas, soit tu laissais sonner sans répondre. Devant une route barrée, je suis du genre à tenter l'itinéraire bis. C'est un aspect de moi que tu connais. J'étais frustré de ne pas pouvoir te joindre et la conversation avec Posy m'a donné l'idée de venir te débusquer sur place.

Il se dirigea vers la fenêtre et contempla les bourrasques hurlant sous un ciel de fer.

— Ça souffle fort. Ça ne doit pas être facile pour toi de te dire que ton père et ta sœur sont quelque part là-haut, aux prises avec les éléments.

En cet instant, ce n'était pas Posy qui la préoccupait, mais lui.

Avait-elle le droit de lui infliger la nouvelle de sa grossesse *ici*, au beau milieu du cercle familial ? Une fois informé, Adam se trouverait comme cerné par la tribu McBride. Sans possibilité de se soustraire avec un minimum de discrétion à ce qui pourrait devenir une situation pour le moins inconfortable.

— Posy connaît ces montagnes comme sa poche. Elle sait ce qu'elle fait. Et Stewart aussi.

L'inquiétude pour sa sœur était là quand même, montant puis refluant, l'assaillant par vagues – Suzanne aussi avait été prudente, fiable et expérimentée, à l'époque.

— Suzanne doit se ronger les sangs, en revanche. Je vais peut-être aller voir si elle a besoin qu'on lui change les idées.

Il tourna le dos à la fenêtre pour scruter son visage.

— Tes sœurs l'appellent « maman » toutes les deux. Et toi, tu dis « Suzanne ».

— Pour moi, c'était une façon de marquer mes distances.

— Et pourquoi ce besoin de te tenir à l'écart ?

Elle s'assit sur le lit. À cette question-là, au moins, elle pouvait répondre sans rien dissimuler. Pendant que le vent s'acharnait sur les fenêtres et secouait la vieille maison, elle lui raconta son enfance. Elle parla de la passion exclusive de son père, de ses mouvements d'humeur. De l'impression qu'elle avait toujours eue d'être le mouton noir de la famille. De sa certitude objective de ne pas être la préférée. *Ce que je savais faire ne les intéressait pas. Mes parents ne m'ont jamais donné le sentiment que je comptais. Et si eux ne m'aimaient pas, pourquoi en aurait-il été autrement avec Suzanne et Stewart ?*

Jamais elle n'aurait imaginé que les mots couleraient avec une telle facilité. Adam l'écouta sans l'interrompre, son regard plongé dans le sien, pendant que la tempête au-dehors se déchaînait comme un animal sauvage.

Il attendit qu'elle ait fini pour réagir.

— Tu l'appelles Suzanne depuis tout ce temps parce qu'enfant tu avais peur que ses sentiments te touchent de trop près ?

— C'était sécurisant pour moi de ne rien attendre de personne et de ne compter que sur moi. Aimer sans être payée de retour, ça use, à la longue. Et j'avais compris que l'affection, ça ne se négocie pas.

— Tu ne crois pas que Suzanne t'aime ?

— Si. J'en suis sûre, même. Mais au début, je me sentais juste comme un fardeau pour eux deux. Et une fois que le pli est pris et qu'on s'est retranché en soi-même, on ne sait plus comment en sortir.

— Avec moi aussi, tu te protèges. Et je te mets la pression en t'imposant ma présence au sein de ta famille. Va parler à Suzanne, Hannah. Elle doit être malade d'inquiétude au sujet de Posy et de Stewart – de ton père.

Il y avait tant d'autres choses encore qu'elle aurait voulu dire à Adam. Mais comme il la poussait à rejoindre Suzanne, elle choisit la voie de la facilité. Se dressant sur la pointe des pieds, elle lui effleura les lèvres puis quitta la chambre.

Si le temps s'améliorait demain, elle l'entraînerait dehors pour lui faire découvrir le loch. Dehors elle se sentirait beaucoup plus libre pour lui parler.

Des odeurs de Noël flottaient dans la cuisine. Suzanne s'activait, un tablier noué autour de la taille. Sa mère sourit en la voyant entrer.

— Tu es passée entre les mains de Melly, on dirait ?

Hannah se tripota les cheveux.

— À quoi tu vois ça ? Ce sont les paillettes ou le ruban rose qui m'ont trahie en premier ?

Suzanne sortit une miche de pain du four.

— Je pense que tu as fait le bonheur de tes nièces. J'ai déjà fait cuire deux potages que j'ai mis au congèle. Et j'en suis à ma seconde fournée de pain.

— Qu'est ce que je peux faire pour t'aider ?

— Rien. C'est ma méthode pour ne pas devenir folle pendant que ton père et ta sœur sont en montagne. Tant que je suis dans ma tambouille, je n'ai pas le temps de cogiter.

Suzanne posa le pain brûlant sur une grille.

— Je ne devrais pas m'inquiéter, mais cette tempête est vraiment monstrueuse. J'essaie de ne pas leur bouffer la vie avec mes angoisses. Et la plupart du temps, j'y arrive assez bien. Je m'en sors mieux avec eux qu'avec toi.

— Dans quel domaine ?

Hannah prit un torchon et commença à essuyer la vaisselle.

— Je me fais du souci pour toi, Hannah.

— Ce qui s'est passé il y a vingt-cinq ans nous a tous affectés, chacun à notre manière.

Suzanne mesura de la farine et la versa dans un tamis.

— C'est vrai. Mais il n'y a pas eu que l'avalanche. Pour toi, le gros des dégâts avait déjà été commis avant l'accident. Nous n'avons jamais parlé de ta relation avec ton père.

Hannah n'était pas certaine d'avoir envie d'aborder le sujet.

— Il n'y a pas grand-chose à en dire.

Suzanne attrapa la bouteille d'huile d'olive.

— Rob n'était pas quelqu'un de facile. Ça me faisait mal de te voir te démener pour essayer de gagner quelques points dans l'estime de ton père. Tu étais une petite fille tellement douée et précoce ! Mais à cause de lui, tu doutais de toi en permanence. J'en étais malade. Je ne compte pas le nombre de fois où je me suis disputée avec Cheryl à ce sujet.

Voilà qui était nouveau pour Hannah.

— Je ne savais pas.

— J'espérais que le comportement de tes parents changerait et qu'ils se montreraient plus sensibles à ton intelligence. C'est peut-être ce qui aurait fini par arriver, à la longue. Mais comme ils sont morts de cette façon tragique et brutale sans que vous ayez eu l'occasion de vous rapprocher, j'ai peur que tu sois restée sur un sentiment d'échec. Te voir toujours rétractée comme un bernard-l'hermite dans sa coquille me déchirait le cœur. Tout ce que je voulais, c'était te serrer contre moi, te rassurer. Mais le mal était fait, la carapace était en place et je n'ai pas réussi à t'aider à en sortir.

Des émotions inconnues bouillonnaient dans la poitrine de Hannah.

— Mes parents vivaient façon cigale et ils sont partis en vous collant trois gamines sur les bras. Vous étiez encore si jeunes, Stewart et toi. Vous aviez la vie entière devant vous. Et tout à coup, il a fallu renoncer à vos rêves, à vos projets – à votre liberté, surtout.

C'était la première fois qu'elle osait mettre des mots sur des scrupules qui n'avaient cessé de lui peser.

— Je suis sûre que vous aviez prévu de vous lancer dans tout un tas d'aventures passionnantes dont vous avez dû vous priver à cause de nous. L'amère nécessité vous a condamnés à quitter les États-Unis pour venir vivre ici, parce que vous n'auriez pas pu vous en sortir sans l'aide des parents de Stewart. Et il n'était même plus question, dans ces conditions, d'avoir des enfants à vous. Vous avez dû renoncer à la chair de votre chair. Vous nous avez tout donné et je vous ai si peu rendu…

Une culpabilité vieille de vingt-cinq ans la hantait en permanence.

— Tu n'as aucune dette envers nous, Hannah. Vous

avoir toutes les trois a été une bénédiction pour nous. Et je ne te dis pas ça pour te faire plaisir.

Suzanne s'essuya les mains sur son tablier et vint s'asseoir à côté d'elle.

— Tu veux que je te dise la vérité ? J'enviais Cheryl d'être la mère de trois filles comme vous. Le trio que vous formiez, c'était à mes yeux ce qu'on pouvait rêver de plus beau. Lorsqu'elle est morte, je me sentais en partie coupable parce que je vous récupérais pour moi et qu'elle ne vous avait plus. J'étais résolue à être la meilleure mère possible. Pas seulement pour Cheryl et pour honorer sa mémoire. Mais parce que je vous aimais déjà de toutes mes forces. Je voulais réparer vos blessures, vous rassurer, vous rendre votre confiance en vous. Pour que vous puissiez plus tard offrir de l'amour à votre tour, avec la certitude d'être reconnues et acceptées telles que vous étiez. C'était surtout important pour moi que vous appreniez à vous ouvrir, à faire confiance, à compter sur l'autre.

— J'ai confiance en toi, Suzanne.

Une émotion puissante montait en elle, brisant les digues qu'elle avait érigées.

— J'ai *toujours* eu confiance en toi.

Un bruit métallique se fit entendre à l'arrière de la maison, comme si quelqu'un actionnait le loquet. Elles tournèrent un regard plein d'espoir vers la porte, mais ce n'était que le vent qui s'acharnait contre le battant.

Suzanne reprit pensivement :

— Tu viens de dire qu'une grosse responsabilité nous était tombée sur les épaules. Et c'était le cas, bien sûr, vu les circonstances. Vous veniez de vivre une perte affreuse et j'étais terrifiée à l'idée de commettre une maladresse qui contribuerait encore à vous fragiliser, toutes les trois. Faute de pouvoir vous rendre votre mère, je voulais au moins m'efforcer de m'occuper de vous à *sa* façon dans la mesure du possible. Au début, je passais mon temps à me demander « Que ferait Cheryl dans telle ou telle situation ? » J'avais l'impression qu'elle était là en permanence dans mon dos, à observer mes faits et gestes. J'entendais même sa voix dans ma tête : « Cool, Suz. Ça ne sert à rien de te crisper comme ça. » Cette voix me rendait folle. Et moi, c'était Stewart que je rendais fou. Il voulait qu'on fasse les choses à notre façon. « Si tu veux qu'elles deviennent vraiment *nos* filles, il faut les élever comme nous élèverions nos propres enfants. Définissons nos principes d'éducation et accordons-nous sur la façon dont nous voulons les mettre en œuvre. » J'étais complètement dépassée, il faut bien le dire. La plupart des parents bénéficient d'une phase de préparation pour se mettre en jambes, mais nous avons été parachutés dans le rôle du jour au lendemain. Ce n'était plus de l'apprentissage en accéléré, mais un apprentissage supersonique.

Hannah songea à ses propres angoisses par rapport à la maternité. Il lui restait quand même plus de huit mois devant elle pour apprivoiser ses craintes. Un luxe dont n'avaient pas disposé Suzanne et Stewart lorsqu'ils avaient hérité de trois gamines tétanisées par la peur et le chagrin.

— Vous auriez pu nous confier à l'adoption. Rien ne vous obligeait à endurer ce que vous avez enduré.

— L'idée ne m'a même pas traversé l'esprit. Vous aviez besoin de sécurité. Et la sécurité, c'est justement ce dont j'avais manqué le plus, petite. Vivre ballottée d'un foyer à l'autre a été horrible. Comme si je n'avais jamais rien eu de stable sous mes pieds. En fait, je n'avais été sûre de rien ni de personne, jusqu'à ma rencontre avec Cheryl. Puis il y a eu Stewart et le sol sous mes pas est enfin devenu solide. Je voulais vous offrir d'emblée cette certitude, à toutes les trois : qu'il y avait moyen de compter sur nous. Quoi qu'il arrive.

— Je l'ai toujours su, que je pouvais compter sur vous.

Mais c'était la première fois qu'elle se le formulait consciemment.

Hannah songea à toutes ces occasions où elle avait tenu Suzanne à distance. Lorsqu'elle se bouclait des journées entières dans sa chambre. Et l'année dernière, lorsqu'elle s'était désistée à la dernière minute à Noël. Suzanne et Stewart auraient pu lui en faire le reproche. Mais ils étaient restés les mêmes : affectueux et bienveillants, sans jamais chercher à la culpabiliser.

— Avec le temps, ma tâche parentale m'a paru moins acrobatique, poursuivit Suzanne. J'ai décidé qu'il n'y avait pas qu'une seule façon d'être une bonne mère. Je ne m'y prenais peut-être pas tout à fait comme Cheryl l'aurait fait, mais je trouvais petit à petit mes propres repères en tant que parent. Vous étiez mes filles et notre famille prenait forme, malgré tout. De temps en temps, ma culpabilité envers Cheryl continuait de flamber, parce que j'avais la chance inouïe de vous voir grandir alors qu'elle était privée de vous à tout jamais.

— Ça a été dur pour toi de déménager en Écosse ?

Hannah s'était souvent posé la question.

— Pas du tout. Je l'ai vécu comme un changement positif, au contraire. Tout le monde connaissait Cheryl et Rob là où nous vivions. Et vous étiez « ces trois malheureuses petites ». Si on était restés, il aurait été beaucoup plus difficile de tourner la page. L'accident nous serait sans cesse revenu à la figure, comme une corde passée autour de votre cou et du mien. Certaines personnes se demandaient si je n'étais pas responsable de la mort de vos parents. Je me suis posé la même question un million de fois. Je n'avais pas besoin que l'entourage me le rappelle sans cesse. Cela aurait fini par tout empoisonner entre nous. Stewart a pris l'initiative en disant que ses parents pourraient nous donner un coup de main. Mais je sais qu'il l'a fait aussi pour nous donner une chance de prendre un nouveau départ.

Hannah avait toujours su que Suzanne et Stewart avaient fait un gros sacrifice. Mais ce qui la frappait surtout maintenant, c'était leur courage. La franchise avec laquelle Suzanne avait évoqué leurs doutes, leurs interrogations et leurs difficultés était une belle leçon d'humilité pour elle.

— Je crois que je ne vous ai jamais vraiment remerciés pour tout ce que vous avez fait. Vous avez toute ma reconnaissance. Vraiment.

Elle aurait dû le leur dire plus tôt. Les remercier jour après jour d'avoir été là.

— Oh ! ma chérie, je sais que tu es reconnaissante. Tu es une femme forte, intelligente et sensible, et je suis tellement, tellement fière que tu sois ma fille.

Suzanne serra sa main dans la sienne.

— Je suis là, tu le sais ? Tu pourras toujours compter sur moi. Toujours.

Hannah réalisa que sa mère – et elle pensait bel et bien à Suzanne comme à sa mère – faisait toujours passer sa famille avant ses besoins personnels.

— Ça n'a pas été trop dur pour toi de parler avec Luke ?

— Non. Ça a été un plaisir et un soulagement, au contraire. J'ai découvert un homme solide et équilibré. Tu ne peux pas imaginer comme cela m'a soulagée de voir qu'il s'en était si bien sorti. Il a renoué avec la montagne et ne me considère pas comme responsable de la mort de ses parents. Le passé est là, et il en porte la trace, bien sûr. Mais ce qui est arrivé sur le mont Rainier n'a pas conditionné son existence.

Le passé avait façonné la sienne, d'existence, songea Hannah. Parce qu'elle avait laissé ses peurs prendre le dessus et qu'elles avaient présidé à tous ses choix. Pas seulement du fait de la mort brutale de ses parents, mais à cause du regard que son père avait posé sur elle.

Il n'était jamais trop tard cependant pour remettre le passé à sa juste place. Elle ne connaissait rien aux enfants, mais elle savait une chose avec certitude : elle ne voulait pas que son bébé, fille ou garçon, grandisse dans la peur. En se protégeant des autres, elle avait parfois réussi à tenir la souffrance à distance. Mais elle s'était coupée aussi des liens humains qui donnaient à la vie tout son prix.

— Ça fait du bien d'être là, avec vous tous, maman.

Elle se sentait soudain apaisée et détendue comme elle ne l'avait encore jamais été.

Une larme brilla dans les yeux de Suzanne.

— Je suis si heureuse que tu sois là, ma chérie.

Sa mère s'éclaircit la voix et se leva.

— Je vais nous faire un peu de thé, ça te dit ? La soirée promet d'être longue. J'ai pensé qu'on pourrait prévoir des pizzas maison pour les enfants. Les filles seront ravies de nous aider à les garnir. Ça devrait les tenir occupées un moment.

— Je vais m'occuper des garnitures.

Hannah ouvrit le réfrigérateur et sortit de la mozzarella, du parmesan, des olives, des champignons et du jambon.

— Si tu pouvais couper ça en petits morceaux et placer les ingrédients dans des bols, ce serait super. Ruby adore composer ses pizzas à sa façon.

Hannah trouva un couteau et une planche à découper. C'était la première fois qu'elle cuisinait ainsi au côté de sa mère. Elle commença par le jambon.

— Tu dois te poser des questions au sujet de ma relation avec Adam. J'aurais dû vous parler de lui avant, mais… En fait, mes histoires avec des mecs ne débouchent jamais sur rien, d'habitude, et après je m'en veux de te décevoir.

— De me *décevoir* ?

Suzanne abandonna sa pâte à pain un instant.

— Tu ne me décevras jamais, Hannah. Je peux être déçue *pour* toi, mais c'est tout à fait autre chose. J'espère t'avoir aidée à le comprendre ce soir.

— Je sais que c'est ton objectif *number one* pour moi que je me stabilise et que je fonde une famille.

Suzanne essuya la farine qui lui couvrait les mains.

— Mon seul objectif pour toi, c'est que tu sois heureuse. Je n'ai jamais rien voulu d'autre.

Hannah sourit.

— Avoue que tu rêves de me voir mariée avec dix enfants.

— Pas du tout !

Suzanne sourit à son tour.

— Bon d'accord, c'est peut-être un peu vrai. Avec une petite restriction sur le nombre. Et j'avoue que ton Adam me plaît bien. Il n'a pas eu peur de se mouiller en se présentant ici à l'improviste. Et un homme qui prend des risques en amour ne peut pas me laisser insensible. J'admire son audace.

Hannah l'admirait aussi. Et peut-être même puiserait-elle une forme d'inspiration dans le courage d'Adam.

— Je suis enceinte, maman.

Elle s'attendait à voir les traits de Suzanne déformés par la surprise, mais sa mère se contenta de sourire.

— Tu étais déjà au courant, alors ? Je l'avais dit à papa, mais je pensais qu'il tiendrait sa langue.

— Il l'a tenue. Jamais ton père ne trahirait un secret que tu lui confies.

— Alors comment… ?

— J'ai entendu que tu avais des nausées matinales. Posy a vite fermé la porte et braillé des chants de Noël à tue-tête. Dieu sait que j'ai de l'affection pour ta sœur, mais j'ai un vrai problème quand elle chante, et elle le sait. J'imagine qu'elle est au courant, elle aussi ?

— Le jour de mon arrivée, elle m'a accompagnée à la pharmacie parce que je voulais acheter un test. J'aurais dû t'en parler en premier.

À présent, Hannah regrettait de ne pas l'avoir fait. Elle aurait pu obtenir aide, soutien et conseils, au lieu de se replier sur ses secrets solitaires.

— Je ne l'ai pas encore dit à Adam. Je réfléchis à la meilleure façon de le lui annoncer.

Suzanne hocha la tête.

— Tu trouveras la bonne formule. On peut faire confiance à ton inventivité. Et si tu as besoin d'en parler, je suis là. Je suis contente que tu aies pu te confier à ta sœur et à ton père.

Hannah regarda l'heure à son téléphone.

— Parlant de mon père, tu crois qu'on pourrait le

joindre sur son portable ? Cela fait un moment, maintenant, qu'ils sont partis.

Beth avait clairement eu la même idée car elle entra dans la cuisine, les traits marqués par l'anxiété.

— On ne devrait pas téléphoner à papa et à Posy pour voir où ils en sont ?

Suzanne secoua la tête.

— Votre père appellera dès qu'il sera en mesure de le faire. Je ne veux pas prendre le risque de distraire son attention et de le mettre en danger en voulant me rassurer sur son sort.

Beth se laissa tomber sur la chaise la plus proche.

— C'est horrible de penser qu'ils sont dehors par ce temps abominable. Je ne sais pas comment tu fais pour le supporter. J'essaie de m'améliorer et de ne pas penser toujours au pire, mais c'est du boulot, d'être optimiste.

Elle prit un morceau de fromage dans le bol et le mâchonna distraitement.

— Vous avez la mine grave des grandes circonstances, toutes les deux. Vous étiez en train de parler de papa ?

Suzanne ne répondit rien et Hannah comprit qu'elle lui laissait le choix de décider ce qu'elle voulait révéler ou non. Elle s'assit à son tour. Comment elle allait s'y prendre pour élever cet enfant, elle n'en avait aucune idée. Mais elle savait désormais que ce n'était pas une expérience qu'elle voulait vivre dans le repli et la solitude.

— Je suis enceinte, Beth.

Sa sœur poussa un cri de surprise ravie.

— Non ! Sérieux ? C'est génial ! Tu le sais depuis quand ? Pourquoi tu ne m'as rien dit ?

Hannah rougit.

— Parce que tu me considères comme une catastrophe ambulante avec les enfants. Et que j'ai déjà assez de mal comme ça à envisager mon avenir de mère avec un minimum de sérénité.

— Je n'ai jamais pensé que tu étais une catastrophe avec les enfants !

Avant que Hannah puisse lui répondre, Beth se tut abruptement, la mine contrite.

— C'est à cause de ce que je t'ai dit lorsque Ruby a voulu écrire au Père Noël ? Ce n'est pas toi qui étais en cause, mais ma nature pathologiquement angoissée. Désolée d'avoir été aussi irritable. J'espère que tu me pardonnes ? Comment tu te sens ?

— Bien.

Parler librement de sa grossesse lui faisait un effet étrange.

— Un peu nauséeuse par moments, mais c'est peut-être psychologique. Avec pas mal de fatigue, qui peut aussi être due à mes insomnies.

— Et Adam ? Il est content ?

— Il ne le sait pas encore.

Elle s'attendait à ce que Beth lui assène doctement les dix bonnes raisons pour lesquelles elle devait informer le futur papa sur-le-champ. Mais sa sœur se contenta de hocher la tête.

— La fatigue peut être liée à ta grossesse. Je me souviens d'avoir été épuisée et somnolente quand j'attendais Melly. À partir de la septième semaine, à peu près. Et je travaillais, bien sûr, comme toi. Ce n'était pas évident. Je tombais comme une masse sur le canapé en rentrant du bureau et Jason était obligé de me réveiller à l'heure du dîner pour que j'avale quelque chose. J'étais un vrai zombie. Puis ça a passé et après, j'ai eu une pêche incroyable. Jusqu'au bout, en fait.

Suzanne servit du thé dans des mugs.

— Je m'en souviens. Tu m'appelais au téléphone pour me raconter comment tu vivais ta grossesse.

Hannah se réchauffa les mains sur son mug.

— Vous croyez que la fatigue va passer, alors ?

— J'en suis même sûre. Pour moi, ça s'est arrêté quelque part au bout du troisième mois… Ou était-ce le quatrième ?

Beth fronça les sourcils.

— C'est fou ce qu'on oublie. Je t'enverrai les coordonnées de ma gynéco, parce qu'elle est vraiment super. Ne va surtout pas faire une tonne d'examens qui ne servent à rien.

Hannah n'avait même pas encore réfléchi à toutes ces questions pratiques. Son ignorance était totale, en fait, et elle se sentait largement dépassée. Ce qui, après tout, n'était pas un problème puisqu'elle avait une experte tout-terrain sous la main.

— On fait un troc ? Je te coache pour t'aider à retrouver un emploi et tu me fais du bébé-consulting ?

Beth eut un large sourire.

— Ça marche.

— Tu as des livres à me prêter ?

— Oui, mais je les ai lus et j'ai eu deux enfants. Donc tu n'auras qu'à me demander. La seule chose que je ne peux pas t'enseigner, c'est l'art de ne pas t'angoisser. Pour ça, il faudra que tu trouves tes propres solutions. Je suis sûre que tu seras une mère formidable, Hannah. Je ne connais aucun domaine où tu ne sois pas brillante, de toute façon.

Hannah esquissa un faible sourire.

— L'escalade. Je suis nulle en escalade.

Avec un haussement d'épaules, Beth piqua délicatement une olive dans un bol.

— Moi aussi, je suis nulle. De toute façon, grimper est une horreur pour les ongles.

Sa réflexion fit rire Suzanne.

— Je me souviens que tu détestais mettre un casque, parce que ça t'aplatissait les cheveux.

Beth passa la main dans sa chevelure soyeuse.

— C'est une question de priorité. J'essaie d'optimiser mon look dans la mesure du possible. Et quand je suis accrochée comme une guenon à un rocher, mon potentiel de séduction n'est pas forcément à son meilleur niveau.

Beth se pencha pour l'embrasser sur la joue.

— Si tu as envie que je t'accompagne pour ton premier rendez-vous, je viendrai avec toi.

Cette proposition spontanée acheva d'ouvrir sa carapace.

Comment avait-elle pu se mettre en tête qu'il faudrait qu'elle affronte cette grossesse seule ? Quoi qu'il puisse se passer avec Adam, elle avait sa sœur. Ses deux sœurs, en fait. Et le reste de sa famille.

— Merci.

— C'est moi qui devrais te remercier ! Je n'arrive pas à croire que Melly et Ruby vont avoir un cousin ou une cousine. Je sais que Jason sera un oncle très présent, ce qui pourrait satisfaire en partie son besoin de voir arriver un nouveau bébé dans la famille. Mais chut…

Elle jeta un coup d'œil vers la porte.

— J'entends de petits pas innocents dans le couloir.

Quelques secondes plus tard, Melly entra en serrant contre elle Betsy, l'ancienne poupée de Beth.

— Je n'aime pas ce vent, mamie. Tu crois que le toit va s'envoler ? Peut-être que ça va faire comme dans *Le Magicien d'Oz* ?

— Non, ma chérie. Le toit est bien accroché. Reste dans la cuisine. On entend moins la tempête d'ici. Tu veux faire des pizzas avec nous ?

Ruby arriva dans le sillage de sa sœur.

— Je voudrais d'abord un câlin.

Hannah s'attendait à ce que la petite sollicite sa mère, mais Ruby se dirigea droit sur elle.

Elle hésita puis se pencha pour la hisser sur ses genoux. Murmurant des mots réconfortants, elle lui massa le dos et se souvint d'avoir fait la même chose avec Posy.

Suzanne avait raison : il n'y avait pas qu'une façon d'être une bonne mère. Il lui restait juste à trouver la manière qui fonctionnerait pour elle.

Pas question en tout cas de laisser le passé conditionner son avenir.

Demain matin, elle parlerait à Adam.

Elle était prête.

Chapitre 27

Posy

Il était déjà 3 heures du matin lorsque Posy, fourbue et frigorifiée, poussa la porte de chez elle.

Elle se débarrassa de ses vêtements d'extérieur, tomba comme une masse sur son lit et s'endormit sans même finir de se déshabiller. À 8 heures, elle émergea d'un sommeil comateux, glacée, le corps meurtri et paralysé par les courbatures. Bonnie ouvrit à peine un œil, enroulée dans la maigre chaleur résiduelle qui émanait encore du poêle.

Posy se traîna dans la salle de bains et tenta de se réchauffer sous le jet d'eau brûlante. Sur sa cuisse, un bleu gigantesque avait fleuri durant la nuit. Une pierre effilée délogée par la semelle d'un membre de l'équipe l'avait aussi atteinte à la joue, laissant une longue éraflure.

Elle sortit de la douche, s'examina dans le miroir et fit la grimace. Pas top. Mais si elle empruntait le maquillage de Beth, elle pourrait dissimuler le gros des dégâts à leur mère.

Les griffes de Bonnie cliquetèrent sur le plancher. Sa chienne vint se planter sous son nez et leva vers elle un museau inquiet.

— Ne commence pas à me couver, toi aussi ! Je te signale en passant que tu as le poil terne et que tu n'es pas très présentable non plus.

Le sauvetage avait été long et difficile. Et elle n'avait encore jamais affronté des conditions météos aussi féroces.

Elle enfila un grand pull bien chaud et se séchait les cheveux lorsqu'on frappa à sa porte.

— Vas-y, entre ! Normalement, tu n'attends pas ma permission.

Elle pensait voir Luke, mais ce fut la silhouette de Hannah qui apparut dans l'encadrement de la porte.

Son moral chuta.

Elles n'avaient pas eu l'occasion de s'expliquer depuis leur altercation. Et elle ne se sentait franchement pas en état de le faire maintenant.

Qu'elle soit en tort vis-à-vis de Hannah ne faisait aucun doute. Mais elle n'avait pas l'énergie de subir une engueulade ce matin. Elle était exténuée au mental comme au physique.

Bon. En même temps c'était le prix à payer pour la connerie qu'elle avait faite. Hannah traversait une mauvaise passe et elle avait contribué sans le vouloir à aggraver la situation.

Posy se frotta les yeux pour essayer de chasser la fatigue et examina sa sœur de plus près.

— Tu as des cernes jusqu'au menton. Tu t'es couchée tard, hier ?

— En même temps que toi.

Sourcils froncés, Posy noua ses cheveux avec un élastique.

— Quelle idée !

— J'ai tenu compagnie à maman en attendant votre retour.

Maman.

Sa sœur avait-elle consciemment utilisé ce terme ?

— C'est généreux de ta part.

Hannah frissonna.

— Posy…

— Tu es venue me parler de Luke ? Vous avez prévu de lancer un commando d'intervention familiale, Beth et toi ?

— Non, pas du tout. Je…

— Si ce n'est pas à cause de Luke, c'est que tu viens régler tes comptes pour le rôle intempestif que j'ai joué dans l'arrivée d'Adam.

— Ce n'est pas pour ça que…

Les yeux de Hannah s'arrondirent lorsqu'elle vit ses jambes.

— Oh mon Dieu, ta cuisse. Qu'est-ce qui t'est arrivé ?

— Je suis tombée. Ça arrive. Ne dis rien à maman sinon elle va s'inquiéter. Et n'en parle pas non plus au reste de l'équipe, sinon ils vont se foutre de moi.

— Tu ne devrais pas aller aux urgences ?

— C'est juste un bleu.

Posy ouvrit la porte en grand.

— Entre, ou les engelures vont venir s'ajouter aux ecchymoses.

— Tu as mis de la glace dessus ?

Avec une expression horrifiée, Hannah se précipita vers le congélateur et en sortit un sachet de petits pois surgelés qu'elle enveloppa dans une serviette.

— Tiens, applique ça dessus.

— Comme si je n'avais pas déjà assez froid. Je ne te connaissais pas cette âme de secouriste, d'ailleurs.

Mais elle était touchée par le geste. Et pas qu'un peu soulagée de constater que la colère de Hannah semblait retombée. Elle appliqua les petits pois sur sa jambe.

— Je te dois des excuses, Hannah. Je voulais qu'on en parle hier, mais je n'avais pas prévu qu'on serait appelés en urgence. Tu as vraiment tenu compagnie à maman jusqu'à 3 heures du mat' ?

— On ne pouvait dormir ni l'une ni l'autre, donc on s'est installées dans des fauteuils près du feu et on a parlé, parlé, parlé. Ça nous a fait du bien à l'une comme à l'autre.

Voyant Hannah se frotter les bras, Posy reposa son sac de petits pois.

— Je vais allumer le poêle. C'est normal que tu aies froid, tu n'as pas l'ombre d'une cellule graisseuse dans le corps.

— Si tu as l'intention de me chambrer au sujet des pizzas…

— Pas du tout. Quand je manque de sommeil, mon sens de l'humour disjoncte. Il me faut du café.

Posy alluma le feu et passa côté cuisine. Hannah était manifestement tourmentée par quelque chose, mais quoi ? Elle ne savait pas très bien comment lui poser la question.

Traitant les problèmes dans l'ordre, elle commença par le café et tendit un mug à sa sœur.

— À propos de ce que j'ai dit à Adam au téléphone…

— Ce n'est pas grave.

— *Si*, c'est grave. Je n'aurais pas dû lui suggérer de sauter dans un avion, même si je plaisantais. Je n'aurais pas dû rester aussi longtemps avec lui au téléphone, au lieu de tambouriner à la porte de la salle de bains pour t'avertir, mais le ton de sa voix m'a plu et comme il disait qu'il t'aimait, je…

Posy secoua la tête.

— Houlà. J'ai l'impression d'entendre maman. Désolée. Plus jamais je ne me mêlerai de la vie amoureuse de qui que ce soit. Je me contenterai d'écouter, point barre. Je sais que mes regrets arrivent un peu tard, mais je m'en veux vraiment de t'avoir mise dans une situation aussi compliquée.

Les mains de Hannah se crispèrent sur son mug.

— Il n'y a plus rien de compliqué dans la situation. Adam est parti.

Elle se leva d'un mouvement brusque et se dirigea vers la fenêtre.

— On voit très loin, de chez toi. C'est un peu comme si tu vivais perchée sur le sommet des arbres.

— Hannah… Je rêve ou tu viens de m'annoncer qu'Adam était parti ? Ne me dis pas que tu l'as chassé ? Tu es malade ou quoi !

— Je croyais que tu ne te mêlais plus de rien et que tu te contentais d'écouter en gardant ton opinion pour toi ?

— En théorie, ça paraissait jouable. Mais en pratique, je constate que je ne peux pas rester neutre en apprenant que tu as laissé cet exemplaire masculin idéal déserter le terrain. Tu cherches quoi, comme mec, au juste ? Parce que Adam, il est quand même canon ! Il est génial avec les enfants, intelligent, et, à l'évidence, fou amoureux de toi. Alors *pourquoi* l'avoir éjecté manu militari ?

— Je ne l'ai pas éjecté.

Hannah se tourna pour lui faire face.

— Quand je me suis réveillée ce matin, il était parti pour l'aéroport.

— Comment ? Les routes ont été dégagées ?

— Je ne sais pas comment, mais il a dû trouver un moyen. Adam se débrouille toujours, de toute façon. Même quand ça paraît irréalisable, il invente une solution. Il est comme ça, Adam.

Posy reposa son mug avec fracas.

— Il s'est barré lâchement ? C'est comme ça qu'il réagit à la nouvelle qu'il va être papa ? Si je l'attrape, je lui tords…

— Non, non, ce n'est pas à cause du bébé. Il n'est toujours pas au courant.

— Alors pourquoi cette fuite précipitée au petit matin ?

— Il a laissé un mot. Il dit que c'était un manque de délicatesse de sa part de m'avoir imposé sa présence. Que cela me met clairement sous pression et que si on en parlait, tous les deux, cela accroîtrait encore mon malaise. Il a donc pris une décision unilatérale.

— Oh ! purée ! Pourquoi tu ne me l'as pas dit tout de suite !

— J'ai essayé, mais tu avais l'air de penser que j'étais venue pour te mettre un œil au beurre noir.

— En gros, donc, il a pris ses distances par souci de délicatesse ?

Étrange idée, non, sérieux ? Posy en perdait son latin. Hannah semblait attendre un avis, un soutien, des conseils. Mais que pouvait-elle lui dire ? Attaquer l'Everest sans oxygène lui paraissait moins angoissant que de se lancer dans ce type de conversation.

— Et son départ te soulage ?

— Pas du tout, non.

Les yeux de Hannah se remplirent de larmes.

— J'ai passé la moitié de la nuit à tourner des phrases dans ma tête pour lui parler et juste au moment où je me sentais prête, j'ouvre les yeux et je vois que je suis seule dans le lit.

— Tu étais décidée à lui dire, pour ta grossesse ?

— Ça et le reste. Que je l'aime, qu'on va avoir un enfant…

Hannah s'étrangla.

— Maman et moi, on a parlé pendant des heures, hier. Au sujet de Luke entre autres…

— De Luke ?

— Maman disait à quel point elle était soulagée qu'il n'ait pas laissé le passé jeter d'ombre sur sa vie présente. J'ai compris que, de mon côté, j'avais laissé le passé prendre la main, et qu'il déterminait tous mes choix. Et quand je dis passé, je pense aussi et surtout à notre père biologique. Beth surprotège ses enfants, maman me surprotège moi et, pour ma part, je me surprotège moi-même. Je fonctionne à l'évitement pour me mettre à l'abri du rejet et j'en ai assez d'étouffer en vase clos.

Posy avait du mal à associer la grande sœur brillante, organisée et sûre d'elle-même qu'elle avait toujours vue en Hannah à la personne anxieuse et fuyante qu'elle évoquait.

— Tu en parles comme si tu pensais qu'Adam allait forcément te faire souffrir. Je ne vois pas pourquoi ce serait le cas.

Si seulement elle avait eu quelques heures de sommeil en plus cette nuit, elle aurait été mieux armée pour aider Hannah.

— J'aurais aimé pouvoir te conseiller avec sagesse et expertise, mais j'avoue que tout cela me paraît bien complexe. Tout ce que je peux te dire, c'est que j'ai une impression très positive d'Adam. Et je crois que tu l'aimes déjà, donc, si mes calculs sont bons, tu ne feras pas l'impasse sur la souffrance en l'expulsant de ta vie.

Hannah renifla.

— Depuis quand es-tu devenue si douée pour le raisonnement logique ?

— Depuis que j'ai l'occasion de discuter avec mon exceptionnelle sœur aînée.

— Je ne suis pas sûre d'avoir le cœur assez vaillant pour prendre le risque d'aimer. Alors que toi, tu te jettes dedans résolument et sans prise de tête. Je te vois faire avec Luke : tu n'hésites pas sur le bord de la piscine, tu sautes à pieds joints dedans, sans bouée ni maître-nageur à proximité. Tu ne te demandes pas comment tu te rafistoleras si jamais tu bois la tasse. Tu jouis de l'instant présent, et en avant !

— Parce que j'ai eu la chance de ne pas douter de l'affection que l'on me portait, Hannah. Je ne me suis jamais dit qu'il fallait que je me transforme en quelqu'un d'autre si je voulais prétendre être reconnue et aimée.

Posy passa les bras autour de sa sœur et la sentit se crisper.

— Qu'est-ce que tu fais, Posy ?

— Un câlin. Je te rappelle que, quoi que tu puisses faire ou décider, tu n'es pas seule. Si tu veux la recette de l'amour sans risque et sans douleur, je suis incapable de te fournir la liste des ingrédients. Mais demande-moi si le risque d'aimer vaut la peine d'être pris et là, j'ai la réponse. C'est oui, sans hésiter.

Tu ne fais pas un peu trop ta maligne, là, Posy ? Si elle se retrouvait avec un méga chagrin d'amour sur les bras à cause de Luke, serait-elle toujours aussi certaine que les risques étaient justifiés ?

Mais elle n'eut pas le temps d'exprimer ses réserves à voix haute car Hannah la serrait soudain dans ses bras à son tour.

— Tu m'as manqué, toutes ces années.

La gorge de Posy se noua.

— Moi aussi. Ça a été insupportable pour toi de me voir souffrir quand j'étais petite, mais regarde-moi maintenant.

Dans un élan d'affection, elle pressa sa sœur contre son cœur.

— Je n'ai gardé aucun souvenir de la souffrance, Hannah. Juste de l'amour. Et ça, c'est grâce à toi. Tu m'as entourée d'affection. C'est mon premier souvenir. Si j'ai confiance en moi et que je suis bien dans ma peau aujourd'hui, c'est grâce à toi.

Hannah se dégagea avec une telle impulsivité que Posy faillit tomber à la renverse.

— Aide-moi avant que je puisse changer d'avis, Posy.

— C'est comme si c'était fait.

— Donne-moi le nom d'une compagnie de taxis qui roulent même dans des conditions météo difficiles. Si je cherche moi-même, cela me prendra trop de temps. Je veux aller à l'aéroport et essayer de rattraper Adam. Et il n'y a pas une seconde à perdre. J'ai trop peur de me dégonfler si j'attends.

Posy attrapa son jean sur le dos d'une chaise et l'enfila.

— Ton taxi, c'est moi. Et la course sera gratuite. Tu vas lui dire que tu es enceinte ? Allez go ! On y va.

Elle avala d'un trait le reste de son café et décrocha sa parka.

— Appelle-le maintenant et interdis-lui de monter dans l'avion… Il nous faudra du renfort, par contre. Où est-ce que j'ai encore foutu ce téléphone ?

Elle le trouva dans sa poche de manteau et fit l'heureux constat que, pour une fois, il y avait du réseau.

La voix ensommeillée de Beth émit un « allô » dissuasif. Posy sourit.

— Hé ! Debout là-dedans ! On te retrouve à la voiture dans cinq minutes… Oui, je sais que normalement il te faut plus de temps que ça pour te préparer, mais pour une fois, montre-toi à la hauteur des circonstances. C'est une urgence météo, précisa-t-elle, recourant au vocabulaire codé de leur enfance. Tu m'écoutes ? Tu te maquilleras pendant le trajet.

Hannah secoua la tête.

— Était-il vraiment utile d'arracher la pauvre Beth de son lit ?

— J'aime autant qu'on soit en effectifs renforcés pour cette mission. Il te faut une sœur pour conduire et une autre pour t'empêcher de changer d'avis et de sauter de la voiture en marche. Et puis Beth ne nous le pardonnerait pas si on faisait ça sans elle. Tu devrais lui dire que tu es enceinte, d'ailleurs. Je suis sûre qu'elle pourrait t'aider.

— J'ai fait mon annonce hier soir. Maman est au courant aussi.

— Yes !

C'était un soulagement de ne plus avoir à surveiller ses moindres paroles de crainte de trahir le secret de Hannah. Et elle était contente que celle-ci se soit sentie suffisamment en confiance pour s'ouvrir au reste de la famille.

— Le seul à ne pas encore être au courant, c'est Adam – le principal intéressé. C'est peut-être une idée idiote de vouloir le retenir. L'aéroport n'est pas le meilleur endroit pour annoncer à un homme qu'il va être père.

— Arrête de réfléchir. Appelle-le, plutôt ! Vite !

Posy se sentait presque aussi affolée que sa sœur. Cette situation, après tout, survenait en partie par sa faute.

Hannah ouvrit son téléphone.

— Oh non. Plus de réseau…

— Bon. Espérons que les avions seront givrés et qu'ils auront pris du retard. Allez, allez, on se bouge.

Posy rafla ses clés sur la console et sprinta jusqu'à la voiture où Beth les attendait déjà, les cheveux en désordre et le visage vierge de tout maquillage. Elle bâillait à s'en décrocher la mâchoire.

— Qu'est-ce qui t'arrive encore, Posy ? Pour la première fois de leur vie, mes filles font la grasse mat', et je me fais réveiller par ma petite sœur !

— Arrête de geindre. Nous sommes en situation de crise.

— Je te signale que je ne geins pas et que j'ai répondu à ton SOS. J'aurais juste préféré que tu choisisses de faire ta crise à une heure plus civilisée.

— Ce n'est pas *ma* crise. Monte.

Posy se hissa au volant et Hannah se glissa à l'arrière. Beth eut tout juste le temps de s'installer sur le siège passager avant qu'elle ne démarre en trombe.

La voiture bondissait dans les ornières, dérapait sur la neige.

— Bon. On va mourir, conclut Beth. Et je ne veux pas passer l'arme à gauche avant d'avoir demandé pardon à Hannah.

Elle se retourna sur son siège.

— Je ne comprends pas pourquoi je t'ai agressée comme ça, l'autre jour, quand Ruby a voulu écrire au Père Noël. Tu ne peux pas imaginer comme je m'en veux.

— Ça va. Ne t'inquiète pas pour ça.

Beth secoua la tête.

— Non, ça ne va pas. J'y ai repensé toute la nuit. Et vraiment, je regrette. Tu es adorable avec les filles et elles recherchent tout le temps ta compagnie. Posy a raison, d'ailleurs : il faut qu'elles comprennent qu'on ne peut pas tout avoir. Et surtout, je dois apprendre *moi* à accepter l'idée que mes enfants puissent être parfois tristes, déçues, malheureuses, sans que ce soit la fin du monde pour autant. J'essaie, hein. Mais il y a encore des progrès à faire. Si nous survivons à ce trajet, je vous promets de faire des efforts supplémentaires.

Posy changea de vitesse.

— *Si* nous survivons ?

— Aïe. Ça recommence ? Je fais dans le scénario catastrophe ?

— Eh oui…

— En fait, je suis juste pas très courageuse, comme fille. Des trois sœurs McBride, je suis celle qui aimait jouer avec des poupées, pas avec des couteaux. Parlant de couteaux, j'aimerais autant ne pas arriver à l'aéroport le visage couvert de sang et de débris de pare-brise. Quelqu'un pourrait m'expliquer pourquoi je risque ma vie sur les routes enneigées de bon matin ? La raison a intérêt à être bonne.

Alors qu'elle s'était levée exténuée, Posy se sentait bourrée d'énergie, soudain.

— Nous courons après l'amour. Plus spécifiquement, nous allons rattraper Adam avant qu'il ne monte dans son avion.

Le visage de Beth s'éclaira.

— Et pourquoi vous ne me l'avez pas dit plus tôt ? C'est super romantique. J'adore !

Elle se retourna pour tapoter affectueusement le genou de Hannah.

— C'est comme dans les films. Première chose à faire : s'arranger la façade. Heureusement que j'ai ma trousse d'urgence sur moi.

Posy se mit à rire.

— De toutes les catastrophes que tu puisses imaginer, la pire ne serait-elle pas une panne sèche de maquillage ?

Elle jeta un coup d'œil aux tubes, crayons et flacons qui venaient d'apparaître sur les genoux de Beth.

— Moi, dans ma trousse d'urgence, j'ai de la gaze stérile, du sparadrap, un garrot…

— Chacun ses urgences dans la vie.

Beth se maquilla à une vitesse de pro.

— Essaie de maintenir la voiture stable.

Posy envisagea de faire une embardée, rien que pour le plaisir d'être une vraie peste de petite sœur. Mais elle estima que les hurlements perçants qui s'ensuivraient seraient un prix trop lourd à payer.

— Explique-moi pourquoi tu te tartines ce fatras sur la figure. Ce n'est pas toi qui t'apprêtes à faire une déclaration d'amour à l'homme de tes rêves.

— J'ai quand même un rôle de figurante, dans ce scénario. Et les figurants aussi doivent être coiffés et maquillés.

Elle se cramponna à la portière lorsque Posy prit de la vitesse à la sortie d'un virage.

— Et lorsque les pompiers viendront me désencastrer de l'épave de la voiture, j'aimerais autant avoir une tête la moins sinistre possible. Tu veux emprunter mon rouge à lèvres, Hannah ? Avec un soupçon de blush ? On dirait que tu viens de te faire aspirer le sang par un vampire.

— Je n'ai pas ta science, Beth. Je suis incapable de me maquiller dans une voiture en marche.

— Dites-moi combien de temps il nous reste ?

Posy jeta un coup d'œil à Hannah dans le rétroviseur. Sa sœur était livide et tendue. Pour une fois, elle devait reconnaître que Beth avait raison : il lui fallait un peu de couleur.

— J'ai regardé le site de l'aéroport. Le prochain vol pour New York est dans une heure. Je suppose que c'est celui qu'il va prendre. Au fond, il vaudrait peut-être mieux qu'on arrive trop tard. Je ne sais même pas ce que je vais lui dire.

— La vérité, tout simplement. Que tu l'aimes. Que vous avez un petit en route.

Posy prit un virage serré et Beth se cramponna à sa portière.

— Je suis super heureuse que tu attendes un enfant, d'ailleurs. Ça me plaît de devenir tata. J'aurai tous les plaisirs liés à la venue d'un bébé sans l'exténuement et les nuits blanches.

Posy lui jeta un regard noir.

— Arrête d'angoisser Hannah avec tes histoires d'épuisement et de nuits blanches ! Sinon, la prochaine fois que je prends un virage abrupt, j'ouvre la portière.

— Tout ce que je dis, c'est que ça va être génial. C'est excitant, comme nouvelle !

Hannah ferma les yeux.

— Terrifiant, plutôt.

— Nous avons besoin toutes les trois de devenir plus courageuses… Oups.

Elle contre-braqua lorsque la voiture dérapa.

— Bon accrochez-vous. Pas de panique. Je maîtrise.

— C'est un peu tard pour essayer de nous rassurer.

Beth se retourna pour tendre sa trousse de maquillage à Hannah.

— Tu es la personne la plus courageuse que je connaisse. Je serais incapable d'entrer dans un bureau pour affronter un grand patron tout gonflé de son importance et lui expliquer comment il peut optimiser l'organisation de sa multinationale. Et toi tu fais ça tout le temps. Quand tu ouvres un fichier Excel, les chiffres te parlent tout de suite, alors qu'ils me donneraient une attaque de panique. Et tu as toujours plein de trucs intéressants à dire, car tu as lu tous les livres possibles et imaginables… Bon, je sais que ce n'est pas pareil, et tu vas sans doute me rire au nez, mais j'étais terrifiée avant mon entretien avec Corinna, l'autre fois. Je ne me sentais pas à la hauteur. Dans ce cas-là, j'ai un truc que j'utilise pour dominer ma peur.

Hannah farfouilla dans la trousse et en sortit un rouge à lèvres.

— Et c'est quoi alors, ton truc ?

Beth rougit.

— Je me dis que je suis le personnage d'un film.

— Tu fais comme si tu jouais un rôle ?

Posy plissa les yeux pour voir à travers le rideau de neige et se demanda à quelle vitesse elle pouvait s'autoriser à rouler.

— Dans quel registre cinématographique ? Romantique ? Horreur ? Suspense ? Avec ou sans dinosaures ?

— Peu importe le genre de film, du moment qu'il correspond à ton scénario. Je trouve plus facile de me mettre dans la peau de quelqu'un d'autre que de me dire que je suis juste moi. Je me sentais en dessous de tout, face à Corinna. Mais je me suis costumée pour le rôle – avec des talons qui ont failli me détruire les pieds, entre parenthèses, mais il faut ce qu'il faut. En entrant dans l'ascenseur, je me suis dit que j'incarnais une fille jeune, dynamique et inventive, qui s'apprêtait à révolutionner la boîte.

Hannah repéra une portion de route droite juste devant elles et se hâta d'appliquer le rouge à lèvres.

— Donc je me transporte mentalement dans un film où une femme erre dans un aéroport, à la recherche de l'homme qu'elle aime ?

— Tu as aussi le droit d'écrire ton propre scénario, dit Beth. On pourrait dire que tu es une très belle femme, sûre d'elle, avec des jambes superbes et une chevelure…

— C'est quoi, ces conneries superficielles ? protesta Posy. J'aurais dit une belle femme, humaine et généreuse.

Beth lui jeta un regard noir, puis se concentra de nouveau sur Hannah.

— C'est juste un exemple. Vue de l'extérieur, tu as l'air calme, lisse et équilibrée. Personne ne pourrait deviner à te voir que tu te prépares à égorger la plus jeune de tes deux sœurs.

— La plus jeune sœur est au volant, au cas où vous l'auriez oublié. C'est elle qui conduit l'héroïne du film à sa destination. Elle est indispensable dans le scénario.

Hannah restitua la trousse à Beth.

— Donc, mon personnage court derrière un homme dans un aéroport pour lui dire qu'elle l'aime. Mais comment expliques-tu qu'elle ne lui ait rien dit jusque-là ? Pourquoi attendre la dernière minute ? Peut-être que mon personnage est une aussi grande trouillarde que moi.

Beth trouva du blush dans la trousse et le tendit d'office à Hannah.

— En fait, tu joues le rôle d'une espionne. Tu es un agent secret et lui aussi, mais il travaille pour l'ennemi, donc vous luttez pied à pied contre vos sentiments l'un pour l'autre. Ton nom est Hannashkaya ou Hannaski.

Posy pouffa de rire.

— Tu parles d'un prénom. Je n'irais jamais le voir, ton film. Il va faire un flop retentissant.

Beth l'ignora.

— Vous êtes réquisitionnés chacun de votre côté pour une mission dangereuse et vous savez que vous ne vous reverrez peut-être plus jamais. C'est ton ultime chance de lui dire que tu l'aimes avant d'être déposée en hélicoptère sur un sommet pelé quelque part au fin fond du Kazakhstan.

— Il y a des montagnes magnifiques dans le Kazakhstan, intervint Posy. Vous pouvez me déposer sur n'importe quel sommet là-bas. Je suis partante.

Mais personne ne l'écoutait.

Hannah semblait très attentive à ce que racontait Beth, en revanche.

— Et si mon agent secret ennemi me rejette ?

Posy perçut les accents de vulnérabilité dans sa voix.

— Il ne te rejettera pas.

Hannah garda un instant le silence.

— Si seulement j'avais ton assurance… Rien ne dit qu'on arrivera avant qu'il passe en salle d'embarquement. Je viens d'essayer de l'appeler mais il ne répond pas. Peut-être qu'il ne veut plus entendre parler de moi.

— Ou il est déjà en conversation téléphonique avec quelqu'un d'autre, tout bêtement ? Je vous vois en permanence avec votre portable collé à l'oreille, tous les deux. Pour ça, vous êtes bien assortis. Si jamais vous vous mariez, vous pouvez l'inclure dans vos vœux : « Acceptez-vous de prendre pour épouse, Hannah et son téléphone… »

Posy klaxonna vigoureusement lorsqu'un conducteur déboîta devant elle.

— Non mais il se croit où, celui-là ?

Beth poussa un cri et se cacha le visage dans les mains.

— Tu es folle, Posy. C'est pire que dans les autos-tamponneuses. Et là, je ne fais pas du catastrophisme, c'est juste une affirmation objective.

— Je me raconte que je suis un personnage dans un film d'action. Mon rôle est celui du conducteur engagé dans une course folle contre la montre.

Du coin de l'œil, Posy vit Beth pianoter sur son téléphone.

— Tu envoies un message ?

— Oui, à Jason. Pour lui dire que je les aime, lui et les filles. Au cas où je ne les reverrais plus jamais.

— Essaie de voir le côté positif. Si tu meurs, il ne sera pas trop désemparé. Grâce à toi, il a appris à s'occuper des filles en solo.

— Tant qu'à faire, j'aimerais autant qu'on continue à les élever à deux. Et imagine le Noël sinistre de maman, entre parenthèses, si on devait mourir toutes les trois dans un même accident.

— Scénario catastrophe ! crièrent-elles toutes les trois en chœur avant d'éclater de rire.

Posy repéra les lumières de l'aéroport à distance.

— C'est bon, on touche au but ! Hannah, je vais te déposer devant le hall des départs. Tu cours pour arrêter Adam avant qu'il passe le contrôle. Rappelle-le encore une fois pour voir ?

— Je viens d'essayer. Mais je tombe direct sur son répondeur.

— Laisse un message alors ! Ce suspense me tue à petit feu. Je sais que je porte ma part de responsabilité dans ce drame.

Hannah tenta nerveusement de se recoiffer avec les mains.

— Tu n'es absolument pas responsable. Si je n'avais pas été aussi tordue, je lui aurais parlé tout de suite, à Manhattan, au lieu de fuir en Écosse.

— Vas-tu laisser ce fichu message, à la fin !

Posy déboîta et doubla deux voitures d'un coup avant de se rabattre.

Elle entendit Hannah parler dans son téléphone.

— Adam, c'est moi… Si jamais tu entends ce message à temps, j'ai pensé que… Je voulais juste te dire que…

— Ne monte pas dans l'avion, Adam ! Elle t'aime ! crièrent Beth et Posy avec un ensemble parfait.

Les joues en feu, Hannah coupa la communication.

— Vous allez me faire mourir de honte, vous deux ! Est-ce que vous réalisez que, tôt ou tard, Adam va l'entendre, ce message ?

Posy lui adressa un clin d'œil dans le rétroviseur.

— C'est le but. Et j'aimerais autant que ce soit tôt que tard. Maintenant, descends de cette voiture et cours ! Tu ne penses plus qu'à une chose : le rattraper avant qu'il passe le contrôle.

Posy fit halte dans un crissement de pneus et Hannah descendit de voiture comme une somnambule.

— Et je vous retrouve où, toutes les deux ?

— Ne n'inquiète pas pour ça. On sera dans le secteur.

Posy vit Hannah s'élancer à l'intérieur du terminal et se demanda si elle n'était pas encore plus angoissée que sa sœur. Adam était probablement déjà en salle d'embarquement. Ou peut-être qu'il s'était lassé d'attendre et qu'il ne voulait plus de Hannah du tout ?

Pourquoi avait-elle poussé sa sœur à fond dans un projet dont rien ne garantissait qu'il serait couronné de succès ? La dernière fois qu'elle avait pris l'initiative d'intervenir dans la vie amoureuse de Hannah, les choses n'avaient pas vraiment tourné au mieux.

Elle poussa Beth hors de la voiture.

— Suis-la. Vite. On ne sait jamais. Je vais me garer et je te retrouve dans le hall des départs.

— Tu crois ? C'est une scène qui devrait se dérouler en tête à tête ! Il ne peut pas y avoir *trois* personnages dans une scène d'amour qui se respecte !

— Tu as bien dit que tu étais figurante, non ? Alors va jouer la spectatrice émue en arrière-plan ! Choisis-toi le rôle que tu veux, mais *surtout,* garde un œil sur Hannah. Si ce projet capote pour une raison ou pour une autre, elle va s'effondrer. Et ce sera à nous de recoller les morceaux.

Posy redémarra en trombe pour chercher une place. Elle n'avait peut-être pas toujours été la meilleure des sœurs – elle avait même la certitude d'avoir été, par moments, une sœur déplorable – mais il y avait encore moyen de se rattraper.

Chapitre 28

Hannah

— Excusez-moi… Désolée… Pardon…

Hannah sprintait dans le terminal, se faufilant dans la foule encombrée de bagages pour se frayer un chemin.

À deux jours de Noël, l'aéroport était bondé et la terre entière semblait s'être liguée pour freiner sa progression. Elle se heurtait aux voyageurs, bousculait leurs paquets, évitait des chariots de justesse et sautait par-dessus des sacs. Toute réserve oubliée, elle fonçait droit devant elle. Et tant pis pour qui avait le malheur de se trouver sur son chemin.

Elle entra en collision avec un homme traînant trois valises, murmura des excuses essoufflées, reprit son élan et heurta quelqu'un du coude.

— Oh pardon. Je suis vraiment désolée. C'est une urgence !

Des parents attrapaient leurs enfants à la hâte, les écartant de justesse de son passage, et lui jetaient des regards féroces qui l'auraient pétrifiée sur place si elle avait pris le temps de s'y attarder.

Mais elle avançait sans rien voir, portée par un élan sauvage, déterminée coûte que coûte à parler à Adam avant son départ.

Il fallait qu'elle lui dise qu'elle l'aimait. Tout de suite. Qu'elle lui explique de quoi il retournait, même s'il devait la rejeter ensuite. Elle avait besoin de savoir.

Hors d'haleine, elle atteignit le point de contrôle de sécurité et détailla les personnes présentes dans la file.

Elle vit des parents épuisés, quelques femmes d'affaires au visage las, des hommes à l'allure impatiente – mais pas d'Adam.

Elle ralentit le pas lorsque l'appel pour son vol se fit entendre. Trop tard. Il était déjà en salle d'embarquement.

La déception la frappa de plein fouet. Elle s'immobilisa et se plia en deux, haletante, vrillée par un point de côté.

Trop tard. Loupé. Foutu.

Elle attendit que la douleur passe et que sa respiration retrouve un rythme normal puis releva lentement la tête. Des larmes lui brûlaient les yeux. Elle se détourna pour se mettre à la recherche de ses sœurs lorsqu'elle avisa un homme de haute taille qui progressait vers elle à grands pas, avec un sac de voyage sur l'épaule.

— Adam !

Ses jambes se mirent soudain à trembler. Puis ce fut comme si le sourire d'Adam s'enroulait autour de son cœur. Et la joie explosa en elle.

Elle courut à sa rencontre et il l'attrapa de son bras libre pour la serrer contre sa poitrine.

— Tu es encore là. Je pensais que tu étais parti.

Elle se cramponna à lui, le visage enfoui contre son épaule.

— J'ai vraiment cru que j'arrivais trop tard…

— J'étais sur le point d'embarquer lorsque j'ai eu ton message.

Il lâcha sa valise et lui prit le visage entre les mains.

— Ce que tu as dit… tu pourrais me le répéter ?

Ce qu'elle lui avait dit ? Elle ne gardait qu'un souvenir brouillé et flou de cet interminable trajet en voiture.

— Je t'ai demandé de ne pas monter dans l'avion.

— Pas ça, non.

Elle rougit.

— Mes sœurs ont crié que j'étais amoureuse de toi.

— Voilà. C'est la partie que j'aimerais réentendre, si tu pouvais la reformuler toi-même ? En règle générale, je préfère m'informer directement à la source.

Elle prit son courage à deux mains et sauta dans la piscine à pieds joints.

— Je t'aime, Adam.

Il resserra son étreinte, lui embrassa les cheveux, le visage.

— Sais-tu depuis combien de temps j'attends que tu prononces ces mots ?

— Un bon moment, je suppose. Tu as été patient.

— « Au bord du désespoir » seraient des termes plus justes.

Il l'embrassa avec une avidité presque douloureuse.

— J'ai failli ne pas rallumer mon téléphone. Tu imagines ce que j'aurais ressenti si j'avais découvert ton message à l'arrivée à New York ? Tu as su entretenir le suspense jusqu'à la dernière seconde. Pourquoi avoir attendu que je parte pour te décider à me parler de tes sentiments ?

— Parce que je suis stupide et lâche. Les gens croient que je suis froide et distante et que je ne ressens rien, mais…

— Je n'ai jamais, jamais, *jamais* rien cru de tel, Hannah.

Il colla son front contre le sien.

— S'il y a une femme au monde qui n'est pas froide, c'est bien toi, ma chérie. Tes émotions, je les vois, je les sens. Elles sont là, à fleur de peau, riches en couleurs et en nuances. Tu es juste un peu réticente quand il s'agit de mettre des mots dessus.

Il la comprenait si bien qu'elle en eut les larmes aux yeux.

— Je vais faire des efforts pour m'améliorer.

Il rit doucement.

— Oublie les efforts. Toi et moi, ce n'est pas un examen qu'il s'agirait de réussir à force de travail et d'application.

Il essuya ses larmes du plat du pouce.

— Je ne veux pas que tu changes. Quand t'aurais-je laissé entendre que je voulais que tu sois différente ?

Jamais, songea-t-elle. *Pas une seule fois.*

— J'ai un peu de mal à me concevoir comme quelqu'un de naturellement aimable.

— Alors il va falloir que je mette un peu plus d'énergie à te prouver que tu l'es.

Elle se raccrocha à lui, sentit la masse dure de ses muscles sous la laine de son manteau et puisa du courage dans sa force.

— Il faut que je te dise encore quelque chose, Adam.

— Tu peux me le dire autant de fois que tu le souhaiteras. Ce n'est pas moi qui t'arrêterais. Mais il y aurait peut-être moyen de poursuivre la conversation dans un lieu un peu moins public ?

— Dans un instant, oui.

Il fallait d'abord qu'elle aille au bout de ses révélations. Sans attendre. Avant que sa lâcheté ne reprenne le dessus. Elle était vaguement consciente que les gens jetaient des coups d'œil intrigués dans leur direction en se dirigeant vers le contrôle des passeports.

— Tu m'as demandé pourquoi j'étais partie en Écosse plus tôt que prévu…

— Tu as paniqué. Mes sentiments pour toi te terrifiaient. Et les tiens pour moi ne te rassuraient pas non plus.

Avec une grande tendresse, il lui écarta les cheveux du visage. Le cœur de Hannah se contracta douloureusement. Mais elle ne voulait plus reculer maintenant.

— Il n'y avait pas que ça. La vraie raison, c'est que je suis enceinte, Adam. Je vais avoir un enfant. Et je comprends que cela puisse être un choc pour toi. Nous avons toujours pris des précautions. J'ai réfléchi et il me semble qu'une fois…

Adam se figea. Ses mains retombèrent.

— Tu es enceinte ?

— Oui.

Elle attendit et espéra l'inespéré, même si son cœur fragile se préparait au pire.

— Ne crois surtout pas que je te mets la pression. Il n'y a aucune raison que cela change les choses entre nous. Je peux tout à fait gérer ma maternité seule. Il y a de nombreuses façons de vivre ce genre de situation. Et si tu ne veux pas en entendre parler, je peux…

Pourquoi avait-elle tant de mal à enchaîner deux phrases alors qu'on la complimentait toujours, au boulot, sur sa clarté d'expression ?

— Comment cela, me mettre la pression ?

Adam avait l'air sidéré.

— C'est pour ça que tu as pris la fuite ce jour-là ?

— Je me doutais déjà que j'étais enceinte, mais je n'étais pas sûre. J'ai fait le test en arrivant ici. J'imagine que tu te sens…

— Et si tu cessais d'essayer d'anticiper les réactions que tu me prêtes et que tu me demandais tout simplement ce que je ressens ?

Le cœur de Hannah battait très fort et très vite.

— OK. Qu'est-ce que tu ressens ?

— Je suis sous le choc, comme tu peux le voir. Mais c'est un choc positif. J'aurais aimé que tu partages tes interrogations avec moi dès le début. C'est énorme de porter cette attente toute seule. Je comprends maintenant pourquoi tu étais aussi tendue.

— Mon niveau d'intelligence émotionnelle n'est pas aussi élevé que le tien. Il m'a fallu un peu de temps pour savoir ce que je ressentais. Par rapport à toi… par rapport à cette grossesse…

Elle avait à peine conscience de leur environnement, des annonces par haut-parleur qui se succédaient, du flot des voyageurs qui s'ouvrait et se refermait autour d'eux.

— Je n'aime pas l'idée que tu te sois retrouvée seule ici à paniquer.

— J'ai l'habitude de gérer les choses seule. Et je n'étais pas vraiment livrée à moi-même. J'ai commencé par paniquer avec Posy, puis avec Beth et avec maman.

Adam plissa les yeux.

— Tu as appelé Suzanne « maman ».

Hannah se sentit rougir.

— Oui.

— Tu disais que tu avais une relation distante avec ta famille.

— C'est ce qu'il me semblait, oui…

Hannah haussa les épaules.

— Mais nous avons beaucoup parlé depuis quelques jours et les choses ont pas mal bougé. Je m'aperçois que nous sommes plus proches que je le croyais.

Il sourit.

— C'est une bonne chose.

— Oui, c'est vrai. Mais…

— Mais ?

— S'il y a une relation sur laquelle je m'interroge en ce moment, c'est la nôtre. Je ne sais pas du tout comment on peut fonctionner, toi et moi, à partir de maintenant. Tu m'as dit que tu n'avais jamais été tenté de te fixer…

— Pas avant de te rencontrer, non. Mais depuis que je suis tombé amoureux de toi, j'ai changé d'avis. Dit de cette façon, cela paraît terriblement cliché, mais je ne sais pas comment le formuler autrement. Tu veux la preuve que je suis amoureux de toi ?

Il se passa la main dans les cheveux.

— Je n'avais jamais touché à un jeu d'échecs avant de te connaître.

Elle ouvrit de grands yeux.

— Mais tu m'as dit que tu étais adepte…

— Parce que tu m'as mis au défi de jouer une partie et que j'étais tellement dingue de toi que j'aurais accepté n'importe quoi. Lutter avec un alligator, charmer un serpent, me lancer dans la danse classique – enfin, je n'aurais peut-être pas été tout à fait jusqu'à la danse classique, mais pour presque tout le reste, j'étais prêt à faire le grand plongeon.

Elle laissa défiler dans son esprit les souvenirs de leurs parties homériques.

— Mais tu m'as quand même battue deux fois !

— Je vais faire mine d'ignorer que tu te souviens du nombre exact de fois où je n'ai *pas* perdu face à toi.

Il la fit pivoter sur le côté, évitant une famille de cinq personnes qui passait dans un bruit de tonnerre en traînant d'énormes valises.

— J'ai appris avec les tutoriels de YouTube. Puis j'ai trouvé un logiciel particulièrement frustrant où tu progresses en jouant contre un ordinateur. Je ne le recommande pas, entre parenthèses. Tu es aussi brillante que l'ordinateur et infiniment plus excitante à regarder.

— Tu as appris les échecs seulement et uniquement pour pouvoir jouer avec moi ?

— Eh oui… J'ai aussi fait des pieds et des mains pour qu'on m'affecte sur le dossier Carlton Myers. Histoire de bosser avec toi et de multiplier les excuses pour rester tard le soir au bureau en ta seule compagnie.

— Tu m'avais dit que tu portais un intérêt tout particulier à leur philosophie d'entreprise.

— J'ai menti comme un arracheur de dents. La seule à qui je portais un intérêt particulier dans l'affaire, c'était toi.

Hannah était consciente qu'elle le regardait avec des yeux ronds.

— J'étais loin de m'imaginer que…

— Je sais. J'ai outrageusement abusé de ta nature confiante.

Il lui posa un rapide baiser sur les lèvres.

— Et si je suis venu ici sans te prévenir d'abord au téléphone, c'est surtout pour éviter d'encourir le risque d'un refus. Ce matin, je suis parti, la mort dans l'âme, parce que je pensais que ce serait plus confortable pour toi de ne pas avoir à subir ma présence en plus de celle de ta famille… Mais tu pleures ? J'ai trouvé le moyen de te rendre triste, maintenant. Ce n'est pas du tout ce que je voulais.

Atterré, il essuya ses larmes.

— Je pleure d'amour, Adam !

Repue de joie, elle appuya sa joue contre son torse. Il avait appris à jouer aux échecs pour elle. Avait pris une charge supplémentaire au boulot. Puis traversé un océan.

— J'aurais dû te parler plus tôt. Je suis désolée d'avoir été si longue à faire le point avec moi-même.

— Et moi donc ! Cela m'aurait épargné le trajet de la mort ce matin, avec un chauffeur de taxi qui roulait à tombeau ouvert sur le verglas tout en parlant non-stop avec un accent écossais à couper au couteau.

Les bras d'Adam se resserrèrent autour d'elle. Hannah sentit sa force, sa chaleur. *Je suis si bien*, songea-t-elle. C'était bon de pouvoir s'appuyer sur lui.

Elle leva la tête et chercha son regard.

— C'est un grand saut de passer du statut de « homme jeune et urbain » à celui de « papa tout-terrain ».

— J'ai toujours été sportif, c'est une chance.

Son sourire s'évanouit et son expression se fit grave.

— Ce saut, je peux le faire, Hannah. On va bondir ensemble, toi et moi.

Elle sourit à travers ses larmes.

— Je ne connais pas grand-chose à la puériculture.

— C'est une chance qu'on soit deux pour apprendre.

Hannah noua les bras autour de son cou.

— Et qu'est-ce qu'on fait maintenant ?

Tête penchée, Adam écouta l'annonce.

— Cette fois, c'est officiel : j'ai manqué mon avion pour New York. Donc je suis en quête d'un hébergement pour la nuit. Demain, 24 décembre, tous les vols sont complets. Aurais-tu par hasard quelques suggestions touristiques à me faire pour ce Noël en Écosse qui m'attend ?

Hannah restait cramponnée à lui, incapable de desserrer son étreinte.

— J'aurais peut-être quelques idées d'activités à te soumettre. Tu penses pouvoir cohabiter avec ma famille quelques jours ou tu préfères le Glensay Inn ?

— Mm... Tout dépend. Tu crois que ton père m'attend fusil au poing, prêt à en découdre avec l'impudent qui a osé faire un enfant à sa fille ?

— Il serait plutôt du genre à te serrer vigoureusement la main et à te verser un verre de son meilleur whisky.

— Alors qu'attendons-nous ?

Il lui prit la main et hissa son sac de voyage sur une épaule.

— Tu es venue comment, au fait ? Tu as conduit seule sur ces petites routes verglacées ?

— Non, c'est Posy qui a pris le volant. C'est elle l'accro à l'adrénaline, dans la famille. Elle fonçait comme une possédée, mais j'avais tellement peur de te manquer que j'en oubliais de m'angoisser sur la route. Je ne sais pas ce que j'aurais fait si je ne t'avais pas trouvé en arrivant.

Il leva la tête et sourit.

— Quelque chose me dit que tu aurais été dûment prise en main et soutenue.

Hannah suivit son regard et vit Posy et Beth qui se tenaient discrètement à l'arrière-plan. Elles se cramponnaient par le bras et semblaient aussi anxieuses l'une que l'autre.

Hannah sourit et leur fit un grand signe de la main. Leurs visages s'éclairèrent et elles se précipitèrent dans leur direction. Bras dessus, bras dessous, ils se dirigèrent tous les quatre vers la sortie.

Beth piqua les clés de voiture dans la poche de sa sœur et les brandit d'un air triomphant.

— Je refuse que Posy conduise au retour. C'est déjà un miracle que j'ai survécu au trajet aller. Puisque la vie m'accorde une seconde chance, je veux prendre le temps de la savourer pleinement. Et avant que quelqu'un dise quoi que ce soit : ce n'est *pas* du catastrophisme de ma part !

Chapitre 29

Suzanne

Le jour de Noël, Suzanne se leva tôt pour préparer la pâte à pancakes pour le petit déjeuner de sa famille.

La tempête avait fini par passer son chemin, laissant dans son sillage une belle couche de neige fraîche qui étincelait sous le soleil retrouvé. Tout avait disparu sous une blancheur étale : prés, chemins, clôtures, et même la surface gelée du lac. Tant que Stewart n'aurait pas trouvé le temps de déblayer l'allée, ils resteraient coupés du monde. Suzanne ne concevait pas de façon plus poétique de passer la journée de Noël.

Tout en rinçant ses baies, elle s'accorda un moment de contemplation rêveuse devant sa fenêtre de cuisine. C'était une de ces journées d'hiver comme on les voyait dans les livres d'image, où les sommets des montagnes se découpaient avec une netteté ciselée dans l'air cristallin. Le ciel était d'un bleu presque méditerranéen même si les températures, elles, avaient plongé à des niveaux nettement moins méridionaux.

C'était une journée à enfiler de grosses chaussettes et un grand pull tout doux. Une journée à se blottir en famille autour du sapin de Noël pour siroter des boissons chaudes et regarder danser les flammes après une marche revigorante au grand soleil.

Ce matin, elle s'était levée en grande forme. Son mal de tête l'avait enfin quittée et elle bouillonnait de nouveau de son énergie habituelle.

Mais il y avait bien mieux encore : les tensions qui

avaient toujours semblé inhérentes à tous leurs Noëls en famille brillaient cette année par leur absence.

Elle avait quand même réussi à tricoter son lot de chaussettes en laine, mais nombre d'autres tâches sur sa liste étaient restées au point mort. En temps normal, elle aurait été atterrée, mais cette année, c'était à peine si elle y attachait de l'importance. Était-ce vraiment si dramatique qu'elle n'ait pas eu le temps de faire ses deux puddings de Noël supplémentaires et qu'elle ait oublié de mettre les châtaignes à griller ?

La voix de Ruby s'éleva derrière elle.

— Mamie ? Elle est épaisse, la pâte, regarde.

Ruby portait un pull multicolore sur son pyjama. Melly lui avait fait deux couettes, joliment attachées avec des rubans en tartan.

Elle ressemblait tellement à Posy au même âge que Suzanne en oublia un instant de respirer.

— Tiens, je te rajoute un peu de lait. Continue de battre. Ils vont être délicieux, nos pancakes.

Elle songea que les McBride avaient fait un beau chemin en tant que famille. Un long et beau chemin.

La poêle chauffait sur le gaz et Melly grimpa sur une chaise pour participer aux opérations. Suzanne restait sur le qui-vive, prête à intervenir au premier signe de danger, mais Melly était prudente. La langue entre les dents, elle retourna avec soin chaque pancake.

Petit à petit, la pile s'élevait sur le plat. Lorsqu'il n'y eut plus de pâte dans le saladier, elles placèrent une montagne de pancakes sur la table avec les baies et un des flacons de miel de bruyère des Highlands que Suzanne vendait au café. Melly partit en courant pour appeler tout le monde à table.

Le vent avait cessé de hurler depuis la veille et un calme miraculeux était retombé sur la vallée.

— Mamie, tu crois que je pourrai monter Socks aujourd'hui ?

— On demandera à tatie Posy quand elle se lèvera.

— Elle va se lever bientôt, dis, tu crois ? Moi, j'étais réveillée très, très, très tôt, mais comme Melly dormait, je suis restée tranquille sans bouger, pour pas la réveiller.

— C'est gentil de ta part d'avoir respecté le sommeil de ta sœur.

Stewart descendit le premier, les cheveux encore mouillés de la douche.

— Il faut que je m'occupe de dégager les allées. Posy et Luke vont avoir du mal à se frayer un chemin de la Grange jusqu'ici.

— Posy est sauveteur en montagne. Si *elle* ne trouve pas un moyen pour arriver jusqu'ici, il n'y a plus d'espoir pour aucun autre d'entre nous. Assieds-toi, pour commencer, et prends le temps de déjeuner.

Suzanne farfouilla dans un placard de cuisine pour retrouver sa confiture de whisky maison – la grande préférée de Jason. Elle en avait tellement distribué autour d'elle qu'il ne lui restait plus qu'un seul pot en stock.

— Les pancakes sont encore chauds et le café est en train d'être fait. Joyeux Noël, Stewart.

Il l'embrassa en prenant tout son temps.

— Joyeux Noël, ma chérie. Tu as l'air inhabituellement détendue, ce matin. Les autres années, à cette heure-ci, tu courais déjà partout à claquer nerveusement des portes de four et à farcir des dindes.

— Je me *sens* inhabituellement détendue, en effet.

— C'est parce que je t'ai aidée, mamie !

Ruby descendit de sa chaise.

— Joyeux Noël, papi. Tu sais que le Père Noël est déjà passé ?

— Ah ! Ça, c'est une très bonne nouvelle. Je suis content que son traîneau ne soit pas resté coincé dans la neige.

Ruby lui jeta un regard compatissant.

— Mais tu sais bien qu'ils volent, les rennes !

— Eh oui, je suis idiot. Il y a des jours où j'aimerais bien voler comme eux.

— Tu crois que tu vas aller sauver des gens aujourd'hui, papi ?

— J'aimerais autant éviter.

Il s'assit à côté d'elle.

— Ce que je veux aujourd'hui, c'est passer du temps avec mes petites-filles et partager le repas de Noël avec toute ma famille. Espérons que tout le monde fera pareil et que personne ne se mettra en mauvaise posture aujourd'hui.

— Pourquoi ces gens, ils se sont mis en mauvaise posture, l'autre fois ? Parce qu'ils sont méchants ?

— Non, non, ils étaient gentils. Mais ils ne connaissaient pas très bien la région et ils ont commis une erreur. Tu sais ce que c'est, une boussole, Ruby ?

Melly, qui était assise de l'autre côté de son grand-père, hocha la tête.

— Moi, je sais.

Elle portait un nouveau costume de princesse que le Père Noël avait dû livrer le matin même.

— Une boussole, elle dit de quel côté il faut aller.

— C'est exactement ça, acquiesça Stewart en servant tout le monde en pancakes. Mais ces gens ont mis leur boussole et leur téléphone mobile dans la même poche.

— Et c'est pas bien de faire ça ?

Ruby se servit une cuillerée de miel dont la moitié se répandit sur la table bien avant d'atteindre sa crêpe.

— Ce n'était pas une très bonne idée, non. Parce que le téléphone avait une coque en métal qui a inversé la polarité.

Suzanne se servit en café.

— Ça veut dire que la boussole marchait à l'envers et qu'ils sont partis dans la mauvaise direction.

Jason entra dans la cuisine en bâillant.

— Sérieux ? Ça peut arriver, ce genre de truc ?

— Absolument. L'aiguille va indiquer le sud au lieu du nord. Et c'est la direction dans laquelle ils ont marché. En s'éloignant de la route vers laquelle ils croyaient se diriger.

— Et toi, papi, tu les as sauvés ! conclut Ruby en

sautant de sa chaise pour courir embrasser son père. Joyeux Noël ! Le Père Noël est venu, mais je l'ai pas vu.

Jason la souleva dans ses bras et l'installa sur ses genoux.

— Parce que tu dormais et qu'il n'a pas fait de bruit ! Il examina le pot placé devant lui.

— Mm… De la confiture de whisky. Ma préférée. Il y a plein de bonnes odeurs de Noël dans cette pièce.

— On a mis de la cannelle sur les pancakes, expliqua Melly.

— Le mieux serait de les finir avant que le reste de la famille débarque.

Stewart se resservit, juste au moment où tout le monde fit son entrée. Beth arborait un gilet en laine d'un bleu soutenu et de grandes boucles d'oreilles en argent.

Melly examina sa mère avec un sourire approbateur.

— Tu es jolie, maman. C'est mamie qui a tricoté le gilet.

— Oui et je l'adore.

Suzanne sourit à Beth, qui se pencha pour l'embrasser.

— Tu as fait du chemin depuis ta période gros pulls baba cool qui grattent.

Elle repoussa sa fille en riant.

— Depuis le temps que je manie les aiguilles, tu aurais pu t'apercevoir de mes progrès plus tôt. Assieds-toi et mange.

Hannah et Adam apparurent main dans la main, salués par un chœur de « Joyeux Noël ! » enthousiastes. Suzanne remarqua des changements notables dans l'aspect de sa fille aînée. Elle avait laissé ses cheveux défaits, ses traits étaient détendus et elle souriait en parlant à Adam.

— Je lui ai dit qu'il fallait absolument qu'il goûte ton miel, maman.

— Sers-toi en pancakes, Adam. Ou tu préfères un porridge pour te réchauffer ?

— Des flocons d'avoine cuits dans du lait, traduisit Hannah.

Adam haussa un sourcil.

— Tu crois que je ne connais pas le porridge ? J'ai fait

d'amples recherches avant de venir et je suis incollable. Que ce soit sur Jacques Stuart d'Écosse, dit Bonnie Prince Charlie ou sur l'art de distiller le single malt.

— C'est la région des Highlands qui fournit la plus grosse production de whisky de toute l'Écosse, intervint Stewart. La tradition remonte à plusieurs siècles. L'eau de source ici traverse la roche volcanique. Si tu restes encore quelques jours, je te ferai visiter la distillerie. Tom Mackay est un vieux camarade d'école, donc on sera reçu avec les honneurs.

Adam posa la main sur le genou de Hannah.

— Cela me paraît être une raison suffisante pour prolonger mon séjour.

Les deux hommes se plongèrent dans une discussion animée, comparant bourbon et whisky. Suzanne leva les yeux au ciel lorsqu'elle les entendit projeter de faire un voyage dans le Kentucky où, d'après Adam, on trouvait plus de tonneaux de bourbon que d'habitants.

— Il va falloir refaire de la pâte à pancakes, mamie, annonça Melly.

— Tu as raison.

Suzanne se leva pour sortir la farine et le lait.

— Tu veux m'aider ?

Ruby laissa tomber sa fourchette et ouvrit de grands yeux.

— Écoutez ! On dirait des clochettes ! C'est quoi ?

— C'est un son de grelots, en effet, acquiesça Jason en la soulevant dans ses bras pour l'amener jusqu'à la fenêtre. Oh ! regarde !

— C'est Socks ! Et il tire un traîneau !

Suzanne sourit. C'était une façon comme une autre de parcourir la distance enneigée entre la Grange et la maison. Tout le monde se leva de table, Ruby supplia qu'on la laisse monter dans le traîneau, et ce fut le chaos. Suzanne abandonna sa pâte à pancakes lorsque Posy entra en laissant une traînée de neige dans son sillage. Elle avait les joues roses et paraissait frigorifiée.

— Joyeux Noël à tous !

Stewart se leva à demi.

— Je me demandais s'il fallait d'abord que je dégage le chemin si on voulait espérer vous voir arriver ici.

— Socks nous a encore une fois sauvé la vie.

Posy accrocha son manteau et tira Luke jusque dans la cuisine. Ruby en avait oublié les pancakes.

— Je pourrai monter dans le traîneau ?

Posy embrassa la fillette.

— Bien sûr. Mais raconte-moi d'abord : le Père Noël est passé ?

Le visage de Ruby s'assombrit.

— On a regardé dans nos chaussettes de Noël. C'était bien, les cadeaux. Mais il n'a pas apporté Bugsy… On ne peut pas toujours avoir tout ce qu'on veut, dans la vie, récita-t-elle piteusement.

Un nœud se forma dans la poitrine de Suzanne lorsqu'elle vit la lèvre inférieure de sa petite-fille trembler. De toutes les leçons à apprendre dans l'enfance, celle-ci était de loin la plus difficile.

Avoir *tout* ce qu'on voulait n'était souhaitable pour personne. Mais avec un peu de chance, on pouvait au moins obtenir les choses qui comptaient vraiment.

Beth sourit vaillamment.

— Tu as eu plein de jouets qui t'ont fait plaisir, non ?

— Oui. Et j'ai fait des pancakes avec mamie.

Ruby attendit que la table du petit déjeuner soit débarrassée pour filer comme une flèche dans le living et participer à la distribution des cadeaux.

Elle tendit fièrement un paquet à Beth.

— C'est pour toi, maman. De la part de papa.

Tout le monde trouva un endroit pour s'asseoir. Les uns se tassaient sur le canapé, d'autres se casaient par terre, sur le tapis. Melly et Ruby se placèrent côte à côte près du sapin.

Proches comme deux sœurs peuvent l'être.

Suzanne vit Beth jeter un coup d'œil interrogateur à

Jason avant de déballer son paquet. Elle en sortit une très belle housse en cuir souple pour ordinateur portable.

— Pour reprendre la vie active, il te faut le look qui va avec.

Des larmes montèrent aux yeux de Beth.

— J'ai annoncé à Corinna que je ne voulais plus travailler pour elle.

Posy leva le pouce en signe de victoire.

— Yes !

— Tu as pris la bonne décision. Mais il y aura d'autres opportunités, assura Jason en passant un bras autour des épaules de Beth.

Hannah se blottit contre Adam.

— Il y en aura d'autres, oui. Et qui ne nécessiteront pas que tu te laisses manipuler comme un pion par une folle toxique. Nous t'aiderons. Dès qu'on sera de retour à Manhattan, on passera te voir chez toi et on mettra un projet de coaching au point.

Melly se leva pour prendre à son tour un cadeau.

— Ça, c'est pour Adam, de la part de Hannah, annonça-t-elle d'un air grave.

Adam haussa un sourcil.

— Tu avais apporté quelque chose pour moi sans savoir que je venais ?

Il ouvrit la boîte et sourit.

— Est-ce bien ce que je crois ?

— Je t'offre la clé de chez moi.

L'expression d'abord confiante de Hannah s'altéra. Elle parut soudain indécise, presque timide.

— Je pensais que tu pourrais peut-être venir poser tes valises à la maison. Mon appartement est un peu plus grand que le tien, donc ce serait pratique, mais…

— Il n'y a pas de « mais ». J'emménage.

Adam lui prit le visage entre les mains et l'embrassa.

Suzanne retenait son souffle. C'était comme si elle percevait en elle la force des émotions qui circulaient entre eux. Elle n'avait jamais été touchée par un film ou un roman comme elle l'était en ce moment même en les voyant tous les deux. Ce n'était pas seulement le fait qu'Adam embrassait sa fille. C'était la façon dont ils se touchaient, se regardaient. Il n'y avait plus trace, en cet instant, de la réserve de Hannah.

Voilà ce dont elle avait toujours rêvé pour son aînée : de l'amour. Un amour sur lequel elle pourrait s'appuyer. Un amour solide et sûr auquel elle aurait le sentiment d'avoir droit.

Elle tourna les yeux vers Stewart. Lisant dans ses pensées, il lui adressa un rapide sourire.

Melly posa les mains sur les yeux de sa petite sœur, mais Ruby se dégagea.

— Ça me dérange pas quand des amoureux s'embrassent. Parce que ça veut dire qu'ils sont heureux ! C'est à mon tour d'ouvrir un cadeau maintenant ?

— Je crois que oui.

Hannah se détacha d'Adam et s'agenouilla pour chercher sous le sapin.

— En voilà un à ton nom. C'est marqué qu'il vient du Père Noël.

— Mais j'ai déjà ouvert mes cadeaux du Père Noël !

— Peut-être qu'il en a laissé tomber un dans le salon en allant remplir ta chaussette. Ou alors il avait oublié un de tes paquets et il est revenu exprès.

Ruby fronça les sourcils.

— Mes autres cadeaux du Père Noël, ils n'étaient pas emballés dans un papier comme ça.

Cette petite n'a pas les yeux dans ses poches, songea Suzanne, admirative. Mais Hannah ne se laissa pas démonter.

— C'est un autre elfe qui a dû se charger de faire le paquet.

Beth et Posy échangèrent un regard surpris. Elles se demandaient à l'évidence ce qui était arrivé à leur sœur, mais la seule chose qui était arrivée à Hannah, c'était qu'elle avait recouvré une partie de sa confiance en elle.

Suzanne espérait qu'avec le temps sa fille gagnerait encore en assurance affective.

Ruby tira sur le ruban et déchira le papier.

— C'est une boîte en carton.

Hannah s'assit par terre à côté d'elle.

— Le cadeau doit être dedans, je pense. Il faut l'ouvrir.

Bonnie s'approcha pour renifler le paquet. Suzanne vit Posy esquisser le geste de se lever pour récupérer sa chienne. Mais Hannah passa un bras autour de l'animal et le caressa distraitement, tout en regardant Ruby soulever le couvercle.

La petite fille laissa échapper un « Oh ! » à peine audible puis fondit en larmes.

Beth pâlit d'inquiétude. Melly se rapprocha pour examiner la source de ce soudain débordement d'émotion.

— Wow ! C'est Bugsy !

— Quoi ?

Jason quitta le canapé d'un bond et voulut prendre la boîte mais Ruby en sortit Bugsy et pressa la peluche contre sa poitrine.

— Il est revenu à la maison. Il est à moi.

Jason, incrédule, scruta le lapin familier.

— C'est bien le tien, oui. Mais comment se fait-il que… ?

— C'est parce que j'ai écrit au Père Noël !

Ruby serrait Bugsy de toutes ses forces contre elle et les larmes continuaient à lui ruisseler sur les joues.

— En vrai, c'est tatie Hannah qui a écrit, mais c'est moi qui lui ai dit ce qu'il fallait mettre dans la lettre et j'ai signé mon nom toute seule.

Des larmes brillaient aussi dans les yeux de Beth lorsqu'elle se tourna vers sa sœur.

— Mais comment…

— C'est Noël, répondit Hannah doucement. Et il se passe souvent de très belles choses à Noël.

Quoi de plus vrai ? songea Suzanne en couvant tour à tour ses trois filles du regard. Après toutes ces années, elle n'aurait jamais osé penser qu'elle les verrait un jour aussi proches.

L'heure qui suivit se passa dans un tourbillon de rires et de cadeaux.

Luke offrit à Posy un coffret de luxe avec des photos des montagnes de l'Amérique du Nord et de l'Alaska.

Suzanne le feuilleta rapidement et s'arrêta sur quelques vues du mont Rainier. Des levers et des couchers de soleil, des ciels bleus et des tempêtes.

— Tu n'es pas obligée de t'infliger ça, maman.

Posy essaya de lui prendre le livre des mains, mais Suzanne secoua la tête.

— Il est tellement beau, ce volcan. Majestueux et hautain.

Sa vie avait changé le jour de l'avalanche. Pendant des années, elle avait associé cette superbe montagne à l'idée même de malheur. Et s'était punie sans relâche avec des pensées aussi obsédantes qu'irrationnelles.

Longtemps, elle avait imaginé une Cheryl aux aguets qui l'observerait, quelque part, depuis un lieu mal défini. Une Cheryl portant un jugement permanent sur ses faits et gestes.

Je t'ai confié mes filles et regarde ce que tu en fais !

Elle s'était crue directement responsable du bien-être émotionnel de chacun des membres de sa famille. À ses yeux, chaque mouvement d'humeur, chaque dispute entre les filles devenait le signe d'un échec personnel.

Avec le recul, elle voyait toute l'absurdité de son attitude.

Cette famille n'était pas celle de Cheryl. C'était *la sienne*.

Et finalement, les McBride s'en sortaient plutôt pas mal.

Ridiculement émue soudain, elle s'éclipsa côté cuisine sous prétexte de vérifier la cuisson de la dinde.

Posy lui emboîta le pas.

— Je peux te parler cinq minutes, maman ?

— Bien sûr, ma chérie.

Suzanne continua de s'activer, le dos tourné. Le temps de sortir la dinde du four et elle avait réussi à se ressaisir.

— Pff… Il va falloir que je me mette au sport. Il pèse une tonne, ce volatile !

Posy se pencha pour renifler le plat.

— Mm… ça sent bon. J'adore la façon dont tu cuisines.

— Tu te débrouilles pas mal, toi aussi. Ce que tu fais au café est très apprécié. Tes brownies sont aussi bons que les miens, et ce n'est pas peu dire.

Tout en arrosant la dinde, Suzanne réalisa que Posy gardait le silence.

— Tu voulais me parler de quoi, au fait ?

Posy lui adressa son plus beau sourire.

— De rien. Tu as terminé ? Je peux remettre la dinde au four, si tu veux. L'escalade, ça donne des muscles en acier.

Elle souleva le plat sans difficulté.

— Si tu es d'accord, je vais emmener Ruby faire un tour sur notre traîneau improvisé. Comme il fait un froid de canard, on ne restera pas trop longtemps dehors. Ça distraira les filles et je veillerai à ne pas perdre Bugsy.

Suzanne cala une hanche contre le plan de travail.

— Tu m'as suivie ici dans l'intention de me dire quelque chose de particulier.

Posy secoua la tête.

— C'est Noël – autrement dit, pas le bon moment pour parler de ça.

— Le « ça » en question aurait-il un rapport avec Luke ?

— Non, pas du tout. Enfin… d'une certaine façon si, peut-être.

Posy se dirigea d'un pas nerveux vers la fenêtre.

— La vue est enfin dégagée. Ça fait du bien de voir le soleil, commenta-t-elle d'une voix absente.

— Tu es amoureuse de lui ?

— Je ne sais pas. Peut-être. Probablement.

Elle déglutit avec peine.

— Il m'a proposé de faire l'ascension du Denali avec lui l'été prochain.

Le cœur de Suzanne battit un peu plus vite. Mais c'était juste une réaction réflexe. Elle refusa de céder à la peur.

— Je pense que cela pourrait être une très belle aventure pour toi. Je n'ai jamais escaladé le Denali, mais Stewart si. Tu devrais en parler avec lui.

Posy lui jeta un regard prudent.

— Toi, ça ne te poserait pas de problème, si j'acceptais ?

Elle serait malade d'angoisse, mais elle ferait avec.

Arborant un visage serein, Suzanne la rejoignit près de la fenêtre.

— C'est de ça que tu voulais me parler ? Et tu redoutais d'aborder le sujet avec moi ? Cela fait combien de temps que tu mûris ce projet dans ta tête ?

— Un petit moment déjà. Je ne savais pas comment mettre ça sur le tapis. Je n'avais pas envie d'alimenter tes angoisses. Surtout à cette période de l'année. Sans compter que tu as besoin de mon aide, ici. En été, on croule sous le boulot. Et puis…

Posy écarta les bras en signe d'impuissance.

— Et puis tu as toujours pensé que j'allais prendre la relève au café, un jour et…

— … et ce n'est pas du tout ce que tu as envie de faire de ta vie.

Il y eut un long silence.

— Je ne crois pas, non.

Posy avait l'air tellement malheureuse que Suzanne en eut le cœur déchiré.

— Cela fait déjà un certain temps que ça te travaille, apparemment. Pourquoi tu ne m'as pas dit que ça ne te plaisait pas ?

— Parce que tu as besoin de moi ici.

— Oh ! ma chérie.

Suzanne serra sa benjamine dans ses bras.

— Je ne dis pas que ce n'est pas un bonheur de t'avoir ici avec nous. Parce que tu es ma fille, parce que tu pètes le feu, parce que j'adore ta compagnie. Mais si tu pars, il y aura toujours des solutions. Vicky m'a justement dit que ça l'arrangerait de faire plus d'heures. Donc ça tombe à pic.

Posy renifla.

— Tu es sûre ?

— Tout à fait sûre. Et tu le croiras si tu veux, mais Stewart et moi, on est capables de nourrir Martha. Et même d'arroser Éric, même si je ne peux pas te promettre de lui parler aussi affectueusement que toi.

Posy émit un petit rire étranglé.

— Je ne veux pas entreprendre quelque chose qui te rendrait malheureuse. Jamais.

— Ce qui peut me rendre heureuse, Posy, c'est que tu fasses des choix qui te ressemblent. Ce que tu rêves de faire, fais-le.

Suzanne réalisa qu'elle aurait dû tenir ce discours à sa fille des années plus tôt.

— Grimpe au sommet du Denali. Voyage avec Luke. Prends des risques, jette-toi dans l'aventure. Regarde droit devant et laisse les regrets derrière toi. Je ne veux pas que tu te désoles plus tard en te disant que tu es passée à côté de ton existence. Si tu as des rêves, fais-en des réalités. N'hésite plus. Vis pleinement ta vie.

— Je ne me suis jamais beaucoup éloignée d'ici. On ne peut pas dire que je vous ai vraiment quittés, papa et toi, en fait.

Suzanne essuya les larmes qui coulaient sur les joues de Posy.

— Tu ne nous perds pas, Posy. La maison reste ouverte. Et le monde est tellement petit, désormais. On peut se parler par téléphone, se voir par Skype et puis, qui sait ? Peut-être qu'il serait temps qu'on recommence à voyager, Stewart et moi. Cela ne nous ferait pas de mal, à nous non plus, de prendre un peu plus de risques. Et on pourrait tous se retrouver quelque part ailleurs qu'ici.

Au moment où Suzanne émit cette idée, elle comprit qu'elle avait envie de la mettre en pratique.

Elle aussi avait besoin de regarder droit devant et de tourner le dos aux hésitations et aux regrets.

Posy l'embrassa sur la joue.

— Tu es géniale, maman. Tu le sais ?

— Elle est extraordinaire, dit Stewart en entrant dans la cuisine. Je m'en veux d'interrompre vos confidences, à toutes les deux, mais Ruby et Melly réclament leur tour de traîneau à cor et à cri. Beth les a habillées pour sortir. Elles sont tellement emmitouflées que je me demande si elles vont réussir à se plier en deux pour s'asseoir.

— Ça, c'est ma sœur tout craché. Je parie qu'elle les a équipées aussi d'un détecteur de victimes d'avalanche.

Posy se moucha et alla décrocher sa doudoune.

— Mesdemoiselles ? Votre carrosse vous attend.

Pendant quelques instants, ce fut le branle-bas de combat dans la cuisine. Il y eut un tumulte de voix excitées, de rires grêles d'enfants, de réflexions d'adultes et d'aboiements de Bonnie.

Puis tout ce petit monde disparut dehors dans un grand tourbillon de rires et d'air glacé.

Beth et Hannah furent les dernières à s'équiper pour sortir. Suzanne les entendit discuter entre elles.

— Tu l'as trouvé où, Bugsy, alors ?

— Je ne comprends pas de quoi tu me parles. J'ai offert un costume de pompier à Ruby.

Hannah glissa les pieds dans une paire de bottes.

— C'est le Père Noël qui a livré Bugsy.

— Sois sérieuse.

— Mais je le suis.

Hannah battit des cils.

— Ne me dis pas que tu doutes de l'existence du Père Noël, Bethany McBride Butler ?

— Il était sur eBay ? Parce qu'on a cherché partout, Jason et moi. Et comment as-tu fait pour qu'il arrive ici à temps ?

— Je ne vois toujours pas pourquoi tu me poses la question, mais je suis persuadée que le Père Noël a accès à un excellent service de messagerie lorsque le besoin s'en fait sentir. Il peut compter aussi sur l'aide précieuse d'une assistante hyper efficace qui trouve toujours des solutions même là où tout le monde échoue et qui aura droit, je n'en doute pas, à une prime conséquente.

— Cela a dû te coûter une fortune.

— Pardon ? Je ne comprends toujours pas ce que tu me dis.

Les deux sœurs sortirent en riant et refermèrent la porte derrière elles.

Elle avait passé trop de temps à se ronger d'inquiétude pour ses filles, songea Suzanne. Trop de temps à vouloir réparer ce qui, avec le temps, se serait réparé tout seul. Trop de temps à essayer de couler sa famille dans un moule préfabriqué au lieu de la laisser prendre librement sa forme.

Il était impossible de prévoir comment les choses évolueraient entre Posy et Luke. S'ils construisaient un lien fort, ils avaient toutes leurs chances. S'ils échouaient, ils surmonteraient la rupture.

N'importe laquelle de ses trois filles courait le risque de rencontrer des difficultés sur sa route. Connaissant la vie, cela finirait par arriver tôt ou tard. Mais Suzanne était persuadée désormais qu'elles sauraient rebondir.

D'autant plus qu'elles pouvaient compter les unes sur les autres.

Elles n'étaient pas seulement les Christmas Sisters. Elles étaient les sœurs McBride.

Stewart lui entoura les épaules.

— Elle voulait te parler de quoi, Posy ?

— De son envie de s'attaquer au Denali l'été prochain. Et à d'autres projets, bien sûr. Mais elle lui parlerait du reste plus tard.

Stewart réfléchit.

— Elle a pas mal grimpé déjà dans les Alpes. Et elle a suivi une formation sérieuse l'année dernière pour perfectionner ses techniques de déplacement sur glacier. Elle a le niveau requis. Quelle voie elle a choisi ? La West Buttress ?

— Je ne sais pas. Nous ne sommes pas entrées dans les détails.

— Et pour toi ? Ça ira ? Tu te sens de taille à la laisser déployer ses ailes ?

— Je trouverai le moyen d'être de taille. Je vais apprendre à être aussi courageuse que nos filles.

Elle posa la tête sur l'épaule de Stewart.

— Parlant de ça, j'ai pensé que tu pourrais peut-être un jour m'emmener grimper avec toi.

— Sérieux ? Ça te ferait plaisir ?

L'idée lui trottait dans la tête depuis sa conversation avec Luke. L'avalanche n'avait pas seulement tué ses amis. Elle avait également tué son sens de l'aventure.

Et elle avait accepté de vivre une vie rétrécie sans chercher à lutter.

— Oui, j'ai envie de m'y remettre. Plutôt sur une voie facile. Au moins au début. Mais les sensations de la grimpe me manquent.

Si Hannah était capable de surmonter ses peurs, elle pouvait le faire aussi.

— Je me suis longtemps sentie coupable d'être en vie alors que Cheryl était morte. Non seulement j'avais toujours la vie qu'elle avait perdue, mais *en plus* j'avais ses enfants. Une bonne grosse culpabilité du survivant, en somme.

— Et maintenant ?

— Je vais mieux. Beaucoup mieux. Cette période de l'année a toujours été compliquée. J'avais en permanence le sentiment qu'il fallait que je me démène de toutes mes forces pour compenser quelque chose. Mais ce qui fait une belle fête de Noël, ce n'est pas la dinde ni les kilos de cookies faits maison ni même la déco.

— Tu me dis ça *maintenant*, après m'avoir fait accrocher toutes ces guirlandes ?

Elle sourit.

— Je n'ai pas fait la moitié des préparatifs habituels et

pourtant je me sens mille fois plus heureuse que d'habitude. Joyeux Noël, Stewart McBride. Tu sais que je t'aime ?

— Je sais ton amour et je le partage. Joyeux Noël, ma belle.

Il la prit dans ses bras et son étreinte était forte et douce – un abri qui la protégeait et la laissait libre à la fois.

L'essentiel était là, songea-t-elle. L'amour qui la liait à ceux qui étaient à ses côtés. Même si les proches en question poussaient des hurlements stridents et se pourchassaient à coups de boules de neige comme Posy, Beth et Hannah le faisaient à l'instant même, elle n'aurait pas voulu d'autres filles que celles-là.

Pas d'autre famille que la sienne.

Remerciements

L'idée de ce livre, étrangement, m'est venue alors que je passais des vacances en Grèce. Je me demande ce que cela révèle de mon cerveau que j'imagine un Noël tout blanc en Écosse sous le grand soleil méditerranéen.

Dès le début, cette histoire a fonctionné pour moi. Mes personnages prenaient vie et j'avais l'impression d'être un membre à part entière de la famille McBride. Mais comme toujours, le livre qui est dans ma tête a besoin d'aide pour prendre forme de page en page. Par chance, ma relectrice, Flo, a fait des miracles comme d'habitude. Elle a posé des questions pointues, désenchevêtré mes pensées et présenté des suggestions qui ont considérablement amélioré mon intrigue. Je crois qu'elle sait à quel point je l'apprécie, mais je le mets par écrit, juste pour en être sûre.

Je suis reconnaissante envers mon agent littéraire, Susan Ginsburg, pour les considérations pertinentes et inspirées qu'elle a émises sur la première version de ce manuscrit et pour la générosité avec laquelle elle prodigue son temps et ses conseils.

J'aimerais remercier Lisa Milton et Manpreet Grewal de l'équipe britannique d'avoir posé un regard neuf et constructif sur ce roman dans ses dernières phases. Leurs commentaires m'ont été très utiles et je leur suis reconnaissante de leur enthousiasme et de leur engagement en faveur de mes livres et de mon écriture.

Un merci tout particulier à Dianne Moggy et Susan Swinwood pour m'avoir encouragée et soutenue dans chaque nouvelle étape de ma carrière. Je suis très consciente de la chance que j'ai de travailler avec vous.

Une véritable foule d'intervenants doit s'activer avant qu'un livre arrive entre les mains de ses lecteurs, et ma reconnaissance sincère va à chaque membre des équipes éditoriales de HQN aux USA et HQ Stories au Royaume-Uni. Sans l'excellent travail de marketing, de relations publiques et de commercialisation effectué, personne ne lirait mes romans. Un remerciement tout particulier à Sophie Calder au Royaume-Uni et à Lisa Wray aux USA qui ont fait un gros, gros boulot, et qui ont eu la délicatesse d'adapter les contraintes promotionnelles à mes crises de panique liées à la deadline. J'aimerais aussi remercier Anne Sharpe pour avoir bouclé si vite le travail d'édition sur la copie finale, ce qui nous a permis de respecter les délais serrés de publication.

Écrire ce livre a été intense, chronophage, et si ma famille n'avait pas pris la peine de placer régulièrement de quoi boire et manger devant moi, je serais peut-être morte de soif ou de faim. Vivre avec un écrivain exige une forme particulière de patience. Par chance pour moi, les miens sont pourvus de la qualité en question.

Mes plus grands remerciements vont à mes lectrices qui continuent d'acheter mes romans, m'envoient des commentaires sympas par courriel, m'écrivent des messages sur Instagram et Facebook, et me prodiguent leurs encouragements sous des formes diverses et variées. Je suis gâtée d'avoir cette fantastique bande de fans aussi bienveillants qu'enthousiastes. J'espère que ce livre vous fera sourire et vous procurera le sentiment de réconfort et de bien-être que vous méritez.

Vous avez aimé

Les vœux secrets des sœurs McBride ?

Découvrez les autres romans de Sarah Morgan

Tournez vite la page pour découvrir un extrait
de sa nouvelle romance de Noël
Mariage sous les flocons !

Maggie

Quand son téléphone sonna à 3 heures du matin, la tirant d'un sommeil dont elle avait grandement besoin, Maggie songea aussitôt : *mauvaise nouvelle*.

Les hypothèses se mirent à défiler dans son esprit, à commencer par les scénarios catastrophes : un décès ou une blessure handicapante ; la police ; les ambulances.

Le cœur battant, l'esprit embrumé, elle saisit son portable posé sur une pile de livres en équilibre instable. Le nom qui s'affichait sur l'écran ne la rassura pas.

Sa cadette était un aimant à ennuis.

— Rosie ?

Elle tâtonna pour trouver l'interrupteur de sa lampe de chevet, puis s'assit.

Téléphone à l'oreille, elle se blottit sous les couvertures.

— Il s'est passé quelque chose ?

Elle se sentait frustrée et impuissante à cause de la distance géographique entre elles.

Pourquoi sa fille n'avait-elle pas continué ses études plus près de la maison ? Oxford, avec ses célèbres flèches et ses collèges historiques, n'était qu'à quelques kilomètres du village. Rosie y avait fait sa licence, puis son master. Maggie avait adoré l'avoir aussi près d'elle. Secrètement, elle avait espéré que sa fille resterait à deux pas d'ici mais, une fois diplômée, Rosie s'était vu offrir une place dans un programme doctoral aux États-Unis, doté d'un financement intégral.

Elle avait éprouvé un mélange de fierté et de désarroi, mais avait dissimulé cette émotion négative. C'était ainsi que l'on agissait, quand on était un parent.

Bien sûr, il fallait saisir une telle chance, elle en avait conscience. Cela dit, une petite partie d'elle aurait souhaité que Rosie refuse. Sa fille s'était envolée loin du nid, de l'autre côté de l'Atlantique, et Maggie devait désormais passer par les e-mails, Skype et les réseaux sociaux pour communiquer avec elle. Rien de tout ça ne lui donnait entière satisfaction.

— C'est ton asthme ? Tu es à l'hôpital ?

Que pouvait-elle faire, si Rosie s'y trouvait ? Rien. L'anxiété était une compagne de tous les instants, et plus encore maintenant.

Si Katie, sa fille aînée, avait déménagé à l'étranger, elle se serait peut-être sentie plus détendue. Katie était sérieuse et raisonnable, mais Rosie ? Rosie avait toujours été impulsive et aventureuse.

— Je ne suis pas à l'hôpital. Pas la peine de paniquer !

À cet instant seulement, Maggie entendit des bruits en arrière-plan. Des vivats, des cris de joie.

— Est-ce que tu as ton inhalateur ? Tu as l'air à bout de souffle.

— J'ai le souffle coupé parce que je suis tout excitée. J'ai vingt-deux ans, maman. Quand vas-tu cesser de t'inquiéter ?

— Jamais, *a priori*. Notre enfant reste notre enfant, peu importe le nombre de bougies sur son gâteau d'anniversaire. Où es-tu ?

— À Aspen, avec la famille de Dan, pour Thanksgiving. Et j'ai une grande nouvelle !

Elle s'interrompit, et Maggie entendit alors un tintement de verres et le rire communicatif de sa fille.

— Qu'est-ce qui se passe ? Quelle nouvelle ? On dirait que tu fais la fête.

— Dan m'a demandée en mariage. Comme ça, sans prévenir ! On faisait un tour de table pour que chacun exprime sa gratitude, et quand ça a été à lui de parler, il m'a lancé un drôle de regard, puis a mis un genou à terre et… Maman, on va se marier !

Abasourdie, Maggie se laissa retomber sur le matelas.

— Vous marier ? Mais Dan et toi sortez ensemble depuis quelques semaines seulement…

— Onze semaines, quatre jours, six heures et quinze minutes… Oh ! attends. Maintenant, ça fait seize, ou plutôt dix-sept…

Elle se mit à rire de nouveau, et Maggie l'imita. Comment devait-elle gérer cette situation ?

— Ça ne fait pas très longtemps, ma chérie.

C'était caractéristique de Rosie, qui sautait d'une passion à l'autre avec un enthousiasme débordant.

— Je ne peux pas décrire à quel point ça me paraît naturel, s'exclama sa fille. Et je sais que tu vas comprendre, parce que c'est ce qui s'est passé entre papa et toi.

Maggie fixa la tache d'humidité sur le mur.

Dis-lui la vérité.

Ses lèvres bougèrent, mais les mots restèrent bloqués dans sa gorge. Le moment était mal choisi. Elle aurait dû le faire des mois plus tôt, mais elle avait été trop lâche.

Désormais, il était trop tard. Elle ne voulait pas devenir la pourfendeuse de moments heureux.

Elle ne pouvait même pas arguer : « Tu es trop jeune », parce qu'elle avait eu Katie au même âge. Ça ferait d'elle une hypocrite. Ou une femme ayant de l'expérience ?

— Tu viens tout juste de commencer ton doct…

— Je ne laisse pas tomber. Je peux étudier tout en étant mariée. Plein de gens le font.

Impossible de dire le contraire.

— Je suis heureuse pour toi.

Avait-elle vraiment l'air heureuse ? Elle fit un effort.

— Woohoo !

Elle croyait avoir passé le cap des moments les plus difficiles à vivre en tant que parent mais, apparemment, quelques surprises l'attendaient encore au tournant. Rosie n'était plus une enfant. Elle avait le droit de prendre ses propres décisions. Et de faire ses propres erreurs.

— Je sais que ça va un peu vite, reprit Rosie, mais

tu vas adorer Dan autant que moi. Tu l'as trouvé super, quand tu lui as parlé.

Sauf que parler à quelqu'un au cours d'un appel vidéo n'était pas la même chose que de le rencontrer en personne…

Maggie ravala toutes les mises en garde qui lui venaient à la bouche. Pas question qu'elle se transforme en sa propre mère, en jouant les rabat-joie.

— Il semblait charmant, et je suis ravie pour toi. Si je n'en ai pas l'air, c'est qu'on est au beau milieu de la nuit, ici, et tu me connais quand je viens de me réveiller… Quand j'ai vu ton nom s'afficher sur l'écran, j'ai eu peur que ce soit ton asthme qui fasse des siennes.

— Je n'ai pas eu de crise depuis des siècles. Je suis désolée de t'avoir réveillée, mais je voulais t'annoncer la nouvelle.

— Je suis contente que tu m'aies réveillée. Raconte-moi tout.

Fermant les yeux, elle essaya d'imaginer que sa fille était dans la chambre avec elle, plutôt qu'à des milliers de kilomètres.

Il n'y avait aucune raison de paniquer. Il s'agissait de fiançailles, voilà tout. Ils avaient amplement le temps de décider si c'était la meilleure chose à faire pour eux.

— On fêtera ça quand ta sœur et toi serez là pour Noël. Est-ce que Dan aimerait se joindre à nous ? J'ai hâte de le rencontrer. On pourra peut-être donner une petite soirée. On invitera les Baxter, et tous tes amis de l'école et de la fac.

Noël était sa période de l'année préférée, la seule occasion où toute la famille se réunissait. Même Katie qui, en tant que médecin, était toujours débordée, parvenait en général à négocier quelques jours. En échange, elle assurait la garde mouvementée du nouvel an. Maggie était impatiente de passer du temps avec elle. Elle avait la sensation grandissante que son aînée l'évitait. Chaque fois qu'elle lui suggérait de se voir, Katie trouvait une excuse, ce qui ne lui ressemblait pas, parce qu'elle refusait rarement de déjeuner à l'œil.

Elle aurait l'occasion de creuser la question à Noël.

À ses yeux, Oxford était l'endroit idéal pour passer les fêtes de fin d'année. Ce serait forcément parfait, hormis une complication.

Nick.

Elle n'avait pas encore trouvé comment gérer cet aspect de la situation.

Des fiançailles étaient peut-être exactement ce qu'il leur fallait pour détourner l'attention d'eux.

— Noël est justement l'un des points dont j'ai besoin de te parler, déclara Rosie d'un ton hésitant. J'avais l'intention de rentrer à la maison, mais comme Dan a fait sa demande… Eh bien, on ne voit pas l'intérêt d'attendre. On a déjà choisi la date : on va se marier la veille de Noël.

Maggie fronça les sourcils.

— Noël l'an prochain, tu veux dire ?

— Non, cette année !

Elle compta les jours, et son cerveau faillit exploser.

— Tu veux te marier dans moins de quatre semaines ? Avec un homme que tu connais à peine ?

Sa cadette avait toujours été impulsive, mais cette fois, il ne s'agissait pas d'une peluche qui serait délaissée au bout de quelques jours, ou d'une robe qui n'aurait finalement pas tout à fait la bonne couleur. Le mariage n'était pas une décision rectifiable par simple remboursement ! Il n'y avait aucune raison de se précipiter, à moins que…

— Ma puce…

— Je sais ce que tu penses, et ce n'est pas ça. Je ne suis pas enceinte. On se marie parce qu'on est amoureux. Je l'adore. Je n'avais encore jamais ressenti ça pour quelqu'un.

Tu le connais à peine.

Mal à l'aise, Maggie changea de position. Elle était bien placée pour savoir que connaître quelqu'un sur le bout des doigts ne vaccinait pas contre les problèmes.

— Je suis vraiment contente pour toi !

Apparemment, elle pouvait feindre l'enthousiasme de façon aussi convaincante que le calme.

— Mais je ne pourrai jamais organiser quoi que ce soit aussi vite. Même pour un petit mariage, il faut des mois de préparation. Quand Jennifer Hill s'est mariée, cet été, sa mère m'a dit qu'ils avaient dû réserver le photographe plus d'un an à l'avance. Et où logeraient les invités ? C'est Noël. Les hôtels seront sûrement complets. Même si on arrivait à trouver un lieu, ça coûterait une fortune, à cette période de l'année.

— Tu n'auras pas à t'occuper de quoi que ce soit, affirma Rosie. On va se marier ici, à Aspen. Je m'en veux de contrarier nos retrouvailles familiales habituelles au cottage, mais ça va être magique de passer les fêtes ici. Tu te rappelles toutes ces années où Katie et moi regardions par la fenêtre en espérant qu'il neige ? Il y a plus de neige ici que tu ne peux l'imaginer ! Ça va être le paradis de passer Noël dans le Colorado Le paysage est incroyable, et ce sera un « White Christmas » de toutes les façons possibles.

Noël dans le Colorado.

— Tu ne rentres pas pour Noël ?

Pourquoi avait-elle demandé ça ? Elle n'allait pas se transformer en l'une de ces mères qui cherchaient à faire culpabiliser leurs enfants, quand même ?

— Tu dois te marier où et quand tu le souhaites, mais j'ai du mal à croire qu'Aspen sera différent d'ici en termes de préparatifs. Il faudrait un miracle pour planifier un tel événement en moins d'un mois.

— On l'a, ce miracle : Catherine, la mère de Dan, est organisatrice de mariage. Elle est fantastique. Il m'a fait sa demande il y a une heure seulement, et elle a déjà passé des coups de fil pour prévoir les fleurs et le gâteau. En général, elle s'occupe de célébrités, alors elle a des tas de contacts.

— Oh ! eh bien… super.

Maggie avait l'impression d'être tombée dans une rivière et entraînée par le courant, tout en se débattant sans succès.

— Ça ne la dérange pas de t'aider ?

— Elle est surexcitée. Et elle a un goût exquis. Tout sera parfait.

Songeant à sa propre vie imparfaite, Maggie éprouva une bouffée de quelque chose qu'elle identifia comme de la jalousie.

Elle faisait peut-être sa crise de la cinquantaine, mais si c'était le cas, pourquoi n'était-ce pas arrivé quelques années plus tôt, quand Rosie avait quitté la maison ? Pourquoi maintenant ? Elle devait souffrir du syndrome du nid vide à retardement.

La famille White se retrouvait toujours à Noël. Ils avaient leurs traditions, qui paraîtraient peut-être folles aux yeux de certains, mais Maggie les chérissait. Décorer le sapin, chanter des noëls, faire un immense puzzle, jouer à des jeux idiots… Être ensemble. Ça n'arrivait pas souvent maintenant que ses filles étaient grandes, et elle avait eu hâte d'y être.

— Tu as déjà prévenu ta sœur ?

— Je l'appelle dans la foulée. Même si elle ne va sûrement pas répondre. Elle travaille tout le temps. Je veux qu'elle soit ma demoiselle d'honneur.

Comment Katie allait-elle réagir ?

— Ta sœur ne se considère pas romantique.

Maggie se demandait parfois si travailler aux urgences depuis si longtemps n'avait pas déformé la vision de l'humanité de sa fille aînée.

— Je sais, répondit Rosie, mais ce n'est pas n'importe quel mariage. C'est *le mien*, et je suis convaincue qu'elle le fera pour moi.

— Tu as raison, elle le fera.

Katie avait toujours été une grande sœur protectrice et affectueuse.

— Je sais que tu détestes prendre l'avion, maman, mais tu viendras, hein ? Je veux vraiment que vous soyez tous là.

Prendre l'avion… Rosie avait raison : elle détestait ça.

— On sera là. On ne manquerait ça pour rien au monde.

Elle fit ses adieux à ses rêves d'un Noël en famille au cottage.

— Mais… pour ce qui est de la salle ? Vous allez pouvoir trouver un endroit en aussi peu de temps ?

— La cérémonie aura lieu ici. La famille de Dan possède le Snowfall Lodge. C'est un petit hôtel de luxe incroyable, situé juste à la sortie d'Aspen. J'ai hâte que tu le voies ! Il y a des vues sur la forêt et les montagnes, des jacuzzis extérieurs… Ça va être l'endroit idéal pour passer Noël. L'endroit idéal pour se marier. Je suis super contente !

Maggie n'arrivait pas à imaginer vivre ce moment dans un lieu qu'elle ne connaissait pas, avec des gens qu'elle ne connaissait pas. Qui plus est, des gens *parfaits* qu'elle ne connaissait pas. Même la perspective qu'il y ait de la neige ne la réconfortait pas.

— On dirait que tout est sous contrôle. Il ne nous reste plus qu'à réfléchir à quoi porter.

— J'allais y venir, maman. Il fait assez froid à cette époque de l'année. Prévois plusieurs couches de vêtements.

— Je parlais de *ta* tenue. Ta robe de mariée.

— Demain, Catherine m'emmène dans sa boutique nuptiale préférée. Elle a pris rendez-vous, et l'a privatisée.

Les quelques fois où Maggie avait pensé au mariage de Rosie, elle s'était vue l'organiser avec elle : étudier les photos dans les magazines, essayer des robes…

Pas une fois elle n'avait envisagé que cela se ferait sans elle.

Maintenant qu'elle y pensait, peu de choses, dans sa vie, ressemblaient à ce qu'elle avait prévu.

Elle observa l'espace vide sur le matelas à côté d'elle.

— C'est… gentil de sa part.

— Elle est très gentille. Elle dit que je suis la fille qu'elle n'a jamais eue. Elle prend plaisir à me gâter.

Mais Rosie était *sa* fille, songea Maggie. C'était à elle de la gâter.

Elle avait déjà l'impression d'être une invitée plutôt que la mère de la mariée.

Non ! Elle n'allait pas devenir ce genre de mère. C'était

le grand jour de Rosie, pas le sien. Ses sentiments n'avaient aucune importance.

— Qu'est-ce que je peux faire pour aider ?

— Rien. Soyez là, c'est tout. Catherine a hâte de vous rencontrer. Je sais qu'elle va vous plaire.

— Moi aussi, j'ai hâte.

— Tu me passes papa ? J'ai envie d'entendre sa voix.

Maggie agrippa le téléphone. Elle n'avait pas anticipé cette question.

— Je… Heu… Il n'est pas là pour l'instant.

— C'est le milieu de la nuit. Comment peut-il ne pas être là ?

Paniquée, Maggie chercha une explication plausible. Elle entendait la voix de Nick dans sa tête : *Bon sang, Mags, c'est absurde ! Il est temps de leur dire la vérité.*

Mais la vérité était la dernière chose que Rosie avait besoin d'entendre le jour de ses fiançailles.

Elle ne gâcherait pas sa joie.

— Il est sorti faire un tour.

— Un tour ? À 3 heures du matin ? Vous vous êtes enfin décidés à acheter un chien ou quoi ?

— Non. Il a travaillé sur un article jusque tard dans la soirée et n'a pas réussi à s'endormir. Il devrait rentrer d'une minute à l'autre.

Elle était un peu étonnée d'être aussi créative sous la pression. En élevant ses filles, elle leur avait appris qu'il fallait dire la vérité, et voilà qu'elle mentait comme si elle l'avait fait toute sa vie.

— Demande-lui de m'appeler dès qu'il rentre.

Ne trouvant pas d'excuse, Maggie promit de passer le message à Nick dès que possible. Après quelques derniers échanges enthousiastes, elle raccrocha.

Elle soupira.

Incapable de trouver une autre solution, elle reprit le téléphone et composa le numéro de Nick.

SÉRIE COUP DE FOUDRE À MANHATTAN

SÉRIE SNOW CRYSTAL

Harper Collins
POCHE

Composé et édité par HarperCollins France.

Achevé d'imprimer en septembre 2020.

CPI
BLACK PRINT

Barcelone

Dépôt légal : octobre 2020.

FSC
www.fsc.org
MIXTE
Papier issu de sources responsables
FSC® C108412

Pour limiter l'empreinte environnementale de ses livres, HarperCollins France s'engage à n'utiliser que du papier fabriqué à partir de bois provenant de forêts gérées durablement et de manière responsable.

Imprimé en Espagne.